10/18

12, AVENUE D'ITALIE. PARIS XIIIᵉ

Sur l'auteur

Åke Edwardson est né en 1953. Diplômé de littérature, il travaille pour de nombreux journaux et enseigne à l'Université. Pour son premier roman, *Danse avec l'ange*, déjà traduit en quatorze langues, il a été lauréat du Grand Prix du roman policier suédois en 1997. Le sixième volume de cette série qui met en scène le commissaire suédois Erik Winter, *Chambre nº 10*, a paru aux Éditions Lattès en 2007. Åke Edwardson vit aujourd'hui à Göteborg, en Suède.

ÅKE EDWARDSON

VOILE DE PIERRE

Traduit du suédois
par Philippe BOUQUET

10/18

« Grands Détectives »
dirigé par Jean-Claude Zylberstein

JC LATTÈS

Du même auteur
aux Éditions 10/18

DANSE AVEC L'ANGE, n° 3674
UN CRI SI LOINTAIN, n° 3676
OMBRE ET SOLEIL, n° 3819
JE VOUDRAIS QUE CELA NE FINISSE JAMAIS, n° 4038
▶ VOILE DE PIERRE, n° 4061

Titre original :
Segel Av Stern

© Åke Edwardson, 2002
© Éditions Jean-Claude Lattès, 2006,
pour la traduction française.
ISBN 978-2-264-04572-0

À Rita

1.

Dans le bassin du port, la marée descendante avait mis les bateaux au sec. Leur proue pointait vers l'escalier de pierre comme si on les avait tous fait pivoter.
Et comme s'ils le désignaient.
Il voyait leurs flancs qui luisaient dans la lumière du crépuscule. Le soleil était en train de se cacher derrière le promontoire, à l'ouest. Les mouettes criaient, sous le ciel bas, et la pénombre s'épaississait. Les oiseaux étaient plaqués à la surface de l'eau par ce firmament tendu telle une voile au-dessus de l'horizon.
Tout était plaqué sur la mer. Non seulement sur elle, mais sous sa surface.
Jésus, pensa-t-il.
Jésus sauve-moi ! Jésus sauve mon âme.

Un jour si noir et clair je n'en ai jamais vu[1] *!*

Derrière lui, il entendit des pas résonner sur le pavé et se diriger vers cette église qui, comme le reste sous la voile de ce ciel, semblait avoir été taillée dans le roc à grands coups de masse. Le firmament avait pris la même

---

1. *Macbeth*, I, 3. Toutes les citations de la pièce sont empruntées à la traduction de Pierre Jean Jouve (Club Français du Livre, 1959). [Toutes les notes sont du traducteur.]

nuance de pierre grise que ce qui l'entourait. Une voile de pierre. La mer elle-même était de pierre.

J'ai là le pouce d'un pilote,
Qui sur le retour naufragea[1].

Derrière lui, les fidèles se rendaient à l'église méthodiste pour se recueillir. Il évita de se retourner. Il n'ignorait pas qu'ils le regardaient et sentait leurs regards sur sa nuque. Mais ceux-ci n'étaient pas de nature à lui faire mal. Il savait qu'il pouvait se fier aux gens de cet endroit. Ils n'étaient ni ses amis, ni ses ennemis. Il avait le droit de se mouvoir parmi eux, ce qu'il faisait depuis longtemps. Si longtemps, en réalité, qu'il était devenu quelque chose DE PLUS qu'eux... il était partie intégrante de cette pierre, de ces rochers, de ces murs, de ces marches, de ces maisons, de ces brise-lames, de ce ciel, de cette mer, de ces routes. De ces navires et de ces chalutiers.

De ceux qui gisaient là.

De ceux qu'avaient engloutis les déferlantes, au milieu de ces carrières mouvantes entre les continents.

Jésus. Jésus !

Il se retourna. Les pas s'étaient évanouis dans cette église close sur elle-même, porte fermée. Les rares réverbères de l'endroit s'allumèrent, accentuant à l'avance l'obscurité. Avec le temps, la lumière se mue en ténèbres, pensa-t-il en se mettant en marche. Des ténèbres précoces. Chaque jour à la fin de l'après-midi. Précoces... et en retard. Je vis cette vie avec du retard. Beaucoup de retard. Je vis. Je suis un autre, quelqu'un de nouveau. Le reste n'était qu'un prêt, un rôle qui m'était assigné, un masque. On franchit une frontière, on devient quelqu'un d'autre et on laisse derrière soi son ancien moi.

Des vêtements d'enfant séchaient dans la cour qui se trouvait près de l'escalier menant à la route. Les petites manches lui faisaient signe dans le vent.

---

1. *Macbeth*, I, 3.

Il était maintenant dans la rue. Au-dessus de lui se dressaient les viaducs, semblables à des chemins de fer à destination du ciel. C'est ici que passe le tramway menant au paradis, Jésus est aux manettes et Dieu perçoit le prix du billet. Pourtant, aucun tramway ne passait là. Il était déjà monté à bord de l'un d'entre eux, mais pas à cet endroit. C'était dans une autre vie, très loin de là. Avant le début de cette histoire, avant qu'il ne franchisse la frontière.

Les viaducs zébraient le ciel, au-dessus de cette partie de la ville. Les trains étaient montés à l'assaut dans un grand bruit, longtemps auparavant. Le dernier était parti en 1969. Peut-être l'avait-il vu.

Cette voie céleste de pierre avait été construite en 1888. Avait-il vu cela également ? Peut-être. Peut-être faisait-il partie de la pierre de ce viaduc.

Et rien n'est
Que cela qui n'est pas [1].

On l'avait amené ici et il y était resté.
Non.
Il était certes resté, mais pas pour cette raison.

Il traversa la route, continua vers North Castle Street et pénétra dans le pub situé au carrefour. La salle était déserte. Il patienta un moment. Une femme qu'il n'avait vue que quelques fois auparavant entra dans le bar, venant de l'intérieur. Il désigna de la tête les robinets du comptoir.

— De la Fuller, hein ? dit-elle en prenant une pinte sur la pile de verres en train de sécher près de la caisse, qu'elle n'avait pas encore eu le temps de replacer sur l'étagère.

Il acquiesça de nouveau. Elle remplit le verre et le posa devant lui. Le contenu s'éclaircit lentement, comme

---

1. *Macbeth*, I, 3.

le ciel après un orage ou le fond de la mer après une tempête.

Il commanda un whisky en désignant l'une des marques bon marché placées derrière elle. Elle posa le verre devant lui et il le but en frissonnant.

— Il fait frisquet, ce soir, dit-elle.
— Mhm.
— On a besoin de quelque chose pour se réchauffer, hein ?
— Hum.

Il but un peu de bière, puis prit le verre de whisky et sentit la brûlure froide du liquide dans son estomac. Après l'avoir salué d'un signe de tête, la femme disparut dans la pièce située à l'arrière du bar.

Il se demanda si ELLE viendrait, ce soir-là.

À travers la paroi, il entendait le son d'un poste de télévision. Il se retourna, uniquement pour vérifier qu'il était toujours seul. Il but une autre gorgée puis se retourna une nouvelle fois, comme pour tenter de distinguer des ombres qu'il ne parvenait pas à voir. Il était seul, comme il l'avait toujours été, visiteur solitaire ne faisant que passer.

Il n'avait pas peur de ce qui allait arriver.

Les peurs présentes
Sont moindres que d'horribles imaginations [1].

Le verre de whisky était vide. Il finit celui de bière, se leva et sortit.

Le ciel était d'encre à présent. La silhouette des viaducs faisait penser à des animaux préhistoriques. Aux temps anciens. Le vent du nord vint lui balayer le visage.

Il sortit à nouveau sur la route déserte. Au-dessous de lui, il voyait les lumières de la ville. En revanche, malgré ses efforts, il n'en distinguait aucune sur la mer. Il

---

1. *Macbeth*, I, 3.

patienta un moment mais tout resta ténébreux. Une voiture passa alors derrière lui. Il ne se retourna pas. Il sentait l'odeur de la mer, les coups d'aiguille du vent sur son visage et le poids de l'arme, dans sa poche. Dans sa tête, il entendait les cris de la mer, d'autres cris.

Jésus !

Il savait maintenant qu'il n'y en aurait plus pour longtemps.

2.

Il y avait deux cents ou deux cent cinquante mètres jusqu'à la mer. Ils traversèrent une prairie où personne n'avait encore tracé de sentier. Ce sera à nous de le faire, pensa-t-il.

Le ciel étendait au-dessus d'eux son espace infini. La lumière du soleil était très vive, même à travers les verres teintés de ses lunettes. La mer oscillait au gré de la houle ; sa surface étincelait comme de l'or ou de l'argent.

Elsa cria quelque chose en direction de l'eau et se mit à courir le long du rivage, sur les centaines de milliers de galets mêlés à des billions voire trillions de grains de sable.

Erik Winter se retourna vers Angela, accroupie, en train de laisser du sable s'écouler de ses mains.

— Si tu es capable de compter le nombre de grains que tu tiens en ce moment, ça te vaudra une belle récompense, plaisanta-t-il.

— Laquelle ? demanda-t-elle.
— Dis-moi d'abord combien il y en a.
— Comment peux-tu le savoir ?
— Je le sais.
— Quelle récompense ? s'entêta-t-elle.
— Combien !
— Quarante mille, affirma-t-elle.
— Erreur.

— Erreur ?
— Erreur.
— Comment peux-tu l'affirmer ?

Se redressant, elle lança un regard à Elsa, occupée à ramasser des galets à une quinzaine de mètres de là. Angela ne parvenait pas à distinguer combien il y en avait. Elle s'approcha de l'homme de sa vie avant que celui-ci n'ait eu le temps de répondre « intuition. »

— Je veux ma récompense ! cria-t-elle.
— Tu n'as pas répondu correctement.
— Ma récompense, ma récompense, se mit-elle à scander en prenant Winter à bras-le-corps par surprise.

Elsa leva les yeux et laissa tomber quelques galets. Erik regarda en riant sa fille de quatre ans, puis l'autre femme de sa vie, qui tentait de lui faire une prise à la tête par-derrière. Pas si bête. Ses pieds glissèrent dans ses sandales, celles-ci dérapèrent dans le sable et il sentit qu'il perdait l'équilibre et tombait lentement, comme attiré vers le sol par un aimant. Angela se jeta sur lui tandis qu'il continuait à rire.

— Ma récompense ! s'écria-t-elle à nouveau.
— Ma récompense ! répéta en écho Elsa, revenue vers eux en courant.
— Bon, bon, concéda Winter.
— Si tu es aussi sûr de toi, avoue que j'ai deviné juste, dit Angela, en lui portant une clé aux bras, cette fois. Avoue !
— J'avoue que tu n'es pas tombée loin.
— Alors : ma récompense !

Elle était maintenant à califourchon sur son ventre. Elsa, pour sa part, était assise sur sa cage thoracique et il avait du mal à respirer. Il leva le bras droit et le pointa en direction de la terre.

— Quoi ? demanda-t-elle. Qu'est-ce que c'est ?

Il agitait toujours la main.

— La récompense.

Il avait le soleil dans les yeux et ses lunettes avaient glissé de son visage. Il sentait l'odeur de sel, de sable et de mer. Il n'avait pas d'objection à rester étendu là, longtemps et souvent. À marcher à cet endroit et tracer des sentiers à travers la prairie.

À partir de la maison.

De cette maison qui pourrait s'élever, là-bas, dans le bois de pins.

Elle regarda la prairie. Puis Winter. Ensuite la mer. À nouveau la prairie. Enfin, Winter.

— C'est vrai ? demanda-t-elle. Tu le crois vraiment ?

— Oui, dit-il, tu as raison. On va acheter ce terrain.

Aneta Djanali avait toujours sa carte de police à la main lorsque la femme referma la porte qui venait de s'ouvrir. Elle avait juste eu le temps de voir son visage, sous la forme d'une ombre au milieu de laquelle s'inscrivaient deux yeux, sur le fond de la lumière du jour qui semblait être la seule source d'éclairage de l'appartement.

Elle appuya une fois de plus sur la sonnette. L'un des agents de police locaux se tenait à côté d'elle. C'était une femme qui ne devait pas occuper ses fonctions depuis longtemps. L'air d'être fraîchement émoulue du lycée, elle ne semblait pas avoir froid aux yeux, mais la situation ne l'amusait manifestement pas.

Elle ne trouve pas ça passionnant, c'est parfait, pensa Aneta.

— Disparaissez, entendirent-elles dire à travers la porte.

La voix était assez faible, même en tenant compte de l'épaisseur du contreplaqué séparant cette femme du bras séculier de la loi.

— Il faut qu'on se parle, dit Aneta à la porte. À propos… de ce qui s'est passé.

Elle obtint pour toute réponse un grognement indistinct.

— Je n'ai pas compris ce que vous avez dit.
— Il ne s'est rien passé.
— On nous a pourtant appelés.

Nouveau grognement.
— Pardon ?
— Ce n'est pas moi qui l'ai fait.

Aneta Djanali entendit une porte s'ouvrir et se refermer aussitôt, dans son dos.

— Ce n'est pas la première fois, dit-elle. Nous sommes déjà venus.

L'agent confirma d'un signe de tête.

— Madame Lindsten…, reprit Aneta.
— Fichez le camp.

Il était temps de prendre une décision. Cette femme pouvait rester là aussi longtemps qu'elle le voudrait et continuer à pourrir la situation pour tout le monde.

Elle parvenait plus ou moins à imaginer le visage, peut-être passablement abîmé, d'Anette Lindsten. C'était une explication possible.

Forcer cette femme à ouvrir, ou pénétrer de force d'une façon ou d'une autre, risquait d'entraîner des conséquences impossibles à envisager.

Mais peut-être fallait-il en arriver là. Tout – et en particulier l'avenir – dépendait de la décision qu'elle allait prendre.

Aneta Djanali s'y résigna, rangea la carte de police qu'elle tenait toujours à la main, fit un signe à sa collègue en uniforme et s'éloigna.

Dans l'ascenseur, elles n'échangèrent pas un mot. Elles eurent ainsi loisir de déchiffrer les milliers de graffitis rouges et noirs des parois.

Dehors, le vent s'était levé de nouveau. Elle entendit les tramways, sur la place centrale. La masse des immeubles défilait à sa façon, couvrant l'ensemble de la surface disponible au sol et parfois même dans le ciel. Le bâtiment de Fastlagsgatan donnait l'impression de barrer l'horizon tout entier.

Mais on procédait aussi à des destructions et un vaste cratère s'ouvrait dans la butte. Des maisons bâties voilà quarante ans étaient abattues et le ciel redevenait visible, au moins pendant la durée des travaux. Ce jour-là, il était d'un bleu insoutenable. On aurait dit qu'il avait passé l'été à amasser de la couleur et avait enfin terminé, maintenant qu'on était en septembre. Voilà, c'est prêt. Je me présente : je suis le ciel nordique.

La chaleur semblait s'être accumulée, elle aussi.

C'est l'été de la Saint-Martin, pensa-t-elle, même si l'expression ne paraissait pas très appropriée étant donné la date. Mais il y avait sûrement une raison à cela. Elle se promit de la chercher dans ses livres dès qu'elle en aurait l'occasion.

Et, comme par un fait exprès, elle lut alors le nom de la rue où elles s'étaient engagées peu auparavant : rue de l'Été de la Saint-Martin. Mon Dieu. Elles s'étaient garées dans la rue de la Toussaint et celle des Saisons passait non loin de là. Le temps donnait l'impression d'être venu se concentrer, en forme de cercle, au nord de la place centrale de ce quartier de Kortedala. Tout y était : l'Avent, Noël, le Jour des rois, avril, juin, etc.

Il y avait aussi une rue du Crépuscule, ainsi que de l'Aube et du Matin. En revanche, il n'existait pas de rue de Septembre.

Dans ce secteur, on peut se faire amocher à toutes les heures du jour et tous les mois de l'année, pensa-t-elle en s'éloignant vers un autre monde, situé plus au sud, avec le sentiment de franchir une frontière.

Sur la place, des enfants parlant arabe étaient en train de jouer. Des femmes à la tête couverte d'un voile sortaient du supermarché. Au coin de la rue se trouvait une boutique de jeux qui vendait également des légumes et, en face, un fleuriste. L'ombre projetée par le soleil divisait la place en deux parties, l'une blanche, l'autre noire.

— Tu as déjà rencontré Anette Linsten ? demanda-t-elle à l'agent assis à côté d'elle dans la voiture.

Cette dernière secoua la tête.

— Qui est-ce qui la connaît ?
— Tu veux dire : parmi les collègues ?

Aneta Djanali opina du bonnet.

— Tu veux dire : qui l'a déjà vue ?

Nouvel hochement de tête.

— Personne, à ma connaissance.
— Personne ?
— Elle n'a jamais laissé entrer qui que ce soit.
— Pourtant, on nous a appelés à cinq reprises pour nous signaler qu'elle avait été battue.
— Oui.
— Le correspondant s'est identifié ?
— Vaguement, une ou deux fois, comme étant une voisine. Celle à qui on a parlé.
— Je sais.

Aneta Djanali passa devant les usines de Gamlestaden. Elles approchaient du centre de la ville et apercevaient les premières maisons de Bagaregården, construites dans un autre monde, pour un autre mode de vie. C'étaient de belles demeures, pour une famille ou deux, dont on pouvait faire le tour en se réjouissant d'avoir assez d'argent pour que ce soit samedi tous les jours de la semaine. Elle se demanda soudain s'il existait une rue du Samedi dans le quartier qu'elles venaient de quitter. Peut-être pas. Peut-être les urbanistes s'étaient-ils arrêtés au mardi, voire au lundi. Rue du Lundi, la frontière passait là, c'était lundi toute la semaine.

— Ça ne peut pas continuer comme ça, dit Aneta Djanali.
— À quoi penses-tu ?
— Eh bien, au fait qu'il serait peut-être bon de procéder à des constatations sur place.
— C'est possible ?
— Tu connais le code de procédure, oui ou non ? demanda Aneta en se tournant vivement vers sa jeune collègue, qui eut l'air d'être prise au dépourvu et recalée à un examen.
— Ça fait partie des règles élémentaires, reprit Aneta d'un ton un peu plus amène. Si j'ai des raisons de soupçonner qu'une personne est victime de mauvais traitements, j'ai le droit de pénétrer chez elle pour constater ce qu'il en est.
— Et tu en as l'intention ?

— De m'introduire chez Mme Lindsten ? Ce serait peut-être bien.
— Elle dit vivre seule, désormais.
— Mais son mari revient la voir, non ?
L'agent haussa les épaules.
— Elle ne l'a pas précisé.
— Et les voisins ?
— L'un d'entre eux a déclaré l'avoir vu.
— Ils n'ont pas d'enfant ? demanda encore Aneta.
— Non.
— Il faut qu'on se renseigne sur lui.
En fait, elle pensait : sur ce salaud-là.
— Ce salaud.., bougonna-t-elle.
— Qu'est-ce que tu dis ?
— Le mari, répondit Aneta, incapable de s'empêcher de sourire en se tournant vers sa jeune collègue.

Le soir était déjà tombé lorsque Aneta ouvrit la porte de son immeuble et reconnut l'odeur familière, dès la cage d'escalier. C'était son logement. Plutôt celui qu'elle louait. Plus exactement : celui où elle vivait. Mais elle avait un peu l'impression qu'elle lui appartenait. Elle se plaisait dans cet immeuble de style de Sveagatan. Il était situé au cœur de la ville et, de là, elle pouvait aller n'importe où. Elle pouvait aussi s'en abstenir. Et changer d'avis.

L'ascenseur se traînait. Elle aimait cela, aussi. Elle aimait ouvrir sa porte, ramasser le courrier glissé par l'ouverture de la boîte aux lettres, laisser tomber son manteau à l'endroit où elle se trouvait, ôter ses chaussures d'un simple coup de pied, regarder le gros coquillage qui était toujours posé sur la commode ainsi que le masque africain accroché au-dessus, gagner la cuisine en chaussettes, verser de l'eau dans la bouilloire et préparer du thé, ou encore boire une bière, à moins que ce ne soit un verre de vin, une fois de temps en temps. Oui, elle aimait rentrer chez elle de cette façon.

Elle aimait aussi la solitude.

Même s'il lui arrivait parfois d'en avoir peur.

Il ne faut pas être seule. Du moins, les autres le pensaient. C'était mal, d'être seule. Car la solitude n'est pas quelque chose qu'on choisit. C'est une punition. Un châtiment.

Pourtant, elle n'avait pas le sentiment de purger une peine. Elle aimait pouvoir prendre n'importe quelle décision, n'importe quand.

En ce moment précis, elle était assise sur une chaise de cuisine, par choix délibéré, et la température de la bouilloire montait. Elle s'apprêtait à préparer du thé lorsque le téléphone sonna.

— Oui ?
— Qu'est-ce que tu fais ?

Celui qui posait cette question était Fredrik Halders, un collègue parmi les plus résolus. Peut-être plus autant qu'il l'avait été mais passablement, comparé à presque tous les autres.

Deux ans plus tôt, il avait perdu son ex-femme, tuée par un automobiliste conduisant sous l'emprise de l'alcool.

Elle n'est même plus là au titre d'ancienne femme, avait-il déclaré un certain temps après, un peu à la manière d'un somnambule.

À l'époque des faits, Fredrik et elle travaillaient ensemble, et avaient commencé à se fréquenter. Elle avait fait la connaissance de ses enfants, Hannes et Magda. Ceux-ci avaient peu à peu accepté sa présence dans leur foyer.

Elle aimait bien Fredrik et sa façon d'être. Leurs propos assez incohérents, au début, avaient fini par prendre un certain sens.

Mais elle avait peur de cela aussi. Où cela risquait-il de la mener ? Désirait-elle le savoir ? Aurait-elle le courage de ne pas s'en informer ?

C'était donc la voix de cet homme, au téléphone.

— Qu'est-ce que tu fais ?
— Rien. Je viens de rentrer chez moi.
— Tu n'as pas envie d'aller au cinéma, ce soir ? demanda-t-il, avant d'ajouter : La fille de Larrinder aime-

rait gagner un peu d'argent de poche comme baby-sitter. C'est elle-même qui m'a appelé. Son père m'en a parlé cet après-midi et je lui ai dit de lui demander de me téléphoner. Et ça n'a pas traîné.

Bo Larrinder était un collègue de fraîche date de la brigade des recherches.

— Un monde nouveau s'ouvre devant toi, n'est-ce pas, Fredrik ?

— Oui, pas vrai ? Et il me conduit au Svea.

Le cinéma Svea, à une centaine de mètres de là. Elle observa ses pieds. Ils avaient l'air très plats, comme s'ils avaient été écrasés. Elle vit la tasse de thé qui attendait, sur le plan de travail. Elle vit aussi, intérieurement cette fois, son lit et un livre ouvert. Et elle-même qui s'endormait, sans doute peu après.

— Je n'ai pas le courage, ce soir, Fredrik. Je suis crevée.

— C'est notre dernière chance.

— Ce soir ? Le film passe pour la dernière fois ?

— Oui.

— Tu mens.

— Oui.

— Demain soir, alors. Je vais commencer à me préparer mentalement dès maintenant, comme ça je serai prête demain soir.

— D'accord.

— Ça te va comme ça ?

— Bien sûr que oui. Qu'est-ce que tu crois, bon sang ? À propos, qu'est-ce que tu as fait cet après-midi ?

— Soupçons de violences conjugales à Kortedala.

— C'est les pires, là-bas. Tu l'as coincé ?

— Non.

— Faute de plainte ?

— En effet. Ni de la femme ni de la voisine. Mais c'est la cinquième fois.

— De quoi avait-elle l'air ? Pas bien belle, je suppose ?

— Tu veux dire : question traces de coups ? Je ne sais pas, je n'ai pas pu la voir. J'ai pourtant essayé.

— Il faut pénétrer de force, alors.
— L'idée m'en est venue pendant le trajet de retour. J'ai examiné la question sur toutes les coutures.
— Tu veux que je t'accompagne ?
— Oui.
— Demain ?
— Demain, je ne peux pas. J'ai cette histoire de vols dans des cafés, à Högsbo.
— Préviens-moi seulement un peu à l'avance.
— Merci, Fredrik.
— Repose-toi bien et prépare-toi mentalement, ma petite.
— Bonsoir, Fredrik.

Elle reposa le combiné avec un sourire et finit de préparer son thé. Puis elle passa dans la salle de séjour et mit un disque. Elle s'assit sur le canapé et sentit que ses pieds étaient en train de retrouver leur forme naturelle. Elle écouta les blues d'Ali Farka Touré, qui évoquaient pour elle ce pays situé au sud du désert du Mali balayé par le vent.

Elle se leva pour changer de disque et en mit un du grand musicien du Burkina Faso, Gabin Désiré : *Kontomé*, de 1998. C'était son pays et sa musique. Pas celui où elle était née et où elle vivait. Son *vrai* pays.

Kontomé était le nom de cette idole qui se trouvait dans tous les foyers burkinabés. La sienne était dans le hall, au-dessus de la commode. Elle représentait les esprits des ancêtres, qui servaient de lumière guidant la famille et même toute la société.

La lumière, pensa-t-elle. Kontomé éclaire la voie. Nous sommes reconnaissants envers Kontomé de ce que nous sommes et de ce que nous avons, maintenant et dans l'avenir. Et Kontomé nous viendra en aide, lorsque notre destin se réalisera, au bout du chemin.

Elle y croyait véritablement. C'était dans son sang. C'était comme il fallait que ce soit.

Gabin Désiré chantait sa *Sizà*, sa vérité :

La vérité, dis-moi la vérité
Parce que nos enfants, nos aïeux, nos sages et
la nature elle-même
ne connaissent pas le mal.
Libère l'innocence, ô vérité.

Aneta Djanali était née à l'hôpital Est de Göteborg, de parents originaires de la Haute-Volta. Depuis 1964, le pays portait le nom de Burkina Faso, mais il était toujours aussi pauvre et balayé par le vent comme la musique qu'elle écoutait. La steppe se muait en désert et l'eau manquait. Les trois grandes rivières coulant vers le sud, jadis nommées Volta noire, rouge et blanche, s'appelaient désormais Mouhoun, Nazinon et Nakambe mais n'étaient pas plus abondantes pour autant. Sous la sécheresse, le vent chaud du nord, l'*harmattan*, avait transformé la savane en désert et asséché ces cours d'eau qui avaient jadis donné son nom au pays. Pourtant, il arrivait à Aneta de penser que celui-ci, à son tour, aurait aussi bien pu donner le sien à l'aspirateur. Elle avait posé la question à son père.

Il lui avait répondu que c'était une terre de misère, de sécheresse, de maladie et de violence, exposée à tous les dangers.

Ses parents étaient partis pour la Suède au cours des années 60, peu après l'indépendance, afin d'échapper aux persécutions. Son père avait fait de la prison pendant un certain temps et aurait pu être exécuté. La vie n'est parfois qu'une question de chance. Sa famille appartenait à l'ethnie majoritaire, les *mossi*, mais cela n'avait guère eu d'importance pour eux. Le premier président du pays, Maurice Yaméogo, leader de l'Union Démocratique Voltaïque, était devenu de plus en plus autocrate au fil des ans et avait interdit tous les partis d'opposition, avant d'être lui-même déposé par un coup d'État militaire en 1966.

Et la spirale infernale avait continué : sécheresse dévastatrice, politique ruineuse, famine, mort du bétail, manifestations, grèves, coups d'État militaires et exécutions sans cesse plus nombreuses.

Cette ancienne colonie avait hérité le meurtre et la terreur de ceux qui avaient exploité le pays depuis la fin du XIXe siècle. Les Français étaient maintenant partis, mais ils avaient laissé leur langue, qui était l'idiome officiel, parlé par tous.

Aneta, elle, l'avait appris à Göteborg. Elle était la fille unique de la famille Djanali. Par la suite, bien après qu'elle fut entrée dans la police, ses parents avaient décidé de retourner à Ouagadougou, leur ville natale.

Comme elle avait considéré qu'il allait de soi qu'elle reste dans le pays où elle était née, elle comprenait pourquoi ses parents désiraient retourner dans le leur, avant qu'il ne soit trop tard.

Il s'en était d'ailleurs fallu de peu : pour sa mère, de deux mois, pas plus. Elle avait été enterrée dans cette terre calcinée, rouge et dure, au nord de la ville. Au cours de la cérémonie, Aneta avait eu l'occasion de constater que le désert, avec ses millions de kilomètres carrés, ne cessait de se rapprocher de tous les côtés. Elle s'était alors fait la réflexion que douze millions de personnes vivaient dans ce pays peu peuplé, c'est-à-dire guère plus qu'en Suède, autre pays de faible densité. Mais ici ils étaient noirs, d'un noir incroyable, et c'étaient leurs vêtements qui étaient d'un blanc tout aussi incroyable.

Son père s'était longtemps demandé si ce n'était pas leur retour qui avait causé le décès de sa femme, au moins indirectement.

Aneta lui avait tenu compagnie dans la capitale aussi longtemps qu'il l'avait souhaité. Elle avait alors arpenté, les yeux écarquillés, ces rues dans lesquelles elle aurait pu passer toute sa vie, au lieu d'y revenir en étrangère. Ouagadougou comptait à peu près autant d'habitants que Göteborg.

Là, elle se fondait dans la masse : elle était noire à un point incroyable et s'habillait souvent d'un blanc incroyable. Elle pouvait communiquer en français avec les gens – du moins avec ceux qui étaient allés à l'école – et un peu en *moré* avec les autres.

Sans éveiller la moindre curiosité, elle pouvait aller jusqu'aux limites de la ville et dans ce désert qui venait lui livrer assaut. Dans la maison de son père, sorte de hutte blanche et ronde d'un blanc incroyable, sous un soleil blanc qui brillait dans un ciel blanc, elle pouvait sentir le souffle du vent chaud.

Ce jour-là, le vent qu'elle entendait était suédois. Il soufflait avec moins de violence et un bruit plus rond, mais il était aussi moins chaud. Pourtant, le fond de l'air n'était pas frais dehors, c'était l'été de la Saint-Martin

Ah oui, au fait. Elle alla prendre sur l'étagère le dictionnaire de l'Académie suédoise, l'ouvrit à la page convenable [1] et trouva la définition.

Période de beau temps chaud en automne, qui porte, en Suède, le nom de sainte Brigitte, dont la fête tombe le 7 octobre.

Elle ne savait pas grand-chose sur cette personne mais avait dans l'idée qu'il en allait de même pour la plupart des Suédois, qu'ils soient blancs ou noirs. Le 7 octobre, était-il dit. Ce n'était pas encore pour tout de suite. Cela signifiait-il que la chaleur allait s'intensifier ?

Elle reposa le gros volume avec un sourire, passa dans la salle de bains, se déshabilla et se fit couler un bain. Puis elle se plongea lentement dans l'eau. Le silence régnait dans l'appartement. Soudain, elle entendit le téléphone sonner et le répondeur se mettre en marche. Elle ne put distinguer ce que disait la voix, mais celle-ci ne lui parut pas désagréable. Elle ferma les yeux et se laissa flotter dans l'eau bien chaude. Malgré elle, elle pensa au vent du désert et au luxe que cela représentait de prendre un bain. Puis elle chassa ces pensées de son esprit.

L'espace de quelques secondes, elle vit le visage d'une femme, une porte qui s'ouvrait et se refermait aus-

---

[1]. En Suède, ce phénomène porte le nom d'un autre saint, comme on le verra juste après.

sitôt. Et des yeux qui brillaient et disparaissaient dans la pénombre. Des yeux terrifiés.

Elle continua à fermer les siens pour mieux voir l'eau, intérieurement, comme si elle nageait sous la surface de celle-ci et était emportée par le courant, le vent de la mer.

3.

Winter roulait à bicyclette dans Vasagatan pour la millième fois au moins. La chaîne aurait mérité d'être graissée et le pneu avant d'être regonflé.

Le long du boulevard, les cafés étaient ouverts. Il se souvenait d'avoir lu quelque part que cette artère était celle de Suède, et probablement d'Europe du Nord, où il y en avait le plus. C'était souvent cité à titre de comparaison. Il lui était pourtant arrivé de se demander où se situait la frontière de l'Europe du Nord. À la hauteur de Münster, d'Anvers ou de Varsovie ? Peut-être de Göteborg, au fond.

Quoi qu'il en soit, il y avait incontestablement beaucoup de troquets et des milliers de personnes assises aux terrasses.

L'année précédente, il y avait eu la guerre, à cet endroit précis du paisible boulevard sur lequel il circulait en ce moment à vélo.

Un jeune homme avait reçu une balle dans le dos et failli mourir. Peut-être avait-il auparavant tenté de frapper à la tête, avec un pavé, un agent de police blessé – mais la chose était loin d'être prouvée.

La veille au soir, des manifestants résolus s'étaient battus avec des forces de l'ordre qui l'étaient tout autant. Winter avait assisté à ce spectacle du haut de son balcon.

La place avait été transformée en camp retranché et il en avait eu le vertige et la nausée.

C'était le pire affrontement de ce genre qui ait jamais eu lieu en Europe du Nord.

Au cours de ce week-end noir, le continent tout entier était présent à Göteborg, à travers ses représentants de l'Union européenne. Le président des États-Unis lui-même avait fait le déplacement.

Certains n'acceptaient cependant pas qu'on parle à leur place.

Tous étaient victimes, chacun à sa façon. Les jeunes manifestants, ceux qui jetaient des pierres et se battaient. Ceux qui se tenaient sur le côté. Ceux qui voulaient seulement parler et peut-être défiler pour défendre leurs droits.

Mais aussi les policiers, les durs, les mous, ceux qui avaient peur, les déments, les psychopathes du muscle, les fascistes, les socialistes, les modérés de droite. Les pacifistes. Les commandos de choc. Tous victimes. Certains avaient pleuré comme des enfants.

Le débriefing de la police avait été lamentable.

Hanne Östergaard, la femme pasteur de la police, avait comme toujours fait des heures supplémentaires. Son emploi à mi-temps ne correspondait plus au monde moderne, ne suffisant pas – loin de là – pour panser les plaies spirituelles et la conscience des collègues.

Le pire avait été la façon dont avait été préparé – ou plutôt pas préparé – ce sommet. Winter préférait ne pas y repenser. Personne n'en avait envie, d'ailleurs, pas plus que d'en parler.

La semaine suivante, Halders avait failli taper sur la figure de l'un de ses collègues les plus résolus. Un de ses frères d'armes, comme on dit. Il est vrai que Halders surprenait bien des gens. À l'exception de Winter. Il avait toujours eu le cœur très à gauche. « Si j'avais été là, j'aurais défilé avec les gosses, avait-il dit. – Et tu aurais pris une balle dans la tête, avait ajouté Bergenhem. – Tiens, avait répliqué Halders, on dirait que, même parmi nous, on ne se sent pas à l'abri des mauvais coups de la part des nôtres. – La situation était délicate, avait dit Ringmar. – Pourquoi l'était-elle ? avait demandé Halders. Quand l'est-elle devenue ? Quand nos collègues ont donné l'assaut au lycée Hvitfeldt et obligé des jeunes de quatorze ans à se coucher tout nus sur le sol ? Et nous, où étions-nous, alors ? À Buenos Aires, à Santiago, à Montevideo ? Non ! On était à Göteborg, bordel de merde ! – C'est la hiérarchie qui les a *forcés* à donner l'assaut, avait dit Aneta. Il n'y en avait pas beaucoup qui étaient d'accord. – Pourquoi est-ce qu'ils l'ont fait, alors ? avait demandé Halders. – Parce qu'ils se sont contentés d'obéir aux ordres ? Soyez indulgent, monsieur le juge, je n'ai fait qu'obéir aux ordres, vous savez. – Ça ne vous rappelle rien, ce genre de discours ? avait poursuivi Halders en parcourant la pièce du regard. – Tout le monde n'a pas obéi, avait précisé Aneta. Certains ont enlevé leur tenue d'assaut, sur Järntorget. »

Il y avait ensuite eu un long silence. Dehors, l'été était radieux. Winter avait éprouvé une violente envie de se rendre au bord de la mer. Halders avait alors résumé les violences du début de la semaine en poussant encore un bon gros juron. Après quoi, chacun s'était empressé d'aller profiter de l'été, de la mer et du ciel.

Winter traversa Heden sur sa bicyclette en pensant à la mer et au ciel, tendu comme une voile au-dessus de cette baie où il allait peut-être passer sa vie. Une autre vie, une vie nouvelle. Peut-être était-il temps d'entamer une autre phase de celle-ci.

Ils en avaient parlé dans la voiture, une fois Elsa endormie sur le siège arrière. Le soleil était en train de se diriger vers d'autres lieux et, l'espace d'un moment, Angela avait conduit, la main posée sur la nuque de Winter.

— Ce n'est pas dangereux, ce que tu fais ? avait-il demandé.

— C'est à toi de le dire ? C'est toi qui es dans la police, non ?

— Est-ce qu'on a raison de faire ça ?

Elle comprit à quoi il faisait allusion.
— On n'a encore rien fait.
— Ce n'est jamais qu'un terrain, après tout.
— Oui, Erik, tu n'as plus besoin de t'inquiéter.
— Et puis, notre appartement est très bien.
— La baie est très bien, aussi.
— C'est vrai.
— Elle est magnifique, avait-elle dit pour clore la discussion.

L'hôtel de police l'accueillit à bras ouverts, avec sa façade toujours aussi attirante et l'odeur habituelle dans l'entrée. Ils pourront faire autant de travaux qu'ils voudront, ce sera toujours pareil, pensa-t-il en adressant un salut de la tête à la réceptionniste, qui lui répondit de la même façon, tout en désignant quelqu'un d'autre, derrière lui.
— Vous avez de la visite, précisa-t-elle.
Il se retourna et aperçut une femme, assise sur un des canapés recouverts de toile. Elle se leva. Il vit son profil se refléter dans la vitrine où la direction exposait des casques et casquettes de police du monde entier, probablement à titre de preuve de la mondialisation policière, ainsi que quelques matraques destinées à la graver dans les cervelles. C'était ce qu'il avait dit à Ringmar un jour qu'ils passaient devant cette vitrine toute neuve. Ce dernier lui avait répondu que celui qu'il préférait, c'était le casque italien, avec son allure tropicale. Il vient d'Abyssinie, en fait, j'en suis sûr, avait affirmé Winter. Pour être à l'abri des rayons du soleil, pendant qu'on tabasse les Noirs.
La femme avait son âge. Ses cheveux châtains étaient striés de mèches plus claires, sans doutes dorées par le soleil. Son visage était large et son regard franc. Il eut vaguement le sentiment de l'avoir déjà vue à une autre époque. Elle portait un jean, une sorte de pull marin qui paraissait de bonne qualité, et une veste courte. C'est alors qu'il la reconnut.

— On s'est déjà vus, n'est-ce pas ? dit-il en lui tendant la main.

Elle la prit. La sienne était sèche et chaude. Elle le fixa d'un regard qui lui rappela certaines choses.

— Johanna Osvald. De Donsö.

— Bien sûr.

Ils étaient maintenant assis dans son bureau. Cela sentait toujours l'été, mais aussi un peu le renfermé. Les dossiers de la saison précédente étaient encore sur sa table de travail. Il en émanait également une certaine odeur, celle de la mort.

Il s'était refusé à toucher à ce maudit tas de papiers depuis que... c'était arrivé.

Il ne désirait qu'une seule chose : oublier cela. Ce qui était hélas impossible. Il fallait qu'il tire les leçons de ses propres erreurs, si pénible que ce pût être.

Il demanderait à Möllerström de descendre le paquet aux archives, au sous-sol.

Il regarda la femme. Elle n'avait encore rien dit depuis qu'ils étaient arrivés là, comme si elle désirait le confier à lui seul.

Il devait y avoir vingt ans de cela.

Il savait qu'il ignorait tout d'elle. Sauf qu'elle avait une marque de naissance à l'aine gauche. Ou droite. Et qu'elle lui avait mordu la lèvre, un jour. Il sentait encore les cailloux lui rentrer dans le dos, tandis qu'elle le chevauchait à un rythme de plus en plus accéléré, pour finir par exploser en même temps que lui au moment où il l'écartait, à l'instant critique.

Les cailloux étaient restés enfoncés dans son dos et elle avait trouvé cela drôle. Ensuite, ils avaient plongé dans la mer, comme toujours, et avaient regagné l'îlot à la rame. Cela n'avait duré qu'un seul été. Même pas : un mois. Aussi n'avait-il pas eu le temps d'en apprendre beaucoup sur son compte de sorte qu'elle semblait un mystère qu'il croyait parfois avoir rêvé.

C'est un résumé de la jeunesse en résumé, se dit-il. Des mystères rêvés. Et pourtant... elle est en train de s'asseoir en face de moi. Je ne l'ai pas revue depuis cet été-là. Encore un mystère. C'est alors qu'elle ouvrit la bouche.

— Tu te souviens de mon nom, Erik ?

— Oui. Enfin, au moment où tu l'as prononcé.

Il se rendit compte qu'elle s'apprêtait à ajouter quelque chose ; elle se ravisa et aborda un autre sujet.

— Tu te rappelles peut-être que nous avons parlé de mon grand-père paternel ?

— Oui...

« C'est vrai. Je me souviens de son grand-père. Et même de son nom. »

— John. John Osvald.

— Tu n'as pas oublié son nom.

— Il n'est pas très différent du tien.

Elle s'abstint de sourire. De toute façon, il se rappelait qu'elle n'avait pas pour habitude de le faire.

— Il a disparu pendant la guerre, comme tu ne l'ignores pas.

— En effet.

— Tu ne dis pas ça uniquement pour me faire plaisir.

— Non. Ton grand-père s'est réfugié dans un port de la côte anglaise, pendant la guerre. C'est toi-même qui m'en as informé. Ensuite, il a disparu en mer. Au cours d'une sortie de pêche... à partir de l'Angleterre.

— De l'Écosse. Il était en Écosse. Ils ont dû chercher refuge à Aberdeen, pour commencer.

— En Écosse, donc.

— Mon père n'avait même pas un an quand il... est parti. Pour la dernière fois, à l'automne 1939.

Winter garda le silence. Il se souvenait également de cela et des larmes qui avaient coulé sur son épaule. Était-ce bien cela ? Oui, il les avait senties. Elle lui avait raconté l'épisode ce jour-là, et elle avait encore des larmes à verser. Peut-être était-ce surtout celles de son propre père, d'ailleurs. Il était capable de le comprendre, alors qu'il ne l'avait pas vraiment compris à l'époque. Ce serait différent s'il entendait ces paroles maintenant. Car il avait changé.

— Son frère n'était pas né... quand ils ont effectué... leur dernière sortie en mer. Il n'a vu le jour que trois mois après.

Il ne se souvenait pas de l'existence d'un frère. Ils n'en avaient pas parlé.

— Mon petit oncle est mort de rachitisme à l'âge de quatre ans.

Soudain, elle ouvrit son sac à dos, d'où elle sortit une lettre qu'elle lui tendit comme de loin. Elle gardait ses distances par rapport à cette lettre. Winter avait déjà constaté cela souvent. Ces lettres parvenues tels des oiseaux noirs et étrangers, apportant des nouvelles dont personne ne voulait, il arrivait que leurs destinataires viennent le trouver pour lui en communiquer la teneur. Mais qui leur avait dit qu'il désirait la connaître ?

— Qu'est-ce que c'est ?
— Une lettre.
— Manifestement, dit-il avec un sourire qui en déclencha peut-être un sur le visage de son interlocutrice, à moins que ce ne fût un simple effet de lumière imprévu, dans la pièce, comme si l'été de la Saint-Martin commençait à s'inquiéter de son avenir.
— J'ai reçu une lettre. De là-bas. La voici.
— D'Écosse ?

Elle hocha la tête, se pencha en avant et posa la lettre sur son bureau.

— Elle a été postée à Inverness.
— Mmm.
— Mais sans mention d'expéditeur au verso.
— Elle est signée ?
— Non. Ouvre, tu verras.
— Pas de poudre blanche ?

Peut-être esquissa-t-elle un sourire.

— Pas de poudre, de quelle couleur que ce soit.

La lettre qu'il sortit de l'enveloppe était écrite sur une feuille de papier rayé, fin et bon marché, qui paraissait avoir été arrachée d'un banal carnet. Très brève, elle ne comportait que deux lignes, en majuscules et en anglais.

Things are not what they look like.
John Oswald is not what he seems to be.

Winter examina le recto de l'enveloppe. Un timbre à l'effigie de la reine d'Angleterre, un cachet et une adresse :

OSWALD FAMILY
GOTHENBURGH ARCHIPELAGO
SWEDEN

— Elle a eu du mérite à te parvenir, au fin fond de l'archipel, dit-il en regardant Johanna Osvald.
— Ils ont des gens très doués, au tri postal.
— Le nom est écorché.
— C'est la façon anglaise de l'écrire.

Winter relut la lettre. *Il ne faut pas se fier aux apparences.* Ça, il en était bien persuadé après le nombre d'années qu'il avait passées dans la police. *John Oswald n'est pas celui qu'il paraît être.* Paraît être, est considéré comme. Il est considéré comme mort. L'est-il vraiment ?

— Son décès n'a jamais été déclaré officiellement, dit-elle avant qu'il n'ait le temps de lui poser la question. Pas par nous, du moins.
— Par les autorités, alors ?
— Oui.
— Vous pensez...
— Que devions-nous penser ? coupa-t-elle. Nous gardons l'espoir, nous avons toujours gardé l'espoir, mais... le bateau a coulé en mer du Nord et il n'y a pas eu de survivant, à ce que je sache.
— Qu'est-ce que tu sais, au juste ?
— C'était la guerre. Les recherches n'auraient pas été dépourvues de risques. Mais nous... ma grand-mère... mon père... aucun de nous n'a jamais reçu la moindre information comme quoi mon grand-père serait encore vivant, ni qu'on ait retrouvé un seul membre de l'équipage.
— Quand est-ce que ça s'est passé ?

— L'accident ?
— Oui.
— Peu de temps... après qu'ils eurent été forcés de chercher refuge... et de franchir la barrière de mines de la côte écossaise. La guerre avait commencé, n'est-ce pas ? Puisque le bateau a disparu au printemps 1940.
— Quel âge avait ton grand-père, alors ?
— Vingt et un ans.
— Vingt et un ? Et il avait un fils de deux ans ?
— Dans la famille, on se marie jeune et on a des enfants de bonne heure. Mon père avait vingt-deux ans, quand je suis née.

Winter se livra à une rapide opération de calcul mental.

— En 1960 ?
— Oui.
— La même année que moi.
— Je sais. On en a parlé, tu ne t'en souviens pas ?
— Non.

Elle garda le silence un moment.

— J'ai rompu cette chaîne, finit-elle par déclarer.
— Pardon ?
— Se marier jeune, avoir des enfants de bonne heure. J'y ai mis un terme.
— Je ne savais pas.
— Je ne me suis pas mariée et je n'ai pas eu d'enfant.

Winter releva qu'elle parlait au passé. Pourtant, elle n'avait encore que quarante-deux ans. Un âge après lequel les femmes ont des enfants de nos jours. Bon, je ne sais rien de sa vie actuelle.

— Et... ta mère ?
— Elle est morte il y a trois ans.
— Je suis navré.
— Moi aussi.

Elle tourna les yeux vers la fenêtre. Ce regard, il le reconnaissait. De profil, elle rappelait beaucoup la jeune fille sur le rocher, au grand soleil.

— Quand avez-vous reçu cette lettre ? s'enquit-il en montrant l'enveloppe.

Il se fit aussitôt la réflexion que celle-ci portait désormais ses empreintes digitales, outre des dizaines d'autres, des deux côtés de la mer du Nord.

— Il y a deux semaines.

— Pourquoi as-tu attendu jusqu'à maintenant pour venir me voir ?

Et que veux-tu que je fasse ? se demanda-t-il.

— Mon père est parti là-bas, à Inverness, il y a dix jours. Neuf, plus exactement.

— Pourquoi ?

— En quoi est-ce surprenant ? Il a été bouleversé, bien entendu. Il voulait savoir. Il a emporté une copie de la lettre et de l'enveloppe.

Qu'espérait-il trouver ? s'interrogea Winter. L'expéditeur ?

— Ce n'est pas la première fois, reprit-elle. Il... enfin, nous avons tenté de procéder à des recherches, mais elles n'ont jamais rien donné.

— Voyons, que pourrait-il dénicher d'autre uniquement grâce à ça ?

Elle commença par ne pas répondre. Il comprit qu'elle réfléchissait aux mots qu'elle allait employer. Il en avait l'habitude. Il lui arrivait même de deviner parfois ceux qui allaient se présenter. Ce ne fut pas le cas. Le regard de Johanna Osvald se détourna de lui, se dirigea vers la fenêtre, puis navigua entre celle-ci et lui.

— Je pense qu'il a reçu un nouveau... message, finit-elle par dire. Peut-être par téléphone.

— Il t'en a parlé ?

— Non. Ce n'est qu'une impression. Quelque chose d'autre que ça, ajouta-t-elle en regardant la lettre que Winter reposait sur la table.

— Qu'est-ce qui te le fait croire ?

— C'est la... décision qu'il a prise, en quelque sorte. Il n'a rien dit de particulier quand la lettre est arrivée. Si ce n'est qu'il était bouleversé, Comme nous tous. Et puis, brusquement, il a voulu partir. Immédiatement. Et il nous a quittés.

— Il y a dix jours ?

— Oui.
— A-t-il trouvé quelque chose ?
Johanna Osvald se tourna vers Winter.
— Il m'a donné trois fois de ses nouvelles. La dernière remonte à quatre jours.
— Et alors ?
— Il m'a simplement dit qu'il devait rencontrer quelqu'un.
— Qui ?
— Il ne l'a pas précisé. Il devait me rappeler dès qu'il en saurait davantage. Mais il paraissait... presque excité, ajouta-t-elle en se penchant en avant sur son siège.
— Et ensuite ?
— Je viens de te dire que c'est au cours de notre dernier entretien téléphonique. Depuis, plus rien. Il n'a plus donné de ses nouvelles. C'est pour cette raison que je suis ici.

Winter fut frappé par l'inquiétude qui s'affichait sur le visage de Johanna.

4.

Aneta Djanali était de retour à Kortedala. Il pleuvait et la température était brusquement retombée à son niveau d'avant l'été. L'automne était peut-être arrivé.

Dans Befälsgatan et Beväringsgatan, les immeubles semblaient s'éloigner, comme emportés par un flot quelconque. On dirait des navires de guerre en pierre, pensa-t-elle, et on croirait regarder un dessin animé.

Elle pensa soudain à Pink Floyd et à *Another Brick in the wall*. Ici, les murs se refermaient sur les gens et les faisaient pénétrer dans la brume.

We don't need no education.

Elle se gara dans une des rues portant un nom de mois, sans savoir si c'était du printemps ou de l'automne, car elle ne vit pas de plaque. Elle se dirigea vers l'une des murailles. Derrière celle-ci vivait Anette Lindsten. En un sens, ce nom allait bien avec l'endroit et le milieu. Comme la plupart des noms suédois, il est formé de mots ayant trait à la nature, pensa-t-elle. Et il est très composite, puisqu'il associe quelque chose de léger et de doux à du dur et du lourd[1]. Un peu comme ces immeubles qui donnent l'impression d'être suspendus en l'air, d'être des pierres dans le vent.

---

1. *Lind* veut dire « tilleul » et *sten* « pierre ».

Elle repensa aux yeux qu'elle avait aperçus dans l'entrebâillement de la porte. Ils étaient en pierre, eux aussi. Avait-elle parlé à son mari ? Vraiment *dialogué* ? Était-ce possible ? Disposait-il des moyens de s'exprimer ? Aneta Djanali était persuadée d'une chose : celui qui ne peut s'exprimer autrement a souvent recours à la violence. Les coups remplacent les mots. Ainsi, la violence devient la dernière forme de communication, la plus extrême, la plus atroce.

Avait-il frappé Anette ? L'avait-il seulement menacée ? Mais qui était ce « il » ? Et qui était-elle, également ?

Aneta Djanali franchit les portes de l'immeuble, qui avaient été ôtées de leurs gonds. Un véhicule du genre pick-up, surmonté de quelque chose qui ressemblait à une bâche de location, était garé à l'extérieur. Sur le plateau, elle aperçut le coin d'un canapé, deux chaises de cuisine, une commode, ainsi qu'un sac en papier contenant des plantes vertes. Quelqu'un qui arrive ou qui part, se dit-elle.

Un homme d'une soixantaine d'années sortit de l'ascenseur avec une caisse dans les bras et alla la déposer dans la voiture. Qui part, pensa-t-elle.

L'homme revint vers l'ascenseur, dont elle maintenait la porte ouverte pour l'attendre.

— Cinquième étage, en ce qui me concerne, annonça-t-il.

— Moi aussi, répondit-elle en appuyant sur le bouton.

Trois appartements donnaient sur le palier. Sitôt arrivée, Aneta remarqua que la porte de celui d'Anette Lindsten était ouverte.

Ce n'était pas comme la fois précédente.

Manifestement, cette femme était en train de déménager.

L'homme entra. Par l'ouverture, Aneta distingua, dans le hall, des cartons, des vêtements sur des portemanteaux, des chaises, un tapis roulé. Un poste de radio, branché sur une station locale diffusait de la musique en sourdine. Britney Spears. Toujours Britney Spears.

Aneta hésita sur le seuil. Devait-elle sonner ou appeler ? À présent, elle voyait la cuisine, qui paraissait avoir été vidée de tous ses meubles. L'homme s'était retourné dans l'entrée, mais elle ne voyait personne d'autre.

— Vous désirez quelque chose ? demanda-t-il d'une voix qui n'était pas inamicale.

Sa fatigue, visible, ne semblait pourtant pas avoir été causée par ses multiples allées et venues dans la cage d'escalier. Il avait les cheveux blancs. La sueur avait déposé une sorte de V dans le dos de sa chemise.

— Je cherche Anette Lindsten.

Un autre homme sortit d'une pièce en tenant dans ses bras un gros sac en plastique noir contenant de la literie.

— Qu'est-ce qui se passe ? lança-t-il, prenant son aîné de vitesse.

À peu près du même âge qu'Aneta Djanali, il n'était pas aimable. Il avait d'ailleurs sursauté en la voyant.

— Elle voudrait voir Anette, expliqua le plus âgé. Anette Lindsten,

Par la suite, Aneta Djanali devait se souvenir qu'elle s'était étonnée qu'il ait éprouvé le besoin de préciser le nom de famille.

— Qui êtes-vous ? lui demanda le jeune.

Elle se présenta et leur montra sa carte de police, puis s'enquit de leur identité.

— Je suis le frère d'Anette et voici son père, répliqua le jeune. C'est à quel sujet ?

— Je voudrais... m'en entretenir avec Anette.

— On sait de quoi il s'agit, mais c'est terminé, alors vous n'avez plus besoin de lui parler.

— Je ne lui ai jamais parlé.

— Et vous n'avez plus besoin de le faire. D'accord ?

Le père se racla la gorge.

— Qu'est-ce qu'il y a ? s'enquit le frère en se tournant vers lui.

— Tu n'as pas besoin de lui répondre sur ce ton, Peter.

Le père s'adressa à Aneta.

41

— Je suis monsieur Lindsten père. Et voici mon fils, Peter, ajouta-t-il avec un geste. Nous sommes en train de déménager les affaires d'Anette. Parce que... elle part d'ici.

— Où va-t-elle ?

— Ça vous regarde ? demanda le jeune. Il vaut mieux qu'aussi peu de personnes que possible le sachent, vous ne croyez pas ? Faudrait pas que les autorités se bousculent à sa porte à l'avenir aussi, hein ?

— Parce que c'est déjà arrivé ?

— Non, rétorqua-t-il avec cette absence de logique à laquelle elle s'était habituée depuis qu'elle était dans ce métier.

— Merde alors, faudrait pas que..., commença le frère, avant que le père ne l'interrompe.

— Si on prenait une tasse de café, pour parler de ça tranquillement ? suggéra-t-il en la regardant.

Il avait l'air d'un vrai père, de quelqu'un qui ne lâchait pas. À cet instant précis, il lui rappelait le sien, tapi dans la pénombre de sa case blanche, dans la steppe africaine. C'était un monde en noir et blanc, avec la vive lumière de l'extérieur et les ténèbres de l'intérieur.

Il ne la lâchait pas. C'était elle qui avait lâché prise.

— On n'a pas le temps, protesta Peter Lindsten.

— Pose ce que tu as dans les mains et va mettre le café à chauffer, répliqua calmement le père.

Son fils lui obéit docilement.

Winter alla chercher deux tasses de café et en mit une devant Johanna Osvald. Cette dernière avait l'air à la fois soulagée et refermée comme si sa visite l'avait aidée à surmonter une difficulté.

— Je ne savais pas à qui m'adresser, expliqua-t-elle.

— Sais-tu où il loge, là-bas ?

— Je sais où il logeait. Quand je l'ai appelé dans le Bed & Breakfast il y a quatre jours, on m'a annoncé qu'il était parti, répondit-elle sans lever les yeux de sa tasse. Je ne me souviens plus du nom, heureusement je l'ai noté sur mon carnet.

Elle se mit à fouiller dans son sac à dos.
— Où est ce Bed & Breakfast ?
— À Inverness, je ne te l'ai pas déjà dit ?
Inverness, pensa Winter. Le pont sur la Ness.
— Il n'a pas donné de ses nouvelles, depuis ?
— Non.
— Il t'a prévenue qu'il le quittait ?
— Non.
— Dans ce cas, qu'a-t-il dit la dernière fois où tu l'as eu au téléphone ?
— Qu'il devait rencontrer quelqu'un.
— Qui ?
— Il ne l'a pas précisé.
— Tu lui as posé la question ?
— Bien entendu. Il s'est contenté de me répondre qu'il allait... vérifier quelque chose et qu'il m'appellerait ensuite.
— Mais encore ?
— Il ne l'a pas précisé non plus... non, je ne le lui ai pas demandé. Mon père n'a jamais été très bavard. Surtout pas au téléphone.
— Tu crois que c'était lié à la disparition de ton grand-père ?
— Oui... je suppose. Ça me paraît évident. Qu'est-ce que ce pourrait être d'autre ?
— Qu'a-t-il dit, à part ça ?
— Qu'entends-tu par là ?
— Vous avez forcément parlé d'autre chose que de sa perspective de rencontrer quelqu'un qui avait peut-être un lien avec la disparition de ton grand-père ?
— Non, je lui ai seulement demandé comment ça allait de façon générale. Il m'a dit qu'il pleuvait, ce qui n'a rien d'inhabituel en Écosse.

Winter crut la voir esquisser un sourire.

— Il appelait depuis son portable ? De l'endroit où il logeait ? D'un bar ou d'un café ?
— Aucune idée. J'ai supposé que c'était... depuis ce Bed & Breakfast, qui s'appelle Glen Islay, dit-elle en bais-

sant les yeux sur son carnet avant de le regarder à nouveau. L'adresse, c'est Ross Avenue, Inverness.

On dirait une marque de whisky, pensa Winter. Mais ce n'en est pas une, je reconnais ce nom.

— Qu'est-ce qui te fait croire que ton père a appelé de là ? demanda-t-il.

— À bien y réfléchir, il me l'a peut-être dit. De toute façon, il n'a pas de portable.

Ainsi, il existe encore des gens qui ne sont pas en état de mobilisation permanente. Dans ma prochaine vie, je me débrouillerai pour en être, décida Winter.

— Je lui ai proposé de prendre le mien, reprit Johanna Osvald. Il a refusé sous prétexte qu'il ne marcherait pas, ce qui, dans ce cas, perturbe le voyage.

— Ce n'est pas faux.

— Quoi qu'il en soit, il n'a plus donné de nouvelles depuis,

— Ça ne fait pas si longtemps, au fond.

— Que veux-tu dire ?

— Quatre jours. Tu as attendu quatre jours avant de t'inquiéter, malgré tout. Peut-être…

— Que veux-tu dire ? répéta-t-elle. Comme si je ne m'étais pas inquiétée depuis le début. Mon père n'est pas du genre à téléphoner à tout bout de champ, mais j'ai fini par m'inquiéter plus qu'à l'ordinaire. Alors j'ai appelé Glen Is…

Un sanglot l'obligea à s'interrompre.

Winter était comme pétrifié. Je suis un imbécile, se fustigea-t-il. Et je ne me sens pas vraiment à la hauteur de cette situation. Elle a soudain pris un tour tellement… personnel. Il faut que je trouve un moyen de m'en sortir.

— Comment s'appelle ton père ? enchaîna-t-il d'une voix douce.

— Ax… Axel. Axel Osvald.

Winter se leva, prit sa tasse et celle de Johanna afin de les emporter et de détourner la conversation, de se donner le temps de voir les choses sous un angle différent. Puis il regagna son siège et s'assit.

— Qu'en penses-tu ? À ton avis, qu'est-ce qui a pu se passer ?

— Je crois qu'il lui est arrivé quelque chose.

— Pourquoi ?

— À l'heure qu'il est, il n'y a aucune raison pour qu'il n'ait pas donné de ses nouvelles.

Winter s'efforça de réfléchir comme un professionnel de l'investigation. Voilà qui lui demanda un gros effort tant les idées et les projets qui l'avaient occupé tout l'été étaient d'un ordre différent.

— A-t-il loué une voiture ?

— Je... je l'ignore.

— Il a son permis de conduire, n'est-ce pas ?

— Oui.

— C'est quoi son métier ?

— Il est... menuisier.

— Tu as hésité avant de le préciser.

— En effet... parce qu'il était pêcheur auparavant. Comme tout le monde dans la famille Osvald et presque tous les autres sur notre île. Il a changé de métier.

Winter en resta là. Il essaya une autre piste.

— Peut-être a-t-il trouvé quelque chose... rencontré quelqu'un... peut-être est-il ailleurs qu'à Inverness et va-t-il bientôt donner de ses nouvelles.

— Tes suppositions me soulagent énormément, lâcha-t-elle sur un ton très ironique.

— Que veux-tu que je fasse ?

— Je n'en sais rien. Excuse-moi. Je me disais que tu aurais peut-être une idée.

— On peut le faire rechercher par Interpol. Si tu veux, je peux t'apporter mon aide.

— Interpol... c'est tellement officiel. Est-ce que ça donnera vraiment des résultats ? N'existe-t-il aucun autre moyen à ta disposition ?

— Écoute, Johanna. Il ne s'est pas encore écoulé beaucoup de temps. Rien ne permet de penser que ton père est en danger. Il peut...

— Comment expliquer cette lettre, alors ? le coupa-t-elle, désignant d'un signe de tête la feuille posée sur la table.

— Je ne l'explique pas.
— Tu crois que c'est le fait d'un cinglé ?
— Et toi ?
— Je ne sais quoi penser. Tout ce que je sais, c'est que mon père l'a prise très au sérieux quand il est parti. Ou alors il a appris autre chose, comme je t'ai déjà dit. Et qu'il est étrange qu'il ne m'ait pas donné de nouvelles.

Winter se leva et se dirigea vers la carte de l'Europe affichée sur le mur du couloir. Inverness se trouvait à la pointe nord des Hautes Terres d'Écosse. Il y était allé vingt ans auparavant. Une seule fois, en parcourant le pays du nord au sud. Il pensa à la femme assise derrière lui. C'était sûrement au cours du même été...

Il réfléchit de nouveau, sans cesser d'étudier la carte. Oui, c'était peut-être cet été-là, ou juste après. Au mois de septembre, pendant un été de la Saint-Martin comme celui-ci. Il était dans une phase transitoire de sa vie, sans savoir où elle le mènerait. Il avait décidé de mettre un terme à ses études de droit sitôt terminé le semestre d'orientation, qui lui avait suffi. Au revoir et merci. C'était avant qu'il n'ait vraiment décidé d'entrer dans la police et soit employé à protéger ses semblables et à veiller sur leur moral.

Il avait d'abord travaillé au tri postal, avant de toucher l'héritage de son oncle maternel, qui avait changé pas mal de choses dans sa vie. Il avait alors dit adieu au courrier et décidé de s'offrir un voyage en Grande-Bretagne, où il n'était encore jamais allé. Il avait fait les choses à fond, pris un ferry pour Newcastle puis le train pour gagner Thurso et Dunnet Head, pointe septentrionale du pays. Il était ensuite redescendu jusqu'à l'extrême sud, Lizard Point, par le train, le bus et en auto-stop. Il s'était assigné cette mission en se disant que sa vie se présenterait ainsi dorénavant : il serait en route pour aller quelque part, sans savoir comment, mais d'une façon qui serait à la fois méthodique et planifiée.

Je ne me fie à mon absence de certitudes que maintenant, songea-t-il, en voyant à nouveau le nom d'Inverness sur la carte. Il y avait passé une nuit dans un Bed & Breakfast, comme par hasard.

Un souvenir particulier concernant cet endroit lui revenait à l'esprit. Il était allé à pied de la gare jusqu'aux rues où se trouvaient les logements de ce genre. C'était en fait assez loin, en dépit de ce qu'on lui avait affirmé à l'Office du tourisme de la gare. Ils avaient appelé pour retenir une chambre à son intention, puis il avait marché pendant un bon bout de temps. Il avait traversé le centre de la ville, emprunté un pont qui l'avait amené dans un autre quartier qui semblait le produit d'une autre forme de civilisation. De là, il était arrivé dans un quartier de petites maisons de granite, avait pris à gauche et à droite, puis tout droit et ensuite encore deux ou trois fois à gauche et à droite. *C'est simple comme boujour, cher monsieur.* Tel avait été l'un des ses premiers contacts avec cet étrange peuple britannique.

Il avait cherché si longtemps la rue où était situé son logement que son nom était resté gravé dans son souvenir. De plus, il comptait trouver une avenue, parce qu'elle s'appelait Ross Avenue, alors qu'elle ressemblait à toutes les autres s'était-il rendu compte quand il y était arrivé.

Sidéré, Winter s'adressa à Johanna Osvald.

— Tu m'as bien dit que son Bed & Breakfast se trouvait dans Ross Avenue ?

— Oui.

Il se retourna vers la carte.

— J'y suis allé. J'ai logé une nuit dans un B&B de Ross Avenue.

— C'est curieux ! l'entendit-il s'exclamer.

Winter évita de mentionner que c'était cet été-là. Puis il se tourna une fois de plus vers elle, sous le coup d'une idée qui lui était venue soudain.

— Je connais quelqu'un qui habite la région d'Inverness. Un collègue.

Lindsten père la servit et lui donna la tasse. Son fils était resté près de la fenêtre à regarder à l'extérieur, avant de reprendre ses allers et retours.

Aneta Djanali était assise sur une chaise, dans la cuisine vide. La table avait été repliée et posée contre le mur.

— Pourquoi êtes-vous ici ? demanda-t-il.

— Je suis déjà venue ici l'autre jour et… ce que j'ai vu ne m'a pas plu, répondit-elle.

— Quoi donc ?

Aneta sirota son café, fort et brûlant.

— La situation.

— Ce sont les voisins qui vous ont appelés ?

— Oui. Et ce n'était pas la première fois.

— Mais la dernière.

— D'ici, à tout le moins.

— Non, affirma Lindsten, péremptoire. Il n'y en aura pas d'autre.

Il vida sa tasse d'un geste résolu, se brûlant la gorge, remarqua Aneta.

— Où est Anette, maintenant ?

Il garda d'abord le silence. Il tourne sa langue dans sa bouche, pensa-t-elle.

— En sûreté, finit-il par lâcher.

— Chez vous ?

— Pour l'instant, dit-il en détournant les yeux.

— Savez-vous où se trouve son mari ?

— Non.

— C'est important, reprit Aneta Djanali. Même de façon… générale. Beaucoup de femmes ont peur de leur mari. Ou de leur ex. Certaines se cachent, elles y sont forcées. D'autres restent, en espérant que ça va changer.

— Ici, c'est terminé, en tout cas.

— Qui est le détenteur du bail ?

— Il a toujours été au nom d'Anette. Il lui reste deux mois avant la fin du préavis, mais tant pis. L'appartement restera vide pendant ce temps-là.

— Avez-vous parlé à son mari ?

— Ce salaud ? Il m'a appelé hier et je lui ai dit d'aller se faire...
— Vous croyez qu'il vous a entendu ?
— Si jamais il se pointe, j'ai peur de ne pas pouvoir empêcher Peter de lui flanquer une raclée. Dans ce cas on aurait affaire à la police pour de bon, n'est-ce pas ?
— Ce n'est pas une bonne solution.
— Il n'en connaît pas d'autre, il n'aime que les médecines fortes.

Ils entendirent une caisse tomber dans l'entrée et Peter Lindsten pousser un juron.

La différence serait que ce pauvre type aurait à qui parler.

Celui-ci s'appelait apparemment Hans Forsblad. Aneta Djanali avait déjà vu ce nom dans les papiers du P.C. de la police et, par la suite, chez ses collègues de Kortedala. L'affaire avait été transmise aux autorités chargées de veiller à la tranquillité des femmes mariées.

Ce nom aussi suédois que les autres était lui aussi lié à la nature. De même que celui de la femme, il était à la fois puissant et léger[1]. Lequel l'emportait sur l'autre ? Quel était le résultat final ?

— Dispose-t-il des clés ?
— On a fait changer la serrure.
— Où sont ses affaires ?
— Il sait où il peut aller les chercher.

Autrement dit : à l'ombre, pensa Aneta.

— Vous avez fait de lui un SDF.

Lindsten eut un petit rire sarcastique.

— Il n'a pas passé une nuit ici depuis un bail. Il y est venu, c'est vrai. Seulement pour... pour...

Elle eut l'impression que son visage se décomposait soudain ; ses yeux se remplirent de larmes et il se tourna vers la fenêtre, comme s'il avait honte de son comportement – mais ce n'était pas vraiment de cela qu'il s'agissait.

---

1. *Fors* veut dire « torrent, cascade » et *blad* « feuille ». [N.d.T.]

— Il n'a hélas pas fait l'objet d'une interdiction de visite.

— Ça n'aurait servi à rien, chuchota Lindsten, la tête baissée.

— Si Anette, ou quelqu'un d'autre, avait porté plainte, il aurait pu se la voir signifier. J'aurais pu prendre la décision à très court terme. J'étais prête à le faire. C'est d'ailleurs pour ça que je suis venue.

Il leva des yeux toujours luisants de larmes.

— Cela n'a plus aucune raison d'être. Ni ça ni autre chose.

On aurait soudain dit qu'il ne croyait plus ce qu'il disait. Il y eut un autre bruit sourd dans l'entrée, suivi d'un autre juron. Il était temps qu'elle parte. Ces gens avaient un déménagement à effectuer, une nouvelle vie à organiser en quelque sorte. En tout cas, elle espérait que ce serait ce qui se passerait pour cette femme dont elle avait entrevu le visage l'espace de deux ou trois secondes.

— Tu connais quelqu'un d'Inverness ? demanda Johanna Osvald, qui semblait sur le point de se lever.

Winter était toujours debout près de la carte.

— Je... crois bien.

— Un collègue de la police ?

— Oui. Il habite Londres, mais il est écossais.

Winter fouilla dans les archives de sa mémoire. Il vit Londres, un commissaire de son âge à l'accent écossais, une petite femme assez jolie et deux beaux enfants, des jumelles. Le visage de ce collègue n'était sans doute pas ce qu'on peut qualifier d'attirant, pour qui est en mesure d'en juger. Il portait la marque de ses origines. Une ferme non loin d'Inverness. C'était Steve en personne qui le lui avait dit. Winter observa la carte, malheureusement à bien trop grande échelle.

— Il s'appelle Steve Macdonald et vient de là-bas.

— Tu pourrais lui demander ?

— Oui, répondit Winter.

Quoi ? Toute la question est là, pensa-t-il.

— Il serait peut-être possible de savoir si papa a loué une voiture.

— On peut l'interroger à ce sujet. Libre à toi.

— Oui... mais si ton collègue est de là-bas, il connaît peut être quelqu'un qui serait susceptible... enfin... de voir si... non, je ne sais pas, en fait.

Johanna se trouvait à présent près de Winter, devant la carte. Pourtant, on aurait dit qu'elle ne voulait pas la voir et se refusait à regarder une partie quelconque de ce pays qui avait joué un rôle si décisif dans la vie de la famille Osvald. Et n'avait peut-être pas fini de le faire, songea-t-il.

Il sentait sa présence non loin de lui et entendait sa respiration. Il se dit alors, au risque de paraître porté sur les banalités, que les années passaient vite. Cela n'en restait pas moins vrai.

— Si tu désires t'informer, Steve saura peut-être à qui s'adresser, dit Winter en se tournant vers elle.

Dans quoi suis-je en train de me laisser embarquer ? pensa-t-il. Normalement, un tel entretien aurait dû prendre fin avant même de commencer. Or, c'était déjà devenu une affaire. Et de dimension internationale par-dessus le marché.

5.

Il se tenait sur la plus haute des collines et voyait l'église d'en haut. Il était déjà venu y prier Jésus pour le salut de son âme. Ce bâtiment était la seule chose de Newtown qui restât du bon vieux temps.

Quand le Lord et la Lady avaient transféré le village, en 1836, l'église était restée. Elle datait du XIVe siècle. D'avant l'époque des grandes expéditions maritimes et des découvertes.

Le Lord et la Lady n'y étaient pas allés de main morte. Pour que le village ne soit pas à proximité de leur château, ils l'avaient tout bonnement changé de place !

Ce qu'ils tenaient surtout à éviter, c'était le chemin de fer.

Il voyait les viaducs suspendus en l'air, au-dessous de lui. Là, à distance respectable du Lord et de la Lady, on avait eu le droit de les construire. Un travail de titans, réalisable au demeurant.

Le Lord et la Lady avaient disparu, comme beaucoup d'autres choses. La mer, toujours là, donnait néanmoins l'impression de se retirer davantage au fil des ans. À marée basse, les chalutiers se retrouvaient un peu plus loin. Leurs flancs luisaient comme des gueules béantes, au crépuscule. On aurait dit qu'une bande d'épaulards s'était lancée à l'assaut de la ville et était restée bloquée sur l'estran.

Il dominait le bassin du port. Une odeur de soufre flottait dans l'air. Dans l'air, pensa-t-il : tout ce qui semblait être corporel était emporté par le vent.

Chaque jour sa hanche le faisait souffrir un peu plus. Il aurait dû s'abstenir de marcher, mais ne pouvait s'en empêcher. C'était son corps malgré tout. Cela n'avait cependant pas d'importance, il savait ce qui en avait.
La première fois qu'il était venu, la ville était le principal port de pêche le long de cette côte, au sud du Moray Firth. Plus grand que Keith, Huntley voire Buckie.
The Buckie boys are back in town.
Il n'était pas resté longtemps. C'était encore à l'époque où il ne savait ni qui ni où il était. Comme s'il était aveugle. Maintenant, il savait qu'il était venu là, qu'il s'était tenu là, qu'il avait marché et parlé ; pourtant il n'en avait pas eu conscience sur le moment.
Cela le faisait parfois crier la nuit. Il lui arrivait de se réveiller en s'entendant et de constater qu'il était dressé sur son séant, dans son lit de cette chambre glaciale, avec son haleine qui formait une sorte de cornet blanc devant lui. Ses cris restaient comme emprisonnés dans ce souffle. C'était épouvantable, à vous figer de peur. Il avait la gorge à vif, comme si elle avait été brûlée au fer rouge. Qu'avait-il crié ? Qui l'avait entendu ? Il était sorti dans la rue mais n'avait rien vu bouger, derrière les vitres noires de la maison d'en face.
Personne ne l'avait entendu.
Il avait vu les rares lumières de la ville au-dessus de lui.
Il avait alors brièvement pensé à elle,
Il avait vu la lueur de la cabine téléphonique, dans la brume. La sonnerie n'y retentissait jamais.
Il le lui demanderait.
Elle le ferait.
Elle avait déjà accédé à ses volontés.
Mais il n'en était plus certain, désormais.

Ces derniers temps, elle l'avait regardé comme si elle ne le reconnaissait pas.

Il n'avait pas posé de question.

Laissant le port derrière lui, il traversa Seatown. Les maisons rapetissaient sous les viaducs et se serraient les unes contre les autres. Il se dirigea vers la sienne, par des rues qui ne portaient pas de noms. *This is where the streets have no names*, se dit-il. Il pensait souvent en anglais, Presque toujours, en fait.

Quelques bribes de son ancienne langue lui revenaient parfois, uniquement lorsqu'il était sous le coup d'une violente émotion. *Where the streets have no names*. Il n'existe que deux autres endroits où c'est le cas, le paradis et l'enfer.

Il était allé dans les deux. À présent, il faisait l'aller et retour.

Les maisons portaient des numéros, elles, même s'ils semblaient un peu fantaisistes. Le sept se trouvait ainsi à côté du vingt-cinq et le six à côté du trente-deux. Il logeait dans la maison noire portant le numéro quatorze. Ce qui signifiait qu'elle avait été la quatorzième à avoir été construite à Seatown. Ici, c'était comme ça. Sa maison était la seule de couleur noire.

6.

Fredrik Halders était étendu sur le canapé, les pieds sur l'accoudoir. Un étrange luminaire était accroché au plafond, au-dessus de lui. À moins que ce ne soit un effet de perspective.

— Ai-je déjà vu cette lampe ? s'enquit-il en la désignant.

— Il me semble que c'est une question que tu dois te poser, répondit Aneta Djanali, penchée sur diverses photos.

Halders ricana, enfin Aneta en eut l'impression.

Il tenta de tourner la tête sans se relever, une erreur de sa part. Sa nuque ne serait plus jamais comme avant. Il avait reçu un coup sur la tête, un jour où il s'était comporté de façon encore plus stupide que d'habitude. Et encore il s'en était bien tiré : il faudrait ne plus jamais faire des bêtises. Quoi qu'il en soit, sa nuque avait retenu la leçon. Chacun sait ce qui arrive aux types qui ont la grosse tête.

— Elle vient d'Afrique ?

— Qu'est-ce que tu en penses ? demanda-t-elle sans se retourner.

Il examina à nouveau le dessous de la lampe. Elle se terminait en pointe, et le dessus était vert.

— Elle est africaine, conclut-il.

— Bravo, Fredrik.

Il s'applaudit à la mode chinoise.

— Es-tu capable de deviner de quel pays elle vient ? poursuivit Aneta depuis le centre de la pièce. Pour compliquer encore un peu plus les choses, j'aimerais savoir comment ça s'appelait avant qu'on ne l'ait nommé différemment.

— Pas facile.

— Je sais.

Elle comprenait en effet les difficultés que cela pouvait lui poser. Ils n'avaient parlé de son pays natal que trois fois par heure chaque jour, depuis qu'ils travaillaient ensemble, avant de se fréquenter en dehors des heures de service. C'était surtout Fredrik qui avait discouru sur ses origines exotiques et sur son merveilleux pays, qu'il feignait d'être incapable de situer sur la carte mais que, en fait, il connaissait très bien, ainsi que la plupart des autres choses, en ce bas monde.

— Ça commence par un H, précisa-t-elle.

— Comme dans « heu » ?

— C'est ça.

— La Hongrie ?

— Ce n'est pas en Afrique.

— Zut alors.

— Il y a un V aussi.

— Le Venezuela ? Parce que Venise et Vienne ne sont pas des pays.

— Tu crois que c'est en Afrique ?

— Ben oui, quoi : *Out of Africa*.

— C'est toi qui es complètement « out ». Pour t'aider encore un peu, je te dirai que c'est un nom composé.

— La Haute-Vienne !

— Tu en as au moins un de bon.

— La Basse-Vienne, alors ?

— Et le H ?

— Ah oui, c'est vrai.

— Je refuse de te donner d'autres indices.

— Si on parlait d'autre chose, ça me reviendrait peut-être, dit Halders en s'appuyant sur le coude au prix d'une certaine douleur à la nuque. C'est quoi ces photos ?

— Elles datent de l'été dernier.
— Je suis dessus ?

Elle lui montra un cliché qu'elle avait développé et tiré, où Fredrik et elle étaient derrière Hannes et Magda. On voyait le fils de Fredrik qui tenait le fil du déclencheur à retardement dans sa main. Il avait l'air très concentré, mais heureux. Chacun avait d'ailleurs l'air de l'être sur cette photo.

On aurait dit... une famille.

— Où est-ce qu'on a pris ça ? demanda Halders depuis le canapé.
— Devine.
— Encore ? Oh non !
— Tu vois les vagues, derrière nous ?
— Oui, mais de quelle mer s'agit-il ?
— De celle du Nord, tiens.
— Les flots gris et déferlants..., commença-t-il à déclamer.
— Pas ce jour-là. Elle était bleue et il n'y avait pas une ride à la surface.
— Tu crois qu'un Africain oserait plonger dans la mer du Nord par n'importe quel temps ? demanda Halders.
— Je refuse de répondre.
— Tu connais l'histoire de cet Africain venu en Suède pour un an comme étudiant d'échange. À son retour au pays, ses copains lui ont demandé quel temps il faisait. Il a répondu : l'hiver vert, ça va, l'hiver blanc, bonjour les dégâts.
— Non, je ne la connais pas. Raconte-la-moi.
— Heu...
— Tu cherches toujours le nom de ce pays d'Afrique, à ce que je vois.

Elle regarda à nouveau la photographie qu'elle tenait à la main. La journée avait été parfaite. *Such a perfect day*. Le soir, Fredrik avait mis un disque de Lou Reed. Ils avaient beaucoup en commun.

La famille parfaite.

Elle pensa soudain à Anette Lindsten, maintenant en

sécurité en un lieu tenu secret, peut-être le foyer de son enfance.

Elle devait bien avoir une photo de mariage, elle aussi : une photo de ce jour parfait. Anette et Hans, deux enfants de la nature à en juger par leurs noms, le visage baigné de lumière...

Acceptez-vous de prendre pour époux... pour le meilleur et pour le pire.

C'est-à-dire pour la battre comme plâtre.

— As-tu jamais eu envie de... battre Margareta ? demanda-t-elle.

Fredrik resta littéralement bouche bée.

— Qu'est-ce que tu me chantes là ?

— Tu peux fermer la bouche. Tu n'ignores pas ce que je suis allée faire hier. J'essayais simplement d'imaginer la chose. De comprendre comment ça peut arriver.

— Pour l'amour de Dieu, Aneta... Pourquoi ne me demandes-tu pas si j'ai cessé de la battre, pendant que tu y es ? Qu'est-ce qu'on peut répondre à ça ?

— Ce n'est pas la question que je t'ai posée.

Il garda le silence ; elle le regarda. C'était un homme violent, elle l'avait toujours considéré comme étant... radical, mais seulement sur le plan verbal. Je remets les voyous en place oralement, avait-il coutume de dire. Et c'était bel et bien ce qu'il faisait presque toujours. Il était en effet à bout de patience, comme pas mal d'autres dans la corporation, et pourtant capable de se dominer. Scandalisé en permanence, il ne se laissait pas emporter par sa colère.

— C'est lié à notre divorce..., commença-t-il à dire. Ou peu de temps avant celui-ci. Une ou deux fois, j'en ai eu tellement marre que j'ai eu envie... envie de... de taper sur quelque chose, compléta-t-il en regardant Aneta droit dans les yeux. Mais il n'y a jamais eu le moindre risque que ce soit... sur elle. Jamais.

— Sur quoi, alors ? Ou sur qui ?

— Enfin, Aneta, tu me connais. Personne... bon, peut-être un délinquant quelconque. Tu comprends ce que je veux dire : personne de mon entourage, à la maison. Il est possible que j'aie donné un coup de poing dans un placard et je me rappelle avoir cassé un barreau de chaise d'un coup de pied, un jour.

— Mon Dieu.

— Voyons, ce n'était qu'une chaise.

— Je répète : Mon Dieu.

Il cessa de se masser la nuque, geste qui était devenu un tic chez lui. Une lueur nouvelle passait dans ses yeux, comme s'il braquait le regard vers l'intérieur de lui. On aurait dit que sa personnalité s'intériorisait en quelque sorte.

— En même temps, je savais que c'était moi le fautif. Que c'était moi qui étais la cause de ma propre... colère, si c'est le mot qui convient. Que c'était ma faute si nous nous trouvions dans cette... situation. Que c'était moi qui avais brisé ma famille ou qui étais en train de le faire. Et ça me rendait tellement furieux que je frappais. Tu peux qualifier ça de paradoxe si tu veux : frapper pour dégager sa responsabilité, ajouta-t-il en semblant sortir de lui-même et regardant Aneta.

Elle ne répondit pas.

— N'empêche que les rares fois où j'ai tapé... dans quelque chose, c'était des objets inertes.

Elle releva l'expression : des objets inertes.

Elle en avait vu un certain nombre, ainsi que Halders. Cela faisait partie de leur travail, de la *routine* de celui-ci. Qu'était-ce en effet qu'un corps privé de vie, sinon un objet inerte ?

Du calme, Aneta, s'admonesta-t-elle. Il n'est pas question de routine de travail ce soir. Tu es chez toi, un homme est allongé sur ton canapé et toi tu regardes des moments de bonheur fixés sur la pellicule. Vous n'allez pas tarder à vous mettre à table, à manger et à boire de bonnes choses. Il règne une belle lumière, dans cette pièce, tu n'as pas besoin d'y faire rentrer des ombres. Kontomé illumine la pièce, pas seulement le chemin, la voie.

— Pour tenter de dégager sa responsabilité, rectifia-t-elle. Parce que c'est impossible d'y parvenir.

— Pas mal essaient.

Elle se leva. Les photos étaient toujours sur le sol, en forme d'éventail. C'était une assez bonne expression, cela aussi. Elle traduisait bien le contenu et l'ambiance de ces clichés.

— Et essaieront encore, enchaîna-t-elle.

Winter se retourna, sur le seuil, pour contempler Elsa endormie. Elle serrait Pelle, sa peluche préférée, un panda noir et blanc dont la tête était plus grosse que la sienne. Ce fut Pelle qui rendit son regard à Winter, car il ne baissait jamais les yeux, lui. Il avait toujours foi en l'avenir.

— Elle connaît tous ses livres par cœur, fit-il. Comme une actrice. Elle me les récite jusqu'à ce qu'elle finisse par s'endormir. Je crois que Pelle aussi, même s'il ne dit rien. Mais elle débite toute l'histoire et, brusquement, elle s'endort au beau milieu d'une phrase.

Angela était assise sur le canapé, un magazine féminin sur les genoux. Winter, pour sa part, procéda à divers mouvements d'assouplissement pour dégourdir ses membres qui s'étaient ankylosés pendant qu'il était dans le lit d'Elsa.

— À moins que ce ne soit toi qui t'endormes.
— Pas ce soir.
Elle leva les yeux vers lui.
— Est-ce que tu pourrais préparer quelque chose ?
— Quoi ?
— Quelque chose de bon.
Il traversa le couloir pour se rendre dans la cuisine.
Il trouva un peu de saumon fumé qui restait du repas de dimanche, de l'aneth, du beurre, des œufs, du yoghourt long et du poivre blanc.

Il but un verre de vin pendant que le plat cuisait, dans le four. Cela sentait bon. Il écoutait Wynton Marsalis sur le petit poste de la cuisine. Ou plutôt il l'entendait, sans vraiment l'écouter, en regardant la pâte gonfler et former un pâté en croûte.

Puis il porta le plateau dans la salle de séjour. Angela, assise, les jambes repliées sous elle, observait le ciel, dégagé mais sombre, au-dessus de Vasaplatsen.

— Mmm, dit-elle.

Il lui servit du vin.

— Nous ne sommes que mardi, fit-elle observer en levant son verre.

— C'est mardi toute la semaine, répondit-il en trinquant.

Elle coupa un morceau de son pâté et le huma.

— Ahhh !

— On fait de son mieux, dit-il modestement. En fonction de ses capacités.

— Je t'aime bien quand même, Erik, susurra-t-elle avec un sourire.

— Tu n'as pas encore goûté.

Ils prirent le café dans la pénombre. La seule et unique lumière était le reflet de celles de la ville. Mais elle était constante, un peu comme un jour éternel.

— Jadis, on appelait ça faire la veillée, dit Angela. Une des infirmières du service emploie parfois cette expression.

— Elle est excellente.

— Hum.

— Est-ce qu'on dit ça en allemand, aussi ? demanda Winter.

— Aucune idée.

Angela était originaire d'Allemagne, plus précisément de l'ancienne Allemagne de l'Est, *die sogenannte DDR*, et de Leipzig, ce vieux foyer de culture totalement dévasté, d'après son père, qui avait donc emmené sa femme et leur enfant unique jusque-là, un fils, vivre à Berlin-Est. Peu après, en 1961, il avait vu le Mur, *die Mauer*, s'élever et les séparer de la liberté. Le chirurgien Günther Hoffmann avait assisté à cela depuis l'une des grandes fenêtres de son hôpital, qui se trouvait désormais à l'ombre de celui-ci. Les étages inférieurs étaient plongés dans l'obscurité dès les premières heures de l'après-midi.

L'année suivante, ils avaient quitté clandestinement le pays, dissimulés sous le châssis de deux Coccinelles Volkswagen. Günther Hoffmann était certain que sa femme et son fils survivraient à cette expédition, il avait pris toutes les dispositions à cet effet. Il vint les rejoindre par la suite. Malgré les risques incontestables, cela marcha.

Il tenta d'abord de vivre à Berlin Ouest, mais ne parvint pas à s'accoutumer aux violents éclairages au néon de la partie occidentale de la ville. Ce n'était pas sa ville, pas plus que ses compatriotes, pour eux il n'était même pas le cousin venu de la campagne. À la lumière des enseignes lumineuses, Leipzig la ténébreuse commença à revêtir les charmes de la nostalgie. C'était une idée folle.

Le docteur Hoffmann, qui se sentait maintenant étranger dans ses deux patries, en assuma les conséquences. Après en avoir parlé avec sa femme et son fils, ils partirent à nouveau, cette fois en direction du nord.

Pour bien souligner ce tournant décisif dans sa vie, il décida de supprimer le second n de son nom et de devenir Günther Hoffman tout court.

Il trouva du travail – et le calme – à l'hôpital Sahlgren de Göteborg. Où Angela vint au monde, au cours de l'été 1967.

— C'était *the Summer of Love*, avait dit un jour Angela, au début, avant d'expliquer à son fan de free-jazz de mari ce qui s'était passé dans le quartier de Haight Ashbury, à San Francisco, en cet été 1967. Les fleurs, l'herbe, la musique : Grateful Dead, Jefferson Airplane, Peanut Butter Conspiracy. Elle avait acheté tous les disques de l'époque, étant donné que c'était l'année de sa naissance. Erik s'était moqué d'Airplane mais avait écouté avec un certain intérêt les guitares jumelles de Quicksilver Messenger Service sur le disque *live* intitulé *Happy trails*.

– Ces types-là auraient pu être pas mal sur une scène de jazz, avait-il dit, ils savent jouer.

Une fois, elle avait mis *Eight Miles High*, avec Byrds, et Erik avait bondi de son fauteuil au cours de l'intro de Roger McGuinn.

— Mais c'est Coltrane ! s'était-il exclamé.

Par la suite, elle avait constaté qu'il avait raison. Dans une interview qu'elle avait lue dans une revue spécialisée, McGuinn expliquait qu'il avait cherché à retrouver les sonorités atonales du saxo ténor de John Coltrane dans ce solo de guitare. Ce type savait jouer.

Elle se leva et alluma le lampadaire, près du mur opposé. Une chaude lumière se répandit.

Il n'allait pas tarder à appeler Steve Macdonald.

D'abord, il avait quelque chose à dire à Angela.

— Aujourd'hui, le passé est venu me rendre visite.

— Ne dis pas ça de façon aussi lugubre.

— C'est une ancienne petite amie.

— Raison de plus pour me l'épargner.

— J'ai bien dit : ancienne.

— Et qu'est-ce qu'elle te voulait ?

Le ton de la question était loin d'être aussi chaleureux que la lumière.

Il lui expliqua la situation.

— Son père n'est pas parti depuis si longtemps que ça, commenta-t-elle.

— Non.

— À sa place, je serais quand même inquiète.

— Hum.

— Qu'est-il possible de faire au juste ?

— Lancer un avis de recherches international par l'intermédiaire d'Interpol, comme d'habitude.

— Et vous allez le faire ?

— Elle préfère attendre encore un peu.

— Cette ancienne petite amie ?

— Johanna.

Angela ne réagit pas, plongée dans ses pensées dont il n'était pas sûr de deviner la teneur.

— Johanna Osvald, précisa-t-il.

— Oui, oui.

Elle se leva et emporta sa tasse dans la cuisine sans ajouter un mot.

Il la suivit et la retrouva près de l'évier, l'air de ne pas savoir ce qu'elle fabriquait là.

— Ça fait vingt ans que je ne l'ai pas vue, tu sais.

— Quel dommage.

— Angela, enfin, voyons.

Elle laissa tomber la tasse dans l'évier. Celle-ci rebondit sur l'inox mais ne se cassa pas, se contentant de pivoter plusieurs fois.

Il faut que j'essaie de sortir de là. Et de l'aider à en sortir, songea Winter.

— Tu crois que je devrais appeler Steve ?

— Qu'est-ce qu'il peut faire ? demanda-t-elle en se retournant. Et tu as dit toi-même qu'elle préférait attendre.

Laissons tomber, pensa-t-il. Son père lui donnera des nouvelles dès demain. Quant à la lettre à la « Oswald Family », c'est sans doute une mauvaise plaisanterie en forme d'allusion au temps jadis. Ce n'est peut-être pas la première de ce genre qu'ils reçoivent depuis la guerre. On ne sait jamais.

Il regarda la tasse à café, couchée sur le côté dans l'évier.

— Elle aurait dû se briser en mille morceaux, constata-t-elle.

— Reste à savoir si c'est l'inox qui est plus mou ou les tasses à café qui sont devenues plus résistantes, répondit-il.

Avant sept heures du matin, Aneta Djanali était de retour à l'ancien appartement d'Anette. Peut-être se serait-elle prénommée Anette, elle aussi, si ses parents avaient eu un autre sens de l'orthographe. « Vous vouliez m'appeler comme ça ? » avait-elle demandé à sa mère, un jour. Celle-ci avait souri à la manière africaine, qu'Aneta avait beaucoup de mal à comprendre.

Sa mère venait de Koudougou, non loin de la capitale. Elle savait danser le *hagra*, seule, alors que normalement c'était un groupe de femmes qui chantait et dansait au son des flûtes *tira*. C'était une musique et une danse réservée aux mariages. Peut-être était-ce d'ailleurs ce que sa mère voulait lui laisser entendre : nous attendons ton mariage !

Aneta Djanali possédait des disques de *hagra*. Il était difficile de ne pas se mettre à se trémousser au son de cette musique qui était dans son corps, comme elle avait été dans celui de sa mère. La jeune femme avait aussi chez elle un *koso*, tambour à double peau, une *niabara*, calebasse séchée remplie de sable, et des bagues, qu'on appelait *boyo*, avec lesquelles on scandait le rythme.

Les immeubles étaient éclairés par les premiers rayons du soleil. Il avait plu, peu de temps auparavant, et des mares s'étaient formées sur l'asphalte. Elle vit des femmes et des enfants se rendant à l'école ou au jardin d'enfants, mais aucun homme. Une camionnette franchit un carrefour en direction d'un centre commercial invisible.

Elle eut un pressentiment.

Elle se gara en stationnement interdit, dans la rue transversale en face de l'entrée. Avant que la journée commence pour de bon, sa voiture était aussi anonyme que les autres.

Même s'il n'y avait plus de glace, elle n'en eut pas moins le geste de se recoiffer.

Elle sentit une odeur de cuisine dans l'escalier.

Les plaques portant les noms des résidents n'avaient pas encore disparu des portes.

Elle appuya sur la poignée ; la porte s'ouvrit. Son pouls s'accéléra.

Elle ouvrit la porte encore un peu plus et distingua une ombre. Puis ce furent les ténèbres.

7.

Il lui fallut quelques secondes pour comprendre. Personne ne l'avait touchée. Ces ténèbres faisaient partie intégrante de l'entrée de l'appartement.

Il avait fermé deux portes mais elle n'avait pas entendu le bruit. La lumière avait soudain disparu à ce moment précis. Elle l'entendait de l'autre côté de la porte de la chambre, un bruit qui n'avait rien d'agréable. Elle sentit le poids rassurant du SigSauer accroché à sa ceinture.

Il n'avait rien à faire là. La loi était de son côté à elle, avec tout son apparat, y compris la balance de la Justice.

Ombre massive.

Elle ne désirait qu'une chose : faire demi-tour et filer le plus vite possible.

Les ennuis de ces gens-là n'étaient pas les siens. Le problème était d'ailleurs réglé, apparemment. Ces deux personnes suivaient maintenant des chemins séparés, si étroits fussent-ils, vers le bonheur, qui se trouvait un peu partout devant eux à titre de promesse : là-bas l'herbe est plus verte et le ciel plus bleu.

Elle entendit alors un cri venant de l'intérieur de la pièce. Il donnait des grands coups dans la porte : un, deux, trois. La hache n'allait pas tarder à percer le contre-plaqué. Ensuite, elle verrait sans doute quelque chose de semblable au visage de Jack Nicholson, dans son nid de coucous. Mais il n'y aurait personne pour crier « Coupez ! »

Ce serait à elle de le faire.

Il ouvrit la porte et deux yeux écarquillés et aqueux la dévisagèrent.

— Qui êtes-vous ?

— Police, dit-elle en lui montrant sa carte.

— La... police ? Qu'est-ce que vous fichez là ?

— C'est plutôt à *vous* qu'il faut poser la question. Vous n'êtes pas chez vous, ici.

— Pas... chez moi ! J'HABITE ici, moi, merde, vous ne savez pas ça ?

— Plus maintenant, dit Aneta Djanali. Je dois vous prier de quitter cet appartement.

C'est comme ça qu'il faut s'y prendre, pensa-t-elle. Sinon, ça peut très mal tourner.

— Je n'ai pas l'intention de m'en aller, dit Hans Forsblad.

— Si vous voulez bien me suivre ? Je peux vous y forcer.

— Vous ! Je ne vois pas comment, assena-t-il.

Il tenta de rire, sans succès, puis s'avança d'un pas.

— Ne bougez pas ! cria Aneta en braquant son arme sur lui, à bout de bras, et s'avançant vers lui, au contraire.

— Vous êtes complètement cinglée.

Tout près d'elle à présent, il la dominait comme une ombre bien plus imposante que celle, invisible, de la loi. On ne discernait plus que l'arme qu'elle avait été contrainte de dégainer, même si le mot de contrainte n'était peut-être pas celui qui convenait. Pourvu qu'il ne s'aperçoive pas qu'elle tremble dans ma main, se dit-elle.

Elle attendit son geste suivant. Mon Dieu, si seulement tu pouvais me faire disparaître. Je ne veux pas tirer sur ce type. Je n'ai pas le temps d'une enquête de ce genre. Il n'en a pas le temps, les services de santé n'en ont pas le temps. Seules les pompes funèbres l'ont, parce que c'est le temps de l'éternité.

Elle le tenait toujours en joue.

Il s'assit par terre, s'effondra plutôt et se mit à pleurer.

Le bruit, strident, ressemblait à celui qu'elle venait d'entendre à travers la porte. Quand il leva la tête, elle se rendit compte que ses larmes n'étaient pas feintes. Son visage était nu, ses cheveux faisaient l'effet d'une perruque posée de travers et son costume, apparemment de bonne qualité, était d'une de ces marques qui réussissaient le prodige donner aux vêtements un aspect encore plus chic quand ils étaient fripés.

Il se moucha dans le mouchoir qui sortait de sa pochette. Il ne manque même pas ce genre de détail, pensa-t-elle.

— Vous ne savez pas l'effet que ça fait.

Aneta avait baissé son SigSauer mais ne l'avait pas encore replacé dans son étui.

— Quoi ?

— D'être mis à la porte de chez soi, répliqua-t-il dans un sanglot. De sa propre maison.

— Je crois que ce n'est plus chez vous depuis longtemps.

— D'après qui ?

Elle ne répondit pas.

— C'est eux, dit-il en braquant le regard vers la porte située derrière elle. C'est eux qui disent ça. Mais ils n'en savent rien.

— Qui « eux » ?

— Vous le savez bien.

Elle rengaina son arme et il suivit son geste du regard.

— Alors, vous ne m'arrêtez plus ?

— Levez-vous, lui ordonna-t-elle.

— Vous ne savez pas l'effet que ça fait, répéta-t-il.

Il se leva en chancelant.

— Je peux partir ? demanda-t-il.

— Comment êtes-vous entré ?

Il lui montra une clé.

— La serrure a été changée.

— C'est pour ça que j'ai ceci, dit-il en soupesant la clé.

Il ne pleurait plus.

— Comment vous l'êtes-vous procurée ?

— Vous ne l'avez pas compris ?

Sa voix s'était brusquement modifiée, il n'était plus le même homme.

C'est affreux, pensa-t-elle, je le vois se transformer devant moi.

— C'est elle qui me l'a prêtée, bien entendu. Je peux m'en aller maintenant ?

Il se retourna, entra dans la chambre et en ressortit immédiatement avec une mallette qui semblait d'une aussi bonne marque que son costume.

— J'avais besoin de ça, dit-il.

— Donnez-moi cette clé.

— C'est à moi qu'elle l'a prêtée, protesta-t-il sur le ton d'un enfant désobéissant, avec une grimace de déception.

Il est fou, ce type, pensa-t-elle. Et dangereux.

L'observant par en dessous, il esquissa un sourire. Puis il lui jeta la clé à travers la pièce. Elle ne perdit pas son sang-froid et la laissa atterrir par terre, à ses pieds.

Il prit sa mallette sous son bras.

— Je peux m'en aller ? murmura-t-il à nouveau. J'ai du travail, ajouta-t-il en désignant la mallette. C'est pour ça que je suis venu, j'en ai besoin pour mon travail.

Va-t'en, je ne demande pas mieux, pensa-t-elle en s'écartant pour le laisser passer.

— Enchanté d'avoir fait votre connaissance, dit-il en s'inclinant avec une politesse exagérée, avant de franchir la porte.

Elle resta immobile et l'entendit marmonner quelque chose, tandis que l'ascenseur montait en grinçant. Il pénétra dans la cage et celle-ci redescendit avec le même bruit. Aneta, en nage, sentait que son corps était poisseux : le dos, l'espace entre les seins, l'aine, les mains. Elle savait qu'elle avait frôlé quelque chose d'extrêmement déplaisant et qu'elle ne voulait plus jamais se trouver seule avec cet homme.

Soudain, elle eut l'impression à la fois de comprendre Anette Lindsten et de ne pas la comprendre. Si son silence et sa fuite étaient explicables, le reste ne l'était pas.

Une fois sortie, elle ferma la porte à clé.

Quand elle se retrouva à l'extérieur, le ciel, qui s'était éclairci, offrait diverses nuances de brun. Les immeubles semblaient prêts à décoller, tels des vaisseaux spatiaux de pierre, et à disparaître dans ce ciel qui évoquait le cuir. En route vers un monde meilleur.

La routine s'enracinait, insensible au malheur des hommes. Comment aurait-il pu en aller autrement ? se demanda-t-il, assis à son bureau couvert de papiers et de photos lourdes de sang. Oui. Lourdes de sang.

Ce bureau patiné par les coudes, les pensées, les ronchonnements, les accès de colère, les interruptions. Sans compter les cambriolages. Il y en avait eu un, un jour, dans cette pièce. Un voleur s'était laissé descendre des locaux de garde à vue, situés au-dessus, s'était introduit par la fenêtre et avait fauché son Panasonic, avant de se faire pincer lui-même dans le couloir. Quelle audace ! Winter lui avait tiré son chapeau. Un type accusé de vol s'évade d'un lieu sous surveillance et commet aussitôt un nouveau larcin dans les locaux de la police, voilà qui n'est vraiment pas banal ! Il avait alimenté les conversations pendant longtemps parmi la lie des gangsters, dans les quartiers sud-est de la ville, où le soleil n'ose pas trop se montrer.

Le sud-est. Cela le fit penser au sud-est de Londres, en dessous de Brixton. Croydon. Et au-dessus : Bermondsey, Charlton, autant de coins qui ne supportaient pas trop la lumière, au sud-est de la Tamise. Millwall, cette équipe de football oubliée des dieux.

Le collègue qui enquêtait sur les meurtres de ce secteur et qui avait résolu toutes les affaires sauf une – une énigme qui ne le laissait pas en paix.

Ils étaient descendus ensemble dans l'abîme de ces rues-là et ensuite ici, à Göteborg. Winter ne s'en était pas remis et ne s'en remettrait jamais. Il restait un être humain, malgré la routine. En fait, c'était l'inverse : la routine l'avait aidé à préserver l'humain en lui.

Il regarda sa montre, souleva le combiné et composa le numéro.

— Allô ?
— Steve ? C'est Erik.
— Ça alors.
— Comment va ?
— Cahin-caha. J'attends la retraite avec impatience.
— Oh là, tu es toujours jeune.
— Non, il ne faut pas prendre ses désirs pour des réalités.

Winter eut un sourire. Comme il avait le même âge que son collègue écossais, cette remarque valait aussi pour lui.

— Tu connais la chanson, n'est-ce pas, Erik, toi qui es un fan de rock'n'roll.
— Laquelle ?
— *It's been a long, long, long time.*
— Ah oui, ce vieux succès de Steve Macdonald et des Bad News.

Winter entendit son correspondant éclater de rire, au bout du fil, à la manière d'une scie à métaux sur un rocher.

— C'est de George Harrison. Tu connais peut-être ?
— Oh que oui. Mais maintenant il n'est plus là. J'ai lu ça dans *Mojo*, le magazine d'Angela.
— Tu lis *Mojo* ?
— J'ai dit que c'était le magazine d'Angela.

Macdonald garda le silence un moment.

— Quand un des Beatles quitte ce bas monde, ça laisse un vide, dit-il ensuite.
— Je crois que j'arrive à comprendre ça, dit Winter.
— C'est ce que tu as ressenti à propos de Coltrane ? Ou de Miles Davis ?

— D'une certaine façon. Et pourtant non. À supposer que je comprenne ce que tu ressens, toi.

— Bon, ça suffit peut-être sur ce sujet.

— Oui, merci.

— Je viens de lire le récit de la petite réception que vous avez réservée aux grands pontes de l'Union européenne et à George Bush, reprit Macdonald. Ce n'était pas dans *Mojo*, mais dans tous les autres journaux, en revanche.

Winter ne répondit pas.

— Je dois avouer que je suis surpris.

— De quoi ?

— De cette violence.

— Laquelle ?

— Pourquoi cette question, Erik ?

— Parce que tout dépend de ce qu'on entend par là. Il y a eu beaucoup de violence, je ne le nie pas. Je me demande seulement à laquelle les journaux britanniques ont attaché le plus d'importance.

— Celle de ton camp, Erik.

— Qui est aussi le tien, répliqua Winter en pensant à la vitrine du foyer de l'hôtel de police et à toutes les casquettes de police du monde entier qui y étaient exposées pour illustrer la fraternité des forces de répression à travers le vaste monde.

— Mon cul, lâcha Macdonald. Je me sens à peu près aussi solidaire de la corporation policière que *dubbleyou* Bush des taliban.

— Ça ne va pas très loin, alors.

— En revanche, je serai toujours prêt à tirer mon épée du fourreau pour toi, Erik.

— C'est un des problèmes qu'on a eus au cours de ces émeutes, fit observer Winter. Ou de la grande fiesta de Göteborg, pour reprendre la formule des collègues de Stockholm. À savoir qu'on n'avait pas d'épées.

— Je croyais qu'imprévu n'était pas suédois, lança Macdonald.

— C'est peut-être britannique ? Comme lors de ce qui s'est passé à Brixton ? *The Clash*.

— Touché.
— N'empêche que tu pourrais peut-être la tirer, au sens figuré à tout le moins.
— Je t'écoute.

Winter lui fit part de sa conversation avec Johanna Osvald.

— Le moment est peut-être venu de lancer un avis de recherches, déclara Macdonald.
— Je veux d'abord en reparler avec la petite-fille.
— Si le père ne se manifeste pas bientôt, je peux prendre quelques renseignements ici.

Winter savait que Macdonald était originaire d'une petite cité non loin d'Inverness mais il ne se souvenait pas du nom, pas plus qu'il ne se rappelait s'il avait vraiment travaillé dans la police, là-bas.

— Tu as bossé à Inverness, Steve ?
— Oui, et même dans la police judiciaire. J'y ai été muté du commissariat de Forres, la ville la plus proche.
— Où ça ?
— Je viens d'un petit trou du Far West qui s'appelle Dallas.

Winter éclata de rire.

— C'est une blague dans le coin, je te jure. Comme Paris, Texas, par rapport à Paris, France. Mon Dallas est une rue avec une rangée de maisons de chaque côté. Il n'y a rien d'autre, à part les deux fermes situées sur le coteau sud, dont l'une nous appartient.

Winter se souvenait en effet que Macdonald était fils de paysan.

— Mon frère y bosse toujours.
— Et tes parents sont toujours vivants ?
— Oui.

Winter garda le silence un instant.

— J'ai aussi une sœur et elle vit à Inverness.
— J'ignorais.
— Moi aussi, jusqu'à il y a six mois. Eilidh vivait ici, dans la partie la moins riche de Hampstead : *The Smoke*. Mais elle s'est fâchée avec son mari et elle est rentrée au

pays. En l'espace de vingt-quatre heures ou à peu près, elle avait ouvert un nouveau bureau, là-bas.

— Un bureau ?

— Oui, elle est juriste, spécialisée dans tout ce qui ne relève pas du droit pénal. Elle travaille avec une autre fille du même âge sous le nom de Macduff & Macdonald, Solicitors. Tu penses si on est fier d'elle, à Dallas.

— Encore plus fier que de toi ?

— Personne n'a jamais été fier de moi, Erik, ni à Dallas ni ailleurs.

— C'est parfait.

— Eilidh, elle, est une Écossaise avec laquelle il ne faut pas badiner.

— Quel âge a-t-elle ?

— Comment ça ?

Winter crut discerner un sourire derrière cette question.

— Je te pose la questions par politesse.

— Trente-sept ans. Cinq de moins que toi et moi.

— Hum.

— Mais elle est dix fois plus belle.

— Ce n'est pas rien, alors.

— Hélas, je ne crois pas qu'elle puisse beaucoup t'aider.

— Ça dépend. Est-ce que je peux reprendre contact avec toi pour te demander d'étudier ça de plus près avec les collègues de là-bas ?

— Naturellement.

— Bien.

— Je pourrais même aller y faire un tour, suggéra Macdonald.

— Pardon ?

— Rien, je me parlais. J'ai besoin de prendre l'air. Que dirais-tu si on se donnait rendez-vous à Inverness pour résoudre une nouvelle énigme ?

Winter éclata de rire.

— Quelle énigme ? lança-t-il.

Quatre jours plus tard, il n'aurait plus envie de rire

de cette plaisanterie qui n'en serait plus une, mais une énigme.

***

Aneta Djanali était dans son petit univers, infiniment plus supérieur à celui-ci. Elle but un verre de vin en silence. C'était du rouge. Le Burkina Faso aurait dû être un bon pays pour le vin. Les grappes de raisin y étaient grosses et très sucrées. Même si la vigne n'aurait pas dû pousser sur le sol, elle y parvenait ; ceux qui buvaient du vin n'étaient cependant pas nombreux dans ce pays musulman. Peut-être était-ce la raison. Personne n'avait les moyens de s'en acheter et rares étaient ceux qui avaient posé les yeux sur une bouteille. Aneta en avait vu dans un hôtel de Ouagadougou, servie à une famille française bruyante et corpulente qui, les manches retroussées, mangeait du couscous et du mouton. Le serveur portait cette bouteille comme si elle contenait de la nitroglycérine.

Son père, assis en face d'elle, avait regardé ce Français à la manière d'un Africain, qui voit plus loin que la fin des temps. Il n'était plus ni suédois ni européen ; ces identités avaient disparu le jour où il était revenu pour toujours. Il avait cessé de pratiquer son métier de médecin. « Pourquoi n'ouvrirais-tu pas un petit cabinet ? » lui avait-elle demandé. Il n'y a que trois cents docteurs dans ce pays. Il a besoin de toi, par tous les dieux. – Lesquels ? » avait-il répondu sur un ton qui lui avait fait comprendre qu'il ne plaisantait pas. Elle avait saisi pas mal de choses à propos de son père et de sa mère, en revenant au pays. Son père avait eu de multiples dieux et c'était toujours le cas. Le nombre de musulmans n'était guère qu'un chiffre de plus dans les statistiques. Tous les autres dieux attendaient dehors, dans la lumière et les ténèbres, au cours des journées de chaleur écrasante et des nuits affreusement froides. Parfois il leur parlait, de même qu'aux esprits, mais la différence entre les deux catégories était difficile à saisir.

Certains esprits étaient très puissants, comme le lion meurtrier.

D'autres étaient plus faibles et diffus, comme ceux des arbres.

L'idée sous-jacente était toujours celle de pouvoir. « Tout ce qui nous entoure est animé d'un certain pouvoir, avait expliqué son père. Les animaux comme le lion ou le serpent, les éléments comme l'éclair ou la rivière, sont capables de tuer, aussi doivent-ils être habités par de très puissants esprits. »

La mer est capable de tuer, pensa-t-elle soudain. Une idée étrange puisque la mer n'est pas vraiment présente au Burkina Faso.

Son père avait aussi parlé de la langue. En Afrique, la forme d'art la plus répandue était l'oralité. Il existe plus de mille proverbes dans chaque langue, avait-il dit.

Mon Dieu, avait-elle pensé dans l'avion d'Air France qui la ramenait en Europe, d'où est-ce que je viens ? Où est mon pays ? Qui suis-je ?

Qui deviendrai-je ?

Elle but une nouvelle gorgée de ce vin, qui était lourd et sentait le chêne et le cuir.

Que serai-je ?

J'ai plus de trente ans et je suis noire comme du charbon. Il est vrai que je ne suis pas la seule dans ce pays blanc et pur. Les gens qui y vivent sont blancs, de même que le sol. Maman aurait voulu que je me mette en ménage avec un Noir bien gentil. Une joie que je lui ai procurée pendant un certain temps, pas autant qu'elle l'aurait aimé toutefois. Cela n'a plus aucun intérêt.

Elle repensa à ce repas dans la salle à manger de l'hôtel, le dernier qu'elle ait pris en compagnie de son père. Le vacarme typiquement colonial, la poussière qui refusait de disparaître malgré les exhortations appuyées du personnel et des clients, le vent qui passait à travers les fentes des grandes persiennes en bois des fenêtres, d'ailleurs d'une taille ridicule car elles n'offraient aucune protection.

« Les dieux me sont témoins qu'on a besoin de toi,

Aneta, avait dit son père, avec un sourire que seule sa fille était capable de déceler. Il faut de bons détectives, dans un pays moderne. – Tu crois qu'on n'a pas assez de policiers comme ça ? avait-elle répondu. – Ce ne sont pas de vrais policiers, avait-il objecté, comme s'il savait tout à ce sujet et elle rien. Ce ne sont pas de bons policiers. Une société digne de ce nom a besoin de bons policiers car alors elle renferme de la bonté. »

Plaisantait-il ? Il n'en donnait pas l'impression. Qu'est-ce que cela signifiait ? Ces dernières années, même avant son retour au pays, ses propos ressemblaient de plus en plus à des aphorismes et des énigmes, comme s'il voyait des choses que les autres ne percevaient pas ou se souvenait de faits qui avaient disparu de leur conscience. Cela l'avait à la fois fascinée et effrayée. Sa mère, en revanche, trouvait ça insensé ou que ça ne valait pas la peine d'y prêter attention.

De quoi alimenter tes réflexions, en tout cas, Aneta. Pourquoi ne pas rédiger une motion à l'intention du prochain congrès de la police et proposer que la maxime de ton père sur la société et la bonté soit gravée dans l'or ou dans l'argent – à défaut du marbre – ou encore sur la casquette des agents de police, y compris celles exposées dans la vitrine. Ainsi, la corporation tout entière pourrait se l'approprier. La bonté. N'était-ce pas notre idéal à tous et, ceux qui ne cherchaient pas d'eux-mêmes à l'atteindre, ne les prenait-on pas dans ses bras pour les transporter dans un monde meilleur ?

Telle est notre mission sur cette terre, pensa-t-elle en buvant une nouvelle gorgée de vin. Ce n'est pas quelque chose avec quoi plaisanter ni à propos de quoi faire preuve de cynisme. Mise noir sur blanc, pourtant, elle avait l'air assez stupide, et plus encore quand on l'exprimait oralement. De toute façon, la bonté paraît toujours plus stupide que le mal.

Le mal, c'est toi et moi, se dit-elle. Cette pensée, marquée du sceau de la vérité, lui était venue toute seule.

La nuit, Aneta rêva de portes qui se fermaient et ne s'ouvraient jamais. Il y avait des visages, les uns rieurs, les autres ruisselants de larmes, qui se changeaient en icônes. Quelqu'un lui adressa la parole et lui dit qu'elle ne pouvait se fier à personne. Même pas à toi ? demanda-t-elle, car le rêve lui donnait de l'assurance.

Son père lui avait affirmé qu'il y avait dans le désert des dieux que nul ne connaissait. « Comment peuvent-ils être des dieux alors ? » avait-elle demandé. Cela lui avait cloué le bec un moment.

Elle survola Kortedala et fit escale dans toutes les saisons sans sortir de l'avion.

Elle volait dans une forteresse en forme d'immeuble.

Elle rêva de toutes ses pensées et expériences des jours derniers et comprit l'ensemble sans se réveiller, un peu comme si elle se livrait à une introspection en même temps.

Puis elle rêva quelque chose qu'elle ne comprit pas et fut réveillée par le cri qu'elle poussa.

8.

Les souvenirs lui revenaient quand il sentait le vent. Il en allait toujours ainsi, qu'il fasse jour ou nuit. Les souvenirs. À l'extérieur, il n'y avait ni jour ni nuit. La mer était son univers. Le travail, c'était le chalut, les treuils, le pont, monter et descendre toutes les cinq heures, rarement la nuit au début mais ensuite il en avait décidé autrement. Il était d'ailleurs très difficile de dormir en compagnie de sept autres hommes, dans le poste d'équipage, avec cette odeur d'humidité. Les nuits étaient toujours dépourvues de rêves. Le travail endolorissait le corps. Aucune chaleur, jamais un coin de sec sur la peau. C'était la seule chose dont il rêvait, au cours de ces semaines en mer : un peu de peau sèche.

La nuit où Frans avait été emporté vers l'arrière par le chalut, le vent avait tourné. Ni lui ni personne d'autre n'avait entendu son cri. Frans avait disparu sans un bruit, tel un pavé descendant vers le fond, même si un homme englouti par la mer du Nord entre Stavanger et Peterhead finissait presque toujours par être drossé sur la côte de la Norvège septentrionale, après un voyage en solitaire dans les ténèbres des courants sous-marins. Frans.

Avait-il connu le même sort ?

Sur le trajet du retour ils avaient prié et, une fois au port, étaient allés directement au pub. Il se rappelait y être entré mais pas en être sorti. Ce n'était cependant pas la première fois que cela lui arrivait. Toutes ces soirées se perdaient dans une absence de souvenirs.

En mer, il était impossible de se laver de sa fatigue et, une fois à terre, il s'efforçait de la perpétuer.

Le soir où il avait été écrasé par la plaque du chalut aurait pu être son dernier. Il avait un peu moins forcé sur la boisson, pendant un certain temps, après cela.

Assis devant sa maison, il voyait la vieille église, les voitures qui s'y rendaient et en revenaient, ainsi qu'au terrain de golf situé sur la pointe, derrière celle-ci. Ces idiots expédiaient leurs balles dans l'eau sans comprendre pourquoi.

Le viaduc occidental pénétrait dans son champ visuel par la gauche et allait se perdre dans l'église, à moins que ce ne fût le contraire. Il avait bien souvent examiné cette image et était arrivé à la conclusion que les deux allaient ensemble. Les viaducs étaient les cathédrales des temps modernes, ceux qui leur succédaient, il était donc naturel qu'ils se confondent avec les églises.

Il cracha vers celle qui se trouvait dans son champ de vision, puis il regretta son geste. Il s'essuya la bouche et se leva. Il suivit cette rue qui ne portait pas de nom. Un enfant passa près de lui sans lever les yeux. Même pour ce gosse, il était transparent.

Quand les enfants ne voient pas quelqu'un d'invisible, c'est que tout espoir est perdu.

Un couple d'âge mûr descendit l'escalier sans le voir, non plus. Il dut faire un pas de côté pour qu'il ne passe pas droit à travers lui. Il entendit leurs voix mais ne comprit pas la langue qu'ils parlaient, à moins que le vent ne l'ait empêché de les entendre vraiment.

Au pub *The Three Kings*, il commanda une bière et resta longuement assis devant ce verre que personne ne voyait. Il adressa un signe à la femme postée derrière le bar et elle regarda de l'autre côté. Il lui était pourtant déjà arrivé de lui parler, il le savait.

Et elle le savait.

Il ne parvenait pas à voir à quoi elle pensait, en ce moment précis.

Elle avait tenté de lui parler, mais il n'avait pas voulu l'écouter. Elle avait prononcé un mot qu'il ne voulait pas entendre. Elle avait alors parlé de vie et de mensonge, de mensonge vital.

Elle en avait trop dit.

Les deux personnes qu'il avait croisées dans l'escalier entrèrent dans le pub et allèrent s'asseoir à l'une des deux tables près de la fenêtre. La serveuse se figea comme si elle redoutait une commande. Mais non, il ne s'agissait pas de cela. Le couple se retourna. L'homme dit quelque chose et, cette fois, il comprit ce qu'il disait et reconnut la langue. Il lui en restait des bribes. Il avait beau ne plus l'utiliser pour penser, il était toujours capable de donner du sens aux mots qu'il entendait dans celle-ci.

Ce ne serait pas nécessaire.

Il commanda un autre verre à cette femme qui ne le voyait pas et le but en tournant le dos à ce couple assis près de la fenêtre et qui contemplait les viaducs et la mer.

Frans n'avait pas été le premier.

Sous la mer, les corps s'enlaçaient.

Jésus ! Jésus !

En sortant, il vit passer un routier dont le véhicule était rempli de poisson. Il savait d'où il venait et où il allait. Il descendit rapidement la côte, en route vers l'ouest. Il sentit l'odeur du poisson – ou du moins le crut-il – à travers les gaz du diesel. Bien entendu, ce n'était qu'une impression.

Le camion s'enfonça dans le tunnel, au péril de ceux qui venaient en face. Il se prépara à entendre le choc, mais rien ne vint, pas cette fois. Tout ce qui lui parvint, ce fut le bruit du moteur, lorsque le chauffeur remit les gaz pour monter la côte, de l'autre côté.

Il n'allait plus jamais dans cette direction-là. Plus jamais !

Il partit vers l'est. C'est là qu'il avait rendez-vous.

9.

Aneta Djanali prépara son petit déjeuner alors que ses rêves s'attardaient encore dans sa tête à la manière d'une brume. Elle versa de l'eau dans la bouilloire mais oublia d'appuyer sur le bouton ; du coup, elle attendit en vain, adossée au plan de travail, jusqu'à ce qu'elle s'en rende compte et se retourne pour voir si quelqu'un n'était pas derrière elle en train de ricaner.

Non.

Elle regrettait parfois que personne ne partage sa vie pour se moquer de ses absences. Certes Fredrik était là de temps à autre et il éclatait du rire requis. Hélas, il n'était pas toujours là.

Quant à Aneta, elle n'était pas en permanence dans la cuisine de Fredrik.

Était-ce ce qu'on qualifiait de couple vivant séparément ?

Non, car cela supposait une relation digne de ce nom ou une situation acceptée et... comment dire : constatée, sanctionnée, procla...

Quelque chose qui coulait de source. Pour l'un comme pour l'autre. Or, Fredrik et elle n'en étaient pas là. Pourquoi ? À moins qu'ils ne soient sur la voie sans avoir besoin de le constater ni même d'y réfléchir.

La vie est rudement compliquée.

Elle fit griller deux tranches de pain en même temps.

C'était plus compliqué qu'une seule et pourtant ce ne l'était pas particulièrement, comparé à d'autres choses dans sa vie. Elle tartina un peu de beurre, coupa une lamelle de fromage et étala une cuillerée de confitures de mûres sauvages dessus. Autant de gestes simples et naturels, comme la préparation du thé : verser un peu de lait dans le fond de la tasse, puis le thé ; ajouter deux morceaux de sucre, remuer et laisser refroidir.

Boire le thé. Manger le pain.
Faire le vide dans sa cervelle.
L'espace d'un quart d'heure.

Lorsqu'elle sortit, la lune toujours visible était voilée par de légers nuages. Sa voiture était garée à l'ombre d'un soleil qui dardait gaiement ses rayons depuis une autre partie du ciel. Quand Aneta s'y assit, elle était froide et une odeur de nuit se dégageait encore du cuir des sièges. Les ténèbres ont du mal à se dissiper ce matin, pensa-t-elle.

Elle partit vers le sud. Un embouteillage s'était formé dans Linnéplatsen. Trois files de voitures immobilisées. Sur sa droite, un imbécile n'arrêtait pas de donner des coups d'accélérateur au moteur de son Audi, en la regardant de temps à autre.

Et si elle ouvrait sa portière et lui montrait sa carte de police ?

Lorsque le feu passa au vert, l'imbécile en question démarra en trombe, comme s'il était aux Vingt-Quatre Heures du Mans ou sur le Nürburgring, progressa de sept mètres, changea de file vers la droite puis vers la gauche, remit les gaz comme s'il avait manqué le départ du Grand Prix de Moaco et passa à toute allure devant un groupe d'ouvriers de voirie en train d'asphalter, dont la casquette fut aspirée par le déplacement d'air.

Aneta Djanali décrocha son téléphone de bord, appela le P.C. et lui donna le numéro de la voiture avant que celle-ci n'ait complètement disparu.

Audi ne serait pas premier à l'arrivée aujourd'hui.

Le coup d'œil raciste que le conducteur lui avait lancé au passage ne lui avait pas échappé.

On devenait vite sensible à ce genre de chose. La brûlure du soleil de l'Afrique entraînait toujours des réactions, quelle que soit l'année, la décennie, le siècle ou le millénaire. « Tu n'ignores pourtant pas que l'humanité est originaire d'Afrique ? » avait-elle dit à Fredrik, un jour où il jouait au raciste. Il y *jouait* seulement, bien entendu. C'était au début, par la suite il avait cessé.

Elle monta la côte de l'hôpital Sahlgren et s'engagea dans Toltorpsdalen, dont le nom évoquait un conte de fées. Elle tourna à gauche à l'église et dut réduire l'allure pour franchir ces maudits gendarmes couchés, à cinquante mètres d'intervalle les uns des autres. Les professionnels amenés à se déplacer sans cesse en voiture, chauffeurs de bus et de taxis, livreurs et agents de police, détestaient ces obstacles. Elle se retourna. Les riverains eux-mêmes n'étaient pas toujours enchantés : le fait de remettre chaque fois les gaz ne faisait qu'accroître la pollution. Alors que cet endroit battait déjà des records en la matière dans une ville qui était parmi les plus polluées du nord de l'Europe.

À Krokslätt, la pente commençait. Elle se laissa donc descendre le long de Krokslätts Parkgata sans appuyer sur le champignon et alla se garer derrière l'école de Sörgård.

Tout était paisible. À cet endroit, la ville hésitait, à la lisière entre le centre bétonné de Mölndal et l'abîme de la grande ville, qui débutait à la hauteur du parc d'attractions de Liseberg. Ici régnait la paix. Fridkullagatan étendait un bras protecteur vers l'ouest et le nord, et on aurait pu se croire dans l'œil du cyclone. Celui qui s'arrêtait là avait la paix.

Anette Lindsten ne l'avait pas fait. Pourquoi avait-elle quitté l'oasis de Fredriksdal pour l'enfer de Kortedala, seul l'amour pouvait l'expliquer. C'était sûrement par amour qu'elle était allée vivre dans ce quartier où les autorités commençaient à détruire ce qu'elles avaient construit. Et, quand l'amour avait fichu le camp, lui aussi, elle était revenue à son point de départ.

Aneta Djanali se trouvait devant une maison dissimulée derrière une haie difficile à escalader ou à percer. Comme la plupart des autres, l'édifice était en bois et datait de l'entre-deux-guerres. Il avait été agrandi au cours des années fastes et était resté bien entretenu au cours de celles, beaucoup moins fastes, qu'on connaissait maintenant. Aneta hésita à pousser la barrière métallique, qui venait d'être décapée et allait bientôt être repeinte. Pourquoi est-ce que je ne laisse pas ces gens-là en paix ? Quelles réponses suis-je en train de chercher ? Je suis lasse de cette merde, lasse que les femmes doivent passer leur vie dans la peur, être exilées dans leur propre pays ou pire encore : vivre sous protection comme des réfugiés, à l'écart des autorités et de leurs jugements, ainsi que de leur bras séculier, c'est-à-dire moi... nous... la police. C'est eux, pensa-t-elle, ce n'est pas moi, c'est d'autres membres de la corporation. Je serais incapable de tirer des gosses de force hors d'une église, sur ordre. C'est déjà arrivé et ces images-là ne figurent pas dans le plus bel album de photos de l'humanité. Anette se cache maintenant dans son foyer. Est-ce vraiment suffisant ?

Aneta suivit des yeux sa main qui appuyait sur la sonnette. Tout ce que je souhaite, c'est m'assurer qu'Anette va bien.

La main sonna à nouveau. On entendit des aboiements à l'intérieur de la maison, peut-être pour la seconde fois. La porte s'ouvrit et une gueule ouverte apparut, mais pour lui faire un grand sourire. Le chien grogna. Elle reconnaissait un rottweiller au premier coup d'œil car, dans la plupart des cas, il s'agissait de frapper avant lui.

— Silence, Zack !

Elle aperçut le sommet du crâne de l'homme qui se baissait vers ce monstre de muscles, à ses pieds. Que pensaient les gens de Fredriksdal, quand ces deux-là faisaient leur promenade vespérale ?

L'homme se tourna vers Aneta, qui ne le reconnut pas.

— Oui ? lança-t-il par la porte entrebâillée.
— J'aimerais… dire quelques mots à Anette, répondit-elle sans savoir pourquoi elle avait été prise de court.
— Elle n'est pas là.

Le chien approuva d'un grognement, puis fit demi-tour et disparut.

— Je croyais qu'elle était revenue vivre chez ses parents ?
— Quoi ? Qu'est-ce que vous dites ? Et d'abord qui êtes-vous ?

Montrant enfin sa carte de police, elle déclina son identité.

— Qu'est-ce que vous lui voulez ? demanda l'homme sans se soucier de ce qu'elle tenait à la main.

Aneta eut un sentiment de malaise et une impression de vertige.

— Je voudrais parler à son père.
— Quoi ?

L'homme avait l'air sincèrement surpris.

— À Sigge Lindsten, précisa-t-elle.

Elle lut une certaine incertitude dans les yeux de son interlocuteur. Il finit par jeter un coup d'œil à la carte de police.

— Elle est authentique ? demanda-t-il sur un ton qui signifiait : Vous êtes vraiment dans la police ?
— Son père est-il ici ? Sigge Lindsten ?
— C'est moi Sigge Lindsten, s'écria l'étranger. C'est moi qui suis son père.

Elle revit alors le visage de l'autre Lindsten père, occupé à vider l'appartement d'Anette de tout ce qui s'y trouvait, avec le calme de la bonne conscience. Et puis le frère, beaucoup moins amical.

— Et… Peter, réussit à articuler Aneta.
— Qui ça ?
— Peter Lindsten. Son frère.
— Anette n'a pas de frère ! s'écria l'homme.

Ringmar se tenait devant la fenêtre, le regard tourné vers Fattighusån. De l'autre côté de la rivière, les immeubles étaient neufs. C'étaient des appartements privés, réservés à des privilégiés. Les taudis qui avaient donné leur nom au cours d'eau étaient loin. Ils ont disparu, pensa-t-il, il ne reste plus que la pauvreté.

— Ça ne te déprime pas, d'avoir ce spectacle sous les yeux tous les jours ? demanda-t-il en se tournant vers Winter, assis à son bureau, sans rien faire.

— Si.

— Eh bien réagis alors !

Winter éclata de rire.

— C'est étudié pour, dit-il.

— Pour qu'on soit déprimé ?

— Oui.

— Pourquoi ça ?

— On se sent mieux quand on quitte les lieux.

— Je suppose que c'est pour ça, donc, que tu les quittes souvent.

— En effet.

— Mhm.

— J'ai réfléchi à ce maudit bureau, reprit Winter.

— Et à quelles conclusion es-tu parvenu ?

— Je ne veux plus l'occuper.

— Ah bon ?

— Je vais me procurer un bureau en ville.

— Où ça ?

— Dans un café ou un bar.

— Tu vas installer ton bureau dans un bar ?

— Oui.

— Tu procéderas à tes interrogatoires dans un bar ?

— Oui.

— Génial !

— N'est-ce pas ?

— Tu en as parlé à Birgersson ?

— Tu crois que c'est indispensable ?

Birgersson, qui avait rang de commissaire, était à la tête de la brigade des agressions. Winter, commissaire lui aussi, était son adjoint. Ringmar, lui, était commissaire tout court mais il s'en contentait sachant qu'il était indispensable. Il lui suffisait de regarder Winter, désœuvré, prêt à perpétuer cet état de choses s'il n'avait été là pour alimenter la conversation, par exemple.

Et il n'avait qu'à regarder la pièce. Dans un coin, il y avait un lavabo pour que Winter puisse se raser s'il perdait patience. Un plan de Göteborg était accroché à l'un des murs. Il portait un certain nombre de cercles et de traits mystérieux datant de l'époque d'anciennes enquêtes. Et ils étaient nombreux. Winter et lui avaient modifié l'aspect de ce plan, qui était maintenant celui du Göteborg du crime. Cette ville-là s'étendait dans bien des directions, jusqu'en des lieux mal connus, n'existant pas sur le plan officiel de la cité.

Winter était assis sur un siège un peu trop neuf et confortable. Il avait aussi changé la tapisserie, fait installer de nouvelles étagères et d'autres lampes que celles qui éclairaient le chemin d'autres collègues, dans d'autres bureaux de cette belle maison. En plus, il y avait monté un coin salon lui appartenant en propre.

Il était temps de quitter ces lieux et de gagner un café ou un bar.

Par terre, à un mètre de Ringmar, était posé l'éternel Panasonic et l'éternel saxo ténor lançait son blues atonal. Coltrane ? Non. Quelqu'un d'autre, de notre époque. C'était bien. Tellement bien que c'en était déprimant.

— Qui c'est ? demanda Ringmar en désignant de la tête le poste portatif.

— Michael Brecker, répondit Winter. Mais pas seulement lui. Pat Metheny, Jack DeJohnette, Dave Holland, Joey Calderazzo, McCoy Tyner. Don Alias.

— Alias ? releva Ringmar. C'est un pseudo ?

Winter éclata une nouvelle fois de rire et alluma un cigarillo, qui se balança au bout de ses lèvres au gré de ses propos.

— Tu as énuméré toute la brigade, poursuivit Ringmar.

— On peut le voir comme ça, si on veut.

— On peut te l'emprunter ?

Winter pivota sur son siège et prit un étui de CD qu'il lança à Ringmar à la manière d'un frisbee. Ce dernier l'attrapa élégamment au vol. Il montrait un homme en manteau noir, de dos, au bord d'une rivière. En dessous figurait le titre : *Tales from the Hudson*. Ringmar pensa à la rivière beaucoup plus modeste qui coulait derrière son dos et qui lui fit à son tour penser à autre chose.

— L'Hudson, dit-il.

Winter savait ce qu'il avait en tête.

— Comment va Martin ? demanda-t-il.

— Bien.

— Il est toujours à New York ?

— Oui.

Martin, le fils de Ringmar, travaillait comme chef de cuisine dans un bon restaurant de Manhattan, sur la Troisième Avenue. Les relations entre le père et le fils étaient assez difficiles. Winter ne savait pas au juste qui en était responsable mais, sans avoir eu besoin de poser trop de questions, il s'était fait une idée sur ce qui s'était passé. Or Bertil avait renoué avec son fils. Ils se parlaient à nouveau, avant qu'il ne soit trop tard. Winter connaissait assez bien cette situation puisqu'il avait failli arriver trop tard en ce qui concernait son propre père. Il n'avait réussi à lui parler que quelques jours avant sa mort à l'hôpital Costa del Sol de Malaga. C'était la première fois qu'ils se voyaient depuis cinq ou six ans. Une vraie tragédie qui avait de quoi vous faire pleurer nuit après nuit avant de trouver le sommeil.

— Est-ce que tu as l'intention d'aller le voir bientôt ? demanda Winter.

— J'y pense.

— Vas-y, bon Dieu.

Ringmar hochait la tête au rythme de la musique de piano qui se répandait dans la pièce. Il se frotta le nez.

— Ils étaient traiteurs pour une société du World Trade Center.

Winter ne répondit pas, attendant la suite.

— Martin y allait de temps en temps pour mettre le buffet en place, ou quelque chose comme ça.

— Quand est-ce qu'il t'a dit ça ?

— Qu'est-ce que tu crois ? Après le 11 septembre, bien entendu. Avant, il n'avait pas de raison de le faire.

Winter acquiesça.

— Il n'était pas sur place ce jour-là.

Ringmar s'écarta de la fenêtre et s'assit sur la chaise, de l'autre côté du bureau. Winter tira une bouffée de son cigarillo. On aurait dit que le son avait été monté. En fait, c'était uniquement la musique qui avait changé de rythme, devenant plus intense. Plus angoissée.

— Il devait y aller ce jour-là, mais l'agence ou je ne sais pas quoi a reculé la réception d'un jour, dit Ringmar avec un raclement de gorge qui ressemblait à l'esquisse d'un rire. Comme tu t'en doutes, elle n'a pas eu lieu.

— Comment Martin a-t-il... réagi ?

— Je crois qu'il remercie le bon Dieu.

— Mhm.

— Il va à l'église de son quartier.

Winter eut l'impression que le visage de Ringmar se détendait.

— Il dit qu'il n'y va pas pour prier, simplement parce qu'il s'y sent en paix. Et qu'il éprouve de la gratitude.

— Vas-y, répéta Winter.

— Je m'apprêtais à y aller. Mais c'est lui qui vient.

— Ah bon ?

— Il s'accorde un *break* comme il dit. De deux semaines. À supposer qu'il y ait des avions.

— Il y en a davantage qu'avant.

— La différence, c'est qu'il n'y a plus de passagers.

— Il suffit qu'il y en ait un, non ?

Winter partit de bonne heure et passa par les halles. Il acheta quatre cents grammes de fromage de Bretagne et deux pains secs estoniens. Rien d'autre.

Un bar de Södra Larmgatan qui venait d'ouvrir et ne portait pas encore de nom était éclairé. Il entra et commanda une bière pression en prenant place près de la fenêtre. Le barman solitaire rangeait des verres, des bouteilles, des soucoupes et des olives, bref il se livrait aux occupations inhérentes à sa profession avant l'arrivée des clients de la fin de l'après-midi. Winter alluma un cigarillo. C'était la meilleure heure, pour venir dans un bar. Il était encore presque désert et il y régnait une sorte d'attente de la soirée, un petit bruit paisible impossible à identifier. Il regarda autour de lui. L'an 2000 avait donné le signal de nouvelles tendances dans la décoration des bars. Il n'était plus question, désormais, de ce minimalisme qui vous donnait le sentiment de vous trouver dans un hangar abandonné. À présent, le cuir et le bois dominaient, ainsi qu'une lumière très chaude. Les ampoules électriques nues pendant du plafond avaient disparu.

Il pourrait installer son nouveau bureau à cet endroit, près de la fenêtre. Lors des interrogatoires, il n'y aurait qu'à placer la bougie un peu plus près de l'intéressé, afin d'être en mesure de lire dans ses yeux. Quant à la caméra vidéo, elle trouverait sa place sur le rebord de la fenêtre.

Les collègues escortant le détenu n'auraient qu'à attendre au bar.

Il sortit son portable de sa veste et appela chez lui.

— Je suis sur le chemin du retour, dit-il.

Le barman en laissa tomber un verre sur le dallage. L'homme accoudé au bar leva le sien et dit « *cheers* ! ».

— Il y a de l'ambiance, dans le tram, à ce que j'entends, constata Angela.

— Ha ha.

— Rentre bien gentiment à la maison.

Winter regarda autour de lui.

— Qu'est-ce que tu dirais de venir prendre un verre, avant de manger ?

— Ça dépend de l'endroit.

— Il est flambant neuf et je suis seul, dit Winter tandis que l'autre consommateur descendait de son tabouret et adressait une sorte de salut militaire au barman avant de quitter les lieux du pas exagérément décidé de celui qui est à moitié ivre.

— Il faut que je demande à Elsa.

— Tu es vraiment obligée d'avoir sa permission pour tout ?

— Ha ha ha.

— Je te promets de ne pas fumer.

— Elle est d'accord, mais elle tient à m'accompagner pour nous avoir à l'œil.

— Södra Larmgatan, en face des halles.

Il raccrocha et but sa bière. Dehors, les gens se rendaient là où ils avaient à faire. Le soleil, lui, se dirigeait vers l'hémisphère Sud. Le ciel était d'un jaune vif qui annonçait le retour de la chaleur pour le lendemain. Quant à la lumière, elle était ce qu'elle doit être en fin de journée. Une longue soirée les attendait. Il avait l'intention de la laisser agir et de ne pas s'en mêler.

Le téléphone sonna à nouveau et il reconnut le numéro qui s'affichait. Il hésita un moment à laisser sonner car ce serait la première fois.

Il est vrai qu'il faut une première fois à tout.

Il ne répondit donc pas.

Lorsque la sonnerie cessa de retentir, il éprouva une curieuse sensation.

Il s'était passé quelque chose.

Il leva le bras en direction du barman.

Il fallait fêter ça.

10.

Angela arriva en compagnie d'Elsa, qui commanda aussitôt une boisson avec des bulles. Angela, pour sa part, préféra un Martini sec tandis que Winter choisissait un whisky. Elle avait un cerne noir sous l'un des yeux, signe certain de fatigue chez elle. Il n'y en avait jamais qu'un, d'ailleurs, et il ne demeurait que quelques brèves heures, avant une nouvelle journée.

— À la vôtre, dit Elsa.

Winter leva son verre et regarda Angela dans les yeux. Quel genre d'habitude sommes-nous en train de donner à notre fille ? Qu'en sera-t-il quand nous ne serons plus là pour la surveiller ? Quelle sorte de bulles s'offrira-t-elle ?

— C'est bon ? demanda Angela.
— Ça pique le nez, répondit Elsa.

À ce moment précis, Winter sentit son nez le démanger et, une seconde plus tard, il éternuait.

— À tes souhaits ! s'exclama Elsa.
— Merci, mon petit bout.
— Tu as le nez qui pique, toi aussi, papa ?
— Oui, comme toi.
— Moi, j'ai pas éternué !
— Je l'ai fait pour nous deux.
— Ha ha !

— Si vous continuez, je vais aussi me mettre à éternuer, dit Angela.

— Comment explique-t-on ça, médicalement ? demanda Winter.

— Quoi donc ?

— C'est toi le médecin. Comment explique-t-on qu'on ait envie d'éternuer lorsque les autres en parlent ?

— Je ne crois pas que les chercheurs se soient beaucoup penchés sur la question. Je ne vois d'ailleurs pas très bien quelle branche de la médecine pourrait s'y intéresser.

— L'oto-rhino-laryngologie, je suppose.

— Non.

— La physiologie !

— Non.

— L'éturnologie !

— Non.

— L'effronterie[1], suggéra Elsa.

Ses parents la regardèrent.

Je suis le père d'un génie en herbe.

— Où est-ce que tu as pris ça, Elsa ? questionna Angela.

— À l'école, la maîtresse nous a raconté l'histoire d'un petit garçon qui avait le front de faire certaines choses.

— Et comme ça, tu as cru que l'effronterie est la science de ce qui a trait au front ?

Winter vit que sa fille ne comprenait pas la question et il se détendit.

— La maîtresse vous a-t-elle expliqué ce que c'est que l'effronterie ?

— J'ai oublié, concéda Elsa.

— Qu'est-ce que ça signifie, exactement ? demanda Angela en le regardant.

— C'est le fait de prendre des libertés exagérées.

---

1. Jeu de mots impossible à rendre avec le mot « nez », auquel nous substituons celui de « front ». [N.d.T.]

— Vous prenez bien des libertés, dit l'homme qui déclarait s'appeler Sigge Lindsten et être le père d'Anette. Même en tenant compte de votre appartenance à la police.

Aneta Djanali ne répondit pas. Elle avait toujours le vertige. Si elle avait eu quelque chose à quoi se raccrocher, elle l'aurait fait.

— Vous ne vous sentez pas bien ? demanda l'homme.
— Pourriez-vous me donner un verre d'eau ?

L'homme parut prendre une décision et cessa d'avoir l'air aussi peu accueillant. Peut-être ne l'avait-il jamais été réellement, d'ailleurs.

— Entrez, dit-il.

Elle ôta ses chaussures dans l'entrée, où elle perçut une odeur végétale qu'elle reconnut sans parvenir à l'identifier.

En pénétrant dans la cuisine, elle se souvint qu'elle avait senti la même odeur dans un appartement que deux hommes étaient en train de vider en sa présence. De quoi vous donner le tournis.

Elle eut une vague sensation de vertige, de nouveau.

— Asseyez-vous, je vous en prie, dit l'homme en lui tendant un verre d'eau.

Aneta le but. Elle entendait le vent dans un arbre, peut-être un érable. Il avait forci, ces derniers jours, et faisait l'effet d'une promesse d'automne un peu bougonne. Aneta n'avait pas hâte d'y être.

Nouveau tournis. Est-ce que je ne serais pas en train de tomber malade pour de bon, songea-t-elle.

— Qu'est-ce qui se passe, avec Anette ? lança Sigge Lindsten.

C'est ce que j'aimerais savoir, pensa-t-elle.

— Est-elle ici ? s'enquit-elle.
— Pas pour l'instant.

Elle regarda autour d'elle.

— Et votre... femme ?
— Pas pour l'instant, non plus.
— Puis-je vous demander une pièce d'identité ? demanda Anette.

— Comment ça ?
— Un document établissant votre identité. Excusez-moi, mais tout ça est un peu confus dans ma tête et je vais vous expliquer. Il faut d'abord que je m'assure, cependant, que vous êtes bien...
— Grand Dieu, ça devient passionnant. Je vais vous chercher ça.

Il disparut dans le hall et revint avec son portefeuille, dont il sortit son permis de conduire sous plastique. Celui-ci était établi au nom de Sigge Lindsten et la photographie, relativement récente, était celle de l'homme qui se tenait devant elle.

— Merci, dit-elle.

Il referma son portefeuille.

— Avez-vous eu des nouvelles de Hans Forsblad ?
— Ne serait-ce pas plutôt à moi de vous poser certaines questions à présent ? dit Lindsten.
— Ne répondez qu'à celle-ci.

Il haussa les épaules.

— Ce saligaud n'oserait pas mettre les pieds ici. Et s'il s'y risquait, il ne pourrait plus jamais recommencer.
— Quand Anette a-t-elle quitté l'appartement de Kortedala ?
— Je croyais que vous aviez dit : une seule question.
— Je vous explique tout de suite.

Lindsten sembla soudain se désintéresser de la conversation. Il se tourna vers l'évier, ouvrit le robinet et le referma.

— Quand ? s'obstina Anette.
— Quoi ?
— Quand est-elle partie ?
— Elle n'en est pas partie. Pas officiellement. Elle a certes quitté l'appartement, mais elle n'a pas résilié le bail.

Mon Dieu, pensa Aneta.

Il est temps que je m'explique.

Sigge Lindsten s'était préparé une tasse de thé, Aneta avait décliné sa proposition de l'accompagner. Elle avait appelé le P.C. pour l'informer du vol. Puis ses collègues de la police locale.

Pendant tout ce temps, elle avait eu le sentiment d'être une parfaite imbécile.

Si Fredrik avait été à sa place et s'était trouvé face à un gentil papa très affecté et un frère plutôt bougon, aurait-il commencé par leur demander leurs papiers ? Elle n'en était pas sûre et lui poserait la question.

D'un point de vue psychologique, la situation où elle s'était trouvée était intéressante. L'homme qui avait prétendu être Sigge Lindsten avait fait preuve de beaucoup de présence d'esprit. C'était remarquable. Il l'avait dominée, de même que son cadet. En repensant à ces quelques moments qu'elle avait passés dans cet appartement, elle se rendit compte qu'il avait manœuvré très habilement. Les deux hommes sont en train de vider un logement de tous ses meubles et voilà que la police sonne à la porte. Pas de panique : on lui offre le café et on finit par la saluer de la main !

Elle s'était montrée à peu près aussi gourde que Donald dans le dessin animé du soir de Noël dans lequel on le voit quitter sa maison neuve pour aller au travail avec sa gamelle sous le bras et après avoir reçu un baiser du mystérieux picvert avec lequel il s'est battu dans la jungle.

C'était comique mais pas uniquement.

Elle avait abaissé son jeu.

Devant ces deux hommes.

Ainsi que devant Hans Forsblad. S'il s'agissait bien de lui.

Mais peut-être était-il également quelqu'un d'autre que celui qu'il prétendait ?

— Avez-vous une photo de Forsblad ? demanda-t-elle à Lindsten

Celui-ci alla chercher un cliché qui n'était pas encadré. Il montrait un jeune homme et une jeune femme rivalisant de sourires. Sans doute datait-elle de quelques années, elle n'en reconnut pas moins Forsblad.

Elle fut frappée par le fait que c'était la première fois qu'elle voyait véritablement Anette. Elle était venue là sans disposer de l'image très claire d'un visage. Ce n'était pas dans ses habitudes. La première fois. Pourtant, elle était venue ici. Quelque chose l'y avait poussée et cela avait de quoi l'inquiéter.

Soudain, elle pensa à la mort, à la sienne. Elle eut à nouveau un sentiment passager mais très vif de vertige, comme si elle était attirée dans un gouffre ténébreux.

Quelque chose lui soufflait qu'il fallait qu'elle s'éloigne. Fuir immédiatement, prendre ses distances avec cette affaire et cette enquête avant qu'elles ne revêtent trop d'importance et ne deviennent encore plus risquées et incompréhensibles.

Aneta Djanali tenait la photo d'Anette Lindsten dans sa main. Celle-ci avait des traits réguliers qui tentaient de la rendre belle sans vraiment y parvenir. Elle avait le visage allongé et cette impression était encore accentuée par ses cheveux, qu'elle laissait retomber librement. Elle portait une robe plus ample que nécessaire. Elle était assise avec Hans sur un banc et il n'était pas possible de déterminer sa taille. L'homme, quant à lui, paraissait mesurer un mètre quatre-vingts, peut-être un peu moins.

Anette tenait à la main un bâtonnet glacé en train de fondre.

La photo avait été prise dans une rue où des voitures étaient garées. Derrière le couple se trouvait une boutique dont on ne voyait pas le nom. Un enfant était en train d'y entrer, peut-être pour aller acheter une glace. Les ombres étaient très marquées et un soleil très vif semblait briller quelque part en dehors du cadre.

— Elle a été prise, il y a deux ans, je crois, précisa Sigge Lindsten.

Aneta Djanali hocha la tête.

— On n'a plus qu'à aller voir le désastre à Kortedala, reprit-il.

— Je vous emmène, dit Aneta.

Dans la voiture, elle pensa à Anette.

Cet homme au grand sourire, assis à côté d'elle sur la photo, la frappait-il déjà, à l'époque ?

Espérait-elle encore ?

Il faut que je lui pose la question. Si jamais je parviens à la rencontrer.

La famille Winter-Hoffman rentrait chez elle en passant par l'un des ponts lorsque le portable du commissaire sonna.

— Oui.
— Salut, Erik, c'est Möllerström, à l'appareil.
— Qu'est-ce qu'il y a ?

Winter entendit Möllerström tousser. Il avait rang d'inspecteur et était l'archiviste de la brigade. Tout passait par lui, ainsi que par Winter. Mais Möllerström conservait tout dans ses dossiers électroniques perfectionnés. Winter n'avait que ses réflexions, ses théories et ses hypothèses dans son *powerbook*. Möllerström, lui, possédait plusieurs ordinateurs et plusieurs téléphones.

— Une femme a cherché à te toucher à plusieurs reprises. Elle avait l'air assez affolée.
— Comment s'appelle-t-elle ?
— Osvald. Johanna Osvald.
— Elle a laissé un numéro de téléphone ?

Möllerström le lui donna et Winter le reconnut aussitôt. Elle le lui avait déjà fourni.

— Qu'est-ce qu'elle a dit d'autre ?
— Simplement que tu l'appelles dès que tu pourras.
— Ce soir ?

Il jeta un regard en direction d'Angela et d'Elsa, qui étaient à cinq mètres devant lui. La main de la seconde dépassait de la voiture d'enfant. Angela marchait d'un bon pas.

Il composa le numéro que Janne venait de lui donner et poussa un soupir de soulagement en entendant le signal indiquant qu'il était occupé. Il n'eut pas plus tôt coupé l'appel que son portable sonna à nouveau. Il reconnut le numéro qui s'affichait.

— Elle vient de rappeler, dit Möllerström.
— C'est en dehors des heures de travail.
— Je ne m'attendais pas à ce genre de réflexion de ta part.
— Qu'est-ce qui est si pressé que ça ?
— Elle m'a simplement dit qu'elle désirait te parler.
— Hum.
— La meilleure façon de le savoir, c'est de l'appeler, je suppose.
— Merci du renseignement, Janne. Je te souhaite une bonne soirée de travail.
— C'est moi qui te remercie, ricana Möllerström avant de raccrocher.

Angela attendait au feu rouge, au coin de l'Allée.
— Le bureau portatif, ironisa-t-elle.
— Bah...
— On peut le couper, tu sais.

Il ne répondit pas, la trouvant injuste. Elle ignorait qu'il était précisément en train d'essayer de ne pas recevoir une communication. Encore une première fois.
— Tout le monde sauf toi, dit-elle.
— Quoi ?
— Tout le monde sauf toi sait qu'il suffit d'appuyer sur une touche pour ça.
— Angela, je t'en prie...

Le feu passa au vert et ils traversèrent. Il s'aperçut que la tête d'Elsa ballottait. Pour sa part, il aurait eu du mal à s'endormir, si on l'avait promené à cette heure-là.
— Ils peuvent toujours venir te chercher en voiture, si c'est tellement pressé.
— Dans la mesure où je n'ai pas quitté la ville.
— Quitté la ville ! Tu n'y es certainement pas autorisé !
— Si, sur demande écrite trois mois à l'avance.
— En tout cas, ils peuvent lancer un avis de recherches, si tu n'es pas à ton domicile.
— Comme en ce moment.
— Tu sais ce que je veux dire.

Il regarda sa montre.

— À strictement parler, je suis encore en service.
— C'était aussi le cas pour l'heure que tu as passée dans ce nouveau bar ?
Le portable sonna à nouveau.
— Réponds, puisque tu es en service.
C'était à nouveau Möllerström.
— Enfin quoi, bon sang, Janne !
— Excusez, chef, mais elle vient encore d'appeler en disant qu'il s'agit de son père.
— Je le sais bien !
Il coupa la communication et regarda Angela. Ils étaient maintenant arrivés devant chez eux.
— Tu vois que j'ai vraiment fait ce que j'ai pu, dit-il.
— De quoi s'agit-il ? demanda-t-elle en poussant la porte avec une main.
Winter se chargea de la voiture d'enfant. Elsa dormait et ronflait très fort, à cause de ses polypes. « Ils allaient être obligés de la faire opérer, avait dit Angela. – Tu le penses vraiment ? avait-il demandé. – Hélas oui, avait-elle répondu. – Ça m'est arrivé à moi aussi », avait-il ajouté.
— Du père de Johanna Osvald, expliqua-t-il. Elle a tenté de me joindre à plusieurs reprises et elle est manifestement bouleversée.
— Eh bien, appelle-la, dit Angela sans la moindre ironie dans la voix.

Il appela une fois dans l'entrée. Angela prépara le dîner d'Elsa, qui s'était réveillée dans l'ascenseur. Il était pourtant impossible de dormir dans un appareil aussi antique, qui se traînait pour monter en poussant des soupirs déchirants.
Il laissa sonner à six reprises, avant de couper puis d'appeler de nouveau. Toujours pas de réponse.
À la cuisine, Angela ajoutait du riz dans la bouillie de gruau de la veille.
— Pas de réponse, dit-il.
— C'est plutôt curieux.
— C'est très curieux, ricana Elsa.

Il sourit.
— Tu veux de la bouillie, papa ?
— Pas en ce moment, merci.
— Il n'en restera bientôt plus !
— Essaie encore une fois, suggéra Angela en servant la bouillie à la cuiller dans l'assiette d'Elsa.

Il passa dans la salle de séjour d'où il retéléphona, laissant sonner jusqu'à six fois. Puis il éteignit le portable et alluma le lecteur de CD, qui reprit là où il s'était arrêté la veille au soir, avec les trompettes de Miles Davies et Freddie Hubbard dans *The Court*. Le tribunal. Ou encore la cour, si on préférait, pour faire plus ambigu. Le solo de Miles ressemblait à l'ombre projetée par un soleil très vif. Bien sûr ! Une ombre très allongée dans une cour.

Il battit la mesure avec le pied, ce qui n'était pas à la portée de tous les néophytes. Longtemps auparavant, il avait essayé de montrer comment faire à Angela, et elle avait renoncé en riant. « J'aimerais mieux du rock'n'roll, s'était-elle écriée. – D'accord, avait-il dit, quelque chose de simple et de facile pour mademoiselle. – Tu ne sais même pas ce que c'est, avait-elle protesté. – Mais si, avait-il assuré. – Dis-le, alors ! – Quoi ? – Le nom de l'orchestre. » Il avait réfléchi et répondu : « Elvis Presley. »

Elle avait ri à nouveau très fort. « Tu es vraiment à la pointe de l'actualité », avait-elle réussi à articuler.

Il sourit à ce souvenir. Depuis, il s'était mis à jour. Ce soir-là, il avait l'intention d'écouter Pharoah Sanders dans *Save our Children*. Mon Dieu, il venait d'acheter *The Complete In A Silent Way Sessions*.

Il était toujours à la pointe de l'actualité, du moins pour le genre de musique qui exigeait beaucoup de l'auditeur.

En ce moment, Miles était en train de jouer, avec Clark Terry : *Stop, Look and Listen*.

Au fond, c'était un bon résumé de ce qu'il ne cessait de faire dans son métier : s'arrêter, regarder et écouter.

Sans compter les coups de téléphone. Il procéda à une nouvelle tentative, aussi vaine que les précédentes. Möllerström non plus ne répondit pas à son appel.

Bon, eh bien, je crois avoir fait tout ce qu'on peut exiger de mon sens du devoir, pensa-t-il.

***

Il réessaya pourtant une heure plus tard. Ce serait la dernière fois. Angela était dans son bain, mais ce n'était pas pour cette raison, pas question de profiter de l'occasion. Il n'eut pas plus de chance qu'auparavant.

Elle revint dans la salle de séjour au moment où la guitare de Bill Frisell s'affolait comme souvent.

— Doux Jésus, s'exclama-t-elle.

C'était une de ses expressions, de même que « zut alors ». Elle avait quelquefois recours au suédois qui passait pour effronté dans les années 50, lorsque la famille Hoffman s'était réfugiée en Suède. La famille n'avait ensuite guère évolué sur le plan linguistique, et cela avait laissé des traces chez Angela. Il le lui avait déjà fait remarquer. « Tiens, tu peux te fouiller, mon petit », avait-elle rétorqué – lui fournissant une preuve de plus de ce qu'il avançait.

— N'est-il pas capable de jouer autrement ? lança-t-elle, avec une serviette sur la tête, en désignant le magnétophone.

Il sentit la chaleur qui se dégageait de son corps.

— Comment veux-tu qu'il joue ? répondit-il.

— Pour jouer de cette façon, on devrait être obligé d'avoir une autorisation, s'obstina-t-elle.

— Je ne te savais pas bourrée de préjugés à ce point.

— De préjugés ? D'aimables attentions, tu veux dire.

Bill Frisell continuait à jouer, pire – ou mieux – que jamais. Viktor Krauss à la basse et Jim Keltner à la batterie faisaient office d'infirmiers marchant sur la pointe des pieds tandis que le dément se tapait sans arrêt la tête contre les murs. Winter monta le son. *Look out for Love*.

— Ah NON ! s'écria Angela. Je te rappelle qu'Elsa dort.

Winter baissa le son.

Angela prit la pochette du disque et lut :

— *Gone, Just Like A Train*.
— Excellent titre.
— Si le train part à l'heure, précisa-t-elle.

Il baissa le son jusqu'à le couper presque entièrement.

— Tu es nue sous cette robe de chambre ? demanda-t-il.

Elle posa la pochette et le regarda.

— Viens t'asseoir sur mes genoux, dit-il.

11.

Aneta Djanali était de retour dans les quatre saisons. Mais Vivaldi était loin de là. Les maisons et rues de ce quartier étaient faites pour le *heavy metal*. À gauche, on démolissait une maison. On venait déjà d'en faire sauter la moitié et l'air était encore saturé de poussière. Le boulet oscillait toujours, rythmé par l'écho des détonations.

Elle avait l'impression de traverser un champ de bataille au volant. Elle tourna à gauche une première fois, puis une seconde. La guerre était déclarée à la banlieue nord.

— C'est bien qu'ils abattent ces saloperies, dit Sigge Lindsten.

— Ah bon ?

— Qui est-ce qui voudrait rester habiter là ?

— Votre fille, par exemple.

Elle tourna la tête pour le regarder, mais il resta de marbre. Ils durent s'arrêter à un barrage. Un soldat leva la main et brandit son fusil-mitrailleur. Un ouvrier du bâtiment leur indiqua avec sa pelle le détour à faire. Non loin de là, on entendait un grondement. Il y avait des marques sur la peinture de la voiture garée derrière lui. Les mailles des filets de protection étaient trop grosses et des pierres tombaient du ciel.

— C'est une erreur, reprit Lindsten.

— D'être venue vivre là ?

— Oui.
— Pourquoi sont-ils venus, d'ailleurs ?
— Revenus.
— Pardon ?
— Ils sont revenus, elle et ce... Forsblad.

Il avait manifestement du mal à prononcer ce nom, qu'il crachait presque avant de se passer la main sur la bouche.

— Nous habitions là...avant d'aller vivre à Fredriksdal, poursuivit-il en se tournant vers elle, cette fois. C'est un peu le pays natal de la famille Lindsten, ajouta-t-il avec un rire métallique à la fois lourd et désespéré, du genre *heavy metal*, pensa Aneta Djanali. Cela n'a pas toujours été ainsi. On ne peut pas dire que c'était beau, mais il y avait quelque chose d'autre, une sorte de culture ouvrière. Une vie de terroir en un sens.

Elle hocha la tête.

— Tout tournait autour des usines, reprit-il avec un nouvel accès de ce rire qui paraissait projeter de la limaille de fer dans la voiture. Et elles tournaient autour de nous.

— Qu'est-ce que vous voulez dire ?
— Bah... personne ne pensait pouvoir y échapper.
— Pourtant vous l'avez fait.
— Oui.
— C'est comme ça que vous voyez la chose ? En termes d'évasion.
— Non.
— Pourquoi êtes-vous partis, alors ?
— Ma femme a hérité d'un peu d'argent et elle désirait vivre dans un pavillon. Comme elle était originaire de Mölndal...

Voilà ce qu'il en est, pensa-t-elle. Le reste, il faut que je l'imagine seule.

— Quand Anette a quitté la maison, continua néanmoins Lindsten... il y a quelques années de ça... un de mes cousins a libéré un appartement à peu près en même temps... et on a réussi à l'avoir.

— Ça l'éloignait de son lieu de travail.

— Oui, mais elle trouvait ça bien. Du moins le disait-elle.

— Forsblad et elle se sont mis en ménage aussitôt ?

— Non.

— Ils vivaient ensemble, non ?

— Si.

— Qu'en pensez-vous ?

Lindsten se tourna à nouveau vers elle.

— On ne peut vraiment pas parler d'autre chose que de ce sale type ?

— Vous n'arrêtez pas de penser à lui.

Lindsten ne répondit pas.

— Quand lui avez-vous parlé pour la dernière fois ?

— Je ne me le rappelle plus.

— C'est du refoulement ?

— Quoi ?

— Vous avez peut-être refoulé ça, non ?

— Refoulé ? Ah oui, peut-être bien.

Elle s'aperçut que le visage de Lindsten avait changé. Il semblait se détendre. Peut-être était-ce dû à sa remarque sur le fait qu'il avait refoulé le souvenir du mari de sa fille.

Par la suite, elle aurait des raisons de se remémorer cette conversation. Peut-être serait-il trop tard, alors.

Ils garèrent devant l'immeuble, constitué d'un bloc d'un seul tenant.

— Ce genre d'horreur n'existait pas, alors, dit Lindsten en renouant le fil de leur dialogue. Ces bâtiments ont été construits après. On pensait pouvoir entasser un demi-million de personnes dans ce genre de casernes, ajouta-t-il en levant les yeux comme pour apercevoir le toit. On a d'abord construit ces saloperies et maintenant on les détruit. Ha !

Elle s'arrêta devant l'entrée. Une voiture de police était sur place. Une collègue en sortit, l'autre resta au volant.

— Nettoyé, dit la collègue qui s'avança et qu'elle ne reconnut pas.

— Nettoyé comme dans « faire place nette » ?
— Exactement.

Aneta Djanali et Sigge Lindsten prirent l'ascenseur, qui paraissait plus récent que le reste de l'immeuble.

— Il faut que je vous pose une autre question, dit-elle. Est-ce qu'Anette est revenue ici depuis qu'elle a décidé d'en partir ?

— Je ne comprends pas ce que vous voulez dire.

— Quand elle est revenue vivre chez vous, est-elle repassée ici, pour chercher quelque chose ou surveiller l'appartement ?

— Non.

— Vous en êtes sûr ?

— Naturellement, bon sang ! Elle n'osait pas revenir, enfin quoi !

— Quelqu'un reprenait-il le logement ?

— Non.

— Aucun parent, personne ?

— Non.

— Ah bon ?

— Il ne lui appartenait pas, que diable. Et il n'est plus aussi facile de faire des affaires en sous-main de nos jours.

Au cours du trajet, elle s'était efforcée de décrire les deux hommes à Lindsten. Peine perdue. Ce pouvait être n'importe qui, aussi bien le vieux que le jeune. Il avait fait un geste comme pour esquisser un visage.

Ils sortirent de l'ascenseur et se dirigèrent vers la porte de l'appartement. Aneta Djanali ouvrit les deux serrures au moyen des clés que lui avait remises sa collègue.

L'appartement était en effet complètement vide.

— Eh bien, constata Lindsten.

— Pourquoi n'avez-vous pas enlevé les meubles quand Anette est partie ? demanda Aneta.

— On devait le faire la semaine prochaine, répondit Lindsten en avançant de quelques pas dans l'entrée. Ce ne sera plus nécessaire.

L'inspecteur Lars Bergenhem traquait les cambrioleurs, du moins leur ombre. Göteborg connaissait en effet une vague de vols avec effraction, comme avait choisi de le dire le commissaire chargé de l'enquête.

Des maisons entières étaient pillées, mises à sac. Où partait ce qui avait été dérobé ? Il devait bien y avoir un endroit, en ville, où entreposer tout ce bazar, il ne pouvait pas partir pour le continent à dos de chameau.

On n'arrêtait pas de chercher, en cercle.

Bergenhem avait l'habitude de procéder ainsi. C'était ce qu'il faisait de cette partie de ses loisirs qui n'en avait que le nom. Il sillonnait la ville dans tous les sens. Au volant de sa voiture.

Qu'est-ce qui m'arrive ? s'était-il demandé plus d'une fois. Qu'est-ce que je suis en train de faire de ma vie ?

Je devrais être ce qu'on appelle heureux, ou me sentir en sécurité.

Il faisait des heures supplémentaires auxquelles il n'était pas tenu, peu importait : il était payé pour patrouiller dans la ville de cette façon quand il était en service.

Suis-je un autre ? se demandait-il. Suis-je en train de devenir quelqu'un d'autre ?

Le visage de Martina devenait plus sombre, plus soucieux, en tout cas.

Celui d'Ada était toujours lumineux, elle ne comprenait pas encore. C'était peut-être cela le pire. Comment pouvait-il passer son temps au volant, alors que sa petite fille l'attendait à la maison ?

Martina et lui n'en avaient pas parlé. Elle avait bien essayé, mais il n'en avait pas envie.

Il continuait donc à traquer les voleurs. Il se rendait au bord de la mer, ils n'y étaient pas. Il lui arrivait d'aller ainsi jusqu'à Hjuvik et de rester là à regarder. Même si ce n'était pas très loin de chez lui, il avait néanmoins l'impression que c'était de l'autre côté de l'eau.

Parfois, il descendait de voiture et allait tenter de se mirer dans la surface de l'eau pour peu qu'elle soit calme.

Qui suis-je ?

De quoi s'agit-il ?
Qui es-tu ?

Il voyait son visage sous un angle bizarre qui exprimait peut-être mieux sa vérité.

En rentrant chez lui, il tentait de réfléchir. Du plus loin qu'il s'en souvienne, il avait toujours été habité par une certaine impatience. Ce n'était plus de la simple fébrilité, c'était beaucoup plus que cela.

Peut-être ne suis-je pas capable de vivre avec quelqu'un. Non, ce n'est pas seulement ça.

Il faut peut-être que je me fasse soigner. Dans ce cas, c'est un médecin du cerveau, un psychiatre, que je dois consulter.

Ai-je besoin d'autre chose ?

En garant sa voiture sous l'abri, il ne savait plus s'il désirait vraiment en descendre ou non.

C'est peut-être ça qu'on appelle être à bout, se dit-il.

Il entendit alors un bruit contre la vitre et vit de petits doigts. Ceux d'Ada.

12.

Le matin, Winter composa le numéro de Johanna Oswald. Il ne répondit toujours pas et il n'était pas branché sur un répondeur.

C'était samedi et il était en congé. Au cours de la nuit de mardi à mercredi il y avait eu un homicide involontaire, voire un meurtre, mais ce n'était pas son affaire, pas plus que celle de son service. La victime aussi bien que le coupable étaient identifiés et les liens qui les unissaient n'avaient pas été difficiles à établir puisqu'il s'agissait de ceux du mariage. Jusqu'à ce que la mort nous sépare... « Certains prennent cela un peu trop au sérieux », avait conclu un des membres de son équipe au cours de la semaine, avant de regretter amèrement ses paroles en s'apercevant de la présence de Halders, toujours aussi accablé par son deuil. Celui-ci s'était contenté de dire : « T'inquiète pas, Birkman, moi aussi j'ai fait ce genre de plaisanterie. »

Jusqu'à ce que la mort nous sépare.

Ce n'était pas que des mots.

Quand Winter avait demandé à Angela de l'épouser, elle avait répondu : « Oui. Tu vas enfin faire de moi une femme respectable ? »

Cela remontait à un certain temps. Depuis, elle n'était pas revenue sur le sujet. Lui non plus.

Il faut prendre tes responsabilités, Winter. On ne

peut pas se contenter de parler de cela. C'est une lourde responsabilité qu'il te faut assumer.

Il partit vers le sud. Le soleil se levait. Il était encore tôt et une légère brume flottait dans l'air.

« Vas-y, avait dit Angela. Si ça peut vraiment être utile, comme je l'espère. »

Le lundi, il fallait qu'ils se décident et concluent l'affaire. Ce n'était d'ailleurs qu'un terrain. Il ne s'agissait pas encore de déménager. Il avait promis... ou enfin il s'était engagé... à faire part de sa décision concernant l'avenir de sa famille, jusqu'à ce que, etc.

Autant de décisions lourdes de conséquences, qu'on ne pouvait prendre n'importe comment, n'importe où.

Le soleil commençait à passer par-dessus les toits et à éclairer les champs du côté d'Askim. Il enfonça le CD dans le lecteur. C'était celui d'Angela : Bruce Springsteen. Il lui avait laissé des chances bien méritées, à ce chanteur. Ce n'était certes pas John Coltrane et il ne le prétendait pas. Mais il émanait de ses mélodies, pleines de douleur, une mélancolie que Winter appréciait. La mort y était presque toujours présente, comme dans sa vie. Il chantait sans détour, ce Springsteen :

Everybody dies baby that's a fact.

Les faits. La mort. C'est mon boulot. Parfois dans cet ordre-là, parfois l'inverse.

But everything that dies someday comes back.

Ça revient.

Pas toujours comme on le voudrait. La mort, elle, revient toujours sous de nouvelles formes. Mais est-ce... la vie, alors ?

Tout remontait à la surface, revenait sous une autre apparence. Rien ne pouvait être tenu secret.

Tôt ou tard.

Même au fond de la mer, les secrets ne peuvent rester éternellement. Il passa près de la plage où toutes les places de parking étaient libres et il n'y avait pas un seul vélo. La mer qu'il apercevait était déserte, elle aussi, et roulait ses flots en direction de l'arrière-saison. Même au fond de la mer. Il composa une fois de plus le numéro de Johanna Osvald. Pas de réponse. Cela le perturbait assez pour qu'il ne parvienne pas à l'oublier. Il sentait qu'il avait laissé tomber quelqu'un ou quelque chose, en ne répondant pas au premier appel de cette femme. Il en avait été content sur le moment. Plus maintenant. Quant à savoir à quoi il avait failli, c'était plus difficile. À son devoir ? Envers les autres ou envers lui-même ?

Tu n'as pas besoin de te lancer dans l'aventure.

Le mystère viendra à toi quand il sera assez épais.

Traques-tu un crime ? Appelles-tu pour obtenir confirmation ?

Quelle est la mesure suivante à prendre ? Faire passer une annonce ?

On recherche : crime. Contacter le commissaire chargé de l'affaire.

Le commissaire très... occupé.

Everybody's got a hungry heart.

Non, non. Pas ça.

Il mit un terme aux aventures sentimentales de Springsteen le passionné. Il était arrivé. La mer roulait toujours ses flots. Il sortit de voiture et laissa celle-ci dans le petit bois. L'herbe était toujours aussi verte, des deux côtés du sentier qu'Angela et lui avaient tracé, voici peu, comme s'il avait de tout temps existé à cet endroit.

Il gagna la grève, ôta ses chaussures et entra dans l'eau, qui paraissait d'abord froide mais se réchauffait ensuite. Il se retourna et regarda le champ. En fermant les yeux, il était même capable de voir la maison. Dans un an, peut-être moins, elle pourrait être là. Y serait-il... heureux ? Qu'est-ce que cela impliquerait de vivre aussi près de la mer ? Y avait-il un risque que ce ne soit pas uniquement positif ?

Il se tourna de nouveau vers la mer et repensa à la conversation qu'il avait eue avec Johanna Osvald, dans son bureau. Celle-ci avait toujours vécu près de la mer, beaucoup plus près qu'il ne pourrait jamais le faire. Et toute sa famille avec elle. Pas seulement près de la mer, d'ailleurs, mais sur la mer et de la mer. La mer avait été leur vie et l'était toujours. Leur vie et leur mort. Pour une famille de pêcheurs comme la leur, la mort possédait une forme particulière de réalité, il était capable de le comprendre. Ces gens-là menaient une vie placée sous le signe du danger et sous celui de l'inquiétude pour ceux qui restaient à la maison.

Jadis, la mer était beaucoup plus dangereuse. La guerre, avec ses mines flottantes, ses sous-marins, ses torpilleurs, ses garde-côtes. Les tempêtes, les vagues, les collisions, les accidents de pêche, un perpétuel branle-bas de combat pour un tas de raisons. Comment faisait-on face à cela ?

Les camarades de travail. Quelle vie menaient-ils ensemble ?

Il avait écouté Johanna Osvald et commençait à saisir de quoi elle parlait. Derrière ses paroles se dissimulait une inquiétude qu'il n'avait pas flairée alors, mais dont il prenait conscience maintenant. Une angoisse qui s'était transmise de génération en génération à la manière d'un héritage.

Il s'assit sur le sable, qui conservait encore un peu de la chaleur de l'été. Il entendit deux mouettes rire d'une plaisanterie qu'elles étaient les seules à apprécier. Il les vit se diriger vers ce qui serait bientôt son terrain. Faisaient-elles partie du marché ? Était-ce cela qui déclenchait leur hilarité ? Car elles riaient à nouveau, se posaient sur le sentier avec élégance, s'envolaient, croassaient un éclat de rire dans sa direction, allaient retrouver les vents de la baie et se laissaient emporter au-dessus de la mer. Il les suivit du regard jusqu'à ce qu'elles disparaissent et qu'il ne puisse plus rien voir d'autre que les contours de l'archipel sud. Il sortit une fois de plus son portable, pour tenter d'entrer en communication avec une de ces îles, juste en face, mais aussi vainement que les précédentes.

Johanna était la plus belle femme qu'il ait jamais vue. Elle était brune comme nulle autre, on aurait dit qu'elle était d'une race différente, ce qui était un peu le cas.

Il avait jadis rencontré son frère, qui s'appelait Erik, lui aussi, et était déjà en train de partir en mer pour de bon, à l'époque.

Johanna ne lui avait pas parlé de lui, quand elle était venue le voir.

Erik Osvald et lui avaient bu une bière, un jour, près du ponton de Brännö, mais ils n'étaient pas montés danser. Ils avaient parlé, Winter ne se souvenait pas de quoi. Il se rappelait seulement qu'Erik ne jurait pas et qu'il avait mentionné cela à Johanna. Elle lui avait répondu que, sur les îles, personne ne jurait. Les jurons n'existaient pas, dans cet univers.

Ce n'était pas la peine de rendre la vie, déjà assez difficile comme ça, encore plus âpre avec des mots.

Il se rappelait aussi que la religion était importante, pour ces gens-là, même et surtout en dehors de l'Église. Plus on vivait près de la vaste mer, plus c'était vrai. Comme sur Vrångö, la plus lointaine de ces îles. Ou encore Donsö. « Surtout Donsö », avait-elle dit avec un éclat de rire qui lui avait fait penser aux vagues qui se brisaient non loin d'eux, tandis que, couchés sur les rochers du sud de Styrsö, ils contemplaient cette île plus pieuse que la leur, de l'autre côté du bras de mer.

Après quoi, elle s'était assise sur lui et avait commencé à faire ses mouvements, d'abord lentement puis de plus en plus vite. L'église avait beau régir sa vie, elle n'en était pas moins femme et pécheresse.

Dans la voiture, sur le chemin du retour : Springsteen. *You better look around, that equipment you got's so outdated, you can't compete with Murder Incorporated, everywhere you look now, Murder Incorporated*

Non, je ne suis pas si pessimiste que ça. Pas encore. La société Meurtre SA n'existe pas partout, pas encore. Et je continue à lutter contre elle.

Le portable sonna sur le tableau de bord.

— Oui ?

C'était Möllerström, toujours Möllerström.

— Elle a encore appelé. Tu ne l'as toujours pas fait, toi.
— Je n'arrête pas.
— Très bien.
— Tu es dans ton bureau ?
— Où veux-tu que je sois ?
— Est-ce qu'on peut la toucher au numéro que tu m'as donné ?
— Oui.
— Merci, Janne. Tu peux partir en week-end maintenant.

Möllerström raccrocha sans rien dire. Winter composa une fois de plus un numéro qu'il était désormais persuadé de ne plus pouvoir oublier. Elle répondit dès la première sonnerie.

13.

Il revint les mains tremblantes.
Il priait.
Jésus !
Dehors, un enfant passait à bicyclette. Il gagna la fenêtre. Le vent, qui soufflait de la mer, décoiffait cet enfant aux cheveux bruns. Ici, il n'y avait pas de petit blond. Il avait pensé à cela. Pas d'yeux bleus ni de cheveux blonds. Ce n'était pas comme de l'autre côté. Pourquoi cela ? C'était pourtant le même ciel, la même mer.

L'autre côté n'était qu'à un jour et une nuit de voyage, par beau temps. Peut-être encore moins à présent qu'il n'y avait plus de mines.

Il lui arrivait de voir un ferry, de temps en temps, lorsque la tempête forçait les navires à se rapprocher de la côte. Ils étaient trop loin au nord, parfois au sud. Il ne savait pas où ils allaient et ne s'en souciait pas.

Il en avait assez de la mer.

Il vivait près d'elle mais plus jamais sur elle, ni d'elle.

Il se trouvait à bord lorsque le chalutier avait sombré et il portait en lui ce qui s'était passé alors. Ce qu'il avait fait. Sa faute, sa culpabilité. Il était là. Il en savait plus que quiconque.

Il ne restait plus personne d'autre.

Jésus n'avait pas pu lui pardonner.

Mais c'est étrange ;
Et souvent, pour nous attirer à notre perte
Les ministres des ténèbres nous disent la vérité :
Ils nous amorcent par des bagatelles permises,
Pour nous précipiter ensuite dans les conséquences les plus funestes[1].

En traversant le brise-lames, il sentit la mer sur son visage. Il avait sur la figure une couche de sel qui ne partirait jamais. Ce qui le touchait à cet endroit n'y demeurait pas, non parce qu'il le nettoyait : le vent l'emportait.

Il avait le corps constellé de plaies.

L'eczéma causé par son ciré avait durci et laissé des cicatrices qui formaient une sorte de dessin sur tout son corps.

La carte de sa vie en mer. Oui.

Dans l'obscurité, il passait parfois la main sur ses épaules et sur ses jambes, comme s'il était aveugle et désirait suivre le cours de sa vie avec le doigt. Ses souvenirs étaient des cicatrices. Celles-ci étaient douces et lisses au toucher et il lui arrivait de penser qu'elles étaient les seules parties molles de son corps. Étant donné leur quantité, son corps était plus doux que dur, mais pas pour les bonnes raisons. Il avait le corps d'un jeune homme, mais pas pour la bonne raison.

Ce ne devrait pas être lui. Pas lui qui menait l'existence d'un vieil homme.

Jésus. Jésus !

Il attendit le coucher du soleil, qui eut lieu lorsque l'enfant passa de nouveau sur son vélo. C'était un garçon qui vivait dans la maison près de l'escalier, où des vêtements séchaient en permanence. Il voyait une jeune femme sortir l'étendre ou le rentrer. Elle avait les cheveux bruns, comme ceux du garçon, et son visage était d'une

---

1. *Macbeth*, I, 3.

pâleur translucide due à la mer. Celle-ci marquait les gens d'ici jusque sur le plan physique. Plus haut, tout au nord, à Thurso, Wick et ailleurs, ils étaient voûtés comme des bouleaux nains sur le flanc d'une montagne, noirs, pâles, déchiquetés et transpercés par le vent.

Au moment où le soleil disparaissait vers d'autres continents, il se tourna vers la pièce, aussi sombre qu'il le désirait. Il gagna le seul et unique fauteuil et s'assit pour boire à nouveau un peu du whisky bon marché qui l'attendait, dans un verre.

Il regarda autour de lui, la bouche toujours pleine, et avala.

Non, je ne quitterai pas ça.
C'était la dernière fois.
Je reste ici.

Les craintes présentes
Sont moins terribles que d'horribles pensées.
Mon esprit, où le meurtre encor n'est qu'un fantôme[1].

Il passa sa main sur son bras droit et son doigt glissa sur cette peau lisse, morte depuis tant d'années. Il n'y avait plus aucune vie dans la plus grande partie de sa peau, seulement une surface qui était à la fois douce et, en même temps, quand il appuyait un peu plus fort, très dure, dure comme de la pierre.

Il tendit la main vers son arme.
Il en prenait grand soin.
Elle avait dit qu'il était toujours aussi violent. Que cette violence n'avait rien perdu de sa force.

Aux *Three Kings*, les fenêtres ployaient sous le vent qui soufflait du nord-ouest, en ce moment. Il le sentit encore une fois assis au bar. Peut-être dit-il quelque chose à la femme qui se tenait là, comme pétrifiée, mais elle ne répondit pas, n'entendit pas.

---

1. *Macbeth*, I, 3.

Parfois elle entendait. Il avait attendu pour lui dire certaines choses, car il savait qu'il aurait besoin d'elle.

La porte s'ouvrit. La femme bougea. Il entendit une voix et quelqu'un vint s'asseoir près de lui.

— Un whisky, s'il vous plaît.

— Au malt ?

— Donnez-moi n'importe...

L'étranger s'interrompit.

— ...ce que vous préférez.

— Je n'aime pas le whisky, vous savez.

— Eh bien alors un... Highland Park, décida l'étranger avec un signe de tête en direction des étagères sur lesquelles s'alignaient les bouteilles.

La femme se retourna, en saisit une ventrue et versa l'alcool dans un verre qu'elle posa devant l'homme. Elle parlait son dialecte, considéré par certains comme un affreux patois.

— Il vient des Orcades, vous le saviez ?

— Non.

— Je croyais.

L'étranger but. La femme s'était à nouveau figée. L'étranger ôta le verre de sa bouche, se tourna vers lui et le leva de quelques centimètres en donnant l'impression de regarder par la fenêtre. Mais il n'y avait rien, à l'extérieur. Il vit du coin de l'œil que le regard de l'étranger revenait vers le bar.

Quelqu'un le voyait.

Il tourna la tête vers l'homme qui était assis là. Il hocha la tête sans rien dire.

L'étranger était plus jeune que lui sans être de première jeunesse. Son regard avait quelque chose de bizarre et son visage était comme strié. Le verre tremblait, dans sa main. Il le posa et s'essuya rapidement la bouche.

La femme avait quitté le comptoir.

Il faut que je cesse de venir ici, se dit-il. Pourquoi est-ce que je le fais ?

Je le sais bien.

— Vous êtes d'ici ? demanda l'homme.

14.

Winter arriva à temps pour prendre *La Sterne d'argent*, qui partait de Saltholmen à 10 h 20. Il laissa sa Mercedes dans le port de plaisance est sans se soucier de la garer correctement. La plaque portant la mention « police », bien en évidence derrière le pare-brise, devait cependant le mettre à l'abri des mauvaises surprises. Un jour, quelqu'un s'était introduit dans la voiture et l'avait fauchée. Il l'avait cherchée pendant longtemps.

Au moment de l'appareillage, il s'offrit une tasse de thé. Les rochers baignaient dans une lueur d'un gris argenté. Le chenal était encombré d'une myriade de rochers formant de toutes petites îles, jusqu'à l'entrée en mer, dont la surface était parfaitement calme.

Ils accostèrent à Asperö Östra pour laisser descendre une femme et un enfant assis dans sa poussette et pour charger des marchandises, emballées dans de gros paquets carrés entourés de rubans de métal, qui semblaient partir pour l'autre bout du monde, vers quelque pays tropical.

Les rochers étaient nus et n'offraient aucun abri. À leur lisière poussaient des roseaux qui constituaient une sorte de champ maritime. La route conduisait à des maisons, invisibles de l'endroit où ils se trouvaient.

Il n'était pas revenu là depuis qu'il avait détruit un brasero au sommet d'un rocher, et trouvé le document le plus affreux qu'il ait jamais vu et verrait jamais, une bande vidéo. À la regarder, il avait eu le sentiment d'être au bord d'un abîme.

Ce souvenir ne s'était jamais effacé, c'était impossible. Les souvenirs sont pourtant faits pour jaunir et finir par se dissoudre, comme le papier journal, les photos en couleurs et les affiches. Mais pas ça.

Les rochers portaient toujours la brûlure de l'été. Le bateau était à moitié plein de retraités qui n'arrêtaient pas de faire le tour de l'archipel, d'employés de bureau allant participer à un séminaire dans une des auberges, de jeunes faisant l'école buissonnière. Le ciel avait l'apparence d'une voile pas très propre tendue d'une île à l'autre. Ils accostèrent ensuite à Styrsö Skäret. De là, on voyait une plus grande partie de la mer. Au loin, c'était le Kattegat, puis le Skagerrak et la mer du Nord, où elle allait buter contre la côte près d'Aberdeen ; puis elle continuait vers le nord, contournait la tête de cette bonne femme que dessinait l'Écosse, si on regardait bien une carte de la Grande-Bretagne. Une bonne femme portant un fichu.

Il y avait également une bonne femme portant un fichu sur le quai de Styrsö. Mais un homme s'approcha d'elle, lui ôta ce couvre-chef et ce ne fut plus du tout une bonne femme, du moins si l'on n'avait pas encore commencé à ranger dans cette catégorie les personnes de vingt-cinq ans.

Le couple s'éloigna ensuite bras dessus bras dessous. Il vit la route qui n'était encore qu'un chemin à l'époque où il séjournait dans la maison que la famille Winter avait louée pendant un certain temps, et qui lui manquait. Ensuite tout le reste était arrivé. En ce moment précis, il avait l'impression d'avoir été emmuré vivant dans le désert de pierre du centre de la ville. Il lui fallait absolument abattre ce mur pour sortir de là.

Tandis que le bateau fendait les eaux de la baie pour les quatre minutes de traversée qui les séparait de Donsö, il comprit que la période citadine de sa vie touchait à sa fin. Il n'en était pas encore sûr, peu auparavant, tandis qu'il se tenait au bord de l'eau près du sentier traversant le champ, en revanche il en avait la certitude à présent.

Johanna Osvald l'attendait sur le ponton de Donsö. Il la reconnut à cela. Même si le temps s'était écoulé, elle se tenait à un endroit qui avait toutes chances d'être le même que jadis.

Derrière elle s'étageait la petite localité, dont une partie semblait taillée dans la pierre. Les maisons étaient nombreuses, certaines assez grandes, certaines bâties en bois et donc fort chères. Il savait que le commerce maritime avait enrichi l'île. La flotte de pêche avait été importante mais il ne voyait plus guère de chalutiers dans le port. Il est vrai qu'ils devaient être en mer. Il en vit pourtant un des plus modernes, avec double potence à l'arrière, si tel était bien le nom de ce dispositif servant à actionner le chalut. Il était grand, large, gros et bleu. Il était immatriculé GG 381 et portait le nom de MAGDALENA peint à la proue. Winter vit quelqu'un qui semblait le regarder en plaçant sa main au-dessus de ses yeux, sous la visière de sa casquette.

Un crucifix était fixé sur le pignon d'une maison. Il se souvenait en effet que la population de l'île était très pieuse. La fréquentation des lieux de culte ne semblait pas avoir diminué.

Les gens remettent leur vie entre les mains de Dieu. Que Sa volonté soit faite.

Johanna Osvald le salua de la main. Il lui répondit de même, de la proue du bateau et les gens commencèrent à descendre. Sur le quai, un petit groupe de garçons attendait près de ses vélos. En fait, ils n'attendaient rien, comme d'habitude. Les mouettes décrivaient des cercles au-dessus du port, en quête de reliefs de nourriture. Cela sentait les entrailles de poisson ainsi que l'huile, la graisse, l'essence, le varech, le goudron et toutes ces choses qu'aucune mer au monde n'est capable de faire disparaître.

Elle ne sentait pas l'huile de baleine. Il l'avait taquinée à ce sujet, un jour, sur les rochers. Est-ce que les filles de paysan sentent le fumier ? avait-elle rétorqué, mutine.

Il n'en avait pas la moindre idée.

— Tu n'es pas facile à joindre, lança-t-il une fois sur le quai.

— Ça te va bien de dire ça, répliqua-t-elle.

Ils s'étaient rapidement mis d'accord au téléphone, peu avant.

Ils s'assirent sur le premier banc venu.

— Toujours aucune nouvelle de ton père ?

— Je crois qu'il lui est arrivé quelque chose. Papa se serait manifesté depuis longtemps, maintenant. C'est évident.

— C'est toi qui le connais, pas moi. Tu es la mieux placée pour savoir.

— Je ne l'ignore pas.

— Je vais lancer un avis de recherches par l'intermédiaire d'Interpol.

— Oui.

— J'ai parlé à mon collègue londonien, hier soir. Celui qui est écossais et originaire de la région d'Inverness. Il pourra peut-être nous venir en aide.

— De quelle façon ?

— Il connaît des gens, là-bas.

Elle ne répondit pas et parut regarder la mer.

— Et puis...

— Et puis quoi ?

— Eh bien, il n'y a pas grand-chose d'autre que je puis...

— Je voulais que tu viennes ici.

— Qu'est-ce que tu veux dire ?

— Il y a quelque chose que je ne comprends pas, ici. Que je n'ai jamais compris. Il faut que je t'en parle. C'est pour ça que je voulais que tu viennes.

— De quoi s'agit-il ?

— Ce que je ne comprends pas ? dit-elle en levant les yeux. C'est lié à tout ça. À la disparition de mon grand-père... d'abord... avec tout ce qui s'est pas...

— Salut ! entendit-on soudain lancer de nulle part.

Winter leva les yeux. D'abord, il ne vit rien car il était à contre-jour.

Mais la voix lui disait quelque chose. Ainsi que l'accent, le dialecte très particulier de l'archipel, avec sa mélodie assez pointue, son usage assez libre des consonnes et des articles, qui ne respectaient guère le genre des mots. Cette façon de parler était d'ailleurs commune aux régions côtières de toute la mer du Nord. Cette île n'était qu'à quelques kilomètres de la ville de Göteborg mais, linguistiquement, elle paraissait située sur un autre continent.

— Ça date pas d'hier, poursuivit cette voix qui n'avait toujours pas de visage.

Winter se leva, le soleil cessa de le gêner et le visage apparut.

— Ah, salut ! dit-il.

— Ça date pas d'hier, répéta l'homme qui avait son âge et était aussi grand que lui, puisque c'était Erik Osvald qui lui tendait la main.

Il portait une casquette à visière noire et un bleu de travail. Winter reconnut alors l'homme qui semblait l'observer depuis son chalutier, lorsque *La Sterne d'argent* était entré dans le port.

Johanna aussi s'était levée.

— C'est ben ennuyeux, c't affaire, dit Erik Osvald.

Winter eut l'impression qu'en parlant de la sorte il désirait souligner quelque chose. Sa sœur ne s'exprimait pas ainsi. Non. Elle parlait comme si elle vivait sur la terre ferme. Le frère, lui, vivait en mer.

Winter hocha la tête en feignant de comprendre parfaitement ce que Erik Osvald voulait dire.

— Toujours pas d'nouvelles.

— Je sais.

— Ça l'i r'semble point.

— Pardon ?

— Ce n'est pas dans ses habitudes, traduisit Johanna.

Winter crut discerner un vague sourire sur ses lèvres.

— Pas d'ses habit'des, répéta Erik.

Winter comprit alors qu'il le faisait exprès, qu'il en

remettait, comme on dit. Mais il avait du mal à en saisir la raison. Erik Osvald était loin d'être l'idiot du village de cette île.

Johanna désigna le chalutier bleu amarré à cinquante mètres de là. Winter en vit à nouveau le nom : *Magdalena*.

— Erik nous a préparé du café à bord, annonça-t-elle.

L'intéressé fit entendre quelque chose qui ressemblait à un rire, pivota sur ses talons et s'éloigna vers le bateau.

— J'espère que ce que tu as dit à propos du café n'était pas une surprise pour lui, lança Winter à Johanna.

— Mon grand-père était fils de paysan de Hisingen, déclara Erik Osvald en servant le café.

Ils étaient assis dans un poste d'équipage aussi moderne que possible et lambrissé du sol au plafond. Ils avaient laissé leurs chaussures sur le pont, avant de descendre, et Erik Osvald parlait maintenant de façon parfaitement normale, comme s'il avait simplement voulu faire étalage de quelque chose ou le prouver.

En fait, il n'y avait plus de café à bord. Il avait donc filé en acheter à la boutique et était revenu au bout de cinq minutes, l'air beaucoup moins étonné.

— Mais ils étaient aussi pêcheurs. Ils pêchaient le hareng et ils vendaient aux gens de Donsö de quoi mettre au bout de leurs hameçons pour la pêche traditionnelle depuis la terre.

Winter en avait entendu parler quand sa famille louait la maison de Styrsö.

Osvald but son café. Winter, lui, aurait presque eu besoin d'une fourchette et d'un couteau tellement il était fort et épais. Demander du lait aurait signifié perdre la face.

— Grand-père a trouvé ici une femme... ou plutôt une fille, je crois qu'il faut dire... et ça n'a pas traîné. Il est arrivé pour s'embarquer sur un chalutier.

— Il était bien jeune, fit observer Winter.

— Pour quoi ? demanda Erik Osvald.
— Pour se marier et avoir des enfants.
Ni l'un ni l'autre ne répondirent. Du reste, ce n'était pas une question. Ce n'était sans doute pas surprenant en un endroit pareil. Ceux qui vivaient là étaient pressés de commencer à vivre, connaissant le danger.
Et de disparaître, aussi, pensa Winter. Il avait sa jeune famille : un fils et un autre qui allait naître.
— Il avait deux frères, dit Johanna Osvald.
— Ah bon ? s'étonna Winter.
— Bertil et Egon. Ils étaient sur le même bateau.
— Le même bateau ? Celui qui a disparu ?
— L'un d'entre eux est revenu, dit Erik Osvald. Bertil.
— Expliquez-moi ça, demanda Winter.

Les frères Osvald faisaient partie de ces courageux qui avaient pris la mer au début de la guerre. John était le plus jeune. Les chalutiers qui parvenaient à gagner l'Angleterre et l'Écosse et à y décharger leur prise étaient sûrs de faire fortune. Mais celle-ci les attendait au-delà des champs de mines car c'était là que se trouvait le poisson et, plus loin, les ports. Le monde était en guerre.

Beaucoup « y restèrent », pour parler comme Erik Osvald, « mais c'était l'argent qui les poussait ».

Au début de la guerre, le prix du poisson avait été gelé à un niveau incroyablement haut.

— L'autre prix, celui à payer, l'était encore plus, coupa Johanna.

Winter hocha la tête, comprenant fort bien de quel prix il s'agissait.

— Ceux qui s'en sont tirés sont devenus riches, reprit son frère. Les gens du secteur ont pu construire des maisons neuves avec tout le confort moderne, qu'ils payaient comptant ! Y compris les impôts.

— Ceux qui sont revenus, insista Johanna.

— Votre grand-père n'est pas revenu, lui, dit Winter. Qu'est-ce qui s'est passé ?

Il entendit le bateau bouger. Il était plus grand qu'il n'aurait cru que pouvait l'être un chalutier, et plus moderne. Il devait valoir cher, peser plusieurs centaines de tonnes et avoir un moteur de milliers de chevaux. Sur le pont arrière se trouvait de quoi faire fonctionner deux chaluts. Osvald avait vu son regard et parlé fièrement de *twinrigger*.

— Le *Marino* était en pêche en mer du Nord. Ils n'avaient pas mis le cap à l'ouest mais, quand les Allemands sont arrivés du sud, ils ont décidé de filer, dit Erik Osvald.

— Le *Marino* ?

— C'était le nom de leur chalutier.

Marino et non Marina. Ce n'était pas un nom de femme comme Magdalena.

— Combien étaient-ils à bord ?

— En principe, l'équipage comptait huit membres.

— Et vous, sur ce bateau-ci ?

— Quatre.

— Ils étaient deux fois plus, donc. Sur un chalutier deux fois moins gros.

Erik Osvald acquiesça.

— Comment est-ce que cela se passait ?

— Eh bien, ils vivaient tous dans le poste d'équipage, il y faisait très humide et ça ne sentait pas très bon. Il n'y avait pas de cabines individuelles comme ici, précisa-t-il avec un signe de tête en direction de la porte du couloir qui y menait. Mais tout était très différent, alors. La météo, par exemple, causait de graves difficultés que nous ne connaissons plus.

— Pourquoi ?

— Ce bateau peut affronter n'importe quel temps.

— Tu pourrais le mener à toi seul ?

Osvald se contenta de hocher la tête.

— N'empêche qu'ils n'étaient pas huit cette fois-là. L'équipage n'était pas au complet, intervint Johanna.

Son frère se tourna vers elle.

— Tu l'as oublié, Erik ? Ils n'étaient que cinq.

— C'est vrai.

Elle regarda Winter.

— Il y avait tous ceux qui... voulaient en être. Qui osaient.

— Les trois frères et deux autres, donc, conclut Winter.

— Oui.

— Où sont-ils maintenant ?

Il savait ce qui était arrivé aux frères Osvald. Egon avait sombré avec le bateau, en compagnie de John. Bertil était revenu et mort à une époque assez récente.

— Frans Karlsson a également disparu, dit Johanna. C'est ce que nous a appris Arne Algotsson, le dernier, celui qui est revenu avec Bertil.

— Arne Algotsson ?

— Il vit encore, ici, sur l'île.

— Ah bon ?

— Mais il est à un degré de sénilité très avancé.

— Ah.

— Il est comme... un légume.

— Il a oublié à quoi il pensait avant de le faire, précisa Erik Osvald. À supposer qu'il ait essayé. Quant on est dans son état, on ne pense même pas.

Il passa la main sur son menton et on entendit le frottement que produisait sur celle-ci une barbe de deux jours.

Le *Marino* avait tenté d'échapper aux torpilleurs allemands et de gagner la côte écossaise à travers les champs de mines.

— Ils sont arrivés à Aberdeen et ce n'était pas la première fois qu'ils le faisaient. Mais ils n'avaient pas beaucoup de poisson cette fois-là, expliqua Erik Osvald.

— Et ils n'en sont pas repartis, ajouta Johanna.

— C'était trop dangereux, compléta son frère.

— Ils sont donc restés.

— À Aberdeen ?

— Pour commencer. Ensuite, ils sont allés à Peterhead, leur port d'attache au cours de cette année-là en quelque sorte. Ils sortaient de temps en temps en mer, bien entendu.

— Mais jamais très loin ?
— Non je crois qu'ils doublaient la pointe de Fraserburgh et s'enfonçaient un peu dans le détroit, vers Inverness.
— Inverness ? demanda Winter en regardant Johanna Osvald.
— Enfin, pas tout à fait, à en croire Arne avant qu'il ait perdu la boule. Ils entraient seulement un peu dans ce Firth dont j'ai oublié le nom.

Winter hocha la tête.

— Je crois qu'ils sont allés en Islande une ou deux fois, ajouta Erik Osvald. C'était assez culotté.
— C'était de la folie, oui, dit Johanna.
— Jusqu'en Islande ?
— Jusqu'aux bancs de pêche situés au sud de l'île. Pour prendre de la plie. Elle valait cher en Écosse.
— N'empêche, commenta Johanna.
— C'est au retour d'une de ces expéditions que ça leur est arrivé ? demanda Winter.

Quand Winter remonta, le vent était tombé. Le *Magdalena* ne bougeait plus.

— Tu veux jeter un coup d'œil à la cabine de pilotage ? demanda Erik Oswald.

Winter vit partout des écrans, des téléphones, des fax, des lampes, des signaux, bref : un univers de technologie.

— On se croirait au P.C. du commissariat central, ironisa-t-il.
— L'essentiel est destiné à surveiller les garde-côtes, en particulier les Norvégiens, lança Erik Osvald avec un sourire.

Winter hocha la tête.

— De nos jours, c'est la difficulté essentielle de la pêche en mer. Il y a tellement de limites à ne pas franchir. Toi, tu n'as pas le droit de passer d'une zone à l'autre tandis que le poisson s'en fiche. Et c'est souvent très frustrant de savoir qu'il y en a à un mile de là et que d'autres nationalités peuvent utiliser leurs filets pendant que nous, les Suédois, on est là à courir dans tous les sens pour rien.

Osvald toucha l'un des instruments du tableau de bord et on entendit un bruit qui ressemblait à celui d'un treuil.

— On est tenté de franchir cette fameuse limite dans ces cas-là. Alors, il ne faut pas oublier de couper le GPS. Tu comprends, hein ? demanda-t-il en regardant Winter.

Celui-ci hocha la tête.

— Tu leur diras rien, hein ?

— Aux garde-côtes norvégiens ? Je ne suis pas en rapport avec eux.

— Ils ne sont pas marrants, je te jure. Tout d'un coup, tu te retrouves avec trois inspecteurs dans le poste de pilotage. Leur bateau est à sept miles de là, parce qu'ils savent que le radar des pêcheurs ne porte qu'à six miles. Alors, ils foncent sur toi par-derrière à bord d'un Zodiac qui file à trente nœuds. Ils viennent se ranger contre toi sans faire de bruit et, en un clin d'œil, ils sont sur la passerelle. Ça nous est déjà arrivé deux fois.

— Pas très gentil, en effet, commenta Winter.

— Ensuite, ils ont laissé un inspecteur à bord pendant vingt-quatre heures.

— Pas marrant.

— Et il exigeait de manger du cabillaud.

— Qu'est-ce que vous avez fait ?

— On lui a donné du filet de porc. Non mais alors, au prix du poisson aujourd'hui...

Erik Osvald était fier de son *twinrigger* de 320 tonneaux et 1 300 chevaux. Il en était copropriétaire avec deux autres pêcheurs de Donsö.

Ils avaient quitté la passerelle. Osvald lui avait parlé des capteurs sans fil placés sur le chalut, qui leur faisaient parvenir des informations sur tout ce qu'il y avait sous la surface de la mer : les courants, le fond, les obstacles éventuels. Il lui avait aussi expliqué l'hydraulique, le fonctionnement des treuils, tout cela automatique, bien entendu.

À présent, ils se tenaient sur le pont arrière, où se déroulait l'essentiel du travail. Il était parfaitement sec, sous ce beau soleil de septembre. Oswald dit alors quelque chose dont Winter devait se souvenir par la suite, quand il en saurait plus.

— C'est toujours la compétition, dit-il. En mer aussi bien qu'ici.

— Qu'est-ce que tu veux dire ?

— Quand mon grand-père est arrivé ici et a commencé à pêcher... lorsque lui et ses frères ont acheté leur premier bateau, très rapidement... eh bien ce n'était pas accepté. C'était mal vu, sur l'île. Il ne fallait pas qu'ils soient propriétaires. Il fallait qu'ils travaillent pour les autres. Nous, notre famille, on devait continuer à être au service des autres. Enfin, mon grand-père a changé tout ça.

— Et vous continuez la compétition, dit Winter.

— Toujours. C'est sans cesse la compétition, là-bas, entre les bateaux, sur les zones... Et ça l'a toujours été entre les gens de l'île aussi.

— Hum.

Winter voyait l'entrée du port et le pont reliant l'île à celle de Styrsö. Un ferry était en train de partir en direction de Vrångö, la dernière de celles qu'il desservait. Winter n'y était pas retourné depuis des années. Après Vrångö, il n'y avait plus que la mer.

— Pour ma part, je suis aussi en concurrence avec les armateurs d'ici. L'armement est très important à Donsö. Il représente un chiffre d'affaires qui dépasse le milliard de couronnes. Plus de 15 % de la flotte de commerce suédoise a Donsö pour port d'attache. Tu le savais ?

— Non.

— Ce sont de vieux copains à moi, ils ont le même âge et sont à la fois armateurs et commandants de leurs bateaux.

— Je comprends, dit Winter.

Erik Oswald n'était plus le même homme quand il parlait de la concurrence. La famille Osvald, partie de rien, était devenue quelque chose. Winter se doutait que c'était important pour son interlocuteur. Jusqu'à quel point ? Il voyait que celui-ci était toujours plongé dans ses pensées à propos de la concurrence. Peut-être aussi de l'argent et des risques qu'il fallait courir pour réussir à devenir riche.

Quels risques Erik Osvald avait-il été prêt à courir pour parvenir à la position qu'il avait acquise en mer et sur cette île ? Winter se le demandait. Outre celui inhérent au fait de se trouver en pleine mer, de s'exposer à la solitude... ou à ce qui pouvait arriver là-bas. C'était une existence solitaire, anormale. Des gens étaient devenus fous en mer.

— Faut s'faire respecter par ces gars-là et avoir les meilleurs avec soi, dit Osvald en retombant dans son parler dialectal.

15.

Aneta Djanali ouvrit deux des tiroirs de la cuisine. Rien. Elle se revit assise sur une chaise et devant une table de cuisine, qui avait disparu. En train de boire du café préparé par quelqu'un qu'elle ne connaissait pas. Mon Dieu.

— Qu'est-ce qui va se passer, maintenant ? demanda Sigge Lindsten.

— Nous allons porter plainte pour vol.

Il eut un rire rauque.

— Et comment allez-vous retrouver ceux qui ont fait ça ?

— Je me souviens de leur visage.

— Et de leurs noms ?

Cette fois, son rire était franchement ironique.

— Vous avez l'air de trouver ça beaucoup plus drôle que moi.

— C'est quand même un peu comique, non ?

— Vous pensez qu'Anette sera de cet avis ?

— Comment le savoir tant qu'on ne le lui a pas demandé ? Elle n'est au courant de rien, n'est-ce pas ?

— Je ne crois pas qu'elle éclatera de rire en l'apprenant.

— Ne dites pas ça, il ne faut jurer de rien.

Aneta Djanali le dévisagea.

— Un nouveau départ. Comme ça, il ne lui restera plus aucun souvenir de cet homme.
— De Forsblad ?
— Qui d'autre ?
— C'est peut-être là que ça se trouve ?
— Pardon ?
— Chez Forsblad. Je veux parler de ce qui a été volé, les meubles et le reste.
— Le plus intéressant, ce serait de savoir où se trouve ce salaud, rétorqua Lindsten. Avez-vous son adresse ?

Aneta Djanali secoua la tête..
— On nage dans l'inconnu, commenta Lindsten.
— Que faites-vous, monsieur Lindsten ?
— Pardon ?
— Quel est votre métier ?
— Quelle importance ?
— Vous ne désirez pas répondre à cette question ?
— Si, bien sûr.

Il entra dans la cuisine entièrement vide. Leurs voix résonnaient comme elles le font dans une pièce vidée de ses meubles, appareils, décorations et tout ce qui l'encombre.

Plus rien.

C'est la nudité parfaite, pensa-t-elle. Je me suis déjà rendue dans beaucoup d'endroits nettoyés par des voleurs, jamais à ce point-là.

— Voyageur de commerce.

Elle mit une ou deux secondes à rattacher cela à ce qui précédait.

— Qu'est-ce que ça implique ?
— D'être voyageur de commerce ? Eh bien, de voyager pour faire du commerce.

Ses paroles se répercutèrent dans la cuisine dont les murs révélaient de vilaines marques depuis qu'on avait enlevé ce qui les tapissait.

Elle avait même vu des appartements où ces marques étaient des traces de balles. Des vies s'étaient déroulées là. Des morts avaient eu lieu. Des affaires de famille. Elle se souvint de ce principe selon lequel la plupart des meurtres sont commis à l'intérieur de la famille. On n'est guère en mesure de se protéger de ses proches. Elle ne devait pas l'oublier. Tous les policiers le savent : il faut toujours commencer les investigations par le cercle des intimes. Malheureusement, il est souvent inutile d'aller plus loin. Une bonne chose du point de vue de la rapidité et de l'efficacité de l'enquête, une moins bonne d'un autre point de vue.

Il était cependant exclu de s'y attacher. Sinon, comment travailler ?

Ainsi, Sigge Lindsten était voyageur de commerce. Elle eut envie de lui demander ce qu'il vendait – ce serait pour plus tard.

— Forsblad doit bien avoir un métier, dit-elle.
— Oui. Il n'a pas d'adresse mais il a un métier. C'est assez inhabituel, non ?

Aneta Djanali arrêta Hans Forsblad dans le hall. Il avait de la compagnie et portait trois dossiers.

— Avez-vous une minute ?

Il regarda sa montre, comme s'il entamait un compte à rebours, avant de se tourner vers la femme qui l'escortait.

— Déjà dix secondes de passées, commenta-t-il.

La femme esquissa un vague sourire tout en regardant Aneta, qui eut très envie de faire tomber les dossiers des mains de cet homme.

— Peut-on aller quelque part ? demanda-t-elle calmement.

Il eut l'air de réfléchir, posa à nouveau les yeux sur sa compagne et montra l'une des portes qui se trouvaient à l'autre extrémité de ce vaste hall dallé.

— Une minute, pas plus, rappela-t-il.

Il la fit entrer dans une salle de réunion aveugle. Sans doute pour que les décisions soient prises plus rapidement et qu'on puisse sortir de là dès que possible, pensa-t-elle.

Il lui indiqua une chaise, mais elle préféra rester debout.

— Quand avez-vous parlé à Anette pour la dernière fois ? demanda-t-elle.

— Aucune idée.

— Qu'est-ce que ça signifie ?

— Que je ne m'en souviens pas.

Il eut à nouveau l'air de réfléchir. Rien n'était écrit sur ses dossiers, à présent posés sur la table.

— Un mois, peut-être, finit-il par dire.

Il fit un pas vers Aneta, qui eut un mouvement de recul instinctif.

— Doucement, pas de panique !

— De quoi avez-vous parlé ?

— Eh bien... comme d'habitude.

— C'est-à-dire ?

— Que ça n'allait pas.

Il regardait ses dossiers tout en parlant. Il en prit un. En effet, il y a quelque chose qui cloche, pensa Aneta. Les dossiers, ça marche toujours pourtant. Nous sommes ici au tribunal de première instance, le royaume de la paperasserie. Cet homme est un juriste d'une catégorie ou d'une autre – plus pour longtemps peut-être.

— Elle a gardé des choses qui m'appartiennent et dont j'ai besoin. C'est vrai, je vous assure. Vous ne pouvez pas m'interdire de les récupérer, ajouta-t-il en reprenant ses dossiers.

Je lui balance tout, on verra bien ce qui se passera, pensa Aneta Djanali.

— Quelqu'un d'autre l'a déjà fait.

— Comment... Que dites-vous ?

Elle lui raconta ce qui s'était passé dans l'appartement. Quand ils s'étaient rencontrés sur place, elle ne lui avait pas parlé du vol, ni du fait qu'elle avait vu les voleurs.

— Oh ! s'exclama Forsblad.

— Nous serions heureux si vous acceptiez de nous apporter votre aide.

— Bien sûr. Mais que puis-je faire ?

— Pour commencer, nous dire où vous habitez.

— Quel rapport avec cette affaire ?

Elle ne répondit pas. Il avait reposé ses dossiers. Peut-être devrais-je y jeter un coup d'œil, pensa-t-elle. Peut-être contiennent-ils la liste des objets qui ont été emportés de l'appartement d'Anette.

— Enfin, voyons. Vous n'allez pas me dire que j'ai volé mes meubles.

Il eut à nouveau un de ces sourires qui donnait à Aneta des frissons dans le dos.

— Je vous ai demandé votre adresse.
— Je n'en ai pas.
— Vous couchez sous les ponts ?

Elle jeta un coup d'œil sur son costume. Il devait y avoir un fer à repasser sous le sien, car son pantalon était impeccable.

— Je n'ai pas à vous donner mon adresse, martela-t-il, toujours souriant.

— Vous venez de me dire que vous n'en aviez pas.
— C'est pour ça que je ne peux pas vous la donner.
— Je suis chargée d'une enquête. Et vous n'ignorez pas que le public est tenu d'apporter son concours à la police. Vous êtes bien placé pour le savoir, il me semble.

— Quelle enquête ?
— Si vous continuez à jouer les imbéciles, nous continuerons cette conversation dans un autre lieu.

— Des menaces ?

Aneta Djanali poussa un soupir à peine audible et sortit son téléphone de la poche de sa veste.

— Bon, d'accord, obtempéra-t-il en se léchant les lèvres, dont celle du bas était fendue. Je loge chez une fille. Pour l'instant du moins. Mais ce...

— L'adresse.
— Il n'y a personne là-bas en ce moment.

Il eut à nouveau un de ces sourires effrayants.

Donne-moi la force, ô un des dieux de mon pays, supplia-t-elle. J'ai entendu mon père les invoquer mais je ne connais pas toutes les langues qu'il utilisait, ni les mots à répéter quatre fois pour que le dieu se présente. Il ne répond sûrement pas à une prière en français et c'est tout à son honneur. D'ailleurs qu'est-ce qui me dit que ce n'est pas une femme ? J'appellerai mon père, ce soir, pour le lui demander. Non, au fond il ne tient qu'à moi de déclarer que ce dieu est une femme. Écoute-moi, Paramanga Djanali, ton dieu est une femme du désert.

Hans Forsblad était toujours en train de sourire, à moins que ce ne fût une impression.

— C'est la dernière fois que je vous la demande.

— Il n'y avait personne, déclara-t-elle. La poignée de la porte était encore chaude cependant.

Fredrik Halders partit d'un grand éclat de rire.

— Ce que j'aime le plus en toi, c'est ton humour, confia-t-il.

— Et à part ça ? Qu'est-ce que tu aimes d'autre ?

— Les enfants pourraient nous entendre, répondit-il en regardant derrière lui.

— Ils sont chez toi, à l'autre bout de la ville.

Il ôta les pieds du canapé et entreprit de se lever. Puis il but un peu de bière en l'observant par-dessus son verre.

— On aurait pu être là-bas, en ce moment, dit-il.

— Dans ce cas, les enfants nous auraient entendus.

— J'aurais fait très attention à ce que je disais.

— Hum.

— Que signifie ce hum ?

— Je me demandais si le nom de Fredrik Halders et l'idée de prendre garde à ses propos font bon ménage.

Il garda le silence tout en buvant une gorgée comme s'il réfléchissait aux paroles qu'il allait prononcer.

— Tu sais ce que je veux dire, Aneta.

— Fredrik.

— Tu sais ce que je désire. Tu connais mon opinion,.

— Je sais.

Il secoua la canette de bière et se leva.

— Tu veux encore du vin ?

Elle secoua la tête.

— Je vais chercher une autre bière.

— Sérieusement, laisse tomber, l'admonesta Halders.

Elle ne répondit pas. Il était impossible de voir quoi que ce soit sous la couverture, mais elle entendait sa voix au loin. Une voix venue d'ailleurs. Cette pensée la fit pouffer de rire, car elle avait repris du vin.

— C'est peut-être dangereux. Tu m'entends, Aneta ?

Elle sentit qu'il ôtait la couverture de sa tête.

La lumière de la lampe de chevet l'éblouit et elle battit des paupières. Elle vit son visage, à contre-jour, noir comme celui d'un Africain. Pour qui ne le connaissait pas, il était inquiétant. Certains de ceux qui le connaissaient le craignaient aussi, d'ailleurs, et cela n'avait pas toujours été une bonne chose.

— Tu ne disposes d'aucun élément de départ et les types comme Forsblad peuvent vous valoir des ennuis.

— Qu'entends-tu par là ?

Elle baissa la couverture et se drapa dedans. Elle entendit la musique que Fredrik venait de mettre : James Carr, *The Dark End Of the Street*, de la *soul* du sud des États-Unis datant de quarante ans. *At the dark end of the street, that is where we meet.*

— À t'entendre, c'est un psychopathe. Si jamais il se met dans la tête que tu lui cherches des noises sans raison, ça risque de mal tourner.

— Pour lui, oui.

— Pour toi, Aneta.

— Aucune importance, non ? Si vraiment c'est un psychopathe, il va croire que je lui cherche des noises, qu'il ait des raisons pour ça ou non.

Halders ne répondit pas.

— Non ? insista-t-elle.

— Ne fais pas ta maligne, dit-il en l'ébouriffant. Écoute ce que je te dis, même si je ne m'exprime par assez bien à ton goût.

Elle se redressa et la couverture glissa. Elle entoura ses épaules et ses seins de ses bras, comme si elle avait froid.

— Il est dangereux, c'est vrai, je le sens. Je le vois.

— Qu'est-ce que je disais !

— Mais tu ne comprends pas qu'il est surtout dangereux pour *elle*. Il va s'en prendre à elle de nouveau.
— Tu n'en sais rien.
— Oh que si !

Halders se leva et se dirigea vers le lecteur de CD, qui s'était arrêté. Elle l'entendit fouiller dans les disques, aussi maladroitement qu'à son habitude. Soudain, elle entendit à nouveau la musique, reconnut le rythme et la voix du chanteur. C'était son disque. Gabin Désiré. *Afriki Djamana – Music from Burkina Faso*. C'était un peu elle.

La musique progressait en se balançant, comme une caravane à travers le désert. Il était question de nostalgie, peut-être celle de la vaste mer, à l'ouest, dans le morceau intitulé *Sénégal*.

Tu me dis que tu veux aller au Sénégal.
Laver la honte qui nous couvre tous.
En souhaitant que personne ne se retourne.
Vers les choses mauvaises.
La nostalgie de notre Sénégal.
Me voici... avec le soleil levant... qui nous raconte.
Donnons-nous la main et oublions notre inimitié.
Que notre peuple marche d'un seul et même pas.

— Tu comprends ce qu'il chante ? demanda Halders.
— Oui.
— Il ne la laissera pas tranquille, affirma Aneta Djanali.
— Quoi ? Qui ça ?
— Forsblad, bien sûr. Il n'accepte pas qu'elle ne veuille plus de lui.
— Il vit déjà avec quelqu'un d'autre.
— C'est ce qu'il prétend.
— Laisse-le dire, alors. Même si ce n'est pas vrai, cela l'aidera peut-être.
— Comment ça ?
— Je ne suis pas psychopathe, je ne sais pas comment il fonctionne, mais je suis capable d'ima...
— Ce ne sont que des mensonges, coupa Aneta.

— Je ne suis pas psychologue non plus. Il n'empêche qu'il est capable de s'inventer un monde où il croit qu'il a une nouvelle femme. C'est peut-être un bien.

— Pour aussi lui taper dessus ?

Halders ne répondit pas.

— Il est dangereux, ce type. Je crois qu'on est d'accord là-dessus, tous les deux.

— Laisse tomber, répéta Halders. Laisse-le tranquille, lui, sa femme et toute cette famille, qu'elle existe ou pas.

Elle garda le silence.

— Et ces meubles, ajouta-t-il.

— Je ne peux même pas vraiment rencontrer Anette, marmonna Aneta. Elle n'a d'ailleurs pas porté plainte, personnellement, enchaîna-t-elle, tandis qu'Halders poussait un soupir. Ce sont les voisins qui se sont manifestés. À plusieurs reprises. Et la femme qui habite sur le même palier affirme qu'elle a vu des traces de coups sur son visage.

— Aneta, elle ne vit plus là-bas, mets-toi bien ça dans la tête. Elle est en sécurité chez ses parents. Quant à lui, il partage peut-être l'existence d'une autre femme. S'il se met à tabasser aussi celle-ci, on interviendra. Mais pour l'instant...

— As-tu une idée du nombre de discussions de ce genre que nous avons eues, alors que de nouveaux actes de violence sont commis. Des violences conjugales, pour reprendre l'expression consacrée. Pendant que nous, qui sommes chargés d'empêcher les crimes et délits, nous parvenons à la conclusion que non, ce n'est pas grave, il n'y a pas de raison d'empêcher ce délit-là, ou ce crime, il est commis. Une fois de plus.

— Tu veux encore à boire ?

— Tu m'entends.

— Oui.

— Alors réponds, Fredrik.

— Je ne sais pas quoi faire dans une situation comme celle-ci, reconnut-il en tentant de lui prendre le bras. On ne peut pas l'arrêter. Du moins, pas encore.

— En revanche, on peut le surveiller.
— Qui s'en chargera ?
— Moi.
— Arrête. Surtout pas toi.
— Quelqu'un d'autre dans ce cas. Je n'en fais pas une affaire personnelle, si c'est ce que tu penses.
— Ah bon ?
— Pas de cette façon-là.
— Tu sais aussi bien que moi que Winter n'affectera jamais personne sur une affaire pareille.
— C'est une mesure préventive. Erik y est favorable.
— Mais il est réaliste, aussi.
— Et une femme tabassée, ce n'est pas réaliste ?
— Que veux-tu que je réponde à ça, Aneta ?
— Je ne sais pas, Fredrik.
— Et même si Winter était d'accord, Birgersson ne le serait pas.
— Birgersson ? Il est toujours là, celui-là ? Ça fait des années que je ne l'ai pas vu.
— C'est exactement ce qu'il désire.
Aneta Djanali se leva et traversa la pièce.
— Je vais prendre une douche, annonça-t-elle.

Halders avait préparé des canapés chauds. Aneta revenait de sa douche, détendue, avec un sentiment de chaleur et de bien-être... un peu étourdie, aussi, après l'intense activité intellectuelle de la journée.
— Je n'ai pas trouvé d'ananas, dit-il. Du fromage, du jambon et de la moutarde, oui, mais pas d'ananas.
— On n'est pas *obligé* de mettre de l'ananas sur un canapé chaud, Fredrik.
— Ah bon, c'est parfait, alors. J'avais peur d'avoir l'air un peu piteux comme cuisinier.
— Tu t'en es très bien tiré, Fredrik.
— Une tasse de thé ?
Il tenait la théière comme un valet de chambre en présence de la comtesse.
— Tu as changé de disque, constata-t-elle.

— Je suis toujours très impressionné par le nombre de guitares que tu possèdes.

Elle comprit ce qu'il voulait dire quand elle entendit le solo de guitare de *Comfortably Numb* – Agréablement engourdie, comme elle après sa douce. *There is no pain you are receding, a distant ship's smoke on the horizon, you are only coming through in waves.*

La fumée d'un navire à l'horizon. Pouvait-on rêver plus belle image ?

— Je crois qu'il connaît ceux qui ont volé ce qu'il y avait dans cet appartement, dit-elle.

— Enfin, Aneta...

— Sinon comment auraient-ils pu entrer ?

— Bois ton thé et détends-toi une minute.

— Réponds-moi. Ils sont entrés sans effraction.

— Et ils sont repartis.

— En effet.

— Je ne crois pas qu'il tienne à ce bazar.

— Je pense exactement le contraire. S'il ne peut pas l'avoir, elle, il peut au moins garder ce qui lui appartient.

Halders garda le silence.

— Tu ne réponds pas.

— Je n'avais pas compris que c'était une question.

— Arrête, Fredrik !

— Si tu veux que je te dise le fond de ma pensée, c'est une hypothèse un peu trop commode. Et puis il y a un hic.

— Lequel ?

— Eh bien... même si ce Forsblad est fou à lier, il n'est pas certain que le reste du monde le soit aussi, n'est-ce pas ? Il a forcément trouvé un moyen de persuader ces deux types qu'il fallait vider cet appartement, pour une raison ou pour une autre.

— Tu plaisantes ? Comme s'il avait besoin de leur fournir une raison ! Selon toi, il serait difficile, au jour d'aujourd'hui et dans ce pays, de faire vider un appartement par deux repris de justice ou des types de ce genre ? Il y a toujours des gens prêts à faire n'importe quoi dès qu'il y a un peu d'argent en jeu.

— Tu crois que les gens sont aussi mauvais que ça ?
— Ne masque pas ta naïveté derrière une plaisanterie, Fredrik.
— Tu sais, Aneta, reprit Halders en tendant à nouveau le bras vers la théière, il n'existe pas encore l'homme né d'une femme qui sera capable de te clouer le bec au cours d'une discussion.
— Une discussion ? Parce que nous avons une discussion ?

Bergenhem traversa Sveaplan avec un vent violent dans le dos. Devant la boutique du coin, une page de journal voltigeait.

Les maisons de la place semblaient grises, dans la pénombre du crépuscule. Un tramway passa sur la droite, à la manière d'un trait de lumière jaune et froid. Quand il appuya sur le bouton à côté des noms des occupants de l'immeuble, deux corneilles s'envolèrent. Il entendit une voix lui répondre, très loin.

Exactement comme la fois précédente.

Sauf qu'il n'était pas en service aujourd'hui.

Et il ne savait pas ce qu'il venait faire là.

— Je m'appelle Lars Bergenhem et je voudrais voir Krister Peters.

— Comment ? répétez s'il vous plaît.

— Lars Bergenhem, de la police judiciaire. Je suis déjà venu l'an dernier.

Il n'obtint pas de réponse, en revanche un bourdonnement lui indiqua qu'il pouvait pousser la porte.

Il monta et sonna. La porte s'ouvrit. L'homme avait le même âge que lui.

Ses cheveux bruns lui tombaient sur le front comme la fois précédente et cela paraissait aussi étudié. Toujours aussi mal rasé, il portait encore un T-shirt blanc qui tranchait sur le reste de son corps, bronzé et très musclé.

— Salut, dit Peters.

— Je veux bien le whisky que vous m'avez proposé, l'autre fois.

Ce jour-là, Bergenhem était chargé d'une enquête sur une série d'actes de violence. Jens Book, un ami de Krister Peters, avait été agressé et grièvement blessé, près du domicile de ce dernier.

Bergenhem était donc venu lui poser certaines questions. Peters était hors de cause, mais il avait offert à Bergenhem un whisky au malt que celui-ci avait décliné.

— Je m'abstiens, cette fois, avait dit Bergenhem. J'ai pris la voiture, parce qu'il faut que je rentre directement.

— Vous allez vous priver d'un excellent Springbank.

— D'autres occasions se présenteront peut-être.

— Peut-être.

Peters tourna le dos à Bergenhem et s'enfonça dans l'appartement. Ce dernier le rejoignit alors qu'il était déjà assis dans son canapé gris foncé. Des revues, trois verres et une bouteille étaient posés sur une table en verre. Bergenhem s'installa dans un fauteuil tendu de la même matière que le canapé.

— Comment ça va ? demanda Peters.

— Pas très bien.

— Vous avez besoin de parler à quelqu'un ?

— Oui.

— Je suis votre homme.

— Tout ça est tellement embrouillé, déclara Bergenhem.

16.

Il faisait encore jour. Winter se tenait sur le pont arrière du *Magdalena*, dans le port de Donsö. Le soleil brillait au ras de la mer avant de disparaître. Un jour où ils se baignaient à Vallda Sandö et s'étaient attardés un peu plus que d'habitude, Elsa lui avait demandé si le soleil s'éteignait, quand il se couchait dans la mer. Bonne question.

— Vous devez en voir des couchers de soleil en mer, dit-il à Erik Osvald, debout près de lui.
— Oui... mais on n'applaudit pas à chaque fois.
— Tu en apprécies la beauté, pourtant.
— Oui.

Winter comprit que, pour Erik Osvald, le temps qu'il faisait, le soleil, la pluie, les heures de la journée et la beauté de la nature ne représentaient pas la même chose que pour lui et pour tous ceux dont la vie se déroulait à terre.

Osvald contempla le soleil en train de disparaître.
— C'est surtout à cause de la lumière, reprit-il. On va bientôt être obligés d'allumer les lampes de trois heures de l'après-midi à dix heures le lendemain. À d'autres moments, on se plaint d'avoir le soleil dans les yeux à quatre heures du matin.

Winter acquiesça. Tout était sûrement plus accentué en mer.

Pourtant, il n'y a ni nuit ni jour, au large.

Winter attendit la suite. Le soleil était maintenant couché.

Il n'existe ni jour ni nuit, répéta Osvald, un peu à la manière d'un poème.

C'en était d'ailleurs peut-être un. Celui du travail et du quotidien, ce qui restait une fois qu'on avait gratté l'accessoire.

Osvald le regarda, de retour dans la réalité du labeur.

— Toutes les cinq ou six heures, il faut remonter le chalut. Voilà ce qui rythme le jour, pour nous, pas le matin, le midi ou le soir.

— Par n'importe quel temps ?

Osvald observa Winter en plissant les yeux. Les traits de son visage étaient réguliers et harmonieux. Son hâle ne risquait pas de s'estomper à la tombée de la nuit et il y avait du bleu dans ses pupilles. Winter se demanda à quoi pensait Osvald quand il était en pleine mer, et surtout au milieu de la tempête.

— Pour nous, désormais, le temps qu'il fait n'est pas vraiment un problème, répondit Osvald en hochant la tête pour donner plus de poids à ses mots. Autrefois, des bateaux coulaient par mauvais temps ou sautaient sur des mines. L'automne dernier, qui a pourtant été exécrable, la tempête ne nous a empêchés de sortir que deux nuits. Au-dessus de vingt mètres à la seconde de vent, on ne peut pas utiliser le chalut. Du moins si le fond est mauvais. Je peux t'assurer que, dans ces conditions, ce n'est pas drôle d'accrocher.

Il se retourna, comme pour vérifier que sa sœur était toujours là. Mais Johanna s'était excusée un instant et, après avoir descendu l'échelle du coupé, avait disparu au milieu des maisons qui s'étendaient presque jusqu'au quai.

— En fait, notre attitude envers le temps est plutôt ambiguë, reprit Osvald. Parce qu'il est possible que les autres n'osent pas et on gagnera davantage dans ce cas. La tempête fait monter les prix, c'est comme ça, et les pêcheurs n'y perdent pas, loin de là. Sans compter qu'elle agite le fond de la mer et que c'est bon pour la pêche.

Eh oui, se dit Winter, la tempête remue la marmite, ça tourne, ça monte, ça descend, l'ancien devient le nouveau et vice versa.

À l'image de son métier et de ce qu'il souhaitait qu'il s'y passe. Le passé n'existait pas en tant que tel ou alors seulement comme abstraction. En fait, il était toujours présent dans la réalité, au même titre que l'actualité, on ne pouvait le laisser définitivement derrière soi et il restait parallèle au présent.

Il regarda Osvald. Cet homme de son âge était chez lui, ici, enfin au large plus exactement, mais c'était juste à côté.

— Qu'est-ce qui te plaît le plus, en mer ? demanda-t-il.

Osvald parut ne pas entendre et Winter dut renouveler sa question. Il continuait à scruter la mer, comme s'il attendait de la visite et qu'un navire, une colonne de fumée, apparaisse sur la ligne d'horizon, à la place du soleil qui venait de disparaître. *A distant ship's smoke on the horizon.*

— On est le roi, finit par répondre Osvald. Quand on observe le spectacle du haut de la passerelle, on domine tout. À des miles à la ronde. Pas seulement physiquement, spirituellement.

Winter comprit ce qu'il voulait dire. Osvald était croyant. Cela ne l'empêchait pourtant pas de vouloir régner aussi sur les mortels, à terre comme en mer. Winter se demanda ce qu'Osvald était prêt à faire pour conserver son royaume et ce gros chalutier qui était son trône. En faisant fi des risques ? Jusqu'où était-il prêt à aller ? Existait-il quelque chose qui soit susceptible de le faire renoncer ?

— C'est très différent de la forêt, poursuivit Osvald. Mon beau-frère a une coupe, quelque part à l'intérieur du pays. Quand on est là-bas, sous les arbres, on se sent moins que rien en revanche.

— Une leçon de modestie, non ?

— Hum... peut-être, oui... mais comprends-moi bien. Vingt-cinq ans en mer du Nord, ça rend modeste également, ça vous marque toute la journée, toute l'année. On est arrogant envers certaines choses, pas envers tout. Devant d'autres on se sent très humble au contraire.

Winter hocha la tête. Osvald était sérieux. Il plaidait en faveur de la mer et on aurait soudain dit que Winter ne se trouvait pas à côté de lui. Ce dernier comprit que son ami n'avait pas souvent l'occasion de tenir ce genre de discours et que cela lui plaisait. Il suivait sa propre logique.

Si je veux continuer à m'occuper de cette affaire de disparition, il va falloir que je suive une certaine logique, moi aussi, pensa Winter en sentant le vent forcir, sur son visage. Cette logique, cette façon de penser, vient d'un autre monde qu'à terre. C'est la vie de ce monde qui a du sens ici. Ainsi que ce qui est *larger than life*, plus grand que nature. Osvald parle de ça.

— Il existe une instance supérieure, reprit ce dernier comme s'il lisait dans les pensées de Winter. Pas seulement les garde-côtes, ajouta-t-il en riant et retrouvant aussitôt son sérieux. S'il n'y en avait pas... tout serait absurde.

Winter se retourna pour observer la petite localité avec ses maisons, grandes et petites, ses ruelles et ses vélomoteurs à plateau, mode de locomotion typique du sud de l'archipel. Il vit les croix, le temple de la Mission intérieure, dont les Osvald étaient membres.

— Tu assurais pourtant tout dominer en mer. Est-ce que cela signifie que tu te sens proche du ciel ?

— Duquel parles-tu ?

— De celui que tu évoquais il y a un instant.

— Celui des croyants ? demanda Osvald avec l'ombre d'un sourire, comme s'il plaisantait. Non, la religion n'a rien à voir avec la pêche.

— Ah bon.

Osvald secoua la tête.

— Ça a pourtant un certain rapport ?

— Qu'est-ce que tu veux dire ?

— L'Église occupe une place importante ici. On en voit partout d'ailleurs.

— Hum.

Winter ne savait pas si Oswald était prêt à en dire plus. Il savait aussi que ce qu'il avançait était exact.

— Ici, personne ne trouve bizarre d'aller à l'église, si tu dois te réfugier dans un port qui n'est pas le tien pour échapper à la tempête, par exemple. Il n'y a pas un seul pêcheur de la côte ouest qui hésiterait à le faire.

Winter hocha la tête.

— Tout le monde croit en Dieu ici, reprit Osvald, en particulier parmi les pêcheurs.

— Est-ce que ça veut dire que l'ambiance est très pieuse à bord ?

— Tout le monde craint Dieu.

— Et personne ne commettrait une mauvaise action ?

Osvald ne répondit pas.

— Sur un bateau de pêche, personne ne jure, dit Johanna Osvald, une fois qu'ils furent de retour chez elle.

Son frère acquiesça. Le soir était tombé. Winter devait prendre le bateau pour revenir à Saltholmen à 19 h 02.

— Même quand il se pince le doigt ?

— Absolument, répliqua Osvald. On réagit vraiment si on entend quelqu'un jurer... à la radio ou ailleurs... mais, dans ce cas, il ne peut s'agir que de pêcheurs de la côte est ou de Danois.

— Vous avez beaucoup de relations avec le Danemark ?

— Nous allons tous y vendre du poisson. À Hanstholm, dans le Jutland. De l'autre côté de Jammerbukten, la baie des Lamentations, par rapport à Hirsthals.

— À l'ouest de Blokhus, donc ?

— C'est ça. Blokhus est au fond.

Winter connaissait Blokhus. Quelques années auparavant, il y avait trouvé certaines réponses à propos d'une affaire sur laquelle il travaillait, celle d'une femme dépourvue d'identité qui avait été assassinée. Les pistes qu'il suivait l'avaient amené au Danemark et dans la baie des Lamentations. De là, le passé avait projeté ses ombres dans l'avenir, qui était devenu le présent.

— Le *Magdalena* n'est jamais dans le port de Donsö, dit Erik Osvald.

— Tiens !

— Seulement pour révision, comme en ce moment. Autrement, on se passe le relais à Hanstholm.

Osvald expliqua que la routine était la suivante. Le *Magdalena* prenait la mer pendant six jours pour pêcher la morue et l'aiglefin. Le septième, à cinq heures du matin, il rentrait à Hanstholm avec sa cargaison de poissons vidés, pesés, triés en six catégories différentes pour la morue et quatre pour l'aiglefin, et empaquetés. À sept heures s'ouvrait la criée, qui avait d'ailleurs lieu au même moment partout sur la mer du Nord et l'Atlantique nord. Pendant la matinée, les quatre hommes de bordée préparaient la sortie suivante et chargeaient le nécessaire. Les quatre qui prenaient le relais arrivaient à midi et sortaient aussitôt en mer. Ceux qui avaient fini de travailler se mettaient au volant de la voiture de ceux qui étaient arrivés et embarquaient sur le ferry à Frederikshavn.

— Que devient le poisson ?

— On en fait du *fish and chips* pour les Écossais.

— Vraiment ?

— L'aiglefin, en tout cas, s'il n'est pas trop épais. Mais on peut aussi utiliser de la morue de petite taille. C'est expédié par camion et ferry. C'est curieux, hein ? On va pêcher au large de l'Écosse du poisson qu'on ramène au Danemark et qui retourne en Écosse par camions chargés sur des bateaux reliant Hanstholm à Thurso.

— Je ne le savais pas, dit Winter.

— On vit très bien sans ça.

Winter n'était pas sûr qu'il ait raison. Il y avait quelque chose dans les propos de son ami qui l'intéressait particulièrement, même s'il ne savait pas exactement quoi.

Par la suite, Winter demanda à Osvald :
— Qu'est-ce qu'il y a de pire, en mer ?
— Euh..., répondit Erik en regardant sa sœur, qui n'avait guère ouvert la bouche, au cours de la dernière demi-heure.

Winter savait cependant qu'il n'en avait pas fini avec elle.

— Eh bien... les tempêtes, on s'en fiche, poursuivit Erik Osvald. Les naufrages et les avaries, aussi... ce n'est pas ce genre de chose... il suffit de serrer les dents et on s'en tire toujours...

— Le silence, intervint tout à coup Johanna.

Son frère sursauta, puis hocha la tête.

— Lequel ? s'enquit Winter.

— Celui qui règne parmi l'équipage. N'est-ce pas, Erik ?

Il opina du bonnet sans ouvrir la bouche. Le silence qu'elle venait d'évoquer paraissait soudain l'envelopper, à titre d'illustration. Il leva les yeux.

— Ça peut vous fiche un type en l'air, expliqua-t-il. Et ça arrive. La mauvaise ambiance à bord, la mésentente. Ça ne met pas longtemps à venir à bout de toi.

Winter hocha pensivement la tête.

— Le capitaine se retrouve vite seul.

— Pardon ?

— On est vite seul, répéta Erik Osvald.

— En tant que capitaine ?

— Oui.

Winter réfléchit au fait qu'Erik Osvald était capitaine. Son jeune grand-père l'était-il aussi ?

— John était-il capitaine du *Marino* ?

Osvald regarda sa sœur, qui détourna les yeux.

— Pas au début, répondit-il.

— Mais encore ?

— Il s'est passé quelque chose, un jour... c'était un peu avant... je ne sais pas... mais mon grand-père était capitaine quand ils sont partis pour l'Écosse.

— Qu'est-il arrivé ?

— Aucune idée.

— Ceux qui sont revenus après l'accident en Écosse ne l'ont pas raconté ?

— On n'a rien su, dit Erik Osvald.

— Est-ce qu'on le leur a demandé ?

— Oui, répondit Erik Osvald d'une façon que Winter estima peu convaincante.

— Ils n'ont rien raconté ?

Erik Osvald haussa les épaules.

— On croirait presque à une mutinerie, lâcha Winter.

— On ne sait rien de précis, confirma Johanna en raccompagnant Winter au bateau. Est-ce que ça a de l'importance ?

— Je l'ignore, répondit-il.

De l'importance pour quoi ? pensa-t-il.

— Ton père a abandonné le métier, ajouta-t-il.

— L'âge de la retraite avait sonné pour lui comme il disait. Il était prêt pour le musée de la Marine.

— Section des Antiquités ?

Elle eut un sourire.

— Il n'a cependant pas quitté complètement la mer, poursuivit-elle.

— Comment ça ?

— Il n'arrête pas de s'inquiéter pour ceux qui sont en mer. Pour Erik et son équipage. Il écoute sans cesse la météo à la radio danoise, de six heures du matin jusqu'au dernier bulletin, à onze heures moins le quart le soir. Pourtant, il n'appelle jamais le bateau au téléphone.

Winter remarqua qu'elle parlait de son père au présent, comme s'il était en train d'écouter attentivement une voix énumérant des chiffres rébarbatifs mais pouvant signifier la vie ou la mort pour certains.

— Où vont-ils pêcher ?

— Eh bien… à une soixantaine de miles à l'ouest de Stavanger, je crois. Il leur arrive d'approcher d'assez près des puits de forage de pétrole, siutés à une cinquantaine de miles de l'Écosse.

Le bac accosta au ponton de Donsö avec un bruit sourd. Dans quatre minutes, il serait reparti.

— Es-tu inquiète, quand Erik est en mer ?

— Naturellement.

Winter se dirigea vers le bateau.

— En ce moment, je m'inquiète surtout pour mon père.

— Je vais faire tout mon possible. Avec d'autres.

— Il s'est passé quelque chose, j'en suis sûre.

— Ce serait bien si tu pouvais te rappeler tout ce qu'il a dit avant son départ. Ce qu'il a fait, à qui il a parlé. S'il a écrit quelque chose qu'il aurait laissé en partant. Si quelqu'un a téléphoné. S'il est arrivé d'autres lettres. Tout.

— Il a prié Dieu, précisa-t-elle en le regardant. Comme toujours. Tu dois monter à bord maintenant.

Elle le prit une dernière fois dans ses bras.

Elle s'attarda sur le quai, tandis que le ferry traversait le bras de mer séparant Donsö de Styrsö Skäret. Il pensa alors à toutes ces femmes qui étaient restées là, au fil des siècles, à regarder la mer l'angoisse au cœur. Elle perpétuait une tradition. Il se souvenait qu'ils avaient parlé brièvement de cela dans leur jeunesse : de l'inquiétude de sa mère, de la sienne, de celle de son frère. Winter eut un regard pour le *Magdalena*. Deux projecteurs étaient allumés sur le pont arrière, où deux silhouettes en ciré se déplaçaient. Devant la cabine de pilotage, il aperçut un visage qui dominait l'ensemble du port et constata que Erik Osvald le suivait des yeux. Un souffle de vent frais l'incita alors à se mettre à l'abri.

Il y avait de la lumière dans les maisons de Långedrag. Winter tourna au carrefour familier de Hagen, poursuivit en direction du nord et alla se garer devant l'une de ces maisons bien tranquilles, qu'il connaissait car il y avait passé une partie de son enfance et toute sa jeunesse.

Sa sœur aînée y était restée. D'abord avec son mari et ses enfants et, depuis pas mal de temps, seule avec ses filles, Bim et Kristina. Elles étaient grandes à présent. Bim ne vivait plus à la maison et Kristina s'apprêtait à suivre son exemple. Lotta Winter, qui avait assisté à tout cela, tentait de faire face à la situation de façon rationnelle, si impossible que ce soit. « Tu verras toi-même, avait-elle lancé. – Quoi ? – Comme c'est facile, bon sang. – La séparation ? – Oui. On en reparlera quand Elsa te dira *bye, bye*. – À t'entendre, Lotta, c'est la rupture pour le restant de la vie ? – N'est-ce pas le cas ? avait-elle demandé. – Tu sais ce que je veux dire, avait-il répondu. – Oui, oui, pardonne-moi, mais c'est… le silence, ce silence brutal, qui est dur à supporter. »

Il sonna. La sonnerie était la même depuis trente ans. Elle devrait la changer pour en mettre une nouvelle, un peu plus gaie et plus claironnante.

Elle ouvrit au bout de la quatrième fois.

— Ça par exemple !
— Je passais par là.
— Je vois ça.
— Tu ne me demandes pas d'entrer ?

Elle recula pour le laisser passer.

Il accrocha sa veste à la patère qu'il considérait toujours comme sienne.

— Tout est tellement calme et silencieux ici, fit-elle observer.
— C'est magnifique.
— Tiens, mon œil.
— Qu'est-ce que c'est que ce langage ?
— La façon dont je m'exprime ne te regarde pas.
— Pourquoi ?
— Pourquoi est-ce que j'emploie un langage un peu épicé ? À cause de l'air salé. Je te rappelle que la mer n'est qu'à cinq minutes d'ici en Mercedes.
— Les marins parlent un langage très châtié, tu sais.
— Pardon ?
— Ceux de la côte ouest parlent très correctement bien qu'ils aient du sel plein la figure.
— Comment le sais-tu ?

Il lui raconta la conversation qu'il venait d'avoir.

Ils étaient assis dans la salle de séjour. La vue était la même, ainsi que la cabane de jeux où il s'était parfois caché.

— Peu importe ma façon de m'exprimer puisque les enfants ne sont plus là pour m'entendre, reprit-elle. C'est un moyen de renouer avec ma jeunesse.

— Hum

— Tu es donc bien d'accord.

— Hum.

— Comment réagit Angela à ton absence le samedi soir ?

— Je n'avais pas l'intention de rester aussi longtemps, expliqua-t-il, regardant sa montre.

— Tu viens me surprendre dans ma solitude en plein *Saturday night*, dit-elle avec un signe de tête en direction du verre de vin à moitié vide posé sur la table. Et en flagrant délit : en train de picoler.

— Voyons, Lotta…

— Peut-être que je ressemble à maman ? J'avais peut-être en moi de la graine d'alcoolique qui ne demandait qu'à germer ?

— C'est vrai.

— Tu vois.

— Sérieusement, Lotta. Il te faudrait peut-être quelqu'un. Un nouveau mari.

— Me remarier ?

Elle partit d'un éclat de rire très prolongé.

— Bah…

— Commence par te marier avant de me chapitrer.

— Combien as-tu bu, au juste ?

— Seulement quatre bouteilles de vin et un tonneau de rhum.

— Où est Kristina ?

— Les autorités l'ont prise en charge.

— Je crois que je n'ai pas très bien choisi mon moment pour venir.

— *You picked the wrong time to come.*

Winter croisa les jambes. Il avait l'habitude de ces

prises de bec avec sa sœur. Mais celle-ci était un peu plus sérieuse et peut-être plus lourde de conséquences.

— Tu sais de qui c'est, ce que je viens de te dire ?
— Quoi ?
— *You picked the wrong time...* C'est de Dylan. Celui que tu écoutes en ce moment. C'est même précisément la chanson qu'il chante : *Highlands*.

Il entendait en effet Dylan marmonner : *well my heart's in the Highlands... bluebells blazing, where the Aberdeen waters flow.*

Étrange coïncidence. Un signe du destin, peut-être. Quoi qu'il en soit, il se refusait à y voir un simple hasard. Le monde était plein de coïncidences et il était important de les accepter. Voire de se laisser guider par elles.

Tout a du sens. Oui.

Il existe une instance supérieure.

Dylan continuait à marmonner, en attendant la fin, dans une ville réduite à des actes de pure routine et vidée de sa vie.

— Une musique pareille, ça vous réchauffe le cœur.
Elle alla jusqu'à rire.
— Depuis quand es-tu devenu adepte de la musique qui fait du bien ?
— Tu as toujours le téléphone ? s'enquit-il. Ou les autorités te l'ont-elles coupé ?
— Pourquoi cette question ?
— Si on fait la fête, il faut qu'Angela et Elsa en soient.

— Je suis contente que tu sois venu, Erik, dit Lotta.
Il accepta le remerciement d'un signe de tête. Il avait téléphoné, mais Angela et Elsa n'avaient pas l'intention de venir. Elsa dormait. Angela s'était étonnée : « Je ne suis pas une garce. N''empêche qu'on se pose toujours des questions, est-ce si surprenant ? »

Il devait rentrer dans quelques minutes.

— Je ne sais pas ce qu'il y a, déclara sa sœur. Il faut que je me secoue. On dirait brusquement que plus rien... n'a d'importance.

Sous l'affreux éclairage du vestibule, elle avait l'air fatiguée et triste.

— Tu sais bien que si, rétorqua Winter. Beaucoup de choses comptent pour toi.

Il se rendit compte à quel point ces paroles sonnaient faux.

— Je n'en ai pas l'impression. Pas en ce moment.
— Viens avec moi à la maison.
— Tout de suite ? Comment ça ? Non...
— Viens passer la soirée et même la nuit chez nous. Puisque tu m'as dit que Kristina est occupée de son côté.

Elle eut un sourire.

— En fait, elle est chez un camarade, sur l'île de Brännö.
— Aha.
— Bah...
— Viens. Tu n'as même pas besoin de finir ton verre. J'ai pas mal de bouteilles à la maison, et du rhum pour un équipage entier.

17.

Lotta exigea que Winter téléphone d'abord chez lui. « Bonne surprise, avait répondu Angela. Bien sûr, qu'elle peut venir. Absolument. »

— On n'a rien de particulier à t'offrir, dit-elle à son arrivée.

— Erik m'avait pourtant promis des tonneaux de rhum.

Elle rentra chez elle alors que le jour n'était pas loin de se lever.

— Ce qu'on ne peut pas faire le jour, on le fait la nuit, commenta Angela en regardant le taxi disparaître au bout de l'Allée, depuis sa fenêtre.

— Le jour n'existe pas, la nuit non plus, répliqua Winter.

— Tiens, tiens.
— C'est comme ça.
— C'est positif ou négatif, ce que tu dis ?
— Ni l'un ni l'autre. C'est un état de fait. En mer.
— Tu ne pourrais pas m'épargner un peu ce sujet, Erik ?
— Tu vas bientôt habiter tout près.

Elle ne répondit pas et resta debout à la fenêtre. On discernait maintenant une lueur, à l'est. Le soleil se levait mais pas au-dessus de la mer.

— Je ne sais pas, dit-elle.
Il attendit la suite. Peine perdue.
— Je ne sais vraiment pas, s'obstina-t-elle.
— Quoi donc ?
Elle se tourna vivement vers lui.
— La mer. Le terrain. La maison. On sera peut-être... seules, isolées. Elsa et moi. Loin de tout.
— Ce n'est pas le but, assura-t-il.
Elle garda le silence.
— Tu m'as entendu ?
Elle vint le rejoindre sur le canapé où il était assis.
— Il faut encore y réfléchir, répondit-elle.
— Il ne s'agit que d'un terrain. On va quand même l'acheter, non ?

Le dimanche matin, ils firent une promenade. Elsa mangea une glace et s'endormit. Winter se sentait un peu fatigué. C'était sûrement l'effet du dernier tonneau de rhum, ingurgité à l'aube.

Ils s'assirent sur l'herbe. Un couple passa non loin d'eux, en kayak, sur le canal. Ils entendirent leurs rires rebondir sur la surface de l'eau.

Angela avait un cerne sous l'un des yeux.

Elle devait prendre son service à dix-sept heures. La nuit serait longue, mais il y paraît qu'il n'y a pas de nuit, pensa-t-elle. Il n'y a ni jour ni nuit, dans le service de santé. Tout est régi par la fragilité des corps et vit au rythme de la distribution des médicaments par l'infirmière. Et ce rythme pouvait être soudain rompu par une urgence, la méchante sirène d'une ambulance à l'entrée.

Tout le monde sur le pont, comme on dit dans la marine.

— Tu t'intéresses tout à coup beaucoup à la pêche, dit-elle.
— Angela...
— Oui, je sais qu'on ne devait plus aborder le sujet, il n'empêche que je le fais.
— Il m'a semblé que... je lui devais bien ça.
— Je ne te savais pas aussi couvert de dettes, Erik.

— Qu'est-ce que ça veut dire ?
— Combien recevez-vous d'appels par jour de gens dont un parent a disparu, de gens qui signalent le vol de leur vélo, de gens qui sont tombés dans l'escalier ou qui se sont fait tabasser ?

Il ne répondit pas.

— Et vous devez les rencontrer personnellement pour les entendre vous exposer leur affaire. Mon Dieu, ça en fait sûrement des centaines par semaine. Et vous êtes à court de temps. Quel sentiment de culpabilité alors !

Winter vit Elsa bouger sous sa couverture. Angela avait certes élevé la voix, peu au demeurant.

— Si on parlait de ça plus tard, Angela ?
— Plus tard ? Quand ? Je pars à quatre heures et demie au cas où tu l'aurais oublié.
— Elle a cherché longtemps à me joindre et il s'agit tout de même d'une disparition.
— Ah bon ? Depuis combien de temps cette personne – un homme d'âge adulte je te le rappelle – a-t-elle disparu ? Avez-vous lancé un avis de recherches, contacté Interpol ?
— Oui.
— Maintenant, pas quand tu es allé à Donsö.
— C'est après l'avoir fait que j'ai compris que... qu'il y avait des raisons de pousser plus loin les investigations.
— Et ça ne pouvait pas se régler par téléphone, bien entendu.

Il entendit à nouveau le bruit des pagaies, un rire, l'eau. Il la regarda.

— Je crois hélas que j'ai bien fait d'aller lui parler.
— Hélas ? Mais encore ?
— Je ne sais pas. Un pressentiment. Un mauvais.

Aneta Djanali avait décidé de laisser tomber Anette Lindsten et de lui rendre sa liberté, sans mari ni violence. Elle trouverait sa voie, dût-elle pour cela repasser par le foyer de son enfance.

Aneta commençait à éprouver une certaine sympathie pour Sigge Lindsten, le voyageur de commerce. Elle sourit à cette pensée, au volant, en route pour le commissariat. Il n'avait pas précisé ce qu'il vendait. Des encyclopédies, peut-être. Tout sur le football anglais. De quoi faire un tabac parmi les vieilles dames seules, au fond de la forêt. Elle sourit. N'était-elle pas une sorte de voyageur de commerce, elle aussi ? Vu le nombre d'heures qu'elle passait dans sa voiture.

Fredrik klaxonna derrière elle. Elle s'arrêta. Il prit la dernière place de stationnement. Elle allait devoir en chercher une autre et passer encore plus de temps au volant. Elle lui revaudrait ça.

Ils franchirent les portes vitrées. C'était lundi matin. À l'intérieur, le nombre habituel de malheureux attendaient leur tour. Comme à l'ordinaire, des préposés aux affaires judiciaires faisaient les cent pas, leurs sempiternels dossiers sous le bras. Elle pensa alors à Forsblad, qui travaillait dans la Justice, lui aussi, mais il n'exerçait pas ces fonctions-là.

Les malheureux étaient assis, tête basse, dans la salle d'attente. Certains éternuaient, d'autres pleuraient ou criaient, d'autres riaient ou juraient, d'autres encore faisaient des gestes comme on ne pouvait en faire qu'ici. Un pauvre hère en veste au col en lambeaux lisait les annonces du tableau d'affichage. *On demande enquêteur à Uddevalla*. Merci beaucoup. *Poste de remplaçant intérimaire à la brigade du centre-ville*. Merci également, mon bon monsieur. De toute façon, je ne compte pas rester.

Les collègues ne cessaient de franchir les portes donnant sur la cage d'escalier et les ascenseurs. Quelqu'un lui fit bonjour de la main. Quelqu'un d'autre laissa tomber un objet sur le sol. Une troisième personne le ramassa.

C'était sa vie, son univers. Était-il censé en être ainsi ? Y avait-il une alternative ? Était-ce mieux ailleurs ? Existait-il d'autres voies ?

Elle pensa soudain à la musique de Gabin Désiré, elle la passait de plus en plus souvent, ainsi que d'autres morceaux de musique populaire du Burkina Faso : de Lobi, Gan, Mossi, Bisa. Et des pays environnants : le

Mali, bien entendu, mais aussi le Ghana, le Niger. La musique ressemblait à des chemins, plutôt aux gens qui marchaient sur ces chemins à un rythme que tous ceux qui l'écoutaient devaient suivre.

— Je t'offre le café, proposa Fredrik.
— Il est gratuit, ici.
— C'est l'intention qui compte.

L'ascenseur s'arrêta. Dans le couloir, Möllerström vint à leur rencontre.

— On te cherche, dit-il. Un vieux qui vient d'appeler.
— Qui ?
— Sigge quelque chose. J'ai son numéro.
— Je l'ai déjà, lança-t-elle en entrant dans le bureau qu'elle partageait avec Halders, pendant la durée des travaux de rénovation de l'étage. Ce serait prêt avant le début du nouveau siècle, si tout allait bien. Elle composa le numéro des Lindsten. Le foyer d'Anette.

— Quand sera-t-on enfin débarrassés de lui ? demanda Sigge Lindsten en guise d'entrée en matière.
— Que s'est-il passé ?
— Un coup de téléphone de menaces de sa part.
— De menaces ? Envers Anette ?
— Oui... elle et puis moi, si nous ne lui passions pas Anette, a-t-il hurlé à ma femme.
— Est-ce que je peux parler à votre fille ?
— Elle... dort, je crois.
— Voulez-vous que je vienne tout de suite ?
— Ensuite, j'ai entendu sonner le portable d'Anette, poursuivit Lindsten comme s'il n'avait pas entendu la question d'Aneta.
— Et alors ?
— Je crois que c'était lui.
— Elle n'a qu'à éteindre son portable.
— C'est le conseil que je lui ai donné.
— Forsblad m'a assuré qu'elle lui avait prêté une clé de l'appartement.
— Oui, elle me l'a dit aussi. Pour qu'il aille chercher des affaires qui lui appartiennent.
— Vous savez quoi ?

— Non. Mais je suppose qu'il l'a donnée, à son tour, à ceux qui ont vidé l'appartement.
— Il me l'a rendue. Plutôt jetée.
— Les clés, on peut en faire des doubles.
— Pourriez-vous demander à Anette de me rappeler, quand elle se réveillera ?
— Oui.
— J'y tiens.
— Que pouvez-vous faire ?
— Je veux d'abord lui parler.
— Ici, on ne sait plus à quel saint se vouer.
Elle entendit le chien aboyer, en fond sonore.
— Moi non plus.

Aneta Djanali attendit un coup de téléphone qui ne vint pas. Elle appela donc les Lindsten, sans plus de succès. Elle leva les yeux. Halders venait d'entrer dans la pièce.
— Je n'obtiens pas de réponse. Je n'aime pas ça. Il y a quelque chose qui cloche.
Elle lui raconta la conversation qu'elle avait eue avec Sigge Lindsten.
— Allons-y si tu veux, proposa Halders.
— Je ne sais pas. Je suis déjà allée les trouver une fois sans y être invitée.
— C'est lui qui t'a appelée, cette fois. Ça vaut une invitation, non ?
— Bon.

À leur arrivée, ils trouvèrent porte de bois. Aucune voiture n'était garée devant la maison.
— Ils ont pris la poudre d'escampette, commenta Halders.
Une voiture roula dans la rue à vitesse réduite, derrière eux. Aneta Djanali se retourna. Les vitres étaient teintées et le contrejour réduisait le conducteur à une silhouette. Halders s'était également retourné.
— De la visite ? demanda-t-il.
— Tu peux aller jeter un œil ?

— Tu as la frousse ?
— Je n'aime pas ça.

Elle vit Fredrik gagner la rue et se poster près de la barrière, avec l'air d'autorité de celui qui vous ordonne de passer votre chemin.

La voiture revint en sens inverse ; cette fois, elle crut la reconnaître. Lorsque Halders sortit sur le trottoir, le véhicule reprit de la vitesse et se dirigea vers le sud. Pourtant, Halders ne portait pas d'uniforme et n'avait même pas fait le moindre signe de la main. Il sortit un carnet où prendre des notes.

Il revint vers elle.

— Je n'ai pas distingué le visage du conducteur mais j'ai le numéro de la voiture. Tu veux que j'appelle pour savoir ?

— Oui, pourquoi pas.
— Tout de suite ?

Aneta ne répondit pas.

— Tout de suite ? répéta Halders.
— Tu as remarqué que ce rideau bougeait ?
— Non. Quand ?
— La fenêtre est restée entrouverte et le rideau a bougé.
— As-tu rappelé ?
— Oui.
— Elle doit être réveillée à présent.
— Elle doit l'être depuis longtemps.

Halders avança jusqu'à la fenêtre. Il dut pour cela écarter quelques mauvaises herbes qui poussaient très haut, sous des sapins, près du mur. Quels que soient la saison et le temps, la pièce devait être très sombre. Du reste, toutes devaient l'être derrière un pareil rideau.

— On ne voit rien, constata Halders d'une voix qui parvint jusqu'à elle et donc jusqu'à la rue.

— Il y a quelqu'un à l'intérieur, dit-elle.

Halders frappa au carreau, de façon peu discrète et à plusieurs reprises. Puis il revint vers Aneta.

— Il va falloir y entrer de force, dit-il.

Anata Djanali appela une nouvelle fois le numéro,

sur son portable, mais aucune sonnerie ne retentit à l'intérieur de la maison.

— Ils ont peut-être mal raccroché, suggéra Halders. Tu as essayé son portable ?

— Oui.

— Elle l'a sans doute éteint.

— Tout ça me paraît vraiment louche.

— Ce terrain est bien sombre, reprit Halders en regardant autour de lui. Pas facile de prendre des bains de soleil.

— L'histoire dans son ensemble est assez sombre.

Le visage empreint d'une expression différente, Halders la regarda.

— As-tu déjà rencontré Anette Lindsten ? demanda-t-il.

— L'espace de trois secondes, pas plus.

— As-tu une photo d'elle ?

— Non. J'en ai simplement vu une qui date de quelques années.

Elle pensa à ce cliché d'Anette jeune, son bâtonnet glacé à la main, avec un enfant qui entrait dans une boutique, à l'arrière-plan.

— Tu ne sais pas à quoi elle ressemble aujourd'hui.

— Non.

— Comment la reconnaîtras-tu quand tu la verras ?

— On dirait que ça ne risque pas trop de se produire.

— À supposer qu'une jeune femme ouvre cette porte, tu ne serais pas capable de l'identifier.

— Arrête, Fredrik. Ça m'est déjà arrivé une fois et c'est suffisant.

— En effet. C'est seulement une idée qui m'est venue.

Ils entendirent alors du bruit derrière eux, et une voiture pénétra sur le terrain.

Winter se chargea de lancer l'avis de recherches concernant Axel Osvald en utilisant pour cela les données que lui avait fournies Johanna, en particulier une photo de cet homme qu'il n'avait jamais vu.

Quand il fréquentait la fille, cet été-là, le père était en mer, quelque part au large de l'Écosse.

Il avait certes connu Erik Osvald, mais ne l'avait jamais considéré comme un pêcheur. Or, malgré sa jeunesse, il l'était déjà.

— Osvald a peut-être rencontré quelqu'un, dans les Hautes Terres, et décidé de mener une vie clandestine, dorénavant, suggéra Ringmar, debout près de la fenêtre. Qu'estce que tu en penses ?

— Ce n'est pas le genre, il me semble. Et il n'est parti là-bas pour cette raison.

— Pourquoi au juste ?

— Pour chercher des traces de son père.

— Ce n'est pas la première fois.

— Sauf qu'il y a eu du nouveau.

— Ce mystérieux message ?

— L'est-il réellement ?

Ils se trouvaient dans le bureau de Winter. Ringmar approcha de la table et prit la copie posée dessus.

Il ne faut pas se fier aux apparences.
John Oswald n'est pas celui qu'il paraît être..

— Bah, dit Ringmar.

— Tu trouves ça mystérieux ?

— En tout cas surprenant.

— Assez pour justifier le déplacement ?

— Euh…

— J'apprécie ta franchise, Bertil.

— Il y a une redondance qui me dérange dans ce message, consentit à dire Ringmar. Il répète deux fois la même chose.

Winter hocha la tête et attendit.

— *Il ne faut pas se fier aux apparences.* C'est-à-dire : John n'est pas celui qu'il paraît être. Ou que nous pensons. Ou qu'il pense être. Que croyons-nous au juste ? qu'il est mort ? noyé ?

— On ne sait pas s'il s'est noyé.

— Est-ce ce que le message essaie de nous faire comprendre ? Qu'il ne s'est pas noyé. Qu'il est mort après la fin de la guerre mais pas par noyade.

— Comment, alors ?

Ils étaient lancés et le dialogue se déroulait à niveau audible. Il arrivait que cela donne des résultats. On ne savait jamais.

— Un crime, suggéra Ringmar.

— Il aurait été tué ?

— Peut-être. Ou bien il serait mort par… inadvertance. Par accident.

— Mais quelqu'un est au courant.

— Oui.

— Et a écrit cette lettre.

— Sans avoir nécessairement un rapport avec sa disparition. Sa mort.

— *Il ne faut pas se fier aux apparences*, répéta Winter.

— Si c'est bien ainsi qu'il faut l'interpréter. On ne saisit peut-être pas toutes les nuances.

— Il nous faudrait quelqu'un de langue maternelle anglaise.

— Eh bien, ton ami Macdonald.

— Il n'est pas anglais, il est écossais.

— Tant mieux, puisque la lettre vient d'Écosse.

Winter relut les deux phrases.

— Il ne s'agit peut-être pas uniquement de John Osvald. La première ligne n'a peut-être rien à voir avec lui.

— Développe ta pensée.

— Il se peut qu'elle vise son entourage, son histoire personnelle. Les gens qu'il a fréquentés, jadis et maintenant.

— Sa famille, suggéra Ringmar. Ses enfants et petits-enfants.

— Ses enfants et petits-enfants ne seraient pas ce qu'ils paraissent être ?

Ringmar haussa les épaules.

Winter relut les deux phrases une fois de plus, après toutes les autres.

— La question est de savoir ce que tout ça signifie, déclara-t-il.
— Que veux-tu dire ?
— La lettre en tant que telle. La raison pour laquelle on l'a envoyée. Et pourquoi maintenant ? Plus de soixante ans après la disparition de John Osvald.

18.

Ils entendirent la voix de Sigge Lindsten avant que la voiture s'immobilise, puis le bruit de ses pas dans l'allée de gravier. Aneta Djanali crut voir le rideau bouger à nouveau. Fredrik avait dit que c'était le vent, que la fenêtre laissait passer l'air.

— Il n'y a personne ici, en ce moment, affirma Lindsten.

Curieuse entrée en matière, pensa Aneta.

— Je croyais que vous seriez là quand nous arriverions, dit-elle.

— J'ai dû sortir faire une course. Il a fallu que j'emmène Zack chez le vétérinaire, déclara-t-il avec un geste de la main.

— Rien de grave, j'espère.

— Ils ne peuvent pas se prononcer. Ils l'ont gardé en observation. On verra.

— Anette est-elle là ? demanda Halders.

— Non.

— Non ?

— Non. Sa mère et elle sont parties au bord de la mer.

— Au bord de la mer ?

— Nous avons une petite maison à Vallda.

— Quand sont-elles parties ?

— Quelle importance ? répondit Lindsten, dont le

regard naviguade l'un à l'autre. Elles en avaient marre des coups de téléphone.

Nouvelle fuite, pensa Aneta. Au bord de la mer, cette fois. Heureusement, elles ne peuvent pas aller plus loin.

— Est-ce que Forsblad connaît l'existence de cette maison ?

— Je suppose que... oui.

— Alors, ce n'est peut-être pas très prudent d'y aller.

— Il n'y a pas le téléphone, là-bas. Et Anette a eu le bon sens d'éteindre son portable.

— Il peut y aller, au lieu de téléphoner, suggéra Halders.

— Je ne pense pas qu'il... oserait.

— Quelle voiture a-t-il ? demanda Halders au moment précis où son portable se mit à sonner.

Il répondit, écouta et coupa la communication.

— Elle appartient à un certain Bengt Marke, dit-il à Aneta en regardant Lindsten. Une Volvo V40 qui doit avoir pas mal de kilomètres au compteur est passée ici à deux reprises, depuis notre arrivée. Elle est noire, mais elles le sont toutes. Est-ce que le nom de Bengt Marke vous dit quelque chose ?

— Jamais entendu parler.

— Il faudra voir ça de près, dit Aneta à Halders.

— J'appelle... Anette et ma femme pour les informer de votre passage, annonça Lindsten.

— Je croyais qu'elles n'avaient pas le téléphone, là-bas.

— Je laisse un message sur son portable.

— Mais elle n'écoute pas son répondeur, il me semble.

— Je n'ai jamais dit ça.

— Bon, fit Halders.

— Que comptez-vous faire ? demanda Lindsten.

— Nous allons dire deux mots à ce monsieur Forzblatt, répliqua Hallders, en déformant le nom à l'allemande.

— C'est possible ?

— Tout l'est pour nous, riposta Halders.

Une fois dans la voiture, le visage de Halders revêtit une expression qu'Aneta lui avait déjà vue. Il regardait fixement devant lui. C'était elle qui conduisait.

— Tu t'es apparemment piqué au jeu ? lança-t-elle.

— Par curiosité. J'aimerais en savoir un peu plus sur ce *Herr Hauptsturmführer* Hans Forzblatt. Et sur le reste de la bande.

— Bien.

— Et surtout sur cette fille qui se cachait derrière son rideau pendant qu'on frappait à la porte de sa baraque.

— Tu te livres à des suppositions, Fredrik.

— Non.

— Tu l'as vraiment vue ?

— Oui.

*
**

— Que savons-nous au juste sur le naufrage de ce bateau ? demanda Ringmar.

— Faut-il parler de naufrage ?

— Réponds à la question.

— Je ne sais pas. Le *Marino* a coulé alors qu'il rentrait d'une expédition de pêche au sud de l'Islande.

— Où est-ce arrivé ?

— Je n'en sais rien.

— Mais il y a eu deux survivants ?

— Apparemment. Le frère de John Osvald et un autre membre de l'équipage.

— Ils étaient à bord à ce moment-là ?

— Je n'en sais rien.

— Ou bien ils étaient restés au port ?

— Je n'en sais rien.

— A-t-on retrouvé quoi que ce soit de l'épave ? Des débris quelconques ?

— Je n'en sais rien.

— Ça n'a quand même pas dû passer inaperçu, à l'époque. Au moins être annoncé dans les journaux de là-bas.

— Je n'en sais rien.
— Est-ce qu'on a plongé sur l'épave ?
— Je n'en sais rien.
— Qu'est-ce que tu sais au juste, Erik ?
— Je n'en sais rien, si tu veux le savoir, Bertil.

Hans Forsblad avait dit qu'il vivait « aux bons soins » de quelqu'un, pour reprendre son expression, au nord de la ville. Cela signifie qu'il est séparé d'Anette par un pont, au moins, pensa Aneta Djanali. C'est toujours ça.
— Tiens, tiens, dit Halders en regardant les noms sur les plaques apposées à l'entrée de l'immeuble. Un autre membre de la famille Marke habite ici.

Aneta Djanali lut : Susanne Marke. Quatrième étage. Elle leva les yeux. Cela pouvait être ce balcon-ci. Ou celui-là. Avec une belle vue sur le fleuve, de toute façon. On voyait plusieurs églises et la mer était si proche qu'on pouvait presque plonger dedans. Enfin, pour peu qu'on ait le goût du suicide.
— Est-ce qu'il habiterait chez elle ? demanda Halders.
— Aucune idée.

Winter était seul dans son bureau. Il était en train de passer *Beyond the Missouri Sky*, de Haden & Metheny. La basse de Haden résonnait contre les murs avec la régularité d'un cheval battant l'amble et les guitares de Metheny venaient se poser dessus, les unes après les autres. C'était beau comme un coucher de soleil au mois de septembre, comme une colonne de fumée à l'horizon, comme le sourire de sa fille, comme le petit bois près de leur future mai...

Le téléphone sonna. Il répondit sans baisser le son et entendit la belle voix de l'agent immobilier lui demander s'il avait pris une décision. « Est-ce que vous savez combien... »

Je sais.

19.

Personne ne répondit à leurs sonneries. Aneta Djanali se retourna pour regarder les églises de l'autre côté du fleuve et la femme de marin qui attendait, en haut de sa colonne, le regard braqué vers l'entrée du port. Yeux de pierre, corps de pierre, cette sculpture constituait un résumé de l'existence que l'on menait dans cette partie du monde. Cette femme avait toujours été là.

— Te poses-tu parfois des questions sur ce que symbolise cette statue ? demanda-t-elle à Halders, qui s'était lui aussi retourné.

— C'est évident, non ?

— Qu'est-ce qui l'est ?

— Elle attend que son mari revienne de la mer. Elle est inquiète. C'est la Femme de marin, tout le monde le sait, à Göteborg.

— Y compris moi.

— Ce monument a été élevé au début des années 30. D'abord la colonne, puis la statue. Elle date donc de l'entre-deux-guerres, de 33, si je ne me trompe.

— Tu en sais des choses.

— Ça m'intéresse.

— Quoi ? La mer ?

— Enfin... l'histoire de cette ville.

Deux remorqueurs étaient en train de tirer un porte-conteneurs vers l'intérieur du port. Un ferry partait vers le Danemark et elle vit les passagers baisser la tête par réflexe, quand il passa sous le pont. La mer, au loin, baignait dans une pâle lumière, comme si tout était délicat et incertain, là-bas. Elle avait l'impression que la Femme de marin avait les yeux braqués justement dans cette direction.

— En fait, elle ne regarde pas du bon côté, assura Halders en désignant la statue du geste.

— Qu'est-ce que tu entends par là ?

— Je le dis parce que je le sais, mais on peut peut-être le voir d'ici. Elle ne regarde pas la mer, elle a les yeux braqués vers la rive nord du fleuve et l'endroit où nous nous trouvons. Ici, très précisément.

— À ton avis, ça symbolise quelque chose ?

— Qui aurait trait à Forsblad ? Tu crois qu'elle veut nous faire comprendre qu'il habite dans cette maison.

— C'est une théorie intéressante.

— Je crois plutôt que le sculpteur ne savait pas très bien de quel côté se trouvait la mer. Il y avait peut-être du brouillard, le jour où elle a été installée.

Aneta éclata de rire. Le catamaran de la Stena passa près d'eux et elle put voir des passagers sur le pont arrière de ce navire, également. Ils avaient le regard tourné vers la rive nord, où elle se trouvait, exactement comme la Femme de marin. L'espace d'un instant, elle eut envie de les saluer de la main, geste qu'elle faisait souvent dans sa jeunesse. À l'époque, il y avait plus de bateaux, qui masquaient l'autre côté du port à certains moments.

— Elle est là à titre de perpétuel souvenir, dit Halders. C'est un monument élevé à la mémoire de tous les marins et pêcheurs qui sont morts pendant le Première Guerre mondiale, et de tous les navires qui ont coulé.

— Elle attend en vain, alors, commenta Aneta.

Winter rentra chez lui à bicyclette pour déjeuner. Angela avait trois jours de liberté consécutifs. Elle avait l'intention d'aller en ville, dit-elle, et d'emmener Elsa.

Pour l'heure, elle était à la maison. Le poisson était simple mais bon, avec un peu d'huile d'olive, de citron et de beurre, de l'estragon et une autre plante aromatique qu'il ne put identifier, tout d'abord. Il avait toujours le dos en nage, après l'effort.

— Avec qui faisais-tu la course ?

— Avec moi-même, comme d'habitude, répondit-il en souriant à Elsa qui goûtait le poisson avec une mine dubitative.

— Qui est-ce qui a gagné ?

— Moi.

— Pas bête.

— Si on allait voir le terrain pendant le week-end ? proposa-t-il. À bicyclette.

— Tu veux, Elsa ? demanda Angela. Aller à la mer en vélo ?

— Oh oui, oui !

Il prit un peu de pomme de terre écrasée.

— Eh bien, c'est décidé. Marché conclu.

— Ça vaut une balade à bicyclette, fit Angela.

Oui, pensa-t-il. Tout le monde attendait qu'il prenne sa décision, dans la famille. Y compris lui-même. À présent, c'était fait. Et il ne s'agissait toujours que d'un terrain à bâtir.

Non, en réalité. La décision avait infiniment plus de portée.

Il regarda sa famille, qui l'observait. Bon sang, il ne fallait pas que les autres soient suspendus à une décision de sa part.

Que l'un de ses ego se décide.

Je n'arrête pas de me laisser dériver, je dois m'efforcer de revenir en arrière.

Je fais ce que je peux. L'autre jour, je n'ai pas répondu au téléphone.

Ça n'a rien changé, hélas.

Quelle erreur suis-je en train de commettre ?

Cela devrait être plus facile.

Ce sera plus facile. Ça va déjà mieux, non ? Je suis plus souvent à la maison, n'est-ce pas ? Je suis là-bas mais aussi ici, je commence à trouver un équilibre. Oui, un équilibre. Grâce à elle. Et à la petite. Les deux.

Est-ce que tout le monde pense comme moi ?
L'une d'entre elles annonça quelque chose
— Quoi ?
— Elsa a fait un dessert.
— Mmm.
— De la meringue, de la chantilly et de la sauce au chocolat.
— J'adore ça, dit-il.
— Oui ! s'écria Elsa.
— C'est très efficace pour lutter contre l'amaigrissement, ajouta-t-il en regardant Angela.
— Est-ce que tu éprouves... de la nostalgie envers... tes racines ? demanda-t-il lorsqu'ils en furent au café.
— Pourquoi me poses-tu cette question ?
— Je ne sais pas. Réponds-moi.
— De la nostalgie... comment dire... je m'interroge parfois sur ce qui se serait passé si j'étais restée là-bas. Et si j'y étais née.
— C'est effectivement un point de départ important.
— Si j'étais née à Leipzig, j'aurais connu une vie assez mouvementée. Il s'y est passé tellement de choses.
— De toute façon, il s'en est passé pas mal pour la famille Hoffman, constata Winter.
— Pas pour moi, pas comme ça. Je suis née après Ici.
— Et ça a changé pas mal de choses pour moi.
— Peut-être.
Ils entendaient Elsa dans sa chambre. Elle était en train de construire quelque chose qui n'arrêtait pas de tomber. Heureusement, elle était assez mûre pour en rire. Il n'est d'ailleurs pas inhabituel que des choses qu'on construise s'effondrent.
— Je crois que je serais aussi devenue médecin en Allemagne.
— Ton père ne t'aurait pas permis de faire autre chose ?
— Si. Mais je l'aurais fait quand même.
— Pourquoi ?

— Tant de gens ont besoin de soins et d'aide, de façon générale.
— Qui ?
— Toi, par exemple.
— Oui.

Elle passa le doigt sur le bord de sa tasse et cela produisit un petit bruit, une sorte de musique très ténue.

— D'après toi, quand pourront-ils commencer les travaux ?
— Lorsqu'on leur dira que le moment est venu.
— Et quand le leur dira-t-on ?

Il réfléchit une seconde aux questions qu'il venait de se poser. Qui attend qui et la décision de qui.

— Quand tu voudras.

Angela et Elsa l'accompagnèrent dans l'ascenseur pour descendre jusqu'à Vasaplatsen.

Il monta jusqu'au kiosque en poussant son vélo à la main. Angela et Elsa se dirigeaient vers Kapellplatsen et la librairie qui s'y trouve.

— Si on faisait un voyage ? lança-t-elle à Winter. Bientôt. Pour fêter cette décision.
— On va aller à la mer à bicyclette, dimanche.
— On peut aller ailleurs. Sur une autre mer.
— Quand ?
— Bientôt.
— Je n'y vois pas d'inconvénient. J'ai des congés à prendre. Plusieurs semaines.
— Parfait.
— Ce n'est pas ton cas en revanche.
— Pourquoi crois-tu que je passe des dimanches et des soirées loin de ma famille ? demanda Winter.
— Ha ha ha.
— Et la récompense a pour nom...
— Marbella ? s'enquit Angela.
— Pourquoi pas ?
— Tu appelles Siv ?

Il lui fit signe que « oui » de la main et s'élança dans Vasagatan en plein milieu du croisement. Un automobiliste écrasa son avertisseur pour lui faire comprendre ce qu'il en pensait.

Au moment où Aneta Djanali et Halders regagnaient leur voiture, ils virent surgir la V40 noire, qui roulait vite. Elle se gara à deux emplacements d'eux. Une femme en sortit et claqua la portière derrière elle. Aneta Djanali la reconnut.

— Je l'ai vue en compagnie de Forsblad. Au tribunal.
— Au tribunal ?
— Il travaille au tribunal de première instance. Et elle était avec lui.
— C'est bien le numéro de la voiture.
— Excusez-moi, dit Aneta Djanali à la femme qui passait près d'eux.

Celle-ci la regarda mais n'eut pas l'air de se rendre compte qu'elle lui adressait la parole. Les cheveux blonds décolorés, elle avait des traits assez fins qui ne correspondaient pas à sa taille. Grande, elle portait une robe d'une élégance sobre, manifestement d'un magasin de luxe et un manteau léger et pratique, dont la couleur n'allait pas avec sa robe. Ses chaussures étaient apparemment peu confortables. Elle était pressée.

— Excusez-moi un ins..., répéta Aneta Djanali.

Halders s'était déjà interposé et avait sorti sa carte de police. La femme s'arrêta. Elle le regarda, puis Aneta Djanali, sans avoir l'air de reconnaître celle-ci.

— Susanne Marke ? demanda Halders.
— Pardon ?
— Inutile de vous excuser. Vous êtes bien Susanne Marke ?
— Euh... oui.

Elle regarda à nouveau Aneta Djanali, toujours sans paraître la reconnaître.

Les négresses ne sont pourtant pas si nombreuses au tribunal, songea Aneta. Peut-être ne distingue-t-elle pas les couleurs. On le dirait, à sa façon de s'habiller.

— De quoi s'agit-il ? demanda Susanne Marke.

— Nous aimerions voir Hans Forsblad. Le connaissez-vous ?

— Hans Fors... pourquoi le connaîtrais-je ?

— Parce qu'il habite chez vous.

— Hans Fors... il vivrait chez moi ?

— Vous logez ici, non ? enchaîna Halders en désignant la belle maison derrière elle et en mentionnant le nom de la rue et le numéro, pour plus de sûreté.

— En effet.

— Hans Forsblad nous a fourni cette adresse comme étant la sienne, dit Aneta Djanali.

Susanne Marke ne répondit pas et donna l'impression de le maudire intérieurement.

— Ce n'est pas exact, finit-elle par dire.

— Ça ne l'empêche pas d'habiter ici, n'est-ce pas ?

Gardant le silence, elle braqua le regard vers le fleuve, comme si elle était en quête de réponses et espérait que la Femme de marin pourrait lui en fournir une. Un ferry passa de nouveau près d'eux, mais pour arriver au port, cette fois. Il y avait du monde à l'arrière et on voyait de petites têtes dépasser de la lisse. Aneta Djanali se fit la réflexion que Hans Forsblad habitait à des adresses qui n'étaient pas la sienne et que ce n'était sans doute pas un hasard.

— C'est si difficile que ça de répondre à une question aussi simple ? demanda Halders.

— Je veux savoir... de quoi il retourne, dit Susanne Marke en s'efforçant d'avoir l'air plus sûre d'elle que sa voix ne le laissait penser.

Halders soupira assez fort pour qu'elle l'entende. Il regarda Aneta, qui hocha la tête. Des oiseaux de mer se mirent à crier, non loin d'eux. Puis ce furent des coups de marteau ou de masse. Forsblad a peut-être une autre femme, dans cet appartement, pensa Aneta. *Here we go again*.

— Nous avons reçu une plainte visant Hans Forsblad, précisa Halders. Nous désirons lui parler et j'espère que vous êtes disposée à nous y aider. Je l'espère vraiment.

Je dirais même plus : je l'espère véritablement, ironisa intérieurement Aneta sans pouvoir s'en empêcher.

— Une... plainte ? À quel sujet ?

— C'est à Hans Forsblad que nous voulons le signifier. Vous, nous vous demandons simplement de répondre à notre question.

— Quelle question ?

Halders poussa un nouveau soupir mais garda son calme. Aneta vit que la veine de sa tempe commençait à palpiter. Susanne Marke, elle, ne le remarqua pas.

Il ne fallait pas qu'ils perdent leur calme, ni l'un ni l'autre. Qui allait l'emporter à ce petit jeu ?

— Il a logé chez moi pendant quelques jours, c'est vrai, dit-elle en se retournant comme pour indiquer la direction. Plus maintenant.

— Quand ça ?

— Quand est-ce... ?

— Quand a-t-il logé ici ? rugit Halders, qui baissa cependant la voix au milieu de sa phrase.

— Euh... la semaine dernière. Le week-end.

— Que faisiez-vous à Krokslätt il y a une heure et demie ?

— Je ne sais...

— Que faisiez-vous à Krokslätt il y a une heure et demie ? martela Halders.

— Je n'y étais pas, affirma-t-elle.

On le sait déjà, pensa Aneta. Dans ce cas, tu nous aurais vus et tu n'aurais pas pu le cacher, à moins d'être une psychopathe achevée ou au dernier stade de la maladie d'Alzheimer.

— Votre voiture y était, elle.

— Comment... comment le savez-vous ? s'étonna-t-elle, sans parvenir à dissimuler à Aneta qu'elle était mieux informée.

— Nous nous trouvions dans les paisibles parages de Krokslätt lorsque votre voiture est passée lentement à quelques mètres de nous, à deux reprises, dit Halders en lui montrant son carnet de notes pour qu'elle puisse voir son propre numéro d'immatriculation.

Elle sait qu'il n'a pas eu le temps de l'écrire depuis qu'on est arrivés ici, pensa Aneta.

— Je... je me promenais.

— Doucement ! coupa Halders.

— Euh... quoi ?

— Soyez prudente dans l'emploi que vous faites des termes. Dites la vérité. La simple vérité.

Elle tourna de nouveau le regard en direction du fleuve. Qu'est-ce que c'est que ce truc ? pensa Aneta. Où est-ce qu'on met les pieds ? Pourquoi protège-t-elle ce sale type ? L'aurait-il menacée, elle aussi ?

Elle chercha des traces de coups sur le visage de Susanne, sans en déceler. Elle ne réussit à lire dans ses yeux que de la peur, surtout vis-à-vis de Fredrik, non, peut-être de ses mots, plutôt de... la vérité. Elle sait qu'il ne faut pas mentir à la police, ce n'est jamais bon. Il est difficile de s'en tenir à ses mensonges sans se couper. Aussi difficile que de tenir ses promesses.

— J'ai prêté ma voiture, dit-elle en fixant des yeux une des églises du quartier de Masthugget.

— À qui ?

Elle regarda Halders comme si elle s'attendait à ce qu'il s'écrie « doucement ! » avant même qu'elle ait eu le temps d'ouvrir la bouche.

— Hans en avait besoin pour faire une course. Est-ce que je peux rentrer chez moi, maintenant ? demanda-t-elle en commençant à bouger. Je suis assez pressée.

Elle se mit à fouiller dans son sac comme pour chercher sa clé.

— Naturellement, dit Halders en s'écartant pour lui laisser le passage, comme s'il avait bloqué toutes les issues, jusque-là, ce qui était d'ailleurs le cas. Merci de votre aide.

Ils la virent se diriger vers cette maison moderne et confortable malgré son côté forteresse. Il y avait des barques dans la douve.

— J'adore ce boulot, constata Halders sans la moindre trace d'ironie dans la voix.

Ils tinrent leur réunion dans le bureau de Ringmar, pour changer. Devant la fenêtre, il y avait une plante verte morte dont il ne connaissait pas le nom.

— Il est temps de l'enterrer, plaisanta Halders en la désignant de la main.

— C'est fait, répondit Ringmar. Elle est en terre, non ?

— Très drôle, Bertil.

— Qu'est-ce qu'on fait, maintenant ? demanda Winter.

— On le convoque, rétorqua Aneta.

— Fredrik ?

Halders passa la main dans ses cheveux coupés court. Il pensait que cela le rajeunissait. Comme il se dégarnissait, c'était la seule solution. L'ensemble de la brigade trouvait que ça lui donnait l'air un peu plus farouche. C'était donc la combinaison parfaite selon lui : plus jeune et plus redoutable.

— Je n'ai jamais eu le plaisir de rencontrer Franz Flattenführer, dit-il

— Est-ce que ça signifie que tu le souhaiterais ? s'enquit Winter.

— Je ne sais pas. Il est déjà difficile de rencontrer Aneta, sa femme, pour savoir ce qu'elle a à dire.

— Anette, corrigea Aneta.

— Ce qu'Anette a à dire, rectifia Halders. Je ne connais pas les types du genre de Hans Fritz. S'il est vraiment ce que je crois, une audition risque de le rendre très dangereux.

— Pour qui ?

— Pour elle, bien entendu.

— Elle s'appelle Lindsten, dit Aneta. Elle n'a jamais adopté aucun des noms que tu attribues à Forsblad.

— Pourquoi fais-tu ça, Fredrik ? demanda Ringmar. C'est une habitude que tu as.

— Quoi donc ?

— Ces noms, qu'on dirait tirés d'un roman de Sven Hassel.

— Parce qu'on est libre dans ce métier. Et puis j'aime bien Svein[1].

Ringmar regarda Aneta Djanali.

— Bon, ça suffit. Arrête un peu.

— Je ne suis pas d'accord avec toi, Fredrik, dit Aneta.

— Quel est ton avis, alors ? demanda Winter.

Il a l'air plus curieux qu'étonné, pensa-t-elle.

— Il faut qu'on lui parle. J'en ai marre de toutes ces affaires où on laisse le mari agir à sa guise jusqu'à ce qu'il soit presque trop tard, dans la plupart des cas. Et parfois, il est vraiment trop tard.

— Je veux que vous entendiez cette femme, Anette, dit Winter.

— Qu'est-ce que tu crois que j'essaie de faire depuis vingt-quatre heures ?

— Moi de même, ajouta Halders.

— De toute évidence, elle ne désire pas nous parler, intervint Ringmar.

— Tu as essayé, toi aussi ?

— Je veux dire : à la police dans son ensemble.

— Elle était présente, dans cette maison, quand on s'est présentés, mais elle n'a pas voulu avoir affaire à nous.

— C'était peut-être la mère, suggéra Winter.

— Non, c'était quelqu'un d'assez jeune.

— Bon, conclut Winter. Si vous voulez le coffrer, allez-y.

— Est-ce que tu ne pourrais pas lui signifier l'interdiction de la voir pendant qu'on y est ? demanda Aneta Djanali.

— De toute façon, il ne le pourra pas puisque personne n'ouvre la porte chez eux, assura Halders

— Et la maison au bord de la mer ? demanda Aneta.

---

[1]. Écrivain danois né en 1917, Sven Hassel s'est fait une spécialité de romans mettant en scène la Wehrmacht. Halders déforme son prénom pour le traiter en quelque sorte de « porc. »

— Interrogez-le, répéta Winter. Après ça, il se tiendra peut-être tranquille.

Winter regagna son bureau et appela Nueva Andalucía. Il imagina la maison blanche en attendant que sa mère lâche le shaker qu'elle tenait sûrement entre ses mains pour prendre le combiné. Non, c'était injuste. Elle a beaucoup réduit sa consommation depuis la mort de son mari. C'était soit cela, soit la descente dans l'abîme, au fond d'une dernière bouteille de gin de fabrication locale.

Il était descendu une fois, non pas dans l'abîme mais à l'hôpital Costa del Sol, avec la Sierra Blanca juste derrière et au-dessus. Son père avait poussé son dernier soupir un jour environ après leur dernière conversation. Ce bref moment de communication avait été le premier depuis bien des années.

Les heures qui avaient suivi avaient été les plus dures de sa vie jusque-là, les plus lourdes – comme de véritables blocs de pierre –, les plus cruelles, les plus tranchantes.

Son père était enseveli dans la terre de ces montagnes. De là, on avait une vue sur la mer, jusqu'en Afrique, le désert qui s'étendait en face.

Au cours du voyage de retour en avion, il avait eu l'impression qu'il allait se perdre, tomber, comme du haut de l'appareil.

Il n'avait pas de bons souvenirs de ses voyages en avion vers la Costa del Sol, ni à l'aller ni au retour.

Sa mère finit par répondre.

20.

— Je suis en train de me liquéfier, dit Siv Winter. On a trente-quatre degrés à l'ombre, en ce moment. Et plus de quarante la semaine dernière.
— C'est dur, commenta Winter.
— Ce n'est pas ce que je voulais dire, Erik.

Il eut un petit sourire. Sa mère possédait bien des qualités, mais pas le sens de l'ironie. C'était peut-être un trait à mettre à son crédit, d'ailleurs, pensa-t-il. Il y a trop de gens qui lancent des remarques de ce genre à la ronde en laissant aux autres le soin de les interpréter. Ah bon, ce n'était pas ce que tu voulais dire ? Non non. Je ne suis pas très malin, alors, j'aurais dû comprendre que tu voulais dire exactement le contraire.

Dans sa branche professionnelle, les gens disaient souvent le contraire de ce qu'ils pensaient. Ce n'était hélas pas de l'ironie. C'était du mensonge pur et simple. Il vivait dans un monde de mensonges. C'était son univers. Son travail consistait à interpréter des mensonges. Et comment en sortait-on ? Quand on suppose que tout le monde ment perpétuellement. Chez qui peut-on trouver la vérité, la confiance et la certitude ?

— Quelles sont les prévisions de la météo ? demanda-t-il à sa mère.
— Ça va sans doute continuer ainsi pendant quelque

temps. Un peu moins chaud peut-être dans une ou deux semaines.

— Pas de pluie en perspective ?
— Non, malheureusement.
— Parfait.
— Qu'est-ce que tu veux dire ?
— On a l'intention de descendre quelques jours.
— On ? Toute la famille ?
— Oui.
— Oh, ce serait magnifique.
— C'est aussi notre avis.
— Qu'en pense Elsa ?
— Elle n'est pas encore au courant. Je voulais d'abord t'en parler.
— Voyons, Erik. Tu sais que vous êtes toujours les bienvenus. Et tu n'es pas venu depuis... depuis...

Elle n'acheva pas sa phrase ; ce n'était pas nécessaire. Il s'était rendu en Espagne l'année précédente, le lendemain de Noël, et avait consommé sept bouteilles de whisky. Il ne s'agissait certes que de ces ridicules mignonnettes qu'on vous distribue dans les avions, n'empêche. Avec un peu de bière par-dessus le marché, il avait fallu mobiliser la moitié du personnel de l'aéroport de Malaga pour le transporter jusqu'à son taxi. La police était intervenue, mais uniquement pour prêter main-forte à un collègue en détresse, bien entendu. C'était Ringmar qui l'avait prévenue : voilà ce qui vous attend à l'arrivée de l'avion. Ringmar avait compris et son collègue espagnol aussi.

Muy borracho. Sí. Comprendo.

Winter, lui, n'avait pas compris. Pas après avoir laissé derrière lui les événements de Noël à Göteborg. Qui aurait pu comprendre ? Comprendre vraiment tout. Il le voulait. C'était possible. Le mal a toujours une cause ou une autre. Il vient de quelque part. Des êtres humains. Ainsi, cela devenait quelque chose qu'il était possible d'appréhender, d'autant plus effrayant.

C'était Ringmar qui avait été obligé de faire le sale boulot, à Noël dernier. Heureusement, Bertil était fort, plus fort que lui. Il avait connu son enfer personnel, mais c'était un homme digne de ce nom, quelqu'un de bien. Sans Bertil, il n'y a plus rien, avait-il pensé alors, et à plusieurs reprises depuis. Je suis faible. Il est fort. Je deviens de plus en plus faible, lui de plus en plus fort. Est-ce qu'il m'arrivera la même chose qu'à lui ? Est-ce que les choses prendront un jour une autre tournure ? Est-ce que je le désire ? Est-ce que je souhaite être plus fort ?

— Je te tiendrai au courant des détails, dit-il à sa mère.

— C'est pour bientôt ?

— Je l'espère.

— Je suppose qu'il fait un temps de chien chez vous, comme d'habitude ?

Il regarda par la fenêtre le soleil très vif de cet été de la Saint-Martin.

— Oui, mentit-il.

Aneta Djanali partit vers le sud et bifurqua vers Krokslätt. Tout y était comme plusieurs décennies auparavant : maisons, rues, enseignes, boutiques. Le crépi des bâtiments s'était effrité et avait été remis en place, les cafés n'avaient toujours que deux tables et cinq chaises.

Elle n'était pas seule à passer par là en voiture. Elle suivait une V40 noire, à une centaine de mètres devant elle. Il faut dire qu'elle n'était pas au volant de la Saab habituelle. Elle avait pris un autre des véhicules banalisés, au garage de la police sur la place Ernst Fontell.

Aneta Djanali avait une petite idée de l'endroit où ils se rendaient. Ce qu'elle éprouvait n'était pas exactement le vertige qu'elle avait ressenti un peu plus tôt, mais une sorte de perplexité qui n'était pas sans analogie avec celui-ci.

C'était Susanne Marke qui était au volant de la V40. Aneta Djanali l'avait vue monter à bord, dans une des rues désertes du vieux quartier Nord de la ville. Elle l'y attendait. Elle savait en effet où serait Susanne Marke au cours de l'après-midi, car elle avait posé la question. Elle avait supposé qu'elle cesserait son travail à quatre heures, hypothèse qui s'était confirmée.

En revanche, elle n'avait pu deviner la destination de Susanne Marke. En ce moment, elles pénétraient dans le quartier de Fredriksdal et sa côte bien connue. La voiture de Sigge Lindsten n'était pas là. Aneta passa près de Susanne Marke sans s'arrêter et vit celle-ci descendre. Dans le rétroviseur, elle put même la voir se diriger vers la maison sans regarder autour d'elle. Ensuite, la rue tournait et il n'y avait plus dans son champ visuel que des édifices sans intérêt pour elle.

Elle fit demi-tour à un petit croisement, cinq cents mètres plus au nord. Quand elle repassa, la V40 n'était plus là.

Forsblad ne s'est pas présenté à son travail cet après-midi, lui annonça Halders quand elle l'appela de la voiture. Et toujours pas de réponse du nid d'amour d'Älvstranden.

— Elle, je l'ai vue il y a dix minutes.
— Tu es devant chez elle ?
— Non, elle s'est rendue chez les Lindsten.
— Merde alors.
— Mais pour une visite de très courte durée.
— Comment le sais-tu ?

Elle lui raconta.

— Tu ne sais toujours pas à quoi ressemble Anette Lindsten, hein ?
— Non, qu'est-ce…, commença-t-elle avant de comprendre ce que voulait dire Halders. Mais tu te mets le doigt dans l'œil.
— Il faut parfois le faire pour bien voir.
— Tu le crois vraiment ? demanda Aneta, qui en fait s'interrogeait plutôt elle-même. Non, elle ne peut pas avoir changé à ce point.
— Le mieux est de s'en assurer, non ?

Elle garda le combiné à la main. Susanne Marke était Anette Lindsten qui était Susanne Marke qui était…

Non.

Pourtant, Sigge Lindsten avait appelé. À supposer que ce soit lui. Peut-être lui avait-il montré de faux papiers et la maison de Fredriksdal n'était-elle qu'une sorte de décor de cinéma, sans rien derrière, où on était en train de tourner un film. Elle se souvint soudain qu'il y avait un festival cinématographique à Ouagadougou. Elle était allée au cinéma, là-bas, dans une sorte de bunker mal calfeutré où la vive lumière de l'extérieur pénétrait par dix mille fentes et fissures du décor. Il s'agissait d'un film local qui, curieusement, parlait de gens vivant dans une ville du désert. Celle-ci paraissait ne pas avoir de dieux ni d'esprits. Le film, en langue moré, était sous-titré en français. Elle comprenait les mots mais pas le sens véritable de ce que disaient les gens. Ce n'était pas seulement une autre culture, c'était un autre univers.

Après tout, les deux hommes qu'elle avait vus dans l'appartement d'Anette étaient peut-être les vrais père et frère de celle-ci. En tout cas, l'appartement était à son nom. Et celui de Susanne Marke au nom de celle-ci. La voiture, elle, était immatriculée à celui de Bengt Marke. Qui était-il ? Ne s'appelait-il pas également Hans Forsblad ? Ou encore Heintz Fritsfrütz, pour parler comme Halders. Elle faillit en rire. Puis elle eut un frisson.

Elle mit le moteur en marche et partit loin vers le sud.

Winter parvint à joindre Macdonald au cours du déjeuner.

— Devine ce que je suis en train de manger ? demanda celui-ci.

— Je sais d'où ça vient, répliqua Winter.

— *The fish or the chips* ?

— Je connais le pêcheur qui a attrapé l'aiglefin.

— Formidable. Est-ce qu'il y a un cache ou une marque quelconque sous la chapelure ?

Winter lui raconta sa visite à Donsö.

— Et maintenant, son père est parti faire un tour dans les Highlands.

— Il a provisoirement disparu, à moins qu'il n'ait omis de donner de ses nouvelles.
— Tu as lancé un avis de recherches ?
— Oui.
— Envoie-moi tous les renseignements, pour que j'en parle aux gens d'Inverness.
— Merci, Steve.
— À part ça ?
— Je vais me faire construire une maison. Au bord de la mer. Enfin, je crois, ajouta-t-il après une petite pause.

Macdonald éclata de rire.
— J'aime bien ton esprit de décision, dit-il.
— Le terrain est très beau. On sent l'odeur de la mer.
— Parfait.
— Tu rentres chez toi de temps en temps ?
— Chez moi ? Tu veux dire en Écosse ?
— Oui.
— Pas très souvent. Notre ville et notre ferme ne sont pas au bord de la mer.
— Je sais, tu me l'as déjà dit.
— Dallas, c'est un univers à part.
— Qu'entends-tu par là ?
— Tu verras ça quand tu viendras.
— Pourquoi veux-tu que je vienne ?

Juste après avoir prononcé ces mots, Winter sentit qu'il irait. Et qu'il ne tarderait pas. C'était le genre de sentiment auquel il tenait par-dessus tout, cette intuition complexe.

Il eut soudain froid. Il allait se passer quelque chose, même s'il ne comprenait pas encore quoi. Il désirait soudain partir loin, très loin, vers le sud.

Aneta Djanali frissonna sous le souffle de vent qui s'engouffrait par la fenêtre entrouverte. Pourtant, il lui rafraîchissait les idées. Le soleil brillait faiblement au-dessus des champs. Tout était encore vert, mais ça ne le resterait qu'une semaine de plus. Ensuite, cela jaunirait, comme l'ensemble de ce qui est exposé trop longtemps au soleil.

C'était la campagne. Il y avait des vaches. Elle croisa un tracteur qui circulait au milieu de la chaussée. L'homme coiffé d'une casquette qui le conduisait semblait un peu demeuré. Il mâchonnait un brin de paille et ne se serait rendu compte de rien s'il avait réduit sa voiture en miettes.

Elle passa près d'une ferme où des porcins plongeaient leur groin dans le sol, non loin de la route. Elle remonta sa vitre, indisposée par l'odeur. C'était la terre, le terroir d'où tout le monde était originaire, ici. Pas elle, naturellement, mais les autres péquenots de ce pays glacial. Congelé, comme avait dit un jour Halders. On est congelés, secs comme des coups de trique et, quand on dégèle et que l'eau se met à couler de nous, on devient dix fois plus gros. Elle avait beau ne pas être sûre de saisir le sens de son propos, c'était éloquent comme l'essentiel de ce que disait Fredrik. Farfelu, mais juste. Drôle à tout le moins. À part ses mauvaises plaisanteries sur les gens de couleur, dont il s'abstenait désormais.

Elle s'arrêta à un endroit où on pouvait se croiser, sur cette route étroite en terre battue, pour se guider sur les notes qu'elle avait prises lors de leur dernière rencontre avec Sigge Lindsten. Elle lui avait en effet demandé de préciser où se trouvait cette maison au bord de la mer. Soudain, elle vit arriver en face d'elle une voiture roulant à une vitesse folle, qui, au passage, lui projeta du gravier au visage. Elle n'eut même pas le temps de voir le véhicule et sentit seulement quelque chose qui venait la frapper au front. Elle jeta un coup d'œil dans son rétroviseur pour tenter d'identifier le fugitif, mais ne vit qu'un nuage de poussière, puis son front, sur lequel une marque rouge se dessinait. Elle essuya la goutte avec l'index de la main gauche et suça le sang, qui avait goût de fer.

Elle savait que les gens conduisaient à la campagne comme des déments en cavale. C'était leur pays, mais ils y circulaient comme des hors-la-loi. *Wanted. Wanted dead or alive.*

Elle était allée trop loin. Aussi roula-t-elle sur une centaine de mètres pour trouver un chemin de terre sur lequel faire demi-tour. Puis elle revint en arrière. Il y avait encore de la poussière en suspension dans l'air. Quant au panneau indiquant qu'on pouvait se croiser à cet endroit, il était vieux et presque illisible.

Elle finit par trouver la bonne route. De l'herbe poussait au milieu de cette misérable voie. Pourtant elle n'eut aucun mal à trouver un lieu naturel de stationnement, en dessous d'un gros rocher en surplomb. Elle descendit de voiture et sentit l'odeur de la mer sans la voir. De l'autre côté du talus couvert de pins, des oiseaux de mer poussaient leurs cris. Elle se mit à grimper entre les arbres et sentit la chaleur du sol sous ses pieds.

21.

Une fois parvenue en haut de la butte, elle sentit le vent et vit la mer, immense, qui s'avançait vers elle. Elle savait que c'était la marée montante mais, de là où elle se trouvait, on aurait dit qu'elle s'était figée et ressemblait à une formation rocheuse s'étendant à perte de vue et finissant par prendre l'aspect de montagnes. Elle n'était ni bleue ni grise, ni quoi que ce soit d'intermédiaire.

Aneta Djanali approcha. Des pins poussaient en bas du talus, de l'autre côté, de la même façon que sur le versant est. Entre les arbres, elle aperçut une maison. Devant était garée une voiture qu'elle reconnut aussitôt, car c'était une silhouette familière. Derrière la voiture se tenait une femme tournée du côté de la mer. Aneta n'eut aucune peine à la reconnaître.

La femme fit volte-face au moment où Aneta Djanali entamait prudemment la descente parmi les arbres puis elle se remit à contempler la mer, comme si c'était tout à fait naturel, comme s'il était normal de voir un inspecteur de police descendre le flanc de cette butte en plein milieu de l'après-midi.

La femme garda le dos tourné jusqu'à ce qu'elle ne puisse plus faire autrement.

— Je ne suis pas étonnée, dit Susanne Marke.
— Anette est-elle là ? demanda Aneta Djanali.
— C'est paisible ici, vous ne trouvez pas ? reprit

Susanne Marke en braquant une fois de plus le regard vers cette mer pétrifiée.

— Vous venez souvent ?

— Non, c'est la première fois.

— Vous m'avez pourtant donné l'impression de trouver facilement l'endroit, insinua Aneta Djanali, pour qui ce dialogue et cette situation se paraient d'une étrangeté croissante.

— Hans m'a indiqué la route de façon très détaillée, je n'ai donc eu aucune difficulté.

— Hans ? Hans Forsblad ?

Susanne Marke pivota et Aneta put lire sa détermination sur son visage.

— Écoutez-moi bien. Une grave erreur a été commise, mais nous sommes en train de la réparer.

Aneta Djanali attendit la suite. Ce serait aussi une grande erreur de dire quoi que ce soit en un pareil moment. Il lui sembla que le rideau de la seule fenêtre visible bougeait. Cela paraissait néanmoins naturel car ce n'était pas la première fois avec ce genre de personnes.

— Vous m'entendez : une grave erreur. Et ce n'est pas en venant foui... ce n'est pas la police qui pourra la redresser en s'en mêlant.

Non, bien sûr. Chacun serait bien plus heureux si la police ne venait pas se mêler de tout et si elle envoyait les gens promener quand ils l'appelaient pour lui signaler un vol, des mauvais traitements, un homicide ou un meurtre. C'est une erreur. Voyez dans la maison d'à côté.

— Cela a commencé lorsque les voisins d'Anette se sont manifestés, à plusieurs reprises, dit Aneta.

— C'était une erreur, répéta Susanne Marke.

— Anette avait des traces de coups sur le visage.

— Elle est allée à l'hôpital ? demanda Susanne Marke de façon purement rhétorique.

— Pas que je sache.

— Non, elle n'y est pas allée.

— Puis-je voir vos papiers ? demanda Aneta Djanali.

— Quoi ?

— Vos papiers d'identité.

— Pourquoi ?

Aneta tendit la main. L'expression du visage de l'autre femme changeait peu à peu.

— Vous ne pensez quand même pas que...

Sans prononcer une parole, Aneta continua à tendre la main.

Susanne Marke eut alors un sourire, plutôt déplaisant, qu'Aneta reconnut soudain de même que cette expression, ces yeux. Ce visage. C'était le même visage. Les deux avaient la même origine.

Susanne Marke fouilla dans son sac, en sortit un portefeuille, d'où elle tira un permis de conduire qu'elle tendit avec le même sourire, qu'on aurait dit figé sur ses lèvres et qui était devenu glacial. Comme le ciel et la mer.

Aneta Djanali vit le visage de Susanne sur la photo et le nom de Marke sur ce permis datant d'un an.

— Qui est Bengt Marke ?

— Mon ex.

— Et Hans Forsblad est votre frère ?

Susanne Marke ne se départit pas de son sourire. Une façon de répondre qui suffit à Aneta Djanali. Envahie soudain par la peur, elle sentit le poids de son arme de service, à la fois... sécurisant, inattendu et... inutile, puisqu'elle n'en aurait pas besoin. Elle comprit que cela avait été une erreur de venir seule. Mais c'était le genre de faute que Fredrik commettait, lui aussi. Qu'il avait commise et qui avait failli lui coûter la vie, un jour. Il avait eu de la chance. Les inconscients en ont souvent. Ils ne se rendent pas compte. Pour sa part, elle n'était ni téméraire ni idiote. Voilà pourquoi cela risquait de mal se terminer pour elle.

Il ne fallait pas plaisanter avec des gens comme ceux-là.

— Il sera toujours mon frère, dit Susanne Marke.

Quoi qu'il puisse arriver, ajouta mentalement Aneta Djanali. Je le crois. J'ai confiance en elle sur ce plan.

— C'est une immense erreur, répéta une fois de plus Susanne Marke.

— En quoi consiste-t-elle ?

— Hans n'a... n'a rien fait.
— Oh non.
— Il veut tout réparer.
— S'il n'a rien fait, je ne vois pas ce qu'il pourrait réparer.

Peut-être était-ce vrai. Peut-être voulait-il réparer. Cela ne se reproduirait pas. Et ce qui s'était passé ne s'était pas passé. Ce n'était qu'une erreur et les erreurs peuvent toujours être réparées. Tout ça, y compris les coups, n'était qu'un malentendu. Aneta avait déjà entendu ce refrain des centaines de fois au cours de sa brève carrière. Elle avait aussi entendu les mots cesser de retentir et la violence prendre le relais. Les coups remplacer les mots. Ceux qui étaient à court de mots frappaient. Les hommes sont durs et les femmes douces. Ils possèdent ou croient posséder un être. Ils pensent dominer cette personne et exercer sur elle un contrôle total. C'est une question... d'honneur. D'un sens un peu tordu de l'honneur. Il s'agit de laver son honneur, comme on dit. Cela existait ici aussi, dans ce pays de Blancs. Ce n'était pas seulement le fait de vieux bonshommes, à l'époque médiévale et dans un pays reculé d'Asie centrale, qui tuaient leurs propres filles pour laver ce qu'ils appelaient son honneur.

— Si, parce qu'il s'agit d'erreurs commises par d'autres personnes, reprit Susanne Marke.
— Pardon ?
— Des erreurs commises par d'autres personnes, répéta Susanne Marke. On parlait d'erreur, n'est-ce pas ? Vous ne m'écoutiez pas ?
— Et vous allez contribuer à les réparer, ces erreurs ?

Susanne Marke ne répondit pas et regarda en direction de la maison. Aneta Djanali avait également vu quelque chose bouger, à la fenêtre. Une ombre, une silhouette.

— Je vais simplement expliquer qui est vraiment Hans à ceux qui ne le comprennent pas.
— L'expliquer à qui ? À la personne qui se cache derrière cette vitre ?

Susanne Marke hocha la tête.

— C'est Anette ?

Susanne Marke se tourna à nouveau vers elle.

— Je n'ai pas encore pu le vérifier. Je n'ai pas eu le temps, tout simplement. Vous êtes arrivée comme une flèche, à travers ces arbres, avant que je puisse frapper à la porte, n'est-ce pas ?

— Où est Hans, en ce moment ? Nous cherchons à entrer en contact avec lui.

— Regardez dans le coffre de la voiture ! conseilla Susanne Marke en partant d'un éclat de rire qui alla se perdre au-dessus la petite baie.

Aneta ne prit pas ses paroles au sérieux. En revanche, l'aboiement de bête fauve la convainquit.

Par la porte de sa terrasse Bertil Ringmar observait le jardin du voisin, un peu trop visible derrière une haie trop basse. Ce voisin était cinglé. C'était un administrateur du secteur hospitalier qui avait perdu la raison après avoir détruit et supprimé, par ses mesures, tout ce qui avait un peu de valeur dans ce domaine, y compris son boulot, et à qui il ne restait plus que son jardin pour exercer ses talents dignes d'Attila.

Voilà ce que pensait Bertil Ringmar. À vrai dire, il lui était déjà venu des réflexions de ce genre, en particulier à Noël de l'année précédente, lorsque ce fou à lier avait transformé son jardin en un océan de lumière capable de faire passer Piccadilly Circus ou Times Square, le soir de Noël ou de la Saint-Sylvestre, pour un tunnel non éclairé par une nuit sans lune. Ringmar esquissa un sourire à cette idée, estimant que la comparaison n'était pas mal trouvée. Mais son sourire se figea car c'était bientôt l'hiver. Or, le cœur de l'hiver c'est Noël et Noël est la fête de la lumière. Cette fois-là, Ringmar avait failli commettre un meurtre et, après coup, il avait presque regretté de ne pas s'être offert le luxe de cette expérience et d'avoir le sentiment d'être un de ces humains qui laissent s'exprimer la bête en eux. Il avait été un autre ce jour-là, quelqu'un qu'il ne souhaitait plus jamais être.

Son fils était de nouveau chez eux, pas physiquement

mais autrement. Martin avait échappé à l'enfer d'une nature quelconque dans lequel il avait plongé. C'était de toute façon un enfer, même si c'était une version falsifiée de celui des chrétiens, et ses pensées avaient été dirigées ou programmées pour le plonger dans l'abîme où il s'attendait à retrouver son père : le père en tant que monstre. Mais Ringmar n'était pas là. Je n'ai jamais fait ça, je n'ai jamais pensé ça, j'ai peut-être été un père un peu absent, pas plus que les autres de ma génération, c'est le fardeau que nous avons tous eu à porter que cette absence – il n'empêche que j'aimais mes enfants, mon fils, et je n'ai pas cessé de le faire.

Il pensa de nouveau à Times Square.

Ce Noël-ci allait être différent, ainsi que le nouvel an.

Martin, Moa, Birgitta et lui seraient peut-être sur Times Square, bras dessus bras dessous, en train de chanter *Auld Lang Syne* comme tous les Écossais de New York et les autres. Ce ne serait pas bon marché et ils ne pourraient pas rester longtemps, mais il en avait les moyens et il désirait vivre un peu, avant de se retrouver en fauteuil roulant. Dans dix ans, il ne serait peut-être plus là, à nourrir ce genre de pensées. Peut-être le retrouverait-on la main serrée autour de la gorge de ce salaud de voisin, impossible à desserrer en plus, étant donné que la rigidité cadavérique se serait déjà installée.

Le téléphone sonna.

— J'espère que je te dérange, dit Halders.
— Comme toujours.
— Sais-tu où est Aneta cet après-midi ?
— Qu'est-ce que c'est que cette question ?
— J'ai demandé à Erik et il ne savait pas non plus.
— Appelle-la.
— Qu'est-ce que tu crois que j'ai fait ?
— Que lui veux-tu ?
— On doit aller chercher ce type qui bat sa femme pour lui poser quelques questions et j'ai pensé qu'elle voudrait en être. On a retrouvé *das Schweinhund*.
— Je crois qu'on dit plutôt *der Schweinhund*.

— Ou bien *die*. Mais, quel que soit le genre et le sexe, on en a trouvé un curieux exemplaire ce matin.

— Tu es vraiment un ami du genre humain, Fredrik.

— Oui, hein ? Je fais ce que je peux pour le protéger, non ?

Ringmar était toujours debout près de la porte de la terrasse. Il vit son voisin sortir et descendre l'allée bordée d'un certain nombre de petits menhirs faisant penser à une tombe de l'ère viking. Des bougies en forme de bonnets de lutins brûlaient à leur sommet. La première fois que Ringmar avait vu cette reconstitution historico-folklorique terminée, à savoir quelques semaines auparavant, il avait pouffé de rire à la manière du supérieur du commissaire Clouzot dans les derniers films de la Panthère rose avant qu'il – le supérieur – ne perde définitivement la raison. Rigmar aimait beaucoup ces films, et en particulier les méthodes de travail peu orthodoxes du commissaire.

— Aneta ne fera pas de bêtises, assura-t-il.

— On peut tous commettre des erreurs, répliqua Halders.

— Depuis le temps qu'elle travaille avec toi, elle a eu le temps d'apprendre.

— À commettre des erreurs ?

— À éviter d'en faire. En observant ta façon de procéder et en prenant ensuite le contre-pied.

— Je n'aime pas ça. J'ai l'impression qu'elle a foncé tête baissée.

— Elle va donner de ses nouvelles, affirma Ringmar en consultant sa montre. Le service est terminé pour aujourd'hui.

Il entendit Halders pousser, en guise de réponse, un grognement qu'il ne parvint pas à décoder et il mit fin à la communication.

Dehors, le voisin allumait quelques bougies de plus. Ringmar serra très fort le combiné avant de le reposer sur la fourche avec une prudence exagérée. Le crépuscule commençait à tomber et cet homme entamait sa lutte sans merci contre les ténèbres. Essaie de voir ça sous cet angle, Bertil, se dit Ringmar.

— Vous désirez peut-être frapper vous-même ? demanda Susanne Marke avec un geste comme si elle invitait Aneta Djanali à passer devant elle dans une queue.

Elles étaient à dix ou quinze mètres de la maison, plus grande qu'elle ne le paraissait vue d'en haut. Sa façade était percée d'un certain nombre de fenêtres donnant sur la mer. Il y avait même une terrasse couverte. Ce devait être magnifique de rester assis là, à observer le coucher du soleil. Ce jour-là, il ne se couchait pas. Du moins en la présence des deux femmes.

Qu'est-ce qui nous attend à l'intérieur ? se demanda Aneta Djanali. Quelqu'un, sûrement.

Aucun véhicule n'était garé sur le terrain et il n'y avait même pas de garage.

Soudain, Susanne Marke se mit à bouger et Aneta sursauta. Elle crut voir, du coin de l'œil, quelque chose remuer sur l'eau. Or, quand elle braqua le regard dans cette direction, il n'y avait rien.

C'était comme si la mer avait voulu lui dire quelque chose.

Ou alors c'était le signe de quelque chose d'important la concernant.

Que l'eau recelait un danger pour elle.

Ne viens pas par ici !

Va-t'en !

Elle vit un ponton qui faisait sûrement partie de la propriété et une barque en plastique qui y était amarrée et dont les avirons dépassaient. L'embarcation dérivait lentement au fil de l'eau.

Susanne alla frapper à la porte et Aneta la rejoignit avant qu'elle ne renouvelle son geste.

La porte s'ouvrit lentement. Aneta parvint seulement à distinguer les contours d'un visage, dans l'obscurité qui régnait à l'intérieur.

— Allez vous-en ! ordonna l'expression de ce visage.

Susanna Marke commença à proférer quelque chose mais Aneta fut plus prompte qu'elle, dans le geste de sortir sa carte de police.

— Voulez-vous avoir l'amabilité d'ouvrir, s'il vous plaît.

Le visage parut se retirer. La porte resta cependant entrouverte. C'était peut-être une invitation à entrer.

C'est en tout cas ce que fit Susanne Marke, suivie par Aneta Djanali.

L'entrée, longue et étroite, n'était pas éclairée. On apercevait seulement la lueur du jour déclinant qui parvenait par une fenêtre, au fond, là où s'ouvrait une pièce. Aneta Djanali vit le visage d'une femme d'un certain âge qui s'y déplaçait.

— Madame Lindsten ? demanda-t-elle.

Pas de réponse.

— Signe, dit Susanne Marke.

Ah bon, elles se tutoient, Aneta. Dans ce cas, c'est peut-être moi qu'elle ne veut pas laisser entrer.

— Anette n'est pas ici, entendirent-elles dire.

Pourquoi es-tu venue seule ? s'interrogea Aneta.

Susanne Marke traversa l'entrée et Aneta la suivit.

La pièce, elle, était éclairée par la mer. Quand le soleil brille, elle doit être lumineuse, pensa Aneta Djanali. Mais en ce moment, je n'arrive même pas à discerner les traits de cette femme.

— Signe, il faut que tu laisses Hans parler à Anette, dit Susanne Marke.

— Vous ne pouvez donc pas la laisser en paix ! s'écria Signe Lindsten d'une voix dont la force surprit Aneta.

— Il veut seulement lui parler, répliqua Susanne Marke sur le même ton.

Que voulait-il faire alors, les autres fois ? se demanda Aneta.

— Si vous vous sentez menacée par ces gens-là, vous n'avez qu'à le me dire, déclara Aneta.

— Mon Dieu, soupira Susanne Marke.

— Vous comprenez que je suis de la police, n'est-ce pas ? poursuivit Aneta.

Elle crut voir Signe Lindsten hocher la tête.

— Où est Anette ? demanda-t-elle.

Signe Lindsten ne répondit pas. Aneta comprit l'erreur qu'elle avait commise. C'était une question stupide à poser en présence de la sœur de Forsblad, tellement solidaire de lui.

— J'aimerais que vous sortiez un instant, dit-elle alors à celle-ci.

Susanne Marke ne bougea pas. Aneta Djanali comprit qu'elle se rendait compte qu'elle était obligée de les laisser seules et qu'elle tentait de dire quelque chose mais ne trouvait pas quoi.

Soudain, Susanne Marke se retourna et prononça très fort le mot *erreur*, avant de sortir de la pièce et de traverser l'entrée en faisant claquer les talons de ses bottes. Aneta n'eut pas le temps de dire quoi que ce soit à Signe Lindsten et entendit la voiture démarrer en trombe. Elle n'avait pas vu de route menant directement à cet endroit, en descendant de la butte, mais elle n'avait pas bien regardé.

Winter traversait l'espace vert servant jadis de champ de manœuvres. Des hommes d'âge mûr jouaient au football, le visage cramoisi. C'était normal. Il entendit des cris qui faisaient penser à quelqu'un appelant à l'aide. Il chercha du regard le bus de la transfusion sanguine sans pouvoir le repérer, pas plus que d'appareils de transplantation cardiaque.

Il alluma un cigarillo, le premier de la journée. Il avait réduit sa consommation, sans espérer faire mieux. Il ne fumait pas pendant le travail. S'il devait s'abstenir également pendant ses loisirs, à quoi rimeraient ces derniers et la vie en général. C'était ce qu'on pouvait qualifier de point de vue radical d'intoxiqué.

En fait, tout était lié. Il s'efforçait de vivre une autre vie, après celle consacrée quotidiennement au crime et à ses conséquences.

Ne pas fumer pendant ce temps-là et fumer ensuite, c'était indissociable.

Il avait essayé d'expliquer cela à Angela.

— Je crois que je te comprends, avait-elle dit. Pendant une période transitoire. Mais après. Elsa désire peut-être que tu sois encore en vie quand elle aura vingt-cinq ans. Un âge que tu n'avais pas quand on l'a eue, tu avais quarante ans.

— J'étais quand même le plus jeune commissaire du pays.

Angela avait souri.

— Tu es sûr ? Tu as vérifié ?

— Je me fie à ce que dit ma mère.

— Apparemment, il y a deux métiers dans lesquels on peut être un jeune talent prometteur toute sa vie. Celui de commissaire de police et celui d'écrivain.

— Je me sens encore jeune.

— Eh bien, continue à fumer et on en reparlera dans quelques années.

— Ce ne sont que des cigarillos.

— Que puis-je dire ? soupira-t-elle avec un geste qui signifiait qu'il n'est pire sourd que celui qui ne veut pas entendre. Je suis à bout d'arguments.

— Bon, d'accord. Ce n'est pas nécessaire et, de toute façon, je fume de moins en moins.

— Ce que j'en dis, ce n'est pas pour moi... pas en premier lieu, au moins. C'est ta santé qui est en jeu... celle du papa d'Elsa.

Il cessa de penser à cela en voyant le ballon venir droit vers lui. Il ôta le cigarillo de sa bouche, visa juste et le renvoya sur le terrain en lui faisant décrire un bel arc de cercle. Voilà la bonne méthode. D'abord ôter le mégot de sa bouche et ensuite frapper le ballon le pied bien tendu. C'était sûrement ce qui se pratiquait dans l'Angleterre du XIXe siècle, quand le football était encore un sport de gentlemen.

Son portable sonna au moment où il traversait Södra-vägen. Le feu était encore au vert pour les piétons, mais un homme au volant d'une Mercedes noire le klaxonna alors qu'il était au milieu du passage protégé. Winter décrocha en lançant un regard furieux à ce type qui faisait rugir son moteur. On n'était nulle part en sécurité dans cette ville, avec tous ces desperados du volant en liberté.

Il s'engagea dans Vasagatan et répondit :

— Pas d'autres nouvelles ? s'enquit Johanna Osvald.

— Si j'en ai, je t'en informe aussitôt.

— Je suis de plus en plus inquiète au fil des jours. Je me demande si je ne devrais pas aller là-bas.

Ça ne ferait jamais qu'une génération de plus d'Osvald à se lancer à la recherche de la précédente, songea Winter. Elles vont finir par faire la queue pour pénétrer dans les Hautes Terres d'Écosse.

— Qu'aurais-tu fait, à ma place ?

J'y serais allé, pensa-t-il.

— Attends encore un ou deux jours, le temps de voir si l'avis de recherches donne quelque chose. J'ai eu mon collègue au bout du fil.

— Qu'est-ce qu'il peut faire ?

— Il connaît des gens.

— Ne crois-tu pas qu'il est arrivé quelque chose de grave ? Un crime ?

— Il est possible qu'il soit tombé malade.

— Dans ce cas, j'aurais eu de ses nouvelles. Au moins indirectement.

— Nous pouvons vous aider, assura Aneta Djanali.

— Je n'en ai pas besoin, rétorqua Signe Lindsten.

Aneta s'attendait à cette réponse. Elle en fut néanmoins surprise.

— Nous voulons que tout le monde nous laisse tranquilles.

— Anette est-elle ici ?

Signe Lindsten regarda par la fenêtre, comme si sa fille était quelque part sur cette mer figée. Ou dedans, pensa soudain Aneta.

Le ciel s'était obscurci au loin, et tout avait la même couleur. De là où elle se tenait, Aneta Djanali voyait le ponton et la barque. Il y avait aussi une pelouse en forme de mince ruban qui se transformait en plage à une trentaine de mètres du bord de l'eau.

— Anette est-elle chez vous, à Göteborg ? s'obstina Aneta.

La femme continuait à regarder le rivage et elle fut obligée de l'imiter.

— C'est votre bateau ? demanda-t-elle pour changer un peu de sujet de conversation.

Signe Lindsten sursauta et la dévisagea.

— Anette est à la maison.

— À Göteborg ? Dans votre maison de Fredriksdal ?

La mère hocha la tête.

— Elle n'a pas ouvert la porte, quand nous sommes venus la voir.

— C'est interdit ?

Théoriquement, oui, pensa Aneta.

— Elle a très peur de Hans Forsblad ?

Signe Lindsten sursauta de nouveau.

— Qu'est-ce que vous pouvez y faire, dans ce cas ?

— Nous avons des moyens, je vous assure.

— Tels que ?

— L'interdiction de visite, répondit Aneta en se rendant bien compte que cela n'allait pas loin. La décision peut être prise à très court terme et transmise au procureur. Nous pouvons l'entendre, lui. D'ailleurs nous l'avons déjà convoqué.

— L'entendre ? Qu'est-ce que ça implique ?

— Que nous pouvons le placer en garde à vue et l'interroger sur ses... menaces.

— Et après ? Que se passera-t-il ?

— Je ne s...

— Ensuite, vous le relâcherez, hein ? Rien que des paroles, comme d'habitude.

— Il n'osera peut-être pas...

— Revenir voir Anette ? Si c'est le terme qu'on peut employer. C'est ce que vous pensez ? La police croit vraiment qu'il suffit de rédiger un papier où figure une interdiction de visite, et qu'il est possible de l'effrayer par un simple sermon ? Vous ne le connaissez pas.

De toute évidence, la frustration à laquelle elle donnait libre cours était sincère.

Pourtant, il y avait autre chose.

Derrière tout cela, il y avait... autre chose. Il ne s'agissait pas seulement de Hans Forsblad. Aneta Djanali le sentait, le voyait.

— C'est pour ça que nous tenons à le rencontrer, expliqua-t-elle. Pour faire sa connaissance.

— Je peux vous le dire, moi, comment il est. Il est dangereux. Il ne s'inclinera pas. Il est... possédé, ou je ne sais comment dire. Il n'accepte pas qu'Anette refuse de vivre avec lui. Il ne veut pas s'y résigner. Il est incapable de comprendre ça, de se le fourrer dans le crâne, vous saisissez ?

Elle se tourna de nouveau vers la mer comme pour y puiser des forces, et fit un geste.

— On dirait qu'il est complètement fou.

— Pourquoi n'avez-vous pas prévenu la police ?

Signe Lindsten ne parut pas l'entendre, aussi Aneta répéta-t-elle sa question.

— Je ne sais pas, répondit la mère d'Anette.

Elle ne dit pas que son mari m'a appelée, pensa Aneta. Elle ne le sait peut-être pas. Peut-être ne s'agit-il pas de ça.

— Vous n'osiez pas ?
— Non.
— Il vous a menacés ?
— Oui.
— De quelle façon ?
— Je ne veux pas... ça n'a pas d'importance. Ça peut...

Aneta Djanali s'efforça de recoller les pièces du puzzle que constituait le récit de Signe Lindsten. Cela faisait partie de son travail d'essayer de trouver un sens aux bribes de phrases que les gens prononçaient parfois sous l'effet de la peur, du chagrin ou de la joie que leur inspirait le malheur d'autrui, mais aussi par calcul ou pour se donner le temps d'inventer le mensonge le plus vraisemblable. Des fragments de récits à peine cohérents dont elle devait faire un ensemble intelligible, du moins pour quelqu'un.

La plupart du temps, elle se retrouvait dans la même situation qu'en ce moment : devant des bribes de phrases prononcées par une personne qui avait peur.

22.

— Tout allait tellement bien, au début, dit Signe Lindsten.

Quelque chose vint s'inscrire sur son visage, tandis qu'elle prononçait ces paroles. Comme si ce souvenir éclairait ses traits. Le soleil succédant à la pluie, le liséré d'argent du nuage gris, etc. Des nuages, Aneta ne pouvait en voir au-dehors, car le ciel était uniformément gris, au-dessus de la baie, des rochers et du sable. Pas le moindre liséré d'argent où que ce soit, à part un léger reflet, çà et là, dans ce désert de pierre.

— Il avait l'air tellement gentil.

J'ai horreur de ce mot, pensa Aneta. Il ne veut rien dire. Il est faux. La preuve : la suite des événements.

— Ça commence souvent bien, dit-elle.
— J'ai leur photo de mariage, mais pas ici.
— Anette a-t-elle des frères et sœurs ?
— Non.

L'homme – le voleur – qui avait déclaré être son frère avait donc menti. Qui était-il, alors ? Et le « père » ? J'ai oublié de poser la question à la mère – ou supposée telle.

Elle les décrivit tous deux à Sigge Lindsten, qui tomba des nues.

— Votre mari ne vous a pas parlé de ça ?
Non.
— Ça ne vous paraît pas curieux ?

— Si... maintenant... mais je suppose qu'il n'a pas voulu m'inquiéter.

— En a-t-il parlé à Anette ?

— Comment le savoir ? Dans ce cas, elle m'en aurait fait part.

Bon. Elle est dans le coup.

— Avez-vous remarqué des... marques sur Anette ?

Signe Lindsten ne répondit pas. C'est plus difficile, ça, pensa Aneta. Les menaces, elle est capable d'en parler parce que ça reste allusif, mais ce n'est pas encore du concret, quelque chose qui s'est vraiment passé. Il en va presque toujours ainsi. Je n'en suis plus étonnée ou presque jamais. La femme transfère sa crainte sur sa famille. Soudain, elle est entièrement englobée dans celle-ci. Personne d'autre n'y est admis, cependant.

La seule personne qui y ait accès est précisément celle qui est la cause de cette frayeur, justement. C'est là le paradoxe. Il y a toujours un espoir que ça s'arrange, que la peur cesse. Et le seul à pouvoir la faire disparaître, c'est lui, celui qui était tellement gentil au début, à supposer qu'on lui en laisse une nouvelle fois la chance, ce qui se produit d'ailleurs parfois, et ensuite tout peut être terminé.

Mais parfois il ne reste que la mort. Elle l'avait vue. J'ai vu à quoi peut conduire cette dernière chance. Parfois, elle n'est même pas nécessaire.

À l'expression torturée du visage de Signe Lindsten, elle comprit que cela n'allait sans doute pas tarder à se terminer, mais que cela finirait mal.

N'y pensons plus. On va trouver une solution. Je suis ici pour ça, non ?

— N'ayez pas peur, madame Lindsten.

— Vous pouvez m'appeler Signe.

— Vous n'avez pas à avoir peur de me dire ce qu'il en était, Signe, et ce qu'il en est maintenant.

Dieu te bénisse et te protège, Signe[1]. Qu'il t'accorde

---

1. Signe veut aussi dire « bénisse », en suédois.

sa grâce. Cette femme avait-elle besoin de grâce ? Si oui, de laquelle ? De celle de Dieu ? Aneta Djanali pensa soudain à son père, l'homme aux multiples dieux, au moins à certains moments. L'avait-elle jamais interrogé sur ce qu'était la grâce, dans son univers à lui ? Il faudrait qu'elle l'appelle et tente de lui en parler, malgré la mauvaise qualité des liaisons téléphoniques vers l'Afrique. Bientôt, le téléphone par satellite serait la seule solution, le seul moyen de communiquer avec le cœur du continent noir. Tu n'as qu'à en piquer un au service, lui avait conseillé Fredrik.

Signe Lindsten allait dire quelque chose lorsqu'elles entendirent une voiture arriver. Aneta vit que la femme reconnaissait le bruit du moteur. Cela ne changea cependant pas grand-chose à son expression, toujours la même lorsqu'elles entendirent la voix retentir dans l'entrée

Son visage ne s'éclaira pas. Son mari ne lui apporte pas la joie, pensa Aneta Djanali.

Il pénétra dans la cuisine.

— Ah, vous voilà, lança-t-il.

Aneta hocha la tête.

— Nous avons dû nous croiser, dit Sigge Lindsten.

— Vous m'avez appelée, mais vous n'étiez pas chez vous quand je suis arrivée.

— Non, ça arrive, répondit Lindsten peut-être en manière d'excuse.

— Anette est-elle venue ici avec vous ?

— Non.

— Vous m'avez dit qu'elle était ici, et pourtant je ne l'ai pas trouvée non plus.

— C'est exact... mais elle a préféré rester à la maison, en définitive.

— À la maison ? Celle de Göteborg ?

— C'est là que se trouve désormais son foyer.

— J'aimerais lui parler.

— C'est à elle d'en décider, assena Sigge Lindsten.

— Il faudrait au moins que je puisse le lui demander, pour ça.

— Vous pouvez essayer de lui téléphoner.

Aneta Djanali s'aperçut que sa femme voulait ajouter quelque chose, puis, se ravisant, elle se dirigea vers l'entrée. Son mari lui adressa un signe de tête. Ni l'un ni l'autre n'ouvrirent toutefois la bouche.

Aneta eut le sentiment qu'ils jouaient la comédie.

— Je crois qu'on n'aura plus de problèmes, maintenant, dit Sigge Lindsten.

— Vous pouvez déposer plainte.

— C'est inutile.

— Nous pouvons aussi procéder à un constat.

— Où ça ?

— Je préférerais que ce ne soit pas dans la maison de Fredriksdal, parce que ça signifierait qu'un nouveau délit a été commis.

— Dans l'appartement de Kortedala, bien sûr.

— Il n'y a rien à constater puisqu'il ne reste plus rien dedans.

— Il me semblait que vous désiriez nous apporter votre concours.

— Je crois qu'on n'aura plus de problèmes maintenant, répéta Sigge Lindsten.

*
* *

Moa Ringmar lança ses bottes, l'une après l'autre, dans l'entrée. Son père sortit du réfrigérateur du pain, du beurre, du fromage, ainsi qu'un peu de saucisson et de concombre.

— On peut *poser* ses bottes, la chapitra-t-il.

— Arrête, papa.

— Quand on entend le bruit de l'une, on n'est pas tranquille tant qu'on n'a pas entendu l'autre.

— Tu n'as pas eu à attendre.

— Je pense plutôt à ce qui se passe à l'hôtel, par exemple, quand c'est le voisin du dessus qui fait ça.

— Ça t'est déjà arrivé ?

— Non, pas encore.

Elle éclata de rire et lui demanda s'il était rentré

depuis longtemps. Puis elle coupa une tranche de fromage et la mit dans sa bouche.

— Depuis assez longtemps pour avoir eu le temps d'admirer les talents de notre voisin en matière de décoration de jardin.

— Cesse d'y penser, papa.

— Il est vivant, n'est-ce pas ?

Elle s'assit.

— J'ai un appartement en vue.

— Alléluia !

— Je savais que ça te ferait de la peine.

— Oui, mais je pense à ton bonheur, à toi.

— C'est grave quand les enfants sont encore au foyer après l'âge de vingt-cinq ans.

— C'était temporaire. En fait, nous avons cessé de te considérer comme telle depuis quatre ans.

— Heureusement que maman n'est pas là pour entendre ça.

— Tu n'es pas équipée d'un micro portatif, hein ?

— Ce serait plutôt toi, dans ton boulot.

— Non. C'est interdit par la loi, mentit Ringmar.

— Tu dis la vérité ?

— Oui, mentit-il de nouveau.

Il mit des feuilles de thé dans la théière, à la cuillère, avant de verser de l'eau et de poser le tout sur la table.

— Qu'est-ce que c'est que cet appartement ? reprit-il.

— Un deux pièces et demie. Il est bien mais assez mal situé.

— Bien situé, c'est où selon toi ?

— Dans le quartier de Vasastan par exemple.

— Vasastan ? C'est là que ça barde tous les week-ends. Et chaque été. Ah non alors.

— Erik y habite. Il ne s'est jamais plaint que je sache.

— Il n'y est qu'en semaine.

— Je n'en crois rien.

— Et puis il vit si haut, il surplombe les nuages pratiquement, qu'il ne voit pas les dégâts qui ont lieu en bas.

— Ce sera aussi mon cas. Au septième étage, on surplombe les nuages, non ?

— Où est ton appartement ?

— À Kortedala.

— Kortedala ?

— C'est mieux que Vasastan, hein ?

— Je reste sans voix.

— Il suffit que tu dises : Alléluia !

— Kortedala, répéta Ringmar en secouant la tête.

— Ce n'est pas le Bronx, quand même.

— Martin a failli aller y vivre.

— Il a fini par choisir le *Lower East Side* à New York.

Ringmar acquiesça.

— Il n'y a pas longtemps, c'était le pire coin de Manhattan.

— Il n'y a pas longtemps, oui. Maintenant les esprits inventifs y vivent.

— Des gens comme notre voisin ?

— Je suis prêt à être son sponsor, s'il veut déménager.

— Alors, sois plutôt le mien.

— C'est sérieux, cette idée de Kortedala, Moa ?

— Est-ce que tu sais depuis combien de temps j'essaie de trouver un appartement ? Tu as une petite idée de la difficulté de la chose, à Göteborg ?

— Je réponds par l'affirmative à tes deux questions.

— Tu as répondu à la tienne par la même occasion.

— C'est vaste, Kortedala. Où est-il, ton cagibi ?

Elle lui donna l'adresse, qui n'évoquait rien pour Ringmar.

— Tu as quand même vérifié qu'ils ne vont pas abattre la baraque la semaine prochaine, hein ?

— Le palais, tu veux dire ?

Ils éclatèrent tous deux de rire.

— Comment l'as-tu déniché ? questionna Ringmar.

— Une de mes copines connaît quelqu'un… qui est venu nous donner des cours et qui lui a dit qu'il pourrait y avoir quelque chose de libre. Je lui ai demandé le numéro de téléphone, j'ai appelé et…j'attends la réponse.

— C'est en sous-location, je suppose.
— Je ne sais pas. Peut-être pour commencer. Le proprio a été un peu évasif à ce sujet. Il a eu l'air surpris de mon appel, car il n'avait pas encore fait paraître d'annonce. Tu vois, c'est un peu flou.
— Pas très engageant, non plus.
— Arrête. Il était très gentil, ce type. C'est sa fille qui a quitté l'appartement, m'a-t-il précisé. Au moins provisoirement.
— Pourquoi ?
— Je ne lui ai pas posé la question.
— Et comment s'appelle-t-il, ce gentil monsieur ? Est-ce qu'il a consenti à te le dire ou est-il resté dans... le flou, là-dessus aussi.
— Pourquoi faut-il que tu sois toujours méfiant, papa ? Si tu ne détestes pas les gens, tu te méfies d'eux.

Elle sortit un petit carnet de notes de couleur rouge.
— Oui, hélas... je n'irai pas jusqu'à mettre cela sur le compte de la déformation professionnelle, mais...
— Il s'appelle Sigge Lindsten, ce gentil monsieur, déclara Moa en lisant dans son carnet.

Le nom ne dit rien à Ringmar.

Aneta Djanali regagna sa voiture, après s'être fait indiquer comment contourner la butte. Sigge Lindsten lui avait proposé de l'emmener jusque-là dans la sienne, mais il n'y avait que quelques centaines de mètres. Elle ne tenait pas à retourner par le chemin qu'elle avait pris pour venir car, vu la pénombre qui régnait maintenant, elle risquait de prendre une branche basse dans l'œil.

Elle s'engagea de nouveau sur la route à voie unique. À la lumière des phares, la conduite était plus facile et elle ne rencontra personne. En passant devant le panneau presque illisible, elle entendit la mer sur sa droite.

Signe Lindsten ne s'était plus montrée. Il y a quelque chose que je ne comprends pas, pensa Aneta. Enfin, ça fait partie de mon boulot. On ne pige pas et, une fois que c'est terminé, on pige encore moins. Non, en fait, on peut comprendre. Le problème, c'est que c'est encore pire après.

Elle avait des collègues qui refusaient de comprendre, pour ne pas attraper une maladie nerveuse. Une notion toujours en vigueur dans la police, qui n'évoluait peut-être pas, à tous égards, aussi vite qu'on le prétendait.

Et ce n'était pas toujours un mal.

Quand elle se retrouva sur une route asphaltée la ramenant vers le nord, elle eut le sentiment de regagner la civilisation. Un soulagement cette fois.

Juste après le stop, elle se rangea sur le côté et alluma son portable. Elle avait tenu à ce qu'il reste éteint pendant le temps où elle parlerait à Signe Lindsten. Quelque chose lui disait qu'elle apprendrait une nouvelle importante au cours de cette conversation. Ce pressentiment ne s'était hélas pas réalisé. Ou alors elle n'avait pas saisi.

Le répondeur faisait entendre de petits bips nerveux. Elle écouta donc les trois messages, tous de Fredrik, qui lui avait aussi envoyé un SMS où il avait écrit : *C'est une bonne idée d'indiquer sa destination avant de partir à l'aventure.*

Il n'avait pas tort. Et s'il lui était arrivé quelque chose ? Halders était bien placé pour le savoir, même s'il avait tendance à l'oublier quand il s'agissait de lui.

Mais c'était le choix qu'elle avait fait.

Elle l'appela.

— Bon sang ! s'exclama-t-il dès qu'il eut décroché car il avait naturellement reconnu son numéro sur l'indicateur d'appel.

— Moi de même, répondit-elle.

— Tu n'as encore jamais fait ça.

— Il s'est passé quelque chose ?

— C'est plutôt à moi de te demander ça.

— Je suis allée dans la villa des Lindsten au bord de la mer. Même si elle ne mérite peut-être pas tout à fait ce qualificatif.

— Voyons, Aneta.

— Anette n'y était pas.

— Tu ne pouvais pas le savoir. En revanche, il risquait d'y être.
— Je suppose qu'il est chez sa sœur, en ce moment.
— Il a une sœur ?
— Susanne Marke.
— La fille à la Volvo ?
— Elle est avant tout fanatique de Hans Forsblad, tu sais.
— Alors, on va le chercher.
— Je serai au quartier général dans vingt minutes.
— Il n'y a plus que moi, ici.
— Qui est-ce qui garde les enfants ?
— Ma baby-sitter habituelle.
— Je passe par Fredriksdal.
— Moi aussi. Comme ça, on verra au moins s'il y a de la lumière.

Tout était joliment éclairé et accueillant, quand ils arrivèrent dans les faubourgs sud de la ville. Il y avait même des torches allumées à un endroit. Aneta Djanali s'arrêta pour laisser traverser un groupe de gens qui semblaient se rendre à une fête quelconque. Ce n'était pourtant ni vendredi soir ni samedi, mais Göteborg était une grande ville. En tout cas, elle l'était devenue. Du coup, les gens s'y amusaient tous les jours de la semaine. Pour certains, c'était même toujours samedi. Le petit groupe en question ne se pressait d'ailleurs pas de traverser. Une voiture arriva en sens inverse. Les joyeux fêtards avaient l'air de jouer aux charades, au milieu de la rue, comme s'ils étaient chez eux, et l'autre automobiliste manifesta son désaccord sur ce point d'un coup de klaxon. Aneta aperçut son visage. C'était Fredrik.

— Toujours aussi discret, lui dit-elle une fois qu'ils furent garés dans la rue, en dessous de la maison des Lindsten, et remontèrent l'allée gravillonnée.
— Ils peuvent être heureux que je ne les aie pas écrasés. Je ne les ai vus qu'au dernier moment. Ils ne portaient pas de petits réflecteurs, n'est-ce pas ?

Aneta Djanali garda le silence.

— Tu vois de la lumière, toi ? demanda Halders.
— Faisons le tour de la maison.

Ils se glissèrent entre la végétation du jardin et le mur sud de la maison. La fenêtre à laquelle Halders avait vu une silhouette n'était qu'un rectangle noir sur le fond plus clair du mur. Aneta reçut une branche dans la figure au passage et Halders étouffa un juron en la frôlant juste après. Elle entendait des voix, non loin de là, et on avait toujours l'impression qu'elles jouaient aux charades.

— Il y a de la lumière, malgré tout, constata Halders.

La terrasse couverte située à l'arrière était éclairée de l'intérieur et la lampe projetait un cercle lumineux sur la pelouse. Une fois ses yeux habitués à cet éclairage, Aneta remarqua le lampadaire devant la fenêtre, cassée.

— Ah ! s'exclama Halders en escaladant rapidement le petit escalier menant à la terrasse et en se plaquant contre la rampe.

Aneta fouilla la pièce du regard ; une simple lampe au bout d'une douille projetait cependant une vive lueur. Elle avait sorti son SigSauer et Halders tenait son je-ne-sais-quoi à la main. Il finira par lui arriver un malheur, un beau jour, ou un soir comme celui-ci. Il blessera quelqu'un, l'enquête montrera avec quoi il avait tiré et ce serait la fin de leur collaboration. Elle s'était souvent demandé si tout le monde savait, en fait. Sans doute que oui. Erik savait-il ? L'interdirait-il, s'il en avait connaissance ? Halders écarta du pied des éclats de verre aussi pointus que des stalagmites. Puis il enfila un gant et ouvrit la porte de la terrasse de l'intérieur avant de la pousser en grand.

Le silence régnait à l'intérieur de la maison, mais il y avait une autre source de lumière, dans le fond.

— Je demande du renfort, dit Aneta Djanali.
— Pas besoin.
— Ça p...
— Police ! cria Halders avec une telle violence qu'elle sursauta et que son oreille de ce côté-là resta sourde pendant un moment.

— Police ! répéta pourtant Halders en traversant la pièce en courant et se dirigeant vers le hall.

Tandis qu'Aneta entrait dans la cuisine, qui donnait aussi sur l'arrière de la maison et où la lumière était allumée sans qu'il y ait qui que ce soit à table ou devant l'évier, elle l'entendit monter l'escalier. Elle perçut ensuite le bruit lourd de ses pas, qui allaient d'une pièce à l'autre. Elle crut déceler que celles-ci étaient au nombre de trois. Puis il redescendit.

— C'est vide, dit-il.

Aneta Djanali enfila ses gants et gagna le hall, pour vérifier la porte, en effet fermée à clé.

— Ils sont entrés et sortis par la terrasse, dit-elle.

— Ou plutôt par la fenêtre, rectifia Halders.

Halders passa ensuite dans la pièce donnant vers le sud et alluma le plafonnier. Aneta le suivit. Ils virent un lit défait et un bureau de couleur blanche sur lequel il n'y avait absolument rien. La chaise en bois était blanche, elle aussi. Dans un coin trônait un fauteuil en cuir – blanc – et une petite table basse – blanche, faut-il le préciser. Le double rideau était blanc, les persiennes blanches et le papier peint à dominante blanche. Deux photographies encadrées de blanc étaient accrochées au-dessus du lit. Elles faisaient l'effet d'être noires comme du charbon dans cet océan de blancheur. Car les draps étaient également blancs bien entendu. Aneta s'attendait à voir une tache rouge dessus. Elle se trompait.

Un tapis... blanc était jeté sur le parquet en pin qui avait été gratté au point d'être presque blanc.

— Sans les photos, je me serais demandé si je n'avais pas été aveuglé par la neige, lâcha Halders en se tournant vers Aneta. Tu trouves ça beau, toi ?

— Non.

— Si le blanc est vraiment la couleur de l'innocence...

— Eh bien ?

— Il faut croire qu'il ne s'est rien passé de mal, ici.

— Quelqu'un a pourtant cassé un carreau pour entrer.

— À moins que ce ne soit pour sortir, suggéra Halders. Elle n'avait peut-être pas d'autre moyen.

— Tu penses qu'Anette était retenue prisonnière ?

— Je ne sais pas trop. Elle est peut-être devenue folle, on le serait à moins dans un endroit pareil.

— En tout cas, elle n'est pas là. Où peut-elle bien être ?

Halders haussa les épaules. Qu'est-ce qui lui prend ? se demanda-t-elle. Il se désintéresse de la question ? Il se sent bête, ou quoi ? Moi, il y a longtemps que c'est fait et je n'en suis plus là, après les dizaines d'échecs que j'ai connus.

Elle regagna la salle de séjour. Là, tout avait l'air d'être resté en place et il n'y avait presque rien de blanc.

Elle se pencha sur la fenêtre brisée et examina le sol, en dessous, très faiblement éclairé par le lampadaire. Mais elle ne voulait surtout pas déplacer, ni toucher, celui-ci. Le sol était en parquet, d'une teinte plus jaune que celui de l'autre pièce, cependant. Elle entendit Halders, dans son dos.

— As-tu une lampe de poche ? s'enquit-elle.

— Dans la voiture.

— Tu peux aller la chercher ?

Halders partit sans poser de question. Elle l'entendit marcher de l'autre côté du mur, ouvrir la portière de la voiture, dans la rue, et la refermer, avant de revenir et de pousser un juron en se frayant un chemin à travers les arbres et les buissons. Une fois sur la terrasse, il tapa des pieds pour ôter la saleté de ses chaussures et lui tendit la lampe en forme de bâton.

— Qu'est-ce que c'est que ces taches ? demanda-t-elle.

— Tu veux une réponse immédiate ?

— Est-ce que ça peut être du sang ?

— Ça peut être n'importe quoi.

Elle braqua sa lampe vers la fenêtre brisée, juste au-dessus, mais ne vit rien.

— Donne-moi la lampe, dit Halders

Il alla l'éclairer de l'extérieur et un peu plus haut. Il y avait quelque chose, à cet endroit.

— Quelqu'un s'est entaillé, fit-elle observer.

En définitive, on procède quand même à un constat, pensa-t-elle. Mais pas à l'endroit que j'avais imaginé.

Halders se redressa.

— On a un message, dit-il alors en désignant quelque chose derrière elle.

Un téléphone qu'ils n'avaient pas remarqué jusque-là, sur une étagère, s'était soudain mis à clignoter. Ils n'avaient pas entendu de sonnerie.

23.

La première fois qu'ils pénétrèrent dans Aberdeen, il se frotta le visage et surtout les yeux, avec le sentiment d'avoir perdu le sens des couleurs. Ce n'était pas comme en mer. La couleur de la mer, il la connaissait. Or il se trouvait maintenant dans une ville entièrement bâtie en granite.
The Granite City.

Ils vivaient sur le bateau.
Frans tenta de passer une nuit au *Brentwood* mais ce ne fut pas possible.
Ils étaient au *Schooner*, qui ouvrait à sept heures du matin. Il se souvenait de la réclame qu'il avait vue sur la porte : *Où la vie commence à 7 h.*
La vie.
Elle commençait et s'achevait aussi.
Ils avaient rencontré les hommes. Arne était allé vers eux et cela avait eu des conséquences pour lui. Il avait changé rapidement. On se tient à l'écart, désormais, avait-il dit.
Les autres n'avaient pas été d'accord.
Frans avait... avait...
Jésus. Jésus.
Il se leva et regagna la voiture, qu'il avait appris à conduire plus vite qu'il n'aurait cru. Il n'était pas encore

trop ankylosé. Il s'en était aperçu quand il s'était penché en avant pour actionner la clé du démarreur. Il revint vers l'est. Les routes étaient meilleures. La première fois qu'il était venu, des chevaux tiraient des convois de marchandises, des soldats marchaient au pas. Chacun surveillait le ciel. Et la mer.

Jadis.

Il s'arrêta près d'une auberge, ferma la voiture à clé et entra demander s'il pouvait utiliser les toilettes.

Il se lava le mieux possible. Il se regarda dans la glace et constata qu'il reconnaissait encore son visage. Puis il détourna les yeux, s'essuya à une serviette en papier assez rêche, sortit et poursuivit son chemin.

Au bout d'une demi-heure de route, il vit la mer, au loin, en dessous de lui.

Il pensa à la première fois.

Il avait fait les cent pas et attendu le long d'Albert Quay. Il avait pris Clyde Street, s'était attardé devant Caley Fisheries, était passé devant Seaward Marine Engineering Co, Hudson Fish, North Star Shipping, Grampian Fuels. Il était venu là jour après jour et se rappelait encore tous ces noms et ce qui se déroulait à cet endroit.

Ils s'étaient amarrés le long du *Cave Sand*, qui avait passé l'hiver à cet endroit mais venait de Grimsby. Il chargeait du mâchefer, au sud du port. Les hommes étaient noirs comme des nègres toute la journée et c'était leur vie. Comme des nègres !

Il avait vu beaucoup de soldats mais jamais de Noirs en armes, même pas quand les Américains étaient arrivés.

Les grues, dans le port, étaient jaunes et bleues. On n'oublie pas ça non plus. Partout du jaune et du bleu.

Il se demandait maintenant si on les repeignait et si c'était dans les mêmes couleurs.

Il s'arrêta pour prendre une tasse de café. Il ne se rappelait pas qu'ils fussent passés par cette ville-là, quand ils étaient partis vers l'ouest. Il avait donné certaines indications, dont il ne se souvenait plus. Cela n'avait plus d'importance.

Je fonce droit dans la mer ?
On peut amerrir à condition d'atteindre la vitesse qu'il faut. On commence par voler, avant de tomber dans l'eau.

Aberdeen. Il avait remonté Union Street, était passé devant le *Virginia* et avait continué jusqu'au rivage, là où la ville s'ouvrait à la mer. La plage était large, la mer vaste à cet endroit, et la visibilité bonne, certains jours. Il y avait toujours de la brume et du vent.
J'étais très jeune, alors.
Je ne portais pas encore un autre nom.
Sur le terrain appelé *Amusement Park*, il y avait des voitures en verre. Il y faisait toujours noir le soir. Il lui arrivait de s'attarder pour regarder les manèges tourner dans l'obscurité et les gens qui tourbillonnaient sur ces manèges. La seule lueur venait de la mer. C'était un parc d'attractions ténébreux où tout pivotait dans le noir. Ce qui n'était pas normal. Les parcs d'attractions doivent baigner dans la lumière.

Ils avaient continué jusqu'à Peterhead.
C'était devenu le plus grand port d'Europe pour la pêche au poisson à chair blanche. N'était-ce pas le plus grand au monde, à l'époque ?
Peterhead Congregational Church.
Royal National Mission to Deep Sea Fishermen.
Fishermen's Mission.
Ce n'était qu'un univers de ports, pêcheurs, pêche, chalutiers, où planait l'odeur de la mer et de tout ce qui en venait.
Et Dieu. Tout était Dieu, également.

24.

Aneta Djanali appela la maison de Vallda. Sigge Lindsten répondit dès la deuxième sonnerie.
— Anette est-elle là-bas ? demanda-t-elle.
— Nous l'attendons ce soir.
— Je vous signale que vous avez été cambriolé.
— Encore ?
— Quelqu'un a pénétré dans votre maison.
— Anette est-elle là ?
— Non.
— Je l'appelle sur son portable.
— Donnez-moi le numéro
— Je l'appelle, répéta Lindsten avant de raccrocher.
Aneta Djanali regarda Halders.
Elle composa de nouveau le numéro mais la ligne était occupée.
— Je me charge du côté technique de la chose, déclara Halders.
Il regagna le hall avec son propre téléphone et elle l'entendit parler. Puis elle composa une fois de plus le numéro de la maison de Lindsten au bord de la mer. Il répondit.
— Je ne parviens pas à la joindre, dit-il.
— Où peut-elle être ?
— Qu'est-il arrivé, au juste ?
— Nous ne savons pas.

— Est-ce que… quelque chose a été volé ?

— Nous ne savons pas non plus. Je suis passée par ici en revenant de Vallda et j'ai vu que la vitre de la porte de la terrasse couverte était brisée.

— Et Anette n'était pas à la maison ?

Qu'est-ce que c'est que cette question ? pensa Aneta Djanali. L'aurais-je appelé et donné ces explications sinon ?

— Avez-vous trouvé… des indices ?

Oui, des traces de sang. Mais je ne te le dirai pas. Pas avant de savoir à qui elles appartiennent. Ni de savoir ce que tu as fait cet après-midi.

— Avez-vous laissé un message à votre fille ?

— Naturellement.

— Que lui avez-vous dit ?

— Eh bien…qu'il fallait qu'elle donne de ses nouvelles le plus vite possible. Que nous étions inquiets.

— Nous voulons lui parler, de toute urgence.

— Nous rentrons immédiatement.

— Bien.

Elle mit fin à la communication. Halders revint.

— Des renforts arrivent. Ils se sont fait prier.

— Tant pis.

Halders eut un petit rire.

— L'as-tu prévenu que nous avons affaire à une disparition qui peut être liée à un acte de violence ?

— Oui, mais je n'ai pas dû être très convaincant.

— J'ai un mauvais pressentiment.

— Moi aussi, il me semble, enchaîna Halders au bout d'un instant.

— As-tu appelé Susanne Marke ?

— Oui. Pas de réponse.

— Essaie encore.

Halders poussa un soupir.

— Je crois qu'il faut qu'on attende de savoir ce que va dire le gars que nous envoie Beier.

— Il faudrait qu'on aille là-bas, maintenant.

— L'un de nous n'a qu'à le faire, suggéra Halders. Et puis non, assez d'expéditions solitaires. On leur demande d'envoyer une voiture de patrouille, ajouta-t-il en prêtant l'oreille.

— J'appelle le P.C

Ils franchirent le pont. Le fleuve était éclairé par des flambeaux des deux côtés sur toute la distance menant à la mer, à l'ouest, et à l'intérieur des terres, à l'est. Des ferry-boats passaient en tous sens.

— Il paraît que le port de Göteborg appartient au passé, on n'en a pas l'impression en le regardant d'ici, lança Halders.

— Je suppose qu'on fait allusion aux chantiers navals. Là, c'est une réalité.

— Oui, les marteaux à river se sont tus, c'est vrai.

— Tu as l'air triste.

— Il y a de quoi. Le bruit des marteaux est toujours un signe de vie, non ?

— En tout cas, ils ne lésinent pas sur l'éclairage par ici, dit-elle en se garant dans le nouveau quartier résidentiel.

À la lumière des torches, les belles maisons produisaient un effet magnifique et imposant.

— Ça ne doit pas être donné dans le coin, supputa Halders.

— Sûrement pas.

— Comment Marke peut-elle en avoir les moyens ? C'est quoi son boulot déjà ?

— Greffière au tribunal de première instance.

— Chargée de la délinquance en col blanc ?

— Non.

— Alors, je ne comprends pas.

— Son ex doit avoir du fric. Faudra vérifier ça.

— Au besoin.

Aneta Djanali fit trois pas vers la gauche.

— En tout cas, sa voiture est là.

Susanne Marke ouvrit dès le premier coup de sonnette, comme si elle attendait derrière la porte.

Elle n'avait plus l'air aussi fière. Aneta Djanali décela

sur son visage un réel manque d'assurance, à moins que ce ne fût de la perplexité.

Elle les invita du geste à entrer en leur précisant qu'ils pouvaient garder leurs chaussures.

Toutes les lumières de l'autre rive du fleuve jaillirent dans la baie vitrée de la salle de séjour. Halders distingua même la statue illuminée de la Femme de marin, qui le regardait droit dans les yeux.

Une autre femme était assise dans l'un des deux fauteuils de cuir blanc. Elle portait un pansement à la main gauche. Aneta Djanali la reconnut aussitôt.

— Que s'est-il passé ? demanda-t-elle.
— Quand ? voulut savoir Anette Lindsten.
— Chez… dans la maison de vos parents.
— À quoi faites-vous allusion ?
— À la vitre brisée sur la terrasse.
— Ah ça… c'est moi qui l'ai fait.

Elle leva la main. Le pansement, qui n'était constitué que d'un peu de gaze bon marché, commençait à lâcher.

— J'ai voulu la pousser pour l'ouvrir… parce qu'elle coince… la vitre a soudain éclaté… et je me suis coupé la main.

— Au ras du sol ? s'étonna Halders.

— C'est là qu'elle… coinçait, répondit Anette en lançant un rapide regard à Susanne Marke.

On dirait qu'elle est en train de réciter une leçon et vérifie auprès de Marke qu'elle ne se trompe pas, pensa Aneta. S'agit-il aussi d'une menace ? Dans ce cas, pourquoi serait-elle venue chez Susanne ?

— Pourquoi êtes-vous ici ? demanda Halders.

— Elle est libre de ses mouvements, non ? lança Susanne Marke.

— Taisez-vous ! lui ordonna Halders.
— Je tr…
— Cela fait un certain temps que nous essayons d'entrer en contact avec vous, Anette, poursuivit Halders sans cesser de la regarder. Où vous cachiez-vous ?

— Je… ne me cachais pas.

— D'après certains de vos voisins de Kortedala, vous

avez été victime de violences conjugales. Et vous avez fait l'objet de menaces. Nous désirons nous en entretenir avec vous. Les violences et les menaces sont quelque chose d'intolérable, surtout envers les femmes.

— En revanche, c'est tolérable de me pourchasser jusque chez moi, ironisa Susanne Marke.

Elle avait retrouvé sa superbe. Aneta Djanali tenta de déchiffrer son visage. Anette était-elle venue ici de son plein et sans prévenir ? Ou était-ce Susanne Marke qui le lui avait demandé ?

— Pourquoi êtes-vous ici ? répéta Aneta Djanali.

Anette Lindsten garda le silence. Peut-être était-elle occupée à tenter de capter le regard de la Femme de marin ou de suivre les clochers éclairés partant à l'assaut du ciel...

— Je n'ai rien d'autre à déclarer, finit-elle par répondre. Vous devez... me laisser tranquille.

— Et moi, je dois vous demander de partir, enchaîna Susanne Marke.

— Nous pouvons vous ramener où vous le désirez, proposa Aneta Djanali.

Comment est-elle venue d'ailleurs ? pensa-t-elle. L'at-on amenée ? A-t-elle pris un taxi ?

— Je m'en charge, déclara Susanne Marke.

— Voulez-vous rentrer chez vous ? s'enquit Aneta Djanali.

Anette secoua la tête.

— Nous pouvons aussi vous conduire chez vos parents, à Vallda, ajouta Aneta.

— Ils arrivent... enfin, je veux dire : ils rentrent.

— Vous leur avez parlé ?

Anette hocha la tête.

Halders regarda Aneta Djanali.

— Nous pouvons aller bavarder quelque part, suggéra-t-il.

Cette fois, Anette secoua la tête.

Je ne sais plus quoi faire, pensa Aneta Djanali. Il y a quelque chose qui cloche dans cette affaire, mais nous n'y pouvons rien pour l'instant. Impossible de l'emmener de force ou de l'obliger à nous raconter ce qui lui est arrivé, encore moins la prier de rédiger une déposition écrite et de la signer pendant qu'on fait le pied de grue dans cet appartement.

— Où est votre frère ? demanda Aneta Djanali à Susanne Marke.

— Je n'en sais rien.

Aneta tenta de regarder Anette Lindsten en face, mais celle-ci se détournait.

— Il ne vit plus ici ?

— Non.

— Nous avons besoin de nous entretenir longuement avec lui, intervint Halders en regardant Anette Lindsten, toujours figée dans la même position. Nous avons le droit de le convoquer pour une audition, précisa-t-il à l'adresse de ce visage empreint de mauvaise volonté. Qu'il le veuille ou non, Vous entendez, Anette ? Vous ne pourrez pas dire que vous l'ignoriez.

— Il n'est pas ici, affirma Susanne Marke.

— Et nous n'allons pas nous en priver, ajouta Halders.

— Chez qui est-il allé vivre, cette fois ? s'enquit Aneta.

— Il ne me l'a pas dit.

Dehors, c'était l'obscurité de l'été de la Saint-Martin. Aneta Djanali perçut des senteurs attardées de la période estivale. Il devait faire quinze ou seize degrés. Elle entendit des voix en provenance d'une terrasse de café ou d'un restaurant, de l'autre côté de la maison. Un éclat de rire se répercuta en écho sur le fleuve.

— On se croirait sur le continent, lança Halders.

— Et ça ne te met pas en rogne ?

— J'ai failli m'y mettre contre la frangine de Forsblad.

— Ça aurait été parfait. Après tout ce que tu lui as dit.

— Hm.

— Elle risque de déposer plainte.

— Parfait. Depuis le temps qu'on attend que quelqu'un le fasse.

Ils étaient dans la voiture de Halders. Celle d'Aneta était restée garée devant chez les Lindsten.

— Je suppose que les Lindsten sont rentrés chez eux, maintenant, dit-elle.

— Elle avait la trouille, répliqua Halders.

— Oui, mais pourquoi ne se confie-t-elle à personne ?

— Comment sais-tu qu'elle n'a rien dit à qui que ce soit ?

— C'est vrai...

— À cette nana, par exemple.

— Susanne. Elle la protège à ton avis ?

Halders se tourna vers elle avec un sourire en coin.

— Ce n'est pas une idée très séduisante. Elle n'en vaut pas la peine, hein ?

Aneta garda le silence. Ils franchissaient à nouveau le pont. Les lumières de la ville formaient une coupole s'étendant jusqu'aux plaines, au nord, et à la forêt, à l'est. À droite, ils aperçurent un fanal à l'usage de la navigation. Pour tous ceux qui avaient des yeux pour voir, des yeux... pour voir, pour v...

— C'est toujours comme...

— Quelque chose d'évident, coupa-t-elle. De tellement évident que ça nous a échappé.

— Mais encore ?

— Ce que c'est. Ce qui s'est passé.

— Sait-on ce qui va se passer maintenant ? demanda Halders.

*
**

Il n'y avait pas de lumière, dans la maison des Lindsten, et on n'entendait aucun bruit. Halders regarda le visage étonné d'Aneta Djanali : les parents ne seraient-ils pas encore rentrés ?

— Je commence à en avoir assez de cette affaire, grommela-t-il.

Leurs collègues du service scientifique étaient repartis peu après leur arrivée. Ils étaient deux. Ils avaient besoin de prendre un peu l'air, comme l'un d'eux l'avait indiqué, suscitant le rire de l'autre, avant leur départ.

Personne ne riait plus. Aucune réponse au téléphone de Sigge Lindsten ni de sa femme, aucune voiture garée devant la maison.

— As-tu la force de faire un petit tour supplémentaire ? demanda Aneta.

— On rentre, non ? Tu m'as promis de me raccompagner chez moi.

Halders consulta sa montre. Il avait appelé la baby-sitter. Hannes et Maria regardaient un jeu télévisé, il avait donné son accord. Ensuite, au lit. Il leur avait cependant déjà dit bonne nuit, au cas où. Il avait ajouté qu'il espérait être rentré avant cela. Avec Aneta.

Celle-ci le dévisagea sans répondre.

Il comprit.

— Non, Aneta. Pas ce soir, s'il te plaît.

— Pourquoi pas ?

— Il est tard. On est fatigués. On ne sera pas en mesure de procéder à une bonne...

— Une bonne audition ? Qui a dit que c'est Hans Forsblad qu'on va trouver là-bas ?

Elle gara sa voiture devant chez elle, dans cet espace au nom champêtre de Kommendantsängen. Joli nom, pour un désert de pierre. Un bon désert de pierre où on entendait les poivrots beugler en sortant du bistrot du coin. Tout le monde profitait des prolongations que jouait l'été. Deux cafés avaient ressorti leurs tables et leurs chaises. Les citoyens flânaient dans les rues. Cela sentait le barbecue et le vent du sud. Ils entendirent la sirène d'une ambulance dans Övre Husargatan.

— *Someone else is in trouble*, dit Halders. *In the night I hear a sirene. Someone else is in trouble. I am not the only one*. Eric Burdon et The Animals, précisa-t-il en mettant le moteur en marche.

Ils enfilèrent l'Allée.

— Je suis contente que tu sois venu avec moi, Fredrik.

— La curiosité, n'est-ce pas. Entre autres choses.

Le quartier portant tous ces noms de saisons formait un énorme contraste avec le centre, car il y avait très peu de lumière. De la fumée montait des usines, à moins que ce ne fût la brume causée par ce brusque retour de la chaleur.

Les immeubles se dressaient tels des transatlantiques en cale sèche, dont les cabines auraient été éclairées.

Il n'y avait personne dans les rues. Des ombres, mais aucun être humain. Les voitures qui passaient à intervalles assez éloignés donnaient l'impression de ne pas avoir de conducteur. Ici, pas de terrasse de café.

— Charmant, comme coin, commenta Halders.

— C'est devenu très chic de vivre ici, répondit Aneta Djanali.

— Je sais. Sinon, on ne serait pas là.

— Tu es arrivé, dit-elle en désignant l'immeuble d'un signe de tête.

— Mon Dieu, soupira-t-il. Où commence et où finit ce monstre ?

Dans l'ascenseur, il y avait des couches superposées de ce que certains qualifient de graffitis. Halders leur jeta un regard peu amène. Peu de temps auparavant, la télévision suédoise avait pris contact avec la brigade des recherches et mandats pour lui demander de leur indiquer le nom d'un des leurs pour participer à un débat à une heure de grande écoute, sur le thème : Graffitis ou barbouillage, art ou sabotage ? Un petit plaisantin, au central, avait aiguillé le correspondant vers Möllerström, lequel avait donné une nouvelle preuve de son humour en le renvoyant à Halders, qui avait accepté.

Heureusement, Birgersson avait réussi à éviter le

pire, au dernier moment. « C'est pour ton bien, avait-il précisé à Halders. – Il faudrait quand même dire la vérité, un jour, avait répliqué Halders. – Bientôt, avait répondu Birgersson, mais pas tout de suite. » Il avait dépêché quelqu'un que personne ne connaissait et Halders avait refusé de regarder cette merde.

— Quand as-tu vu une glace pour la dernière fois, dans un immeuble comme celui-ci ? demanda-t-il en se tournant vers Aneta, qui tentait de se préparer à ce qui l'attendait en haut.

» Tu n'étais pas encore née, enchaîna-t-il en ricanant. Autrefois, il y avait des glaces partout. On en vient presque à regretter la naïveté de cette époque-là, bon sang de bon soir.

— Bel optimisme, dit Aneta. Mais ne sois pas aussi cynique. On faisait confiance aux citoyens.

— Cynique ? Moi ?

— Il y a encore des glaces dans certains ascenseurs.

— Dans les hôtels du centre, oui. Et dans l'immeuble de Winter.

— Tu es prêt ? lança-t-elle.

Halders hocha la tête, tout en suivant la progression de l'ascenseur sur l'indicateur d'étage, au-dessus de la porte.

L'appareil s'arrêta et la porte s'ouvrit automatiquement.

Toutes les portes donnant sur la cage d'escalier étaient fermées.

La minuterie s'éteignit juste au moment où ils arrivèrent devant celle qui les intéressait.

C'est alors qu'ils remarquèrent qu'il y avait de la lumière à l'intérieur de l'appartement.

25.

L'inspecteur Lars Bergenhem devait fêter ses trente ans l'année suivante et scrutait son avenir à travers une fenêtre impossible à percer du regard car elle était couverte de buée et glaciale au toucher. Il ne parvenait donc pas à voir quoi que ce soit. Il entendait des bruits, mais il s'agissait surtout de voitures allant prendre le bac pour les îles de l'archipel nord.

Il s'efforçait de réfléchir à ce qu'il venait d'entendre.

C'était le soir, pas très tard, cependant

Il n'avait pas de service à assurer avant deux jours et, d'ici là, il aurait largement le temps d'aller percuter un mur à bord de sa voiture, avec l'Allman Brothers Band pour lui tenir compagnie dans son voyage vers l'éternité.

Était-ce ce qu'il désirait ? Ou... voulait- il jubiler ? Était-il libre ?

Libre de quoi faire ?

Ada serait toujours là. Elle avait cinq ans. Martina serait toujours là, elle aussi.

Aller percuter un mur au volant de sa voiture était une façon assez lâche de trouver le repos et de dire adieu à toute cette merde.

— Ce n'est plus possible, avait-elle lâché.
— Qu'est-ce qui n'est plus possible ?
— Tu es aveugle ? Ou sourd ?

Il pensa aux paroles qu'elle avait prononcées devant

cette fenêtre. En ce moment il était aveugle, puisqu'il ne voyait rien, mais pas sourd. Les deux à la fois, c'est beaucoup. Pourquoi pas muet tant qu'on y était ?

Dormait-elle ? En était-elle capable ?

— Je ne suis ni aveugle ni sourd, avait-il répondu.

— Tu trouves que... tout va bien ? avait-elle demandé.

Ça dépend de ce qu'on entend par bien, songea-t-il.

— À quand remonte la dernière fois où nous avons pris le temps de parler ?

Comment ça ? Ne se parlaient-ils pas ?

— Enfin : vraiment, avait-elle ajouté.

— De quoi ?

— Tu vois. Tu n'en sais rien.

— Que faudrait-il que je sache, Martina ?

Il se faisait plus bête qu'il n'était.

Et ça ne s'était pas arrêté là, il existait bien des choses qu'il ignorait ou ne comprenait pas. Ada dormait ou feignait de dormir. Non, elle dormait.

— Tu as quelqu'un d'autre ? avait-il demandé.

— Mon Dieu !

— C'est ça ?

— Que crois-tu que je pense de toi ? Qu'avais-je l'intention de te demander à ton avis ?

— Allons, Martina.

— Hein ? Que croire ?

Oui : qu'en penser ?

Il passa la manche de son pull sur la vitre. Cela la nettoya, sans qu'il voie mieux pour autant, il ne parvint qu'à distinguer les contours des arbres, agités par le vent qui avait forci et dont il entendait le bruit.

Que penser de lui ? Pourrait-elle croire autre chose ?

Ces trajets solitaires en voiture dans tous les sens, sur les autoroutes, au-delà des limites de la ville, avec du rock des années 70 à fond sur l'autoradio. Ces traversées de ponts. Cela n'avait pas cessé quand il avait fondé sa petite famille. À quoi était-ce dû ? À son boulot ? Ce boulot de fou ? Le sang, les cris, la démence, la haine, la mort, les coups, les mensonges. Les mensonges. Il ne supportait plus les mensonges, il ne les supportait plus. Il aurait voulu crier : Ça suffit, je n'en peux plus. Il aurait voulu foutre le camp de la salle d'interrogatoire, foutre le camp de ce bâtiment de la place Ernst Fontell, loin de ces imbéciles qui acceptaient cette merde, partir en criant dans les rues, à poil, et hurler jusqu'à ce que quelqu'un finisse par comprendre.

Mais peut-être que tout était en place avant que les mensonges ne commencent. Y avait-il quelque chose en lui qui s'était toujours trouvé là ?

Ses propres mensonges.

Tu ne peux pas aller parler à quelqu'un ? avait demandé Martina ? Parler à quelqu'un ?

Suffirait-il de parler avec elle de la façon dont elle le désirait ?

Comment s'y prenait-on ? Elle ne le lui avait pas montré. Il ne voulait pas. C'était ainsi. Il ne pouvait pas. C'était ainsi, également.

Où était Martina en ce moment ? Il se retourna mais ne put ni l'entendre ni la voir.

Il s'éloigna de la fenêtre à contrecœur, passa dans le hall, enfila une paire de bottes, prit une veste au passage et ferma la porte derrière lui, sans faire de bruit pour ne pas réveiller Ada. Puis il gagna l'endroit où était garée sa voiture, où il monta ; il eut du mal à introduire la clé de contact tant sa main tremblait.

Parler à quelqu'un, parler, parler, parler.

Il démarra et traversa Torslanda, presque endormie. Ici, on n'entendait ni coups de marteau, ni sirènes, ni sifflets d'usine. Il conduisait trop vite, fenêtre baissée. Il fouilla parmi ses CD, posés pêle-mêle sur le siège du passager, sortis de leur étui. Il en prit un au hasard, sans quitter la route des yeux, le glissa dans la fente du lecteur et se rejeta en arrière sur son siège. Puis il accéléra et monta le son de la musique de Steppenwolf.

Aneta Djanali appuya sur le bouton. Ils ne pouvaient pas enfoncer la porte à coups de pied. Elle n'entendit pas sonner, à l'intérieur. Pourtant, elle ne se rappelait pas que la sonnette ne fonctionnait pas. Elle entendit des pas, derrière la porte, ou quelque chose qui y ressemblait. Des voleurs ? Ceux qui s'étaient fait passer pour le père et le frère ? Les criminels reviennent toujours sur le lieu de leurs crimes, c'est bien connu.

— Ne reste pas devant la porte, conseilla Halders.

Il frappa, cogna plutôt.

Le bruit cessa, à l'intérieur. Halders cogna à nouveau.

Les bruits de pas reprirent.

— Qui est là ? demanda une voix qu'Aneta Djanali reconnut.

— Police, répondit Halders.

Ils entendirent une nouvelle fois la voix mais ne parvinrent pas à distinguer ce qu'elle disait.

La porte s'ouvrit.

— On s'est vus il y a peu de temps, constata Aneta Djanali.

— Que faites-vous ici ? demanda Halders.

— Je croyais qu'Anette était là, répliqua Sigge Lindsten.

— Elle nous a pourtant assuré vous avoir parlé, ce soir.

— Vous lui avez parlé, vous ?

— Pas plus tard que tout à l'heure, chez la sœur de Forsblad.

— J'étais déjà en route pour venir ici.

— Que veniez-vous faire ? répéta Halders.

— Si elle n'était pas à la maison ni à Vallda... où pouvait-elle être, alors ? C'est le seul endroit qui me soit venu à l'esprit.

— Chez Susanne Marke, peut-être ?

— Non.

— Comment ça, non ?

— Je n'y crois pas.

— Pourquoi ?

— Pas après... ce qui s'est passé.

— Où peut se trouver Forsblad, maintenant ? demanda Aneta.

— Pas chez sa sœur, je suppose.

— Non.
— Il aurait pu être ici, dit Halders.
— Il n'a pas la clé.

Pourquoi il pense ça ? se demanda Aneta. Forsblad pouvait se faire fabriquer tous les doubles qu'il voulait.

— J'allais partir, dit Lindsten.
— Qu'est-ce que c'est que cette odeur ? lança Halders.
— Je ne sens rien.

Halders passa devant Lindsten, en se faisant petit, avant que celui-ci n'ait eu le temps d'ajouter quoi que ce soit. Aneta le vit entrer dans la cuisine, sur la gauche.

Puis elle entendit sa voix :

— Du café. Tout frais.

Aneta Djanali regarda Sigge Lindsten.

— J'ai eu envie d'en prendre une tasse.
— Il y a de la bouffe dans le frigo, poursuivit Halders.
— Vous n'aviez pas seulement soif. Faim aussi ? suggéra Aneta.

Lindsten jeta un regard vers la cuisine.

— C'est pour Anette, dit-il.
— Pardon ?
— Au cas où elle serait obligée de venir ici brusquement. S'il... se passait quelque chose d'autre.
— C'est le dernier endroit où elle viendrait se réfugier, vous ne croyez pas ?

Lindsten ne répondit pas.

Halders revint dans le couloir, passa dans la chambre et en ressortit.

— La matelas pneumatique et le sac de couchage, c'est pour elle, également ?
— Oui.
— Vous pensez vraiment à tout.
— Cet appartement... m'appartient toujours. Je suis libre d'y faire ce que je veux.
— Quand Anette reviendra-t-elle chez elle ? demanda Aneta Djanali. Dans la maison de Fredriksdal s'entend.
— Ce soir, je suppose.

— Votre femme est là-bas, en ce moment ?
— Oui.
— J'aimerais que vous nous disiez si on y a volé quelque chose.
— Volé ? Mais Anette m'a raconté qu'elle avait brisé la fenêtre en glissant malencontreusement. Ce n'est pas ce qu'elle vous a dit ?
Ils ne répondirent pas.
— C'est bien ça, n'est-ce pas ? répéta Lindsten.
— Oui, répliqua Aneta.
— Quelqu'un peut s'être introduit par la suite, suggéra Halders.
— Dois-je y croire ?
Halders regarda autour de lui.
— Que va devenir cet appartement ?
— Rien, murmura Lindsten.

Bergenhem partit vers le nord, traversa Olskroken et Gamlestaden et continua à l'aventure. Il s'arrêta pour laisser passer les tramways, qui semblaient vides. Il y avait eu un problème avec un conducteur, le Noël précédent. Problème n'était d'ailleurs pas le mot, il s'en fallait de beaucoup. Où cela allait-il s'arrêter ? *Your wall's too high*, chantait John Kay, dans la voiture. *I can't see, can't seem to reach you, can't set you free*.

Il entendit gronder, dans le lointain. Cela pouvait être le tonnerre, ou bien des canons ou encore des feux d'artifice. Il passa devant les bâtiments de SKF. La façade de l'usine avait l'air menaçante, comme un mauvais souvenir. Les gens en ont pourtant gardé un bon souvenir, pensa-t-il. Tous ces Italiens qui sont venus dans les années 60 pour édifier la société de bien-être des Suédois. Les années record [1]. Il n'y a plus d'autres records à battre, maintenant, que celui-ci : le nombre de tours de la ville en l'espace d'une semaine, d'un mois, d'un an. John Kay chantait *Born to be wild*. Pas de motards aux alentours.

---

1. Période allant de 1960 à 1975 qui a marqué l'apogée de la société de bien-être en Suède.

Il était pourtant sur leur territoire. Ici, c'étaient d'autres lois qui prévalaient, celles des motards. C'était cela, le grondement qu'il entendait à nouveau. Les Harley-Davidson dans les cours, entre des immeubles qu'on avait déjà fait sauter ou qu'on n'allait pas tarder à démolir. Il resterait le bruit des moteurs, des cylindres, des roues, des roulements à billes. SKF ne serait plus là, en revanche, Ce serait délocalisé en Europe du Sud, peut-être en Italie. Les habitants de Kortedala devraient aller vivre en Calabre pour battre de nouveaux records, édifier une société de bien-être là-bas.

Born to be wiiiiiild. Bergenhem reprit ces paroles, il fallait bien qu'il fasse quelque chose. Il roula devant des immeubles gigantesques. C'était dans l'un d'eux qu'il était arrivé quelque chose de curieux à Aneta. Des types culottés qui s'étaient fait passer pour d'autres, au mépris de la loi, et qui avaient fauché le contenu entier d'un appartement sous le nez d'un représentant de celle-ci. *Gothenburg's Finest*. Cela aurait pu être lui. Cela aurait pu se passer ici. Il ralentit, lut le nom de la rue et vit l'immeuble se dresser dans le noir et masquer le ciel, puis l'éclairage des cages d'escalier, les numéros. C'était là, en fait. Bien sûr que c'était là, bon sang.

Il fit marche arrière et relut le nom de la rue.

Il se rappelait qu'elle avait parlé du numéro cinq. L'histoire était si peu banale qu'il s'en souvenait. Il avança encore un peu, jusqu'à se trouver devant. Une voiture était garée en stationnement interdit. Il eut l'impression de la reconnaître. Il s'arrêta. Ne serait-ce pas la voiture de service repeinte de Halders ?

Il s'immobilisa à vingt-cinq mètres de là. Steppenwolf ne chantait plus. Il entendit le tramway passer, loin derrière lui et vit l'éclair de ses lumières

Puis un autre éclair : une cigarette qu'on allumait sur le siège avant d'un véhicule garé dix mètres derrière la voiture de Halders, s'il s'agissait bien de la sienne.

Il prit ses jumelles dans la boîte à gants. En effet, c'était bien elle. Il déplaça ensuite le champ de ses jumelles vers l'autre véhicule. Un homme assis à l'intérieur, derrière une cigarette dont le bout brasillait quand il tirait une bouffée. Il sortit son téléphone portable, le rangea, tira sur son mégot. Bref : un comportement parfaitement normal. Il se remit à fumer, le regard braqué droit devant lui, vers l'entrée du numéro cinq.

Il attend quelqu'un, pensa Bergenhem. Ou il est en train de se décider à entrer dans l'immeuble.

À moins qu'il n'attende que quelqu'un en sorte.

Afin de pouvoir entrer à son tour.

Bon sang, je suis pire que… Winter ? Je ne lâche jamais. Je cherche à déceler ce qu'il peut y avoir quand tout n'est pas comme ce devrait être. Quand tout n'est pas parfait. Quand il y a des raisons d'être sur ses gardes.

Toujours partir du fait que tout le monde est suspect.

Toujours partir du fait que tout le monde ment.

On peut appeler ça la *Lex* Winter. Et la *Lex* Halders, par la même occasion.

Le type de la voiture tirait à nouveau sur sa cigarette.

Bergenhem sortit son portable et appela.

*
**

Cela sonna dans la pochette de Halders. Ils se dirigeaient vers l'ascenseur. La porte de l'appartement de Lindsten était fermée, derrière eux. Lindsten leur avait dit qu'il allait simplement finir de boire son café. « Je t'en fiche », avait lâché Halders en partant.

Halders s'empara de son portable, dont la sonnerie émettait un bruit affreux entre ces murs glacials et maculés d'or et d'argent. Appel masqué, lut-il sur l'indicateur d'appel.

— Oui ?

— Bergenhem, à l'appareil. Où es-tu ?

— Ah ça… je suis dans une adorable petite maison de Kortedala. La rue porte un nom de saison ou de mois, je ne sais pas lequel exactement…

— Je suis juste devant.

— Répète un peu ça, dit Halders en regardant Aneta et levant les yeux au ciel.

— Écoute, Fredrik. Je ne sais pas si ça peut servir à quelque chose mais je me suis rappelé votre affaire, à Aneta et à toi au moment où je passais dans le coin. Je me suis arrêté. J'ai reconnu ta voiture. Elle se trouve devant l'entrée. Il y a...

— Où veux-tu en venir, Lars ? coupa Halders.

L'ascenseur arrivait. Bergenhem identifia le bruit, au bout du fil.

— Écoute-moi une seconde, Fredrik. Prenez votre temps quand vous sortirez de l'ascenseur. Je suis derrière un type qui m'a l'air d'avoir votre bagnole à l'œil. On dirait qu'il attend quelqu'un. Ou qu'il a été mis à la porte. Je ne sais pas. Enfin, j'ai un drôle de pressentiment ; réfléchissez à ce que vous allez faire.

— Qu'est-ce que c'est comme voiture ?

— Une Volvo V40. Elle me semble noire, mais c'est difficile à dire avec cette lumière. Ou plutôt absence de lumière.

Bergenhem entendit Halders pousser un sifflement, à moins que ce ne fût le bruit de l'ascenseur qui descendait. Apparemment, son portable fonctionnait même dans ces conditions. Mais peut-être était-ce un de ces appareils utilisant le satellite. Aneta avait mentionné cela.

— Il est seul ?

— Oui, et personne n'est couché sur le siège arrière.

— C'est lui, c'est Hansi Fanzi. Il nous a pris en filature.

— Qui ça ?

— Forsblad. Hans Fors... peu importe. Il est toujours là ?

— Il est au volant. Il est en train d'allumer une nouvelle cigarette.

Bergenhem entendit les portes de l'ascenseur s'ouvrir.

— Voilà ce qu'on va faire, dit Halders.

*
**

Lorsque Halders et Anette sortirent du numéro cinq en courant, Bergenhem se tenait juste derrière la Volvo. Il se rua en avant et ouvrit brusquement la portière avant que le conducteur ait eu le temps de démarrer.

La vie est riche en surprises, songea Bergenhem en rentrant dans la nuit. La ville avait soudain pris un autre aspect. Gamlestaden, Bagaregården, Redbergsplatsen, Olskroken, autant de coins qui baignaient dans une autre lumière. Plus question de police de proximité. Le territoire passait aux mains de l'ennemi. Sous la loi des motards. Faites ronfler vos moteurs.
Il éprouva un sentiment de liberté, presque de joie.

On leur attribua une salle au bout d'un quart d'heure d'attente. Ils durent pour cela enfiler des couloirs à peu près aussi accueillants que la cage d'escalier du colosse de pierre de Kortedala, les graffitis en moins. Ce n'est qu'une question de temps, pensa Halders. Ils ne vont pas tarder à arriver jusque-là, les salauds. Ils sont peut-être déjà parmi nous.
— Vous me paierez ça, lança soudain Hans Forsblad. On ne m'a encore jamais traité comme ça.
Dans la voiture, il avait gardé le silence. À un moment Aneta Djanali avait cru l'entendre pouffer. Mais sans doute s'agissait-il plutôt d'un sanglot.
Quand ils étaient arrivés à sa voiture, il était resté immobile, sur son siège. Il avait eu l'air surpris, naturellement.
Peut-être pas tant que ça.
Il les avait suivis sans que Fredrik ait besoin de l'assommer.
Forsblad savait. Il connaissait la loi, au moins sur le papier.

26.

Forsblad savait qu'ils avaient le droit de le maintenir en garde à vue deux fois six heures, mais il était pressé de sortir avant cela. Il se tortillait donc sur son siège. Il n'aimait pas ce à quoi il était soumis, ni l'endroit où il était.

— Quel est votre métier ? demanda Halders.
— Quel rapport avec l'affaire ?
— Veuillez répondre à ma question.
Silence de la part de Forsblad.
— Votre métier est-il si secret que ça ?
— Qu'entendez-vous par là ?
— Puisque vous ne voulez pas en faire état.
— Je travaille comme juriste au... tribunal de première instance.
— Dans quel secteur ?
— Pardon ?
— Droit civil, pénal... ?
— Je croyais que la police connaissait ceux qui travaillent chez nous.
— Vous nous connaissez, vous ?
— Euh... non.
— Nous avons cherché à nous informer sur vous, mais vous êtes aussi inconnu de vos supposés collègues que vous de nous. Ce qui n'est pas peu dire.

— Voyons... je ne comprends pas.

— En fait, vous êtes archiviste, n'est-ce pas. Cela n'a rien de déshonorant. Il n'y a pas besoin d'être juriste de formation pour occuper ce poste, cependant.

— Je suis juriste diplômé, s'obstina Forsblad.

Aneta Djanali perçut qu'il disait la vérité – du moins telle qu'il la concevait.

— Vous êtes archiviste, maintint Halders. J'admets que vous avez exprimé le souhait d'assister à des séances du tribunal, ce qui sort de l'ordinaire, mais ça s'arrête là.

— J'ai des idées sur la façon d'améliorer le service, dit Forsblad. C'est moi qui me tape tout le boulot pour retrouver les documents, non ? Je lis tout et j'en fais des copies, des milliers de copies.

Peut-être lit-il aussi les copies, qui sait ? pensa Halders.

— Et à quels remerciements ai-je eu droit ? lança Forsblad.

Aneta Djanali remarqua qu'une petite bulle de salive s'était formée au coin de la bouche de Forsblad. Ce dernier, s'apercevant de son coup d'œil, la foudroya d'un regard éloquent, qui exprimait qu'il ne lui pardonnerait jamais d'avoir percé à jour sa malhonnêteté et de le mépriser comme les autres. Il la détestait. Elle était dans les rangs de cette armée d'ennemis qui marchait contre lui.

Est-ce que je me trompe ? Ne suis-je pas en train d'interpréter ce regard à ma façon, se demanda-t-elle. En tout cas, il est affreux. Voilà qu'il me dévisage à nouveau. Ce n'est sûrement pas pour rien.

Forsblad lécha le coin de sa bouche.

— Vous n'aimez guère votre travail, n'est-ce pas ? reprit Halders.

À deux reprises, Forsblad laissa échapper un ricanement méprisant.

— On n'est pas gentil avec vous, là-bas ?

Nouvelle expression de mépris de la part de Forsblad.

— Peut-être que d'autres personnes que vos collègues ne sont pas gentilles avec vous ?

Forsblad détourna les yeux vers le mur, peint en vert assez criard. Nous ne sommes pas à notre avantage dans cette pièce, pensa Aneta Djanali. C'est sans doute intentionnel. Fredrik a l'air d'être le commandant d'un camp de prisonniers.

— Anette n'était pas gentille avec vous ? s'enquit Halders.

— Ne la mêlez pas à ça !

— Ah bon ?

Forsblad jeta un coup d'œil au petit magnétophone, qui se confondait presque avec la table. Cette fois, il n'y avait pas de caméra vidéo. Ce serait peut-être pour la prochaine.

— C'est à se demander si vous avez une idée de la raison pour laquelle nous vous avons fait venir ici, dit Halders.

— Aucune, répondit Forsblad avec un sourire.

Halders regarda Aneta. Non, Fredrik, tu n'as pas le droit de le frapper pour t'avoir répondu cela. Tu l'as cherché.

— Nous avons parlé à Anette, reprit Halders.

— Moi aussi.

Halders préféra ignorer cette remarque.

— Nous lui avons dit que nous étions prêts à lui venir en aide.

— À quel propos ?

Halders observa Forsblad qui détourna les yeux. On dirait qu'il ne prend pas vraiment part à la conversation, pensa Aneta. Il n'arrête pas d'y entrer et d'en sortir.

— Pour la protéger.

— La protéger ! De quoi ?

— De vous.

Forsblad répondit quelque chose d'inaudible.

— Pardon ? demanda Halders.

— Ce n'est pas moi qui suis en cause.

— D'après vous, quelqu'un d'autre menace Anette ?

Forsblad hocha deux fois la tête, à la manière d'un enfant. Il se comporte comme un gosse, songea Aneta Djanali. Et moi j'ai l'impression de procéder à l'audition d'un mineur. Elle repensa aux affreux événements de Noël l'année précédente et à tous ces mineurs qu'ils avaient dû interroger. Ils n'avaient qu'eux à se mettre sous la main. Mon Dieu, c'était un peu comme de s'arracher une dent. Elle l'avait fait et Erik l'avait fait. Erik avait été... remarquable. Elle possédait des enregistrements de ses auditions, qu'elle avait écoutés attentivement pour comprendre comment il procédait. Il approchait, prenait du recul, revenait à la charge. C'était parfait, digne de figurer dans un manuel. Il finissait ainsi par arriver à mettre le doigt sur quelque chose d'exploitable. Qu'ils avaient pu utiliser. Outre ce qu'elle était parvenue à tirer de ses propres auditions. Ils avaient réussi. Et échoué.

Forsblad hocha de nouveau la tête. Elle vit que Fredrik suivait son regard. Et elle sut ce qu'il pensait : Hanzi n'a rien à faire là, sa place est à l'asile.

Mais les choses avaient bien changé.

Les fous n'étaient plus à l'asile, ils étaient ici.

Willkommen. Bienvenue. *Welcome*

— Qui est-ce qui menace Anette ? reprit Halders.

Forsblad ne le regarda pas, il préféra poser les yeux sur Aneta, assise derrière lui, légèrement sur sa gauche.

Soudain, elle le vit tendre la main et la désigner !

Halders se retourna, surpris.

— Elle ? Ma collègue ? Que voulez-vous dire ?

— Elle la menace avec ses questions. Elle n'arrête pas de venir fouiner. Partout. Elle ne comprend pas.

— Qu'est-ce qu'elle ne comprend pas ?

Forsblad éclata d'un rire affreux.

— Et qu'est-ce que je ne comprends pas, moi ?

— Pas mal de choses.

— Anette a subi des violences. Nous avons des témoins qui peuvent l'attester. Qui les lui a infligées ?

— Des violences physiques ?

Chaque question est une petite aventure. On ne sait jamais où elle va vous conduire, ainsi que la réponse qu'elle va entraîner. Peut-être finira-t-on malgré tout par arriver quelque part. Forsblad ne ment peut-être pas. C'est peut-être pire que ça.

— Les violences ne sont jamais uniquement d'ordre physique, l'un va avec l'autre, certifia Halders.

— Une opinion intéressante.

Aneta vit la veine sur le cou de Halders enfler. Du calme, Fredrik, maîtrise-toi.

— Nous n'avons pas fini de poser nos questions à Anette, dit Halders.

— Moi non plus.

La veine gonfla davantage

— Dorénavant, nous saurons où vous êtes et où vous irez.

— Des menaces ? lança Forsblad avec un sourire.

La main de Fredrik prit le relais de sa veine et se mit à trembler.

— Fredrik ! s'écria Aneta Djanali.

Halders retira sa main et l'examina comme s'il la voyait pour la première fois. Il eut même l'air absent, l'espace d'un instant.

— Je suggère que nous observions une pause, proposa Aneta Djanali.

— Ce salaud se moque de moi, s'énerva Halders une fois qu'ils furent seuls.

Il s'efforçait de boire son café brûlant car, quand il avait refroidi, il était imbuvable.

— Il a peur, constata Aneta.

— De moi ?

— De tout.

— Explique-toi.

Il tenta de nouveau de boire et fit la grimace.

— Il a peur au travail, peur des autres, peur de... je ne sais pas.

— Quelqu'un d'autre le menace ?

— Je l'ignore.

— Il protège quelqu'un ?
— On dirait en effet qu'il y a... quelqu'un d'autre dans le coup.
— Le père. Le vieux Lindsten ?
— Peut-être.
— C'est vrai qu'il n'est pas clair.
— Je pense à ce cambriolage, si c'en est bien un, ce vol qui a eu lieu dans l'appartement de Kortedala. Est-il possible que Forsblad soit au courant ?
— Oui, pourquoi pas ?
— Ou le père, Sigge Lindsten ?
— Pourquoi pas les deux ?
— Lindsten se volerait lui-même ?
— Non : sa fille.

Aneta Djanali réfléchit aux hypothèses d'Halders. Elle le vit boire son café mais s'en sortir indemne.

— Sur quoi essayons-nous d'enquêter au juste, Fredrik ? demanda-t-elle au bout d'un instant.
— En tout cas pas sur ce vol. Pas moi.
— Tu ne penses pas qu'il est lié à ça ?
— Si par « ça » tu entends les violences, je ne le crois pas.
— Qu'est-ce ça signifie pour toi, alors ?

Halders reposa son gobelet en carton avec une nouvelle grimace.

Il se gratta la joue, assombrie par une barbe de près d'un jour. Il avait des cernes sous les yeux, la lumière cruelle de la pièce où ils prenaient le café perçait la fine couche de ses cheveux et faisait apparaître le cuir chevelu. Il avait appelé une nouvelle fois la baby-sitter, pour s'assurer qu'elle avait tout ce qu'il lui fallait pour passer la nuit, comme elle allait devoir le faire. Il se gratta une nouvelle fois.

— J'ai presque fini par adopter ton point de vue sur cette affaire, Aneta, dit-il en la regardant avec des yeux las. Mais je ne suis pas absolument persuadé que Forsblad bat sa femme. Et que nous la protégeons en agissant comme nous le faisons.

Il se tut un moment, l'air d'écouter intensément le sifflement désagréable de la prise d'air, derrière eux. Puis il passa la main sur sa nuque rasée.

— Il y a quelque chose de louche, pas uniquement Aneta Djanali hocha la tête.

— Quelqu'un qui en sait plus que nous, beaucoup plus, poursuivit Halders.

— Forsblad ?
— Je ne suis pas sûr.
— Lindsten ?
— Le père. Ce n'est pas impossible.
— Anette ?

Halders ne répondit pas et parut continuer à écouter le bruit de la ventilation et le bavardage étouffé des autres personnes présentes dans la pièce. Il regarda à nouveau Aneta Djanali :

— On ne sait pas grand-chose sur son compte, hein ?

Forsblad paraissait avoir dormi, quand le gardien de la maison d'arrêt le ramena. Il portait toujours sa veste, sa cravate, sa chemise blanche, ce pantalon extraordinaire qui ne fripait pas, mais ses chaussures n'étaient plus aussi bien cirées. On avait l'impression qu'il venait de passer la main dans ses cheveux aussi épais que ceux de Kennedy, lesquels étaient ainsi à cause des médicaments que le président américain prenait contre sa maladie. Je sais ça, pensa Halders. Et aussi que ce sont souvent les êtres atteints d'une maladie incurable, les cinglés, les drogués et les alcoolos qui ont le plus de cheveux. C'est vachement injuste. Quand on passe près d'un parc où les poivrots s'engueulent, se donnent des coups de tête, rigolent, font de grands gestes, brandissent le poing, quel spectacle mon Dieu ! voit-on le moindre chauve ? Aucun risque. Ils ont tous la magnifique tignasse de Kennedy, avec la raie à droite ou à gauche. Quelle importance s'il n'ont plus rien sous le cuir chevelu ! Et Hårblad[1] est

---
1. Nouvelle déformation humoristique de Forsblad, cette fois à partir du mot « cheveux. »

pareil. Ah, le voilà qui se passe à nouveau la main dans les cheveux.

— Pourquoi attendiez-vous dans la voiture de votre sœur, à Kortedala ? demanda Halders.

— J'ai le droit d'attendre où je veux, non ?

— Pourquoi à cet endroit précis ?

— Je le connais.

Halders jeta un coup d'œil sur le magnétophone pour voir s'il tournait. Il avait l'air de vouloir s'en assurer, afin de pouvoir écouter cette réponse par la suite et l'analyser.

— Et pourquoi à ce moment précis ?

Forsblad se contenta de hausser les épaules.

— Ne serait-ce pas parce que ma collègue et moi nous y étions aussi ?

— Comment l'aurais-je su ?

— Où habitez-vous maintenant ?

— Chez ma sœur.

— Elle prétend le contraire.

— Ah tiens.

— Avez-vous un domicile fixe ?

— Cela ne saurait tarder.

— Où ça ?

— On verra bien.

— Vous savez que l'interdiction de visite à votre épouse est entrée en vigueur ? mentit Halders au prix d'une légère anticipation. La mesure provisoire que nous avons prise a été prolongée par le procureur.

Forsblad avait l'air de ne pas écouter ou de s'en moquer. Comme si tout cela était de l'histoire ancienne. Il paraissait prêter l'oreille à d'autres voix, sous sa tignasse, à moins que ce ne fût au sifflement de l'air conditionné.

Il leva les yeux et les posa sur Aneta Djanali.

— Je pourrais peut-être aller m'installer chez vous, dit-il.

Elle ne répondit pas et détourna le regard. Il ne faut jamais fixer quelqu'un. En Afrique, des singes fous atteints de la rage tentaient de vous regarder ainsi. Et, s'ils y arrivaient, c'était très, très dangereux.

— Vous n'arrêtez pas de me pister, on se demande à quoi vous voulez en venir, protesta-t-il.

Il fut relâché après minuit. Dire qu'on lui permit de rentrer chez lui n'était naturellement qu'une façon de parler, en ce qui le concernait. À moins qu'il n'eût une maison, un lit, un canapé ou un matelas pneumatique quelque part.

— Dans une heure, on devrait aller décrocher la porte de l'appartement de Kortedala pour le tirer de son sommeil de beauté, commenta Halders.

Ils se rendaient chez Aneta. Halders conduisait vite mais évitait tout de même les rares noctambules qui traversaient les rues d'un pas mal assuré.

— Si on en écrase un, on prétendra qu'on croyait que c'était un blaireau, dit-il.

— S'il dort dans cet appartement, c'est que le père d'Anette est dans le coup, conclut Aneta. On ne peut pourtant pas y retourner comme ça.

— Bien sûr que si, répliqua Halders. Mais pas cette nuit.

Quand ils se garèrent, Aneta scruta soigneusement les alentours. Aucune trace d'un fumeur de cigarette au volant d'une voiture, aucune silhouette louche, cette fois.

— Tu crois qu'il était sérieux ? demanda-t-elle.

— À propos de sa suggestion d'aller coucher chez toi ?

— Tu as trouvé ça drôle ?

— Enfin, Aneta, ce n'était qu'une provocation de plus de sa part.

— Tu n'as pas vu ses yeux.

— Oh si.

— Il a cherché à plonger son regard dans le mien.

Halders ouvrit la porte d'entrée.

— Il n'osera pas venir ici.

— Comment le sais-tu ?

— Parce que je l'ai menacé de le tuer s'il le faisait, quand je suis sorti le saluer de la main. Tu étais encore à l'intérieur.

La matinée était chaude et lumineuse. Dans Vasagatan, il y avait des gens qui souriaient. Le soleil, tout rond, était bienveillant. Le ciel était bleu. Les petits oiseaux chantaient.

Winter gagna le Palais à pied. Il vit la température s'afficher sur le thermomètre de Heden : quinze degrés. Déjà. Aucun joueur de football. C'était une erreur, par un matin pareil. L'air était facile à respirer et expirer. Il aurait aimé pouvoir frapper dans un ballon.

Trois ans auparavant, la brigade des recherches avait eu sa propre équipe de foot corporatif. C'était Birgersson qui gardait les buts, sans bouger – certains trouvaient cela symbolique. Ils avaient réfléchi quelques jours au nom qu'ils pourraient donner à cette équipe. Pia E : son Fröberg, le médecin légiste, avait eu une idée, après les avoir écoutés dans la pièce où ils prenaient le café. Elle avait proposé *Per Rectum*. Curieux. Möllerström avait cependant trouvé que cela conviendrait mieux aux types qui étaient en cellule. Je connais un groupe de carabins qui s'appelle comme ça, avait ajouté Pia.

Ils n'avaient même pas pu se mettre d'accord et avaient joué leur premier match sous le pseudo de Ouagadougou FC, sur proposition de Halders. Aneta devait être présente mais n'avait pu venir à cause d'un rhume. Cela valait peut-être mieux. Halders avait été expulsé au bout de deux minutes et avait répliqué en bottant les fesses de l'arbitre. Il avait pourtant des excuses : il avait simplement confondu le ballon et la tête d'un adversaire. Ils jouaient contre une équipe de l'hôpital Sahlgren, baptisée Les Sanguinaires. Winter connaissait la plupart de ses membres, ainsi que ses collègues. Et pour cause : ils se voyaient souvent au service des urgences. La victime de Halders s'y était retrouvée à titre de patient, cette fois. Fredrik avait suggéré que cela lui ferait du bien de voir l'autre côté de la chose. En plus, ce coup de pied lui avait peut-être remis les idées en place, dans le crâne, même si c'était par erreur, bien entendu.

Halders fut interdit de foot corpo pendant quatre ans. Chacun fut surpris que ce ne soit pas à perpétuité ou la prison sans sursis. Le procureur avait hésité à le mettre en examen, mais le blessé avait refusé de porter plainte. C'était un accident, tout le monde était témoin, non ? Halders et lui s'étaient quittés bons copains, la veille. Et Birgersson avait parlé au procureur, le vieux Molina. J'étais là, avait-il dit. Molina avait fait la grimace et demandé s'il portait ses lentilles de contact. Birgersson avait lancé un oui retentissant, et les choses en étaient restées là. L'arbitre qui avait eu mal aux fesses était pour sa part membre de la brigade du centre-ville et il avait poussé l'esprit de corpo ou de corps jusqu'à ne rien dire. Mais il avait besoin d'un peu de temps pour méditer sa vengeance, dont l'heure avait sonné. Winter sourit à ce souvenir.

Le Ouagadougou FC fut exclu de compétition pour le reste de la saison. Elle avait donc duré très exactement deux minutes en ce qui le concernait – ce qui faisait mauvais effet. En tant que capitaine, Winter fut critiqué pour défaut d'autorité. Il aurait dû surveiller un peu plus Halders. « Essayez un peu, pour voir, avait-il répliqué. – La saison prochaine, on jouera en corpo africaine, avait dit Halders. On a déjà une Noire parmi nous et on a tellement de bleus à l'âme qu'elle est presque noire. » Winter voyait d'avance le résultat : Halders privé de compétition sur tous les continents, les uns après les autres. Après l'Océanie, il ne resterait plus que la Terre de Feu.

La pièce était inondée de soleil. Ringmar passa la tête par la porte, une fois que Winter fut assis et eut commencé à énumérer les affaires à traiter : vols, violences conjugales ou non, homicides, attaques à main armée, menaces, encore des vols, dommages volontaires, un autre homicide, deux autres attaques à main armée. Rapports de police, témoignages, comptes rendus. Papiers, cassettes audio et vidéo. Tout ça en même temps. Des aveux de la part d'un suspect de meurtre. Règlement de comptes entre ivrognes dans un squat de Gamlestaden. Presque tous les meurtres et les homicides se présentaient sous cette forme. L'affaire était réglée en l'espace d'une journée.

— Tu as une minute ? demanda Ringmar.

— Deux, répondit Winter en posant la feuille de papier qu'il tenait à la main.

Ringmar s'assit, le visage soucieux. Il avait douze ans de plus que Winter. Cela signifiait qu'il avait derrière lui un certain nombre d'années difficiles, peut-être les plus difficiles, que Winter avait encore devant lui. Mais cela signifiait aussi qu'il lui en restait douze au service de la loi et comme protecteur et défenseur du bien public. Quel aspect aurait son visage au bout de ce délai, on pouvait se poser la question. Winter, pour sa part, en avait vingt-quatre en perspective. Grand Dieu ! Un tiers de vie dans les mêmes conditions.

C'était pourtant sa vie. Il la connaissait sur le bout des doigts. Il possédait l'expérience et l'agressivité nécessaires. Peut-être n'était-il pas aussi agressif que Halders, mais il en savait plus long. Il avait aussi la patience indispensable à ce travail d'esclave. Et il était capable de réfléchir. C'était cela l'essentiel. On pouvait toujours prendre le temps de la réflexion dans ce boulot. Et celle-ci pouvait donner des résultats. Celui qui réfléchissait mal n'obtenait pas de résultats. Les grands résultats, ceux auxquels on parvenait quand on était capable de s'extraire de la routine grâce à de belles mélodies. Winter, qui aimait surtout John Coltrane dans sa période la moins harmonieuse, partait de ce genre de base atonale. Impossible de penser en droite ligne. On pouvait suivre une certaine logique, mais elle était inaccessible aux autres. C'était la sienne, de même que c'était celle de Coltrane, de Pharoah Sanders ou de Miles Davies. Il avait récemment commandé par Internet un livre qu'il venait de recevoir : *Kind of Blue – The Making of the Miles Davies Masterpiece* par Ashley Kahn. Il allait tenter de commencer à le lire ce soir-là, s'il avait le temps d'écouter le morceau d'abord, ce qu'il avait déjà commencé. Le Panasonic, posé par terre, diffusait *Kind of Blue* pour la millième fois.

— *So What* ? dit Ringmar.

Première piste du disque. Ringmar connaissait *Kind of Blue*. Cela faisait partie du b a ba de la culture, bien entendu. Winter ne comprenait pas vraiment les gens qui ne comprenaient pas ce morceau. Il n'y avait rien à comprendre, d'ailleurs, il suffisait d'écouter.

— La femme de Donsö a appelé il y a une demi-heure, annonça Ringmar. Möllerström me l'a passée.

— Bien.

— Il s'agit donc de cette Johanna.

— J'ai compris, Bertil. Que voulait-elle ?

— Simplement nous demander si on avait des nouvelles.

— Et alors ?

— Non.

— Est-ce que Möllerström a vérifié auprès de la centrale de coordination internationale ?

— Je suppose que oui.

— Dans quel état d'esprit était-elle ?

— Elle avait l'air calme. Sauf que son père a disparu depuis à peu près deux semaines.

— Oui. Il est arrivé quelque chose.

— C'est la seule explication.

La musique jouait toujours, *Freddie Freeloader*. Winter pensa à Johanna Osvald, à son frère, à son père, à son grand-père. Puis à l'Écosse et à Steve Macdonald.

Ringmar passa la main sur son visage.

— Comment ça va, Bertil ?

— Pas mal. Moa a un nouvel appartement en vue. Je suppose que c'est une bonne chose pour elle. En ce qui me concerne, elle aurait pu rester encore un peu à la maison.

Winter le regarda.

— Tu comprendras ça dans une vingtaine d'années, ajouta Ringmar.

— Bon, on en reparlera à ce moment-là.

Winter tendit la main vers son paquet de cigarillos mais non, il fallait faire preuve de caractère. Il lui restait pas mal d'années.

— Où va-t-elle habiter ? demanda-t-il.
— À Kortedala.

27.

L'après-midi ne s'était pas encore écoulé que parvint la réponse d'Interpol. À moins que Möllerström ne l'ait reçue directement d'Inverness. Ce fut en tout cas lui qui en apporta le texte dans le bureau de Winter en lui suggérant de se brancher sur le réseau intérieur.
— Dis-moi ce qu'il en est, ça suffira.
— Il est mort, lâcha Möllerström.

Winter tenta d'appeler au téléphone. En vain. Il renouvela sa tentative quelques minutes plus tard et tomba cette fois sur un commissaire du nom de Jamie Craig, du Northern Constabulary, Inverness Area Command. À l'entendre, celui-ci n'était pas écossais mais anglais comme vous et moi et s'exprimait dans une langue d'une technicité et froideur presque cliniques.
— Il semble qu'il ait erré dans la ville pendant un certain temps, dit Craig.
— Vous voulez dire Inverness ?
— Non. Fort Augustus. Ce n'est qu'un gros village, à la pointe sud du lac.
— Le lac ? Lequel ?
— Le Loch Ness, bien sûr.
Of course. Le lieu de résidence de Nessie, le monstre mondialement connu. Winter n'avait pas eu l'occasion de

faire sa connaissance, car il n'était pas allé sur ces célèbres rives.

— On l'a trouvé un peu plus à l'est, dans les collines, sur une route secondaire et au bord d'un lac beaucoup plus petit appelé Loch Turff. Je crois qu'il est artificiel, celui-là.

— Et la voiture ?

— Pas de voiture.

— L'agence de location, alors ?

— On n'en sait rien. Quand on l'a trouvé, il n'avait pas de voiture. Pas de vêtements non plus, d'ailleurs.

— Pardon ?

— Je sais que ça paraît étrange. Quand on l'a vu en ville, il avait l'air perturbé mais il était habillé ; en outre, il a payé ses consommations au pub. Une pinte de bière et un Ploughman's, je crois.

Ensuite, Craig raconta ce qu'il savait.

Un homme d'une soixantaine d'années était arrivé à Fort Augustus, où il avait déambulé comme s'il n'avait pas toute sa tête. Les gens de la cité avaient l'habitude de voir débarquer des excentriques du monde entier venant découvrir une nouvelle fois le célèbre monstre, pour passer eux aussi à l'Histoire. Celui-ci n'était cependant pas farfelu comme les autres. Il se déplaçait de façon étrange et tenait des propos incohérents aux gens qu'il rencontrait. Il était entré dans le pub voisin de la station-service, avait bu une bière écossaise et laissé son Ploughman's Lunch, qui consiste en pain, fromage et cornichons.

Quelqu'un l'avait ensuite vu partir vers l'est d'un pas mal assuré. Puis l'avis de recherches au nom d'Axel Osvald avait été diffusé et cette personne avait appelé Craig, à Longman Road.

Le reste n'avait pas traîné. Ils avaient pris la B826, la vieille route qui longe le lac sur la rive est, et entrepris de ratisser le terrain. Il ne leur avait pas fallu une demi-journée dans les collines pour le retrouver.

— Il gisait de l'autre côté de ce petit lac et était invisible depuis la route, dit Craig.

— Tout nu ?

— Il ne portait même pas de chaussettes.

Winter se demanda si c'était l'expression anglaise pour « nu comme un ver ».

— Qu'est-ce qui vous fait penser qu'il s'agit de « notre » homme, Axel Osvald ?

— Je ne suis pas encore sûr à cent pour cent que ce soit lui, mais on a retrouvé des vêtements éparpillés sur le terrain presque depuis l'extrémité du lac jusqu'à l'endroit où il gisait, c'est-à-dire sur une distance d'environ deux miles. Je vous l'indiquerai de façon exacte, si vous le souhaitez, naturellement.

Le « naturellement » avait été proféré avec assurance. Winter n'était pas certain que Steve Macdonald connût personnellement cet homme. On aurait dit qu'ils avaient fait le trajet en sens inverse. Craig semblait être originaire de Londres alors qu'il était commissaire à Inverness. Steve était originaire d'Inverness alors qu'il était commissaire à Londres.

— On a donc trouvé un homme nu et, autour de lui, pas mal d'habits, dont des chaussures et un pardessus. On s'est dit que ça correspondait peut-être à « notre homme » et on a ramassé ce qui traînait. C'est ainsi qu'on a trouvé un portefeuille contenant un permis de conduire établi au nom d'Osvald, dont la photo ressemble au défunt.

— Comment est-il mort ? Dans la mesure où vous pouvez déjà vous prononcer. Dans le message d'Interpol, on évoque des causes éventuellement naturelles.

— Le cœur, répondit Craig. Je ne peux rien avancer de plus pour l'instant. L'autopsie n'est pas encore terminée, bien entendu, mais on n'a pas trouvé de blessures apparentes ni de traces de coups. Le docteur parie deux pintes sur une crise cardiaque. Il ne faisait pas chaud, là-haut. Un homme d'un certain âge... sans vêtements... perturbé... ça ne pouvait guère finir autrement.

— Une crise cardiaque, répéta Winter.

— Je crois que, personnellement, je ne survivrais pas à une nuit entière passée nu dans ce secteur. Pas si j'étais seul, du moins, ajouta-t-il sans la moindre trace de plaisanterie dans la voix.

— Quand disposerez-vous du rapport complet ?
— À quel sujet ?

Toujours cette même voix, d'une froideur de glace.

— En premier lieu quant à la cause du décès.
— Cet après-midi, je pense.
— Merci.
— Le reste sera disponible demain, je suppose. On n'en sait pas très long, c'est vrai, mais l'affaire, si on peut appeler ça ainsi, paraît évidente.

Winter se serait attendu à ce que Craig dise « dans le sac », ce ne fut pas le cas. D'ailleurs, ce n'était pas son genre.

— Toujours aucune trace de la voiture de location ?
— Non. C'est l'agence Budget qui nous a prévenus qu'elle était louée pour deux semaines et devait être rendue avant-hier. Ils ont donc déposé plainte pour vol éventuel et c'est ce qui... eh bien, nous a fait prendre un peu plus au sérieux cette histoire de disparition. Outre les témoignages en provenance de Fort Augustus, évidemment.

Winter crut déceler un certain changement de nuance dans la voix de Craig, comme si celui-ci éprouvait le besoin de se justifier qu'il ait fallu plus longtemps que prévu pour entamer les recherches. Ce n'était pourtant pas le point de vue de Winter. Il connaissait la situation et les difficultés. Et puis ce n'était sûrement pas la première fois qu'un étranger errait sur les berges du Loch Ness.

— La voiture devrait être quelque part dans les parages, non ? Près de cette ville de... Fort Augustus, dit Winter.

— En effet. C'est bien ce qui me tracasse. Mais, si elle est restée un ou deux jours au même endroit, elle a peut-être été volée. Ni les voitures ni les voleurs ne manquent, autour du Loch Ness.

— Je comprends.

— Nous avons lancé des recherches la concernant,

évidemment, reprit Craig. Je suppose qu'on la retrouvera bientôt quelque part, désossée comme d'habitude. Toute nue, elle aussi, quoi, ajouta-t-il après un bref silence.

— Et le mort, poursuivit Winter. Depuis combien de temps était-il là ?

— Lors de notre dernier entretien, le docteur a parlé de deux jours, à six heures près.

— Est-il possible qu'on l'ait déposé à l'endroit où on l'a trouvé ? demanda encore Winter. Et qu'il soit mort ailleurs ?

— Non. Nous sommes certains qu'il est venu de lui-même à l'endroit où il est décédé.

— Il ne reste plus qu'à savoir pourquoi, alors.

— Comme toujours, non ?

— Si. C'est la grande question.

— Steve m'a averti qu'elle se poserait tôt ou tard, si je vous parlais.

— Steve ? Steve Macdonald ? Vous le connaissez ?

— Oui. On a été collègues à Croydon, pendant un certain temps. C'est lui qui m'a recommandé quand j'ai posé ma candidature à un poste de commissaire, par ici. Mais je ne sais pas s'il faut vraiment que je lui en sois reconnaissant, ajouta-t-il après un silence ponctué d'un rire que Winter trouva extrêmement sec.

Il ne put s'empêcher de sourire à ce comportement typiquement britannique. Craig n'était pas homme à entamer la conversation en mentionnant des amis communs. Sans doute était-ce aussi très professionnel.

— Que racontent les témoins ? demanda-t-il.

— Eh bien... je vous l'ai déjà plus ou moins dit. Il avait une attitude bizarre, comme s'il ne savait pas vraiment où il se trouvait. À sa façon de s'exprimer... on aurait cru qu'il posait sans cesse des questions. C'est l'impression qu'a eue l'un de ceux à qui il s'adressait. Le propriétaire du pub également. Il leur a semblé qu'il répétait la même chose, mais ils n'arrivaient pas à comprendre quoi.

— Pourquoi ?

— Parce que ce n'était pas de l'anglais, ni de l'écossais. Je suppose que c'était du suédois, mais ce n'est pas une langue parlée communément à Fort Augustus. Même si c'est une vieille terre viking. Il y a trop longtemps de ça pour que les gens se souviennent de la langue nordique.

Le vieux norrois, pensa Winter. Il y en subsiste pourtant toujours des traces, là-bas, dans les noms de lieu en particulier.

— Il parlait aux gens en suédois ? reprit-il. Pas seulement à lui-même ? D'après vous, il semblait avoir perdu la tête.

— On n'a pas posé la question sous cette forme, les témoins nous ont simplement dit qu'il s'adressait à eux et qu'il avait l'air de leur poser une question.

— Hum.

— Tout ce que je peux faire, c'est les interroger un peu plus sur la façon dont il s'exprimait. Je ne crois hélas pas qu'on en saura beaucoup plus, hein ?

— Non.

— Dans le pire des cas, il faudra venir faire passer un examen de suédois aux gens. Il paraît que c'est une langue assez pauvre en vocabulaire.

28.

— Vous vous chargez de prévenir la famille ? avait demandé Craig.

Winter avait naturellement répondu par l'affirmative. Cela faisait partie de son boulot, même si ce n'était pas le plus agréable. On ne vous y préparait absolument pas au cours de la formation, or on en avait trop souvent l'occasion par la suite.

Il appela le numéro de portable de Johanna Osvald mais tomba sur son répondeur. Ce n'était pas le genre de chose qu'on confiait à ce dispositif.

Il regarda la pendule et chercha l'horaire des bateaux pour l'archipel sud. En se dépêchant, il arriverait à temps pour celui de 10 h 20.

Il se tenait sur le pont, cheveux au vent. Un homme pêchait sur les rochers, juste derrière le port. Il s'apprêtait sans doute à sortir un poisson, car les mouettes tournaient en cercle autour de lui et poussaient des cris d'encouragement à l'intention de ce pêcheur qui avait pris la précaution de mettre une casquette pour se protéger des fientes qui tombaient parfois du ciel aussi dru que de la neige.

Il n'était pas possible de prendre le café à bord. Les passagers étaient trop peu nombreux à cette époque de l'année et à cette heure de la journée. Deux mois plus tôt, on ne trouvait pas une place au contraire, les bateaux de l'archipel ressemblaient alors à des jonques surchargées sur le fleuve Jaune. Partout des corps bronzés, des enfants, des poussettes. L'été dernier, Angela et Elsa avaient décidé d'aller à Vrångö, mais avaient fui le bateau dès Brännö Rödsten. Trop de monde… les citadins étaient pris d'une frénésie de soleil, de mer, de sel et de sable, au plus fort de la canicule.

De la folie, pensa Winter. Écartant de ses yeux une mèche de cheveux, il se rappela une remarque d'Erik Osvald quand ils s'étaient rencontrés à Donsö : « Les vaches ne sont pas les seules à être folles de nos jours, avait-il dit avec le professionnalisme du pêcheur. Même si c'est drôle de les voir à la télé. »

Le ferry allait directement à Köpstadsö. Le vent avait forci, en mer, comme si le temps changeait. Winter voyait des nuages noirs monter de l'autre côté du globe terrestre, vers l'ouest.

Erik Osvald et ses trois membres d'équipage étaient là-bas, sur l'eau, dans leur perpétuelle quête de poisson et de remplissage de leur quota.

« Il existe une instance supérieure, avait ajouté Erik Osvald. Et pas seulement les garde-côtes norvégiens. » Ce n'était certes qu'une plaisanterie, mais elle avait un côté sérieux. Une instance supérieure. Et il avait conclu que tout serait absurde sinon.

« Ce genre de vie, en mer du Nord, vingt-quatre heures sur vingt-quatre, l'année entière, pendant vingt-cinq ans, ça vous marque. C'est la liberté et la solitude », avait-il repris.

Un mode de vie qui n'était plus très moderne.

« Nous autres, pêcheurs suédois, nous sortons une semaine d'affilée puis restons à la maison la suivante. Il n'y a plus guère que nous pour adopter ce système et la conséquence, c'est qu'on gagne moins que les Danois, les Norvégiens et les Écossais. »

Puis il avait parlé du temps jadis.

« Mon père sortait le lundi matin et rentrait le samedi matin. »

Seulement il avait fini par se lasser de cette existence et était resté à terre à écouter la météo, pendant que son fils était en mer.

Axel Osvald. À supposer que ce soit lui dont les hommes de Craig avaient retrouvé le corps, il avait connu une mort à la fois curieuse et tragique, ou curieusement tragique si l'on veut : seul et complètement nu, au bord d'un misérable petit lac non loin d'un lac plus grand et plus célèbre, dans les collines, à l'intérieur des terres et à des dizaines de kilomètres de la mer.

Qu'allait-il faire là ? Comment y était-il arrivé ? Quel cheminement avaient suivi ses pensées, tandis qu'il montait les pentes d'un coin de nature inhospitalier. Winter avait beau n'être jamais allé à Fort Augustus, il était capable de se le représenter.

Pourquoi était-ce arrivé ? Ce « pourquoi » était bien la grande question, comme l'avait souligné Craig.

La mer était calme, entre Styrsö Skäret et Donsö. Winter ne vit pas le *Magdalen*a, le beau chalutier bleu d'Erik Osvald. Ils étaient partis pour une semaine à l'ouest de Stavanger et à l'est d'Aberdeen. Dans six jours, ils mouilleraient dans le port de Hanstholm et rentreraient chez eux, leur compte en poche. Erik Osvald reviendrait en fait avant les autres et ce serait lui, Winter, qui serait la cause de ce retour précipité. Comment cela se passerait-il ? Enverrait-on un hélicoptère le chercher ? Ou mettrait-il aussitôt le cap sur l'Écosse, le Moray Firth et l'entrée du port d'Inverness ? Ensuite, il n'aurait plus qu'à franchir le canal et enfiler le Loch Ness pour arriver à Fort Augustus. Non, impossible avec un pareil monstre de chalutier. D'ailleurs, son père l'attendait déjà à la morgue d'Inverness. Inutile d'aller plus loin.

Le bac s'immobilisa et Winter descendit à terre. D'après l'horaire, il devait être 10 h 55. Le quai était désert. Quelques vieux chalutiers étaient amarrés là et Winter se demanda si l'un d'eux avait appartenu à Axel Osvald, ou existé à l'époque de son père.

Celui-ci existait et n'existait pas. Il jouissait de

l'étrange statut de ceux qui ont disparu et n'ont jamais été retrouvés. Leurs âmes ne connaissent pas le repos et ceux qu'ils ont laissés derrière eux non plus.

Et s'il était toujours vivant ? Comment qualifier ceux qui lui avaient « survécu », alors ? On ne peut pas parler des héritiers de quelqu'un qui n'est pas mort. Et Johanna, en quels termes l'évoquer ? On n'est pas héritier de quelqu'un de vivant – au plus son héritier présomptif.

Winter demanda à une femme qui se tenait devant la boutique le chemin de l'école. Elle lui répondit avec force gestes, car le chemin était assez sinueux.

Il longea une rue étroite, dépourvue de trottoirs, en sentant l'odeur de la mer et écoutant ce calme singulier qui vous entoure lorsque l'on a beaucoup d'espace autour de soi. Le vent ne soufflait plus. Les nuages avaient disparu. Les ciel était parfaitement bleu. Il sentit la chaleur sur son visage.

Il y avait pas mal d'enfants dans la cour de l'école, plus qu'il ne l'aurait cru. Il entendit des cris mais ne put distinguer de mots. Un ballon de football arriva vers lui et il shoota dedans. Il s'envola par-dessus le but et la clôture qui se trouvait derrière, pour aller atterrir parmi les rochers.

— Oh là ! s'exclama un garçon qui avait l'air d'un pêcheur de petite taille.

Les autres enfants regardèrent Winter, puis les rochers. Il comprit le sens de ce coup d'œil, ressortit, contourna l'école et descendit. Le ballon n'était pas là. Il fouilla parmi les herbes et la végétation, peut-être du goémon. À droite se trouvait une cavité, en forme de petite grotte. Il regarda à l'intérieur sans rien voir. Il se mit alors à quatre pattes et sentit le ballon avec ses doigts. Puis il recula, toujours à plat ventre, ce qui ne fut pas du goût de son costume. Il se redressa ensuite en brandissant la balle en un geste de triomphe, sous les applaudissements des enfants, en rang d'oignon au-dessus de lui. Il la leur lança et ce fut le petit pêcheur qui l'attrapa. Il se retourna, avec tous les autres, en entendant une voix de femme qui disait :

— Qu'est-ce que vous faites ? La cloche a sonné depuis longtemps.

Winter la vit approcher du bord des rochers et se pencher.

— Ah... bonjour.

— Bonjour, répondit Johanna avec un petit rire étouffé.

Winter ne put s'empêcher de sourire, malgré lui, en dépit de la nouvelle qu'il apportait.

— Est-on sûr que ce soit lui ? demanda-t-elle.

Ils étaient assis dans son petit bureau. Un gros Mac gris, d'un modèle assez ancien, trônait sur une table. Des papiers et des dossiers s'empilaient un peu partout. Davantage que dans le bureau de Winter. Par la fenêtre, il aperçut les rochers où il était allé chercher un ballon de football. Elle avait dû le voir, du moins les enfants attroupés pour observer cet imbécile venu de la terre ferme. Agréable intermède dans la vie de l'archipel.

Sur les murs, des deux côtés de la fenêtre, étaient affichés des dessins d'enfants. Il pensa un instant à ce que ce devait être de passer des journées entières avec des gosses et ne pas en avoir soi-même. Peut-être était-ce un soulagement, alors, de rentrer chez soi pour jouir un peu du silence et de la tranquillité.

Winter avait précisé l'objet de sa visite dès qu'il avait trouvé une occasion... convenable. Et en choisissant ses mots.

— Il peut s'agir d'un malentendu, suggéra-t-elle.

Il hocha la tête sans répondre.

— Tu le penses également ?

— Je ne sais rien de plus que ce que je t'ai dit, Johanna. Mon collègue d'Inverness a aussi trouvé des pho...

— Je sais, mais ce n'est pas toujours facile de reconnaître quelqu'un sur une photo, n'est-ce pas ? Surtout quand il… est mort, ajouta-t-elle se cachant le visage entre les mains.

Winter regarda les siennes. Qu'en faire ? pensa-t-il. Faut-il que je la prenne dans mes bras ?

Il se pencha en avant et serra l'un de ses bras, qui était nu. Elle frissonna. Il se redressa et alla chercher un gilet posé sur la chaise du bureau et le plaça sur ses épaules.

Des photos. Des morts. Il en avait vu assez pour toute une vie. Elle avait parfaitement raison. Les vivants ne ressemblaient pas aux morts, ni les yeux qui voyaient à ceux qui ne voyaient pas. Une apparence de ressemblance, oui, mais pas véritable Il avait tout vu : un visage vivant, une jeune fille, un garçon, un sourire posé sur une étagère dans une maison soudain dévastée par un acte impossible à décrire. Un silence qui ne cesserait jamais. Un silence indécent, à ne surtout pas chérir et protéger. Puis le même visage, mais privé de vie. Je ne peux plus supporter ça, se disait-il chaque fois qu'il en voyait un. C'est la dernière fois.

Sauf qu'il y avait toujours une autre dernière fois.

Il en avait vu assez pour une vie, une éternité. Non, la vie n'avait rien à voir avec l'éternité, c'était la mort. La vie, elle, n'était qu'une parenthèse, d'ailleurs assez brève pour pas mal de gens, entre deux éternités de mort. Il le savait parce qu'il s'était trouvé là, juste après le début de leur éternité.

Et des clichés représentant des morts, il y en avait en permanence sur son bureau. Quel sale boulot, bon sang ! Des visages aux mâchoires brisées, aux orbites vides, à la bouche en puits de mine. Des marques de strangulation ressemblant à des tatouages, sur le cou.

Et ces êtres, immobiles à jamais, qui avaient l'air de venir de s'endormir. C'était souvent les pires, ces images.

Il les plaçait alors sous d'autres, celles de maisons, de routes, de véhicules, de rochers, de n'importe quoi, ou sous des papiers couverts de mots, parce que les mots étaient beaucoup moins affreux, à un mètre de distance.

Il entendit alors des voix d'enfants, des cris, des rires. Il vit des visages par la fenêtre. C'était de nouveau la récréation. Quarante-cinq minutes, cela passe vite.

Johanna Osvald leva les yeux.

— Il faut que j'aille là-bas, dit-elle. Il n'y a qu'une seule façon de savoir si c'est... papa.

Winter acquiesça.

— Ils s'attendent à ce que je vienne, je suppose.

— Est-ce que quelqu'un peut t'accompagner ?

Elle le regarda. Voulait-elle suggérer que... non, il ne le pensait pas. Cela ne concernait que sa famille. Ce n'était pas un meurtre, le corps ne portait pas de blessure ni de traces de coups.

Il restait cependant une interrogation qui l'avait accompagné jusque-là, dans sa voiture, sur le bateau, dans sa conversation avec Craig et celle avec Johanna.

— Où est Erik, en ce moment ? demanda-t-il.

— Je ne sais pas exactement. Il faut que je l'appelle au téléphone.

Winter acquiesça de nouveau.

— Il fera comme il voudra de son côté. Moi, il faut que j'essaie de me rendre là-bas par avion aussi vite que possible. Dès aujourd'hui, éventuellement.

— Je peux t'aider, assura Winter en décrochant le téléphone posé sur la table, entre eux.

Il était encore possible de prendre le ferry de 11 h 40 mais ce serait trop tard pour l'avion partant de l'aéroport de Landwetter, à Göteborg, pour Heathrow, où il fallait qu'elle change.

— C'est l'inconvénient de vivre sur une île, avait-elle dit après les deux coups de fil qu'il avait donnés.

Personne ne pouvait les emmener à Saltholmen.

Il y avait un autre moyen de regagner la terre ferme.

Winter avait appelé le P.C., qui lui avait passé la police maritime.

— Nous avons une vedette en attente à Vargö, lui avait répondu le collègue. Je crois qu'ils n'ont pas de mission en cours.

— Tu es sûre que tu veux partir immédiatement ? avait-il alors demandé à Johanna en posant sa main sur le micro.

Elle avait hoché la tête et aussitôt filé chez elle pour jeter quelques affaires dans un sac de voyage.

Pendant la traversée, il lui posa des questions sur son père. La vedette allait plus vite qu'il ne pensait que ce fût possible dans ces eaux-là. Pas de sirène mais une vitesse qui allait de soi et une priorité tout aussi évidente.

— Ce n'était pas la première fois qu'il partait en Écosse pour chercher son père... ton grand-père ?

— Non, je te l'ai déjà dit, je crois.

— Qu'est-ce qu'il t'a confié de ces voyages précédents ?

— Pas grand-chose. Presque rien.

— Pourquoi ?

— Mon père n'était pas très bavard.

Winter nota qu'elle parlait déjà de lui au passé. Elle ne semblait pas en avoir conscience. Il avait déjà eu l'occasion de constater cela. C'était une façon de se préparer mentalement au pire. De savoir avant d'être sûr. Et de commencer son travail de deuil.

Winter avait réagi de la même façon dans l'avion le conduisant à Marbella quelques années auparavant. Son père était malade, et il le savait sans le savoir.

— Qu'est-ce qu'il a mentionné, quand il t'en parlait ? Tu lui as forcément posé des questions.

Elle voyait des îles, des îlots et des écueils défiler à toute vitesse. Elle se retourna, comme pour s'assurer que c'était vraiment Brännö, Asperö. C'était son monde à elle. Winter l'imita. Ces eaux lui étaient familières, à elle ; le centre de Göteborg, son monde à lui, était loin. Ici, ils étaient non seulement près de la mer mais *dans* la mer.

— Il n'a fait que deux voyages. Je veux dire : avant celui-ci.

Il attendit la suite. Ils approchaient de la côte et apercevaient les bâtiments du Nouveau chantier naval, ceux de l'École Supérieure Nordique de Santé, dans l'ancienne caserne navale rénovée. Tout avait été remis à neuf, et il connaissait l'entrée du port jusque dans ses façades restaurées. Il avait traversé des milliers de fois le Nouveau chantier à bicyclette, pendant sa jeunesse mais également depuis. Il s'y promenait parfois à pied avec Angela et Elsa. En été, il y avait un bon restaurant en plein air d'autant plus attrayant que peu de monde le connaissait. Prendre une bière à vingt mètres de la mer, des brochettes de dinde ou du poisson grillé, mmm !

— Quand y est-il allé pour la dernière fois ?
— Il y a longtemps. Au moins dix ans.
— Pourquoi est-il parti, cette fois ?
Johanna Osvald regarda Winter.
— Je n'en sais rien.

Une voiture de police les attendait sur le quai. C'était encore plus rapide que s'ils étaient passés par Saltholmen et si Winter avait ensuite dû parcourir tout le chemin par les petites routes de Långedrag.

— Tu crois que je vais arriver à temps ? demanda-t-elle en prenant place à bord.
— Oui, oui, affirma-t-il en adressant un signe de tête au conducteur – l'inspecteur Morelius, une connaissance de jadis.
— C'est autorisé ? s'enquit-elle.
— Quoi ?
— De prendre une vedette et une voiture de police pour être à l'heure pour un avion ?
— Oui.
Morelius mit le moteur en marche.
— Appelle-moi quand tu seras arrivée, dit Winter. Dès que tu auras... procédé à l'identification.

C'était plutôt maladroit, comme formule, mais que dire d'autre ? Quand tu auras vu feu ton père ?

Elle hocha la tête.

— Craig, mon collègue d'Inverness, t'attendra à l'aérodrome d'Inverness ou enverra une voiture te chercher.

Morelius s'éloigna en direction de Kungsten, Frölunda et l'autoroute vers l'est. Winter regarda une nouvelle fois sa montre. Vite fait bien fait. Elle arriverait à temps. Elle aurait pu attendre un jour de plus. Pourtant, il était pressé de savoir, lui aussi. Il avait du mal à chasser de ses pensées Axel et John Osvald. Il y avait quelque chose qu'il fallait absolument qu'il sache.

Une énigme.

— On retourne là-bas, l'informa le pilote de la vedette. On peut vous ramener à Saltholmen, si vous voulez.

Il resta à l'extérieur pensant tout le trajet de retour.

Une fois dans sa voiture, il se remit à réfléchir.

Il y a une énigme. Il s'est jadis passé quelque chose qui est à l'origine de ce qui arrive maintenant. Le hasard n'existe pas. Si on a découvert le cadavre d'Axel Osvald à cet endroit, c'est forcément pour une raison précise. Sa mort n'est pas fortuite. Quelqu'un ou quelque chose l'y a mené. Je ne crois pas en une instance supérieure, pour parler comme Erik. À moins que quelque chose n'y ressemble.

Ils dînèrent. À la demande de Magda puis de Hannes, Halders avait préparé un dessert à base de semoule de blé.

— Je n'en ai encore jamais mangé, dit Aneta Djanali.

— Tout était blanc dans son assiette : la semoule, le lait, le sucre. L'assiette aussi. Si elle n'avait pas entendu Magda réclamer ce plat, elle aurait pu croire à une nouvelle plaisanterie raciste de la part de Fredrik.

— Mais si !

— Non, je te jure.

— Tu viens d'en manger. Je t'ai vu en mettre dans ta bouche.

— Oui, bien sûr. Je veux dire : avant.

— Qu'est-ce que vous mangiez, chez toi, quand tu étais petite ? questionna Magda.

Son grand frère parut gêné. Ça ne regarde qu'elle, eut-il l'air de penser. Il ressemble de plus en plus à Fredrik, constata Aneta. De grands gestes, des yeux qui ne s'en laissent pas conter. Mais il est plus calme. Pourvu que ça dure. Il ne parle pas inutilement. Il se retire dans sa chambre et pense à sa mère. Fredrik s'inquiète pour lui.

— De la bouillie d'avoine, répondit Aneta.
— De millet, rectifia Halders.
— Qu'est-ce que c'est ? demanda Magda.
— Une variété de céréale qui pousse en Afrique. Une plante plutôt.
— Tu n'as jamais vécu en Afrique ? s'étonna Magda.
— Arrête, Magda, lança son frère.
— Si, j'y suis allée. Mais je suis née ici, comme vous le savez.
— Vous mangiez de la bouillie de millet ? voulut savoir Halders.
— Ma mère détestait ça.

Halders lui servit encore une portion de blancheur.

— En fait, c'est la raison pour laquelle mon père et ma mère ont quitté l'Afrique.
— C'est vrai ? s'enquit Hannes.
— Non, répondit Aneta en lui adressant un sourire. Je plaisantais.
— Pourquoi sont-ils partis, alors ? enchaîna Magda.
— Sinon, ils risquaient de se retrouver en prison.
— Pourquoi ? interrogea Magda. Ils avaient fait quelque chose ?
— Non.

Halders alla chercher la théière. Ils étaient maintenant assis dans la salle de séjour, qui avait changé d'aspect depuis que Halders était venu vivre dans l'appartement de sa femme, après la mort de celle-ci. Même si la pièce n'était pas différente, on y repérait d'infimes changements.

Ils entendaient les cris joyeux des enfants qui jouaient dans la chambre de Hannes.

— Il a fallu que tu leur parles du lourd passé du Burkina Faso, dit Halders.
— Ça t'ennuie ?
— Au contraire.

Les Everley Brothers pleuraient sur le disque, plage après plage, sans que cela se voie. *Crying in the rain. I never let you see.* Et ça recommençait, les peines de cœur en mode *replay*. *Bye bye love, bye bye happiness, hello loneliness, I think I'm gonna cry.*

— Cette chanson date de la même année que ta naissance, fit observer Halders. 1957.

— Le texte est très bon.

— Oui, n'est-ce pas ?

— Un peu définitif, peut-être.

— Hum.

— C'est presque pire que Roy Orbison, en matière de degré de tristesse.

— Roy Orbison n'est pas triste.

— Alors, on n'est pas d'accord sur ce que c'est que la tristesse, dit Aneta. À moins que ce ne soit de l'ennui.

Halders ne répondit pas et se contenta de boire son thé en écoutant *All I have to do is dream*.

— On peut interpréter les paroles des chansons n'importe comment, déclara-t-il.

— Avec ces types-là, on n'a pas beaucoup le choix, enchaîna Aneta. Il s'agit toujours d'amour évanoui.

So sad to watch good love go bad.

— Oui, c'est à peu près ça.

— C'est une de leurs meilleures chansons.

— Alors, c'est un excellent exemple.

Elle rentra chez elle tard. Fredrik l'avait priée de rester, mais elle désirait se réveiller dans son lit. Cela lui arrivait de temps en temps.

Fredrik avait été triste, très triste. Malgré ses efforts pour ne pas le montrer, elle l'avait perçu. Il n'avait pas pu sortir pleurer sous la pluie, car il ne pleuvait pas.

« C'est Hannes, avait-il expliqué. Je me demande ce qu'il va devenir. »

Bien entendu, ce n'était pas seulement Hannes, ni Magda, ni même Fredrik. Chacun d'eux savait que rien ne serait plus pareil. Plus de maman, plus de grand-mère maternelle ou paternelle quand ils seraient grands et auraient des enfants à leur tour. Il ne resterait que Fredrik, de cette génération-là. Peut-être. Ce ne serait plus comme autrefois et pourtant... cela pourrait aller mieux qu'en ce moment. Aller le mieux possible.

Fredrik n'avait rien dit, il ne s'était pas enflammé comme il le faisait souvent. Mais tous deux savaient. Elle avait besoin de réfléchir. On aurait dit qu'elle n'en avait jamais le temps. De tout le reste, oui, mais pas de cela.

Il faut que je réfléchisse.

Faire avec Fredrik le voyage de Ouagadougou, dont il parlait tellement. Rien que cela. Lui donner l'occasion de voir cette ville qui le fascinait tant. Le Ouagadougou FC. Mon Dieu. Une semaine au Burkina Faso et on verra si tu es un vrai dur, monsieur l'inspecteur Halders.

Elle éclata brusquement de rire, au volant.

Elle prit l'Allée et s'engagea dans Sprängkullsgatan. Les gens s'abritaient de la pluie dans l'entrée du cinéma Capitol, à la fin de la dernière séance. Il n'était pas plus tard que cela. Tous avaient le visage bleu foncé, sous les néons et la nuit. On aurait cru des Noirs de Ouagadougou en train de sortir de l'un des nombreux cinémas de la ville. On a au moins ça. Qu'est-ce qui me prend ? J'ai pensé « on » !

Elle se gara dans Sveavägen.

Est-ce que j'éprouve de la nostalgie ? Peut-être est-ce qui commence à m'arriver ? Vais-je finir par me laisser attirer par cette Afrique où je ne suis pas née ? Mon Afrique. Parce qu'il faut qu'il en soit toujours ainsi ? C'est là que se trouve mon rythme.

Fredrik désire-t-il vivre avec moi ? Elle sourit à nouveau. Fredrik Halders, chef de la brigade des recherches de la police criminelle départementale de Ouagadougou. C'était à vous donner le vertige. Capitaine de l'équipe de foot corpo, mais seulement pendant deux minutes. Le Burkina Faso était bon au football, elle savait au moins cela, même si elle ignorait presque tout en matière de sport.

Au moment où elle ouvrit la porte d'entrée, elle sentit

derrière elle la présence de quelque chose qui n'aurait pas dû s'y trouver.

Se retournant brusquement, elle vit une voiture allumer rapidement ses feux et partir en trombe vers le nord. Elle n'eut pas le temps d'en relever le numéro, quant à la marque, elle ne la connaissait pas.

Elle vit ensuite une silhouette masculine ou féminine se hâter vers le sud. Un rapide adieu. *Bye bye love*.

Elle ne souriait plus, en refermant la porte derrière elle.

29.

Winter appela depuis sa voiture et Möllerström lui passa Ringmar, qui s'occupait d'une affaire d'homicide à Kärra. *Open and shut*. L'éternelle paperasse laissée par un acte n'ayant pris qu'un quart de seconde, mais tout était clair, aucune énigme. Un poivrot qui en avait tué un autre pour une raison que le coupable avait déjà oubliée en se réveillant. Il ne se rappelait pas avoir frappé, encore moins avoir tué.

— Qu'est-ce que tu dirais de venir prendre un verre en ville ? demanda Winter. Je n'ai pas la force de retourner au bureau, aujourd'hui.

— Je ne t'ai pas vu pointer ta carte à la sortie, plaisanta Ringmar.

— On se retrouve chez Eckerberg dans vingt minutes.

— Est-ce qu'ils font encore leurs excellents canapés aux crevettes ? Je les adore.

— Sinon, il faudra qu'ils en préparent des nouveaux.

Il ne restait plus qu'un canapé aux crevettes à l'arrivée de Winter, mais on ne refusa pas d'en confectionner sur commande.

— Faites-le deux fois plus gros que celui-ci, dit-il en désignant de la tête la vitrine réfrigérée. Je paierai la différence.

— Le tien est plus gros, constata Ringmar une fois à table.

— Oui, mais je n'ai pas pris de déjeuner.

— Vachement bizarre, dit Ringmar, toujours en train de comparer. Elle est bigleuse ou quoi, la responsable du buffet froid ? ajouta-t-il en faisant pivoter son assiette pour voir si son canapé était plus gros de l'autre côté. C'est dingue. Tu en as trois cents grammes de plus que moi. Et son diamètre dépasse de...

— Si j'étais toi, je n'accepterais pas ça. C'est injuste. Surtout que c'est toi qui as payé, coupa Winter en mâchant une crevette de plus.

C'était en effet au tour de Ringmar de régler la note.

Ce dernier leva discrètement la main pour attirer l'attention de la serveuse et Winter fut obligé de lui résumer la situation.

— Quand va-t-elle t'appeler ? demanda Ringmar, une fois leurs assiettes vides et après que Winter lui eut fait part de ce qui s'était passé au cours de la matinée. Pourra-t-elle arriver là-bas dès ce soir ou sera-t-elle obligée de rester la nuit à Londres ?

— Si la correspondance fonctionne bien à Heathrow, elle sera à destination à six heures heure locale, dit Winter en jetant un coup d'œil à sa montre. C'est-à-dire sept heures chez nous.

— Tu as informé Macdonald ?

— Non. Tu crois que je devrais le faire ?

— Euh... avant qu'il ne mette en état d'alerte tous ses anciens...

— Je crois que ce Craig l'a déjà mis au courant. Il m'a dit qu'il allait lui passer un coup de fil.

— Hmh.

— Pardon ?

— Hmh.

— Qu'est-ce qu'il y a, Bertil ?

Ringmar tenait son verre à la main et il finit son eau minérale avant de le reposer.

— C'est une histoire plutôt curieuse... je ne sais

pas… ça sent le crime, laissa-t-il tomber. Il ne faut pas oublier le message qui est arrivé concernant le père, John Osvald. Il y a en Écosse, à Inverness ou dans les parages, quelqu'un qui a intérêt à… inquiéter sa famille. Axel Osvald est parti aussitôt après avoir lu le message. Il a filé immédiatement. Toute la question est de savoir s'il a compris quelque chose qui nous a échappé. Une sorte de signal que lui seul connaissait.

— Peut-être est-il aussi arrivé autre chose que nous ne savons pas. D'autres messages, en même temps.
— Oui.
— Il est déjà allé là-bas auparavant.
— Peut-être savait-il qui a écrit ces lignes à propos des apparences et de la réalité.
— Ou l'a-t-il deviné.
— Pourtant, ses voyages précédents n'ont rien donné.
— On n'en sait rien.
— Personne d'autre non plus, manifestement.
— Si.
— Qui ça ?
— Lui-même.
— Oui. Peut-être.

Ringmar décida de prendre une nouvelle tasse de café. Il se leva et se dirigea vers la belle petite table en bois où la cafetière était posée sur une plaque chauffante. Il avait remarqué qu'on avait apporté du café frais une minute auparavant.

Winter le suivit du regard. Personne ne buvait autant de café que Bertil et personne, non plus, n'aurait été capable de supporter comme lui les innombrables breuvages de onze heures que le boulot vous forçait à ingurgiter. Quelles que soient les circonstances, on vous offrait le café. C'était encore pire que d'être facteur. Le contenu de certaines de ces tasses devait être consommé à la cuiller. Mais cela n'empêchait pas Ringmar d'en redemander.

Il revint s'asseoir.

— On dirait qu'Axel Osvald a complètement perdu la raison, reprit-il.

Winter haussa les épaules.

— C'est ça, non ?

— À supposer que ce soit lui qui se soit dépouillé de ses vêtements, un à un, en montant dans les collines.

— Mais il avait déjà paru dérangé, dans cette localité ou cette ville.

— Qu'est-ce qui nous le prouve ?

— Il y a eu des témoins, non ?

— Depuis quand ajoutes-tu foi aux déclarations des témoins, Bertil ?

— J'espère qu'aucune oreille indiscrète n'a entendu ça, dit Ringmar en se retournant.

— Ils ont peut-être cru qu'il était dérangé alors que c'était seulement dû à la langue qu'il employait ? Quand on ne comprend pas, ça paraît facilement bizarre.

— En effet, tu as raison de le faire remarquer. Surtout quand il s'agit de Britanniques. C'est leur façon de voir, hein ? Tous ceux qui ne parlent pas anglais sont considérés comme dérangés.

Winter eut un sourire.

— Là, on a affaire à des Écossais, dit-il.

— Et alors ?

— Ils sont plus proches de nous, les Nordiques.

— Ça n'a pas beaucoup aidé Osvald dans ses efforts pour communiquer avec eux.

— Non, tu as raison.

— Mais bon, il est possible qu'il ait tenté de dire quelque chose qui n'était pas stupide.

— Il se peut aussi qu'il ait réellement été dérangé.

— Pour quelle raison ?

— Excès d'alcool ?

— As-tu demandé à sa fille s'il buvait ?

— Non.

— Tu crois qu'il était ivre ?

— Pas d'après Craig ni d'après les témoins. Je lui ai posé la question. De toute façon, l'autopsie nous fournira la précision.

— Tu crois qu'il a pu être empoisonné ?
— Comment ?
— De la drogue. Du poison.
— À son insu, c'est ça ?
— Oui. Quelqu'un peut très bien avoir versé quelque chose en cachette dans sa bière ou…
— Tu crois qu'il faudrait qu'on demande au légiste écossais de s'informer sur ce point ? S'il ne le fait pas de sa propre initiative.
— Aucune idée, Erik. On se laisse peut-être emporter, tous les deux.
— C'est notre méthode, tu le sais bien.
— En effet.
— Voyons, où en sommes-nous ? On parlait d'alcool et de drogue. Quoi d'autre ?
— La peur.
— De quoi ?
— De quelque chose qu'il a vu.
— Ou entendu.
— Non : vu.
— Quoi ?
— Son père.
— Tu crois qu'il en aurait eu peur ?
— Ça dépend.
— De quoi ?
— De qui était son père.
— De qui il était ?
— Oui : qui il était. Ou qui il était devenu.
— Bon.
— Ou a toujours été.
— Hum.
— Ça aurait donc un rapport avec le passé.
— C'est toujours le cas, non ?
— Plus que les autres fois.
— Comment ça ?
— Ce qui est arrivé à son père est lié à ce qui s'est passé près de ce lac à monstre.
— Comment ça ? répéta Winter.
— Il a su. Il a fini par apprendre ce qui est arrivé.

— Et ça a entraîné sa mort ?
— D'une certaine façon.
— Il n'avait aucun souvenir de son père. Il avait un an et demi quand il l'a vu pour la dernière fois.
— Quelle importance ?
— Je ne sais pas.
— D'autres gens se souviennent de John Osvald, hein ?
— Oui et non.
— Qu'est-ce que tu entends par là ?
— Le seul survivant de ces années de guerre. Le seul survivant connu, devrais-je dire... s'appelle Arne Algotsson mais il est atteint de démence sénile.
— Tu l'as rencontré ? demanda Ringmar.
— Non.
Les deux hommes se dévisagèrent.
— Je n'ai pas eu de raison de le faire, Bertil. Et je crois que je n'en ai toujours pas.
— D'après qui Arne Algotsson est dément ou sénile ou les deux à la fois ?
— Johanna Osvald et son frère. Insinuerais-tu qu'ils mentent ?
— Pas du tout. Je me demande seulement si leur diagnostic est irréfutable. Et si quelqu'un en a fourni un qui le soit.
— Selon toi, Arne Algotsson feindrait la démence ?
— Je n'ai pas d'avis, mais ça ne coûte rien d'aller échanger quelques mots avec ce vieux pêcheur. D'essayer à tout le moins.
Winter hocha la tête.
— À supposer qu'il y ait une raison de le faire, comme tu viens de le dire, reprit Ringmar.
— Que nous y réfléchissions selon notre bonne vieille méthode, comme si c'était une affaire à résoudre, suffit à nous en donner une.
— Qu'est-ce qu'on fait, maintenant ?
— On va essayer de parler à Algotsson.
— Le survivant de l'eau salée.
— Mhm.

— Et ensuite ?
— Ça nous permettra de savoir dans quelle mesure il y a une énigme là-dessous.
— Et Johanna appelle ce soir, ajouta Ringmar. La suite des événements dépendra de ce qu'elle dira.
— Je crois que je le sais déjà.

***

Halders et Aneta Djanali quittèrent ensemble le service, l'après-midi. Dans l'ascenseur, Fredrik se frotta les yeux.
— Tu es fatigué ? s'enquit Aneta.
— Je ne me suis pas couché tout de suite après ton départ.

Gardant le silence, elle se contenta d'adresser un signe de tête à son reflet dans la glace.

Ils descendaient dans l'ascenseur où stagnait une odeur nauséabonde.
— Ils sont obligés d'utiliser cet ascenseur pour le transfert des ivrognes, dit Halders en voyant la mine d'Aneta. Le leur est en panne.
— Je comprends qu'il le soit, quand je sens ça.
— Il existe des ascenseurs, en Afrique ? lui demanda-t-il tandis qu'ils traversaient la réception.
— Seulement dans les hôtels.

Le vent soufflait fort sur le parvis de l'Hôtel de police, comme si un hélicoptère était en train de se poser. Par reflexe, Aneta leva les yeux. Le ciel était délavé. L'été de la Saint-Martin était bel et bien terminé. Ils n'avaient plus devant eux que sept mois de ténèbres froides, pas assez cependant pour que ce soit agréable. C'était le prix à payer pour vivre dans les pays nordiques. On ne pouvait pas tout avoir : du beau temps et un niveau de vie élevé. Les pays nordiques avaient choisi le niveau de vie et eu droit à ce climat affreux – qui ne l'était d'ailleurs nulle part autant qu'à Göteborg. Sans aucun doute, le demi-million de pauvres gens qui y vivait avait devant lui six mois de souffrance dans des ténèbres humides balayées par un vent qui était en lui-même un affront. Réparti sur une vie entière, cela représentait la moitié de celle-ci passée à grelotter, à gagner son lieu de travail et en revenir à quatre pattes. Le moment était peut-être venu de dire, comme Fredrik au cours de l'une des pires journées de novembre de l'année précédente : *Ouagadougou, me voici !*

— Je suis resté devant la télévision, puisque je ne parvenais pas à dormir, dit Halders.

Ils traversèrent le parking. Deux personnes la tête couverte d'un passe-montagne noir sautèrent à bord d'une voiture qui démarra en trombe avant qu'ils aient eu le temps de fermer les portes.

— On dirait des gars qui se livrent à une attaque à main armée, fit Aneta.

— Non, c'est le groupe d'intervention.

— Ah bon ?

— Tu n'as pas vu qu'ils sont déguisés en tortues ninja ?

— Puisque tu le dis.

— Bon, je te répète que je suis resté devant la télé. Sais-tu ce que j'ai vu sur Eurosport ?

— Non.

— Le Burkina Faso.

— Pardon ?

— J'ai vu le Burkina Faso, sous la forme de ta fière équipe nationale de football, faire match nul zéro à zéro contre l'Afrique du Sud en Coupe d'Afrique des Nations.

— Zéro à zéro. C'est mauvais.

— Mauvais ? Contre la meilleure équipe du continent ! Avec le Nigeria et peut-être le Cameroun.

— Le Burkina Faso est bon en football.

— Qu'est-ce que t'en sais ? Tu n'y connais rien, *nadamente nada y nada*, en matière de sport.

— Je le sais, s'obstina Aneta. Le Burkina Faso est drôlement bon en football.

287

— Cite-moi un nom de joueur.

Ils étaient arrivés à la voiture. Aneta Djanali se pencha pour ouvrir la portière du côté du conducteur. Elle avait besoin d'un temps de réflexion.

— Un seul me suffira, insista Halders depuis l'autre côté.

Elle se redressa.

— Lambou.

— Comment ?

— Lambou. C'est le nom que tu me demandais. Tu montes ou pas ?

Ils franchirent le pont sur Fattighusån. L'eau, noire, paraissait ne pas savoir dans quel sens elle devait couler, tellement elle était immobile.

— Voyons un peu, dit Halders en sortant un petit carnet de notes. Hmh. Non.

— Comment ça : Non ?

— J'ai noté la composition de l'équipe et je ne vois pas de Lambou.

— Il devait être blessé.

— Kambou, Sanou, Saifou, Barro, Quadrego, Dagano, Tassembeijo, Yameogo, énuméra Halders en se tournant vers elle. Tu as lancé un bobard mais tu es mal tombée. Il y a sûrement des gens qui s'appellent Lambou, dans le pays, sauf qu'ils ne jouent pas dans l'équipe nationale.

— Le Burkina Faso a terminé troisième de la dernière Coupe du monde, répliqua Aneta.

— Je viens d'assister à une tentative désespérée de sauver la face. Et de quelle manière. Troisième de la Coupe du monde de football ! ? !

— C'est vrai, assura-t-elle. Mon père me l'a dit au téléphone. C'était l'an dernier. Ils ont fait une fête pas possible, là-bas.

— Je comprends ça ! Mais, bon Dieu, il faut vraiment être un peuple primitif pour s'inventer une médaille de bronze en foot à seule fin de fêter ça ! C'est vraiment le pompon. C'est la Suède qui a eu la médaille de bronze en 94. Tu as dû confondre.

— C'est pourtant ce que m'a dit mon père, s'obstina-t-elle.

Aneta se sentit soudain démoralisée. Elle s'était réjouie de prouver à Halders qu'elle en savait plus que lui en matière de sport et il venait de la ridiculiser. Elle avait aussi été contente pour le Burkina Faso, mais elle ne trouvait plus cela drôle.

— Eh bien alors, c'est lui qui a confondu.
— D'accord, d'accord.
— Aneta ?
Elle ne répondit pas.
— Tu n'es pas fâchée, hein ?
— Si.
— Arrête, Aneta.
— Je sais que c'est vrai. Bon, laissons tomber.
— Non, coupa-t-il en sortant son téléphone portable. Il faut qu'on en ait le cœur net.
— Aucune importance, Fredrik.
— Tu crois ?

Elle ne répondit pas, prit la direction du nord, passa au large d'Olskroken et traversa Gamlestaden. En réalité, ils n'avaient pas le temps d'aller là où elle en avait l'intention, mais il fallait qu'elle le fasse une dernière fois.

Halders composa un numéro et eut manifestement affaire à un standard.

— Qui appelles-tu ?
— Une autorité en matière de football qui travaille au service sportif de notre journal local et que je connais.
— Salut, Bergsten, reprit-il au bout d'un instant. J'ai une petite question à te poser. À propos de foot, oui, bien sûr. Voilà : est-ce que le Burkina Faso – excuse-moi, je ne peux pas m'empêcher de rire – a terminé troisième de la Coupe du monde. Comment ? Oui, le Burkina Faso. Jadis la Haute-Volta, c'est ça. Mais... ah bon... ah bon... en Jamaïque... tu es sûr... bon, d'accord, merci beaucoup... je ne dirai plus rien... et je ne ricanerai jamais plus, juré craché. Salut.

Halders mit fin à la communication et se tourna vers elle.

— Je t'invite à déjeuner pendant toute la semaine.
— Pourquoi ça ?
— Tu avais raison.
— Je te l'ai dit
— Ça alors, c'est un peu raide.
— Tu désires savoir autre chose ?
— T'es contente, hein ?
— Bien sûr. Le Burkina Faso troisième de la Coupe du monde, tu penses !
— C'est exact. Mais il reste encore à savoir quelle Coupe du monde ; celle des minimes, des scouts, des moins de 21 ans ou...
— Celle de football.
— Dieu du ciel ! Bienheureux les simples d'esprit...
— Tu ne peux pas reconnaître que tu avais tort, mais tu essaies quand même.
— Bon, bon : c'est à la dernière Coupe du monde des moins de 17 ans que le Burkina Faso a terminé troisième.
— Je le savais, je le savais !
— Moi aussi, maintenant.
— Je le savais depuis le début, parce qu'ils ont quelque chose, ces gaillards-là.
— Reste plus qu'à trouver quoi.
— Qu'est-ce que tu veux dire ?
— En Afrique, toutes les équipes nationales ont des surnoms et celui du Burkina Faso c'est : *The Stallions*. Les Étalons.
— Non.
— Si.
— C'est drôle, ils n'ont pas froid aux yeux.
— Je suis heureux que tu prennes ça comme ça.
— Les Étalons, répéta-t-elle.
— Tu te rends compte de la réputation des hommes de ton pays ?
— Je t'ai peut-être déjà dit que je suis née à la maternité de Göteborg. Je ne connais pas très bien les hommes du Burkina Faso.

— Mais tu y es allée.
— Oui et alors ?
Halders ne répondit rien.
— Ne serais-tu pas un peu jaloux par hasard ?
— Sûrement, reconnut Halders.
Je dirais même plus, pensa Aneta.

30.

Ils passèrent devant SKF. Une faible lueur éclairait les façades de l'usine. Halders fixa du regard les verrières. Il aurait fort bien pu travailler là, y entrer et en sortir tous les jours. Peut-être était-il fait pour une autre vie, en réalité : celle-ci. Il aurait pu être délégué syndical ou rester dans l'anonymat. Ou encore devenir P.-D.G. de toute la boîte. C'était fou ce qu'il aurait pu être, sauf commissaire. Pourquoi ?

Pourquoi ? avait demandé Aneta, un jour où il ronchonnait. Ce qu'elle avait voulu dire, c'était : pourquoi est-ce que tu voudrais le devenir ? Le salaire n'est pas beaucoup plus élevé, Et on n'est pas plus libre, n'est-ce pas ? Ça ne procure aucun pouvoir. Si, avait-il répliqué. Un pouvoir à exercer de quelle façon ? avait-elle poursuivi. Il ne savait pas et n'avait pas pu lui répondre.

La même lumière chiche baignait Fastlagsgatan. Aneta Djanali eut le sentiment que certains endroits de cette rue ne recevaient jamais le soleil.

Un pick-up de chez Statoil était garé devant l'entrée du numéro cinq. On apercevait des meubles sous la bâche, il n'y avait personne à proximité.

— *Coming or going* ? demanda Halders.

Un homme d'environ vingt-cinq ans sortit alors de l'immeuble, monta d'un bond sur le plateau du pick-up, tira une sorte de fauteuil en osier vers le bord de celui-ci, descendit d'un bond et emporta l'objet à l'intérieur.

— *Coming*, commenta Halders.

L'homme ne tarda pas à ressortir et à répéter la procédure avec un autre meuble.

— Il remplit la cage d'ascenseur, suggéra Halders.

— À ton avis, quel appartement peut être libre dans cet immeuble ?

— Celui auquel tu penses, répondit Halders en ouvrant la portière de la voiture.

— Doucement, suggéra Aneta Djanali. On ne peut rien y faire.

— On va jouer les observateurs de l'ONU.

Dans la cage d'escalier, la porte de l'ascenseur, en train de monter, était fermée. Aneta hésita un instant.

— Tu crois qu'on peut entrer, comme ça, et dire : « Vous savez, l'appartement dans lequel vous emménagez a été récemment le théâtre de plusieurs crimes » ?

— Personne n'a été tué, rectifia Halders.

— Ça aurait pu être le cas.

L'ascenseur descendit avec son vacarme habituel. Ils attendirent un instant, la porte s'ouvrit et une jeune femme brune sortit de la cage maintenant vide. Elle bloqua la porte en position ouverte avec une chaise, avant de passer devant eux en les saluant rapidement de la tête et de franchir la porte d'entrée également bloquée. Puis elle monta sur le pick-up dont elle redescendit chargée d'une caisse manifestement lourde. Fredrik et Aneta étaient toujours au même endroit.

— Si vous n'avez rien d'autre à faire, vous pourriez peut-être m'aider ? lança la jeune femme.

Halders éclata de rire. C'était son style. Aneta, elle, resta de marbre. Elle regarda la femme pousser la caisse dans l'ascenseur en se disant qu'elle l'avait déjà vue une ou deux fois, devant l'Hôtel de police, au volant d'une voiture qui venait chercher un commissaire fatigué. Elle connaissait le nom de l'un aussi bien que de l'autre.

— Qu'est-ce que tu fais là, Moa ? demanda-t-elle.

Ringmar et Winter étaient à l'arrière du ferry, lorsque celui-ci largua les amarres à 14 h 35. Winter fumait un cigarillo, le premier de la journée. Il le confia à Ringmar qui le félicita.

Ils avaient passé deux coups de fil après avoir pris leur décision. À présent ils étaient là, avec le soleil qui brillait sur tous ces rochers qui dépassaient de la surface de l'eau. On n'en voyait cependant qu'une infime partie, le reste était sous l'eau. C'était l'effet iceberg. Il ne s'agissait pas de cela et pourtant l'effet était le même. C'était l'avantage de lire de bons livres. Ringmar réfléchit à la chose. Dans un livre aussi, les mots n'étaient que la couche supérieure, visible. Tout le reste était en dessous. Il en allait de même dans leur travail. Ce monde-là était fait de mots, rien que de mots. Des mots prononcés, écrits, hurlés. Des mots complets, incomplets, interrompus, réduits en miettes, arrachés. Des phrases sans queue ni tête. Des mensonges et des vérités, or cela n'avait souvent aucune importance puisque l'essentiel était dissimulé sous la surface. Ils ne voyaient que le sommet émergé de la vérité ou du mensonge.

— Ce ne serait pas mal de vivre ici, dit Winter. En ville, le ciel est toujours couvert mais, dès qu'on arrive à cet endroit, ça se dégage. C'est perpétuellement ainsi.

— Tu devrais te faire construire une maison au bord de la mer.

Winter ne répondit pas et tira une bouffée.

— Hein, pourquoi pas ? insista Ringmar. Puisque tu as déjà le terrain.

— Hum.

— Quoi ? Ce n'est pas sûr ? Je croyais que tu… que vous aviez pris la décision ?

— Je suppose que oui.

— C'est formidable d'entendre l'enthousiasme avec lequel certaines personnes parlent de leur avenir.

— C'est une démarche importante, Bertil.

— Qui mène où ?

— À Billdal, répliqua Winter avec un sourire.

— Pas d'échappatoire. Si vraiment tu ne peux pas lâcher ton vieil appartement, garde-le. Je connais d'autres adultes qui ont conservé leurs poupées, leurs ours en peluche et autres objets de la première enfance pendant toute leur vie.

— Étrange comparaison.

— Ton appartement ne t'a-t-il pas servi à te rassurer ? Comme l'ours en peluche des petits enfants. En tout cas, j'en ai l'impression.

— C'est intéressant d'apprendre ça, juste avant ta retraite.

— Qu'est-ce que tu veux dire ?

— Ta retraite anticipée, bien entendu, précisa Winter en donnant un léger coup de pied dans les tibias de Ringmar.

— Lâche-le, lâche ton ours en peluche, il y a un temps pour tout. Il est temps de te décider à aller de l'avant. Ça ne te fait pas envie, une existence sous un soleil pareil ? ajouta-t-il avec un geste en direction d'un ciel de plus en plus bleu.

Winter leva les yeux en les plissant sous la lumière.

— Tu es chargé de famille et je sais aussi bien que toi ce que désire Angela. Et pense à Elsa, elle adorera vivre au bord de la mer.

Le ferry accélérait l'allure, en direction d'Asperö Östra. Ils voyaient la baie, la plage et les maisons dont on apercevait le haut du toit, de l'autre côté de l'étroit passage entre Asperö Norra et Brännö Rödsten. La vie au bord de la mer ? Elle avait des bons et des mauvais côtés, des avantages et des inconvénients.

Il ne fallait pas oublier, non plus, que la vie ici, sur les îles, n'était pas la même qu'au bord de la mer sur la terre ferme.

— Allez, fais construire, Erik. Je t'aiderai à organiser la pendaison de la crémaillère. Qu'est-ce que tu dirais d'une tasse de café ? ajouta-t-il, en grelottant.

Ils durent demander leur chemin pour trouver la maison d'Arne Algotsson. Elle était située dans l'une des rues abritées. La couleur du bâtiment n'avait souffert ni du soleil ni du vent ni du sel, à la différence des autres devant lesquels ils étaient passés. Peut-être parce que la façade était à l'ombre.

Ringmar frappa à la lourde porte un peu affaissée dans le sol. Si on les faisait entrer, il faudrait qu'ils baissent la tête. La femme qui avait répondu, quand Ringmar avait appelé, s'était montrée très réticente avant de finir par accepter, au moins sur le moment. Elle s'appelait Ella Algotsson, c'était la sœur d'Arne, elle ne s'était jamais mariée et avait toujours vécu sur Donsö. Âgée de quatre-vingts ans, elle s'occupait de son frère. Celui-ci était à la maison. D'après Johanna, il ne sortait d'ailleurs jamais.

Ringmar frappa à nouveau et ils entendirent du bruit, comme si on actionnait de gros verrous de fer, de l'autre côté de la porte.

Celle-ci s'ouvrit et la femme les salua d'un signe de tête interrogateur. Elle était petite et menue. Winter nota la couleur de ses bras, qui ressemblait à du cuir de teinte claire. Son visage, lui, comptait plus de rides que celui de Ringmar n'en aurait jamais. Elles allaient dans tous les sens. Elle fixa Ringmar, le plus petit de ses deux visiteurs. Ses yeux étaient d'un bleu très pâle, comme s'ils avaient été délavés, et Winter crut un instant qu'elle était aveugle.

— C'est pour quoi, cette fois ? demanda-t-elle.
— Pardon ?
— Pourquoi demandez-vous pardon ?

Ringmar regarda Winter, qui esquissa un sourire. Ces gens-là prenaient tout ce qu'on leur disait au pied de la lettre.

— C'est moi qui vous ai appelée, dit Ringmar.
— Comment ça ?
— C'est moi qui ai appelé. J'ai parlé à une... femme qui m'a répondu et...
— C'est l'assistante, répondit Ella Algotsson, comme si elle était P.D.G. de SKF ou de la société qui assurait le service de l'archipel. Elle n'est pas là en ce moment, alors vous pouvez repartir.

— Mais c'est à vous que nous désirons parler, madame Algotsson, et...
— Mademoiselle.
— Mademoiselle Algotsson, rectifia Ringmar. On m'a dit qu'il serait possible de vous parler un moment, ainsi qu'à votre frère. Je m'appelle Bertil Ringmar, ajouta-t-il en sortant son portefeuille pour montrer sa carte, je suis commissaire à la police judiciaire de Göteborg et ce jeune homme, à côté de moi, s'appelle Erik Winter et c'est *mon* assistant, à moi.

Winter montra également sa carte. Ella Algotsson la regarda, puis décocha un coup d'œil soupçonneux aux deux hommes.

— Il sait vraiment faire la cuisine ? demanda-t-elle.
— La cuisine ? Ah ça oui, il est imbattable, dit Ringmar en désignant Winter.
— Arne dort.
— Est-ce qu'on peut attendre qu'il se réveille ?
— Il est fatigué, Arne.
— Nous pouvons revenir plus tard, suggéra Ringmar.

Elle garda le silence.

— Quelqu'un d'autre est-il venu voir Arne ? demanda Ringmar.
— Comment ça ?
— Quand nous sommes arrivés, vous nous avez demandé pour quoi on venait, *cette fois*.
— L'Axel est venu, dit-elle.

Ringmar regarda Winter.

— Axel ? répéta Ringmar, qui était celui qui posait les questions.

Son assistant avait eu le bon sens de ne pas sortir de son rôle, de reculer d'un ou deux pas et de garder le silence.

— Axel Osvald ? précisa-t-il en se penchant en avant car elle ne semblait pas avoir entendu. Axel Osvald est venu parler à Arne il n'y a pas longtemps ?
— Il y a deux semaines, répondit-elle sans l'ombre

d'une hésitation. Ils se sont mis dans le salon pour bavarder. Moi, je n'étais pas là.

— De quoi ont-ils parlé ?

— Du temps jadis, pardi. C'est tout ce qu'il connaît, Arne. Le reste, il l'a oublié. Mais le temps jadis, il s'en rappelle un peu.

Il se souvient du passé, traduisit Winter pour lui-même.

— Eh bien, on reviendra dans un petit moment, déclara Ringmar.

— L'Erik est venu aussi, dit-elle.

Ringmar n'en demanda pas plus. Il avait réussi à établir un climat de confiance, c'était l'essentiel. Elle ne lui avait pas posé de questions sur le but de sa visite ou la raison pour laquelle il voulait parler à son vieux frère. Cela ne paraissait pas la préoccuper. Savait-elle quelque chose ? En dehors du fait que John Osvald avait disparu autrefois ? Winter s'efforça de découvrir son visage, derrière les innombrables rides. Il avait surtout vu ces yeux d'un bleu étrange, si clairs qu'ils constituaient presque une source de lumière, dans la pénombre de l'entrée de la maison, et qui étaient presque continuellement braqués sur Ringmar. Savait-elle quelque chose que son frère Arne avait jadis su mais oublié depuis longtemps ? Était-elle dépositaire d'un secret quelconque ? Elle avait dit qu'Axel et Erik Osvald étaient venus voir son frère. Peut-être lui avaient-ils parlé à elle aussi.

Ils ne s'étaient pas enquis de cela.

— Erik ? demanda Ringmar. Erik Osvald ?

— Oui.

— Il est venu avec Axel, son père.

— Non. Après.

*
**

Moa Ringmar lâcha la caisse et se redressa. Elle regarda d'abord Aneta puis Halders. Elle me reconnaît, maintenant, pensa cette dernière. Ce n'est pas simplement une des négresses du quartier, qu'elle a devant elle.

Elle avait posé sa question :
— Qu'est-ce que tu fais là, Moa ?
— Papa ne vous l'a pas dit ?
— *Ich bitte entschuldigung* ? dit Halders.
— Ce n'est pas lui qui vous envoie ? demanda Moa Ringmar, avec un éclat un peu plus vif dans les yeux.
— Moa ! s'exclama Halders. Je commence à piger. Tu es Moa Ringmar.
— Non, ce n'est pas Bertil qui nous envoie, répondit Aneta. Nous sommes là pour motif de service. Et il ne se doute pas où on est.
— L'État suédois n'a pas les moyens de nous employer comme déménageurs, en plus, compléta Halders.
— Et déménageuses, ajouta Moa Ringmar.
— Oui, confirma Aneta.
— Je voulais dire que je pensais qu'il souhaitait que vous m'ayez un peu à l'œil.
— Pourquoi ?
— Parce que le coin est dangereux, pour quelqu'un qui vient d'un petit coin de paradis comme Kungsladugård.

Les petits coins de paradis sont encore pires que les autres, pensa Aneta.

— Dans quel appartement emménages-tu ? demanda Halders.

Une fois qu'elle le lui eut précisé, il lui demanda à qui elle le louait.

— Un certain Lindsten.
— C'est en sous-location ?
— Oui… pour l'instant. Son bail n'est pas encore terminé. Ça peut…

Elle se tut et regarda les deux inspecteurs l'un après l'autre.

— Est-ce que j'ai fait quelque chose d'illégal ? D'après lui, c'était d'accord avec le propriétaire.
— Je vais te raconter quelque chose, Moa, dit Halders.

Ringmar prit sa respiration, à plusieurs reprises, sur un rocher surplombant les maisons. Ils pouvaient voir à la fois la haute mer et, de l'autre côté la côte, vers Askim, Hovås, Billdal, Särö et jusqu'à Vallda. Une légère brume flottait sur la mer mais elle ne gênait pas la visibilité. Ringmar étendit les bras.

— Tout ça peut être à toi, Erik.

Winter avait un cigarillo non allumé au coin de la bouche. Il tenta de distinguer la petite crique située au sud de Billdal, mais c'était impossible.

— Le message est passé, Bertil.

— Tu crois qu'il va se réveiller cet après-midi, le vieux Arne ?

— On peut toujours parler à sa sœur. Elle sait peut-être tout.

— Oui.

— Est-ce qu'il faut que je continue à être ton assistant tout l'après-midi ? À moins que ça ne porte le titre encore plus ronflant d'assistant personnel des services de santé ?

— Ça ne peut qu'être excellent pour toi.

— As-tu fini tes exercices respiratoires ?

— Tu devrais en faire aussi. Respirer la mer à pleins poumons, plutôt que la fumée de tes cigarillos.

— Je préfère la manger.

— J'ai essayé, mais les huîtres, ce n'est pas ma tasse de thé, si j'ose dire.

— Dommage pour toi.

Ils descendirent le sentier avec précaution. Une fois que Winter eut franchi le dernier passage d'un bond, ils furent accueillis par un groupe d'écoliers, dans la petite rue. L'un d'eux lui montra un ballon de football avec un sourire entendu. Winter le salua de la main.

Qu'est-ce qu'ils doivent penser ? se demanda-t-il. Il est encore là, celui-là, à grimper partout. Ils vont rentrer raconter ça à la maison et leurs parents – peut-être même la police maritime – ne vont pas tarder à se mettre en chasse pour traquer un vieux dégoûtant. Il faut que je dise à Ringmar de leur expliquer que je suis son assistant.

Ella Algotsson ouvrit au troisième coup frappé à la porte.

— Je croyais que vous étiez repartis, dit-elle.
— Le bateau ne lève l'ancre qu'à quatre heures et demie, expliqua Ringmar.
— Arne est-il réveillé ? demanda Winter.

Elle ne répondit pas.

— Arne est-il réveillé ? répéta Ringmar.
— Oui, répliqua-t-elle cette fois.
— Est-ce qu'on peut entrer un petit moment ?

Arne Algotsson ressemblait beaucoup à sa sœur mais en plus grand. Le lien de parenté ne faisait cependant aucun doute, comme si l'âge avait renforcé les traits qu'ils avaient en commun. Assis sur une chaise de cuisine rouge, Arne se retourna à leur arrivée. Son visage fut alors éclairé par le reflet de l'horizon qui entrait par la fenêtre. Il régnait une autre lumière, à l'arrière de la maison. L'espace était plus vaste. On distinguait même la côte du continent.

Arne Algotsson les salua de la tête. Il avait les mêmes yeux bleus que sa sœur. On aurait dit que le vent de la mer décapait tout, à cet endroit, y compris les yeux. Tous ceux qui vivaient là avaient ce bleuté dans le regard. Mais celui de l'homme n'avait pas le perçant et la netteté de celui de sa sœur. Ses yeux paraissaient transpercer ses visiteurs sans s'arrêter sur eux.

Winter déposa Ringmar au rond-point de Margreteberg et rentra chez lui par Linnéplatsen, Övre Husargatan et Vasagatan.

Une odeur d'huile régnait dans le parking.

Dans l'ascenseur, c'était celle du cigare.

Il entendit des rires d'enfants, dans la cage d'escalier. Il commençait à être temps de renouveler les générations, dans cet immeuble. Tout le monde avait le double de son âge et de celui d'Angela.

Pourtant, il l'aimait beaucoup.

Il avait toujours existé et il était plus grand que la vie, du moins que *sa* vie, à lui : il existait avant qu'il soit né et serait encore là quand il aurait passé l'arme à gauche.

Ils pourraient sous-louer, provisoirement, quand la maison au bord de la mer serait terminée. Il savait que Moa, la fille de Bertil, avait besoin d'un logement. Si elle n'avait pas trop pris l'habitude de Kortedala, en attendant, ce ne serait pas mal pour elle. Un peu grand, mais elle pourrait le partager.

Il ouvrit la porte avec sa clé et Elsa se précipita vers lui.

Ils grillèrent du pain et préparèrent du thé. Winter fit cuire quelques tranches de haloumi pour avoir du salé. Il y avait des olives sur la table

— On prend un verre de vin blanc, hein ?

Le téléphone sonna pendant qu'il était en train de déboucher la bouteille.

— J'y vais, dit Angela.

— Non, moi, moi, s'écria Elsa.

Elle répondit en lançant un grand allô !

Ils la virent écouter attentivement. Soudain, elle éclata de rire et dit :

— *YESSE, SEURE*.

— C'est Steve, dit Winter à Angela.

— Moi parler souédois, ânonna Macdonald lorsque Winter prit l'écouteur.

— Et Elsa parler anglais.

— Oui, monsieur.

Macdonald lui demanda de l'excuser un instant et s'adressa à quelqu'un avant de reprendre la conversation.

— Je viens de rentrer chez moi, expliqua-t-il.

Steve Macdonald vivait avec sa femme et leurs jumelles de quatorze ans dans une maison, un *cottage* comme il disait, du Kent, à une bonne heure de voiture au sud de Croydon, où il travaillait à la brigade des recherches de la police criminelle. Croydon faisait partie de Londres mais c'était aussi une des dix plus grandes villes d'Angleterre. Ce n'était pas vraiment le paradis.

— Moi de même, dit Winter. Je viens d'ouvrir la bouteille de vin.

— Jamie m'a appelé dans la voiture.

— Si c'est de Craig, que tu parles, je l'ai aussi eu au bout du fil.

— Oui. La fille d'Osvald est arrivée.

— Et alors ?

— Elle a identifié le cadavre. C'est bien son père, il n'y a aucun doute.

— Quand est-ce qu'elle a fait cela ?

— Il y a une demi-heure, pas plus.

— Elle ne va donc pas tarder à m'appeler.

— Présentait-il des tendances dépressives ? Ou était-il malade mental, d'une façon ou d'une autre ? demanda Macdonald, qui avait l'habitude de ne pas y aller par quatre chemins.

— Je ne sais pas, Steve. Pas d'après sa fille, en tout cas. Et il n'a jamais suivi de traitement de ce genre.

— Ils n'ont pas retrouvé la voiture.

— Craig pense qu'elle a été volée. C'est assez courant.

— On aurait dû la retrouver, à l'heure qu'il est.

— Qu'en dit Craig ?

— La même chose que moi.

Winter entendit Macdonald marmonner quelque chose à nouveau, puis revenir à lui.

— Excuse-moi. On part chez un voisin, dans quelques minutes, fêter le départ de son vaurien de fils, reprit-il avec un éclat de rire qui déclencha une quinte de toux. Pour ta gouverne, je te dirai seulement que nous avons eu le temps de lancer l'avis de recherches concernant ce Osvald avant qu'on le retrouve. On a donc reçu un certain nombre de tuyaux et de... disons de signalements.

— Qu'est-ce qu'ils racontent, ces tuyaux ?

— Eh bien, que pas mal de gens l'ont vu là-haut ces

dernières semaines. Un peu partout dans le comté de Moray et jusque dans l'Aberdeenshire.

— Qu'est-ce que ça signifie, géographiquement ?

— Je ne sais pas si cela te dit quelque chose, mais cela couvre la côte jusqu'à Fraserburgh, vers l'est, et ensuite jusqu'à Peterhead, au sud. On a même eu un signalement en provenance d'Aberdeen. Ça fait un bout, pour aller jusque-là. Quelqu'un affirme aussi l'avoir vu à l'intérieur du pays.

— Est-ce que ça a de l'importance ?

— Je ne sais pas, mon ami.

— Il lui est arrivé quelque chose.

— Oui, répondit Macdonald.

— Est-ce que ça a un rapport avec ses voyages ?

— Pourquoi les aurait-il faits, sinon ? Pour le plaisir de se promener dans ce pays perdu ? Non, il n'est pas venu là pour passer des vacances.

À propos de vacances... pensa Winter.

— Autre chose, reprit Macdonald. Il n'était pas seul.

— Je t'écoute.

— Si, je dis bien si, c'est notre homme que les témoins ont rencontré, l'un d'entre eux l'a vu en compagnie de quelqu'un.

— Il a donné des précisions ?

— Un homme assez âgé.

— Un homme assez âgé, répéta Winter en écho.

Il sentit ses cheveux se dresser sur sa nuque. Il vit qu'Angela le remarquait.

— Je sais ce que tu penses, dit Macdonald.

— Autre chose ?

— Je ne sais pas. C'est chez Craig, là-bas, à Inverness. On va sans doute en recevoir plus.

— Il est efficace, Craig.

— Oui, on peut dire ça de lui. Un sale con, mais efficace.

— Je croyais que c'était un copain à toi et que tu l'avais recommandé pour qu'il obtienne le poste qu'il occupe maintenant.

— C'est vrai, et pourquoi penses-tu que je l'ai fait ?

Winter éclata de rire, aussitôt imité par Elsa. Elle aimait bien l'anglais. Angela, elle, le regardait en fronçant les sourcils.

— C'est le commissariat le plus éloigné de toute la Grande-Bretagne. C'est une bonne raison, non ?
— Bon, bon.
— Il n'aime pas ça.
— Je le comprends.
— Je ne veux pas parler de l'endroit ni de son boulot, mais de cette histoire. C'est un sale type qui n'est pas facile tous les jours, pourtant c'est aussi un avantage. D'après lui, il ne faut pas se fier aux apparences.
— Pardon ? Tu veux bien répéter ce que tu viens de dire.
— *Things are not what they look like.* Voilà ce qu'il a dit.

Winter eut de nouveau cette curieuse sensation sur la nuque. Angela vit à quel point il était sérieux.

— Ils vont procéder à une nouvelle autopsie, reprit Macdonald.
— Est-ce que Johanna, la fille, est d'accord ?
— D'après Craig, oui. Mais il ne pense pas que cela les avancera beaucoup.
— Où est-ce qu'ils trouveront quelque chose, alors ?
— Ce n'est pas à moi qu'il faut le demander.
— Et qu'est-ce qu'ils devraient trouver ?
— Tu m'as l'air bien impliqué, dans cette affaire.
— J'y ai pas mal réfléchi, ces derniers temps.
— Ça se sent.

Soudain, Winter sut ce qu'il allait faire, ce qu'il voulait faire. Il entrevit une possibilité, une occasion parfaitement naturelle, de revoir Steve. Même si tout le monde ne la qualifierait pas ainsi.

Angela jouait à un jeu de société avec Elsa. Elle avait eu un geste significatif en direction de la bouteille de vin. Il avait hoché la tête, elle s'était versé un demi-verre et lui en avait apporté un. Dans trois jours, ils devaient partir passer une semaine à Marbella.

Il y aurait d'autres occasions.

— Elle est... intéressante, déclara Winter.
— C'est toi qui piques ma curiosité, maintenant, dit Macdonald. Toi et Craig.
— S'il n'y avait pas eu le renseignement que je viens d'avoir...
— L'idée t'est déjà venue.
— Laquelle ?
— Allez, insista Macdonald.

Winter ne répondit pas, Il but le vin, frais et sec, tout en activant ses méninges. Il éprouvait ce sentiment, ce maudit et magnifique sentiment familier. Il pensa à Marbella, à Angela, à sa mère, à Lot... Elles pourraient faire en sorte que ce soit possible. Elsa trouverait peut-être cela formidable. Il pourrait demander à Siv...

— Qu'est-ce que tu en dis ? demanda Winter.

Nul besoin de mentionner de quoi il s'agissait. Toujours ce fameux effet iceberg.

— Est-ce que ce serait possible pour toi ?
— Il se trouve que je songe à faire un tour au pays depuis un certain temps, répondit Macdonald. Je l'ai repoussé beaucoup trop souvent.
— Tu peux te libérer à bref délai ?
— Quel délai ?
— Trois jours.
— Oui, c'est possible.
— Je ne serai peut-être pas seul, dit Winter en regardant Angela qui s'était figée, au cours de la minute qui venait de s'écouler, en entendant la conversation,
— Moi non plus. Sarah a envie de partir un peu. On a même déjà pris les dispositions pour les enfants. Je n'aurais pas l'audace de parler de baby-sitter pour des filles de bientôt quinze ans.
— Je te rappelle ce soir, dit Winter avant de raccrocher.
— De quoi s'agissait-il ? demanda Angela.
— Bon..., dit Winter avec un clin d'œil et un geste en direction d'Elsa qui était concentrée sur les pièces de son jeu... Steve avait envie de bavarder un peu.

Elsa s'endormit sur-le-champ. Winter s'éclipsa discrètement et passa ensuite dans la cuisine. Angela s'acharnait, sans succès, sur une réussite.
— Alors ? demanda-t-elle.
— Que dirais-tu d'aller passer quelques jours en Écosse ?

31.

Il était tard, lorsque Moa Ringmar rentra chez elle. Son père téléphonait. À New York, c'était encore l'après-midi. Ringmar posa la main sur le micro pour confier à sa fille :
— Martin a décroché ce boulot, sur la Troisième avenue.
— Je suis contente pour lui.
— Qu'est-ce qui t'arrive ?
— On verra ça après, quand vous aurez fini de bavarder.
— Il veut te dire quelques mots.
— Dis-lui que je le rappellerai.
— Bon, fit Ringmar avant de reprendre la conversation avec son fils. Elle te rappellera. Oui, c'est ça. Entendu. À bientôt.
Il raccrocha.
— Qu'est-ce qu'il y a, Moa ?
— L'appartement. Il y a quelque chose de louche.
— Pardon ?
— Tu n'as pas à t'excuser. Tu ne peux pas savoir tout ce qui se passe à la brigade.
— Explique-toi un peu. Je ne saisis pas ce que tu veux dire.
— L'appartement que je devais louer a été le théâtre de violences conjugales et complètement vidé par des

voleurs drôlement malins. L'ancien occupant n'a pas le droit de voir sa femme, celui à qui je le loue se comporte bizarrement et fait l'objet de soupçons de la part de deux des inspecteurs les plus futés du pays.

— Fredrik Halders et Aneta Djanali.

— Tu le savais !

— Tu as dit les plus futés, alors... Blague à part, je sais qu'ils sont sur une affaire qui a trait à un appartement de Korte... mais oui, bon sang, c'est vrai... Kortedala. Ne me dis pas que c'est là...

Il bondit sur ses pieds et se rapprocha d'elle.

— Si, je te le dis.

— Zut alors !

— Le monde est petit, pas vrai !

— Comment l'as-tu appris ?

— Ils, je veux dire Fredrik et Aneta, sont arrivés pendant que Dickie et moi étions en train d'apporter mes affaires.

— Qu'est-ce qu'ils venaient faire ?

— Vérification de routine. Ils ont toujours l'ex de cette femme à l'œil. Il est mal barré.

— Mais ils n'ont pas à en faire état.

— C'est Halders. Il m'a proposé des photos à afficher à la Maison des étudiants.

— Il a toujours été très discret, commenta Ringmar.

— Pour l'instant, on a laissé mes affaires dans le garage de Dickie.

— Vous les avez sorties à nouveau ?

— Qu'est-ce que tu crois, papa ? Tu penses que j'ai envie de dormir là et d'être réveillée par un fou qui ouvre la porte avec sa clé et se précipite sur moi ?

— Non, non.

— C'est la première fois que j'emménage et déménage le même jour.

— Je vais en toucher deux mots à ce Lindsten.

— Je ne lui ai pas encore versé l'argent.

— Ça n'empêche que je vais lui parler.

— Est-ce qu'il a fait quelque chose d'illégal ?

— Je ne sais pas. Pas encore.

Johanna Osvald appela alors que Winter se préparait un double espresso pour garder les idées claires. C'était moins cher et plus efficace que les amphétamines. Dans la salle de séjour, Coltrane jouait *Compassion* avec un autre grand saxo ténor, Pharoah Sanders. C'était une musique pour les pensées les plus aberrantes, des notes pour faire travailler vos méninges. L'instrument de Coltrane errait comme une âme en peine, en route vers des rêves en noir et blanc, à travers des salles désertes. Elsa s'était habituée à s'endormir au son du jazz le plus extrême. Winter se demandait parfois quelles conséquences c'était susceptible d'entraîner.

Ce qui l'attirait vers le jazz, c'était la part d'expression personnelle de cette musique. Son mérite principal était de permettre au musicien d'être lui-même et de n'obéir à nul autre. C'était une musique axée non sur l'interprétation mais sur l'expression directe. Il s'agissait d'improviser mais d'une façon qui n'avait rien d'insensé. Au contraire. L'improvisation imposait au musicien une forme de responsabilité et le résultat dépendait de ses capacités, des ressources qu'il trouvait en lui et de sa maturité sur le plan émotionnel. C'était une musique du sentiment, surgie directement de celui-ci.

Angela était allée faire l'aller et retour de Kungsportsavenyn, afin de réfléchir, elle aussi.

— C'est lui, confirma Johanna au bout du fil. Il s'agit bien de mon père.

— Je suis navré.

— Ton collègue Craig prend bien soin de moi, le rassura-t-elle.

Cette remarque était un peu à côté de la plaque. À en juger par le son de sa voix, elle était indéniablement sous le choc.

— Tu n'as besoin de rien ?

— Rien... qui relève de vos compétences.

Il crut l'entendre fondre en larmes. Mais c'était peut-être la liaison qui n'était pas excellente.

Je n'en suis pas sûr, pensa Winter. On doit au moins pouvoir lui fournir certaines réponses

— As-tu pu parler de ton père à un médecin ?
— Oui.
Il attendit la suite.
— Qu'est-ce... qu'il a dit ?
— Que c'était une crise cardiaque... qui était la cause de sa mort. Sa température corporelle avait beaucoup baissé. C'est vrai qu'il ne fait pas chaud, ici, en ce moment. Je suis sortie un instant pour réfléchir et j'étais frigorifiée.

Winter l'entendait en effet haleter.

— Est-ce qu'ils vont pratiquer... d'autres examens ?

Il avait cherché à éviter le mot d'autopsie, mais elle ne devait pas s'y tromper.

— En cas de nécessité. S'ils ont besoin de faire quelque chose pour trouver... la cause, ils procéderont à tous les...

Elle s'interrompit.

— Qu'est-ce que c'est que ce bruit affreux, derrière toi ?
— Où ça ?
— Chez toi. Ce vacarme ?
— Un instant, dit Winter avant d'aller couper le son au beau milieu de *Consequences*. C'était un disque, expliqua-t-il en reprenant l'appareil.

Elle s'abstint de tout commentaire.

— Qu'est-ce que tu vas faire maintenant ?
— Je... je reviens ici demain matin pour faire les papiers et j'espère pouvoir ramener le corps de papa aussi vite que possible.
— Bon.
— Il faut bien que je rentre.
— Naturellement.

Il y eut un sifflement dans l'écouteur, comme si le vent soufflait sur la ligne, entre Inverness et Aberdeen, puis sur la mer du Nord jusqu'à Göteborg. Ces deux dernières villes étaient exactement à la même latitude sur la carte. À moins que ce ne soit Donsö et Aberdeen.

— Je viens de parler à Erik, reprit-elle.
— Où est-il ?

— En mer. Ils sont en train de ramener le poisson à Hanstholm. Il va rentrer directement à la maison, après ça. Il sera là quand je... quand nous reviendrons.

Il l'entendit se moucher.

— Très bien.

— Je crois qu'il s'est passé quelque chose ici, ajouta-t-elle précipitamment. Quelque chose...d'affreux. Qui a été à l'origine de cela.

— C'est aussi mon avis.

— Je suppose que ça a trait à mon grand-père.

— Je le crois également.

Il se garda cependant de lui parler de sa visite chez le frère et la sœur Algotsson.

Angela revint les joues rouges et les cheveux mouillés. Elle sentait le soir d'automne bleuté, le vent chargé de sel, la terre glaise et les vapeurs d'essence, bref tout ce qui entre dans la composition du parfum particulier de cette ville. C'était une soirée en bleu. Vasaplatsen baignait dans le bleu. *Kind of blue.*

— J'ai réfléchi, dit-elle.

— Et alors ?

— Eh bien...

— Tu pourrais être plus claire ?

— Je ne sais pas si c'est possible, pour Elsa. Si elle est prête à accepter. Si ça pourra marcher.

Ils avaient envisagé de confier Elsa à Lotta, pendant quelques jours. Sa sœur avait beaucoup insisté, de même que Bim et Kristina. Ce serait peut-être possible à organiser. Angela et lui avaient déjà fait certaines choses sans Elsa au cours de ces quatre années, et celle-ci était alors restée chez Lotta. Cela n'avait pas posé de difficultés. Elsa n'avait pas de grands-parents, maternels ni paternels, à Göteborg, mais elle avait sa tante Lotta et ses cousines Bim et Kristina.

— Nous ne sommes jamais allés à l'étranger sans elle, constata Angela.

— On peut prendre chacun un avion différent.

— Il n'y a pas de quoi plaisanter.

Je n'avais pas le sentiment de plaisanter, pensa-t-il.

— Et puis ta mère nous attend.

— L'Andalousie sera toujours là et elle aussi.

— Il ne faut jurer de rien.

— Elle peut toujours revenir vivre ici.

— Ce n'était pas ce que je voulais dire.

Il eut l'impression d'entendre le ton de sa voix changer.

— Est-ce que tu disposes d'informations que j'ignore ? C'est au médecin que je m'adresse.

— Rien de grave, que je sache.

— Vous me cachez des choses ?

— Elle est un peu fatiguée, Erik. Je crois que ça s'arrête là.

— Fatiguée ? Fatiguée de quoi ?

— De la vie, elle n'est plus très jeune.

— Je ne crois pas que ce soit excellent d'avoir quarante degrés la moitié de l'année.

— Dans ce cas-là, c'est une histoire d'hydratation. Il faut boire beaucoup.

— Ce qui nous amène à l'autre facteur de risque.

— Je voulais dire : boire de l'eau, précisa Angela en haussant les sourcils, l'esquisse d'un sourire aux lèvres.

— Et moi du gin.

— Gin ET tonic. N'oublie pas que c'est de l'eau, ça aussi. Sérieusement, Erik, tu sais qu'elle ne boit presque plus depuis… la disparition de Bengt.

— Avant ça, elle buvait plutôt… sec, si j'ose dire, non ?

— Je crois qu'il n'y a pas de danger.

— On pourrait lui suggérer de venir passer un petit moment ici, dit Winter.

— Pourquoi pas maintenant ?

— Tu veux dire tout de suite ? Si on allait en Écosse ?

— Oui, mais il faut qu'on en parle à Lotta d'abord. Et puis Siv ne trouvera peut-être pas que c'est une bonne idée. Sans compter Elsa, la première concernée.

Angela revint de la salle de bains. Winter, allongé sur le lit à moitié déshabillé, fixait le plafond

— Tu n'as jamais rencontré la femme de Steve, n'est-ce pas ? demanda-t-il.

— Tu crois qu'elle trouverait que c'est une bonne idée ?

— Je ne sais pas. Mais pourquoi pas ?

— Pour le contraire de la raison que tu viens d'évoquer à mon sujet.

— Hum.

— On risque d'être... un peu livrées à nous-mêmes, si Steve et toi consacrez votre temps à cette histoire bizarre. Or, on ne se connaît pas du tout.

— C'est l'affaire de deux ou trois jours, au maximum. Peut-être moins que ça.

— Et où on logerait-on ? Dans la ferme de Steve ?

— Non, surtout pas. Il y a de bons hôtels à Inverness. Steve me l'a assuré.

— Je désire examiner les autres possibilités avant de décider.

— Naturellement, acquiesça Winter en se mettant sur le côté pour se tourner vers elle. La sœur de Steve travaille aussi à Inverness, comme juriste, peut-être même avocate.

— Elle bondirait sûrement de joie à l'idée de nous voir débarquer chez elle. Bienvenue dans mon univers.

— Exactement.

— Il ne faut pas toujours imposer tes conditions, Erik.

— Est-ce ce que je fais ? J'essaie seulement de voir le côté positif de la chose. Steve et moi on aura certaines choses à faire, je serai peut-être amené à te laisser seule un moment pour... je ne sais pas, moi. Mais j'ai soudain eu le sentiment qu'on pourrait... enfin, se retrouver et faire tout ça. Que ça se présentait bien, quoi.

— Tu as déjà rencontré Sarah, sa femme ?

— Non.

— Quel âge a-t-elle ?

— Cinquante-sept ans.
— Arrête ! s'écria-t-elle en faisant mine de lui lancer l'oreiller à la figure.
— Quarante. Comme toi.
— C'est ce qu'on appelle envisager l'avenir ? fit Angela, trente-cinq ans, en s'apprêtant à jeter l'oreiller.
— Nous sommes déjà dans l'avenir ou en route à tout le moins, riposta-t-il en lançant son oreiller.
— Je croyais que cette histoire avait trait au passé, répliqua-t-elle en lui renvoyant son oreiller.

Winter se baissa pour l'éviter et fit tomber le réveil, qui rebondit sur le parquet de pin verni.

— Regarde, tu as abîmé le plancher, dit Winter en déclenchant un nouveau tir.

L'attention d'Angela semblait fixée sur quelque chose, derrière lui, du coup l'oreiller l'atteignit en plein visage. Winter se retourna pour voir ce qu'elle regardait.

— Qu'est-ce que vous faites ? demanda Elsa, depuis le pas de la porte, le réveil à la main.

— Il faut d'abord que je parle à la femme de Steve, dit Angela, une fois qu'ils furent couchés et le silence revenu. C'est important. Je pense qu'elle sera de mon avis.

— Bien sûr.
— Après, on verra avec Lotta et Siv et...
— Je sais. Ce que j'en dis, c'est au cas où tous les « si » seraient levés.
— Alors, ce ne serait pas une mauvaise idée.
— Merci.

Elle garda ensuite le silence, dans la pénombre. Un peu de lumière provenait de l'entrée, où une veilleuse était placée sous la table du téléphone. Il entendait le petit ronronnement du réfrigérateur.

— J'ai encore une question à te poser, reprit-elle soudain.
— Laquelle ?

— Ce que tu tentes d'élucider... ce que vous allez faire, tous les deux... ce n'est pas dangereux, au moins, hein ?

Il vit sa silhouette se rapprocher de lui.

Bergenhem et Peters se rencontrèrent dans un café du centre de la ville. Peters revenait d'une séance d'entraînement.

— Dans ton boulot, on peut s'entraîner gratis, hein ? demanda-t-il.

— Oui, répondit Bergenhem.

— Je vais poser la question à mon chef.

— Je croyais que tu étais ton propre patron.

— J'ai fini par abandonner.

Peters était directeur artistique. Son agence s'étant trop développée, il en était parti et en avait créé une plus petite afin de pouvoir retrouver sa table à dessin.

— Je n'ai jamais rien compris à la publicité, avoua Bergenhem.

— Mais encore ?

— Comment elle prend forme.

Peters avait éclaté de rire ; de la crème fouettée de son capuccino était restée sur la lèvre supérieure.

— T'occupe pas de ça, Lars.

— Pourquoi ?

— La publicité n'est qu'un immense gâchis d'intelligence humaine.

— Comment ça ?

— Il ne s'agit jamais que de pousser les gens à acheter des jeans.

— Tu continues pourtant, non ?

— Je ne suis pas Van Gogh.

— Il y a des stades intermédiaires, non ?

Peters ne répondit pas et détourna le regard.

— Pas vrai ? insista Bergenhem.

— Je ne sais pas, répliqua Peters.

Bergenhem comprit ce qu'il voulait dire. Il ne s'agissait pas d'art pictural.

Il y avait pourtant bel et bien des stades intermédiaires. Il se trouvait précisément à l'un de ceux-ci. Peut-être pourrait-il même revenir à son point de départ. Mais quoi ? Il venait de faire une rencontre, or il en avait besoin. Il n'avait pas de copains, seulement une famille. Bien sûr, Martina était son amie ; désormais, il en avait un autre.

32.

L'espresso eut un double effet. Winter eut une insomnie, qui lui donna l'occasion de réfléchir. À trois heures du matin il se glissa hors du lit et alla voir Elsa qui dormait sur le dos, les yeux mi-clos. Il le constata en plaçant son visage à un décimètre du sien. Il avait néanmoins du mal à l'entendre respirer, aussi demeura-t-il longtemps dans cette position. Plus de polypes, c'était apparemment une fausse alerte. Il en avait eu. On les lui avait enlevés, et ça n'avait pas été une partie de plaisir. Évidemment, c'était dans les années 60, manière de préhistoire sur le plan médical. D'après ses souvenirs, le chirurgien avait taillé cartilages et polypes au marteau et au ciseau à bois. Sa mère était présente, pas son père, qui s'occupait déjà, à l'époque, de trouver les moyens de réduire ses impôts. Il ne s'était pas beaucoup soucié de participer à l'édification de la société de bien-être, au cours des années record. Par la suite, il avait donné du travail à de pauvres journaliers de l'Espagne du sud. Sans doute était-ce de sa part un acte de solidarité un peu tardif dans le cadre de l'Union européenne et tout le reste. Toujours était-il que Winter avait cessé très tôt de parler politique avec lui, à supposer qu'ils aient jamais commencé. Bengt Winter avait été un bourgeois conservateur de la plus belle espèce.

Elsa fit entendre un ronflement, un seul, et se tourna

sur le côté. Winter sortit de la chambre sur la pointe des pieds.

Il alla s'asseoir dans le salon, où la pénombre devait encore durer plusieurs heures. La lueur bleutée habituelle filtrait par la fenêtre. En bas, les tramways n'avaient pas encore commencé leur tintamarre. Il percevait seulement le bruit de quelque voiture égarée. Soudain, il entendit un cri s'élever du kiosque de Vasaplatsen, qui arborait toujours son enseigne au néon en stuc « fonctionnel » datant des années record.

Ces bruits et ces lumières étaient impensables dans une maison au bord de la mer. Ils auraient même quelque chose d'inquiétant. C'était le silence, qu'on entendait monter de la mer. Avait-il peur de ça ? Avait-il peur, d'ailleurs ?

Arne Algotsson avait-il eu peur ? Ou sa sœur ? Ou encore les deux ?

Winter se leva de son fauteuil, gagna la porte du balcon et l'ouvrit suffisamment pour se glisser à l'extérieur. Il avait enfilé les pantoufles toujours placées à côté. Il n'y avait pas de vent et il sentit seulement une légère fraîcheur au petit goût d'automne. Une certaine humidité dans l'air, une odeur un peu aigre impliquant en fait la mort, pour cette année-là, de toute la végétation qu'il voyait au-dessous de lui, même s'il lui arrivait rarement de l'envisager en ces termes. Il pensa à l'acidité et au sel qu'on pouvait parfois sentir, lorsque le vent soufflait du nord-est. Une pincée de sel.

Arne Algotsson paraissait s'être enduit le visage de sel, car celui-ci était recouvert d'une pellicule grise ressemblant à une croûte de sel qui aurait figé et constitué un masque ayant commencé à se lézarder bien longtemps auparavant. Ses yeux étaient profondément enfoncés dans leurs orbites. Ils rayonnaient pourtant d'un éclat dont Winter n'aurait pu préciser la provenance, alors qu'il était assis en face de lui et tentait de formuler ses questions, en compagnie de Bertil.

Le nom d'Ella, sa sœur, était vite venu sur le tapis. Il est vrai qu'elle était assise à côté de son frère.

— C'est vrai, j'ai une sœur qui s'appelle Ella, avait-il dit en se tournant vers elle. Tu la connais ?

Elle avait regardé Winter et Ringmar comme pour signifier : je vous avais prévenu qu'il avait complètement perdu la boule. Il suffisait de le voir et de l'entendre pour en être convaincu.

— Est-ce que vous connaissez John Osvald ? avait néanmoins demandé Winter.

— Il est pêcheur, John, avait répondu Algotsson, du fond de son univers mental insolite. Ensuite, il a été capitaine.

— Qu'est-ce que vous voulez dire par « ensuite » ?

— Quand est-ce qu'on mange ? avait alors lancé Algotsson.

Winter avait jeté un coup d'œil à sa sœur.

— On vient de le faire, avait rétorqué celle-ci en se penchant en avant pour poser la main sur son bras.

Il avait sursauté et elle s'était rendu compte que ce mouvement brusque ne leur avait pas échappé.

— C'est leurs vieilles plaies, expliqua-t-elle.

— Pardon ? avait demandé Ringmar.

— Les plaies des vieux pêcheurs. Autrefois, ils avaient toujours de l'eczéma sur les bateaux, à cause des vêtements en caoutchouc qu'ils portaient tout le temps. Arne a encore des marques sur les bras, elles ne s'en vont pas et c'est ça qui lui fait mal quand on le touche.

— Les vêtements en caoutchouc, avait répété son frère en écho.

Auparavant, Ringmar avait eu un entretien bien nécessaire avec Ella Algotsson. À leur arrivée, Arne les avait regardés, puis il avait paru les oublier. Il observait par la fenêtre ces rochers formant des sortes de vagues ondulant doucement, derrière la maison. Rien de tranchant, par-là.

— Il n'est plus possible d'obtenir de lui quoi que ce soit de sensé à propos de cette époque, avait-elle assuré.

— Mais jadis ?
— Jadis ? Quand ça ?
— La dernière fois qu'il est revenu d'Écosse. Qu'avait-il à dire ?
— Pas grand-chose.
Elle avait lancé un coup d'œil à son frère, dont le visage était éclairé par la lumière venant du dehors et qui ressemblait à une statue de sel.
— Il a parlé de l'accident, bien entendu, mais personne ne savait grand-chose.
— Quoi, au juste ?
— La même chose que vous. Le bateau revenait d'Islande quand il a sombré.
— Pas très loin de la terre, à ce que j'ai cru comprendre.
— On ne pouvait pas voir le bateau de la côte, en tout cas.
— Où était Arne ?
— À terre.
— Oui, mais où ?
— Dans une de ces villes où ils relâchaient. Je ne sais pas. Je ne me rappelle plus le nom.
— Aberdeen ? avait suggéré Ringmar.
— Non. Ça, c'était avant. Ce n'était pas là.
Ringmar avait alors regardé Winter pour lui demander son aide.
— Peterhead ? avait avancé celui-ci.
Elle n'avait pas répondu et s'était contentée de le regarder.
— Peterhead ? avait répété Ringmar.
— *Fishermen's Mission to fishermen's vision to deep sea national vision*, avait soudain clamé Arne Algotsson, de sa place près de la fenêtre, d'une voix forte que l'âge avait rendue un peu caverneuse.
Même s'il n'avait pas bougé la tête, il avait dû prêter l'oreille.
— Il répète ça de temps en temps, avait dit Ella.
— À quoi est-ce que ça correspond ?
— Vous avez entendu aussi bien que moi.

— Oui, mais je n'ai pas compris, avait dit Ringmar.
— Moi non plus. Ces derniers temps, il sort quelquefois cette phrase.

Un triste sourire avait éclairé le visage mince mais fort de la vieille femme.

— Ces derniers temps ?
— Oui. Ces dernières… années.
— Depuis qu'il est tombé malade ?
— Oui.

Ringmar avait observé à nouveau Arne Algotsson, qui regardait toujours les vagues de pierre, à l'extérieur.

— Peterhead, avait répété Ringmar à haute voix.
— *Fishermen's mission to fishermen's vision to deep sea national mission*, avait de nouveau psalmodié Arne.
— Pourtant, il ne parle jamais anglais, en dehors de ça, avait fait remarquer Ella Algotsson. Il a oublié ça aussi.

— Essayons encore : Peterhead.

Et Arne Algotson de répéter son mantra une troisième fois.

Cela produisait un effet à la fois sinistre et comique, d'un comique déplacé, donc. Winter avait eu un peu honte de soumettre à un pareil traitement ce vieil homme et sa sœur. Le vieil homme et la mer.

— Il est manifeste que ce nom éveille quelque chose en lui, avait conclu Ringmar.

Ella Algotsson avait alors paru penser à autre chose.

— Mais il était dans une autre ville quand c'est arrivé. Je m'en souviens maintenant, avait-elle dit.
— Fraserburgh, avait proposé Winter en observant Arne, qui n'avait cependant pas bronché, cette fois.

Puis Ella Algotsson avait regardé Winter.

— Comment avez-vous dit ?
— Fraserburgh. Était-ce ça, le nom de cette ville ?
— Fras… Oui, je crois bien.
— Arne est-il rentré directement, ensuite ?
— Non. Il n'est pas resté là-bas jusqu'à la fin de la guerre, un certain temps tout de même.
— Combien de temps ?

— Un an, je crois. Il est rentré à bord d'un bateau de pêche. C'étaient deux frères d'Öckerö qui osaient rentrer chez eux. Ils étaient fous.

— D'Öckerö ? avait répété Ringmar.

— Oui, mais ils sont morts.

Winter avait réfléchi. Il avait vu Arne hocher légèrement la tête, comme s'il approuvait ce que disait sa sœur.

— Qui d'autre est rentré avec Arne ?

— Bertil, le frère de John. Mais il est mort lui aussi.

Ringmar avait opiné du bonnet.

— Je crois qu'un autre des trois frères a perdu la vie dans l'accident, avait suggéré Ringmar.

— Egon, avait-elle dit. C'est tout.

— Est-ce qu'il y avait quelqu'un d'autre à bord quand le bateau a sombré ?

Elle n'avait pas répondu, pas immédiatement. Elle avait lancé un rapide coup d'œil à son frère, comme pour voir s'il écoutait. À moins que ce ne fût pour s'assurer qu'il n'ouvrait pas la bouche.

— Il y avait un autre homme, avait-elle ajouté au bout d'un moment qui parut une éternité

Ses yeux avaient changé, ils s'étaient obscurcis et semblaient ne plus voir.

— Quelqu'un d'autre d'ici ? avait demandé Ringmar.

Elle avait hoché la tête.

— Comment s'appelait-il ?

— Frans. Frans Karlsson. Mon Frans.

Elle avait levé à nouveau ses yeux, toujours voilés par cette étrange brume.

Winter avait toujours ce visage devant les yeux, quand il revint dans la pièce.

Elle avait eu l'air infiniment triste en prononçant : « Mon Frans. » Elle avait alors raconté brièvement ce qui l'unissait à cet homme : ils étaient fiancés mais il n'était jamais rentré au pays, elle l'avait attendu et l'attendait encore, telle la femme de marin qu'elle n'était jamais devenue. Tel un monument vivant élevé à la mémoire de ces hommes de la mer qui n'étaient jamais revenus. Il repensa à la statue du musée de la Marine, en pierre évidemment, ce qui n'était pas le cas d'Ella Algotsson.

Elle n'avait rien dit de plus. Il savait cependant par Johanna Osvald qu'elle ne s'était jamais mariée.

Son destin était lié à celui de John Osvald et de sa famille. Leurs existences étaient attachées les unes aux autres et la chaîne se poursuivait à travers les ans, depuis un lointain passé jusqu'à maintenant, reliant également deux pays situés chacun d'un côté de la mer du Nord.

— Il est là-bas, lui aussi, avait-elle poursuivi au bout d'un instant. Ils n'ont jamais retrouvé le bateau, le *Marino*. Rien d'autre non plus.

Ringmar avait alors donné l'impression de prendre son élan.

— Savez-vous qu'Axel Osvald est parti en Écosse il y a quelques semaines, mademoiselle Algotsson ?

Elle avait hoché la tête.

— Savez-vous pour quelle raison ?

— Non.

— Erik Osvald ne vous en a pas parlé quand il est venu ici ?

Elle avait répété « non » et avait soudain paru ne plus avoir la force de continuer. Son visage s'était affaissé. Le voile avait disparu de ses yeux. Elle paraissait fatiguée, mortellement lasse. Winter avait alors eu honte à nouveau et pensé qu'ils se servaient de ces deux pauvres vieux sans même savoir pourquoi. Comme si rien de bon ne pouvait en sortir.

Comme si cela ne pouvait qu'aggraver les choses. Qu'avait dit Erik Osvald, un jour, déjà ? Que la tempête sied à la mer. Qu'elle remue ce qu'il y a dans la marmite qui se trouve au fond des eaux. Et qu'elle n'avait jamais rien fait perdre aux marins. Tels avaient été les termes qu'il avait employés, en gros.

Que ravivaient-ils, avec leurs questions ? Voilà à quoi il pensait dans la pénombre de cet appartement où il avait passé la plus grande partie de son existence.

À qui cela pouvait-il profiter ?

Il revit le visage d'Ella Algotsson. Il avait beau cligner des yeux, il ne disparaissait pas. Et Arne en train de hocher la tête comme pour approuver à nouveau ce qu'elle disait.

Ils avaient mis fin à la conversation avec Ella et tenté de parler à Arne en approchant leur chaise de la fenêtre.

Ils lui avaient posé de nouvelles questions mais il n'en était résulté qu'un dialogue de sourds, à la fois tragique et comique.

Arne n'avait rien d'autre à dire sur le « capitaine Osvald ».

Winter aurait pourtant aimé en savoir plus. John Osvald n'était pas capitaine quand ils avaient quitté la Suède. Il l'était devenu ensuite. Pourquoi ?

Et pourquoi Arne Algotsson et Bertil Osvald n'étaient-ils pas du dernier voyage ?

Quels rapports entretenaient ces jeunes hommes sur cette petite île qui était leur foyer ?

Comment s'entendaient-ils en mer ?

Winter avait repensé aux paroles d'Erik Osvald à propos du silence et des relations à bord.

S'était-il passé quelque chose ?

Comment s'étaient-ils comportés les uns envers les autres au cours de leur exil involontaire ?

Il repensait à tout cela, maintenant qu'il était de retour dans cette ville où il avait toujours vécu. Il voulait savoir. Il cherchait des réponses à ces questions et à d'autres encore, qui ne pouvaient être résolues que là-bas, en Écosse, s'il était possible d'y aller.

C'était une histoire très surprenante, aux nombreuses facettes réparties sur plus d'un demi-siècle et des deux côtés de la mer.

Elle était placée sous le signe du deuil.

Mais il y avait autre chose.

Il voulait savoir.

Il existait des gens qui en savaient plus que lui et qui ne voulaient rien dire.

Oui.

Arne Algotsson avait trouvé en Écosse quelque chose qu'il cherchait depuis le début de sa vie et qui avait mis un terme à celle-ci. Winter s'interrogeait sur l'existence d'une vérité, d'une réalité de ce genre.

Peut-être.

Dans ce cas, elle était liée à la mer, à la pêche, aux chalutiers, à ces villes, à ces îles, à ces vents, et ainsi de suite.

Il se leva pour regagner sa chambre et tenter de dormir quelques heures, malgré tout.

C'était au moment où ils s'apprêtaient à quitter la maison de Donsö et à prendre congé d'Arne Algotsson. Ringmar avait dit quelque chose à propos de l'Écosse, Winter ne se souvenait pas de quoi exactement, mais d'assez général. Toujours est-il qu'il avait employé le mot « Écosse » plusieurs fois de suite.

Il se rappelait fort bien, en revanche, ce que Algotsson avait soudain répondu, plutôt lancé à la ronde, car il ne s'adressait à personne en particulier. Il avait proféré cela de la même manière que son mantra sur la *Mission*, un peu auparavant.

— *The buckle boys are back in town*, avaient-ils cru l'entendre prononcer.

— Qu'est-ce que vous dites ? avait demandé Ringmar.

Ce genre de rationalité n'était pas le fait d'Algotsson, il ne répétait pas sur commande. Ringmar avait donc dit, à son tour :

— *The buckle boys are back in town.*

Ce n'était pas difficile à prononcer. Et Algotsson de répéter aussi mécaniquement qu'auparavant :

— *The buckle boys are back in town.*

Winter avait alors pris la parole en s'adressant tout autant à Algotsson qu'à Ringmar.

— Tu as dit Écosse, n'est-ce pas ? Écosse.

— *Cullen skink*, avait répondu Algotsson avant de s'enfoncer définitivement dans le silence.

Ces mots étaient restés gravés dans la mémoire de Winter. Il n'était pas encore recouché, seulement en train de regagner son lit. *Cullen skink*. Des mots vraiment bizarres. Sans doute de l'écossais, mais que pouvaient-ils signifier ? À moins qu'il n'ait dit autre chose. *Collie skink* ? *Collie sink* ? Avait-il dit *skink* ou *sink* ? Au moment précis où il pensait cela, il entendit le robinet couler goutte à goutte, dans la cuisine, le genre de bruit qu'on ne perçoit que la nuit. C'était agaçant et on ne pouvait y remédier qu'en changeant le joint. Goutte. Couler.

Il retourna dans la salle de séjour. Il n'était plus trois heures du matin à l'horloge murale, mais quatre heures et demie. Il entendait maintenant les premiers tramways dans la rue. Puis le bruit d'une camionnette venant chercher du pain à la boulangerie ou livrer de la farine. Soudain, le journal local, le *Göteborgs-Posten*, tomba sur le plancher de l'entrée, par l'ouverture de la boîte aux lettres. Il n'était toujours pas fatigué. Il se dirigea vers la bibliothèque et choisit l'atlas qui lui paraissait le meilleur.

L'Écosse.

The buckle boys.
Cullen sink.

Il alluma le lampadaire et resta debout à feuilleter l'ouvrage. Carte numéro six, Écosse septentrionale. Il trouva sans difficulté Inverness, au fond du Moray Firth. Tout au nord, il y avait Thurso et John O'Groats, aucune importance en l'occurrence. Il lut alors le nom des agglomérations entre Inverness et Aberdeen. Ce fut long, pas interminable. Il commença par l'intérieur, d'ouest en est. Il tomba d'abord sur Dallas, qui, si minuscule que fût le point sur la carte, existait réellement. Le Dallas originel, sans aucun doute. Peut-être le père de Steve avait-il commencé à traire là-bas, avec le frère de celui-ci, pendant que la mère préparait du *porridge*, le plat national écossais.

Le doigt de Winter finit par atteindre Aberdeen puis remonta vers le nord en suivant la côte, cette fois. Il arriva à Peterhead, puis à Fraserburgh, à l'extrême pointe nord-est. Ensuite, il revint vers l'ouest et Inverness, toujours en suivant la côte, localité après localité : Rosehearty, Pennan, Macduff, Banff, Portsoy, Cullen.

Cullen. Comme dans *Cullen sink* ou *skink*. *Sink from Cullen*. L'évier de Cullen – quelle cuisine !

Il existait donc bel et bien un endroit appelé Cullen, entre Portsoy et Portknockie. De fait, il avait toujours subodoré que c'était un nom de lieu.

Il continua à longer la côte vers l'ouest mais n'eut pas à aller très loin.

Buckie.

The Buckie boys are back in town.

33.

Il était de nouveau chez lui, C'était le seul endroit qu'il puisse qualifier ainsi. Il marchait le long du bord de mer. Les rochers devant lui, à l'ouest, étaient baptisés les Trois Rois. Tout le monde les avait toujours appelés ainsi. C'était lié à la mer. Dominer la mer, être le maître, là-bas.

À une autre époque cela avait été une cité de VIE, un *Royal Burgh* avec un avenir. *No more*.

Aucun chalutier partant pour la pêche au hareng ni n'en revenant. On ne fumait plus l'aiglefin et la fumée ne vous piquait donc plus le nez. Jadis, il y avait trois entreprises de fumaison. Maintenant, la fumée sentait les ordures, quand elle montait de ces maisons où les pauvres gens tentaient de se chauffer. Elle allait ensuite se cogner contre le ciel et se transformait en pierre, elle aussi.

Il se retourna. C'était un jour bleu. Il voyait. On aurait dit que le ciel avait été fendu à coups de marteau, qu'il s'était effondré sur les bords au point d'être béant, et il pouvait embrasser du regard Seatown et les viaducs et la ville au-dessus et les collines au-dessus de la ville et le ciel bleu au-dessus des collines. C'était ce qu'il voulait voir. C'était pour cela qu'il était venu ici, qu'il avait emprunté Castle Terrace et escaladé *the Burn*. Il était

encore capable de grimper. Il était encore capable de beaucoup de choses.
Jésus !

Il ferma les yeux et vit l'eau et le pont arrière et la tempête qui n'était pas encore arrivée, et les visages et les yeux et les mouvements et...et... les yeux de Frans. Juste après. Une fois qu'il eut compris. La main que Frans essayait de tendre.
Les cris d'Egon.
Jésus. Sauve-moi. Jésus !

Il trébucha, faillit perdre l'équilibre et ressentit sa douleur à la hanche.
Pourquoi ne parvenait-il pas à oublier ?

Où sont-elles ? Parties. Que cette heure funeste
Soit marquée au calendrier comme maudite ![1]

Certains devenaient vieux et oubliaient tout. Ils avaient la chance d'attraper une maladie. Il ne restait plus rien pour eux, tout était balayé comme les restes de poisson sur le pont, toute la saloperie partait, allez hop, par-dessus bord, le pont luisait sous le soleil, ou la lune, nickel. Plus aucun souvenir. Plus de traces. Ils pouvaient aller de l'avant, débarrassés de leurs souvenirs, aller retrouver Jésus l'âme propre.

Il boitait, en traversant la plage pour revenir sur ses pas. Un merlan mort gisait sur le sable. Puisque plus personne n'allait le pêcher, il était venu de lui-même mourir sur la terre. Il entendit les vagues venir se fracasser sur les rois, derrière lui. L'espace d'un moment, il se boucha les oreilles. Quelqu'un criait, près de lui. Il maintint ce cri en lui, avec ses mains sur ses oreilles, puis le laissa sortir.

---

1. *Macbeth*, I, 3. [N.d.T.]

Lorsqu'il entra aux *Three Kings*, un homme y était assis. Encore un. Il hésita à tourner les talons, mais l'individu n'avait pas réagi en le voyant. Il avait simplement promené froidement le regard d'un étranger à l'autre. Puis il l'avait tourné vers North Castle Street, où les ombres étaient très accentuées sous le viaduc. Sur les maisons d'en face, la lumière formait des dessins ressemblant à des graffitis. Dans une heure, le soleil aurait tourné suffisamment pour qu'ils aient disparu et laissé la place à la pierre nue. À cet endroit les graffitis étaient inconnus, les jeunes qui auraient été susceptibles de les dessiner avaient pris la fuite dès qu'ils l'avaient pu, vers l'ouest et vers l'est, vers Inverness ou Aberdeen, puisqu'ils étaient exactement à mi-distance, mais peut-être aussi plus loin encore, à savoir Edimbourg ou Glasgow. Sans compter ceux qui étaient allés jusqu'à Londres.

Il commanda sa pinte de bière et son whisky. Derrière le bar se tenait une femme qu'il ne connaissait pas. Ni jeune ni vieille, elle sortait du néant et n'allait nulle part. Elle renversa de la mousse sur le comptoir, poussa un soupir et alla chercher un chiffon. Il reconnut l'odeur qu'exhalait celui-ci. Sa bière avait la même quand il la buvait. Il la fit passer avec le whisky. Celui qui tenait à garder ses esprits devait se plier au dicton : *Beer on whisky – mighty risky. Whisky on beer – never fear.*

Il but une nouvelle gorgée de bière. L'homme qui était assis près de la fenêtre se leva et se dirigea vers la porte. Soudain il se retourna et lança un *goodbye*. Il lui adressa un signe de tête pour toute réponse. La femme au bar fit de même, mais il eut le sentiment que ce salut s'adressait à lui, ce qui lui déplut. Il finit rapidement sa bière et saisit le verre de whisky avant de descendre de son siège, au prix d'une nouvelle douleur à la hanche. Il vit l'homme refermer la porte d'une voiture, dans la rue, juste en face. Puis le véhicule démarra et s'éloigna vers Bayview Road avant de disparaître. Il ne connaissait pas cet homme, ne l'avait jamais vu. Pourquoi lui avait-il adressé ce salut, alors ? Il acheva de boire son whisky et posa le verre sur la table où la chope de l'étranger se trouvait encore.

Il prit North Castle Street en direction du sud, tourna à gauche dans Grant Street et parvint à la place centrale. Un autocar vide y était garé. Le chauffeur et les passagers étaient sans doute en train de déjeuner au *Seafield Hotel*, en route pour Aberdeen puisque le nom de cette ville figurait sur un panneau apposé à l'avant du véhicule.

Le *Seafield Hotel* n'était pas pour lui, ni maintenant ni à l'avenir.

Même à Aberdeen, il n'était jamais allé dans un établissement de ce genre.

En revanche, ils étaient allés au *Saltoun Arms Hotel* de Fraserburgh.

Ils s'étaient débarbouillés dans des toilettes, propres au point de briller comme le soleil sur la mer par un jour sans nuage.

C'était deux soirs auparavant.

Quelqu'un était-il au courant ? Et avait-il guidé leurs pas vers cet endroit ? Pas plus tard que deux jours auparavant…

Ils avaient dîné dans une salle où se dressaient de grandes plantes vertes, où tout sentait très bon. Les plats, chauds, étaient délicieux. À la fin, ils avaient mangé un dessert rouge et sucré qui tremblotait comme le ventre d'un poisson des abysses.

Il n'y était pas retourné depuis.

Des gens sortirent de l'hôtel et montèrent à bord du car, qui partit en direction d'Aberdeen.

Ils s'étaient amarrés à Abercromby Jetty puis dans le *Tidal Harbour*. Il avait fait dix mille pas sur Albert Quay, avait franchi Victoria Bridge, était descendu à *Timber Yards* puis avait remonté sur Commercial Quay.

Il était resté assis au *Schooner* et avait observé le crépuscule sur Guild Street.

Ils ne le laisseraient pas leur échapper.

Il le savait, car il y avait réfléchi.

Ils l'attendaient. Quelqu'un l'attendait.

Une fois à l'extérieur, il avait grimpé l'escalier très raide menant à Crown Street. Serait-il encore capable de monter jusque-là aujourd'hui ? Peut-être. Sinon ce jour-là, avec sa hanche, du moins un autre.

Il avait suivi Crown vers le nord et ensuite Union. La guerre était partout autour de lui, dans les vitrines des boutiques, les vêtements de tous les jours que portaient les gens, les uniformes des soldats. Tout était aussi sombre que possible, les lumières masquées par le couvre-feu. *The dark ages*. L'ère des ténèbres.

Il avait rédigé des lettres à l'intention de sa famille.

Il se rappelait que la bougie du poste d'équipage vacillait sous le courant d'air pendant qu'il écrivait.

Il avait posé des questions à propos d'Axel.

Il avait souvent pensé à ces lettres au cours de ses années de solitude.

Il n'avait jamais voulu revoir ces lettres. C'était un autre homme qui les avait écrites.

Il longea Seafield Street en direction du sud, s'éloigna de la mer, passa devant l'hôtel, la mairie, le commissariat de police où nul ne se souciait de lui. Il ne pensait pas que les jeunes savaient qui il était, ni même qu'il existât, et les anciens n'étaient plus là. Aucun d'entre eux.

Il poursuivit son chemin en direction de l'est, passa par Victoria Place, Albert Terrace, et revint vers le cimetière où il ne savait pas où il serait enterré. Personne ne le savait. Lorsqu'il revint et descendit les marches de Seatown, la pénombre était tombée sur la mer. Il croisa quelqu'un dans l'escalier, mais il était de nouveau invisible. Il pouvait entrer et sortir. Il pouvait tendre la main, personne ne le verrait.

Sur la corde à linge tendue à côté de la maison qui jouxtait l'escalier, des vêtements d'enfant flottaient dans la brise vespérale. Les fenêtres étaient noires, masquées par des volets.

Le rouge de la cabine téléphonique était tellement vif qu'il en paraissait phosphorescent. Il y était entré, avait été obligé de l'utiliser. Il n'aurait jamais cru cela. Il ne savait pas comment s'y prendre au début, mais il savait lire. Ses mains tremblaient au point qu'il avait dû recommencer plusieurs fois avant de réussir. Puis il avait posé sa question à la femme.

Au moment où il passait devant la cabine, cela se mit à sonner !

Il sursauta à nouveau et sentit sa hanche. Il poursuivit son chemin sans se retourner. La sonnerie continua de retentir.

Chez lui, il fit du feu dans la cheminée. L'humidité avait empiré pendant son absence. Il garda donc son manteau, le temps que le feu prenne. Celui-ci dévora d'abord les feuilles de papier journal, puis commença à lécher les bûches qui se trouvaient au fond. Il se réchauffa les mains.

Il garda les yeux braqués vers ce brasier qui prenait de plus en plus, attisé par l'air soufflant en spirale dans la cheminée. Le feu ressemblait à du fer qui brûlait et se transformait en braises de rouille. De rouille. Oui. Désormais, tout n'était que pierre et que rouille, alentour. Il n'y avait plus de marteaux.

*
**

Ils étaient entrés dans l'ancienne capitale, celle de la flotte de pêche. Elle ressemblait alors à une place publique grouillant de monde, près d'un port ouvert à tous les vents.

Il était parti en voiture et avait senti le message qui brûlait, dans la poche de sa veste. Il avait l'impression d'avoir des flammes dans le corps. Il était passé devant le chantier naval, où deux navires rouillés étaient comme pris par les glaces, dans cette boue rouge. Aucun coup de marteau ne brisait le silence.

Il avait vu de nouveau le monument. Il se souvenait d'être déjà venu là.

Il avait fait parvenir son message au-delà de la mer. Il savait que Hanstholm était maintenant comme un second port d'attache pour les bateaux de son ancien port. La criée. Le chargement du combustible.

Les rares navires venant de son pays.

Avant la guerre, il y avait eu quarante bateaux de pêche sur l'île.

Ils avaient navigué vers l'ouest pendant vingt heures, sur deux cents miles marins. Le lundi, chaque semaine.

Ils larguaient le chalut après l'avoir noué solidement. Un art qui avait disparu.

Puis ils tiraient le chalut, à cent brasses de profondeur.

Cela lui manquait. Depuis toujours.

Ils remontaient le chalut à la main. Cela lui manquait aussi. De même que les grosses déferlantes. Vitesse trois nœuds. Un dernier coup de chalut avant la nuit, puis on jetait l'ancre et on restait immobile, après avoir allumé le feu arrière.

Le vendredi, ils rentraient au port de pêche, avec leurs caisses au nombre de deux cents. Il savait comment pelleter la glace.

Bertil pilotait le bateau. Egon était mécanicien. Arne s'occupait des instruments de pêche.

Frans et lui faisaient le reste, le sale boulot, parce qu'ils étaient les plus jeunes. Ils n'arrêtaient pas de courir dans tous les sens sur le pont, de glisser, de hâler, de soulever, de défaire les nœuds et de voir le poisson tomber dans la cuve. Ils avaient les mains rouges et glacées, après l'avoir vidée.

Ils avaient été forcés de faire la cuisine, car, à bord, c'était toujours le benjamin qui était chargé de cette tâche.

Ils s'étaient endormis trop tard et réveillés trop tôt.
Debout !
Le travail continuait.
Par la suite, ce serait lui qui tiendrait la barre.
Ils pêchaient dans le noir.
Ils continuaient vers l'ouest.

Mon Dieu !
Il avait chanté dans le chœur de la Mission.
Près de la moitié des habitants de l'île faisait partie de cette communauté.
Il y avait toujours une bible à bord.
En mer, il était bon d'avoir quelqu'un à qui s'adresser.
Son propre père avait dit que, quoi qu'il arrive, tout se passe pour le mieux pour celui qui aime Dieu.

34.

Angela avait pris sa décision pendant son sommeil. À condition que ça marche pour Elsa. Et que ce ne soit pas pour trop longtemps.

— Mais je peux toujours rentrer seule un peu avant, dit-elle. Tu sais, le coup des avions différents.
— J'appelle Lotta, dit Winter.
— N'oublie pas Siv.

Miracle des miracles, il n'avait fallu qu'une demi-minute à Siv Winter pour décider de rentrer en Suède et de rester à Göteborg le temps de leur absence. Elle logerait chez Lotta qui, elle, se mettrait en congé de son travail à l'hôpital.

— Tous les autres prennent leur *time out* du jour au lendemain. Pourquoi pas moi ?

Winter appela Steve Macdonald au cours de l'après-midi et il décida de l'imiter.

— Mon père ne va pas bien, alors il faut que j'aille là-haut, de toute façon.
— Désolé d'apprendre ça.
— Il s'en remettra.
— Angela a l'intention de m'accompagner. Mais elle désire d'abord s'entretenir avec Sarah.
— Sarah m'a suggéré la même chose.

— Hier, j'ai rencontré un survivant, dit Winter, qui raconta ensuite sa conversation – si c'était bien le terme qu'il fallait employer – avec Arne Algotsson.

— Il m'a dit quelque chose que je n'ai pas saisi. Il m'a parlé de *Cullen sink*, ou quelque chose comme ça. J'ai trouvé sur la carte que Cullen est une ville, mais...

— Cullen *Skink*, dit Macdonald en éclatant de rire. Je n'y crois pas !

— Qu'est-ce qu'il y a ?

— C'est le nom d'une spécialité locale, une soupe à base d'aiglefin fumé, de pommes de terre, d'oignon, je crois, et de lait.

— Ah bon.

— Ce vieux fou t'a parlé de cette mixture ?

— Elle a dû produire une grosse impression sur lui.

— C'est généralement l'effet de l'aiglefin fumé.

— En tout cas, la composition de cette soupe est plutôt originale.

— Tu n'as encore rien vu.

— Ainsi, il a entretenu un rapport avec la ville de Cullen.

— Ou avec la soupe. Mais on en mange n'importe où en Écosse.

— Bon.

— Navré, dit Macdonald.

Winter crut entendre son sourire, au bout du fil, depuis le sud de Londres, quand il ajouta :

— Il en va de même de l'odeur de l'aiglefin fumé ou frit. Pourquoi crois-tu que je suis allé me réfugier à Londres ?

— Pourtant, Londres est surnommée *The Smoke*, non ?

— C'est une odeur toute différente.

— Algotsson nous a aussi parlé d'une ville côtière qui pourrait être Buckie. Tu la connais ?

— Tu sais que c'est presque mon pays natal. Buckie ? C'est un port de pêche parmi les plus connus. Le plus important, là-haut, pendant la guerre, je crois, et même un peu après.

— En tout cas, il a cité ce nom ou quelque chose d'approchant.

— Monsieur le commissaire a-t-il enregistré cette conversation ? plaisanta Macdonald.

— Tu n'étais pas là. Et moi, je n'étais pas commissaire, à ce moment.

— Buckie, reprit Macdonald. Le *Cluny Hotel* est un bel établissement, dont les Victoriens peuvent être fiers. Il y en a un, assez particulier, à Cullen. Il est célèbre là-bas, mais je ne me souviens plus de son nom.

Bergenhem participait à une opération d'envergure mobilisant des forces de la ville entière et destinée à récupérer des objets volés. Pour l'heure, il écumait les parages au nord de Hjalmar Brantingsgatan : en particulier Ångpannegatan et Turbingatan. Les tuyaux recueillis n'étaient pas nombreux mais semblaient valoir la peine d'être exploités. En fait, c'était toujours une question d'appréciation. Et personne ne faisait rien sans avoir une bonne raison pour cela, dans cette vie. Il y avait toujours un motif. Parfois la vengeance, parfois la jalousie, parfois l'idée d'un futur échange de bons procédés, parfois la déception, parfois la témérité, parfois l'erreur pure et simple. Il en allait dans ce cas comme dans d'autres, au sein de ce qu'on appelait la société. Le monde d'en bas n'était pas différent de celui d'en haut. Tout s'achetait.

Sur un rond-point désert, un bidon d'essence était en feu. Non loin de là, deux hommes d'âge avancé mangeaient et buvaient, accroupis. Bergenhem cherchait une adresse, au son de la musique de Led Zep. Robert Plant hurlait pour demander qu'on lui indique l'escalier menant au ciel. Bergenhem monta le volume. Il voyait les boucles en tire-bouchon de Plant. Il avait jadis assisté à un concert de Zep à Copenhague, il y avait des cheveux partout sur la scène. Jimmy Page avait l'air de se servir de sa guitare comme d'une béquille. Il est vrai qu'il était complètement sous l'emprise de la drogue. Ces types-là savaient jouer. Bonham n'allait pas tarder à mourir et pourtant il tapait si fort sur sa batterie qu'il avait fallu la remplacer en cours de séance. Mon Dieu !

Bergenhem trouva le bon chemin, se gara le long de l'entrepôt et coupa le moteur. Il regarda autour de lui et composa le numéro de la direction de l'opération qui, pour une raison ou pour une autre, se trouvait à Kvillebäcken. Peut-être à cause du MacDo de Backaplan.

— J'y suis, dit-il.
— Où est ton collègue ? demanda une voix râpeuse.
— J'ai pas de collègue avec moi. Où serait-il ?
— Il devait t'attendre.
— Je suppose qu'il a perdu patience, dit Bergenhem en voyant un petit camion s'arrêter le long de l'un des quais, sans couper le moteur.
— Un camion bâché, dit-il au micro. Sans nom de firme.
— Qu'est-ce qu'ils font ?
— Je ne vois personne. Le moteur tourne à vide. Devant le quai D.
— Est-ce qu'ils te voient, eux ?
— Si le chauffeur tourne la tête de cent quatre-vingts degrés, il y arrivera.
— C'est justement là que devait se trouver ton collègue.
— Alors, il a bien fait de ne pas y être. Ah, le voilà qui file ! dit-il en voyant le nuage de fumée avant même que le camion ait bougé.
— Merde.
— Je le suis ou pas ?

On entendit à nouveau brailler la voix râpeuse, évoquant un bruit de tôle rouillée frottant contre une pierre.

— Il fout le camp, annonça Bergenhem.
— Piste-le.

Bergenhem sortit de cette zone dans laquelle les entrepôts disposés en demi-cercle tentaient d'encercler des containers rouillés empilés les uns sur les autres comme les pièces d'un jeu de construction.

— Il y a peut-être des types dans l'entrepôt, dit-il au micro.

— On arrive, lui répondit-on.

Aneta Djanali échangea quelques mots avec Ringmar.

— C'est vrai ? demanda-t-elle.

— Pas de panique. Le vieux Lindsten bosse comme un dingue.

— Je vais lui parler.

— Attends un peu. Encore un jour ou deux.

Aneta Djanali pensa à la famille Lindsten. L'appartement de la fille appartenait en fait au père. Pas le moindre signe de Hans Forsblad ni ici, ni là-bas. Anette vivait chez ses parents – encore que... ce n'était pas sûr. Suzanne Marke avait au moins un domicile fixe, mais elle paraissait être la seule dans ce cas, hormis M. et Mme Lindsten qui, eux, ne cessaient apparemment de courir entre leur maison de Fredriksdal et celle au bord de la mer, à Vallda.

Où se trouvait Anette, en ce moment précis ?

— Bon, finit-elle par dire à Ringmar. Il y a autre chose à faire.

Bergenhem suivit le camion en direction du Port franc. Il ne pensait pas que le conducteur l'avait repéré. Il ne pouvait pas voir ma voiture de là où il se trouvait, pensa-t-il. C'est autre chose qui l'a incité à filer. Peut-être mon collègue s'est-il pointé de nulle part et ne l'ai-je pas vu.

Si l'entrepôt n'était pas plein de marchandises volées, c'était sans doute parce qu'on était en train de boucher les vides. Quant au véhicule devant lui, il en était peut-être déjà bourré. À moins qu'il ne soit venu faire le plein à l'entrepôt, justement, pour procéder à une livraison. Les receleurs ne manquaient pas à Göteborg.

Il croyait qu'ils partaient vers Ringön, mais le

camion fit un écart, sur le viaduc, et prit la direction du pont.

Aneta Djanali composa le numéro d'Anette Lindsten et, au bout de deux sonneries, elle obtint une réponse qu'elle ne comprit pas.

— C'est Anette ?

Nouveau marmonnement sur fond de circulation très intense.

Et soudain, silence, la communication avait été coupée.

Elle composa de nouveau le numéro.

Cette fois : tut-tut-tut. Occupé.

Elle attendit un peu, en parcourant ce couloir de brique frais et sec et qui ne sentait absolument pas. Möllerström passa devant elle avec un carton de papiers dans les bras, ce qui le contraignit à la saluer de son mieux de la tête. Möllerström produisait des tonnes de papiers qu'il promenait ensuite un peu partout. Ses déplacements étaient mystérieux. Elle le regarda s'éloigner.

Devaient-ils tenter de localiser le portable d'Anette ? Non, personne ne leur rendrait ce service s'ils ne fournissaient pas des motifs plus convaincants qu'ils ne pouvaient le faire.

Son téléphone sonna.

Elle répondit et entendit à nouveau ce bruit de voitures et un vague marmonnement. Puis une voix :

— Aneta ?

C'était Bergenhem. Elle distinguait à peine sa voix à cause du bruit de la circulation et du carillon d'une cloche.

— Oui.

— Où est Möllerström ?

— Il est en train de déménager un carton, qu'est-ce que tu crois ?

— Est-ce que tu peux me rendre le service de vérifier un numéro d'immatriculation ?

*
**

Bergenhem suivit le camion autour de Polhemplatsen. L'immeuble du Göteborgs-Posten débordait sur la rue. Une fois de plus, le conducteur parut hésiter et obliqua vers Odinsgatan à la dernière seconde, passant au feu orange au moment où il se mettait au rouge, ce qui obligea une voiture particulière, dans la file voisine, à piler et se déporter sur la gauche.

C'était une manœuvre illicite mais Bergenhem eut le temps de contourner l'obstacle et de se faufiler en gardant à l'œil ce véhicule qui lui était familier, maintenant, avec sa bâche peinte en bleu et blanc, les couleurs de la ville, et une corde ou quelque chose d'analogue qui voltigeait derrière un peu à la manière d'une queue.

La queue, c'est moi, pensa Bergenhem.

Ils traversèrent Odinsplatsen et empruntèrent Friggatan en direction de l'ouest. Sur l'échangeur de Olskroksmotet, le camion fit un nouvel écart, comme si le conducteur avait été gêné dans sa manœuvre. Il parle au téléphone, pensa Bergenhem, peut-être demande-t-il sa route.

Ils traversèrent ensuite Redbergsplatsen, passèrent devant Bagaregården et montèrent vers Gamlestadsvägen.

Le téléphone grésilla sur son support.

— Les plaques sont au nom d'un certain Berner Lindström, dit Aneta Djanali. Apparemment Berner est le prénom de ce type, aussi curieux que ça paraisse.

— Il est de Göteborg ?

— Le plus intéressant, c'est que ces plaques ont été volées. Tu m'as bien parlé d'un camion, n'est-ce pas ?

— Oui, mais répète ce qui concerne le propriétaire, s'il te plaît.

— Berner Lindström possède une Opel Kadett Caravan de 91 mais ses plaques d'immatriculation ont été volées il y a deux semaines à Falkenberg. Il en a aussitôt avisé la police, naturellement.

— Eh bien, on les a retrouvées, dit Bergenhem en tournant à droite dans Artillerigatan.

Il dut cependant s'arrêter pour laisser le passage à

un autre camion débouchant de Gamlestadstorget à la vitesse d'un boulet de canon. Il tenta ensuite de repérer le véhicule qu'il suivait, un peu plus loin devant lui, mais ne vit plus rien de bleu et blanc. M...

— Où es-tu ? demanda Aneta Djanali.
— Je l'ai perdu de vue.

De rage, il cogna son volant du poing. Il poursuivit sa route à soixante-dix à l'heure, regarda vers la gauche juste avant le rond-point et aperçut une tache bleue et blanche.

— Lars ?
— Ah, je le vois ! s'écria Bergenhem plus à l'intention de lui-même que d'Aneta.

Il fit le tour d'un nouveau rond-point.

— Kortedalavägen, répondit-il enfin.
— Quoi ? !
— Je traverse Kviberg en direction du nord.
— Tous les chemins mènent à Kortedala, on dirait.
— Je tourne vers Kortedala Torg.
— Mon Dieu.
— On passe devant le commissariat, le camion n'est pas loin devant.
— Ils ne t'ont pas vu, tu crois ?
— Non.
— Tu es sûr ?
— Non. Mais... on dirait que le conducteur a autre chose à penser. Je crois qu'il n'est pas d'ici et qu'il suit des indications qu'il reçoit au téléphone.
— Il est peut-être de l'intérieur du pays.
— De Falkenberg, suggéra Bergenhem en riant.
— Où êtes-vous, maintenant ?
— Devine.
— Tu tournes à droite devant la station Uno X.
— Bonne réponse.
— Est-ce que je vais avoir bon à la suivante aussi ?

À son ton, il perçut qu'elle était excitée.

— On va voir... ils prennent à droite... ils entrent dans la cour ou je ne sais pas quoi, devant la baraque... ils avancent jusqu'à une des entrées... oui, c'est ça... je passe près d'eux... je les surveille dans le rétro... c'est bien le numéro 5, où on a cueilli ce Forsquelquechose. Je vois quelqu'un sortir du camion... il faut que je tourne à gauche, maintenant, Aneta.

— J'arrive, dit-elle, joignant le geste à la parole.

35.

Winter appela Donsö et c'est Erik Osvald qui lui répondit. Il était rentré chez lui tard dans la nuit. Le catamaran venant de Frederikshavn avait été beaucoup retardé par le vent et une mer très forte.

— On se sent impuissant, dit Osvald, sans que Winter sache exactement à quoi il faisait allusion.

En fait, il parlait de l'absence de contrôle sur soi-même.

Il avait parlé de la peine qu'il ressentait. Il n'y avait plus personne pour écouter les prévisions météorologiques.

— Il ne m'a pas appelé une seule fois, poursuivit Osvald. Je dois reconnaître que j'ai apprécié ça.

Il évoqua spontanément sa récente sortie en mer sans que Winter ait besoin de lui poser la question. Johanna lui avait annoncé la nouvelle à un moment « passionnant ».

Il parlait – il en éprouvait le besoin pour chasser son chagrin – et Winter écoutait.

— Le mieux, c'est de trouver une espèce de poisson qui n'est pas frappée de quotas. Et des gros de préférence. Apparemment, on a eu cette chance.

— Quelle espèce ?

— La baudroie et l'écrevisse. Nous avons déniché une de leurs cachettes. À force de chercher, nous avons fini par tomber sur une zone où elles occupent le même... territoire et où personne n'est encore allé, parce que le fond est plein d'aspérités. Et on a pris beaucoup de baudroies.

— C'est un poisson qui vaut cher.
— On en a ramené pour pas mal de millions.
— Bien.
— Mais on a déchiré les chaluts, parce que cette espèce de poisson reste collée au fond et, souvent, on leur racle seulement le dos. Cette fois, on en a remonté pas mal.
— Je comprends.
— Dans les eaux norvégiennes, elle figure au nombre des « autres espèces », ajouta Osvald.

Winter crut percevoir de l'étonnement dans sa voix.

— Est-ce que je peux venir te voir ?
— Pourquoi ça ?
— Je voudrais te demander une ou deux choses.
— Ce n'est pas possible au téléphone ?
— Je préfère pas.
— Quand, alors ?
— Je peux être à Donsö dans un peu plus d'une heure.
— Mais il n'y a pas de bateau.
— Je me suis arrangé.
— Ah bon... tu étais sûr que je serais rentré.
— Non.
— Ah.
— As-tu trouvé les lettres ?

Lors de leur dernière rencontre, ils étaient convenus que Johanna et lui chercheraient les lettres de John Osvald à sa famille. Si c'était possible.

— Il y en a deux ou trois. Elles étaient dans... les affaires de papa. En fait, c'est du nouveau pour moi, reprit-il après une pause, Je ne les ai jamais vues. Et je ne les ai pas encore lues.
— J'arrive dans une heure.
— Alors, c'est à ce sujet-là ?

Erik Osvald l'attendait sur le ponton. Il était pâle. Son chalutier n'était pas amarré à l'endroit où il se trouvait la fois précédente. On aurait dit qu'il avait laissé un trou. Winter savait qu'il était en train de regagner la mer du Nord, avec la nouvelle équipe à bord. En chasse de baudroie, d'écrevisse, de morue et d'aiglefin. D'aiglefin fumé. Non. Des chalutiers danois, suédois et écossais en train de pourchasser le poisson à chair blanche à fumer, à frire et à cuire à la vapeur. Les filets de morue aboutiraient sur les tables de Bruxelles. L'équipage, lui, n'avait pas les moyens de s'attabler pour déguster ce mets si précieux. Il devait se contenter de filets de porc et de bœuf moitié prix. Winter repensa à ce que Osvald avait dit à propos de la vache folle. Le monde était bien compliqué.

En mer, ils étaient leurs maîtres. Les Norvégiens étaient trop occupés à surveiller la mer de Barents. Et les Hollandais ne pêchaient que la plie. Il n'y avait donc pas de concurrence.

Osvald tendit la main à Winter pour l'aider à se hisser sur le quai, depuis la vedette de police. Un groupe de jeunes à vélo les observait. Sur un simple signe d'Osvald, ils se dispersèrent. Il sourit. L'un des jeunes dressa sa roue avant en l'air comme un cheval ses antérieurs.

— C'est mon fils, expliqua Osvald.

— Est-ce qu'il va être pêcheur, lui aussi ?

— Je vais lui montrer le métier. Quand il aura vingt ans, il fera son choix. Après, c'est trop tard.

Il ôta sa casquette et se gratta le cuir chevelu, sur lequel ses cheveux commençaient à se clairsemer. Son front, lui, était rouge et pelé à force de soleil, de vent et de sel.

— C'est difficile de réunir un équipage ?

— Non.

— Il y a beaucoup de bateaux d'ici, en mer ?

— Non.

— Ah bon ?

Osvald avait commencé à avancer ; Winter le suivit.

— Il y a eu un changement de générations à Donsö,

qui s'est mal passé... Les vieux... ceux de l'âge de mon père, un peu plus âgés peut-être... étaient très en colère.

Osvald parlait droit devant lui, sans regarder Winter, et les mouettes tournaient au-dessus d'eux en criant. Un goéland était posé sur un rocher.

— Il faut dire qu'ils n'ont pas laissé la place, les vieux, ils ont gardé leurs équipages tels qu'ils étaient. C'est vrai qu'ils faisaient très bien le boulot. Mais ils n'ont jamais cédé la place aux jeunes, répéta-t-il en regardant Winter. Puis les jeunes gens sans formation ont eu la possibilité d'être embauchés par la Stena, la compagnie de ferries. Et alors, grosse baisse de tension ici, continua-t-il, soulignant la chose par un grand geste. Après ça, ils ne pouvaient pas redevenir pêcheurs, ni à l'époque ni de nos jours.

— Pourquoi pas ?

— Il faut trop d'argent aujourd'hui pour s'établir. Tu as vu mon bateau, hein ? Pas bon marché, je te jure. 320 tonnes, 1 300 chevaux. Si on arrêtait maintenant, il vaudrait un bon petit paquet.

Il se retourna comme s'il était là et s'il pouvait le montrer du doigt.

— Tu serais prêt à le faire ?

— Arrêter ? Jamais. L'Union européenne serait trop contente. Mais pas question.

Erik Osvald habitait l'une des maisons les plus anciennes. Les deux hommes durent se baisser pour entrer, en revanche le plafond de la pièce principale était haut et voûté. Une large fenêtre laissait pénétrer la lumière et offrait une vue sur les rochers, la mer et l'horizon. Elle était parfaite, cette salle.

Winter entendit un bruit venant de l'intérieur de la maison et tourna la tête.

— C'est le chat. J'espère que tu n'es pas allergique, dit Osvald.

— Je ne sais pas, étant donné que je n'en ai jamais eu.
— Mais tu as quand même dû en caresser.
— Non.
— Non ?
— Je t'assure.

C'était la première fois qu'il y pensait et cela lui parut en effet complètement absurde. Un homme de quarante ans qui n'avait jamais caressé un chat de sa vie. Il avait besoin de la campagne.

— Eh bien, ne te gêne pas, dit Osvald en se baissant pour attraper par le ventre un petit chat au pelage noir et le tendre à Winter, qui le gratta sous le menton et lui passa la main sur la tête – et voilà, ce n'était plus à faire.

Osvald lâcha ensuite l'animal, qui franchit le seuil de la pièce d'un bond.

— On a eu sa grand-mère quand... eh bien quand Johanna et toi vous voyiez beaucoup.
— Je ne suis jamais venu ici, à cette époque.

C'était vrai. Il aurait pu pénétrer dans cette pièce plus de vingt ans auparavant et voir la même mer et les mêmes rochers que maintenant. Le frère et la sœur Osvald avaient passé leur enfance dans cette maison. Erik l'avait reprise et son père était allé vivre dans l'annexe. Quant à Johanna, elle avait la sienne un peu plus loin, près de l'école.

— Tu as eu Johanna au bout du fil ? demanda Osvald.
— Oui. Et toi ?
— Bien sûr. Qu'est-ce que tu veux dire ?
— Depuis ton retour. Est-ce qu'elle t'a dit quand elle... rentrait ?
— On s'est parlé ce matin. Le docteur... enfin, le légiste, je crois que c'est le terme... doit encore procéder à des analyses. Mais tu es bien placé pour le savoir.

Peut-être pas autant que tu le crois, pensa Winter, je n'ai pas eu de nouvelles, aujourd'hui.

— Tu es au courant ? s'enquit Osvald.
— Je n'ai pas eu de nouvelles ce matin.

— Ce n'est pas ce que je voulais dire. Je faisais allusion à... la cause de sa mort.

Osvald posa sur lui ses yeux d'un bleu si pâle qu'ils rappelaient un ciel de janvier, dont les pupilles étaient auréolées d'un cercle clair. En réalité, ils étaient comme ceux de tous les gens de cet endroit. Ils étaient exposés à la vive lumière de la mer et aucun pêcheur n'aurait porté de lunettes de soleil, de peur du ridicule. Sur les îles de l'archipel sud, seuls les touristes en portaient.

C'était la première fois qu'Erik parlait d'Axel Osvald.

— Je sais seulement ce qu'on m'a dit jusqu'ici et donc qu'il est mort d'un arrêt du cœur.

— Tu crois ça ?

— Quand on me l'a dit, oui.

— Ce n'est pas le sens de ma question.

— Quelles autres hypothèses y aurait-il ?

— C'est ton rayon, c'est toi qui es dans la police judiciaire, non ?

— Et si je te demandais d'y réfléchir ?

— Je n'en suis pas encore là. Et je ne suis pas certain de jamais y parvenir. À quoi est-ce que ça servirait ?

Il commença à se diriger vers la porte, avant de s'arrêter.

— En fait, je n'en sais rien, répondit Winter.

— Mais tu n'as pas l'air d'être entièrement convaincu par l'explication qu'on t'a fournie.

— Est-ce qu'il s'est passé quelque chose, quand ton père est parti pour l'Écosse ? Était-il à la recherche de... pistes, ou de renseignements sur ce qui avait pu arriver à John ?

— Il ne cherchait aucune piste.

— Ah bon ?

— Pas dans ce sens-là. Nous avions tous accepté l'idée que... grand-père avait coulé avec ce bateau, le *Marino*. Ce qu'il désirait obtenir, c'était des renseignements sur LA FACON dont ça s'était passé. Tu comprends ? Il n'était pas en quête de... mon grand-père ou comment dire ?

— Il t'a raconté tout ça ?

— Tu trouves que c'est beaucoup ?
— Est-ce qu'il t'a confié ce que tu viens de me dire ? répéta Winter.
— À peu près. C'était ce qu'il avait en tête, en tout cas.
— Le choc a dû être considérable pour lui, quand il a reçu ce message.
— Je l'ignore.
— Tu n'étais pas ici ?
— J'y étais sans y être. Mais je crois que mon père... je crois qu'il pensait encore qu'il était arrivé quelque chose de nouveau. Que c'était plutôt... les circonstances, quoi.
— Qui ne sont pas particulièrement claires.
— C'est le moins qu'on puisse dire.
— Qu'est-ce qu'il a réussi à savoir ?
— La même chose que tout le monde. C'est-à-dire que le bateau a pris la mer et n'est jamais revenu.

Voilà une façon imbattable de résumer l'affaire en quelques mots, pensa Winter.

— Mais tout l'équipage n'a pas participé à cette dernière sortie.
— Non. Ils ont eu de la chance.
— Pourquoi ne l'ont-ils pas fait ?
— On obtient des explications différentes en fonction de la personne qu'on interroge. Ou qu'on interrogeait, puisqu'il n'y a plus personne à qui poser la question. Je vais chercher les lettres, conclut-il en s'éloignant.

36.

Bergenhem surveillait attentivement le camion. Les deux hommes qui en étaient descendus semblaient faire de même ou attendre quelqu'un – ou quelque chose.

L'un d'eux, le plus âgé, regarda sa montre.

Bergenhem s'était garé dans une rue transversale, de l'autre côté de Fatstlagsgatan, dans une file de voitures qui avaient connu des jours meilleurs. Son propre véhicule banalisé n'aurait pas tranché sur elles s'il n'avait pas été aussi crasseux.

Il communiquait par radio sécurisée avec le chef de l'opération, qui avait changé de local. On aurait dit qu'il mâchait quelque chose quand il parlait. Sans doute un hamburger. Et il y avait un effet d'écho.

— Nous sommes à l'intérieur de l'entrepôt, dit le chef.

— Moi, j'ai atterri à Kortedala.

— Où est le camion ?

— Garé à cinquante mètres de moi.

— Bon. Il est sans doute plein de marchandises volées.

— Non, je crois qu'il est vide et qu'ils viennent prendre livraison. Qu'est-ce que je fais ? demanda-t-il en voyant le plus jeune des deux hommes allumer une cigarette.

— Garde-les à l'œil, pour l'instant.

— Comment ça se présente, là-bas ?
— On a trouvé de quoi meubler la moitié de la ville, déclara le chef qui s'appelait Meijner. On se croirait dans une succursale d'IKEA.

Bergenhem eut un sourire.

— Les gars en ont trouvé autant à Tagene, reprit le chef.

— Alors comme ça, Hisingen a enfin son IKEA.

— Apparemment.

Bergenhem vit les deux hommes faire le tour de leur camion, à supposer qu'il leur appartînt, et se mettre à discuter comme s'ils devaient prendre une décision.

— C'est sûr que tout ce matériel est volé ? demanda-t-il.

— On en a déjà identifié une bonne partie.

— Bon.

Une voiture vint alors se ranger derrière le camion et un homme d'âge mûr en sortit. Bergenhem nota le numéro d'immatriculation.

Les trois hommes semblaient maintenant engagés dans une discussion sans fin. Celui qui venait d'arriver désigna quelque chose en hauteur, puis indiqua une autre direction. Le plus jeune des passagers du camion haussa les épaules et son aîné entreprit de remonter à bord du véhicule. Le nouvel arrivé fit une sorte de geste circulaire avec la main.

De l'endroit où se trouvait Bergenhem, cela ressemblait à un malentendu.

Le nouveau venu regarda autour de lui puis pénétra dans l'entrée de l'immeuble.

Le camion démarra dans un nuage de vapeurs de diesel de la pire espèce. Bergenhem fut obligé de prendre une décision. Il mit le moteur en marche au moment où le camion passait près de lui ; le plus jeune était au volant, l'autre parlait au téléphone.

Bergenhem quitta le stationnement et les suivit en direction du sud. À trois cents mètres de là, il croisa Aneta qui arrivait. Il se rendit compte qu'elle l'avait aperçu. Il eut même le temps de la voir composer son numéro et, juste après, son portable sonna.

— J'ai sûrement loupé quelque chose, dit-elle.
— Voilà que ça recommence.
— Que s'est-il passé ?
— Rien. Ils ne sont pas entrés.
— Non ?
— Un autre type est arrivé.
— Explique-moi.

Ils passèrent de nouveau devant le commissariat de police. Celui-ci avait l'air fermé, car il n'y avait aucun véhicule garé devant, personne n'entrait ni ne sortait, seul ou accompagné. Bergenhem se demanda s'il n'était pas désaffecté comme celui de Redbergslid.

— Eh bien, un autre type, plus âgé, est arrivé. Il a pénétré dans le bâtiment et les deux autres sont partis. C'est la même entrée que l'autre fois, ajouta Bergenhem en tournant à gauche.
— Il y est en ce moment ?
— Je suppose. C'était le cas il y a cinq minutes. J'ai noté le numéro de sa voiture. Tu veux que je te donne ?
— On verra ça après. Salut.
— Aneta ! cria Bergenhem avant qu'elle ne raccroche. Ne parle pas du camion.
— Bien sûr que non.
— Je te rappelle.

Bergenhem poursuivit son chemin vers le sud, selon le même itinéraire qu'à l'aller mais en sens inverse. Aller et retour à Kortedala pour rien, pensa-t-il une fois revenu à Olskroken tandis qu'il s'engageait dans Friggagatan en direction du centre de la ville. À Odinsplatsen, il vit la bâche bleu et blanc tourner vers la gauche et il franchit la rivière derrière elle. De feu vert en feu vert il la suivit ainsi jusqu'à Skånegatan, où il passa devant le commissariat de police. Les deux hommes semblaient nourrir une affection particulière pour ce genre de lieu – sans aller jusqu'à s'y arrêter, cependant.

*
* *

Aneta Djanali se gara derrière la voiture de Sigge Lindsten.

L'ascenseur était en haut de l'immeuble. Elle l'appela et l'attendit en écoutant le souffle d'air qu'il déclenchait, en spirale, dans l'escalier. On aurait presque dit une voix.

Une fois à l'intérieur, elle fixa la paroi sur laquelle il y avait jadis eu une glace. Il ne restait plus que des cercles noirs enduits d'une peinture qui ne voulait pas partir et elle eut l'impression qu'il y en avait encore plus que la dernière fois.

La porte de l'appartement était ouverte. Elle frappa à deux reprises.

Sigge Lindsten sortit de la cuisine, sans avoir l'air particulièrement étonné de la voir.

— Qu'est-ce qu'il y a ? demanda-t-il simplement.
— C'est toujours vide, constata-t-elle.
— Oui.
— Personne n'a emménagé depuis le départ d'Aneta.
— Non.
— Pourquoi ?
— Quelle importance ? Il est à moi, ce logement. J'en fais ce que je veux, non ?
— Et Anette, comment va-t-elle ?
— Bien, je crois.
— Où est-elle ?
— À la maison. Mais je vous prie de la laisser tranquille, maintenant.
— Pas de nouvelles de Forsblad ?
— Non.
— Ni de sa sœur ?
— Non plus.
— Qu'est-ce que vous pensez d'elle ?
— Rien. Si vous n'y voyez pas d'inconvénient, j'ai à faire, ici.
— Pourquoi êtes-vous venu ?

Sigge Lindsten ne répondit pas. Il fit un pas en arrière et disparut à nouveau dans la cuisine. Aneta Djanali fit deux ou trois pas dans l'entrée, à son tour, et vit qu'il était debout devant l'un des placards. Il se retourna rapidement en sentant sa présence derrière lui. Il y avait dans ses yeux une lueur qui l'incita à reculer, à sortir sur le palier et descendre les six étages en courant, jusqu'à la porte d'entrée. Elle regagna sa voiture en proie à une perplexité qui lui donnait froid dans le dos. Que s'était-il passé ?

Winter lut les lettres les unes après les autres. Elles étaient brèves, adressées par le jeune John Osvald à sa femme tout aussi jeune et rédigées d'une écriture maladroite. Elles n'étaient pas datées mais, dans la seconde, il était fait allusion à quelque chose qui était mentionné dans la première. Winter la relut et leva les yeux.
— Ton père t'a-t-il parlé de ces lettres ?
— Non.
— Il les a lues ?
— Elles étaient dans sa chambre. Je suppose qu'il les a sorties, parce que... eh bien, il y avait une sorte de boîte, toujours ouverte, sur l'étagère, et il me semble qu'elles y étaient rangées avant.
— Il y en a d'autres ?
— Non, c'est tout ce qu'on a trouvé. Et, comme je t'ai dit... il ne nous en a jamais parlé.
— Pourquoi ?
— Pourquoi pas, tu veux dire ? Je suppose que ça le... gênait. Je ne sais pas. Tu as vu que son père la salue dans la seconde lettre et...
Erik Osvald n'acheva pas sa phrase.
— La seconde ne paraissait pas avoir été expédiée du même endroit, suggéra Winter.
— Peut-être, en effet.
— *Nous espérons que les temps seront meilleurs ici*, lut Winter à haute voix.
Il leva de nouveau les yeux.
— Ils se sont donc déplacés.
Osvald opina du bonnet.
— Je suppose qu'ils se sont rendus à Peterhead.
— Est-ce que les temps ont vraiment été meilleurs, ainsi qu'il le souhaitait ?

— Je l'ignore, Erik. Comme tout le monde.

— Écoute un peu, enchaîna Winter en reprenant la lecture à haute voix. *Il ne faut pas te fier à ce dont il était question. Crois-moi.* Il fait manifestement allusion à quelque chose qu'il a écrit précédemment ou dont il a entendu parler, poursuivit-il en regardant Osvald.

— Peut-être.

— Ta grand-mère... ne t'a jamais parlé de ça ?

— Je ne m'en souviens pas. On était jeunes au moment de sa mort.

Comme ta mère, pensa Winter. Les deux femmes de la famille Osvald avaient très tôt quitté leur mari et leurs enfants. Erik et Johanna étaient les seuls survivants de la famille. Deux frères avaient disparu en mer au large de l'Écosse et le père de ces enfants venait de faire de même.

Erik Osvald avait sa famille : sa femme et son fils. Johanna, elle, n'avait plus que son frère. Il pensa à ce qu'elle devait ressentir, là-bas, à Inverness. Il n'était pas certain qu'elle y serait encore quand il arriverait.

Osvald était assis sans rien dire, les yeux fixés sur les rochers, de l'autre côté de la fenêtre, comme perdu dans ses songes. Passait-il son temps à ça quand il était chez lui, une semaine sur deux ? Une semaine en mer, la suivante à la maison.

— Je pars demain en avion, annonça Winter.

— Quoi ?

— Je prends l'avion pour Inverness, demain.

— Qu'est-ce que tu dis ? ! s'exclama Osvald, qui parut sursauter et détourna le regard de la fenêtre.

— Ça t'étonne ?

Osvald se gratta le cuir chevelu au-dessus du front, comme en un geste inconscient.

Winter attendit. Un vélomoteur à remorque passa devant la maison, ses pétarades se répercutèrent sur les rochers.

— C'est à cause de Johanna ? demanda Osvald, la main toujours sur ses cheveux rares.

— Pardon ?
— Il y a toujours quelque chose entre vous ?
— À ton avis je ferais ce voyage pour cette raison ?
— Pour quelle autre ?
Winter resta interloqué.
— Tu ne trouves rien à répondre à ça ? demanda Osvald.

Le vélomoteur passa de nouveau dans la rue, dans l'autre sens. On entendit un oiseau de mer pousser un cri. Winter trouva qu'il faisait un peu le même bruit que la sirène de l'un des bateaux assurant le service de l'archipel.

— Il y a deux raisons à ce voyage, précisa Winter, et elles sont liées.

Bergenhem suivait toujours le camion. C'était plus facile, maintenant, étant donné la largeur de Skånegatan, une ligne droite en plus. La radio de bord se mit à grésiller. Il répondit, tout en laissant la priorité à Korsvägen. Le camion s'engagea dans Södravägen, en direction de Mölndalsvägen.

— Les plaques du véhicule ont été volées, dit-il à Meijer.
— Oh, merde.
— Pourquoi sont-ils allés jusqu'à l'entrepôt, si c'était simplement pour faire demi-tour ?
— Je suppose qu'ils ont reçu de nouvelles instructions par téléphone.
— C'est probable, en effet.
— Tu veux qu'on t'envoie des renforts pour les interpeller ?
— Vous ne voulez pas savoir où ils vont ?
— Si, dit Meijer.
— C'est une opération de grande envergure que vous avez lancée, hein ?
— Oh oui, de très très grande envergure.
— Alors, il ne faut pas risquer de tout gâcher en pinçant ces types-là dès maintenant.

— Tu as parfaitement raison. Continue à les prendre en filature comme prévu et ne fais rien jusqu'à nouvel ordre.

Bergenhem secoua la tête en souriant intérieurement.

— Et donne-moi le numéro des ces plaques.

— Demande-les à Aneta Djanali, de la brigade des recherches, dit Bergenhem en mettant fin à la communication.

Ils arrivèrent à Mölndalsvägen et passèrent devant l'entrée sud du parc d'attractions de Liseberg. La voie était toujours droite et large. À la hauteur de Sörgården, elle changeait de nom pour prendre celui de Göteborgsvägen. Le camion passa devant la zone industrielle de Krokslätt. Bergenhem s'efforçait de laisser quatre voitures entre les deux véhicules.

Ils montèrent ensuite sur Kungsbackaleden. Bergenhem eut alors l'idée de vérifier le niveau d'essence. Toutes les voitures sortant du garage devaient avoir un réservoir plein. Ce n'était pas le cas de celle-ci, dont on s'était sûrement servi avant qu'il ne la prenne. Il en restait cependant assez pour cent ou cent vingt kilomètres.

Ils traversèrent Kållered. À la sortie sud, le camion s'engagea à droite. Bergenhem eut le temps de l'imiter avant de le voir virer à nouveau à droite, faire le tour du parking et aller se garer devant IKEA.

Bergenhem se gara à son tour, mais les deux hommes étaient déjà allés se perdre dans la foule, à l'intérieur du bâtiment.

Il ouvrit la portière et resta assis à l'intérieur de sa voiture. Sur le parking, cela sentait à la fois l'essence et la saucisse grillée.

Des saucisses, il en avait fait griller avec Krister, pendant le week-end. Sur Stora Amundö, pas très loin de là. Si, assez loin, en fait.

Ils avaient parlé de tout.

Martina croyait qu'il était parti travailler. Il ne pensait pas qu'elle aurait l'idée de l'appeler pour vérifier. Il avait parfois l'impression qu'elle ne se souciait plus de lui.

Maintenant, elle détournait toujours le regard.

Ça ne peut plus durer, avait-il pensé en gagnant Linnéplatsen pour aller chercher Krister.

Et il l'avait dit tout haut, là-bas, sur les rochers, devant une mer couverte de voiles.

Ça ne peut plus durer.

Tu ne veux pas avoir des amis ? avait demandé Krister.

Je ne veux pas les fréquenter en cachette, avait-il répondu.

Tu n'as pas besoin de te cacher, avait dit Krister.

C'est pourtant ce que je fais. Martina. Je lui cache des choses. Je lui mens sur mes horaires.

Dis-le-lui.

Lui dire quoi ?

Tu le sais bien.

Tiens, je t'en fiche, avait-il pensé.

Il avait rencontré Krister quatre fois.

Il ne s'était rien passé.

Tout était tellement confus.

Le problème, c'était peut-être Martina et lui. Et leur relation, ou ce qu'on appelait ainsi. Peut-être pourrait-il en parler à quelqu'un. C'était à la fois tellement simple et tellement compliqué.

Ada lui manquait, là-bas. La journée était magnifique, le ciel d'un bleu merveilleux. Et, soudain, Martina aussi lui avait manqué.

C'est quand même dingue, avait-il pensé. Je suis ici, moi, et elles là-bas.

Je fais des choses en cachette d'elles.

Je mens.

Il ne faut plus se voir pendant longtemps, avait-il dit à Krister dans la voiture, sur le chemin du retour.

D'accord, avait acquiescé Krister.

Ils s'étaient serré la main sur Sveaplan.

*
* *

Winter lui avait parlé de Macdonald. C'était la moins importante des deux raisons. Il avait ensuite tenté d'expliquer l'autre, l'essentielle. Ce n'était pas facile.

— En général, je ne me trompe pas, dit-il.

Osvald regarda à nouveau par la fenêtre. Le crépuscule semblait s'épaissir, mais le moment n'était pas encore vraiment arrivé. Un nuage avait dû passer sur l'île.

— S'il y a... autre chose, c'est normal que quelqu'un aille mener l'enquête sur place, déclara Osvald.

Winter hocha la tête.

— C'est donc le cas ?
— Je ne sais pas. C'est pour ça que j'y vais.
— Je comprends.
— Quelque chose a incité ton père à partir.
— Qu'est-ce que tu veux dire ?
— Il est arrivé une lettre, n'est-ce pas ?
— Oui, c'est vrai.

Winter regarda les deux feuilles de papier posées sur la table basse en verre. De là où il se trouvait, il pouvait en voir l'écriture un peu négligée, mais pas la déchiffrer.

— Je voudrais t'emprunter ces deux lettres pendant quelque temps.
— Pourquoi ?
— Pour qu'on les examine d'un peu plus près.
— Pour trouver des empreintes digitales ?
— Qu'est-ce qui te le fait croire ?
— Eh bien... je ne sais pas, ça m'est venu à l'idée, c'est tout.

Winter garda le silence. Il entendit pour la troisième fois la pétarade du vélomoteur passant devant la maison. Il pensa soudain à un vieux film dans lequel une moto fendait la foule à intervalles réguliers – ou plutôt irréguliers. Tout d'un coup elle était là, puis elle disparaissait. *Amarcord*, de Fellini.

Il y avait aussi un autre film où il y avait la même chose... un personnage sur une moto. C'était de toute évidence un clin d'œil à Fellini. Comment s'appelait-il, déjà ? Il voyait une petite localité au bord de la mer. Ah oui : *Local Hero*. D'après ses souvenirs, ce film avait été tourné en Écosse, sur la côte, à un endroit où on regardait de travers tous les nouveaux venus.

— Ce n'est pas pour les empreintes digitales ? demanda Osvald.

— Peut-être.

Il pensa à la lettre arrivée un mois auparavant et qui avait incité Axel Osvald à partir vers sa mort. Il regarda le fils de celui-ci et vit que la même idée lui était venue à l'esprit

— Pour les comparer ? voulut savoir Osvald.

— Peut-être.

— Tout de même tu ne penses pas que…

Winter ne répondit pas. Le vélomoteur passa pour la quatrième fois. Sans doute s'agissait-il d'un engin différent, mais il faisait exactement le même bruit. L'espace de quelques secondes, le film tourné en Écosse lui revint à l'esprit. Les maisons serrées les unes contre les autres, l'auberge et l'homme plein de ressources qui la dirigeait. Un Américain et lui étaient en négociations à propos de la vente d'un terrain au bord de la mer.

— C'est parfaitement idiot, protesta Osvald. Ça signifierait que mon grand-père est toujours en vie. Tu y crois vraiment ? demanda-t-il en se levant.

— Et toi, qu'en penses-tu ?

— Non, non.

— Et ton père ?

— Non. Il ne croyait pas… qu'il en était ainsi.

— Tu en es sûr ?

— Il lui est peut-être arrivé de l'espérer. Mais c'est autre chose.

Croire ou espérer. Était-ce vraiment si différent ? Dans le monde de Winter, celui où il avait passé l'essentiel de son temps jusque-là, c'est-à-dire sa vie adulte, le fait de croire se confondait parfois avec celui d'espérer.

— Je voudrais te demander une dernière chose, Erik, ajouta Winter.

— Quoi donc ?

— As-tu une photographie de jeunesse de ton grand-père ?

Osvald porta à nouveau la main à son front et la passa sur ses cheveux. Il se tenait maintenant au milieu de la pièce.

— Il n'y en a pas d'autre, assura-t-il. On n'a pas d'autres souvenirs de lui que ceux de son jeune temps.

— Avez-vous une photo de cette époque ?

— Oui, répondit Osvald en quittant la pièce.

La voiture de Bergenhem était garée à quatre rangées du camion, qui semblait osciller au vent lorsque la bâche bougeait. Il constata alors que celle-ci avait été installée sur un *van*, ce qui était assez inhabituel. Il regarda sa montre. Il était posté là depuis une demi-heure. Il descendit de voiture pour aller examiner le camion de plus près, en surveillant du coin de l'œil l'entrée du magasin, où des centaines de personnes entraient et sortaient, poussant des chariots pleins de paquets plats. Cette idée d'Ikea a fait le tour du monde et des millions de gens créent désormais leur univers grâce à des paquets de ce genre. Pour sa part, Bergenhem avait encore sur les mains les traces de ses efforts pour assembler un meuble de télévision, où les trous percés à l'avance dans un plateau collé à la glu ne correspondaient pas aux éléments censés s'y encastrer. Il avait sué sang et eau, débité un chapelet de jurons et fini par enfoncer les vis au marteau. Heureusement, c'était bon marché.

Il regarda de nouveau sa montre et se dirigea vers l'entrée.

Une demi-heure plus tard, le parking commença à se vider.

Le camion était toujours là.

Bergenhem commençait à comprendre ce qui s'était passé.

Un quart d'heure après, il n'y avait plus que le camion, dans sa rangée. Plus aucun doute. Il appela Meijer.

37.

Harbour office. Pas grand-chose d'autre qu'un mur tourné vers la mer, comme toujours. Il s'était garé devant le chantier naval et était revenu sur ses pas le long des quais. Il n'y avait pas de vent.

C'était assorti au reste. Le calme, un calme dont personne ne voulait, régnait sur ce lieu. Peterhead avait pris le relais de tout ou presque. Le chantier naval, derrière son dos, était désert et silencieux. Un coup de marteau qui y aurait retenti aurait fait sursauter le passant. Aucun risque.

Il avait lui-même tenu un marteau, dans cette poussière de rouille.

Devant le marché au poisson, en partie construit sur pilotis, il se retourna. Des gens en sortaient pour gagner les cars garés sur le parking. Il entendit même l'accent bêlant caractéristique de l'américain.

Dans l'un des bassins du port, il restait des bateaux qui correspondaient encore à quelque chose pour les chalutiers de l'endroit et de la pointe : *Three Sisters, Priestman, Avoca, Jolair, Sustain*. Ainsi qu'un nom qui lui était familier : *Monadhliath*.

Il ne pouvait s'agir du même.

Un homme sortit sur le pont arrière. Il passa devant lui aussi rapidement que possible en gardant le regard braqué sur le bâtiment de la *Marine Accident Inv. Branch*, de l'autre côté.

En revanche, les maisons situées derrière le chantier naval n'avaient absolument pas changé. Ces murs de pierre étaient tel le fond de la mer : il faudrait des millions d'années pour en modifier l'aspect, les araser. Il monta et descendit Richmond Street. En quatre minutes, pas davantage, puisque la rue ne faisait même pas cent mètres de long. Il avait vécu au numéro quatre. Les fenêtres étaient noires. Il ne reconnut pas l'essence du bois de la porte, neuve. Peut-être provenait-elle d'un bateau. Sans doute. Le vent de mer qui balayait Richmond Street était la mer et aussi humide qu'elle. Celui qui l'arpentait était trempé et glacé de la tête aux pieds. Pas en ce moment précis, car il soufflait du sud, mais la plupart du temps.

Cette rue n'était que l'une d'une dizaine de semblables. Sans les noms, nul ne retrouverait son foyer. Les ouvriers du chantier naval étaient trop ivres pour se souvenir quelle rue était la leur. Pourtant, la plupart savaient lire, au moins le nom de leur rue et leur certificat de naissance ; le reste de la famille n'avait qu'à se charger de celui de décès. C'était une vie d'une extrême dureté. Il n'avait pas séjourné là pendant les années terribles, mais il n'était pas loin. Il avait brûlé la plupart de ses souvenirs et son retour était douloureux. Il savait l'effet que cela lui ferait.

Au *Marine Hotel*, la chambre d'une personne coûtait vingt-cinq livres. Somme qu'il dépensait pour vivre un mois autrefois.

Il contourna le bâtiment. Le bar ne se trouvait plus au même endroit. Dans l'entrée, il y avait une réclame pour la Cunard Line. Elle y était déjà à l'époque.

Il pénétra dans la petite réception.

La même odeur.

Jésus.

— Que puis-je faire pour vous ?

Elle n'était pas là, dans le temps, elle. Elle avait les cheveux blonds, portait une jupe longue, ce qui était assez inhabituel pour une jeune femme comme elle. Elle ne le regardait pas vraiment et il était surprenant qu'elle se soit aperçue de sa présence.

— Je voulais simplement..., dit-il.

Ce fut tout. Il pivota sur ses talons et ressortit. Puis il passa devant *Forsyth's and Moray Seafoods* et monta ensuite la côte menant à la place.

*
**

Le vieil hôtel semblait n'avoir pas changé. Aucune bombe n'était tombée dessus. Il fut obligé de s'asseoir sur l'un des bancs devant l'hôtel de ville, qui n'avait apparemment plus la même fonction. Des gens âgés entraient et sortaient, certains paraissaient avoir cinquante ans de plus que lui. L'un d'eux, assis sur le banc en face de lui, sommeillait sous le pâle soleil de l'automne.

C'était là. Là. Il avait été pris de panique et n'était jamais revenu. C'était là que cela avait commencé.

Il y avait tous ces gens, des milliers, des dizaines de milliers.

La guerre était terminée. C'était le... vingtième anniversaire du monument, non ? Si. Peut-être. On avait fêté la paix et ce mémorial, qui avait vingt ans d'âge. La foule était tellement dense qu'il avait eu le sentiment d'avoir du mal à respirer.

Il observa le monument. Il était toujours là, naturellement, devant le vieil hôtel de ville, sur la partie la plus ancienne de la place. Il était possible de le toucher.

Le monument aux morts.

Élevé en souvenir des morts de la première grande guerre.

Leurs noms sont gravés à jamais dans notre mémoire.

Apparemment, du moins. Pas en réalité.

Il se leva, avec ses souvenirs, et traversa la rue. Il

s'était trouvé là, au milieu de tous les autres. Il s'était retourné. Et il y avait eu ce bruit. Un bruit métallique.

À plusieurs reprises ils avaient chargé du combustible à Buckie. Deux fois, seulement, peut-être. Arne avait voulu rester. Pas maintenant, lui avaient-ils dit. On reviendra. C'était la dernière fois. *The buckie boys are back in town*, avait dit Arne quand ils avaient accosté. Il avait répété cela quand ils avaient bu de la bière au *Marine*.

Ils avaient quitté le port en même temps que le *Monadhliath*. C'était le lendemain.

Le *Monadhliath* avait sauté sur des mines flottantes. Un jour plus tard encore. Il pensait avoir entendu une explosion. En tout cas, il avait vu une lueur dans la nuit.

Deux heures plus tard, le *Marino* sombrait

Il avait convaincu Bertil de ne pas être du voyage. Non. Il l'avait forcé ! C'était à Fraserburgh, là où ils avaient reçu les dernières instructions.

Arne ne devait pas en être, de toute façon. Il avait rendez-vous dans les montagnes. Il voyageait dissimulé sous une bâche, sur le plateau du camion. Des armes. Encore et toujours des armes.

Arne ne connaissait pas l'allemand. D'autres si.

Egon, lui, était parti. Il n'avait pas pu le persuader de rester à terre. Il avait bien essayé, mais Egon avait imposé sa présence pour ce dernier voyage.

Il ne parlait plus à Frans, à cette époque. Seulement en cas d'absolue nécessité. Si le pire se produisait.

— Tu es perdu, John, avait affirmé Frans.

— On l'est tous, avait-il dit.

Frans avait parlé d'Ella. Des propos déraisonnables, déments. Frans l'avait accusé, lui. N'essaie pas de toucher à elle, avait-il dit. Ella est À MOI. C'était absurde. C'était faux. Frans buvait et disait n'importe quoi. Il était imprudent avec les armes. Il avait peur.

Egon avait l'air d'avoir peur. Il se tenait à l'écart. Il restait dans le poste d'équipage. Il avait peur.

Il était à la barre. Il buvait. Il avait froid. Il écoutait

le vent. Il avait peur. Il éprouvait un pressentiment. Il n'avait pu expliquer cela à Egon.

Le vent soufflait en violentes bourrasques, quand ils étaient passés à l'abri des falaises de Clubbie Craig.

Le rendez-vous était fixé devant Troup Head. Il ne distinguait pas la localité située sous la falaise. Tout était plongé dans le noir. Soudain, on avait vu le signal, au-dessus de Cullykahn Bay. L'autre bateau avait pris la mer.

Ils avaient mis cap au nord, avaient déchargé et chargé à nouveau. Sans arrêt. Le vent avait forci. Ils ne pouvaient pas encore rentrer. Ils avaient donc foncé droit dans la tempête.

Il n'avait plus peur. Egon, si.

Frans n'avait pas peur. Il était entré dans le poste de pilotage en brandissant un pistolet de l'armée allemande.

— On tue des aiglefins ? avait-il crié.

Il n'avait pas répondu. Il y avait eu un violent coup de houle qu'il avait amorti avec les genoux. Frans, lui, avait chancelé.

— On en a un certain nombre ! s'était exclamé Frans en continuant à brandir le pistolet. Et même des plus gros calibres. On pourrait tuer des baleines !

Frans avait volé des armes. Combien au juste ?

C'était passible de mort, quelle que soit la quantité.

Presque tout était passible de mort, d'ailleurs.

— Pose ça ! avait-il ordonné.

— On sort le chalut ? avait crié Frans. Ha ha ha !

— Descends, lui avait-il ordonné.

Frans avait perdu l'équilibre, sous la violence des vagues. Le *Marino* plongeait de vingt, trente mètres de haut. La mer était en furie. L'eau se dressait tel un mur. Elle était dure comme de la pierre. C'était un mur. C'était la mort.

Frans avait laissé tomber son pistolet et l'avait ramassé. Puis il avait perdu l'équilibre. Il était en train de sortir, à un mètre de la porte. Il avait chancelé.

Egon, lui, entrait. La tempête l'avait poussé à l'intérieur.

Un coup de feu était parti. Un autre.

Egon avait explosé. Sa tête s'était ouverte et son corps s'était effondré.

Frans tenait toujours le pistolet. Il l'avait alors lâché et s'était précipité à l'extérieur.

Egon gisait sur le sol mouillé, balayé par l'eau qui s'engouffrait à torrents sous la porte.

Il avait bloqué la barre et tiré le corps pour le mettre à l'abri. Puis il était parti en quête de Frans en criant son nom dans la tempête. Il n'avait pas répondu. Pourtant, il savait qu'il était toujours à bord et avait fini par le trouver. Frans avait tenté de dire quelque chose mais il ne l'avait pas écouté. Frans le regardait. Il avait fermé les yeux.

Jésus !

38.

Ils atterrirent à l'aéroport d'Inverness à onze heures et demie. Le soleil brillait, mais il était bas sur l'horizon et dépourvu de force. Par la fenêtre du taxi, Winter découvrit un paysage dégagé, une étendue d'eau s'évasant vers le nord et les silhouettes dees Hautes Terres, au sud de la ville.

— C'est plus haut que je ne le pensais, constata Angela. Et c'est beau.

Inverness était un mélange d'ancien et de nouveau. D'affreux ronds-points en béton qu'il fallait contourner donnaient accès au centre médiéval. Ils remarquèrent le château, sur la hauteur. Le taxi pénétra lentement dans la ville, longeant la rivière Ness, qu'ils finirent par franchir. Puis ils suivirent Ness Bank sur environ cinq cents mètres et s'arrêtèrent devant le petit *Glenmoriston Hotel*, où Winter avait retenu une chambre sur la suggestion de Macdonald. Il est bien tenu, plaisant et pas bon marché, avait-il précisé. Winter n'avait pas trouvé le prix prohibitif, surtout comparé avec l'appartement qu'il louait parfois dans un hôtel de Londres, où il ne payait pourtant pas plein tarif.

La chambre était vaste et située au deuxième étage. De là, ils avaient une belle vue sur la rivière et sur le parc qui s'étendait au-delà, ainsi que sur les maisons de pierre vieilles de trois cents ans des deux côtés de la cathédrale. Winter ouvrit la fenêtre. Le vent était encore tiède. Des gens étaient assis sur les bancs, dans le parc, en face, non loin de là. Des mouettes tournaient en rond au-dessus d'eux. Des pigeons sautillaient autour d'eux. Les gens dégustaient les *fish and chips* de leur déjeuner, étalés sur des papiers gras. Le poisson était sans doute de l'aiglefin pêché par Erik Osvald et les pommes de terre fournies par le père de Steve Macdonald. Le vinaigre, lui, était sûrement une production locale, les distilleries ne manquaient pas dans le secteur.

De là où il se trouvait, Winter voyait deux ponts sur la rivière. On n'était encore qu'au début octobre, mais le ciel était bas et couleur de pierre, maintenant que le soleil avait disparu.

Les nuages rasaient presque les ponts.

Angela vint se placer près de lui.

— Ce n'est pas très haut de plafond, dit-elle en regardant le ciel.

— Je n'ai jamais rien vu de semblable.

— Tu es pourtant déjà venu ici.

— C'était en été. Le ciel était bleu, si je me souviens bien.

— Tes souvenirs sont toujours bons, hein ? dit-elle avec un sourire aimable.

— Plus maintenant, répondit Winter en pensant à Arne Algotsson.

Personne ne pouvait jurer de ce qui l'attendait, à moins d'être capable d'analyser son propre ADN. Or, il n'en avait pas l'intention.

Angela suspendit ses vêtements. Erik, par contre, s'abstint d'ouvrir sa valise. Elle alla s'asseoir sur le lit, qui, bien que vaste, semblait petit dans cette grande pièce.

— J'aime bien cette chambre, fit-elle.

Winter alla jeter un coup d'œil dans la salle de bains, recouverte de carreaux de faïence d'une teinte assez douce, guère différente de celle du ciel, à l'extérieur.

— Excellent hôtel, l'entendit-il ajouter dans son dos.

C'était vrai. La réception était petite, mais pas trop. À droite s'ouvrait un bar fort accueillant, avec ses fauteuils de cuir, un comptoir et des étagères couvertes de bouteilles. À gauche, c'était le restaurant.

— J'appelle chez nous, annonça Angela.

Il se lava les mains, entendit sa voix et alla la rejoindre dans la chambre. Elle lui tendit l'écouteur :

— Elsa.

Il le prit et écouta sa fille qui avait déjà commencé à raconter les événements de la journée. Pas question de jardin d'enfants pendant leur absence. Elsa était fort bien entourée, avec grand-mère Siv, tante Lotta et ses cousines Bim et Kristina pour s'occuper d'elle et l'admirer. Gâtée pourrie, quoi. Mais ce n'était pas nouveau. Winter ne voyait pas d'objection à ce que les enfants soient gâtés, au cours de leurs premières années. Ils auraient toujours le temps d'apprendre à connaître les lois et les règlements et les dispositions et les interdictions. Il était difficile d'échapper à la vie adulte et là, plus aucun risque d'être gâté. On était seul.

— On fait du chocolat glacé ! dit Elsa.

Pourquoi pas. Il ne restait plus que trois mois avant Noël.

À moins que sa mère n'ait un peu perdu le sens de l'alternance des saisons, après bientôt quinze ans sous un soleil perpétuel.

— Tu as parlé anglais, papa ? demanda-t-elle, avec l'absence de détour de l'enfance.

— Bien sûr. Avec le chauffeur de taxi et les gens de l'hôtel, répondit-il.

— Pas avec maman ? pouffa-t-elle.

— Pas encore, répondit-il en éclatant de rire à son tour.

— Il est bien, l'hôtel ?

— Très bien.

— Je veux aller à l'hôtel, moi aussi, ajouta-t-elle sans qu'il puisse déceler de trace de déception dans sa voix, seulement la sobre expression d'un souhait.

— Tu iras souvent à l'hôtel, ma chérie.
— Promis ?

Bien entendu. Jusqu'à un certain âge, il pouvait promettre à peu près n'importe quoi, par la suite avec un peu plus de modération. Mais, à partir d'un moment, ce serait à elle de tenir ses propres promesses. Elle ne pourrait compter que sur elle.

Il savait que cela pouvait aller très vite, il en voyait des preuves tous les jours autour de lui. Bertil et sa Moa, par exemple. Winter avait commencé à travailler avec Ringmar lorsque Moa avait à peu près l'âge d'Elsa, peut-être un peu plus. Et le temps passait à la vitesse d'un cheval sauvage dans les collines. Dans les Hautes Terres d'Écosse. Moa pouvait désormais choisir de vivre à l'hôtel si elle le désirait et en avait les moyens. Ou à Kortedala. Avant de partir, Winter avait échangé quelques mots avec Ringmar à propos de cette histoire. Bergenhem en avait une autre à raconter où il était question d'IKEA. Le camion était toujours là le lendemain matin. Pas bêtes, les types. Ils avaient sûrement repéré Bergenhem. Ou alors quelqu'un les avait appelés sur leur portable pour les prévenir. Aneta avait sa petite idée sur l'identité de cette personne, dans ce cas.

Le téléphone de la chambre sonna. Winter venait de mettre fin à la conversation avec Elsa.
— Un appel pour M. Winter, dit la réceptionniste.
— Bon voyage ? entendit-il Macdonald demander.
— Excellent.
— L'hôtel est bien ?
— Parfait aussi. Où es-tu ?
— Nous sommes arrivés en ville il n'y a pas longtemps. Avez-vous déjà déjeuné ?
— Non.
— Est-ce que je peux t'inviter à manger un morceau ? Tout de suite. Je te propose le *Royal Highland*

Hotel. Il est juste à côté de la gare. Tu n'as qu'à traverser le foyer, on est assis sur la droite, dans le bar. Sarah a les cheveux noirs comme du charbon et moi je porte un kilt aux couleurs du clan Macdonald.

— Je ne connais pas ces couleurs.

Il entendit Macdonald éclater de rire.

— Rouge et noir, précisa-t-il.

— On a le temps ?

— On a rendez-vous avec Craig dans deux heures. Il est parti quelque part pour son boulot, en ce moment.

— Tu as parlé à la fille d'Osvald ?

— Aujourd'hui ?

— Oui.

— Elle sera là, elle aussi.

— Du nouveau au sujet de l'autopsie ?

— Oui. Pas de trace de poison dans le corps. Les choses n'ont pas traîné et elle va pouvoir rentrer chez elle par avion avec... son père dès ce soir,

— Déjà ?

— On n'a plus de raison de garder le corps ici. Et un avion part de Londres pour Göteborg en fin d'après-midi.

— Bon. Le *Royal Highland* se trouve bien dans la rue principale, celle qui prend à droite près du pont ?

— Oui. Je vois que tes souvenirs sont précis.

— Ne s'appelait-il pas *Station Hotel* auparavant ?

— C'est parfaitement exact. Remonte Bridge Street sur quelques centaines de mètres, puis à gauche dans Inglis et de là vous verrez la gare. Comment va Angela, au fait ?

— Très bien. Et Sarah ?

— Elle est impatiente de rencontrer Angela. Je lui ai beaucoup parlé d'elle.

— Ah bon ?

Macdonald éclata de rire à nouveau et raccrocha.

Le foyer du *Royal Highland* était vaste et imposant, ce qui n'avait rien d'étonnant puisqu'il existait depuis

1859. Même si on l'avait rénové, tout paraissait dater de cent ans et plus, c'est-à-dire d'un siècle qui avait brillé du même éclat que ce qu'ils voyaient autour d'eux. Angela laissa échapper un léger sifflement d'admiration et Winter faillit l'imiter.

Steve Macdonald se leva de la table qu'il occupait dans le bar situé à droite. Bien qu'il ne portât pas de kilt, Winter le reconnut. Il n'avait d'ailleurs pas changé. Toujours le même air noiraud, la même mine un peu patibulaire, le même corps dégingandé qui semblait d'une vigueur à toute épreuve. Il leva la main et dit quelque chose à la femme qui s'était mise debout elle aussi. Winter vit alors que Macdonald ne portait plus sa queue de cheval.

Le repas fut très agréable. Macdonald avait proposé très sérieusement les *fish and chips* à la sauce tartare qui avaient fait la réputation du restaurant.

— Je n'en ai jamais mangé, dit Angela.

— Mon Dieu, il est grand temps, alors ! s'exclama Macdonald.

— Certaines choses valent la peine d'être essayées et c'est peut-être l'une d'elles, dit Sarah en posant la main sur le bras d'Angela.

Cette dernière éclata de rire. Elle eut l'impression qu'elle allait se plaire en compagnie de Sarah Macdonald, qui, mince et de taille moyenne, était malgré tout charpentée. Elle ressemblait à son mari, même de visage, au point qu'on les aurait presque pris pour des frère et sœur. Pourtant, Winter savait que leurs familles n'avaient aucun lien de parenté, puisque Sarah s'appelait Bonetti de son nom de jeune fille et était née en Sicile. Steve, lui, était né à Forres, petite ville située à proximité de l'endroit où ils se trouvaient. La famille Bonetti était venue vivre d'abord à Edimbourg puis à Inverness, alors que Sarah était encore petite. Un peu à la manière d'Angela, et plus encore d'Aneta Djanali, elle venait d'une autre partie du monde.

Steve lui avait dit qu'il existait une importante colonie italienne en Écosse. Il n'était pas toujours facile de distinguer les vrais autochtones, car la majorité de la population avait les cheveux noirs et les yeux farouches.

Sarah et Steve s'étaient rencontrés au cours de ses débuts en tant qu'agent de police d'Inverness. Il avait raconté comment cela s'était passé, à savoir qu'il lui avait dressé procès-verbal pour excès de vitesse et qu'elle l'avait, en retour, gratifié d'une affreuse engueulade à l'italienne qui avait duré une éternité. « Et alors j'ai su qu'il fallait que j'en redemande », avait-il ajouté.

— Je suppose que c'est le moment et l'endroit pour mes premiers *fish and chips*, dit Angela en réponse à Sarah.

— Il faut tout essayer au moins une fois, sauf l'inceste et les danses folkloriques, persifla Macdonald en se retournant pour appeler le serveur et lui passer leur commande.

Winter avait décliné l'offre d'un verre de whisky – plus tard, plus tard – mais avait accepté celle d'un verre d'une bière écossaise dont il ne connaissait pas le nom.

La nourriture s'avéra à la hauteur de sa réputation.

Les retrouvailles furent agréables, aussi. Macdonald avait manqué à Winter et il semblait que l'inverse fût vrai. Angela l'avait rencontré lorsqu'il était venu à Göteborg pour le dénouement de cette délicate affaire sur laquelle Winter et lui avaient travaillé ensemble, à Londres et en Suède. Non seulement ils avaient à mieux se connaître, mais ils s'étaient soutenus moralement car il s'agissait de garder la maîtrise de soi lors des événements innommables dont ils avaient été forcés d'être témoins et auxquels ils avaient également participé. C'était l'aspect le plus désagréable de leur travail, de chaque côté de la mer du Nord : devoir être témoins et devoir agir.

— Qu'est-ce que vous en dites ? entendit-il Sarah Macdonald demander.

— Ça me convient parfaitement, répondit Angela

avant de se tourner vers lui pour ajouter : Sarah m'a proposé de me faire visiter la ville.

— Alors, je peux peut-être vous inviter à dîner ? proposa Winter.

— Avec plaisir, assura Macdonald.

— Est-ce que je peux vous proposer le restaurant italien du *Glenmoriston* ?

— Avec plaisir aussi, répondit Macdonald, approuvé de la tête par Sarah.

**
***

Le soleil était à nouveau de sortie quand ils se retrouvèrent devant l'hôtel, mais le ciel était encore bas. Angela et Sarah partirent sur la gauche, tandis que Macdonald indiquait à Winter le bâtiment de la gare.

— On peut passer par là pour aller à l'agence de location de voitures, de l'autre côté, dit-il.

Ils traversèrent le hall de départ, qui était plus petit que dans les souvenirs de Winter. Il y avait attendu une ou deux heures le départ de son train pour Edimbourg, via Perth. La ligne traversait les Hautes Terres, non sans peine, et il se rappelait encore le paysage, à vrai dire très particulier. Il se serait cru au fond de la mer, alors qu'il était à mille mètres au-dessus du niveau de celle-ci. Et il avait soudain eu très froid. Il avait encore en tête le nom de certaines des localités par lesquelles ils étaient passés : Kingussie, Newtonmore, Aviemore et Dalwhinnie, à la pointe nord du Loch Ericht – autrement dit le lac Eric. La distillerie de Dalwhinnie produisait un whisky au malt fort correct à son goût, mais il n'était pas certain que Macdonald serait d'accord.

Ils contournèrent les voies pour déboucher sur Strothers Lane puis sur Railway Terrace. Winter vit alors l'enseigne *Budget* et les voitures rutilantes garées sur le parking qui se trouvait derrière.

— Pas la moindre trace, déclara l'homme qui se tenait derrière le comptoir en se levant pour les accompagner à l'extérieur. C'est ça le plus bizarre.

Ils savaient que c'était lui qui avait loué son véhicule à Axel Osvald.

— Il doit arriver que vos clients se fassent voler leur voiture ? demanda Macdonald.

— Oui, bien sûr, mais celle-ci a complètement disparu. Car nous les retrouvons toujours, nous ou bien les fl... la police. Et même très rapidement, en général.

Il se retourna pour désigner une Toyota Corolla vert métallisé à trois portes qu'un jeune homme lavait dans la cour.

— C'était la jumelle de celle-ci. Même année, même couleur.

— Vous vous souvenez du client ? demanda Winter.

— Non, dit l'homme qui s'appelait Frank Cameron. Je n'en avais aucun souvenir quand votre collègue m'a posé la question la semaine dernière, pas plus que la semaine d'avant, quand nous avons signalé le vol de la voiture. Et je ne me rappelle toujours pas ce Suédois.

— Ils sont nombreux, par ici ? demanda Macdonald.

— Il y en a un certain nombre, répondit Cameron avec un regard appuyé dans sa direction.

L'homme avait un nez busqué proéminent et semblait contrarié de son trou de mémoire.

— Enfin bon, reprit-il. On avait pas mal à faire, ce jour-là. Je ne me souviens pas de lui, d'accord ? J'ai le vague souvenir de quelqu'un d'un certain âge, mais c'est tout.

— Très bien, très bien, dit Macdonald.

— Si c'était lui, il n'a rien dit, reprit Cameron. Si c'est ce type dont je ne me souviens pas, il n'était pas plus bavard qu'un habitant des Orcades et ce n'est pas étonnant que ça n'ait pas laissé plus de traces dans ma mémoire.

— C'est peut-être justement pour ça que vous vous souvenez de lui, suggéra Macdonald.

— Je vous dis que je m'en rappelle pas.

Macdonald eut un signe de tête pour mettre fin à ce dialogue de sourds et demanda à voir la copie du contrat.

— Elle est déjà chez votre copain.

— Craig ?

— Peut-être bien. Un gros Anglais, en tout cas.

— Alors, c'est Craig. Je suppose qu'il vous a demandé de nous prévenir si la voiture réapparaît.

— Comment serait-ce possible ? Le type qui l'a louée est mort, il me semble. Il ne peut pas la ramener. Vous croyez que c'est celui qui l'a piquée qui va le faire ?

— Quelqu'un peut la trouver.

— Dans ce cas, ce serait la police. Mais j'en doute fort.

Il eut un rire goguenard.

— Eh bien, il ne nous reste plus qu'à vous remercier, conclut Macdonald avant de s'adresser à Winter :

— Ta femme ne voulait-elle pas louer une voiture, cet après-midi ?

— En effet.

Le visage de Cameron s'éclaira instantanément.

— À votre service, messieurs.

Ils prirent congé et se dirigèrent vers le commissariat de police, situé à seulement quelques centaines de mètres de là.

— Cameron ! s'exclama soudain Macdonald, comme s'il pouffait lui aussi.

— Quoi ?

— Cameron, c'est aussi le nom d'un clan, poursuivit Macdonald. Ils sont originaires de Lochiel et du nord d'Argyll, dans les coins les plus reculés du centre des Hautes Terres, et c'est toujours leur territoire.

Winter sourit et Macdonald se tourna vers lui.

— Tu as vu ce type ! un parfait spécimen de Cameron. Tu as vu ce nez qu'il a ? Tu ne le sais sans doute pas mais Cameron vient de *Cam-shron* en gaélique, ce qui signifie « nez crochu ».

— Ne serais-tu pas un peu raciste, Steve ?

— Ha ha

— Tu sais beaucoup de choses, sur les clans ?
— Sur le mien surtout.
— Faudra que tu me racontes ça, un jour. C'est intéressant.
— Ce sont en général des histoires assez tristes, déclara Macdonald.

39.

Une poussette avait été abandonnée, à l'envers, dans l'escalier de béton du viaduc. Cela remémora aussitôt à Winter une affaire précédente, toujours douloureuse dans sa mémoire. Macdonald la retourna sans proférer une parole.

Sur le pont, le vent était vif. De là, Winter voyait la ville, la rivière et les montagnes, au sud. Sur la droite, en bas, se trouvait une boulangerie fermée. Ils suivirent Longman Road sur une centaine de mètres et pénétrèrent dans le commissariat de police, qui, apparemment rénové de fraîche date, tranchait ainsi sur les bâtiments avoisinants.

Ils passèrent sous une inscription bilingue : *Inverness Command Area. Sgìre Comannd Inbhirnis*. Les lieux rappelaient assez à Winter ceux qu'il fréquentait tous les jours à Göteborg : même charme suranné, même accueil un peu rogue d'un public en détresse de la part d'une corporation transfrontalière. Certains employés affichaient la même expression que partout ailleurs dans le monde, reflétant un mélange d'impuissance, de peur et de solitude dans un monde qui était tout sauf gentil. Derrière un comptoir, une femme conversait dans une langue qui devait être du gaélique et d'une voix forte qui sonnait aussi creux qu'un silencieux percé. Ses paroles raclaient les murs de la pièce. De l'autre côté de la paroi était apposé un écriteau : *Dèiligeadh leis a h-uile tachartas de ghiùlan mìshòisealta gu h-èifeachdach*. La traduction figurait à côté : Lutter efficacement contre toutes les formes de comportement antisocial.

Fière devise pour ce corps international auquel Steve et lui avaient l'honneur d'appartenir. Même s'il aurait peut-être fallu une parenthèse autour du mot « efficacement ». Mais on fait ce qu'on peut. Cette maudite société ne veut hélas pas rester tranquille, alors qu'on tente de mettre un peu d'ordre dans ce qui, en elle, est « anti » ou l'est devenu.

Cela allait de pair avec une autre affiche, jaune et noir, apposée sur le mur : *Vous allez en montagne ? Prévenez-nous avant de partir.*

Axel Osvald n'avait pas respecté ces instructions. Il est vrai qu'il n'était pas monté bien haut.

Jamie Craig sortit par une porte située à droite de la cage de verre de la réception. Il correspondait à l'image que sa voix véhiculait. Carré, taillé à coups de serpe. Ses joues portaient des plaques rouges qui pouvaient être dues au whisky ou à l'air des Hautes Terres ou encore aux deux. Il salua Macdonald d'une poignée de main professionnelle dépourvue de cordialité particulière et serra celle de Winter brièvement et sèchement.

— Allons-y, dit-il.

Ils enfilèrent des couloirs souterrains. L'éclairage diffus projetait des ombres évoquant n'importe quelle réalité de ces cent dernières années. Winter pensa à ces *Gas Works* qu'il avait vus du pont. Peut-être existait-il un accord centenaire entre la police et la compagnie du gaz.

À la sortie, ils furent aveuglés par la vivacité de la lumière électrique. Johanna Osvald les attendait dans une pièce où elle occupait la seule chaise. Elle se leva à leur arrivée.

Winter la prit dans ses bras et elle salua Macdonald.

— Je pars… nous partons dans deux heures, dit-elle.
— Je sais, répondit Winter.
— Je crois que vous vouliez… le voir ?
— Oui.

— Pourquoi ?

— Je ne sais pas, mentit Winter, très conscient que c'était pour quelque chose qu'il n'arrivait pas à expliquer, fût-ce à lui-même.

— C'est pourtant une... mort naturelle, hésita Johanna, avant d'ajouter : Je n'accepte pas la mort comme naturelle. Pas celle-ci.

Axel Osvald avait l'air de dormir. Winter resta assis pendant deux minutes près de l'extrémité du cercueil où se trouvait sa tête, avant de se lever. Les cheveux du défunt étaient ramenés en arrière et une fine barbe assombrissait ses joues. Winter n'aurait pas su dire depuis combien de temps il s'était rasé, lors de sa mort. Il est bien connu que la barbe continue à pousser après le décès, ainsi que les ongles. Pour le coup, c'était un phénomène naturel.

Macdonald, Johanna et Craig l'attendaient dans la pièce nue.

— Allons-y, dit à nouveau ce dernier.

Ils revinrent par les mêmes couloirs. Les cheveux de Johanna prenaient une teinte dorée sous l'éclairage. Winter crut un instant percevoir une odeur de gaz. Il faisait froid, un peu plus depuis qu'il avait vu le cadavre, et il sentit qu'il avait la chair de poule sur les bras. Ces couloirs devaient déjà exister à une autre époque, alors que les bâtiments situés au-dessus avaient une autre fonction. On les avait conservés à titre de souvenirs.

La lumière les aveugla de nouveau. Craig les conduisit dans son bureau, constitué d'une cage de verre plantée au milieu d'un vaste espace de travail. De là, il avait sous les yeux ses subordonnés, qui pouvaient également l'observer. Winter n'aurait pas supporté cela plus de dix minutes. Craig, lui, se comportait comme s'il pouvait voir chacun en restant à l'abri des regards de tous, un peu comme dans ces pièces avec vitre sans tain qui servaient naguère aux séances d'identification appelées « tapisseries », dans le jargon du métier, simplement en sens inverse.

Craig désigna trois chaises disposées à leur intention. Puis il alla prendre place derrière sa table de travail, sur laquelle il n'y avait pas le moindre papier, stylo, cendrier ni bac à courrier, rien. On aurait dit qu'il passait son temps à en astiquer la surface. Winter croisa le regard de Macdonald. Le téléphone était posé sur une petite table latérale. Derrière le dos de Craig un certain nombre de personnes s'affairaient à lutter efficacement contre toutes les formes de comportement antisocial. Winter le voyait par la vitre. Des hommes et des femmes en uniforme, d'autres en civil, se déplaçaient en tous sens, des téléphones étaient décrochés et raccrochés, des écrans d'ordinateurs émettaient leur lueur bleutée. Deux agents entrèrent, revêtus de gilets pare-balles, un casque sur la tête et une mitraillette en bandoulière. Un homme à l'aspect méridional, peut-être un Italien, assis, la mine triste, à l'un des bureaux jouxtant la cage de verre de Craig, fixait la nuque de celui-ci.

— Je crois que nous avons fait tout ce qui est en notre pouvoir, déclara Craig en se grattant le cou.

— Nous vous en sommes très reconnaissants, répondit Winter.

Johanna Osvald approuva de la tête. Elle n'avait guère parlé pendant le trajet de retour, comme si elle était déjà à bord de l'avion, avec le cercueil de son père dans la soute, au milieu de toutes les valises Samsonite.

— Il ne reste plus que la question de la voiture, reprit Craig.

— Nous avons vu le responsable de l'agence de location, dit Winter. Cameron

— Un type charmant, fit Craig avec un petit sourire.

— En général, les voitures volées sont retrouvées très rapidement, coupa Macdonald.

Craig se figea. Ce fut imperceptible ou presque.

— Voilà pourquoi j'ai soulevé la question, dit-il en se levant et allant ouvrir une armoire.

Il revint avec une feuille de papier à la main, s'assit et mit une paire de lunettes.

— Entre le mois d'avril et celui de juillet de cette

année, nous avons eu cent douze vols de voitures sur l'ensemble de notre région et toutes sauf une ont été retrouvées. Nous avons également pris quarante-six voleurs en flagrant délit. Il faut dire que c'était la haute saison.

— Parfait, dit Macdonald.
— Quoi donc ?

Craig sourit, peut-être avec une légère nuance d'ironie.

— Vos statistiques.
— Nous sommes les meilleurs en Écosse.
— Le fait que cette voiture-ci n'ait pas été retrouvée, reprit Winter, laisse penser à un crime. Peut-être même un crime de sang.
— Oui, voilà pourquoi j'ai soulevé la question, répéta Craig. Mais ce n'est pas forcément lié au décès. La voiture a pu lui être prise ailleurs, ajouta-t-il en regardant Johanna qui regardait aussi à travers la vitre.
— Est-ce vraisemblable ? questionna Winter.
— Non.
— Quelqu'un peut l'avoir amené à Fort Augustus dans une autre voiture, dit Macdonald.
— Dans ce cas, il y aurait véritablement lieu de parler de crime, riposta Craig.
— On n'a relevé aucune trace de coups sur le corps, n'est-ce pas ? rappela Winter en observant Johanna qui semblait toujours être ailleurs et ne pas vouloir entendre cela.
— Il a eu une crise cardiaque, précisa Craig. Son cœur a cessé de battre. Toute la question est de savoir pourquoi.
— Tu n'as pas d'autres renseignements sur son comportement bizarre, juste avant ? demanda Macdonald.
— Rien d'exceptionnel, répondit Craig. Il a posé à trois ou quatre personnes des questions que nul n'a comprises, c'est tout.
— Savez-vous qui a pu être la dernière ? s'enquit Winter.
— Qui a pu être la dernière, oui. Mais on n'est pas

très sûr de la chronologie des événements, répondit Craig en se grattant à nouveau la nuque

De l'autre côté de la vitre, l'Italien scrutait toujours la nuque de Craig avec la curiosité d'un spécialiste méridional en anthropologie sociale.

— L'une de nos plus grandes sources de contrariété, dans ce métier, reprit Craig en se penchant soudain en avant, c'est le sens fort peu fiable que les gens ont du temps, n'est-ce pas ? Nous avons parfois la certitude que dess témoins ont rencontré telle personne disons à l'heure du déjeuner alors que ceux-ci soutiennent dur comme fer que c'est à minuit ou à l'aube !

— Quelle est la fourchette, dans le cas d'Axel Osvald ? demanda Winter.

— Quelques heures. Au début de l'après-midi.

Winter hocha la tête.

Craig observait le profil de Johanna.

— Il est mort cette nuit-là.

— Il s'est beaucoup excité, coupa Johanna, à la surprise générale.

— Je vous demande pardon, miss Oswald ? dit Craig.

— J'ai beaucoup pensé à ça, répondit Johanna en se tournant vers eux. Quand cette lettre est arrivée... il n'a pas eu l'air très... surpris, ou comment dire... pas vraiment fébrile, comme on pourrait le penser. En revanche, au bout de deux ou trois jours, il s'est soudain emballé, il a téléphoné pour se procurer un billet pour venir ici et il est parti le jour même il me semble... non, le lendemain matin, en fait. On aurait dit qu'il s'était passé autre chose, ajouta-t-elle en se tournant à nouveau vers l'extérieur.

— A-t-il reçu une nouvelle lettre ? demanda Winter.

— Pas à ma connaissance.

— Mais c'est possible.

— Oui... je n'étais pas à la maison, ces jours-là. J'étais à l'école. J'avais ma matinée de liberté, quand la première lettre... non, qu'est-ce que je dis... quand cette lettre est arrivée.

— Est-ce que quelqu'un d'autre se trouvait à la maison ? Quelqu'un d'autre que ton père ?
— Erik. C'était la semaine où il n'était pas en mer.
— Mais il n'a pas mentionné d'autre lettre ?
— Non.

Winter s'en tint là. Il régnait un silence de mort, dans le bureau de Craig. On avait beau entendre des voix venant de l'extérieur, on ne distinguait rien. Cela pouvait aussi bien être de l'anglais écossais que du gaélique ou de l'italien. Voire du suédois.

— Que pensez-vous du comportement perturbé de votre père ? demanda Macdonald sans s'embarrasser.

Johanna se contenta de secouer la tête.

— Cela vous paraît invraisemblable ? s'obstina Macdonald.

— Oui, répondit-elle.

— Vous avez parlé de fébrilité, d'emballement.

— Pas de cette façon-là, jamais. Il n'a jamais eu de problèmes de ce genre... je peux l'affirmer. Mon père est... était l'homme le plus paisible qu'on puisse imaginer. Il avait les deux pieds sur terre, comme on dit.

Ou sur le pont, pensa Winter. C'est encore plus sûr en mer que sur terre, peut-être. Même s'il se fiait au Dieu du ciel, parallèlement.

— Il lui est certainement arrivé quelque chose, conclut Johanna. Quelque chose d'affreux.

Ils franchirent la rivière dans la voiture que Craig avait mise à leur disposition et tournèrent à droite dans Kenneth Street pour s'engager ensuite dans Ross Avenue, une parmi la centaine de ruelles bordées de maisons mitoyennes en pierre. Ils avancèrent lentement et s'arrêtèrent devant l'une de ces bâtisses. Une enseigne était accrochée au mur, entre la porte et la fenêtre : Glen Islay Bed & Breakfast.

— Glen Islay, releva Winter. On dirait une marque de whisky.

— *Bed and breakfast and whisky*, plaisanta Macdonald.

En sortant de voiture, Winter examina les environs.
— Je suis déjà venu ici, dit-il.
— Ici ? Dans cette rue ?
— Oui, j'ai logé dans un B&B dans cette rue.
— Peut-être même celui-ci.

Peut-être bien, se dit Winter, une fois dans le petit hall servant de réception. Un escalier menait à l'étage, cela sentait les œufs, le bacon et les fruits, peut-être le moisi. Le pain grillé. On entendait aussi des bruits rauques dans des tuyaux qui serpentaient derrière le papier peint datant peut-être de la Belle Époque. Tout était parfaitement en ordre.

Un téléphone était posé sur une table à l'aspect fragile.

Une femme d'un certain âge était debout près de lui, une de ces *old ladies* qui, depuis des siècles, tiennent ce genre d'établissement.

— M. Oswald est donc parti au volant d'une voiture, madame ? demanda Macdonald.

Winter ne put éviter de remarquer la prononciation très britannique du nom suédois, de même que dans la bouche de Craig, peu auparavant. Celui qui avait envoyé cette lettre à la famille Oswald était sûrement anglais ou écossais.

— J'en suis sûre, répondit Mme McCann, avec cette fois un accent écossais à couper au couteau. D'ailleurs j'ai dit la même chose à votre collègue.

— A-t-il reçu de la visite, pendant son séjour ici ?
— Non.
— Était-il seul quand il a payé, avant de partir ?
— Oui, naturellement. Qu'est-ce que vous voulez dire, monsieur l'agent ?
— Il n'y avait personne dans la voiture, à l'extérieur ?
— Je ne peux pas le jurer. Je ne suis pas sortie pour le regarder s'en aller, ajouta-t-elle en désignant la porte, munie de deux vitres recouvertes d'une sorte de rideau de dentelle.

Winter voyait en effet leur propre voiture, devant la

maison, mais il était impossible de distinguer s'il y avait quelqu'un à l'intérieur ou non. Il hocha la tête à l'adresse de Mme McCann.

— Pourrait-on jeter un œil dans sa chambre ? demanda Macdonald. Si elle est vide, bien entendu.

— Pour l'instant, oui.

— Quelqu'un d'autre de la police est-il venu vous voir ?

— Non.

Winter regarda Macdonald, qui haussa les épaules. Après tout, aucune enquête criminelle n'avait encore été ouverte, ni par Craig ni par qui que ce soit.

— On peut monter ? répéta Macdonald.

Elle s'écarta du téléphone.

— M. Osvald a-t-il reçu des communications, pendant son séjour ici ? demanda Winter.

— J'ai déjà répondu à cette question.

— Nous voulons tout vérifier, s'excusa Macdonald avec un sourire.

— Pourquoi ne prenez-vous pas des notes, alors ?

— On fait ce qu'on peut.

— J'ai dit à votre collègue qu'il a reçu trois appels. C'est moi qui les ai pris et c'était chaque fois la même femme.

— La même femme ?

— Oui.

— Elle a dit son nom ?

— Elle s'est présentée comme étant Mlle Oswald.

— Bon, dit Macdonald. La chambre...

— Quelqu'un d'autre y a-t-il logé depuis le départ de M. Osvald ? s'enquit Winter.

— Non. C'est la morte-saison. Je n'ai aucun pensionnaire, en ce moment... malheureusement.

Puis elle eut l'air de réfléchir et ajouta, en levant les yeux.

— Mais j'ai fait le ménage dans sa chambre.

— C'est parfaitement normal, madame McCann, dit Macdonald.

— Il n'a rien oublié, si c'est ce qui vous intéresse.

— Nous désirons seulement voir la chambre.

— C'est au second, précisa Mme McCann en traversant le hall pour aller prendre une clé dans une petite armoire murale.

La chambre rappela à Winter toutes celles du même genre qu'il avait connues. Elle avait deux fenêtres, dans une direction différente, et était remplie de bibelots et autres objets destinés à créer un sentiment de confort. Il y avait même une bouillotte au pied du lit. Un chromo représentant un monstre au long cou en train de nager dans un lac était fixé au mur, à droite du lit. Le cadre avait des reflets orange. Pas faciles à oublier, ni l'un ni l'autre.

Mon Dieu, j'ai déjà dormi dans cette chambre, pensa Winter en regardant Mme McCann. Quel âge pouvait-elle avoir ? Environ soixante-cinq ans. Il se rappelait une femme d'une quarantaine d'années, son âge actuel, qui tenait une pension de ce genre, jadis. Pourtant, il ne se souvenait pas de sa physionomie et désirait être sûr de son fait.

— Madame McCann, depuis combien de temps tenez-vous cette pension ?

— Trente ans, très exactement, répondit-elle, péremptoire.

— Parfait. Auriez-vous conservé le registre de vos clients des années passées ?

— Naturellement, dit-elle avec un regard en direction de Macdonald. La loi l'exige, d'ailleurs, maintenant. Mais je n'ai pas attendu cela pour le faire. Et ma mère non plus.

— Pardon ?

— Ma mère a tenu Glen Islay avant moi.

— Depuis combien de temps louez-vous des chambres, au juste ? demanda à son tour Macdonald.

— Depuis 1939. La guerre venait de commencer et il y avait beaucoup de soldats par ici. Ma mère a pensé leur venir en aide en fournissant à ces pauvres garçons un toit au-dessus de leur tête et une chambre agréable où dormir.

— Est-ce qu'on pourrait jeter un œil à ces registres ? demanda Winter.

— Je croyais que vous vouliez voir la chambre.

— Je m'en charge, dit Macdonald en échangeant un regard avec Winter.

Une odeur de poussière flottait dans la partie de la cave où les registres en question étaient empilés, sous la forme de volumes reliés en similicuir rouge. Il semblait y en avoir des centaines. Comme l'espace était sec, ils devaient être en parfait état de conservation.

— Qu'est-ce que vous cherchez ? demanda Mme McCann.

Winter lui parla de sa visite dans cette ville au début des années 80, au mois de mars.

— Dans ce cas, je devrais me souvenir de vous.

— Je portais la barbe à l'époque.

— Nous avons eu pas mal de jeunes Scandinaves.

Winter hocha la tête. Elle alla fouiller parmi les nombreuses piles, relativement basses. Winter remarqua que des bouts de papiers portant des dates étaient fixés sur le mur, derrière celles-ci. Elle finit par prendre un registre dans l'une d'elles et revenir vers lui.

— Voici celui du printemps, dit-elle en se mettant à le feuilleter.

Winter, qui se tenait près d'elle, vit de larges colonnes de signatures illisibles, heureusement doublées d'autres où les noms et adresses étaient écrits en majuscules. Mme McCann tourna quelques pages du mois de mars et son doigt s'arrêta sur une ligne en date du 14. Winter reconnut l'adresse de ses parents, à Göteborg, près de sa signature de l'époque, plus belle que l'actuelle, à la fois claire, pointue et hésitante.

— C'est sûrement vous, dit-elle. Étrange, non ?

— Si.

— Il y a pourtant pas mal de B&B, rien que dans cette partie de la ville. C'est ici qu'il y en a le plus.

Il hocha la tête.

— Quelqu'un vous l'a indiqué ?

— Je me suis renseigné à la gare en arrivant. Je suppose que c'est ce que font la plupart des gens.

— Oui, on nous appelle du service d'information sur le logement, quand des gens arrivent par le train ou par avion.

— Comment cela s'est-il passé pour M. Osvald ?

Elle réfléchit un instant.

— Il a téléphoné.

— Personnellement ?

— Oui.

— Il vous a donc appelée pour réserver une chambre.

— C'est ce que je viens de vous dire.

— Est-ce que vous avez pu… déterminer d'où il passait cet appel ?

— Pas d'ici en tout cas. Comme il y avait un peu de friture sur la ligne, j'ai pensé que c'était de l'étranger. E, général, ça fait ce genre de bruit.

Winter réfléchit un instant.

— M. Axel Osvald serait-il déjà venu chez vous avant ça ?

— Quand ? Non… je ne me souviens pas de lui. Pas plus que de son nom. Autrement, je m'en rappellerais. Mais on peut le vérifier, ajouta-t-elle en désignant d'un signe de tête la pile des registres.

— Vous ne vous souveniez pas de moi…

— Ce n'est pas pareil. Vous étiez jeune et barbu.

Quand Winter rapporta les propos de Mme McCann à Macdonald, dans la chambre-aux-mille-bibelots, ce dernier ne put s'empêcher de sourire.

— Ça me rappelle *When I was young*, d'Eric Burton and The Animals, plaisanta-t-il.

Mme McCann les avait laissés seuls l'espace d'un quart d'heure.

— Quelqu'un a sûrement indiqué cet endroit à Axel Osvald, dit Winter. Ou alors il y était déjà venu.

— Il suffit de dépouiller les registres des quarante dernières années pour le savoir, ironisa Macdonald.

— Très peu pour moi.

— Si nous avions eu affaire à un meurtre, Craig nous aurait fourni de la main-d'œuvre. Sauf que c'est impossibe vu la façon dont les choses se présentent.

— Je peux envisager de le faire moi-même. Mais pas pour trouver le nom d'Axel Osvald.

Macdonald était redescendu à la cave avec lui et Mme McCann, qui se montrait très disposée à collaborer. Il la complimenta sur la tenue de sa pension et Winter ajouta qu'il promettait de la recommander à la moitié de la ville de Göteborg. Elle leur avait alors remis des brochures et des cartes de visite. Malheureusement elle n'avait pas de site Internet, pas de www.glenislay.com, et il ne risquait guère d'y en avoir dans un avenir proche.

— Je viens de commencer un nouveau registre, à la suite de celui-ci, dit-elle en prenant celui qui se trouvait en haut de la pile la plus à droite.

Winter lui avait demandé la liste de tous les clients qui avaient séjourné là en même temps qu'Axel Osvald, juste avant et juste après.

Macdonald et lui étaient en train de feuilleter les pages correspondantes, pas très nombreuses. Ils trouvèrent sans aucun mal la signature d'Axel Osvald, accompagnée de la mention de la date de son départ, de la main de Mme McCann, ainsi que dans les autres cas, le tout très clair et net.

La veille de l'arrivée d'Axel Osvald, un certain Os Johnson était parti.

Winter déchiffra la signature un peu tremblante. Grande à défaut d'être énergique.

Os Johnson.

Winter avait le nom de John Osvald en tête depuis si longtemps qu'il fit aussitôt le rapport quand il lut « Os Johnson » de cette main mal assurée. Os Johnson. Osvald Johnson. John Osvald.

Quelque chose l'avait mis sur cette piste, en l'amenant de nouveau à Glen Islay, et il n'était pas question qu'il la lâche.

— Est-ce que vous vous souvenez de ce Os Johnson ? demanda-t-il en pointant ce nom du doigt.

Mme McCann se pencha en avant puis leva les yeux.

— Vous pensez que je suis sénile, monsieur l'agent ? lança-t-elle en secouant la tête et regardant Macdonald. Il n'y a qu'un mois de ça. Il était très bien, ce monsieur Johnson. Un vrai gentleman, comme les gens de sa génération savaient l'être.

— Sa génération ?

— Il avait plus de quatre-vingts ans, vous savez. Mais il n'avait besoin de personne, il était autonome.

Winter et Macdonald se regardèrent.

— Était-il... d'ici ? Je veux dire : écossais. Anglais, peut-être.

— Il n'était pas très bavard. À en juger par son accent, je crois que oui. Il ne causait pas beaucoup, c'est vrai. Mais je l'ai aidé à poster une lettre.

— Pardon ?

— Oui, il désirait poster une lettre et c'est un petit service supplémentaire que je rends volontiers à mes clients. J'ai du papier à lettres, des enveloppes et des timbres et je leur propose d'aller mettre leur correspondance à la boîte aux lettres si ça peut leur être agréable. Certains sont assez pressés de reprendre la route et...

— Excusez-moi de vous interrompre, madame McCann, mais avez-vous vu le nom du destinataire de cette lettre ?

— Oh non ! Je ne me permettrais pas d'espionner mes clients, vous savez.

— Est-ce... M. Johnson qui l'a affranchie ? demanda Macdonald.

— Oui.

— Vous êtes sûre ?

— Oui, oui, mais... je me rappelle maintenant... que ce n'était pas une enveloppe d'ici. Je veux dire : pas une de celles que je propose à mes clients d'utiliser. Et puis il y avait plus de timbres que d'habitude. Ça je m'en souviens, parce que je l'ai remarqué quand je l'ai mise à la boîte avec toutes les autres. Il y en avait pas mal.

Winter ouvrit sa sacoche et sortit l'enveloppe originale de la pochette en plastique. Le cachet d'Inverness figurait sur le bord des trois timbres.

— Était-ce celle-là ?

Elle l'examina longuement, manifestement très soucieuse de leur apporter son aide. Il faut pourtant se méfier des gens bien intentionnés, parfois. Certains ont tendance à en remettre un peu, dans leur désir de contribuer à la solution de l'énigme. Comme quand on est à l'étranger et qu'on vous indique dix directions différentes, si vous demandez votre chemin. Par excès de gentillesse.

Mme McCann était soucieuse de ne pas tomber dans ce travers.

— Je ne peux pas répondre avec certitude. Mais je ne crois pas.

Winter tira alors une autre carte maîtresse, la dernière, de sa sacoche. Il lui montra la photo que lui avait remise Erik Osvald.

Sur ce cliché, John Osvald avait à peu près la moitié de l'âge de son petit-fils actuellement.

Il souriait, sur le pont arrière de son bateau, au milieu de filets qui pendaient un peu partout. Le ciel était largement ouvert au-dessus de ce jeune homme et de son navire. Il tenait des cordages à la main et portait une casquette à visière qui plongeait ses yeux dans l'ombre. On voyait donc surtout un sourire.

— Qui est-ce ? demanda Mme McCann.

— Os Johnson, dit Winter.

— Vraiment. Eh oui, on a tous été jeunes, n'est-ce pas ?

— Il se peut que ce soit lui, reprit Winter.

— En tout cas, je ne le reconnais pas. Il est vrai que c'est impossible, ajouta-t-elle en levant les yeux.

Winter hocha la tête et rangea la photo, avant d'en sortir une autre. Cette fois, elle montrait John Osvald de profil et avait été prise très peu de temps avant qu'il ne parte pour ne plus jamais revenir.

— Non, dit Mme McCann.

Winter referma sa sacoche.

— Est-ce qu'on peut vous déranger à nouveau, si on a d'autres questions à vous poser ? demanda Macdonald.

Elle acquiesça.

— Est-ce que vous vous rappelez autre chose, à propos de ce M. Johnson ? enchaîna-t-il.

— Quoi donc ?

— N'importe quoi. Ce qu'il a dit. Ses faits et gestes. Un coup de téléphone qu'il aurait passé, une visite qu'il aurait eue, l'air qu'il avait. Tout et n'importe quoi.

— Ça fait beaucoup, gloussa-t-elle

— Prenez le temps de réfléchir et appelez-moi si quelque chose vous revient. N'importe quoi, je le répète.

Ils virent qu'elle hésitait.

— Oui ? dit Macdonald.

— Cette lettre... que j'ai postée, lâcha-t-elle en évitant de les regarder.

— Eh bien ?

— Je crois que j'ai vu un petit bout de l'adresse, tout à fait par hasard, en la mettant à la boîte.

— C'est tout naturel.

— Le contraire serait même étonnant, renchérit Winter.

— J'ai vu le nom du pays.

— Lequel était-ce ?

— Le Danemark.

— Le Danemark ? demanda Winter en lançant un coup d'œil à Macdonald. Ce ne serait pas plutôt la Suède ?

— Non, il y avait marqué Danemark, sur l'enveloppe.

Ils tournèrent à nouveau dans Kenneth Street. Macdonald s'arrêta pour laisser passer des piétons puis vira de nouveau à droite vers Tomnahurich Street.

— Axel Osvald n'a sans doute pas reçu de visite, dit Winter. Mais il n'a peut-être pas eu besoin de cela. Et si celui qu'il voulait voir était déjà là ?

— Et lui avait demandé de venir, compléta Macdonald.

— En effet.

Macdonald jeta un regard à Winter.

— On dirait que tu commences à aimer ça.

— Non.

— Tu sais ce que je veux dire.

— Dans ce cas-là, oui.

Ils passèrent devant une boutique de marchand de frites. Winter sentit l'odeur de graisse depuis l'autre côté de la rue.

— À l'intérieur, l'air est tellement saturé de graisse que tout corps humain y laisse des empreintes visibles, lança Macdonald avec un signe de tête en direction de la porte. C'est comme en Sibérie, sauf que, là-bas, ça se produit quand il fait moins soixante degrés.

— Je te crois

— On fait frire même le boudin, tu te rends compte.

— C'est peut-être nécessaire.

Ils s'arrêtèrent au feu rouge. Devant eux s'étendait la A28 en direction du Loch Ness. Ils continuèrent, passèrent devant un cimetière, un centre sportif et Aquadome, et virent un panneau indiquant la direction du *All Weather Football Pitch*.

— C'est très prévoyant, dit Winter, pour le cas où il y en aurait plusieurs.

— Non, pas plus qu'à Göteborg, il me semble.

— C'est quand même la capitale du foot suédois, rectifia Winter.

— Le FC Inverness vient d'accéder à la seconde division écossaise, à la surprise générale, contra Macdonald, qui paraissait étonné lui-même.

— Hum.

— Henrik Larsson, le Suédois qui joue au Celtic, est-ce qu'il est de Göteborg ?

— Non.

— Et l'autre, le grand ? Mjällby.

— Non.

— Je croyais que tu avais dit qu'on était fort en foot, à Göteborg ?

Winter n'écoutait plus. Il regarda sa montre, sortit son portable et composa un numéro qu'il avait cherché dans son carnet.

Johanna Osvald répondit à la troisième sonnerie.

— Salut, dit-il, comment ça va ?

— Bien. Ils ont été extrêmement serviables. Je... nous sommes à l'aéroport. L'avion part dans trois quarts d'heure.

— Navré de ne pas avoir pu t'aider.

— Ne parlons plus de ça, Erik. Il vaut mieux que Mac, Steve... et toi fassiez ce que vous avez à faire.

— J'ai une question à te poser, ajouta-t-il au moment où Macdonald effectuait un virage à droite assez serré, sur la petite route, qui plaqua son corps contre le côté de la voiture. Combien de fois as-tu appelé ton père au Bed and Breakfast Glen Islay, ici, à Inverness ?

— Euh... deux fois, je crois. Oui, deux.

— Réfléchis bien.

— C'est important ?

— Oui.

— Pourquoi ?

— Réponds-moi d'abord : combien de fois ?

— Deux.

— Tu es sûre ?

— Oui, tout à fait, affirma-t-elle après une seconde de silence.

— D'après la propriétaire de la pension, Axel a reçu trois appels. Et c'était toujours une femme qui était au bout du fil.

40.

Ces rues. La première fois qu'il avait débarqué. Le bus venant de la mer avait du retard et il était parti vers le sud, depuis la gare, au cours de l'une de ces nuits de chaleur.

Il s'était retourné plusieurs fois mais personne ne le suivait.

Il était un autre.

La rue avait le même aspect qu'alors. Elle exhalait la même odeur, une odeur lourde peu de temps auparavant.

Était-ce la même chambre ? C'était la même vue en tout cas. Les chambres d'hôte changeaient de place. Les gens allaient et venaient. La guerre allait et venait. Il y avait une image de Jésus sur le mur comme cette fois-là, la première. Il s'était agenouillé et avait tenté de dire quelque chose à Jésus. Il n'avait pas obtenu de réponse. Il savait pourquoi.

Jésus !

La femme l'avait vu, l'avait dévisagé. Il lui avait tendu sa lettre.

Le moment était venu.

Jésus avait répondu. Non. C'était quelqu'un d'autre.

*
**

Il erra en tous sens en franchissant les ponts. Attendit, tenta d'écouter, d'attendre à nouveau. Dans le pub d'un bel hôtel il avait observé ses mains tandis que le barman les regardait.

Il les avait regardées comme s'il savait. Ses mains autour de la corde.

Autour du cou.

On lui avait donné sa bière blonde et il la vit s'éclaircir.

La mer avait été démontée, cette nuit-là, cela avait été d-é-m-e-n-t. Ils avaient tous été déments. Déments.

Il n'y avait pas seulement l'argent. Ou les femmes.

Ou Dieu.

Le dernier soir, il prit le car pour la pointe sud du lac.

Il partit à l'aventure dans les montagnes.

Il trouva un endroit qui pouvait être paisible. Si le vent soufflait dans la bonne direction. Si seulement la lumière voulait disparaître.

Le soir, il attendit. Quelqu'un avait allumé un feu de bois au bord de l'eau. Il vit des visages semblables à des taches. Quelqu'un grattait une guitare et en tirait des lambeaux de musique qui allaient ensuite flotter sur l'eau. Il crut voir quelqu'un bouger, au loin.

Au cours de la nuit, il pleura. Il tenta de rédiger une nouvelle lettre, dans la langue de jadis, et de classer ses souvenirs en divers tas assez éloignés les uns des autres. Il avait l'intention d'emporter certains de ces maudits tas, avant le lever du jour, de les jeter sur les braises et de les laisser brûler. Il entendit ses pensées, autant de paroles violentes qu'il n'avait jamais proférées mais qu'il se répétait à présent.

Les mots n'étaient rien comparés aux actes. Ils pouvaient certes blesser mais pas autant. Jamais autant.

Il y avait un souvenir qu'il maintenait à distance.
Il avait dit que ce n'était pas pour lui : Ce n'est pas pour toi, ça.
C'était une bonne journée.
Reste à terre, avait-il dit. Reste ici.
Je ne veux pas. Pourquoi le ferais-je ?
Reste.
Non.
Reste.
Mais...
Ne monte pas à bord. Ne monte pas à bord. Tu n'es pas du voyage.
Il n'en avait pas été ainsi.

*
**

La voiture était verte comme l'algue qu'il avait tenue dans sa main trois jours auparavant.
Jésus ! Emmène-moi loin d'ici !

41.

Winter vit le lac pour la première fois à Lochend. Il ressemblait à un fjord, les montagnes se dressaient de chaque côté de cette étendue d'eau où le noir et blanc se superposaient.

— Au fait, que devient le monstre ? demanda-t-il.

Il eut l'impression que quelque chose bougeait ou s'apprêtait à bouger à la surface de l'eau. Il montra le lac du doigt.

— Nessie ? demanda Macdonald. Il reste caché.

— Il existe ?

— Naturellement.

— Tu es bien obligé de dire ça. Le tourisme dépend entièrement du monstre dans le coin.

Il avait vu des panneaux indiquant la direction *Loch Ness Monster Exhibition*, à Drumnadrochit, à environ cinq kilomètres de là. À gauche, le lac était toujours noir et blanc.

— Ce n'est pas aussi simple que ça, objecta Macdonald.

— Qu'est-ce que tu entends par là ?

Macdonald ne répondit pas. Il avait l'air sérieux.

Winter éclata de rire.

— Allez, Steve.

Macdonald porta le regard vers le lac, plus large à cet endroit.

— Il y a des endroits, dit-il.
— Lesquels ? Des endroits où on peut voir ?
Macdonald acquiesça d'un léger signe de tête.
— Serais-tu dépositaire de certains secrets ?
— Peut-être.
— Mais tu ne veux rien révéler ?
— Certains secrets ne sont pas faits pour être divulgués.
— Règle d'or de tout commissaire de la police judiciaire.
— Nessie n'est accusé de rien, que je sache, rétorqua Macdonald.

Winter se tourna vers lui, sur son siège, et le regarda.
— Tu l'aimes bien ce monstre, hein, Steve ? Tu y crois vraiment.
— Il a toujours existé, répondit Macdonald avec une candeur qui ne permit pas à Winter de déterminer s'il était sérieux ou s'il plaisantait subtilement. Il fait partie de ma jeunesse, Nessie.

Ce fut au tour de Macdonald de se tourner vers Winter.
— Un jour, je te montrerai quelque chose.
— Pourquoi pas maintenant ?
— Ce n'est pas la saison. Peut-être pas, ajouta-t-il en observant le lac.

Winter aperçut le bâtiment, juste après le panneau indiquant la limite de la commune de Drumnadrochit. À vrai dire, personne ne pouvait le rater. Le lac s'étendait toujours sur la gauche. Plus loin vers le sud, à l'endroit où il se terminait et prenait le nom de la petite rivière Oich, Axel Osvald, peut-être – sans doute – en état de confusion mentale, avait rendez-vous avec la mort. Où était-ce ? Existait-il quelque endroit maléfique, là-bas, au-delà des expositions, des attrape-touristes imbéciles, des monstres de légende et des ruines médiévales ressemblant à des châteaux de sable endommagés, autour du lac... ? Axel Osvald l'avait-il trouvé, cet endroit ? Qu'avait-il rencontré, qui ? Pourquoi là ? Pourquoi à cet endroit précis ?

— J'ai soif, dit Macdonald en quittant la route et allant se ranger devant le *Hunter's Bar & Restaurant*, juste en face du lieu d'exposition.

— Tu as vu l'expo ? demanda Winter.

— Ce n'est pas nécessaire.

— Tu m'as tellement raconté de choses que je ne vais pas tarder à exiger que nous nous attelions à l'élucidation de l'énigme du monstre. Ça nous rendra célèbres dans le monde entier, ajouta-t-il en descendant de voiture.

— Je ne veux pas être célèbre, rétorqua Macdonald. Je veux devenir riche. Comme toi.

Il sortit de la voiture et la ferma à clé avec sa télécommande.

— Et moi j'ai envie d'être célèbre.

Ils entrèrent dans le bar. Au mur était accrochée l'affiche d'un film de Hollywood vieux de dix ans, inspiré par le mythe du monstre, avec Ted Danson dans le rôle principal. Winter ne regretta pas de ne pas l'avoir vu.

Macdonald commanda deux pintes de bière écossaise.

Ils prirent place à une table d'angle avec vue sur les ruines d'Urquart Castle. Sur le lac, il y avait un bateau aux allures de torpilleur. Peut-être y avait-il à bord un système perfectionné de sonar. Winter savait qu'au cours des deux dernières décennies on avait sondé régulièrement le fond du lac avec des moyens de détection perfectionnés, pour trouver des traces. Cela lui rappelait la chasse que la marine suédoise avait donnée, il n'y avait pas si longtemps, à des sous-marins étrangers, dans Hårsfjärden. Personne n'avait jamais rien trouvé, mais beaucoup de gens disaient en avoir vu.

L'essentiel reposait sur des mythes.

— Sérieusement, dit Macdonald qui avait de la mousse de bière sur la lèvre supérieure, il n'est pas possible de reléguer toutes les histoires sur Nessie au rang de légendes.

— Ah non ?

Macdonald eut un petit geste de la main gauche.

— De nombreux riverains du lac ont d'étranges histoires à raconter. Mais ils les gardent pour eux. Ils n'ont pas envie de paraître ridicules aux yeux d'étrangers méprisants.

— C'est pour ça que tu ne veux rien me dire ? insinua Winter.

— Je n'habite pas sur les bords du lac, moi, rétorqua Macdonald.

— Et je ne t'ai pas tourné en ridicule, dit Winter en sortant son paquet de cigarillos. Pas encore, du moins.

Il alluma un de ses minces cigares.

— Tu n'as pas encore renoncé à ces saloperies, à ce que je vois. Je croyais que c'était fait.

— Bientôt, répondit Winter en aspirant une bouffée de cette bonne fumée et l'expirant aussi discrètement que possible.

Fort Augustus n'était constitué que de deux rangées de maisons disposées en U, de stations-service et de pubs. Cela sentait la graisse frite, l'essence et peut-être les algues pourries, sur la parking situé devant Morag's Lodge.

Macdonald suivit les indications écrites sur un papier et ils descendirent la rue menant au *Poachers*, où ils entrèrent. L'air empestait la fumée de tabac des buveurs de cette fin d'après-midi et le niveau sonore était à l'avenant.

Le patron les introduisit dans une pièce derrière le bar. Il avait le visage gris, après tant d'années passées dans cette atmosphère empoisonnée. Peut-être n'était-il même jamais descendu jusqu'au bord du lac.

— Drôle de zèbre, dit cet homme, qui était anglais et s'appelait Ball. Il n'avait pas l'air de savoir ce qu'il faisait, ni pourquoi.

— Il était pourtant capable de poser des questions, dit Macdonald.

— En effet. Mais je ne pouvais pas y répondre, puisque je ne les comprenais pas.

— Vous ne vous souvenez d'aucun mot ?

— Non.

— Était-il excité, ému ?
— Non, il avait l'air... perdu, perturbé. Il est vrai qu'ici, ça n'a rien d'extraordinaire, ajouta Ball avec un sourire. Les gens perdent facilement la tête, quand ils ont bu jusqu'à leur dernier sou et se voient refuser de continuer à crédit.
— Comment le décririez-vous ? demanda Winter.
Ball le dévisagea.
— Vous êtes suédois, vous aussi ?
Ils savaient que Ball était au courant de la nationalité du défunt.
— Oui.
— Ça s'entend à peine.
— Comment était-il ? répéta Macdonald.
— Eh bien... puisque vous voulez le savoir...il semblait avoir... la trouille. Il n'avait plus toute sa tête, mais il avait surtout... peur, c'est ça. Il était comme ça, quoi, dit Ball en illustrant ses propos d'un mouvement de la tête, comme s'il cherchait à repérer quelqu'un qui serait sur sa piste. Il se comportait comme s'il était traqué.
— Avez-vous vu quelqu'un ?
— Qui l'aurait traqué ?
— Oui.
— Non.
— Et quand il a quitté le pub ?
— Il était tellement bizarre que je l'ai suivi du regard quand il est sorti. Puis il a fermé la porte derrière lui et je l'ai perdu de vue.
— Il n'a pas prononcé un seul mot d'anglais ? demanda Winter.
— Non.
— Avez-vous parlé à quelqu'un qui se serait entretenu avec lui ?
— Uniquement avec le vieux Macdonald, de *The Old Pier*. C'est là qu'il logeait, le Danois, à ce que j'ai compris.
— Pardon ? fit Macdonald.
— Il avait une chambre là-bas, le Danois, non ?
— Le Suédois, rectifia Winter.

— Bah, quelle différence. En tout cas, c'est là-bas qu'il créchait.
— Pas à notre connaissance, dit Macdonald en regardant Winter.
— Je suppose que c'est un autre Suédois, alors, répondit Ball en souriant de toutes ses dents très britanniques – rien à voir avec la denture scandinave. Le vieux Macdonald a parlé d'un Suédois, en tout cas.
— Pas à la police.
— Je suppose que c'est parce qu'on ne le lui a pas demandé. Il faut lui arracher les vers du nez, au vieux.

Macdonald posa la question sans détour à son vieil homonyme. Oui, en effet. Un Suédois « assez âgé » avait logé une nuit à *The Old Pier*. Cette pension de famille était située au bord du lac, au nord de Fort Augustus. L'odeur d'eau et de pierres couvertes de végétation était très forte, quand ils montèrent l'escalier derrière cet autre Macdonald, qui n'était plus tout jeune. Il s'appuyait sur une canne aussi grosse qu'un avant-bras masculin. Dans la salle brûlait un feu de bois pas encore assez sec qui faisait entendre des claquements semblables à des coups de pistolet.
— Vous auriez dû prévenir la police, dit Macdonald, Steve de son prénom.
— J'ai pas eu le temps, répondit l'autre Macdonald, dont la canne était secouée d'une sorte de tic.
— Qu'est-ce que vous entendez par quelqu'un d'assez âgé ?
— Il avait sûrement plus de quatre-vingts ans, Mais il était leste comme un type de cinquante.
Sans doute du même âge, l'aubergiste avait le visage constellé de taches noires.
— Comment s'appelait-il ? demanda Winter.
— Il faut que je regarde dans le registre.
Ils l'accompagnèrent jusqu'à la réception, où il tourna quelques pages.
— John Johnson.

Encore un Johnson, c'est une épidémie, se dit Winter, qui vit que son collègue partageait son opinion.

John Johnson avait donc loué une chambre à cet endroit la nuit du jour où Axel Osvald était arrivé à Fort Augustus et était ensuite parti dans la montagne.

— Quand a-t-il pris congé ? De bonne heure ? Tard ?
— Le matin.
— Oui, mais à quelle heure ?
— Oh… neuf heures, par là.
— De quoi avez-vous parlé ?
— Quand ça ?
— N'importe quand.
— Il a pas dit un mot.
— Dans ce cas, comment savez-vous qu'il était suédois ?
— Je suppose qu'il a dit quelque chose en ce sens.
— Quoi donc ?
— Je me rappelle pas.
— Vous avez aussi perdu la tête ?
— Ça va, espèce de sale petit blanc-bec des îles, fulmina le vieux Macdonald en brandissant sa canne.
— Doucement, fit Macdonald, Steve.

Le vieux abaissa sa canne. Le policier eut un sourire que le vieux lui rendit, accompagné d'un simple :

— Sale Mac.
— Qu'est-ce qui vous a incité à penser qu'il était suédois ? s'obstina le Mac en question.
— J'en ai connu un certain nombre pendant la guerre. Des pêcheurs.
— Et alors ?
— Eh bien, c'est peut-être simplement une impression que j'ai eue. Et puis y a le nom : Johnson.

Ils lui posèrent encore quelques questions, mais le vieux donnait des signes évidents de fatigue.

— Si autre chose vous revient en mémoire, n'omettez pas de nous le signaler, dit Steve Macdonald en donnant son numéro de téléphone au bonhomme.

— Faut d'abord que je me rappelle de pas oublier, commenta celui-ci.

— Vous ne risquez pas de le faire, j'en suis sûr.
Ils étaient maintenant sur le pas de la porte.
— Comment est-il venu et reparti ? demanda Winter.
— En voiture.
— Vous l'avez vue ?
— Elle était verte, à peu près comme ces buissons, au bord du lac, en hiver, répondit le vieux en agitant à nouveau sa canne.
— Vert métallisé ? demanda Steve Macdonald.
— Oui, elle avait un reflet bizarre. Mais me demandez pas la marque, elles sont toutes pareilles à présent, bon sang, ajouta-t-il en crachant par terre.
— Elle était neuve ? voulut savoir Winter.
— Elles en ont toutes l'air aussi.
Steve Macdonald éclata de rire.
— Mais je me souviens que quelqu'un était assis sur le siège avant, quand il a pris la route par-là, dit le vieux en désignant avec sa canne la direction de l'est.

— C'est un de tes parents ? demanda malicieusement Winter quand ils partirent à leur tour vers l'est.
Le crépuscule commençait à tomber et l'eau du Loch Ness devenait plus noire que blanche.
— Sûrement pas, que diable, ce type-là fait sans doute partie du clan Macdonald Of ClanRanald, dans les îles septentrionales.
— Quelle différence ?
— Tu ne l'as pas remarquée ?
— À part l'âge, non.
— Mon clan, lui, est originaire des îles occidentales. C'est les Macdonald de Skye, une noble lignée.
— Comment avez-vous fait pour vous retrouver sur la terre ferme, alors ?
— C'est mon arrière-grand-père paternel qui a pris le bac, dans son jeune temps. Il a ensuite poussé un peu plus loin et s'est arrêté à Dallas. Je crois qu'il était bien

forcé, d'ailleurs, à cause d'une histoire avec un MacLeod, l'autre clan de ces îles-là, qui a mal tourné.

— C'est pour ça que le vieux t'a traité de sale petit blanc-bec des îles ?

— Je suppose qu'il a deviné.

— Intéressant, lança Winter, quand on pense qu'il vient des îles lui-même.

— Mais ce n'est pas une mauvaise chose qu'on se soit éloigné un peu de la mer, reprit Macdonald. C'est peut-être pas définitif, d'ailleurs. La devise de notre clan, c'est *per mare per terras*. Ça te dit quelque chose ?

— *Mare*, ça signifie mer, et *terras* terre.

— Et donc *By Sea And By Land*, par voie de mer et de terre.

— Très majestueux.

— Le nom de Macdonald vient du gaélique Domhull, qui signifie *Water Ruler*, celui qui règne sur l'eau.

— Je suis très impressionné, lâcha Winter en regardant le lac, tandis qu'ils commençaient à monter la petite route longeant la pointe sud-est de celui-ci

— Pas celle-ci. L'océan. L'Atlantique ! s'écria Macdonald.

Des moutons paissaient sur le coteau verdoyant descendant jusqu'au lac. Il n'avait pas encore pris sa teinte « métallisée » et les toisons grises des ovins luisaient comme les pierres au milieu de l'herbe, en dessous d'eux.

Soudain, le paysage changea du tout au tout. En haut de Murligan Hill, on se serait cru sur la lune. Winter baissa à moitié sa vitre et entendit le vent souffler. Il faisait brusquement très froid, la route était étroite et n'avait pas l'air très sûre, dans le crépuscule qui tombait rapidement.

Une atmosphère lugubre régnait à cet endroit, peut-être liée – mais pas nécessairement – à la présence du lac, à moins qu'elle ne provienne de l'aridité du paysage à la végétation rabougrie.

Le lac tournait le dos au paysage. Sur la gauche, on pouvait l'atteindre en couvrant une petite distance à pied, même s'il aurait fallu sauter d'une trentaine de mètres de haut pour parvenir jusqu'à sa surface.

Ils se garèrent au bord d'un petit lac artificiel du nom de Loch Tarff. Celui-ci réfléchissait, à la manière d'un œil aveugle, le ciel qui s'assombrissait rapidement.

Ils sortirent de voiture. Winter frissonna et vit que Macdonald faisait de même.

Passer la nuit à cet endroit sans aucun vêtement sur le corps aurait signifié la mort pour eux également. Être nu dans un paysage aussi nu.

Macdonald examina le plan qu'avait dessiné Craig. Il leur avait proposé de les accompagner ou d'envoyer quelqu'un qui avait été sur les lieux au moment de la découverte du corps, mais ils avaient décliné son offre.

Macdonald désigna un endroit situé sur la gauche de cette nappe d'eau immobile. Ils franchirent une petite hauteur, en marchant dans l'herbe rêche, et descendirent ensuite vers un repli de terrain assez large mais peu profond.

— Il gisait là, dit Macdonald en s'accroupissant.

— Il est venu ici à pied, précisa Winter en détournant le regard vers le Loch Tarff.

De là où il se tenait, il apercevait la route ridiculement étroite, sur la gauche, et un coin du Loch Ness, qui était maintenant aussi noir que le ciel n'allait pas tarder à l'être.

— Ce n'est pas prouvé, répondit Macdonald toujours accroupi. On a trouvé ses vêtements éparpillés dans la nature entre Borlum Hill et ici, mais on n'est pas sûr que ce soit lui qui les y ait mis, hein ?

— Non.

— On sait qu'il a rencontré quelqu'un à Fort Augustus.

— Tu crois ?

— C'était Axel Osvald, qui était assis à côté de ce Johnson, dans la voiture. Il ne reste plus qu'à trouver qui est celui-ci.

— Ça peut avoir été n'importe qui, objecta Winter.

Et Johnson peut être n'importe qui, aussi, pensa-t-il.

Macdonald poussa un grognement et changea de position, mais resta accroupi.

— Qu'est-ce que tu disais, Steve ?
— Et toi, est-ce que tu y crois, ou non ?
— À quoi ?
— Au fait que c'est un crime.
— Je préférerais que ce n'en soit pas un.

Macdonald poussa un nouveau grognement. Peut-être était-ce du gaélique, après tout. Il se releva. À présent, on aurait dit que la nuit tombait à deux cents à l'heure. Winter ne voyait plus guère que la forme de la tête de son ami et ses dents. Steve marmonna quelque chose et se tourna vers l'intérieur des terres et les Monadhliath Mountains. De l'autre côté de cette chaîne se trouvait le paradis du ski d'Aviemore. Sauf qu'on était à cent lieues du paradis, dans le domaine du vent et du froid. Winter sentit qu'il avait la goutte au nez. Ses doigts s'engourdissaient car il ne portait pas de gants.

— Pourquoi ici ? demanda Macdonald en s'éloignant à grands pas et comme pour lui-même.

— C'est un crime, reprit-il une fois près de la voiture. La question est de savoir de quelle nature. C'est peut-être plus grave qu'on ne le pense, ajouta-t-il en ouvrant la portière.

— Tu n'as pas besoin de penser tout haut, Steve, dit Winter en prenant place.

Angela sortit de la salle de bains. Winter était allongé en travers du lit, la tête dans une position inconfortable.

— Tu joues les acrobates ? demanda-t-elle.
— Il faut que je fasse revenir le sang dans ma tête.

Elle vint s'asseoir au bord du lit.

— C'est vrai que tu étais un peu absent pendant le dîner.
— Ah bon.
— Steve aussi, d'ailleurs, pour être honnête.

Winter leva la tête et se mit sur son séant.

— Je te l'ai déjà dit, il régnait une atmosphère étrange, là-haut, cet après-midi.

— Mhm.
— Je suis navré d'avoir gâché ton dîner.
— Il n'y a pas de quoi, c'était très agréable.

Il se leva du lit, gagna la coiffeuse et se versa un petit verre du whisky qu'il avait acheté à l'aéroport. Il montra la bouteille à Angela, qui secoua la tête.

Winter but son whisky, du *Ben Rinnes*. Il vit son visage dans le miroir. Celui-ci portait encore les traces du vent qui soufflait sur Murligan Hill. Il se frotta le menton et nota la mine amusée d'Angela, dans la glace. Il lui fit une grimace en pensant au vieux Macdonald. Au cours du dîner, Steve avait parlé de lui à Sarah et Angela et abordé d'autres faits étranges liés au système des clans écossais. Comme il l'avait déjà dit à Winter il s'agissait d'histoires assez tristes en général. Certaines n'en étaient pas moins comiques, voire farfelues.

Winter se retourna.

— Alors, on va voir Dallas, dit-il.

Elle hocha la tête.

— Vous y serez avant nous.

Steve et lui devaient partir de bonne heure le lendemain matin. Angela et Sarah devaient attendre Eilidh, la sœur de Steve, et les trois femmes ne partiraient qu'à l'heure du déjeuner.

— C'est drôle, dit Angela, quand j'entends le nom de Dallas ou que je le lis, je pense aussitôt à Kennedy. Finalement, je vais prendre un whisky, un petit, ajouta-t-elle.

Winter alla chercher un verre sur la table.

— Mais ce n'est pas le même. Celui-ci, c'est le Dallas d'avant Dallas, comme dit Steve, ajouta-t-elle.

Winter opina du bonnet et lui versa un centimètre de whisky.

— Au fait, Kennedy c'est aussi le nom d'un clan écossais, non ? lança-t-elle, tout en s'emparant du verre.

42.

À mi-chemin de Nairn, Macdonald montra un panneau sur lequel était marqué : Cawdor Castle.
— Ça rappelle Shakespeare, hein ?
Winter fixa le panneau.
— Laisse-moi réfléchir une minute.
Cawdor, Cawdor, Cawdor. *Thane of Cawdor*.
— *Macbeth* ! s'exclama-t-il soudain.
Macdonald fit mine de lui donner un coup de chapeau – quoiqu'il n'en portât pas.
— Tu crois à cette histoire-là, aussi ? demanda Winter.
— Pas au château, même s'il date du début du xive siècle. En revanche au mythe, oui.
— Sacrée histoire de meurtre, commenta Winter.
— On peut dire que j'ai grandi non loin de deux monstres : Nessie et Macbeth.
— Tu en as ressenti les effets ?
— Je ne sais pas encore.
Ils longeaient des près qui sentaient la mer. Winter porta le regard vers la droite et la rivière Nairn.
Ils traversèrent ensuite la ville du même nom, bâtie en granite brun. Les mouettes faisaient un bruit assourdissant. Le ciel était bleu et dépourvu de nuages. La cité s'étendait au bord de l'eau.
— C'est l'endroit le plus ensoleillé d'Écosse, indiqua

Macdonald. On venait s'y baigner, de temps en temps, quand j'étais gosse.

Ils poursuivirent en direction de Forres, le long de la A96. Winter vit des nuages planer au-dessus de l'intérieur des terres.

> *Quelle distance pour Forres ? Qu'est-ce que c'est*
> *Que ça, fripé et fou dans son accoutrement,*
> *Tant qu'il ne paraît pas habitant de la terre*
> *Et pourtant se trouve dessus* [1] *?*

Macdonald fit le tour de deux ronds-points et alla se garer dans High Street, devant le salon de thé Chimes. Ils descendirent de voiture.

— C'est la rue de mon enfance, dit l'Écossais. Forres, c'était la ville, pour moi. Même si elle se résume presque à cette rue, ajouta-t-il en regardant autour de lui.

De l'autre côté de la rue, la boucherie Fraser Brothers faisait de la réclame pour du *Award Winning Haggis*. Winter savait que le « haggis » était de la panse de brebis farcie au gruau d'avoine et que c'était le plat national écossais. Il s'était jusque-là abstenu d'y goûter.

— *Chef suprême de l'armée des puddings !* se mit à déclamer Macdonald qui avait suivi son regard.

Winter sourit.

— Robert Burns : *Ode à un Haggis*, précisa Macdonald.

> *Avec ta bonne et belle bouille rebondie,*
> *De l'armée des puddings tu es le chef suprême !*
> *Et tu prends dignement ton siège légitime,*
> *Au-dessus des boyaux, des tripes, des andouilles,*
> *Méritant bien un benedicite aussi long que mon bras.*

---

1. *Macbeth*, I, 3

— J'aimerais qu'on ait des poèmes comme celui-là en Suède, dit Winter. Une ode au boudin, en quelque sorte.

— On va prendre le café, dit Macdonald en entrant chez Chimes et allant s'asseoir à l'une des tables près de la fenêtre. Une femme de leur âge vint prendre leur commande : deux cafés au lait et deux tranches de *Dundee cake*. Elle avait les cheveux bruns, coupés court, et un visage engageant. Elle s'attarda un instant.

— Mais c'est Steve, ma parole ! s'exclama-t-elle.

— Oui, dit Macdonald en se levant. Lorraine.

Elle se mit sur la pointe des pieds pour le prendre dans ses bras.

— Je ne t'ai pas vu depuis un siècle, plaisanta-t-elle.

— En effet, renchérit Macdonald.

Elle se retourna et vit que la queue commençait à s'allonger, devant le comptoir, et que sa collègue haussait les sourcils.

— Il faut que j'y aille, dit-elle en lançant un rapide regard à Winter.

— Un ami suédois, fit Macdonald en guise de présentations.

Winter se leva et lui tendit la main. Ils se saluèrent et elle eut un nouveau sourire à l'adresse de Macdonald.

— Tu es encore là... cet après-midi ?

— Désolé, Lorraine. On est en route pour Aberdeen.

— Ah.

Elle pivota sur ses talons et regagna rapidement le comptoir. Macdonald et Winter se rassirent. Winter vit une annonce, à droite du comptoir. *Recherchons plongeur pour les mercredis et les vendredis.*

Macdonald se racla discrètement la gorge.

— Un ancien flirt.

— Hum.

— Comme toi et Johanna Osvald.

— Je t'en ai parlé ?

Macdonald ne répondit pas. Il regarda autour de lui, puis par la fenêtre. Des gens entraient chez les frères Fraser et en ressortait avec du haggis primé.

— Il y a bien des années que je ne suis pas venu ici.

Winter garda le silence. Macdonald croisa son regard.

— Je ne sais pas, reprit-il, on éprouve presque un sentiment de... honte, quand on revient. Comme si on était coupable de quelque chose. Comme si on...avait honte d'avoir filé autrefois. De les avoir trahis, peut-être. Je ne sais pas si tu comprends ça, Erik. S'il est possible de comprendre.

— J'ai vécu dans la même ville toute ma vie, Steve. Je n'ai pas connu ça.

On a eu des vies très différentes, en définitive, pensa Winter. Steve venait d'un trou perdu et avait fait ses premiers pas autonomes dans les rues de cette petite ville. Winter, lui était un véritable citadin, du moins en comparaison. Même si, maintenant, c'était Steve le citadin et Winter qui vivait à la cambrousse.

Lorraine leur apporta le café et le cake, très riche en fruits confits

— Comment ça va, Lorraine ? demanda Macdonald.

— On fait aller.

— Je vois que vous cherchez un plongeur, fit Macdonald avec un sourire.

— Si tu es disponible le mercredi et le vendredi, répondit Lorraine.

Macdonald sourit à nouveau mais ne répondit pas.

— À part ça, je suis dans la bonne moyenne, ajouta-t-elle. Divorcée d'un sale type et avec deux enfants presque adultes à charge.

— Qui c'est, le sale type ?

— Rob Montgomerie.

Macdonald haussa un sourcil.

— Oui, je sais, reprit-elle avec un sourire qui n'était pas totalement dépourvu d'amertume. Mais tu n'étais plus dans les parages, n'est-ce pas, Steve ?

Macdonald eut soudain l'air coupable et Winter vit qu'il baissait les yeux. Lorraine regagna le comptoir et il la suivit du regard.

— Maintenant, je me sens vraiment coupable, dit-il.

— Tu le connaissais ?

— C'est un sale type, en effet. Pauvre Lorraine. Quels que soient l'âge et le degré de maturité, on garde parfois une mauvaise opinion sur certaine personnes toute sa vie. Elle a dû être... réduite au désespoir.

— À présent, elle en est sortie.

— Je n'en suis pas sûr. Rob est du genre plutôt violent.

Avant de sortir du troquet, Macdonald entraîna Lorraine à l'écart. Winter l'attendit dehors.

— Ce salaud-là ne s'est pas manifesté jusqu'ici, en tout cas, lui confia Macdonald en le rejoignant sur le trottoir.

— On dirait que tu es encore au lycée.

C'est vrai, en fait, pensa-t-il. Quand Steve revient ici, il redevient celui qu'il était. C'est ainsi que fonctionne le temps.

— Il y a beaucoup de maris qui battent leur femme, ici.

— Où n'y en a-t-il pas ? répliqua Winter.

**

Aneta Djanali attendait dans la pièce lorsqu'ils firent signe à Sigge Lindsten d'entrer. Distinction importante : ils ne l'amenèrent pas, ils lui firent signe d'entrer.

Halders se racla la gorge, ils mirent le magnétophone en marche et commencèrent. Lindsten avait réponse à tout, comme s'il avait soigneusement répété auparavant. Mais il ne savait rien.

Halders lui posa des questions sur diverses adresses du côté de l'échangeur Branting. Lindsten ne voyait absolument pas de quoi il s'agissait.

— Alors, je vais être plus précis. Dans les entrepôts que j'ai cités, nous avons trouvé des marchandises volées dans divers foyers de Göteborg.

— Ah bon, s'étonna Lindsten.

— Ils font office de centrale de distribution, en quelque sorte, pour approvisionner les receleurs et les acheteurs.

— Ça devient de plus en plus courant, s'attrista Lindsten.
— Quoi donc ?
— Les vols et les... bandes organisées, disons.
— En effet, acquiesça Halders.
— Qu'est-ce que j'ai à voir là-dedans, moi ?
— Je vais vous donner un indice de plus. Nous avons suivi un camion qui a quitté ces entrepôts bourrés de marchandises, à Hisingen, et qui a traversé toute la ville jusqu'à Fastslagsgatan, à Kortedala. Il s'est arrêté devant l'entrée du numéro 5 et devinez qui est venu parler au conducteur, peu de temps après ?
— Aucune idée.
— Nul autre que vous !
— Ah ça, c'est une surprise ! lâcha Lindsten.
— J'ai oublié de préciser que ce camion portait des plaques d'immatriculation volées.
— Comment le savez-vous ?
— Pardon ?
— C'était peut-être le camion, qui était volé ?
— Et les plaques qui ne l'étaient pas ? C'est ce que vous voulez dire ? demanda Halders en lançant un rapide coup d'œil à Aneta.
— C'est une hypothèse qui m'est venue à l'esprit, c'est tout, dit Lindsten en haussant les épaules. Qui était-ce ?
— Qui ça ?
— Eh bien, les types du camion.
— Qui vous a dit qu'il y en avait plus d'un ?
— D'après vous, j'étais là, non ? répliqua Lindsten avec un sourire qu'on ne pouvait qualifier autrement que de malin, pensa Aneta. Et j'y étais, c'est vrai. Je me souviens qu'un camion était garé devant l'entrée quand je suis arrivé, Je leur ai dit qu'ils ne pouvaient pas rester là et alors ils m'ont demandé leur chemin et ils sont partis. Je ne sais pas si votre témoin a entendu notre échange, si oui, il doit pouvoir le confirmer, ajouta-t-il en respirant à deux reprises.
— Ils vous attendaient.

Lindsten eut un geste exprimant une sorte de désespoir devant le spectacle que lui offrait ce débile assis en face de lui.

— Autre chose, reprit Halders.
— Pourquoi faut-il que j'écoute tout ça ?
— Dans un des entrepôts de Hisingen nous avons trouvé à peu près tout le mobilier de l'appartement d'Anette à Kortedala. Nous avons vérifié sur l'inventaire. Nous y sommes allés. Et il y a deux photos encadrées.
— Excellente nouvelle, lança Lindsten. C'est pour ça que vous m'avez fait venir, alors ? Pour que j'identifie ces trucs-là ?
— L'entrepôt est plutôt en désordre mais, curieusement, les meubles d'Anette étaient soigneusement rangés, à part, derrière des paravents. On a donc pris grand soin des biens de votre fille.
— Je suis heureux de l'apprendre.
— Pour quelle raison, selon vous ?
— Aucune idée. Mais je suis vraiment heureux qu'on ait retrouvé son mobilier.

Lindsten fut emmené jusqu'à l'entrepôt dans une voiture de service, suivie par Aneta Djanali et Halders dans la leur.

Lindsten identifia le tout comme appartenant à Anette et apposa sa signature au bas de certains documents.

Ils lui firent au revoir de la main, une fois ressortis.

L'entrepôt était bourré de meubles, d'ustensiles de cuisine et des objets les plus divers.

— Il y en a plus que je n'aurais cru, dit Aneta.
— Et il y en a plusieurs comme ça.
— Mon Dieu !
— Il y a quelque chose que je ne saisis pas.
— Moi non plus.
— La fille de Lindsten fait l'objet de menaces et de mauvais traitements présumés de la part de son mari. Les voisins donnent l'alerte. Elle refuse de porter plainte, ce qui n'a hélas rien que de très ordinaire. Elle se réfugie

chez ses parents. Son appartement est nettoyé sous les yeux de l'inspecteur de police Dja...

— Je vous en prie.

— ... Djanali et cet appartement est ensuite sous-loué – oh, surprise – à Moa Ringmar qui emménage et déménage avec la rapidité de l'éclair dès qu'elle apprend ce qui s'y est passé. En même temps, les unités d'élite de la police de Göteborg lancent une grande opération pour démanteler une gigantesque organisation disposant de locaux dignes d'IKEA, à Hisingen. Un camion quitte les lieux, peut-être en service commandé, et se dirige droit vers l'appartement d'Anette mais, avant que quiconque n'ait pénétré à l'intérieur, Sigge Lindsten vient mettre un terme à tout ça.

— À quoi met-il un terme, exactement ?

— C'est la question que je pose. J'ai vaguement dans l'idée qu'on s'apprêtait à nettoyer l'appartement une fois de plus mais que les types du camion ne savaient pas qu'il était déjà vide. Pour finir, quelqu'un avertit Lindsten qu'ils sont en route, il s'amène, leur explique la situation et les voleurs prennent la poudre d'escampette.

— Il aurait pu se contenter de téléphoner.

— Il n'a peut-être pas osé.

— Il se serait déjà méfié ? De nous ?

— Il n'est pas bête. Et il ne pensait pas que Bergenhem prendrait le camion en filature.

— Ainsi, Lindsten louerait son appartement à des gens pour qu'ils soient ensuite dévalisés de tous leurs biens ?

— Oui.

— Pourquoi ?

— C'est ce que nous pensions quand nous l'avons convoqué pour l'interroger, non ?

— Et d'autres font pareil ?

— Apparemment. Ou ils ont de bons rapports avec les propriétaires pour présenter les choses ainsi.

— Hum.

— Reste à savoir pourquoi il a volé les meubles de sa propre fille.

Aneta Djanali se mit à réfléchir à sa brève rencontre avec Anette Lindsten, à Hans Forsblad, à sa sœur, qui avait l'air aussi cinglée que son frère. À Sigge Lindsten, à Mme Lindsten, à tous ces gens qui semblaient dangereux... enfin peut-être pas exactement dangereux, mais bizarres... fuyants... comme des ombres empêtrées dans leurs mensonges. Ils se dissolvaient, changeaient d'apparence et devenaient autres. Elle revit le visage d'Anette, avec cet os du nez brisé qui s'était ressoudé et ne serait plus jamais comme avant. Ces yeux. Cette main qui ne cessait de se porter à ses cheveux. Une vie qui avait déjà pris fin en un sens.

— C'était un avertissement, suggéra Aneta Djanali.

— Il aurait voulu avertir sa fille ?

— Oui, dit Aneta en hochant la tête comme pour elle-même. Ou une punition.

— La punir pour quelle raison ?

— C'est à peine si j'ose y penser, répondit-elle en fermant les yeux puis les rouvrant. Sans doute est-ce lié à Forsblad. Et à sa sœur. Sûrement, ajouta-t-elle en saisissant Halders par la manche. Mais pas de la façon que nous imaginons.

Halders eut le bon sens de ne rien dire.

— Ce n'est pas ce que nous croyons, répéta-t-elle. Ils sont en train de se livrer à une sorte de... jeu. Ou alors ils gardent le silence sur quelque chose qu'ils ne désirent pas que nous sachions. À moins qu'ils n'aient peur, les uns ou les autres.

— Je ne peux que me répéter : il y a quelque chose que je ne comprends pas.

Nous ne sommes pas censés le comprendre ! pensa-t-elle soudain, avec force. Nous ne devons pas le savoir ! Ils veulent qu'on laisse tomber ça, comme un charbon ardent qu'on tiendrait entre les mains. Fredrik avait peut-être raison quand il l'a dit, il y a longtemps. Il se peut que ce soit dangereux, très dangereux, pour nous, pour moi.

Pour moi.

— Tu crois donc qu'elle a un tort quelconque envers son père et que celui-ci estime qu'il doit la punir pour ça ? demanda Halders en se passant la main sur la nuque et regardant Aneta. Par exemple en lui piquant ses meubles ? Il y a aussi une autre explication, beaucoup plus simple : l'entrepôt de Hisingen est un garde-meubles parfait. Anette désirait quitter l'appartement le plus vite possible, or il se trouvait que Lindsten disposait des hommes et du véhicule pour cela. Il a envoyé ses sbires et ils ont tout entreposé là-bas, très soigneusement. N'oublie pas que c'est disposé à part, derrière des paravents. Alors que le reste est pêle-mêle.

— À ton avis, Anette est-elle au courant de l'existence de l'entrepôt ? Des meubles volés et de ce trafic ?

— Aucune idée. Elle doit pourtant se demander où sont passées ses affaires, non ?

— Si elle le sait, elle a peut-être une raison de plus de ne pas en souffler mot. Elle n'ose peut-être pas.

Le soir, elle se fit couler un bain. Le bruit de l'eau retentit dans tout l'appartement. Elle se dirigea vers la salle de bains en laissant tomber ses vêtements derrière elle. Elle avait toujours eu la mauvaise habitude de les laisser traîner partout, c'était sa mère qui les rangeait.

À présent, Fredrik s'en chargeait.

— Bon sang de bon Dieu ! jurait-il dans ces cas-là.

La première fois qu'il l'avait suivie ainsi, elle l'avait entraîné dans la baignoire à moitié pleine avant qu'il ait eu le temps d'enlever quoi que ce soit, lui !

Cela avait été très bien.

Elle jeta sa culotte dans la corbeille à linge, près de la machine à laver, et entra doucement dans l'eau chaude avant de fermer le robinet. Puis elle s'immergea très lentement dans l'eau, millimètre après millimètre.

L'eau lui arrivait au-dessus du menton. Il y avait de la mousse partout. Le bain commençait à refroidir et pourtant elle n'avait pas l'intention d'en sortir. Le silence régnait dans l'appartement. Pas le moindre bruit de pas au-dessus – ce qui était fort rare. Pas plus que de porte d'ascenseur qui claquait, autre fait exceptionnel. Quant à la circulation, on ne l'entendait pas de là où elle était. Elle ne percevait que les sons familiers de son logement, le réfrigérateur et le congélateur dans la cuisine, ainsi qu'un autre bourdonnement dont elle n'était jamais parvenue à déterminer l'origine et qu'elle avait accepté comme normal depuis longtemps, les gouttes d'eau qui coulaient lentement du robinet derrière sa nuque et une sorte de soupir sans doute dû à l'équipement électronique de tout foyer moderne.

Soudain, elle entendit un bruit qu'elle ne connaissait pas.

Macdonald montra le chemin le long de High Street, en direction du nord. Ils passèrent devant de nombreux cafés et magasins. En Écosse, il existait encore un certain nombre de ces services de proximité qui avaient disparu depuis longtemps en Suède, pensa Winter. C'est peut-être plus pauvre, ici. Pas à tous points de vue, cependant.

Macdonald s'arrêta devant une maison en pierre sombre au-dessus de la porte de laquelle était apposée une pancarte : *The Forres Gazette – Forres, Elgin, Nairn*.

Ils entrèrent. Ils étaient attendus.

— On ne s'est pas vus depuis une éternité, Steve, lança l'homme qui vint à leur rencontre en donnant une grande tape sur l'épaule de Macdonald.

Celui-ci répondit de la même façon et présenta Winter, qui jugea plus prudent de tendre la main.

— Duncan Mackay, dit l'autre, qui avait l'air plus vieux mais avait en fait le même âge que Steve, qui avait parlé de ce camarade de classe dans la voiture.

Mackay avait des cheveux noirs qui descendaient jusqu'aux épaules et des cernes de la même couleur sous les yeux. Il les fit passer derrière un comptoir en bois et ils prirent place sur des chaises disposées devant sa table de travail, qui contrastait de façon presque comique avec celle du commissaire Craig, à Inverness. Ils avaient du mal à voir le journaliste, en face d'eux, tant il y avait de papiers devant lui. Et pourtant, il était debout.

— Café, bière, whisky, vin, marijuana ? proposa-t-il.

Macdonald regarda Winter.

— Non merci, répondit ce dernier en désignant le paquet de cigarillos qu'il avait tiré de sa poche. J'ai ce qu'il me faut, question herbe.

Mackay, lui, avait une cigarette allumée à la bouche. Macdonald secoua la tête dans sa direction.

— Nous venons de rencontrer Lorraine, dit-il une fois que Mackay fut assis et eut poussé son fauteuil légèrement de côté, sur ses roulettes.

— Steve le bourreau des cœurs, ironisa Mackay. Il lui a fallu du temps, à la pauvre Lorraine. Pour surmonter ça, ajouta-t-il à l'intention de Winter.

— Elle m'a parlé de Robbie.

— Oui, merde.

— Il a disparu, paraît-il.

— Il reviendra, ne t'inquiète pas. Hélas.

Ils gardèrent le silence un instant, comme pour méditer sur la destinée humaine. La pièce était plongée dans la pénombre.

Mackay se leva et alla fouiller dans ses papiers. Il prit une feuille sur le dessus d'une pile et l'orienta vers la lumière de la fenêtre.

— J'ai demandé à notre correspondant sur place de s'informer, mais personne n'a vu ce Oswald. Axel Oswald, c'est bien ça ? Il y avait d'ailleurs eu un avis de recherches et on a mené une petite enquête dès ce moment... à propos d'un étranger qui aurait disparu dans le comté de Moray... aucune trace.

— Bon, dit Macdonald.

— Tes collègues de Ramnee n'ont rien vu ni entendu non plus, poursuivit Mackay.

— Je sais, je leur ai téléphoné il y a quelques jours.

— Tu y es allé ?

— Pas encore.

— Une seule chose... reprit Mackay.

— Oui ?

— Billy, notre correspondant à Elgin, a fait un papier sur la triste situation du marché du poisson et est allé interviewer des gens à Buckie. Avant que l'avis de recherches ne soit lancé.

Macdonald dressa l'oreille.

— Billy est un bon gars, mais pas très futé. Enfin bref, il a parlé à certains des anciens du chantier naval. Il avait garé sa voiture dans l'une des petites rues, juste en face, et quand il est venu la récupérer, il a vu une Corolla parquée dans la même rue. Elle était déjà là quand il est arrivé. Elle était vert métallisé.

— Il a relevé le numéro ?

— Hélas non. Pourquoi l'aurait-il fait ? Ça ne lui est bien sûr pas venu à l'esprit. Il ne s'en est souvenu qu'en découvrant l'avis de recherches. Non, en fait. C'est quand je l'ai appelé, hier. Même pas, d'ailleurs. C'est lui qui m'a passé un coup de fil ce matin pour me dire qu'il avait vu la voiture.

— Il en est certain ?

— Il s'y connaît en bagnoles. Et celle-ci était manifestement neuve. Or, une voiture neuve, à Buckie, ça ne se voit pas tous les jours. Dans ces rues-là, en tout cas.

43.

Il avait fait un voyage qu'il n'avait pas prévu. C'était un adieu. Sur la carte, son périple décrivait un cercle, un arc de cercle plutôt.

Quand avait-il descendu Broad Street pour la dernière fois ? Des heures, des jours ou des années auparavant ? Un ciel rouge. En bas, vers Onion Street et le port, le ciel était toujours rouge, toujours.

Quatre cents bateaux par an !

Le port de poissons blancs le plus important d'Europe.

Et là-bas se trouvaient ceux dont il aurait pu être... proche. Peut-être. Non.

L'odeur. Celle de la mer comme toujours, mais aussi d'autre chose, qu'il n'avait pas perçu autrefois : le pétrole.

La ville avait changé depuis le pétrole. Les chalutiers étaient toujours là, il y avait encore une forêt de mâts, mais les gens qui se déplaçaient dans la rue venaient aussi pour le pétrole.

La ville s'était développée, les bretelles d'accès étaient différentes, signe manifeste de l'évolution.

Il se tenait à l'extrémité de l'un des brise-lames. Les chalutiers amarrés là étaient les plus gros. Il y en avait un bleu, à vingt mètres de là. Il vit un homme traverser le pont arrière et lut le nom du bateau.

C'était autre chose, la coque était métallique.

Il entendit l'homme crier quelques mots en direction du poste d'équipage.

Il s'attarda devant *The Mission*.
C'était là.
L'avant-dernier soir.
Repas de 7 h à 14 h 30 comme jadis. L'Église congrégationaliste. Le poste de secours.

Également un avis qui n'était pas là à l'époque.
Le *Zaphire* a sombré en octobre 97, quatre morts.

Tout le monde savait à peu près tout, ici. Mais il y avait des exceptions. Au moins une.

Il entra et attendit dans le hall. Il eut un choc à cause de ses souvenirs, d'autre chose aussi : un homme qui levait les yeux derrière le comptoir, une expression sur le visage.

Il ressortit sans se retourner. Il n'était pas invisible, à cet endroit. Il se boucha les oreilles pour ne pas entendre la voix, le cri, dans son dos.

Les *Caley Fisheries* étaient toujours là. Ainsi que le marché au poisson. Il y avait un nouvel écriteau, à l'entrée. *Il est interdit de fumer, de cracher, de manger, de boire, d'abîmer le matériel, de porter des vêtements ou chaussures sales*. Des règles de conduite valables pour l'existence en général.

Des hommes en cirés bleus et bottes jaunes chargeaient des caisses de diverses espèces de poissons dans un camion pour Aberdeen.

Il suivit Crooked Lane, une rue pas plus droite maintenant qu'alors.

Il se dirigea vers le haut. Le ciel s'ouvrait. Le vent soufflait.

Il sentit le poids de son arme, contre sa cuisse. Elle était toujours aussi glaciale Il désirait la décharger.

Une demi-heure plus tard, il était en route, en diagonale et vers le nord. Un long adieu. Il traversa Strichen, au volant, en surveillant dans le rétroviseur. Était-il suivi ? C'était possible, mais il ne le pensait pas.

L'arme était posée sous sa veste, sur le siège avant.

Il suivit les petites routes en direction de New Aberdour, traversa la cité et s'arrêta à trois mètres de l'horrible à-pic au-dessus de la mer. Trois mètres. Il fit rugir le moteur. De là où il se trouvait, on voyait seulement la mer et le ciel. Tout se confondait. La mer et le vent hurlaient. Il ouvrit la portière, descendit, le pistolet à la main et tira un coup de feu en direction du ciel.

Il y avait deux routes, pour descendre de Troup Head vers la petite localité nichée en bas. Il fallait longer l'à-pic avant de plonger.

Il savait. Il s'était caché là lorsque les maisons étaient encore rouges comme les rochers, à l'époque où les contrebandiers faisaient la loi. C'était pour cela que personne ne posait de questions.

Quand les caméras étaient arrivées, il avait pris la fuite.

Comme en ce moment.

Il prit de nouveau place à bord de la voiture.

Il sentit la pédale, sous son pied, et une immense aspiration.

Jésus. Jésus !

Il ne voyait plus que le ciel.

44.

Le calme régnait sur Spey Bay. Le chantier naval de Buckie était désert et silencieux. Deux chalutiers ancien modèle reposaient sur le ber, auquel ils étaient soudés par la rouille. Tout un symbole.

Ce spectacle n'avait pourtant pas de quoi surprendre Winter, qui venait aussi d'une région où les chantiers navals étaient réduits à l'état de fantômes.

Ils s'étaient garés dans Richmond Street, là où Billy, le journaliste, avait vu la Corolla verte.

— Combien de voitures de cette marque, de ce modèle et de cette année peut-il y avoir à Buckie ? avait demandé Macdonald au cours du trajet vers le nord et ensuite, au téléphone, à Craig.

Celui-ci ne tarda pas à obtenir la réponse, qui leur parvint pendant qu'ils étaient encore en train de traverser le port.

Aucune.

Dans Richmond Street, il y avait seize portes d'entrée, huit de chaque côté. Ces maisons mitoyennes avaient été bâties d'un seul tenant. Une seule voiture était garée dans la rue et c'était une épave datant des années 70.

— Zut ! s'exclama Macdonald en sonnant à la première porte.

Il y avait du monde dans chaque maison, sauf dans

l'une. Uniquement des femmes. Sans doute auraient-elles aimé avoir un emploi. Aucune ne possédait de Corolla neuve ni n'avait formé le projet d'en acheter une dans un avenir proche. Elles ne savaient même pas très bien à quoi ressemblait ce modèle de voiture. Personne n'avait reçu la visite de quelqu'un en ayant une, non plus.

— Parfois des gens se garent là pour aller au chantier naval, dit l'une de ces femmes, d'un certain âge et portant une robe à grosses fleurs qui paraissait avoir connu deux guerres mondiales.

— Qu'est-ce qu'ils vont faire là-bas ? s'étonna Macdonald.

À ce moment précis, il entendit de grands coups de marteau retentir de l'autre côté du mur du chantier. C'était un bruit étrange. Il était soudain partout, comme pour remémorer certaines choses : donk – donk – donk.

Ils prirent congé de la femme et traversèrent le carrefour pour gagner la grille d'entrée du chantier, qui était fermée à clé. Heureusement, un large pan de la clôture, haute de trois mètres, s'était effondré, juste à côté, et ils purent ainsi entrer.

Les coups de marteau avaient repris, après s'être arrêtés un moment. L'écho se répercutait différemment, en ce lieu où tout rappelait un cimetière. Le bruit provenait d'un bâtiment qui avait tout de la cathédrale bombardée. L'un des murs avait disparu et l'intérieur était plongé dans la pénombre. Ils approchèrent et entrèrent. Le marteau s'arrêta, quelqu'un les avait vus.

— C'est interdit d'entrer, lança une voix peu amène.
— Police, répliqua Macdonald dans le noir.

Cela sentait la rouille et l'eau sale, le fer, l'acier brûlé, le soufre, le feu, la terre, le goudron, la mer. Une odeur du passé, qui me rappelle mon enfance, songea Winter.

— Qu'est-ce qu'il y a, bordel de merde ? reprit la voix.

Un homme s'avança, tenant à la main le marteau – une masse en réalité. Derrière lui, on apercevait quelque chose qui évoquait la proue d'un bateau. Il en avait apparemment fait sauter la rouille, d'un côté, avec son outil. Winter fut soudain pris d'un violent désir d'empoigner cette masse et de frapper de toutes ses forces sur ces plaques de métal, jusqu'à tomber raide d'épuisement. Ce serait sûrement bon pour sa santé.

L'homme ne semblait pas seulement être là pour des raisons d'ordre thérapeutique. Il portait un bleu de travail qui devait être si ancien qu'il n'en avait plus que le nom et avait presque la même couleur que la peau de son propriétaire, un teinte indéfinie entre le gris, le noir et le blanc. Un mégot fiché au coin de la bouche, il paraissait avoir une soixantaine d'années – peut-être plus, peut-être moins. Dans la voiture, Steve lui avait dit que, par ici, il n'était pas facile de déterminer l'âge des gens. Des hommes de trente-cinq ans paraissaient parfois en avoir trente de plus. Le contraire était beaucoup plus rare.

— Nous désirons simplement vous poser quelques questions, déclara Macdonald.

— Ouais, répondit l'homme en crachant son mégot et s'avançant vers eux avec une claudication très appuyée. Il passa sa masse de la main droite à la gauche, comme pour compenser le déséquilibre de son corps.

D'une taille surprenante, il était presque aussi grand que Macdonald, qui était pourtant le plus grand Écossais que Winter ait jamais vu. Quand il le lui avait fait observer, ce dernier avait répondu qu'il mangeait du haggis pour lutter contre cela. Ça fait rapetisser, avait-il ajouté, c'est comme le riz pour les Japonais.

— Foutaises, avait commenté Winter.

Winter eut beaucoup de mal – pour ne pas dire plus – à comprendre la conversation qui s'ensuivit. L'homme parlait un baragouin invraisemblable que Macdonald lui-même ne semblait saisir qu'à moitié. Heureusement, ça ne dura pas longtemps et se termina brusquement. Winter eut un peu l'impression d'avoir assisté à une partie dont il ne connaissait pas les règles.

Ils regagnèrent leur voiture dans Richmond Street.

Le vent projeta une double page de journal sur la route de Portessie. Winter eut le temps d'apercevoir la moitié d'un titre et de recevoir la moitié d'un message.

— Il est au chômage, mais il revient ici pour le passé, dit Macdonald. Et il n'est pas le seul.

— Mais il n'a pas vu de Johnson ni d'Osvald ni qui que ce soit, je suppose.

— Non.

— N'empêche que notre homme a pu venir ici.

— Lequel ?

— C'est l'une des questions, en effet.

Ils revinrent lentement en arrière à travers le port : *Harbour Office, Marine Accident Inv. Branch, Carlton House, Fishermen's Fishselling Co, Ltd, JSB Supplies Ltd, Buckie Fishmarket*. Winter ajouta encore à cela le nom des chalutiers qu'il voyait dans le petit bassin : *Three Sisters, Priestman, Avoca, Jolair Buckie, Monadhliath*.

— On peut encore poser la question au *Marine Hotel*, dit Macdonald.

On aurait dit que l'établissement sortait tout droit d'un vieux film en noir et blanc. Si les murs pouvaient parler, pensa Winter une fois dans le hall. La réceptionniste, une blonde décolorée d'une cinquantaine d'années, avait des yeux vifs. Derrière son dos était accrochée une réclame pour la *Cunard Line*, sans doute ce que le lieu avait de plus affriolant à offrir.

En revanche, il y avait de la moquette jusque dans l'entrée.

Winter constata qu'elle justifiait sa réputation de couvrir toute la surface disponible. Les Britanniques semblaient nourrir une affection particulière pour ce revêtement de sol, comme si leur pruderie nationale les poussait à voiler jusqu'à la nudité du parquet.

Malheureusement, la couleur de celle-ci rappelait assez celle du bleu de l'ouvrier.

— Je vais appeler le patron, mou chou, dit la femme en décrochant le téléphone.

Ils se tenaient sur la place centrale, Cluny Square. Devant eux se dressait ce qui ressemblait à une forteresse : *Cluny Hotel*. C'était l'heure du déjeuner et Winter vit un groupe de *old ladies* pousser la grosse porte d'entrée de l'établissement. *Time for tea*.

— Bon, dit Macdonald en guise de commentaire à l'entretien qu'ils avaient eu avec le patron.

— Apparemment, le vieux est revenu sur ses propres traces, suggéra Winter.

— Il peut s'agir de n'importe quel nostalgique du passé.

— Ce n'est pas un nostalgique.

— Qu'est-il, alors ?

— D'après nos informations, il est mort depuis la guerre.

— C'est vrai... ça ne laisse pas beaucoup de place pour la nostalgie.

— On prend une tasse de thé ? proposa Winter en désignant l'hôtel de la tête.

Macdonald regarda sa montre.

— D'accord.

— À quelle heure nos femmes doivent-elles arriver à Dallas ? demanda Winter.

— À peu près en même temps que nous.

L'hôtel, un bâtiment des années 1880, était un parfait exemple d'architecture victorienne. Il comportait six chambres et une salle à manger de toutes les nuances de rose dont Dieu avait fait cadeau à l'humanité. Une jeune femme à l'air fort aimable les installa à une table un peu chancelante. Les chaises étaient en fait de petits fauteuils.

Macdonald avait l'air d'être assis sur un siège d'enfant, là-dedans. Mais, au regard qu'il lui lança, Winter comprit qu'il ne devait pas faire plus belle impression.

Les petites dames étaient installées à une table, plus grande, à trois mètres de là, près de l'une des autres fenêtres. Elles leur sourirent. Il y eut un rire étouffé accompagné de chuchotements.

— Bonjour, mesdames, dit poliment Macdonald tandis que Winter leur adressait un signe de tête.

Un large escalier courbe partait de la salle à manger pour descendre à l'étage au-dessous. Le mur était couvert de photos en noir et blanc, sous verre, jusqu'à la réception. On pouvait qualifier cela d'exposition de la nostalgie, à moins que ce ne fût du deuil. La plupart des clichés montraient en effet l'ancienne flotte de pêche à son apogée et le port semblait trop petit pour contenir tous les bateaux qui voulaient y trouver place. On voyait des mâts à perte de vue, tels les troncs d'arbre d'une forêt. Des arbres mobiles. Winter pensa à nouveau à Macbeth, devant ce spectacle. Cela lui rappelait en effet la prédiction des sorcières :

Macbeth demeurera invaincu jusqu'au jour
Où le bois de Birnam marchera vers les tours
Du mont de Dunsiname[1].

Sans compter que nul homme né d'une femme ne pouvait lui nuire. Mais Macduff, né par césarienne, fit couper ces arbres et les fixa sur le corps des hommes de son armée.

Winter détourna le regard de cette forêt de mâts.

Ils descendirent l'escalier, passant devant d'autres photos montrant des maisons, des bateaux et des gens d'une autre époque.

Ils se retrouvèrent dans la rue. *The Buckie boys are back in town*. Les propos incohérents d'Arne Algotsson revinrent soudain à l'esprit de Winter. Ils devaient signifier quelque chose. John Osvald était-il un *Buckie boy* ? Ou n'était-ce qu'un dicton ? Ils avaient posé la question, mais personne n'avait pu leur répondre, jusque-là.

---

1. *Macbeth*, IV, 1.

Sur la place se dressait un monument aux morts de la Première Guerre mondiale. En le voyant, Winter fut frappé par une incroyable impression de déjà vu.

Ils étaient seuls devant la statue. Cela aussi lui rappela quelque chose, mais il ne pouvait dire quoi. Le fait qu'ils soient seuls revêtait une certaine signification.

Au nord de cette petite place se trouvait un bâtiment qui semblait d'usage communal. Il y avait bien une plaque mais elle était apposée sur le mur et ils ne la virent pas : *Struan House. Établissement pour personnes âgées. Soins et hébergement.*

Deux vieillards étaient assis sur un banc, de l'autre côté de la place.

— Bon, dit Macdonald.

Ils regagnèrent leur voiture, restée garée devant le *Buckie Thistle Social Club*.

— *Buckie Thistle*, c'est le nom du club de foot local, expliqua Macdonald.

— Je ne connais que le *Patrick Thistle*.

— Celui de Glasgow ? C'est vrai ?

— Oui.

— Je l'aurais parié. Je crois qu'ils sont en deuxième division en ce moment, mais c'est le club préféré de toutes les vedettes.

Ils montèrent en voiture et contournèrent l'hôtel. Macdonald glissa un CD dans le lecteur et une voix de femme du temps jadis se mit à chanter l'amour perdu et des rêves aigres-doux.

— Patsy Cline, expliqua Macdonald.

Winter se sentit soudain très triste. Ils étaient de nouveau sur la A96 et prenaient la direction de Dallas, vers le sud. Ils se trouvaient maintenant dans un no man's land : ni mer ni montagne. Patsy Cline chantait une autre vie, plutôt elle la pleurait : *Sweet dreams of you, every night I go through, why can't I forget you, and start my life a new, and still having sweet dreams of you.*

Aneta Djanali sentit soudain qu'elle avait froid, dans l'eau. Elle agrippa le bord de la baignoire.

Elle entendit un pas, puis deux.

Un bruit sec dans la cuisine ou dans l'entrée.

Puis un autre claquement.

La porte de la salle de bains était entrouverte.

Il y avait un téléphone, là-bas, sur le mur, mais elle savait que c'était au bout du monde. Du calme, du calme, du calme, du calme.

Son cœur se mit à battre comme une masse : donk-donk-donk-donk.

— Qui est là ? cria-t-elle.

À présent, elle était sortie de la baignoire. Vêtue de son peignoir de bain, elle donna un grand coup de pied dans la porte qui cogna le mur sans heurter qui que ce soit. L'entrée était devant elle. Il n'y avait personne. On n'avait touché à rien. Et elle n'entendait plus rien.

Une fois sur le seuil, elle demanda :

— Il y a quelqu'un ?

Rien.

Un bruit lui parvint de la cage d'escalier, mais ce pouvait être n'importe quoi. Une voiture klaxonna dans la rue, devant l'immeuble. La vie continuait à l'extérieur. À l'intérieur, on avait l'impression que tout retenait son souffle, marquait une pause, attendait. Attendait quoi ? Elle s'avança d'un pas, puis pénétra dans la cuisine, où il n'y avait personne.

Elle entendit alors la pluie cingler les carreaux. Il avait plu pendant l'après-midi. Elle vit de l'eau sur le sol. Ainsi que de tout petits cailloux ou quelque autre saleté de ce genre. L'eau formait de petites flaques par terre. Elle eut soudain très froid aux pieds, comme si ceux-ci étaient plongés dans un liquide glacé. Elle baissa les yeux et suivit une trace qui sortait de la cuisine et passait dans l'entrée, à moins que ce ne soit le contraire. Il y avait également de l'eau sur le sol du vestibule et celle-ci ne pouvait venir de ses chaussures, car elle les avait rangées soigneusement à leur place, juste derrière la porte, quand elle était rentrée à un moment qui lui semblait maintenant à des années-lumière.

Elle observa la poignée de la porte d'entrée. Des empreintes digitales ? Peu probable. Des traces de chaussures sur le sol, alors ? Non.

Ses genoux flageolèrent. Elle faillit perdre l'équilibre mais réussit à gagner sa chambre en chancelant, à s'allonger sur le lit, composer le numéro et attendre la réponse.

— Tu es vraiment sûre ? lui demanda Halders quand elle lui eut raconté ce qui se passait.

— Oui, dit-elle, ce qui la rassura.

— Merde alors ! s'exclama Halders

— C'était peut-être lui.

Elle entendit Halders haleter, à l'autre bout du fil.

— Il faut qu'on examine la serrure, dit-il. La poignée de la porte et le sol.

— Celui qui est venu ici avait forcément la clé. Ou un passe.

— On verra bien.

— Mon Dieu. Qu'est-ce que ça peut être ?

— Tu ne loues pas ton appartement à Sigge Lindsten, n'est-ce pas ? plaisanta Halders.

— Très drôle.

— Pardon, Aneta, pardon. Je demande aux gars de Lorensberg de passer chez toi tout de suite.

— Oui, oui.

— Et puis de t'amener ici en voiture.

— Merci.

— Dorénavant, tu logeras ici.

— Fredrik...

— Bien sûr, hein ?

Elle ne sut quoi répondre.

— En tout cas jusqu'à ce qu'on ait vérifié la serrure, qu'on l'ait changée, posé des verrous et creusé des douves.

Une fraction de seconde, elle imagina Halders en train de fureter dans l'appartement pendant qu'elle prenait son bain. Il faisait tout pour qu'elle aille vivre dans la maison de Lunden.

Mais il n'aurait pas eu le temps de rentrer chez lui avant le coup de téléphone.

Mon Dieu, elle avait besoin d'un remontant. Elle se sentit soudain très lasse. À en mourir.

45.

Ils traversèrent de nouveau Forres. Dans High Street, Winter vit une affiche qu'il n'avait pas remarquée la première fois, annonçant le festival international du jazz de Nairn, avec Jane Monhett, le David Berkman Quartet, Jim Galloway, Jake Hanna. Il était hélas terminé depuis deux semaines.

Le commissariat de police était situé à la sortie sud de la ville, en face du *Ramnee Hotel*, qui ressemblait à une maison coloniale. Ma parole, tout date de l'époque victorienne par ici, se dit Winter.

Pourtant, le commissariat n'était pas victorien, il était même construit dans le plus pur style bunker cher à la corporation. Un adolescent jouait au ballon avec le pied, sur la pelouse située devant, s'amusant à ne pas le laisser retomber par terre. Une voiture de patrouille était garée sur le parking en terre battue. Le mot *Crimestoppers* se détachait en lettres blanches sur fond noir. Pourquoi pas *Ghostbusters* ? se demanda Winter. Du moins si Steve et moi avions été au volant. On traque des fantômes, non ?

Les vitres de la voiture étaient-elles teintées ou simplement crasseuses ? c'était un mystère.

Winter savait que l'oncle de Steve avait été agent de police à cet endroit et qu'il venait de prendre sa retraite.

— J'ai traversé une période difficile à l'adolescence, lui avait confié Macdonald dans la voiture. Un jour, oncle Gordon m'a pincé discrètement, un peu au sud de High Street, et je suppose que ça a été le tournant.

— Qu'est-ce que tu faisais ? Tu piquais des bagnoles ?

— Y a jamais eu de traces, s'était contenté d'ajouter Steve.

Winter se l'était tenu pour dit. Quoi qu'il ait pu commettre, cela avait peut-être contribué à faire de lui le bon policier qu'il était devenu.

***

Quand ils entrèrent, une femme se leva du bureau qu'elle occupait derrière un comptoir partiellement métallique. Je n'ai encore jamais vu ce mélange de bois et d'acier, pensa Winter. Elle portait un uniforme noir à galons blancs et ne devait pas être loin de l'âge de la retraite. Winter remarqua ses puissants avant-bras. Derrière elle, une porte était ouverte.

Elle ne reconnut pas Macdonald. Aussi dut-il se présenter et demander à voir la personne qu'il désirait.

— Oh, c'est vous ! s'exclama-t-elle. Jake nous a prévenus de votre arrivée.

— Je ne fais que passer.

— Vous avez bien réussi, pour un gars du coin. Comment ça va, là-bas, à Londres ?

— C'est... enfumé.

La femme sourit de toutes ses dents d'Écossaise.

— Et ici ? reprit Macdonald.

— C'est plutôt calme depuis votre départ, mon gars, répliqua-t-elle en souriant à nouveau. Si j'en crois ce qu'on m'a dit.

— Je me suis tenu à carreau, depuis.

— Il y a prescription, de toute façon, proféra une grosse voix.

Un homme franchissait le pas de la porte avec difficulté car il était à peu près aussi large qu'elle – un peu moins grand, heureusement.

— Salut, Jake.

— Salut, mon petit, dit le commissaire Jake Ross en accompagnant ces propos d'une poignée de main et du traditionnel coup de poing sur l'épaule ou dans la cage thoracique.

Macdonald présenta Winter. Ross les fit entrer dans son bureau. Par la fenêtre, Winter voyait le garçon qui jouait au ballon. Ross suivit son regard.

— Il vient ici tous les jours. Peut-être qu'il veut nous dire quelque chose.

— Il annonce peut-être son recrutement imminent pour aller jouer à Parkhead ou Ibrox.

Winter savait que c'était le nom des stades des clubs de Glasgow, le Celtic et les Rangers. Il y avait deux grandes fédérations de football, dans le pays, l'une catholique, l'autre protestante. C'était un choix effectué bien avant la naissance de ce garçon. Il y avait pourtant eu des joueurs protestants dans l'équipe du Celtic mais la situation était délicate, dans un club dont les plus fanatiques supporters se recrutaient parmi les catholiques qui luttaient pour l'indépendance de l'Irlande du Nord. Le Celtic était quasiment le club national de cette partie du Royaume-Uni et, quand les deux clubs de Glasgow se rencontraient pour le derby local, *The Old Firm*, les ferries étaient pleins à craquer.

Macdonald était catholique, mais seulement sur le papier. Son club à lui, c'était Charlton Athletic, dans les faubourgs les plus perdus du sud-est de Londres.

— Il est sûrement protestant, ce petit, affirma Ross en détournant le regard de la fenêtre et leur montrant deux fauteuils plutôt affaissés, à côté d'une simple chaise.

— J'ai parlé à Craig, annonça Ross.

— Me dis pas que c'est la première fois, plaisanta Macdonald.

— Allez, Steve. C'est vrai que je ne l'aime pas trop,

cet Anglais, mais on est quand même des professionnels, non ?

Ross regarda Winter qui hocha la tête pour manifester son soutien. Puis il sortit une bouteille de whisky et servit trois petits verres avec un tour de main professionnel.

— Pas mauvais, commenta Macdonald après la première gorgée.

Winter prit la bouteille et lut l'étiquette : *Dallas Dhu 1971*. Il goûta à son tour, sous le regard interrogateur de Ross.

— Eh bien ?
— Il a presque un goût de… caramel, dit Winter.
Ross regarda Macdonald puis à nouveau Winter.
— Vous en avez déjà bu du comme ça ?
— Non, dit Winter en gardant l'alcool un moment dans sa bouche avant de l'avaler.

— Il laisse un goût… un peu amer… sur le palais, on dirait qu'il y a du… chocolat, dedans.

— C'est sûr, c'est sûr, dit Ross avec un sourire. Vous devriez venir bosser chez moi, mon petit. On a besoin de grands professionnels, ici.

— Des professionnels de la boisson, ironisa Macdonald.

— Et l'arrière-goût ? demanda Ross, ignorant Steve.
Question délicate. Winter réfléchit avant de répondre.

— Très doux, naturellement. Sec et long. Un peu vert. Mais ça va aussi avec le… bouquet qui s'attarde dans les narines.

— Bravo ! s'écria Ross en levant son verre. Vous êtes engagé.

— Hélas, la distillerie est fermée, commenta Macdonald.

— Mes enfants, vous écrivez une page de l'histoire de cet alcool, dit Ross avec une ferveur religieuse, protestante ou catholique, sur le visage – le whisky au malt étant le plus œcuménique des breuvages.

Macdonald raconta cette triste histoire une fois qu'ils furent sur la A940 en direction du sud. *La Dallas Dhu Distillery*, qui n'était qu'à une demi-douzaine de kilomètres de là, avait fermé en 1983, juste pour le centenaire de la *Distillers Company*. Elle ne fut d'ailleurs pas la seule dans la région du Speyside.

Il ne restait plus beaucoup de bouteilles de *Dallas Dhu* en circulation. Comme l'avait dit Ross, on avait bu cette histoire presque jusqu'à la dernière goutte.

— Que veut dire *Dhu* ? demanda Winter.

— Noir, sombre en l'occurrence. *Dark*, en anglais. C'est le même mot que *Dubh* dans MacDubh ou MacDuff, en fait. Et Dallas, c'est le gaélique pour vallée et eau.

Ils roulaient en effet dans une vallée et Winter voyait de l'eau. Il y avait aussi des bois, mais de petite taille, plutôt des bouquets d'arbres, donnant l'impression de pouvoir être transplantés d'un moment à l'autre.

Winter aperçut un panneau indiquant la direction de la distillerie.

— *Historic Scotland* a transformé l'endroit en un énorme musée, si ça t'intéresse, dit Macdonald en ralentissant. Le seul de son genre en Écosse. Tout le matériel est d'origine, c'est-à-dire victorien. Il n'y a pas d'électricité.

Toujours cet univers victorien. Winter imagina un instant une autre époque : des chevaux, des cavaliers et une autre odeur, plus épicée, dans l'air.

— Tant pis, lâcha Macdonald.

Ross leur avait dit que l'endroit était fermé le mardi. Il avait ajouté qu'il pouvait leur arranger une visite privée, s'ils le désiraient. Macdonald avait regardé Winter d'une façon qui signifiait : « Avons-nous le temps ? » En fait, non. Ils devaient aller à Dallas, Aberdeen et ailleurs encore, peut-être. « La prochaine fois », Jake, avait promis Macdonald.

— Ross envisage de rouvrir l'endroit, déclara ce dernier en prenant un virage assez serré. Ses projets sont assez avancés.

— C'était à ça qu'il faisait allusion, en m'annonçant que j'étais engagé ?

— On ne sait jamais, dit Macdonald en riant. Ça t'intéresse ?

— On ne sait jamais, répondit Winter du tac ou tac.

— Tout est prêt, là-bas, tu sais. Il ne faudrait que quatre ou cinq semaines pour tout relancer.

— Hum.

— J'espère que Ross arrivera à ses fins. Ce whisky est excellent. Grâce à la vallée, à l'eau et au vent. Les grains ont quelque chose de particulier dans le coin.

— J'aimerais acheter une ou deux bouteilles sur place.

— On verra ça au retour, dit Macdonald.

Il ne devait pas y avoir de retour, cependant.

Winter remarqua un nouveau bouquet d'arbres, semblable à une escouade partant à l'assaut du château.

Tout semblait paisible, or c'était une région de violences. L'air lui-même en était imprégné. Steve lui avait parlé de tous ces personnages pour le moins déchaînés qui avaient existé et existaient encore, au kilomètre carré, dans les comtés de Moray et d'Aberdeenshire. Le sang coulait sous la terre.

Ils décrivirent un grand arc de cercle pour contourner Branchill. Macdonald mit Little Milton, un autre de ces as noirs, à plein volume. *Let Me Down Easy : I gave you all my love, don't abuse it, I gave you tender love and care, oh baby don't misuse it*. Ils avaient déjà entendu Joe Simon et O.V. Wright.

Ils passèrent devant une église noire, puis derrière un cimetière de la même couleur, sur une butte. Macdonald baissa le son. Winter vit alors le panneau annonçant qu'ils arrivaient à Dallas. Les deux côtés de la route étaient bordés de maisons basses dont le crépi se fissurait çà et là. La quatrième à droite était une station-service fermée, qui portait toujours l'enseigne *Valiant* à l'effigie du prince. Les pompes étaient encore en place, comme sorties d'un vieux film des années 50. Une épave de caravane était appuyée contre ce squelette de bâtiment dépourvu de fenêtres. C'était un capharnaüm qui rappelait Buckie.

En face se trouvait le *Dallas Village shop & Post Office*. Macdonald gara la voiture et ils en descendirent. Il lança un coup d'œil aux ruines de la station-service puis regarda Winter.

— C'est la première impression qui est la bonne, dit-il.

— Ce n'était pas comme ça jadis, je suppose. Et la mélancolie ne me déplaît pas.

— C'était mélancolique déjà à l'époque où les pompes fonctionnaient.

Winter regarda un peu plus loin dans la rue. Dallas consistait en une seule et unique rue ou route plutôt, bordée d'une unique rangée de maisons de chaque côté. C'était tout. L'association d'idées était évidente.

— On se croirait au Far West, dit-il.

— Naturellement, convint Macdonald.

Winter sentit de la fumée dans l'air. Soudain, un aboiement déchira le silence. Il n'y avait personne dehors. Trois voitures étaient garées à une centaine de mètres. Winter crut entendre une bétonneuse se mettre en marche. Il était deux heures de l'après-midi, le soleil perça soudain les nuages et il se mit à faire chaud. Autour de la vallée, se dressaient des silhouettes de montagnes.

— Pendant qu'on y est, je peux te montrer notre supermarché, dit Macdonald en faisant un pas. Comme ça, tu auras tout vu.

L'épicerie-bureau de poste était un simple bungalow de brique rouge et elle était fermée. Dan la vitrine, un petit panneau vantait les mérites de *Dallas – le Cœur de l'Écosse* et indiquait les heures d'ouverture : de 10 à 1 et de 4 à 6.

— *Le Cœur de l'Écosse* est fermé pour nous, constata Macdonald.

Par la vitre, Winter vit une pile de boîtes de conserve, une de journaux, des bonbons, un petit comptoir et une caisse enregistreuse.

Ils revinrent au soleil et montèrent dans la voiture. Macdonald descendit la rue à faible allure, ce qui leur prit une ou deux minutes. Ils passèrent devant un chantier de construction où Winter vit la bétonneuse qu'il avait entendue en action. Les trois maçons se retournèrent pour regarder la voiture. Macdonald sortit le bras par la vitre baissée et l'un des hommes lui répondit d'un salut de la main.

Ils avaient traversé toute la localité et s'arrêtèrent à un croisement.

C'était vraiment le bout du monde. Si jamais Winter y était allé, c'était là. En dépit de Dallas, Texas. C'était la même ironie un peu triste que dans le titre du film *Paris, Texas*, avec ce rapprochement de noms représentant des réalités totalement opposées. Le silence qui régnait était un peu celui du désert.

Macdonald tourna à gauche au croisement. Winter lui lança un rapide coup d'œil. C'était là qu'il avait grandi. Steve, le cow-boy de Dallas, Scotland, qui chantait, quelques secondes auparavant : *Old Macdonald had a farm, iyah iyah, hey*. Désert, solitude, il devait connaître. Il reviendrait là avant d'être trop vieux.

Pour diriger la *Dallas Dhu Distillery*, avec son copain Jake Ross.

Les deux professionnels

Ou plutôt : les trois.

Ne lui avait-on pas proposé d'être de la partie, à lui, Winter ?

Macdonald fit encore quelques centaines de mètres sur la B9010, curieusement plus large que celles de catégorie A. Ils se trouvaient maintenant au-dessus de Dallas, sur une hauteur boisée. Winter voyait la rue et les maisons, en bas. À cinquante mètres à droite de la route, il y avait une ferme que Macdonald lui montra de la main. Sur la gauche, dans une prairie, se trouvait une curieuse formation calcaire ressemblant à un *rauk* de l'île de Gotland.

Macdonald suivit son regard.

— Je trouve ça bizarre, moi aussi.

Macdonald s'engagea sur une piste en terre battue, à droite, avança jusqu'au corps de logis et s'arrêta. La ferme comportait plusieurs bâtiments. Des poules couraient çà et là et trois chiens étaient enfermés dans un chenil. Pourtant, ils n'avaient pas aboyé une seule fois. Deux tracteurs Ferguson, modernes, aux roues arrière couvertes de boue étaient garés près d'une grange.

Un sac de golf était posé contre l'un d'eux.

Winter vit les manches des clubs qui pointaient vers la bouse de vache des pneus. Ce n'était peut-être pas un spectacle très courant dans la cambrousse suédoise. Ici, en revanche, les gens jouaient au golf aussi naturellement que les Suédois allaient se promener en forêt. Winter avait d'ailleurs repéré de nombreux joueurs le long des routes d'Écosse, hommes et femmes, vêtus de tweed ou de haillons, jeunes ou vieux, valides ou invalides, voire en chaise roulante. On se serait cru dans un livre de P.G. Wodehouse. Et maintenant, des clubs de golf et du fumier. Un homme sortit alors de la grange, un chapeau de cowboy sur la tête.

— On est arrivés, dit Macdonald en arrêtant le moteur, ce qui coupa la chique à Little Milton en plein milieu de ses problèmes amoureux.

Lucinda Williams, elle, fut interrompue alors qu'elle était en train de consoler. *Blue is the colour of night.* Halders éteignit le lecteur de CD lorsque retentit la sonnerie du téléphone, dont il avait oublié de baisser le son.

— Les gars sont arrivés, lui annonça Aneta.
— Bien.
— Mais il s'est passé autre chose.
— Qui donc ?
— La sœur de Forsblad vient de m'appeler.
— Elle a ton numéro ? s'étonna Halders.
— C'est moi qui le lui ai donné.
— Hmh.
— L'important, c'est ce qu'elle m'a dit. À savoir

qu'elle voulait me parler de « choses que vous ignorez », selon ses propres termes.

— Elle vole au secours de son frangin.

— Elle m'a aussi demandé si j'avais vu Anette ces derniers temps.

— Et alors ?

— Et si je savais dans quel état elle se trouvait.

— C'est-à-dire ?

— C'est-à-dire que je vais aller chez elle pour savoir ce qu'elle a derrière la tête.

— Tu as appelé Anette au téléphone ?

— Personne ne répond, à aucun des numéros que j'ai.

— Demande aux gars de te conduire à Älvstranden.

— Oui.

— Et attends-moi, pendant que tu parleras avec la fille.

— Je vais le leur demander.

— Qui est là ? Je voudrais leur toucher un ou deux mots.

— Bellner est à côté de moi et il entend tout ce que tu dis. Alors, sois gentil.

— Bien entendu, qu'est-ce que tu crois, répondit Halders en attendant d'entendre la voix de Bellner.

— Écoute-moi une seconde, mon vieux, si ce n'est pas trop te demander, reprit-il une fois qu'il eut entendu la jolie voix de Bellner le saluer, au bout du fil.

*
**

Susanne Marke-Forsblad semblait dans tous ses états – à moins que ce ne fût l'effet de la lumière et du reflet de l'éclairage de la ville sur le fleuve. Toujours est-il que son visage paraissait agité de tics. Par la fenêtre, derrière elle, Aneta Djanali put voir passer un des ferries du Danemark. Il avait l'air de n'être qu'à dix mètres de là.

— Anette m'a appelée, dit Susanne Marke.

Aneta Djanali était toujours dans l'entrée. Bellner et

Johannisson l'attendaient sur le palier, au moins pendant les premières minutes. La porte était restée ouverte.

— Vous êtes seule, ici ? demanda Aneta.
— Seule ? Bien sûr que oui.
— Qu'est-ce qu'elle voulait ?
— Son père l'a battue. Une fois de plus.
— Son père ?
— Oui.
— Vous avez dit : une fois de plus.
— Vous n'avez pas encore compris ce qui se passe ?
— Mais pourquoi n'avez-vous rien dit ?
— C'est Anette qui s'y opposait.
— Pourquoi ?
— Je ne sais pas.
— Où est Anette, en ce moment ?
— Au bord de la mer.
— Seule ?
— Oui, qu'est-ce que vous croyez, bon sang ?
— Où est son père ?
— En ville.
— Où en ville ?
— Je l'ignore. Mais il n'est pas... là-bas. C'est pour ça qu'elle y est partie.
— Comment ça ?
— Dans ma voiture.
— Où est votre frère ?
— Je ne sais pas.
— Il n'était pas avec elle dans la voiture ?
— Non, non.
— Il est important que vous me disiez la vérité.
— La vérité ? La vérité ? Qu'est-ce que vous en savez ?
— Je ne comprends pas.
— Vous pensez que... Hans... harcèle Anette, mais vous n'en savez rien.
— Alors, dites-moi ce qu'il en est.
— Hans a... des bons et des mauvais côtés... il paraît parfois un peu... bizarre...

Aneta Djanali voyait le reflet de la lumière continuer à jouer sur le visage de Susanne Marke.
Pourquoi Anette n'avait-elle rien voulu dire ?
Il y a sûrement autre chose. De plus grave. Un silence d'une autre nature.
— Je viens d'appeler, dit Aneta. Elle n'a pas répondu.
— Elle est là-bas, persista Susanne Marke.

46.

Au cours du repas, le frère de Steve leur parla, dans un charabia incompréhensible, de la vie à la campagne. Steve traduisit ce qu'il disait jusqu'à ce que Winter et Angela finissent par comprendre que c'était la façon qu'avaient les deux frères de plaisanter.

Stuart Macdonald avait trois ans de moins que Steve, il était également un peu plus petit, mais pas beaucoup. Il avait passé toute son existence à cet endroit et Winter ne pouvait s'empêcher de se demander pour quelle raison. En même temps, il était évident que c'était une vie qui n'était pas dépourvue d'attraits et qui serait bientôt indispensable, si la famille Macdonald tenait à conserver sa ferme. Le père, Ben, était à table avec eux, mais cela lui demandait visiblement un gros effort. Il avait soixante-dix ans et était malade du cœur. Une ombre passait sur le visage de Ruth quand elle regardait son mari. Angela le nota et s'avisa qu'Eilidh remarquait qu'elle suivait le regard de sa mère. Eilidh avait deux ans de moins que Stuart et était d'une beauté brune qui imposait une certaine distance, sans être inamicale, et laissait présager un sens rigoureux de l'intégrité. Angela, Sarah et Eilidh avaient passé une excellente journée, d'abord à Inverness, puis dans la voiture, en route pour Dallas. La sœur de Steve n'avait guère parlé, sans pour autant se montrer désagréable. Et il y avait comme une souffrance dans son regard. Angela conclut à des souvenirs douloureux.

À ce moment, Eilidh se tourna vers elle en souriant.

Ben Macdonald se leva et remercia pour la nourriture, comme c'est l'usage fait là-haut, avec une toux sèche. Tous firent mine de l'imiter mais il les arrêta du geste. Il alla serrer cérémonieusement la main de Winter et d'Angela.

— Enchanté d'avoir fait votre connaissance, dit-il.
— Viens près du feu, papa, suggéra Steve.

Ben Macdonald hocha la tête mais comme de très loin. Il eut une nouvelle quinte de toux et sa femme se leva à son tour. Le couple contourna ensuite la table et sortit.

Angela nota le silence qu'observaient les trois enfants et les regards qu'ils échangeaient quand leur père quitta la pièce. Cela n'échappa pas non plus à Winter.

Stuart Macdonald leva son verre de bordeaux rouge, en fait la boisson classique des Écossais à l'époque de l'alliance avec les Français contre ces maudits Anglais.

— Il va revenir, dit Stuart.

Ben Macdonald ne revint pas prendre place près du feu. Celui-ci illuminait la pièce ainsi que les grandes fenêtres donnant sur la nuit écossaise. De là où il se trouvait, Winter apercevait la curieuse formation rocheuse, dans la prairie, semblable à un profil dont le regard était braqué vers les rares lumières du village, en face.

— Faites de beaux rêves, dit Steve, en levant son verre de whisky.

Ils burent. Stuart Macdonald observait le comportement de Winter et d'Angela.

— Je suis allé à Bellehiglash spécialement pour vous, braves gens, dit-il.

— C'est absolument faux, coupa Steve.

— Qu'est-ce que c'est ? demanda Winter en regardant le whisky, couleur d'ambre, qu'il avait dans son large verre.

Une senteur de fumée s'en exhalait lentement et longuement. Du sherry et du chêne. Beaucoup de corps. Très compact. Les saveurs se déployaient très vite et mettaient longtemps à s'éteindre sur un goût légèrement sucré de sherry, à nouveau.

— Pas mauvais, hein ? demanda Stuart

— L'un des meilleurs que j'aie jamais goûtés, assura Winter.

— Doucement, intervint Steve. Ne te laisse pas emporter par les circonstances.

Winter regarda autour de lui et médita sur les « circonstances » en question : le feu, le soir, la lumière, le calme, les odeurs. Le voyage. La raison de ce voyage. Les raisons plutôt.

— C'est malgré tout l'un des meilleurs, conclut-il.

— Angela ? demanda Stuart Macdonald avec un signe de tête amical dans sa direction.

— J'apprécie l'arrière-goût de sherry.

— Vous êtes gentille.

Ce n'était pas le premier verre de whisky au malt que prenait Angela, qui n'était pas connaisseuse pour autant. Mais celui-ci était différent.

— J'attends vos conclusions, dit Stuart.

— Produit du terroir, sans aucun doute, dit Winter.

— Évidemment.

Stuart avait pris la précaution de cacher la bouteille.

Winter réfléchit, observa la teinte, pensa au voisinage, à la rivière qui coulait à proximité, la Lossie. Il y avait une marque qui y était associée.

— Linkwood, suggéra-t-il.

— Quel âge ? demanda Stuart.

Son frère secoua la tête comme pour dire : ça commence à devenir drôle.

Winter se souvint que vingt et un ans était souvent le bon âge pour les whiskys. Or, Stuart ne pouvait se contenter de produits de seconde qualité.

— Vingt et un ans, suggéra-t-il.

— L'âge est exact mais pas la marque, dit Stuart. Je dois reconnaître, cependant, que vous n'êtes pas loin.

— Encore un petit ? demanda Steve en sortant la bouteille de derrière le fauteuil de son frère.

Celle-ci avait une forme étrange, à l'ancienne. Il la montra à Winter pour qu'il puisse lire l'étiquette. C'était un *Glenfarclas*. Naturellement. L'un des meilleurs, du moins dans les bonnes années.

— C'était ce que j'allais suggérer en second lieu, dit Winter avec un sourire.

Stuart, lui, éclata d'un rire très sonore.

Couchés sous trois édredons, Winter et Angela avaient le bout du nez froid. Il y avait pourtant du feu dans la cheminée de leur chambre, située dans l'aile est de ce grand bâtiment. Mais la chaleur ne parvenait pas jusqu'au lit.

Winter sentit qu'il avait le cuir chevelu humide. Quant à l'haleine d'Angela, contre son épaule, elle était toujours imprégnée de whisky. L'arôme du Glenfarclas mettait longtemps à se dissiper.

Ils avaient appelé Elsa. Après quoi, Angela avait versé une petite larme.

— C'est la deuxième nuit qu'on passe loin d'elle, avait-elle dit, comme s'ils étaient partis pour une expédition dans l'Arctique.

— Elle est contente, avait répondu Winter. Il faut la laisser vivre sa vie.

— On attendra encore une ou deux décennies, pour ça.

— Tu penses qu'il faudra qu'elle ait soutenu sa thèse avant de quitter la maison ?

— Je n'y verrais pas d'inconvénient.

Un peu plus tard, ils entendirent un hurlement.

— Il y a des loups, par ici ? demanda Angela.

— Non, des chiens de la prairie.

Il comprit qu'elle pensait à quelque chose. Ses yeux étaient graves.

— Erik..., dit-elle.

— Quoi ?
— Vous croyez vraiment que vous allez trouver quelque chose ? Ou le trouver, lui ?
— Je ne sais pas.
— Si oui...
— Eh bien ?
— Soyez prudents.

Ils quittèrent la ferme de bonne heure après avoir pris leur petit déjeuner.
— On reviendra, promit Winter à Stuart, qui avait le pied sur le marchepied de son tracteur, son chapeau de cow-boy sur la nuque.
— Vous ferez la connaissance de ma femme, alors.

— Un de ces jours, il va se dégoter une épouse, dit Steve, une fois qu'ils furent sur une petite route, le long de Knockando Burn car, de quelque côté qu'on puisse se tourner, dans ce pays, on butait sur du whisky.
— Je n'ai jamais compris pourquoi il ne comprend pas, dit Sarah Macdonald depuis le siège arrière.
— Quoi ?
— Que ce n'est pas drôle d'être seul.
— Je crois qu'il a l'intention de demander la main d'une femme de Forres, la consola Steve.
— Qui ça ? On me cache des choses, apparemment.
— Je ne suis pas sûr de le savoir, moi non plus.
— Oh, un chevreuil ! s'exclama Angela.
Winter vit l'animal disparaître et surtout le mouvement ondulant de son derrière blanc.
Cela lui rappelait quelque chose.
Il se dit que c'était sans doute quelque chose qu'il avait à la fois vu et pas vu. Peu de temps auparavant. Quelque chose qui lui serait d'une grande aide – peut-être même considérable – dans sa quête. Quelque chose qu'il avait vu ? Qui était passé devant lui ? Qui existait. Qui attendait. Qu'il pouvait presque toucher. Il tenta de se le représenter en regardant la rivière, les montagnes

et une carrière, semblable à une plaie de couleur brune au milieu de tout ce vert. En vain.

Ils arrivèrent à Aberdeen avant le déjeuner. La ville brillait de tout l'éclat de son granite clair, qui prenait pourtant une teinte plus foncée quand on s'approchait.

Ils se rendirent directement à la gare. Le train d'Angela et Sarah pour Edimbourg partait dans vingt-cinq minutes. Cette dernière avait en effet suggéré :

— Il faut qu'Angela voie Edimbourg et vous, vous allez partir dans la direction opposée.

— La côte nord n'est pas mal non plus, même si elle est plus sauvage, avait répliqué Macdonald.

— On pourrait se retrouver là-haut, avait dit Angela. Et j'avoue que j'irais bien à Edimbourg avec Sarah.

— La civilisation, avait ajouté celle-ci.

— Disons : deux jours, au maximum, avait conclu son mari. On peut se retrouver à Kingussie. C'est un endroit agréable, sur les Hautes Terres, avait-il expliqué. Il ne faut pas plus de deux heures de train, à partir d'Edimbourg, en passant par Perth.

Winter et Macdonald gagnèrent directement le Quartier général de la police, de l'autre côté d'Union Street, en face du Aberdeen Arts Centre, qui semblait pris en tenaille entre la cathédrale catholique et une église protestante.

L'inspecteur Marion McGoldrick les reçut au septième étage du bâtiment. Elle était petite et menue, mais avait le menton décidé, les yeux foncés, et portait un uniforme très strict. C'était encore une connaissance de longue date de Steve.

— C'est le moment ou jamais de les mettre à profit, avait-il dit la veille.

Marion McGoldrick avait environ trente-cinq ans. Il y avait un petit tas de papiers sur sa table. Elle avait fait ce qu'elle avait pu et Steve avait le sentiment qu'elle y avait même consacré une partie de ses loisirs. La police de la ville n'avait pas le temps de procéder à des échanges de bons procédés pendant les heures de service.

— J'espère que je n'ai pas abusé de ta liberté, dit Steve.

— Si. Mais je n'avais rien d'autre à faire.

— Désolé d'entendre ça.

— Au contraire, Steve, au contraire, fit-elle avec un petit sourire et un geste de la tête qui fit flotter ses gros cheveux bruns. Tu as déjà entendu l'histoire de ce couple qui suivait des voies divergentes, n'est-ce pas ?

— Bruce ? C'est pas vrai ?

La population des Hautes Terres ne forme manifestement qu'une seule et même famille, pensa Winter.

— Il a rencontré une fille à Glasgow, où il était parti faire un stage de perfectionnement. Le perfectionnement a bon dos. Elle est dans la police, elle aussi.

— Désolé d'apprendre cela.

— J'ai d'abord eu envie de les faire exécuter tous les deux, puis j'ai pensé qu'il valait mieux que je me tue au boulot, moi. Alors, tu es tombé à pic.

— Qu'as-tu découvert ?

— L'accident, mais ce n'est pas vraiment une surprise.

— Rien de nouveau ?

— Non. Le chalutier rentrait et avait mis le cap sur le phare de Kinnaird Head, je suppose. À un certain nombre de miles nautiques de là, il lui est arrivé quelque chose et il a coulé. Corps et biens. Curieux nom, le *Marino*, dit-elle en plongeant le nez dans ses papiers. En général, les bateaux portent des noms de femmes et on s'attendrait plutôt à *Marina*. C'est très courant par ici.

— Avant ça, l'équipage a séjourné un certain temps à Aberdeen, n'est-ce pas ? demanda Winter.

— Oui, il vivait sur le bateau, dans le bassin Albert.

— Tous les membres ?

— Oui... apparemment, ils ne cherchaient pas à attirer l'attention sur eux. Mais les autorités les ont enregistrés, bien entendu... puisqu'ils se retrouvaient de l'autre côté des champs de mines. J'ai les noms ici.

Elle tendit une feuille de papier à Winter, qui la prit. Les noms étaient écrits très clairement : Bertil Osvald, Egon Osvald, John Osvald, Arne Algotsson, Frans Karlsson.

Ils étaient cinq, pensa Winter. Il le savait. Pourquoi pas huit ? À l'époque, les équipages comptaient huit membres.

— Trois d'entre eux ont fait partie du dernier voyage, hein ? dit Marion McGoldrick

Winter acquiesça. Egon Osvald, Frans Karlsson, John Osvald. Depuis cela, Bertil était mort et Arne enfermé en lui-même.

— En revanche, ils n'ont pas été que trois à prendre la mer ? coupa Macdonald.

Marion McGoldrick fit un petit geste des deux mains :

— On ne mentionne nulle part qu'un autre pêcheur se trouvait à bord du *Marino*. On a naturellement procédé à une enquête approfondie, après le naufrage, mais on n'a trouvé trace d'aucun autre membre d'équipage. Et aucun parent ne s'est manifesté. Ce qui en dit long.

— Le bateau n'a jamais été retrouvé ? demanda Macdonald. L'épave s'entend.

— Non.

— Tu as peut-être commis là un lapsus freudien, Steve, dit Winter en s'avançant d'un pas, car, dans un bureau aussi exigu, personne n'avait songé à s'asseoir. Ce n'était peut-être pas une épave.

— Expliquez-vous, commissaire, insista McGoldrick.

— Le *Marino* n'a peut-être pas coulé. Ils ont peut-être simplement… disparu. Pour une raison ou une autre : crime, vengeance, je ne sais pas. Ils sont peut-être partis ailleurs.

— À Rio de Janeiro ? suggéra Steve Macdonald.

— Ça ne t'a pas effleuré l'esprit, Steve ?

— Ils n'auraient pas pu disparaître aussi facilement, affirma McGoldrick.

— Vous croyez ?

— Absolument. Il ne faut pas oublier qu'il était impossible de dissimuler un bateau sur la côte, à cette époque, surtout pas un chalutier. C'était la guerre. Peu importe ce qu'on pense des garde-côtes d'aujourd'hui, mais ils prenaient leur travail au sérieux en ce temps-là. Des sous-marins et autres navires de guerre allemands rôdaient dans les parages et on était très vigilant.

— Pourtant, la contrebande n'a pas cessé pendant la guerre, contesta Macdonald.

— Pas avec les Allemands.

— Mais elle a continué, maintint Steve en s'asseyant puis se relevant aussitôt. Il y avait des ports clandestins, au moins de ce point de vue.

— Personne ne faisait de la contrebande en cachette, objecta McGoldrick.

— Curieuse façon de s'exprimer ! s'exclama Macdonald.

— Les autorités étaient au courant de tout, crois-moi, Steve. Je suis bien placée pour le savoir, parce que mon grand-père était un des pires. Ou des meilleurs, ça dépend de quel point de vue on envisage la chose.

— De quel côté ? Gardes-côtes ou contrebandiers ?

— Contrebandiers, bien sûr. Du côté de Sandhaven.

— On se croirait dans *Le Parrain*, ironisa Macdonald.

— On surveillait vraiment tous les ports ? demanda Winter.

Elle hocha la tête.

— Qu'en pensait ton grand-père ?

— Il y gagnait de l'argent. C'est le but de la manœuvre, non ? Il ne pratiquait pas la contrebande pour des motifs idéologiques. Ni pour le plaisir. C'est toujours une question d'argent, martela-t-elle en cognant sur son petit tas de papiers pour donner plus de poids à ses mots.

— Hum, dit Macdonald.

— Tu n'en es pas persuadé ? demanda Winter.

— Y a-t-il eu des témoins de l'accident ? Il devait y avoir d'autres navires dans les parages, non ? On a dû capter des signaux de détresse.

— Non, non et non.

— Un bateau fantôme alors, commenta Macdonald.

— Est-ce que quelqu'un a vérifié, à terre, juste après l'accident ? Pour voir si le chalutier ne s'était pas réfugié dans un port quelconque.

— Les ports étaient surveillés en permanence.

— Personne n'a donc recherché le *Marino* ? Pour savoir s'il n'aurait pas changé de nom, par exemple.

— Pas à ma connaissance.

— Quels sont les ports les plus réputés pour la contrebande, sur la côte ? demanda Winter.

— C'est un secret, répondit McGoldrick avec un sourire, peut-être ironique. Sinon, ce serait mauvais pour les affaires.

— Bon, je veux bien vous croire, toi, ton grand-père et les autorités. Et Erik vous fait confiance. Mais réponds à sa question.

— Les plus réputés ? Sandhaven, comme je vous ai dit... et puis Bay of Lochielair. Le plus ancien, pourtant, c'est sûrement Pennan.

— Pennan ? répéta Macdonald, à qui ce nom semblait rappeler quelque chose. Pennan.

— Ça a toujours été un coin un peu à part. Les rochers sont rouges par là-bas, les gens peignaient leurs maisons en rouge et, comme la route était déjà rouge, le village ne se voyait pas de la mer. Sans compter que les rochers en surplomb le dissimulent de tous les côtés.

— Pennan, répéta une nouvelle fois Macdonald.

— C'est loin d'ici ? demanda Winter.

— À une vingtaine de kilomètres à l'ouest de Fraserburgh – sur la route côtière en direction de Macduff. Mais on peut très facilement passer à côté sans le voir.

— *Local Hero !* s'exclama soudain Macdonald, sous le coup d'une inspiration.

Winter sursauta.

— As-tu vu le film *Local Hero*, Erik ? demanda Steve.

— Euh... c'était dans les années 80, non ?

— Il a été tourné à Pennan. Bill Forsyth voulait un coin très louche et il a choisi Pennan.

— Maintenant que tu le dis, fit McGoldrick.

— On y passe sur le chemin du retour, suggéra Macdonald.

Marion McGoldrick tenait à nouveau ses papiers dans sa main droite :

— Prenez ceci. D'autres détails sur ce qui s'est passé et ce qu'ils ont fait y sont notés. Ils sont montés à Peterhead et y sont restés un certain temps, avant de gagner Fraserburgh. Après, plus rien.

— Qu'est-il arrivé aux deux... survivants, même si ce n'est pas le terme exact ? demanda Winter.

— Ils sont restés un certain temps et puis ils ont disparu, eux aussi.

— Comment ça ?

— Je suppose que ça s'est passé au retour comme à l'aller. Des risque-tout scandinaves prêts à affronter les champs de mines pour de l'argent. Une autre bande a dû arriver, qui s'est dépêchée de vendre sa cargaison avant de prendre la poudre d'escampette, peut-être avec ces deux Suédois-là à bord. En tout cas, on n'a plus jamais entendu parler d'eux.

Ils se garèrent près de l'église, au nord de Broad Street, qui part en direction du port de pêche. La forêt de mâts y était très dense.

— Ce n'est pas difficile de se cacher là, constata Macdonald en désignant le port d'un signe de tête.

Ils descendirent la rue et passèrent devant la *Fishermen's Mission*. Le bâtiment avait l'air relativement moderne, mais les apparences étaient trompeuses.

Une odeur de brûlé et de vêtements mouillés régnait dans l'entrée.

Ils savaient maintenant que les frères Osvald et les deux autres pêcheurs de Donsö avaient reçu de l'aide de la *Royal National Mission to Deep Sea Fishermen*, qui existait à Peterhead depuis 1922.

Une grande photo était accrochée dans la réception.

En noir et blanc, elle représentait un bateau de pêche qui semblait avoir été tronçonné, près duquel figurait la mention : *Trawlers at War.*

Un homme leva les yeux de ce qui ressemblait à un pupitre et qui le dissimulait à leurs yeux.

— Que puis-je faire pour vous ? demanda-t-il en se mettant lentement debout.

Vu son âge, il donnait l'impression de ne pas avoir bougé du lieu depuis la guerre. C'était sûrement lui qui avait accroché la photo de ce chalutier en guerre, pensa Winter.

— Que puis-je faire pour vous ? répéta le vieil homme.

Ils avancèrent et se présentèrent. De son côté, l'homme leur précisa qu'il était l'ancien commissaire adjoint, Archibald Farquharson.

— Je viens de temps en temps ici sans me faire voir, en souvenir du passé, confia-t-il.

— Vous avez dû voir défiler pas mal de monde,

— Ah ça, on peut le dire.

— Nous cherchons des renseignements sur des pêcheurs suédois qui ont peut-être séjourné ici pendant la guerre, poursuivit Macdonald.

— J'étais là, répondit Farquharson. Pas exactement à cet endroit, mais à la Mission.

— En particulier sur un certain John Osvald, précisa Winter.

— Je me souviens de John, répondit Farquharson.

— Pardon ?

— On avait le même âge. Je me souviens de lui mieux que de ses frères. Il en avait deux, n'est-ce pas ? C'est affreux, cet accident, ajouta-t-il en passant brièvement sa main sur ses joues de vieil homme.

Ils l'interrogèrent à ce sujet, mais il n'en savait pas plus que les autres quant aux causes, aux conséquences, à l'épave...

— Je pense parfois à John, reprit Farquharson en jetant soudain un coup d'œil en direction de la porte. C'est un peu curieux... une ou deux fois, au cours des années que j'ai passées ici, il m'est arrivé de regarder cette porte et de me dire que John Osvald allait entrer. Étrange, hein ? Je suppose que c'est dû à cette mystérieuse catastrophe. Au fait que personne n'a rien su. Comme un bateau fantôme, quoi... Et puis, il y a environ deux semaines... je le vois franchir cette porte !

47.

Winter et Macdonald se retournèrent, comme si John Osvald allait surgir pour confirmer par sa présence les paroles de Farquharson. Mais il n'y avait personne sur le pas de cette porte fermée et revêtue d'une peinture qui rappelait le bleu de la mer. Du jaune subsistait sur les montants. Les couleurs de l'Écosse, autant que le bleu et le blanc, pensa Winter.

Il se tourna vers Farquharson pour tenter de lire sur son visage. Loin de paraître perturbé, le vieil homme avait l'air sûr de lui et parfaitement calme, comme s'il avait simplement énoncé un fait.

— Je crois qu'il m'a vu, ajouta-t-il.
— Reprenons depuis le début, suggéra Macdonald.

— On dirait que le temps ne change rien, fit observer Farquharson avec une lueur dans les yeux. Ou plutôt qu'il accentue tout. Les traits du visage, par exemple. Il ne reste plus que l'essentiel.

Winter sortit la photo d'Osvald, celle le montrant de profil. En la voyant, il éprouva la même… frustration que précédemment, comme s'il tenait dans ses mains une chose qu'il aurait pu mettre à profit. Qu'il avait vue sans la voir.

— C'est bien lui, le Suédois, confirma Farquharson.

— Et vous dites que cet homme est entré ici il n'y a pas longtemps ? demanda Macdonald.

— Quelques semaines.

— Vous êtes sûr, monsieur Farquharson ?

— Absolument.

— Pouvez-vous nous préciser le jour ?

— Il faut que je réfléchisse un instant.

— Que s'est-il passé quand il est entré ? enchaîna Winter.

— Il a fait demi-tour. Je crois qu'il m'a vu.

— Vous voulez dire qu'il vous a reconnu.

— Oui, je le pense.

— Comme vous ?

— Oui.

— Qu'est-ce que vous avez fait ?

— Rien. Il n'a fallu qu'un petit moment pour me rendre compte que c'était peut-être le Suédois. Après quoi, je suis sorti dans la rue, mais il avait déjà disparu, bien entendu.

— Pourquoi est-il venu ici après tant d'années ?

— Il était peut-être déjà revenu.

— Vous ne l'avez pas vu ?

— Non, ça n'empêche pas.

— Officiellement, il est mort.

— Je sais.

— Vous ne perdez pas votre calme, monsieur Farquharson. Vous n'avez pas eu l'impression de voir un fantôme ?

— Je ne crois pas aux fantômes.

— Il était à bord du bateau quand il a coulé.

— Il paraît.

— Vous pensez que c'est faux ?

— Non, je n'en sais rien.

Ils entendirent alors quelqu'un entrer et se retournèrent. Il s'agissait de deux jeunes gens portant de gros pulls et des bonnets de laine. Ils saluèrent Farquharson d'un signe de tête mais ne parurent voir ni Winter ni Macdonald. Ils traversèrent le hall et sortirent par une autre porte.

— Ce sont des pêcheurs norvégiens, expliqua Farquharson. Il y en a un certain nombre, ainsi que d'Islandais. Mais peu de Suédois.

— En avez-vous en ce moment ? demanda Winter.

— Nous n'avons pas beaucoup de chambres. Ce n'est pas un hôtel, ici. C'est plutôt destiné à ce qu'ils puissent changer de milieu une nuit ou deux, s'il y a quelque chose à réparer sur le bateau, par exemple.

— Pas de Suédois ? répéta Winter.

— Pas cette semaine-ci. La précédente, oui.

— Vous tenez un registre ? demanda Winter, sous le regard de Macdonald. Où ils inscrivent leur nom et... celui de leur bateau ?

— Oui, on est obligés.

Farquharson n'eut qu'un geste à faire pour prendre un gros dossier à couverture noire qui était déjà ouvert. Il remonta trois pages en arrière.

— Les Suédois, se dit-il à lui-même. Je n'étais pas là. J'ai dû subir une petite opération à la hanche, expliqua-t-il. Le chalutier s'appelait le *Mariana*. Et le seul nom qui figure à côté du bateau, c'est celui de Erikson. Je suppose que c'est le capitaine, car il suffit qu'il s'inscrive, lui.

— Est-ce qu'on doit aussi spécifier le port d'attache ?

— Oui, mais je n'arrive pas à le déchiffrer, dit-il en faisant pivoter le registre vers ses visiteurs. Winter, lui, n'eut pas de peine à lire :

MARIANA. STYRSÖ. ERIKSON

Et une date.

C'était deux semaines et demie auparavant.

Winter savait qu'il y avait à Donsö un chalutier qui s'appelait *Magdalena* et dont le capitaine s'appelait Erik.

Mais y avait-il un *Mariana* à Styrsö ?

Pourquoi pas ?

Il suffirait d'appeler Ringmar pour le savoir.

*
**

Farquharson leur offrit une tasse de thé. Les murs étaient tapissés de tableaux représentant des chalutiers.

Winter entendait des rires venant de l'intérieur du bâtiment mais ici, c'était le sérieux qui prévalait.

Farquharson en retraça brièvement l'histoire.

— La *Royal National Mission to Deep Sea Fishermen* a été fondée en 1881, après une visite rendue par M. Ebenezar J. Mather à des flottes de pêche en mer. Il a ainsi pu constater les conditions déplorables dans lesquelles les équipages travaillaient et les dangers auxquels ils étaient exposés.

Macdonald et Winter opinèrent du bonnet.

— Les choses se sont améliorées depuis, naturellement, et nous espérons y avoir contribué, poursuivit Farquharson. Mais la pêche est un métier très particulier. On dirait que leur travail coupe les pêcheurs des influences humaines ordinaires. Parce qu'il est inhumain. Et il ne reste plus grand-chose de la société qu'on connaît sur terre, là-bas, ajouta-t-il en regardant Winter.

— Vous en avez sûrement constaté bien des exemples ?

— Oh oui...

— Au point de rendre les hommes... inhumains ?

— Qu'est-ce que vous voulez dire ?

— Je ne sais pas. Changer les êtres, peut-être. Les rendre... pires qu'ils n'étaient.

— Je le pense, en effet.

— Était-ce le cas de John Osvald ?

— Il y a si longtemps de ça.

— Mais vous avez bonne mémoire.

Farquharson but son thé et son regard se voila nettement. Il avait lui aussi été marin pêcheur, avant la guerre, même s'il avait débarqué depuis longtemps.

— Ils étaient inquiets, finit-il par dire. Inquiets, oui.

— Comment ça ?

— Je crois qu'ils avaient fait... quelque chose. Des gens venaient leur demander des nouvelles de l'un d'eux... Je pense qu'il y avait une affaire de contrebande là-dessous. Ou d'argent. Je ne sais pas.

— De contrebande ? Pourquoi ?

— Pourquoi pas ? lança Farquharson avec un sourire. Ce n'était pas un phénomène inconnu dans le coin, vous savez.

— Des Suédois y auraient été impliqués ? demanda Macdonald.

— Je ne sais pas. Je n'ai pas posé de questions, sauf que quelque chose clochait, c'est sûr.

— De la contrebande de quoi ?

— De n'importe quoi. C'était la guerre, alors...

— Et pourtant, le *Marino* sortait en mer pour pêcher ?

— Ah ? fit Farquharson sur un ton peut-être moqueur.

— Quel était le rôle de John Osvald ?

— Mais encore ?

— Au sein du groupe.

— Il était le chef. Malgré sa jeunesse, c'était lui qui commandait. Je ne connaissais pas bien les Suédois qui venaient ici, reconnut-il cependant en posant la lourde tasse de faïence qu'il tenait entre ses mains depuis quelques minutes, il ne s'agit que de mes... observations.

— Puis ils sont partis.

— Oui, je ne savais pas dans quelle direction mais, par la suite, j'ai appris qu'ils étaient restés un certain temps à Fraserburgh.

Le *Saltoun Arms Hotel* était situé sur Saltoun Square, au beau milieu de la ville de Fraserburgh. Il était bien entendu victorien et abritait un restaurant : palmiers dans la salle et devant les fenêtres, belles moquettes, papier peint à fleurs au plafond, ventilateurs tournoyant au rythme de la Belle Époque, vitrine où étaient exposés gâteaux et friandises. En fond sonore musique douce de Glenn Miller ou d'un grand orchestre britannique de jadis. Le personnel semblait sorti d'un autre monde et les autres clients étaient vêtus à l'ancienne. Un petit enfant se mit à pleurer, quelque part, et ses parents se hâtèrent de le faire taire.

Attablés devant une bière, Winter et Macdonald attendaient qu'on leur apporte leurs plats.

Macdonald se retourna discrètement, après le passage d'une serveuse portant une soupière fumante.

— C'est ce que les Britanniques appellent « plus vrai que nature ».

— Hum.

— Ça existait avant notre naissance et ça existera après notre mort. C'est donc plus vrai que nature.

Trois tableaux à motif champêtre, accrochés sur le mur nord, tentaient d'évoquer autre chose que la mer et les falaises situées à l'ouest. Un paysan suivant une charrue, symbole même du travail.

Une autre serveuse leur apporta leur déjeuner : une grande assiette de haddock pané, frites et petits pois. Winter souffla sur les minces filets de poisson et goûta.

— Pas mauvais, fit-il.

— Étant donné l'endroit, ce serait plutôt étrange

La serveuse, genre matrone, ne manqua pas de revenir leur demander si le plat leur convenait.

— C'est le meilleur que j'aie jamais mangé, dit Winter.

— J'espère que ce n'est pas le premier, fit-elle.

— Oh non !

Macdonald se servit un peu de sauce tartare. Il brandit fièrement un morceau de poisson piqué sur sa fourchette, en hochant la tête. Winter n'eut pas le cœur de lui dire qu'il avait sans doute été pêché par des Scandinaves, dans les eaux internationales, et amenés là par camion après avoir été vendu à la criée de Hanstholm.

Après ce déjeuner, Winter acheta un *Press & Journal* chez un marchand de journaux de Broad Street. La une annonçait en grosses lettres qu'un pêcheur de Fraserburgh avait été emporté par une lame, sur son chalutier, au large de la côte norvégienne.

La police de la North Aberdeenshire Sub-Division avait son quartier général dans Finlayson Street. Cette rue, située au nord de la ville, était balayée par des bourrasques de vent soufflant dans toutes les directions. Le ciel était bleu, les maisons grises, l'air frisquet. Celle qui faisait face au commissariat portait le nom de Thulé Villa. Winter ne put s'empêcher de penser au prince *Valiant* de l'enseigne de la station-service désaffectée de Dallas.

Ils furent accueillis par le sergent Steve Nicoll, jeune inspecteur assez maigre à la mine résolue. Sans connaître Macdonald il l'avait déjà entendu, puisqu'il l'avait eu au bout du fil la semaine précédente. Depuis, il avait fait ce qu'il avait pu.

— Je n'ai pas trouvé grand-chose sur vos cocos, dit-il. Ils étaient très discrets.

— Que s'est-il passé après la disparition du chalutier ? demanda Macdonald. Que sont devenus les deux survivants ?

— Ils ont assisté à l'enquête sur le naufrage mais ensuite plus aucune trace d'eux.

Winter hocha la tête.

— Ils ont dû finir par rentrer en Suède, non ?

Nouveau hochement de tête.

— On les soupçonne de s'être livrés à la contrebande, dit Macdonald.

— Vraiment ?

— Oui.

— Bah... ce n'est pas impossible.

— De quoi pouvaient-ils faire trafic ? demanda Winter.

— Pendant la guerre, vous savez, on faisait trafic de tout.

— Qu'est-ce qui était le plus... gros ? Qui valait la peine de disparaître, de commettre des crimes, peut-être même de sang ? Y avait-il des tabous ?

— Les armes, je suppose. Mais ça dépend d'où elles venaient et où elles allaient.

— La Résistance ? suggéra Winter.

— Il existait plusieurs mouvements, répondit Macdonald.

Nicoll opina du bonnet.

— Il y en avait, ici, qui détestaient les Anglais plus encore que les Allemands, ajouta Macdonald.

Ils étaient sur le perron. Le vent enlevait les feuilles mortes de l'espace qui s'ouvrait entre les maisons. Deux voitures de service étaient garées devant le commissariat. En haut des marches, derrière eux, était apposé un écriteau :

Nous ferons de notre mieux

— Combien êtes-vous, ici ? s'enquit Macdonald.
— Trente, répondit Nicoll. Le C.I.D. est à Aberdeen.
— Et pour la police judiciaire ?
— Douze. Le commissaire est à Peterhead.

Nicoll adressa un salut de la main à deux jeunes femmes blondes en uniforme qui montaient l'escalier. Elles regardèrent Macdonald et Winter, au passage.

— Des célibataires, commenta Nicoll avec un sourire.
— Pas nous, répliqua Macdonald.
— Et alors ?
— Quel est votre plus gros problème ? demanda Winter.
— Le même que toujours, à savoir la contrebande, mais sous de nouvelles formes. C'est l'héroïne maintenant.
— Vraiment ?
— Oui. Il y a dix ans, ça n'existait pas, c'est devenu monnaie courante.
— Comme à Göteborg, alors, lâcha Winter.
— Comme partout, rectifia Nicoll non sans résignation dans la voix – entre collègues, on pouvait parfois se le permettre.

Macdonald se gratta la nuque.

— Où vous seriez-vous caché, si vous aviez voulu disparaître pour de bon, pendant la guerre ? demanda-t-il.

Le sergent Nicoll leva les yeux vers le soleil, au-dessus de Thulé Villa, mais les plissa aussitôt sous la violence de son éclat. Winter, lui, plongea la main dans sa poche pour chercher ses lunettes de soleil.

— Le long de la côte, ce ne sont pas les endroits qui

manquent, répliqua Nicoll. Des villages de pêcheurs – ou de contrebandiers – où chacun a appris à ne pas se mêler des affaires des autres et à ne pas poser de questions. Et parfois à accepter les gens venus d'ailleurs.

— Citez-moi un nom, demanda Macdonald.

Winter chaussa ses lunettes de soleil, du coup Macdonald et Nicoll lui parurent bronzés.

— Pennan, lâcha ce dernier avec un coup de tête vers la gauche. C'est l'endroit que j'aurais choisi, moi, en tout cas.

Winter et Macdonald prirent la B9031, petite route longeant la mer et passant par Sandhaven et Rosehearty, nids de contrebandiers depuis des siècles.

La direction du village était marquée sur un panneau à peine visible. Le panorama s'étendait à perte de vue, au-dessus de la mer, à pic au-dessous. La route descendait en lacet suivant une pente à quarante-cinq degrés. On se serait cru sur un grand huit, à la foire.

Pennan consistait en une série de petites maisons de pierre crépies de blanc alignées sur deux cents mètres le long d'un quai. Le port était petit mais abrité par de gros brise-lames. Le vent soufflait fort sur la baie et l'eau était projetée contre les bâtisses tapies sous des falaises rouges plus menaçantes que protectrices. Le rivage était couvert de galets, et il y avait du bois de flottage noir à mi-hauteur.

Ils s'étaient garés devant une maison ornée d'un dauphin et portant le nom de Dolphin Cottage Nr 10.

— Tu te souviens du film ? demanda Macdonald.

— Oui, j'y repensais il n'y a pas longtemps, en fait.

— Tu reconnais le village ?

— Je crois…

— Les baraques sont toujours là. Mais le film est bâti sur de l'illusion, du bluff, si on veut. Illustration parfaite du mensonge de l'image.

— Ah bon, comment ça ?

— Tu vois ce petit coin de bord de mer, poursuivit Macdonald en le désignant de la tête. Dans le film, il a des proportions bien plus impressionnantes et Burt Lancaster peut l'arpenter dans tous les sens, en toute tranquillité.

— Ah.

— En réalité, ils ont monté des vues des maisons de Pennan sur d'autres de la plage de Morir. C'est sur la côte ouest, au sud de Mallaig, d'où l'on prend le ferry pour Armadale, sur l'île de Skye.

— Le coin de tes ancêtres, hein ?

— Oui. Ils ont donc tout simplement mélangé Pennan et Morir, enchaîna Macdonald en fermant la voiture d'un simple geste, en l'air, sur la télécommande. De l'illusion, du bluff.

— Je me rappelle ce personnage de solitaire, dans le film, qui vivait dans une cabane au bord de la mer.

— On va peut-être tomber dessus, ironisa Macdonald.

— Je me souviens aussi de l'auberge et de l'aubergiste.

— Elle est toujours là.

Ils se trouvaient devant Pennan Inn. Fermée temporairement pour cause de mauvais temps.

— On aurait pu y passer la nuit, dit Macdonald en levant les yeux vers le ciel qui commençait à s'obscurcir.

Winter se retourna.

— Je reconnais aussi la cabine téléphonique, dit-il en désignant le petit édifice rouge, de l'autre côté de la rue.

— Je ne suis jamais venu ici, fit Macdonald.

Une femme sortit d'une maison, à soixante-dix mètres de là. Elle vint vers eux et les salua. Elle portait un fichu mais n'était pas plus âgée qu'eux. Quelques voitures étaient garées près de la leur.

— Excusez-moi, dit Macdonald.

— Par temps clair, on voit les Orcades, avait précisé la femme.

— Et des aurores boréales ? avait demandé Winter.

475

— Oh, vous avez vu le film, vous, et vous êtes venu pour constater ça de vos propres yeux, avait-elle suggéré.

— Non, ce n'est pas pour ça que nous sommes là, avait répondu Macdonald.

Elle les avait conduits jusqu'à l'avant-dernière maison de la rangée. Le long du quai, Tout était fermé et barricadé. En 1900, il y avait trois cents habitants à Pennan, avait-elle confié. Il ne restait plus que vingt résidents permanents.

Ils passèrent devant un chantier de construction et Winter pensa à Dallas.

— Le premier depuis cent ans ! s'exclama la femme.

Ils étaient maintenant à la porte d'un cottage. Elle frappa à trois reprises.

— Elle entend mal, expliqua-t-elle.

Au cinquième coup, un verrou cliqueta derrière la lourde porte toujours peinte en rouge.

— Madame Watts ? demanda la femme.

La porte s'ouvrit en grinçant. Le visage d'une femme assez âgée, aux petits yeux vifs, apparut.

— Oui ?

— Madame Watts, ces messieurs voudraient vous poser une ou deux questions.

Ils remontaient la pente en voiture. La maison au dauphin devant laquelle ils s'étaient garés avait servi d'auberge dans le film. En été, les dauphins venaient jouer dans les eaux du Moray Forth.

La mémoire de Mme Watts n'était pas toujours très bonne. En outre, elle parlait une forme d'écossais que Macdonald lui-même semblait avoir du mal à comprendre. Du genre : *gie yeir ain fish guts to yeir ain sea myaves*

— Traduction ? avait ensuite demandé Winter.

— Donne tes restes de poisson à tes propres mouettes, avait répondu Macdonald. Quant au sens, je n'en suis pas trop sûr. Peut-être : mêle-toi de tes affaires et t'occupe pas de celles des autres.

Au sommet, on ne voyait que le ciel et la mer.

Mme Watts avait parlé d'un « étranger » qui avait vécu en solitaire dans une cabane, près des grottes de Cullykhan, dans la crique voisine de Pennan Bay.

— Il n'en reste plus rien, avait-elle ajouté.

Ils l'avaient d'ailleurs constaté de leurs propres yeux.

— Il était là et puis il a disparu, avait-elle dit.
— Quand ça ?
— Pendant la guerre.
— Que faisait-il ?
— De la contrebande, comme tout le monde.
— Vous l'avez rencontré personnellement ?
— Non.
— Vous l'avez vu, alors ?
— Non.
— D'où venait-il ?
— Personne ne savait. Moi non plus. Et on ne posait pas de question. Pas à cette époque. Je suppose qu'on avait... vérifié ses papiers et qu'il avait le droit d'être là.
— Qui on ?
— Les hommes du village.
— Certains sont encore ici ?
— Non.
— Personne ?
— Pas de cette époque-là.
— Et cet étranger, qu'est-il devenu ?
— Eh bien, il est parti, c'est tout.

Ils prirent la direction de l'ouest, vers Macduff et Banff.

— À l'époque, pas mal de gens allaient et venaient, dit Macdonald.

Winter garda le silence. Il regardait la mer, par-dessus le bord de la falaise. Un simple écart de volant et ce serait le vol plané.

— À quoi penses-tu, Erik ?
— À une chose que j'ai vue sans la voir.
— C'est assez courant dans la police.
— Oui, merde.
— Quand ? Où ?

— Récemment. Pendant ce voyage-ci.
— Essaie de remonter le temps par la pensée.
— Qu'est-ce que tu crois que je fais ?

À présent, le ciel était sillonné de traînées noires. Le soleil se cacha. Macdonald s'apprêtait à glisser un disque dans le lecteur mais hésita.

— C'est en rapport avec la photo d'Osvald.

Macdonald leva les yeux vers le ciel.

— Il faut qu'on trouve un endroit où passer la nuit, dit-il.

Winter acquiesça.

— Je sais où, reprit soudain Macdonald. Le *Seafield Hotel*, à Cullen. C'est un classique. Je viens seulement de m'en souvenir. Comme ça, tu pourras goûter le *Cullen Skink*.

48.

Il les entendit parler derrière son dos. Il savait qui c'était et pourquoi ils étaient venus. Il ne bougea pas. Il les avait vus arriver et comprenait.
Elle ne dit rien quand ils passèrent leur commande. Peut-être comprenait-elle.
Ce n'était qu'un petit service qu'il savait pouvoir lui demander. Une simple conversation. Une seule question.
Mais il n'avait plus confiance en elle.

Il avait décidé de tout avouer. Le moment était venu. Quand avait-il pris sa décision ? Celle-ci était liée à la mer, à la solitude.
Après toutes ces années. C'était plus facile au début.
À présent qu'il devait tout quitter, c'était plus difficile. Pas de tout quitter, il attendait cela depuis longtemps. Mais il ne voulait pas le faire seul. Plus maintenant.

Qui aurait cru cela ? Que le petit...
Prends la voiture, avait dit celui-ci. Je n'en ai pas besoin.
Ses yeux brillaient pendant qu'il proférait ces paroles. Tout est fini, maintenant, avait-il ajouté.
Il n'avait pas cessé de prier. On aurait dit qu'il avait perdu le sens commun.

Il avait trouvé la paix au bord de ce lac. Un lieu calme.

Pars ! avait dit son fils. Mais il avait tardé à le faire.

Pars ! avait-il répété, les cheveux dressés sur la tête. Le corps de son fils semblait vieux. Il l'était d'ailleurs. Pas autant que le sien.

Le petit avait le visage bleu. Son cœur. Le bleu disparut et il alla marcher, seul, de l'autre côté du lac, pour prier.

Jésus !

Un cri dans les montagnes.

Nous sommes tous damnés, avait-il dit ensuite. Je vais nous laver du péché, nous purifier. Je suis heureux que tu m'aies appelé. Pars maintenant.

Au cours de la nuit, les rêves revinrent l'assaillir. Des rêves d'or, d'argent et de billets de banque qui détruisaient tout.

Combien de fois avait-il tenu ce pistolet à la main ? Il y avait d'abord eu la menace. Quand il se cachait dans les falaises, dans des baraques ou des carcasses de bateau. Une fois, il avait tiré.

Puis l'idée lui était venue de le faire lui-même, de sa propre main.

Il ne savait pas ce qui se passerait.

Il le portait nuit et jour.

Il l'avait sur lui quand il avait entendu les voix aux *Three Kings*, quand il avait vu ces hommes venus de l'autre monde.

Les souvenirs affluaient, montaient à la surface. Il y avait de l'eau partout, la mer lui passait par-dessus la tête. Il avait mis le canot à l'eau à l'ombre des vagues. Le *Marino* commençait déjà à sombrer.

C'était nécessaire. Egon était déjà perdu à ce moment-là. Le chalutier aussi.

Il avait senti le visage de Frans entre ses mains. Jésus ! Personne n'écoutait là-bas. Dieu n'écoutait pas,

pas plus que Son fils. Sur la côte, il n'y avait que des pierres. Il avait alors fait son choix. Non, en fait, il l'avait opéré longtemps auparavant.

Il restait de l'argent dans les sacs en toile cirée. Les armes étaient au fond, à moins qu'elles ne soient parties vers le nord, comme les corps.
Le petit du petit n'avait pas posé de questions.
Le fils du fils.
Tiens !
Prends ça !

Ils ne le trouveraient jamais. Jamais. Son visage n'était plus le même. Ni son corps. Ni son nom. Ni ce qu'il restait de sa vie.
Il les vit dans la rue, mais ce fut par hasard. Celui-ci avait voulu qu'ils passent près de la cabine téléphonique.
Personne ne saurait jamais !

49.

Aneta Djanali était assise dans la cuisine de Halders, emmitouflée dans une couverture. Elle avait froid et la cuisine était l'endroit le plus chaud. Hannes et Magda étaient à un repas d'anniversaire, à trois pâtés de maisons de là. Le soir n'était pas encore tombé. Halders était en train de faire cuire quelque chose au four et cela sentait bon. Il avait mis Lucinda Williams dans la salle de séjour, qui chantait de sa voix cassée *lonely girls, heavy blankets cover lonely girls*.

Aneta Djanali avait eu une brève conversation avec Anette Lindsten. Celle-ci lui avait dit qu'elle était en route pour la maison au bord de la mer.

Était-ce une nouvelle fuite ?

Tout, dans cette affaire, était mystérieux, parfois invisible.

Cela fait partie de l'enfer que connaissent les femmes, pensa-t-elle. Un affreux mélange de culpabilité et de peur, de contrôle et de possession.

Elle ne voulait pas y penser mais elle ne pouvait s'en empêcher.

Il s'agissait du droit de la femme à sa propre vie. Ni plus ni moins.

De la maîtrise de la vie de la femme.

Elle ne doutait pas une seconde que, dans le cas d'Annette Forsblad, c'était à l'origine de tout. Forsblad ne voulait pas renoncer à sa domination. Rien ne pouvait l'arrêter. Il se tenait à l'écart, mais était constamment présent. Aneta Djanali l'avait vu dans ses yeux, à des moments où il ne la regardait pas.

Deux objets avaient disparu de chez elle.

Elle s'en était aperçue pendant qu'elle attendait ses collègues de Lorensberg, à moins que ce ne soit après leur arrivée.

Le coquillage posé près du téléphone, dans l'entrée. Gros, avec des reflets bleus, il était presque transparent. Aneta l'avait trouvé dans une crique, près de Sarö. Cela faisait deux ans qu'il était à cet endroit et elle ne se souvenait même pas de l'avoir épousseté. Ses traces étaient encore visibles, sous la forme d'un petit cercle, au milieu d'une fine couche de poussière.

Le masque de Kontomé, sur le mur de l'entrée, avait lui aussi disparu. Qui avait bien pu vouloir le voler, il n'avait aucune valeur marchande.

Kontomé était là pour lui indiquer la voie de l'avenir.

Celui qui s'était introduit dans son appartement avait emporté ces deux objets.

Elle savait qui c'était.

Anette avait le souffle court au téléphone. Aneta avait entendu le bruit d'un moteur, en fond sonore.

— Elle a peur, dit-elle à Halders en se drapant encore un peu plus dans la couverture.

De sa voix cassée Lucinda Williams chantait les vies brisées et les mots en morceaux.

— Ne pourrais-tu pas mettre autre chose, Fredrik ? J'ai déjà assez froid comme ça.

Halders était en train d'extraire le plat du four. Il le posa sur un dessous de plat, sortit de la cuisine et Lucinda Williams fut interrompue au milieu de sa chanson. Au bout de dix secondes de silence, une mélodie, belle et pure, chantée en chœur s'éleva.

— Tu préfères les Beach Boys ? C'est assez ensoleillé pour te réchauffer ?

— Au moins superficiellement.

— Tu les connais ?

— Non, répondit-elle tout en écoutant. Sauf qu'il est clair que tout ne va pas bien pour eux, derrière leurs belles voix ensoleillées.

— Tu as parfaitement raison, mais pourquoi ne pas ignorer ça pendant deux minutes et demie ? Jusqu'à la fin de la chanson.

Aneta Djanali préféra ne pas écouter. Elle ne pouvait s'empêcher de voir le visage d'Anette Lindsten.

— Elle donne l'impression de passer son temps à aller d'un endroit à l'autre. Comme si elle fuyait quelque chose, dit-elle.

Halders opina du bonnet.

— C'est assez courant, non ?

— Pourtant, elle a sa famille.

— Ah oui ?

— Il est vrai qu'elle n'a pas l'air de lui venir beaucoup en aide, ni de la protéger.

— D'ailleurs, elle n'est pas la seule à se cacher.

— Qu'est-ce que tu veux dire ?

— Son père. C'est l'histoire de la fille qui nous a amenés à nous intéresser aux affaires du père. Il n'avait pas prévu que tu suivrais cette histoire au point de te rendre dans son appartement. Enfin : celui de sa fille.

— Ses affaires ?

— Bien sûr. Il est dans le coup des marchandises volées, du réseau de recel. Sans sa fille, comment l'aurions-nous su ?

— Tu crois qu'elle est au courant et qu'elle a peur aussi pour cette raison-là ?

— Précisément pour cette raison-là peut-être. Elle craint qu'il ne la croie capable de vendre la mèche. Il est possible qu'elle fuie surtout les affaires de son père, reprit-il en posant le plat sur la table, près d'un bol de salade verte et d'un flacon de sauce toute préparée. C'est évident qu'il essaie de nous tenir à l'écart de sa fille, de ses problèmes, de son Frützblatt de mari, de la sœur de celui-ci, etc.

— N'empêche que ce n'est pas de son père qu'elle a

peur. Pas en premier lieu, j'en suis sûre. La menace vient surtout de Forsblad.

— Pourquoi ne le dit-elle pas franchement, alors ?

— Je crois qu'elle le fait, répondit Aneta Djanali. Mais nous ne l'écoutons pas assez bien.

— Et maintenant, elle est en route pour le bord de mer ?

— C'est ce qu'elle m'a dit.

Halders coupa un morceau du pâté en croûte au jambon et au fromage et prit son assiette.

— Tu n'as pas l'air convaincue.

— Je suppose qu'elle ne se fie à personne. Même pas à moi.

— Pourquoi la maison au bord de la mer ?

— C'est peut-être le seul endroit où elle se sente en sécurité.

Au cours de la nuit, elle rêva qu'elle conduisait sur une petite route zigzaguant entre des arbres qui réfléchissaient la lumière de ses phares. Dehors, tout était noir. Au-dessus, s'étendait le ciel, qui était aussi la mer. Elle ne savait d'où lui venait cette certitude. C'était son rêve qui le lui disait.

Une femme chantait quelque part, plutôt criait, d'une voix cassée. Elle entendit le bruit des vagues, au-dessus de sa tête. Même en rêve, où pourtant on accepte tout, elle se disait qu'il y avait quelque chose qui n'allait pas. Pourquoi y avait-il de l'eau au-dessus d'elle ?

Dans la lumière des phares, elle aperçut sa mère.

Celle-ci faisait un geste qu'elle ne saisissait pas. Elle ne comprenait pas que sa mère veuille l'arrêter sur cette route. Elle ne s'était encore jamais manifestée dans ses rêves.

Maintenant, elle roulait sur une plage.

Soudain, sa mère fut là, également. Elle fit un geste des deux mains et alla se mettre en travers de la route.

Brusquement, il y eut de l'eau tout autour ! Elle tenta de crier, de crier. Elle ne pouvait plus respirer.

Ses propres cris ou ses tentatives pour crier la réveillèrent. Elle sentit un bras autour de ses épaules et entendit la voix de Fredrik.

Macdonald se gara sur la place, en contrebas du *Seafield Hôtel*. La ville était en pente, assez prononcée, qui dévalait vers la mer. Winter était debout, le sac sur l'épaule. Le crépuscule était voilé de brume solaire. Winter vit les énormes structures métalliques qui semblaient flotter au-dessus de la partie supérieure de Cullen. De loin, ces viaducs pouvaient passer pour des cathédrales horizontales.

— Impressionnant, constata-t-il.

— J'en conviens, répondit Macdonald. Mais les trains n'existent plus.

Ils avaient téléphoné de la voiture. Il y avait deux chambres libres, et davantage, en cette période de basse saison

Le bâtiment était une ancienne auberge en pierre blanche, La réception, en acajou incrusté d'or et d'argent, était décorée d'une sorte de tartan aux nuances bleues, noires et vertes comme la mer au bout de la rue traversant la localité. Winter se dit qu'il devait s'agir de celui du clan du couple de propriétaires, la famille Campbell.

Herbert Campbell leur recommanda discrètement le restaurant de l'hôtel pour le dîner. Ils pourraient le prendre à condition de réserver une table pour huit heures.

Ils allèrent boire une bière au bar avant de monter dans leurs chambres.

— Impressionnant, répéta Winter.

— C'est célèbre même en Écosse, dit Macdonald.

Outre le magnifique bois du comptoir, les fauteuils de cuir, le feu dans la cheminée, les tableaux au mur, les bouteilles alignées sur le bar et sur les étagères contribuaient à l'ambiance.

Winter ne put s'empêcher de poser la question.

— Nous avons deux cent quarante et une sortes de whisky au malt, répondit fièrement la barmaid.

— Tu as le temps de réfléchir avant l'heure de l'apéro, ajouta Macdonald.

Winter appela Angela de sa chambre. Par la fenêtre, il voyait la rue, la moitié de la mer et un pâté de petites maisons de pierre, serrées les unes contre les autres, sur le port.

— Vous avez trouvé un hôtel convenable ? demanda-t-il.

— Sarah en connaissait un et je suis d'accord avec elle. Je vois le château de ma fenêtre.

— Moi, je vois la moitié de la mer.

— Comment se passe votre enquête ?

— Je ne sais pas.

— Avez-vous trouvé des traces de John Osvald ?

— Peut-être.

Winter s'assit sur le lit puis s'étendit de tout son long. Il était dur. Pas trop. Il apercevait la partie supérieure de la maison d'en face. Une mouette ou un goéland était perché au-dessus d'une lucarne.

— On dirait qu'il est passé par ici. Qu'il est... toujours là, si tu comprends ce que je veux dire. Nous avons même parlé à un type qui l'a connu à l'époque et qui déclare l'avoir vu récemment.

— Eh bien, ça alors !

— Je ne crois hélas pas qu'on va pouvoir le retrouver.

— Ouvre au moins les yeux.

— Toi aussi.

— Nous avons l'intention de prendre le train, demain, pour cet endroit des Hautes Terres.

— Nous partirons à peu près à la même heure, mais en voiture. On sera à l'heure pour un repas de retrouvailles.

— Qu'est-ce que vous faites ce soir ?

— On dîne. Je tiens à goûter le *Cullen Skink*, répondit Winter en changeant de position sur le lit.

— Le nom ne suggère rien de très appétissant

— Steve en convient, et ce n'est pas seulement le nom.

— Dans ce cas, je comprends que tu aies envie d'y goûter.

Il entendit un bruit derrière elle, une porte s'ouvrir, une voix masculine, puis une féminine, sans doute celle de Sarah Macdonald.

— C'est le garçon d'étage qui nous apporte une bouteille de bon vin, expliqua Angela.

— As-tu eu Elsa au bout du fil ?

— Rien que deux fois cet après-midi.

— J'ai téléphoné, mais il n'y avait personne chez Lotta. Et son portable était éteint.

— Elles sont au cinéma.

— Bon, je rappellerai plus tard. À demain. Je t'embrasse.

Il laissa tomber son portable sur le lit. Il revit le visage d'Arne Algotsson, lorsque le vieux pêcheur avait prononcé le nom de cette soupe écossaise au hareng saur.

Il se mit sur son séant et massa son épaule ankylosée par la voiture. Son corps avait plus souvent besoin de massages, maintenant qu'il avait dépassé quarante ans.

On frappa à la porte.

— As-tu envie de faire un tour avant le dîner ? demanda Macdonald, quand il lui eut ouvert la porte.

Ils suivirent Seafield Street vers le sud, passèrent devant Bayview Road, dans le virage, et descendirent quelques marches menant à cette rangée d'étranges petites maisons constituant une sorte de ville à part, sur le port. Au-delà, la mer s'offrait au regard de Winter.

C'était Seatown. Ils longèrent ces petites rues étroites dépourvues de noms. La numérotation des maisons ne correspondait à aucune logique géographique.

— J'ai l'impression qu'elle suit plutôt l'ordre dans lequel elles ont été construites, suggéra Macdonald.

Ils passèrent devant l'église méthodiste de Cullen.

Un peu plus bas dans la rue, il y avait une cabine

téléphonique rouge aussi vieille que celle de Pennan. Winter tendit l'oreille en passant devant elle, pour le cas où une sonnerie retentirait.

Des marches centenaires avaient été taillées dans le mur du bassin. De petits bateaux de pêche y étaient à sec, car c'était la marée basse. Leurs flancs luisaient comme ceux de poissons échoués. Le ciel s'était assombri et l'azur tirait maintenant sur le noir. La lune était pâle mais présente. La vue se perdait à l'horizon et les maisons de Seatown étaient phosphorescentes. Des vêtements d'enfant en train de sécher leur faisaient des grands signes avec leurs manches.

— C'est désert, constata Winter.

Ils revinrent sur leurs pas, passèrent devant l'église et la cabine téléphonique. Un rideau bougea, à la fenêtre d'une maison noire qui semblait sur le point de s'écrouler. Le rideau bougea à nouveau. Qui ne serait pas curieux dans un endroit pareil ?

Ils croisèrent un enfant qui longeait la rangée gauche, les yeux rivés au sol. Il avait une dizaine d'années, portait une culotte courte et une casquette. On se serait cru dans les années 50, voire 1850 dans certains cas.

Winter sentit l'odeur du passé, celle qui régnait dans presque tous les foyers britanniques.

Ils remontèrent l'escalier, prirent à droite sur Bayview et marchèrent à l'ombre des viaducs, avant de tourner à gauche dans North Castle Street, où se trouvait le pub *The Three Kings*.

Macdonald regarda sa montre.

— Encore un pour la longue route qu'il nous reste à faire pour rentrer à l'hôtel, proposa-t-il.

— Bien sûr, acquiesça Winter.

À l'intérieur, la pénombre régnait, les fenêtres, petites, ne devaient guère laisser pénétrer de lumière, même par grand soleil. Une femme d'un certain âge tenait le bar. Apparemment, tous les établissements étaient tenus par des femmes à Cullen. Un homme était assis à une table, près de la fenêtre, un verre posé devant lui. Il portait un bonnet de laine et leur tournait le dos. Un pêcheur, pensa Winter.

Macdonald commanda deux bières. La femme les tira et les leur donna. Ils restèrent debout au bar, pendant que la mousse se dissipait. La femme paraissait surveiller la fenêtre près de laquelle l'homme était assis. Il n'avait pas bougé depuis leur arrivée.

— À la tienne, dit Macdonald dans un suédois approximatif, en levant son verre.

Ils burent. Winter ne pouvait s'empêcher d'observer le dos pas très large de cet homme courbé. Il ne bougeait toujours pas. Ses deux verres, celui de bière aussi bien que celui de whisky, étaient vides, et il paraissait cloué sur place. Il n'était pas le seul d'ailleurs, dans ces villes côtières rongées par le vent et le sel. La vie économique avait sombré avec l'industrie de la pêche. Steve but à nouveau. Il avait des raisons de se réjouir que son grand-père – ou son arrière-grand-père – ait quitté le pays. Sinon, il serait assis là comme cet homme. Il ne faut pas oublier que je suis aussi un homme de la côte, pensa Winter, mais je viens d'un autre monde.

Au *Seafield*, la tradition voulait que les dîneurs attendent au bar pendant qu'on dressait la table et que le maître d'hôtel distribuait le menu et la carte des vins.

Winter et Macdonald ne protestèrent pas et allèrent prendre place dans les deux fauteuils de cuir, près de la cheminée.

Une nouvelle barmaid s'approcha d'eux pour prendre leur commande d'apéritif. Winter proposa à Steve de choisir.

— Qu'est-ce que tu dirais d'un *Springbank*, de vingt et un ans bien entendu ?

Winter acquiesça tout en allumant un cigarillo.

Il y avait un fond musical dans le bar. Winter reconnut Galveston, *Glen Campbell*. Curieuse coïncidence, à moins que le chanteur ne fût un parent éloigné des propriétaires de l'hôtel.

Glen comme dans Glen Deveron, Glen Dronach,

Glen Elgin, Glen Garioch, Glen Keith, Glen Mohr, Glen Moray, Glen Ord, Glen Spey, Glen Scotia, Glen Rothes, toutes ces grandes marques inconnues venant des distilleries des profondeurs du pays.

Le maître d'hôtel vint leur apporter la carte reliée en cuir rouge où le menu était rédigé à la main.

Les clients n'étaient pas nombreux au bar : un jeune couple assis sur un petit canapé devant l'une des fenêtres, deux autres couples plus âgés, qui étaient ensemble, autour d'une table basse au centre de la pièce, et un jeune homme solitaire devant un verre également solitaire, au comptoir.

La barmaid leur apporta leurs whiskys, deux verres d'eau de Seltz et une carafe.

Macdonald versa quelques gouttes d'eau dans son whisky. Winter attendit qu'il ait fini pour boire. Excellent, mais complexe. Un soupçon de noix de coco en arrière-goût. Sur la langue : sherry, caramel mou, algues, herbes, tourbe...

*
**

Winter commanda un *Cullen Skink* en entrée. Il crut aimer le goût d'aiglefin fumé bouilli avec des pommes de terre, du lait et de l'oignon. Steve ricanait, derrière sa demi-bouillabaisse. Winter pensa de nouveau à Arne Algotsson. Comment cette image pouvait-elle s'être incrustée à ce point dans son cerveau en compote ? Pourquoi le *Cullen Skink* y était-il resté gravé ? Était-ce à cause du premier mot ? Pourquoi Algotsson avait-il retenu le nom de cette étrange petite cité et pas autre chose ? Avait-il même jamais mis les pieds ici ? Quelqu'un d'autre que lui y était-il venu ? L'aurait-on récemment prononcé devant lui ?

La salle à manger était elle aussi en bois poli et aux couleurs écossaises. Le menu proposait des plats dans la tradition du pays, mais marqués au coin de l'innovation. Macdonald sourit en le parcourant.

Hareng grillé accompagné de beignets aux flacons d'avoine.
Boudin noir en croûte arrosé de calvados, accompagné de compote de pommes.
Gibier.

— Ce n'est rien à côté du *Caledonian* au *Brentwood Hotel* d'Aberdeen, dit Macdonald. Ils battent tous les record en matière d'innovation, avec leur gelinotte farcie au haggis et leurs filets de poulet au boudin et à la sauce tomate.

— Merci, ça suffit comme ça, Steve.

Winter commanda de la sole grillée au pistou et à l'ail, Macdonald un steak. Ils goûtèrent les vins.

— Je m'imaginais qu'on aurait des nouvelles de Craig à l'heure qu'il est, dit Macdonald en posant son verre.

— Hum.

— Trois coups de fil, deux femmes.

— Nous savons que l'une est Johanna.

— Craig doit avoir pu le vérifier. Mais le troisième ?

— Je ne crois pas qu'on pourra trouver d'où il venait

— Pourquoi ?

— Ils ont sans doute fait ce qu'il fallait pour ça.

— Qui ils ?

Excellente question. Winter but son vin blanc tandis qu'une odeur de barbecue lui chatouillait les narines.

Qui ?

Un pêcheur survivant et une femme téléphonant à sa place.

Une ancienne connaissance d'Axel Osvald, qui était déjà venu là. Ou alors une connaissance de fraîche date.

Les plats arrivèrent. Ils les goûtèrent. C'était délicieux.

*
**

Winter remarqua que le jeune couple du bar se levait déjà de table. La femme les salua timidement d'un signe de tête auquel il répondit. Le jeune homme se retourna. De profil, il ressemblait à la photo de John Osvald, celle en sépia, qui se trouvait dans son porte-documents. L'homme s'attarda, son profil faisait penser à une fresque égyptienne. Winter repensa à la photo puis observa l'homme. Ensuite les murs de l'hôtel, un mur rouge, un escalier qui menait... lui revinrent en mémoire.

— Mon Dieu ! s'exclama-t-il, faisant sursauter la fourchette de Macdonald à mi-chemin de sa bouche et se retourner les autres convives.

— Je l'ai vu, compléta-t-il.

Macdonald baissa sa fourchette.

— Tu as rencontré Dieu, Erik ? demanda Macdonald.

— Osvald ! Il était là !

Cette fois, Macdonald posa sa fourchette.

— Où ça ?

— Comment s'appelait cette ville, déjà ? Buckie, non ? Là où nous avons posé des questions à propos de la voiture de location ?

— Oui. Buckie.

— Nous avons pris le thé dans ce vieil hôtel.

— Le *Cluny Hotel*.

— Nous avons monté l'escalier.

— Nous l'avons aussi descendu.

Winter eut un geste de la main comme pour chasser de son esprit l'objection de Macdonald.

— Je crois que c'est quand je l'ai monté. Je... nous avons regardé tous ces sous-verre accrochés sur les murs.

— Les photos de chalutiers.

— Pas seulement, répliqua Winter qui se rappelait parfaitement à présent. L'une montrait une foule de gens attroupés devant le monument aux morts, sur la place. À la mémoire de... Et je me souviens d'avoir lu à côté que le cliché avait été pris juste après la fin de la Deuxième Guerre mondiale. Il y avait des gens partout mais, au premier plan, on voyait un type en casquette, de profil : c'était Osvald. C'est exactement le même visage que celui que j'ai en photo dans ma chambre, le même profil, ajouta-t-il en se penchant légèrement en avant. Je ne l'ai pas reconnu sur le moment, bon sang. Depuis, ça a mûri dans mon inconscient et ça m'est venu à l'esprit tout d'un coup, quand j'ai regardé ce jeune homme se lever.

Il jeta un coup d'œil circulaire, mais le jeune couple n'était plus là.

— La fin de la guerre, répéta Macdonald. Osvald a disparu quatre ans plus tôt.

— C'est lui, j'en suis sûr.

— C'est un peu tard pour aller vérifier ce soir.

— À la première heure demain matin.

Comme il avait laissé la fenêtre entrouverte, les effluves de la mer entraient dans la chambre. Ringmar l'appela alors qu'il s'apprêtait à éteindre la lumière.

— Il n'y a pas de chalutier du nom de *Mariana*, à Styrsö.

— Je m'en serais douté.

— Pas plus que de pêcheur du nom d'Erikson.

Il passa une nuit agitée, rêvant de beaucoup de choses, dont aucune n'était agréable. Dans ses rêves, tout le monde avait peur, y compris lui.

Il avait appelé Elsa avant le dîner. Il aurait aimé pouvoir enregistrer sa voix. La prochaine fois qu'il partirait en voyage... Pourtant, il n'était pas sûr de repartir sans elle.

Il rêva d'eau noire, sous laquelle flottait un visage qu'il ne parvenait pas à identifier. On aurait dit qu'il émettait une lueur affreusement forte, mais il n'y avait rien dans ses yeux.

C'était quelqu'un qu'il connaissait.

Il se réveilla à l'aube mourant de soif. Il souleva légèrement le store et aperçut la moitié de la mer. Il crut l'entendre aussi. Des oiseaux de mer qui criaient. Un autobus noir était garé de l'autre côté de la rue, près de la poste. Il repensa à ses rêves. Bien qu'il fût éveillé depuis déjà un moment, il avait toujours le sentiment que la peur rôdait dans la chambre. Il avala un verre d'eau et se demanda s'il n'allait pas prendre une gorgée de whisky, mais s'abstint. La journée était loin d'être finie.

Et elle ne ressemblerait à aucune autre de son existence.

Il se recoucha en se disant que ce jour qui commençait serait le dernier de sa vie. Pourquoi cette idée ? C'était comme un rêve où prenaient forme les vérités que nul ne voulait entendre.

50.

Ils partirent après avoir pris leur petit déjeuner de bonne heure. Macdonald n'avait pas bien dormi, lui non plus. Pourtant, ni l'un ni l'autre ne mit cela au compte du whisky. Il s'agissait d'autre chose. De cette ville. De ce qui s'y trouvait.

On pouvait parler d'intuition. Une idée qui vous venait soudain à l'esprit. Savoir quelque chose sans être en mesure d'en produire des preuves. Cela pouvait être frustrant. Cela pouvait aussi être décisif. L'intuition. Ils en avaient tous les deux. Un policier sans intuition n'est rien, du vent.

Buckie était moins loin que Winter n'aurait cru. Ils auraient pu prendre un taxi pour y aller la veille au soir, mais il tenait à avoir les idées claires. Il ne ressentait plus sa fatigue, qui s'était évaporée.

Ils prirent la route de la côte, passant par Portknockie, Findochty, Portessie. Le matin était calme, ainsi que la mer. Le soleil était passé par-dessus les montagnes, à l'est, et éclairait l'horizon sur la ligne duquel Winter distingua la fumée. Pas un nuage dans le ciel, c'était l'un des plus beaux matins que Dieu ait créés.

*
**

Le *Cluny Hotel* était à moitié éclairé par la lumière du matin. Macdonald se gara devant le Buckie Thistle Social Club. Un petit groupe d'écoliers les croisa. L'un tenait un ballon de football sous le bras.

Dans le hall, une femme de ménage en tablier gris passait l'aspirateur. Elle avait commencé par la marche inférieure et elle leva des yeux étonnés lorsque les deux hommes empruntèrent l'escalier après l'avoir saluée d'un signe de tête.

Winter tenait à la main la photo montrant John Osvald de profil.

Il monta l'escalier marche après marche, observant l'un après l'autre ces cadres renfermant l'histoire de la ville en noir et blanc. La pêche et l'industrie qui en découlait représentaient à la fois le présent et l'avenir pour Buckie, à l'époque. Il ne restait plus que le passé. Le *Cluny Hotel* en faisait partie.

Le long de l'escalier, les murs étaient tendus de velours rouge.

Winter vit des mâts, des forêts de mâts. Se serait-il trompé ? Aurait-il vu autre chose... et ailleurs ?

Il regarda à nouveau la photo du jeune Osvald, prise sur une île d'un archipel suédois. Derrière lui, on apercevait la mer. C'était aussi par une belle journée de calme. Osvald tournait peut-être la tête pour éviter d'avoir le soleil dans les yeux.

— Ils sont quelques milliers, dit Macdonald, qui avait une marche d'avance, en montrant une autre photo, presque à hauteur du palier du restaurant.

Winter l'examina. La place, Cluny Square, était noire de monde, La foule se massait en cercle autour du monument aux morts de Buckie, finalement élevé en 1925 à la mémoire de ses enfants tombés au cours de la Première Guerre mondiale.

La photo avait été prise en 1945, comme il était marqué sur un petit morceau de papier apposé près du cadre : *Les habitants de Buckie sont assemblés autour de ce monument aux mortsl pour fêter la fin du second conflit à l'échelle du globe*. Il était précisé que c'était un jour de semaine, par une belle journée de soleil, qui traçait des sillons dans la foule. Winter s'attacha aux visages de ceux qui se trouvaient au premier rang. Un homme portant une casquette se tenait près de l'appareil. Il tournait le visage de côté, comme pour le mettre à l'abri du soleil. C'était John Osvald.

— C'est lui ! s'exclama Macdonald.

Winter observa longuement les deux visages, imité par Macdonald.

— Oui, aucun doute, répéta ce dernier.
— Mais cela ne nous dit pas s'il l'est toujours.
— Où ça ?
— En vie.

À présent, ils étaient sur la place. Sur le socle du monument, les lettres proclamaient pour l'éternité : *Leurs noms vivront à jamais.*

Deux vieillards étaient assis sur un banc, devant la maison sur la place. Winter eut l'impression que c'étaient les mêmes que la dernière fois. Il se dirigea vers le bâtiment. Sur le mur était apposée une plaque qui indiquaitt : *Struan House – Maison de retraite.*

Winter se dirigea vers ces hommes et leur demanda s'ils étaient présents lors des festivités qui avaient marqué la fin de la Seconde Guerre mondiale. Ils le dévisagèrent tandis que Macdonald traduisait en écossais. Ils lui demandèrent alors pourquoi il voulait savoir cela. Macdonald le leur expliqua et Winter sortit sa photo. Ils la regardèrent et secouèrent la tête.

— Voudriez-vous avoir l'amabilité de venir jusqu'à l'hôtel pour regarder le cliché sur le mur ? demanda Macdonald.

Après avoir hésité un instant, les deux hommes se levèrent. Une fois à l'intérieur, ils montèrent l'escalier sans difficulté.

— Ça fait longtemps qu'elle est là ? demanda l'un d'eux, devant la photo.

Ils la regardèrent de près.

— Alors, on est au milieu de cette foule, nous, dit l'autre.
— Je ne te vois pas, Mike.
— Je ne me rappelle pas où j'étais.
— Reconnaissez-vous cet homme ? demanda Winter en posant l'index sur la casquette d'Osvald.
— C'est lui ?
— Voyez vous-même, dit Macdonald en montrant le portrait que Winter tenait à la main.
— En effet, mais je ne le connais pas, fit Mike après avoir comparé à plusieurs reprises.

Macdonald et Winter montèrent dans leur voiture. De l'autre côté de la rue, le propriétaire du pub relevait ses stores. Derrière la vitrine, les chaises étaient posées sur les tables. Un rayon de soleil illumina une partie du comptoir. Winter eut soudain très soif.
— On aura au moins trouvé ça, lança Macdonald.
— Tu t'en contentes ?
— Où aller ? Que faire ?
— Je ne sais pas. En outre, nous sommes pris par le temps.

Macdonald consulta sa montre.
— Nos femmes vont prendre le train dans une heure.
— Il faut qu'on se mette en route pour les Hautes Terres, nous aussi.

Macdonald regarda le cafetier qui avait commencé à ôter les chaises des tables. Il portait des lunettes de soleil pour se protéger de la vive lumière du soleil, qui se faufilait entre deux maisons, derrière Winter et son ami.
— Je sens qu'on n'est pas loin, dit ce dernier. Pas toi ?
Winter hocha la tête mais ne répondit pas.
— Nous sommes sur ses traces. Nous les avons suivies au moins partiellement.
— À moins que ce ne soit des nouvelles.
— Des nouvelles et des anciennes, convint Macdonald.

Ils prirent place dans la voiture.
— On pourrait passer par Dufftown, pour que tu

achètes une ou deux bouteilles à la distillerie de Glenfarclas, suggéra Macdonald en actionnant le démarreur.

Son portable sonna. Il réussit à l'extraire de sa veste de cuir à la quatrième sonnerie.

— Oui ? Bonjour, commissaire Craig.

— Excusez-moi d'avoir tant tardé, dit Craig, mais j'ai eu du mal à convaincre les autorités de l'aspect délictueux de l'affaire.

— Je comprends.

— Il ne s'agit pas d'un meurtre, n'est-ce pas ?

— À strictement parler, non.

— Quoi qu'il en soit, j'ai les renseignements. Deux des coups de téléphone à la pension de famille Glen Islay de Ross Avenue ont en effet été donnés à partir d'un poste fixe, en Suède, dont l'indicatif est 31.

— C'est Johanna, la fille d'Osvald.

— Oui.

Macdonald entendit une plume courir sur le papier, puis une voix qui disait quelque chose, en arrière-plan, avant que Craig ne reprenne la parole.

— On n'a pas reçu beaucoup de coups de fil à Glen Islay en cette période de basse saison. Mais l'un pourrait vous intéresser. Il est un peu bizarre. Il a été passé pendant que ce... Axel Osvald logeait là.

— Et alors ?

— Quelqu'un a appelé d'une cabine.

— Bon, dit Macdonald.

Les cabines étaient beaucoup plus faciles à localiser que les portables car elles ne se déplaçaient pas. Au besoin, on pouvait même les démonter pour trouver des indices.

— D'après la propriétaire de Glen Islay, c'était une femme, ajouta Macdonald.

— Quoi qu'il en soit, il a été donné d'une cabine située à Cullen. Tu y es déjà allé ?

— Cullen ! ?

— Oui.

— Je suis en route.

51.

Aneta Djanali rentra chez elle en voiture par un temps magnifique. Au-dessus des toits, tout était bleu et le soleil dardait véritablement ses rayons, projetant des ombres très accentuées sur tout Sveagatan. L'air embaumait.

Elle traversa rapidement l'entrée, après avoir vérifié la nouvelle serrure, pénétra dans sa chambre, ôta son corsage et sa mince chemise. C'est au moment où elle desserrait sa ceinture que sa main se figea.

Elle serra à nouveau la ceinture, remit son corsage et tâta son pouls. Qu'avait-elle vu ? Non, il fallait plutôt se demander ce qu'elle n'avait pas vu.

Elle regagna lentement l'entrée.

Le coquillage.

Il était à sa place sur la commode !

Elle approcha lentement, refusant de le toucher.

Elle prêta l'oreille pour tenter des discerner des bruits, d'où qu'ils puissent provenir. Elle se retourna en entendant un bruit de pas.

— Je croyais pas que vous rentreriez si tôt, dit Susanne Marke.

Cette femme était, pieds nus, chez elle !

Aneta entendait encore les coups de marteau, de masse, entre ses oreilles. Elle s'entendit dire :

— Qu'est-ce... qu'est-ce que vous faites là ?

— Je vous attendais, répondit Susanne Marke avec une curieuse expression dans les yeux. Vous deviez bien finir par rentrer, non ?

— Mais... pourquoi ?

C'était beaucoup plus important de le savoir que où, quand, comment.

— Vous n'avez pas encore compris ?

Aneta n'avait pas l'intention de bouger. Susanne Marke était immobile, elle aussi, sans rien dans les mains.

— Qu'est-ce qu'il y a à comprendre ?

Susanne Marke éclata soudain d'un rire rauque.

— À propos d'Anette et de moi !

Elle s'avança d'un pas, mais elle était encore à un mètre.

— Pourquoi pensez-vous que tout le monde garde un tel silence ? Y compris Anette. Pourquoi, hein ?

— Je ne sais pas ce que vous me voulez, dit Aneta, à nouveau incapable de bouger. Vous êtes entrée chez moi par effraction. C'est un délit et...

— On s'en fout ! s'écria Susanne Marke, s'avançant d'un pas de plus. Comme je me fous de tous les autres. Pourquoi croyez-vous que mon cher frère ne peut pas laisser sa chère femme en paix ? Ou que le père de cette chère femme ne veut pas que quelque chose se sache ? Hein ? Hein ?

— Vous avez fait de votre mieux pour protéger Hans Forsblad.

— Oh non ! Mais je n'ai pas pu tout dire. Il fallait que je pense à Anette. À ce qu'elle désire. À sa volonté.

— Où est-elle, en ce moment ?

— Elle ne va pas tarder à être à bout de forces.

Susanne Marke semblait dans le même état.

— Qui est Bengt Marke ? reprit Aneta Djanali.

— Mon ex-mari. Je n'ai plus rien à voir avec lui.

— La voiture que vous utilisez lui appartient pourtant.

— C'est un cadeau. Croyez-moi. Bengt n'a rien à voir dans tout cela. Il n'habite même pas en Suède.

— Qui est Hans ? Où est votre frère ?

— Il voulait lui parler une dernière fois. J'ai essayé d'empêcher ça.

— Où sont-ils ?

— Anette voulait essayer de lui faire comprendre. Une dernière fois.

— Je n'y crois pas.

— Mais vous croyez à ceci ? lança Susanne Marke en faisant un geste circulaire avec le bras. Au fait qu'on entre ici comme dans un moulin.

— En effet, je constate votre présence.

— Et avant ? Qui était-ce ? Pas moi. J'ai ramené ceci, dit-elle en désignant le coquillage qui luisait d'un éclat mat sous la lumière nue de l'entrée. C'est mon cher frère qui l'avait. Vous me croyez ?

— Je... je ne sais pas ce que ça explique. Je ne comprends pas la logique de vos propos.

Susanne Marke continuait à regarder le coquillage. Comme s'il pouvait leur dire quelque chose. Il est vrai qu'il recelait un son. Parfois, Aneta Djanali le portait à son oreille pour entendre le bruissement de la mer.

— Il y avait un tableau à cet endroit, dit-elle en désignant l'endroit où se trouvait l'image de Kotomé. Il représentait un esprit africain.

Elle vit que Susanne Marke ne comprenait pas, ne savait rien.

— Je me suis procuré son outil très spécial, qui permet de pénétrer n'importe où, répondit-elle en dévisageant Aneta. Savez-vous qui l'a donné à Hans ?

— Je suis capable de le deviner.

— Ils sont là-bas, en ce moment. C'est une erreur.

— Une erreur ? Laquelle ?

— Il n'aurait pas dû y aller. Elle non plus. Il peut arriver n'importe quoi, ajouta Susanne Marke en tentant de prendre une petite voix, très différente de la sienne.

Aneta Djanali passa rapidement près d'elle pour traverser l'entrée. Une fois dans sa chambre, elle appela d'abord la maison des Lindsten à Fredriksdal. Pas de réponse. Elle essaya ensuite celle au bord de la mer, sans plus de résultat. Et enfin le portable d'Anette : même chose.

Il fallait qu'elle prenne une décision.

Il était évident que la peur de Susanne Marke n'était pas feinte. Ils pourraient reconstituer par la suite le puzzle dans son ensemble, à partir de tous ces éléments. Pour l'instant, elle sentait devoir agir, et vite.

Elle retourna dans l'entrée.

— Vous êtes sûre qu'ils sont là-bas ?
— Absolument.
— Qui ils ?
— Hans et Anette.

Aneta Djanali prit sa veste au portemanteau. Susanne Marke ne bougeait toujours pas.

— Vous venez avec moi ? demanda Aneta.
— Avec vous ? Où ?
— Là-bas, répondit Aneta en enfilant ses bottines.

Susanne Marke regarda ses pieds. Elle passa dans la cuisine et revint avec une paire de grosses chaussures de tennis grises.

— Je viens, dit-elle.

Elles sortirent rapidement de l'immeuble.

Une fois dans la voiture, Aneta appela Halders pour lui raconter ce qui s'était passé.

— Reste chez-toi, ordonna-t-il.
— Je crois ce que dit Susanne.
— Aucune importance. Tu risques de te mettre en danger.
— Elle m'accompagne.
— Pour te protéger ?
— Je ne vais pas faire de bêtise. Et je suis armée.

Elle l'entendit marmonner quelque chose.

— Qu'est-ce que tu dis, Fredrik ?
— Où êtes-vous, en ce moment ?
— Sur la rocade. Frölunda se profile à l'horizon.
— Où se trouve cette foutue maison, exactement ?

C'était le mot.

Elle le lui expliqua.

— J'arrive, dit Halders.

52.

Winter et Macdonald revinrent en arrière, par Portessie, Findochty et Portknockie. La journée était de nouveau magnifique, plus grande que la vie. Cullen Bay était déserte. Deux mois plus tôt, elle grouillait de dauphins.

Ils passèrent sous les viaducs, qui projetaient de grandes ombres sur la ville, tels les bras ou jambes d'un géant. Ou comme les cathédrales qui projetaient les leurs sur tout le Moray et l'Aberdeenshire.

Rien ne bougeait, à Seatown. Les maisons avaient un aspect curieusement penché sous la lumière oblique du soleil.

Macdonald s'était garé à l'ouest de Seatown, près de Cullen Sands.

Ils distinguèrent le rivage, qui s'ouvrait largement sur la mer. Winter, lui, nota un panneau proclamant : *Les tests d'évaluation de l'eau ont toujours été bons.*

On distinguait une silhouette au bord de l'eau.

Ils s'engagèrent dans la rue sans nom qui coupait cette ville portuaire en deux et passèrent devant l'église méthodiste. Des vêtements d'enfant séchaient dans le jardin de la maison située juste en face.

De là, ils ne pouvaient voir le port.

La cabine téléphonique était toujours à la même place et toujours aussi rouge. Le soleil soulignait les fissures du bois et la porte était restée entrouverte.

Winter et Macdonald regardèrent à l'intérieur. Le fil du téléphone n'avait pas été arraché. Macdonald souleva l'appareil et obtint aussitôt la tonalité. Il y avait même un annuaire. Pas de graffitis, de numéros de prostituées, d'odeur d'urine, de canettes de bière vides, ni de verre brisé.

— Cette cabine est unique au monde, lâcha Macdonald.

— Nous le sommes tous, répliqua Winter.

— Mais encore ?

Winter ne répondit pas. Il se retourna.

— Il n'habite pas loin, dit-il.

— Hum.

— On peut rester invisible pendant une vie entière, ici.

Macdonald hocha la tête à cette vérité d'évidence.

— On essaie toutes les maisons les unes après les autres ? suggéra-t-il.

Winter le dévisagea.

— Il nous attend peut-être avec un Luger qu'il n'a pas réussi à vendre en contrebande.

Macdonald ne prit pas cela à la plaisanterie et ne sourit pas.

— Pourquoi le ferait-il ? se contenta-t-il de demander.

— C'est son secret. Nous constituons une menace.

— Oui.

Winter observa à nouveau la cabine téléphonique plongée dans la pénombre. Il put ainsi voir son image dans la vitre. Il se retourna et regarda vers le sud, par-dessus les maisons de la côte montant vers Castle Terrace, les viaducs et le haut plateau, dans le fond. De l'autre côté de la route il y avait une petite rue. Il se rappelait le pub qui se trouvait au carrefour.

— L'homme qui ne bougeait pas quand nous sommes entrés là, dit-il en faisant un geste, dont on ne voyait que le dos. Il était assez âgé. Je me souviens qu'il n'a pas bougé d'un millimètre pendant le temps où nous sommes restés.

— Il dormait peut-être. Ce n'est pas inhabituel dans les pubs écossais, tu sais.

— Non, j'ai vu qu'il écoutait, qu'il prêtait même l'oreille.

Macdonald réfléchit à ce que Winter venait de dire.

— Cette femme qui était au bar...

— Oui, elle a lancé un regard de trop vers ce dos.

— Tu as remarqué ça aussi ?

— Maintenant que tu le dis. Enfin, je ne sais pas.

— C'était peut-être sa fille. La fille du dos.

— Allons-lui demander, suggéra Winter en regardant sa montre. Les pubs ouvrent à onze heures.

Aneta Djanali partit vers le sud sur une route peu encombrée. Le soleil était vif et elle n'avait pas pensé à prendre ses lunettes teintées. Le ciel, lui, était aussi bleu que possible.

— Vous allez retrouver votre route ? demanda Susanne Marke.

— Je ne suis venue qu'une seule fois.

— Moi aussi.

Après un virage, elle abaissa le pare-soleil et lança un regard en coin à Aneta.

— Qu'allez-vous faire, à l'arrivée ?

— Vérifier que tout est en ordre.

Elles quittèrent la rocade de Särö et passèrent au milieu de champs qui semblaient flotter au soleil. On n'allait pas tarder à voir la mer. Avant cela, il y avait le petit bois et ce talus qu'Aneta avait un jour dévalé. Elle n'avait pas l'intention de recommencer.

Elle se sentait étrangement calme, avec Susanne Marke à côté d'elle. Celle-ci ne bougeait pas et respirait la tranquillité.

Aneta Djanali s'enfonça sous les arbres.

Soudain, elle vit sa mère, comme dans son rêve, au milieu de la route. Elle pila dans un crissement de pneus.

— Qu'est-ce que... lâcha Susanne Marke, qui fut projetée en avant sur son siège et retenue par sa ceinture de sécurité.

Aneta Djanali ferma les yeux puis les rouvrit. La route était vide. Pas la moindre femme noire brandissant un « Stop », rien qu'un coin de mer dans le fond.

Halders doubla un camion à la hauteur de Skalldalen, dont l'enfoiré de chauffeur fit une embardée sur sa gauche au même moment. Halders monta sur la berme et la voiture alla percuter un rocher qui n'avait rien à faire là. Elle effectua un tonneau mais retomba sur ses roues comme si elle s'apprêtait à poursuivre sa route. Seulement, Halders n'était pas en état de le faire. Il était coincé sur son siège et eut seulement le temps de penser : c'est curieux que je me retrouve là avec la tête toujours entre les épaules et les idées encore en place.
Puis il perdit connaissance.

Aneta Djanali se gara devant la maison. Tout était silencieux. Pas le moindre cri d'oiseau de mer, ni le moindre souffle de vent. La mer, lisse comme un miroir, ne réfléchissait pas un seul bateau ni un seul nuage.
Susanne Marke n'était pas encore sortie de voiture qu'Aneta était déjà à la porte de la maison. Elle ne se sentait pas calme et plus surexcitée comme peu de temps auparavant. Elle vit sa main frapper une, deux, trois fois à la porte. Puis elle appuya sur la poignée en criant :
— Y a quelqu'un ?
Elle se retourna, mais Susanne Marke était toujours dans la voiture, garée à l'ombre.
Elle aperçut quelque chose : une autre ombre bougeait derrière.

Winter et Macdonald traversèrent Bayview Road. La porte des *Three Kings* était ouverte. Il était onze heures et quart.
La femme qui tenait le bar la fois précédente était encore là, en train d'essuyer des verres, peut-être même de les astiquer. Elle pouvait avoir cinquante ou cinquante-cinq ans.
Ils traversèrent la salle, sur un plancher qui brillait

comme un sou neuf. Le soleil pénétrait dans la pièce et transperçait le bois du bar. La femme continua à essuyer son verre, tout en les regardant sans avoir l'air de les reconnaître. C'est à peine si elle nous voit, pensa Winter.

Elle les salua cependant de la tête.

— Vous désirez ?

Macdonald regarda Winter. Calme parfait. Puis il désigna une des réclames de bière placées devant la rangée de pompes à bière, au nombre de quatre.

— Deux pintes, s'il vous plaît.

La femme posa le verre qu'elle essuyait et tendit le bras pour en prendre d'autres sur l'étagère, derrière elle. Elle y fit couler le liquide frais et trouble et les posa sur le tapis recouvrant le comptoir.

Macdonald paya et la femme s'écarta légèrement.

— Peut-être pourriez-vous nous aider ? demanda Macdonald.

Elle se figea. Winter vit la tension qui s'inscrivait sur son visage. Elle savait. Elle avait aussitôt révélé quelque chose, en ne les reconnaissant pas.

Elle savait, elle savait quelque chose.

— Nous recherchons quelqu'un, reprit Macdonald.

La femme les regarda l'un après l'autre, puis elle se mit de profil.

— Ah bon ?

— Un Suédois d'un certain âge du nom de John Oswald.

— John Osvald, répéta Winter en prononçant le nom à la suédoise.

— Ah ?

Elle était toujours de profil. Ils virent un muscle se contracter sur sa nuque. Elle ne demanda pas pourquoi. Que lui répondre, si elle pose la question ? s'interrogea Winter.

— Nous pensons qu'il vit ici, à Cullen, précisa Macdonald.

— Peut-être sous le nom de Johnson, ajouta Winter.

— Il nous a semblé qu'il était assis là, hier, quand

nous sommes venus, poursuivit Macdonald en désignant de la tête la table et la chaise vides, près de la fenêtre.

La femme parut regarder dans cette direction. Le soleil illuminait la moitié de ces deux meubles, à travers la vitre. Au-dehors, tout était baigné de lumière.

— Je ne connais pas de Suédois, répondit la femme sans quitter la fenêtre des yeux.

Elle a peur, perçut soudain Winter. Peur de ça. Peur de nous. Non, peur de dire quelque chose. Peur de quelqu'un d'autre.

— Ça fait longtemps qu'il vit en Écosse, il passe peut-être pour un Écossais maintenant, reprit Macdonald.

Elle ne leur demanda toujours pas pourquoi ils lui posaient cette question. Elle regardait. Winter, lui, voyait le coin de la maison d'en face et une partie du bord de mer.

Il traversa la salle pour gagner la table près de la fenêtre. De là, son panorama s'élargit par-dessus les toits de Seatown. Au bord de la mer, il était interrompu par ces rochers appelés eux aussi *Three Kings* et se poursuivait de l'autre côté. Winter aperçut le terrain de golf, près des falaises, et le parking sur lequel quelques voitures étaient garées.

Il approcha encore un peu plus de la fenêtre, puis se retourna et constata que la femme avait une belle vue, de l'endroit où elle se trouvait, derrière le bar.

De ce côté-ci des rochers, il distingua une silhouette, sur la plage. Peut-être était-ce la même que celle qu'ils avaient remarquée en se garant à Seatown. Elle ne semblait pas avoir bougé.

Winter se retourna de nouveau, vit le visage de la femme et, cette fois, il eut la certitude. Il promena le regard entre la barmaid et la silhouette et tout s'expliqua, c'était inscrit sur son visage. Macdonald, pour sa part, sembla comprendre sans saisir tout à fait. Il avança jusqu'à la fenêtre et vit ce que Winter avait sous les yeux.

— C'est lui, dit-il en s'adressant à la femme. C'est Oswald qui est là-bas, n'est-ce pas ?

Elle ne répondit pas, ce qui était une forme de réponse.

Ils pivotèrent sur leurs talons et se dirigèrent vers la porte.

— Je n'en pouvais plus de ce mensonge, dit-elle.

Ils se figèrent sur place.

— Pardon ? demanda Winter.

— Je n'en pouvais plus du mensonge de... mon père, laissa-t-elle tomber sans quitter la fenêtre du regard.

— De votre père ? répéta Macdonald.

— Je n'en pouvais plus. Et lui non plus.

Winter et Macdonald gardèrent le silence.

— J'ai envoyé une lettre, ajouta-t-elle.

— Elle est arrivée, dit Winter.

Elle tourna vivement la tête vers eux.

— Soyez prudents, sur la plage !

Une fois qu'ils eurent traversé Bayview Road et descendu les marches vers Seatown, Winter aperçut le port, les brise-lames et les rares bateaux de pêche locaux, tout petits, alignés près du mur.

Il vit le chalutier à coque métallique, amarré juste à l'entrée du port. Il était bleu, aussi bleu que le ciel et la mer ce jour-là.

Et il vit le nom.

Aneta Djanali était tournée vers la voiture et vers la silhouette de Susanne Marke, derrière la vitre.

La fois précédente, un canot en plastique était amarré au ponton de la maison. Il n'était plus là. Cela avait forcément une signification.

Quelqu'un bougea, derrière la voiture.

— Je vous ai dit que je ne voulais pas de vous ici, s'écria Hans Forsblad en avançant dans la lumière du soleil.

— Où est Anette ?

— Où est Anette ? Où est Anette ? répéta Forsblad en imitant la voix d'Aneta.

— Elle a le droit de vivre sa vie.

— Et vous celui de ne pas vous en mêler et de l'en empêcher.

— Je suis venue avec votre sœur.

— Je le sais bien.

Il avait dans les yeux une lueur qui n'était pas due au soleil.

Aneta Djanali s'avança d'un pas.

— Qu'avez-vous fait d'Anette ? demanda-t-elle, même si elle connaissait déjà la réponse.

Halders était incapable de bouger la tête. Il s'était réveillé une seconde auparavant, après s'être absenté du monde pendant quelques minutes. Des gens étaient attroupés autour de la voiture. Il vit des collègues en uniforme et dans des véhicules de service. Pas d'ambulance, pensa-t-il. On ne se met pas trop en frais pour moi.

Quelqu'un avait réussi à ouvrir la portière sans la découper au chalumeau.

Il pouvait sortir !

Il le fit, non sans une certaine aide.

— L'ambulance arrive, annonça Jansson ou Jonsson ou Johansson ou Machinson, bref l'inspecteur de police de Frölunda.

— Inutile, lança Halders.

Il fit un pas puis, au bout d'un instant, deux de plus.

— Quelle heure est-il ? s'enquit-il.

Le collègue lui répondit. Halders tenta de concentrer son regard sur sa montre, sans parvenir à distinguer son bras, du coup il le posa sur l'homme en uniforme.

— Tu peux m'emmener quelque part ? demanda-t-il. C'est vachement pressé. Tu veux bien appeler pour moi ? ajouta-t-il en fouillant dans ses poches pour tenter de trouver son portable, avant de renoncer.

Winter et Macdonald étaient maintenant sur la plage, avec Seatown derrière eux. Winter voyait les voitures garées sur le parking du terrain de golf. Il lui sembla que l'une d'elles avait un reflet vert métallisé.

Ils se dirigèrent vers la silhouette immobile. C'était

un homme. Ils le voyaient de profil. Il était penché en avant et regardait la mer Il se redressa mais resta de profil.

Winter savait qui c'était, de même que Macdonald. Le profil était le même.

Il savait. Ils arrivaient, côte à côte, un blond et un brun, veste de daim et veste de cuir. Comme si le monde leur appartenait. Mais non ! Ils ne possédaient rien.

Quand il avait vu leur voiture, là-bas, une heure avant, il avait su qu'ils étaient de retour. Qu'ils allaient venir le trouver, sur cette plage.

Il les attendait.

C'était sans doute le téléphone. Il ne pensait pas qu'elle ait dit quelque chose, elle n'oserait pas. Alors qu'un coup de téléphone, on pouvait facilement en retrouver l'origine, en remonter la trace.

Il n'avait pas l'intention de répondre à leurs questions.

Il était chez lui, ici, c'était sa plage, sa ville, sa maison, sa vie.

Ne pas répondre, ne rien dire.

Mais il pouvait leur faire peur. Ce n'était pas ici que cela se terminerait. Ils ne pouvaient rien lui faire.

Il ne restait plus personne qui puisse parler.

Ils s'étaient arrêtés à trois mètres du vieil homme. Celui-ci se tourna vers eux.

— John Osvald ? demanda Winter.

L'homme les regarda comme s'ils étaient transparents. Il semblait fixer quelque chose, derrière eux, peut-être sa maison. Ou les viaducs.

— Nous désirons seulement savoir si vous êtes John Osvald, dit Winter en suédois.

L'homme ne répondit pas et continua à regarder de ses yeux voilés.

— Êtes-vous John Osvald ? répéta Winter.

— Qui êtes-vous ? s'enquit l'homme.
En suédois.
— Je viens de chez vous. J'ai un message pour vous.

La voiture de service traversa le petit bois, en direction de la mer. Jansson, son collègue, n'avait pas réussi à toucher Aneta, au bout du fil. Halders avait ensuite essayé lui-même. Pas de réponse. Ce n'était pas étonnant, puisqu'il n'y avait pas de circuit.

Ils passèrent par la plage et virent la maison qui devait être celle de Lindsten, ainsi qu'une voiture qui était sans doute celle d'Aneta, mais pas d'autre véhicule.

Une femme était à genoux près de la voiture. Il la reconnut. C'était Susanne Marke.

À quinze mètres de là, un homme était penché au-dessus de l'eau. Il le reconnut, lui aussi. Soudain, Hans Forsblad plongea et commença à s'éloigner à la nage. Halders vit ses chaussures battre la surface de la mer.

Aneta était immobile, au bord de l'eau.

*
**

Le vieil homme n'avait rien dit et n'avait pas bougé. Tout était calme. Il n'y avait pas d'oiseaux, pas de poissons, pas d'êtres humains. Ils étaient seuls dans cet univers septentrional.

— Qu'est-il arrivé à Axel, votre fils ? questionna Winter après avoir fait un pas de plus.

Le regard du vieux s'éclaircit. Cela le rajeunit.

Il portait une casquette à visière. Son visage était taillé à coups de serpe. Il avait un gros pull de laine, sous sa veste de tweed. Il était grand mais pas voûté. Winter nota une tache bleue sur l'une de ses joues.

Une des poches de sa veste formait une bosse.

— Qu'est-il arrivé à Axel ? répéta Winter.
— Il a expié, répondit John Osvald.
— Qu'est-ce que vous voulez dire ?

— Il a lavé nos péchés. Il y tenait. Je ne pouvais pas le faire.

— Il ne portait aucun vêtement, fit observer Winter.

— Seul celui qui aime Dieu en est capable, répliqua John Osvald, dont le regard se voila à nouveau. Quoi qu'il puisse arriver, tout se termine toujours bien, pour celui qui aime Dieu.

— Qu'entendez-vous par péchés ? demanda Winter.

— Les miens.

— Quel genre de péchés ?

Osvald ne répondit pas.

— Vous faites allusion à ce qui s'est passé pendant la guerre ?

Osvald fixa Winter, ou quelque chose derrière lui, d'un regard qui avait retrouvé sa clarté.

— Il vient un temps, dit Osvald en anglais d'Écosse.

— Pardon ?

— Il vient un temps, répéta Osvald.

— Un temps pour quoi ? rétorqua Macdonald.

Pas de réponse.

— Un temps pour quoi ? insista Macdonald.

— Un temps pour dire, fit Osvald avec un geste du bras, de la main. Winter regarda la poche de sa veste.

— Pour dire quoi ? demanda Macdonald en faisant un pas vers lui.

— N'approchez pas ! s'écria soudain Osvald.

— Pour dire quoi ? s'entêta Macdonald.

— Doucement, Steve, dit Winter.

Winter observa à nouveau la poche d'Osvald, puis Macdonald. Il ouvrit la bouche pour mettre celui-ci en g...

— Je vous ordonne de me répondre, intima Macdonald, qui s'était approché d'Osvald jusqu'à presque le toucher.

— Noooon ! hurla soudain Osvald en tirant un pistolet de sa poche et faisant feu.

Winter eut le temps de voir le Luger et eut le réflexe de s'écarter. Il entendit la balle passer entre Macdonald et lui en sifflant. Il n'était pas armé, pas plus que Steve.

Il entendit ensuite un autre coup de feu, puis un troisième, mais pas de sifflement. De derrière, il vit que Steve était touché à la gorge et que le sang se mettait à gicler de sa blessure comme une fontaine, avec un gargouillis. Puis il discerna une plaie ouverte sur l'épaule de son ami, à l'endroit où la seconde balle avait dû le toucher. Steve s'affaissa lentement, projetant du sable au visage et dans la bouche de Winter. Ensuite, ce fut l'image de la terre qui se mettait à tourner et se changeait en une boule bleue de ciel et de mer et le bruit soudain de pas qui passaient près de lui mais dans l'autre sens. À travers la brume de sable, il distinguait le profil de John Osvald et entendit un cri venant de l'avant, puis un autre qu'il ne put localiser. Il se dit alors que c'était lui qui avait attiré Steve dans ce traquenard, que c'était lui le responsable, personne d'autre. Il allait devoir affronter Sarah et voir son visage et elle, à son tour, allait devoir affronter leurs enfants, les jumelles. Il enleva le sable de sa figure et se jeta en avant, en criant comme un possédé.

53.

Une fois que tout fut terminé, Winter put revoir le film des événements. Lorsque tout fut dit, il comprit que tout avait une autre signification. Tout s'éclaira.

L'identité est quelque chose que nous empruntons, un rôle, un masque. Nous franchissons la frontière qui sépare la vérité du mensonge, et la lumière se condense en ténèbres.

Oh, jamais soleil ne verra ce demain.
Cher baron, votre face est un livre où les hommes
Peuvent lire d'étranges choses. Afin de tromper le temps.
Soyez pareil au temps... [1] *!*

Winter avait lu *Macbeth* jusque tard le soir, dans une édition de poche qu'il avait dénichée dans la petite librairie-papeterie située près de l'entrée de l'hôpital d'Elgin, où Macdonald était soigné pour les blessures qu'il avait reçues. Deux ou trois jours plus tard, il pourrait sans doute être transféré au Raigmore Hospital d'Inverness, mais le risque était encore trop grand. Ses jours ne semblaient cependant pas en danger.

---

1. *Macbeth*, I, 5.

On pouvait dire que Steve avait eu de la chance, si le mot de chance était bien convenable en pareille occasion. En fait, il ne s'agissait pas de chance. C'était le résultat d'un enchaînement de circonstances qui avait simplement connu son point culminant sur la plage de Cullen.

C'était la fille de John Osvald qui avait appelé le numéro d'urgence, avant même que les coups de feu n'aient retenti. La propre fille de John Osvald.

Elle s'appelait Anna Johnson et les avait vus se diriger vers son père, au bord de la mer. Elle distinguait une bonne partie de la plage, par la fenêtre, et cela lui suffisait pour apercevoir son père, ces hommes qui venaient vers lui et Steve qui approchait trop près.

Elle était arrivée en courant, tandis que l'ambulance se frayait un chemin à travers les rochers, sirène hurlante. Quand l'alerte avait été donnée, elle se trouvait en effet à proximité, en route vers l'ouest à partir de Macduff. Elle avait ainsi pu emmener Macdonald au service d'urgence le plus proche, à une vingtaine de kilomètres à l'ouest sur la A96.

Le sang de Steve formait sur le sable une tache noire semblable à une pierre. À marée montante, une vague était venue l'effacer.

John Osvald était resté pétrifié.

Il fallait encore lui arracher la vérité, car il était muet comme une carpe. Il était maintenant détenu à la maison d'arrêt d'Inverness, mais le commissaire Craig n'avait pas encore eu le temps de l'entendre.

Erik Osvald était resté pétrifié, lui aussi. Winter avait tenté de parler avec lui alors que Macdonald gisait encore sur le sable. Le petit-fils de John s'était penché sur lui, se demandant comme Winter s'il était mort ou non, et il avait senti son cœur battre comme les marteaux de Buckie. Winter n'avait pas tenté de parler avec Erik, il avait crié et continué à crier tandis que l'écho des coups de feu retentissait encore au-dessus de Cullen. Winter avait crié à Erik Osvald l'éternelle et maudite question : Pourquoi ?

Il fallait reconstituer l'ensemble, maillon après maillon.

Erik Osvald avait donc été en contact avec son grand-père, mais on ne savait pas à partir de quand, et il était toujours sous le choc.

Le chalutier bleu, le *Magdalena*, était dans le port de Cullen pour le prouver, dans tout l'éclat de sa modernité. Il en avait fallu, de l'argent, pour cela. On savait maintenant d'où provenait celui-ci.

C'était donc une histoire de culpabilité et de pénitence.

Cela n'avait cependant pas été suffisant pour John Osvald.

La nuit tombait sur Elgin. Steve était dans un état critique et dans le coma, même si celui-ci était stabilisé. Winter voyait Sarah, au chevet de son mari, à travers la partie supérieure du mur, qui était vitrée. Cela lui rappela, l'espace d'une seconde, la cage de verre de Craig, au commissariat d'Inverness.

Steve et Sarah baignaient dans une lumière bleutée.

Angela tenait Winter par l'épaule.

— Sortons un moment, dit-il.

L'air était vif dans la rue, mais le vent tiède. L'été de la Saint-Martin se poursuivait. En voyant la cathédrale se dresser au-dessus de la ville, Winter ne put s'empêcher de penser aux viaducs de Cullen. Et à Seatown, en dessous.

Steve, Sarah, Angela et lui étaient passés par Elgin en se rendant à Aberdeen. Pas plus tard que la veille. Mon Dieu.

Steve avait alors dit que la cathédrale d'Elgin était considérée comme probablement la plus belle d'Écosse, la seule qui puisse rivaliser avec celle de St Andrews en ce domaine.

Il n'en restait certes plus que la carcasse, mais la

façade était intacte et elle était toujours imposante, lorsque sa silhouette se détachait sur le fond de la nuit. L'obscurité contribuait à préserver la beauté.

Ils s'assirent sur un banc sans rien dire.

Le téléphone de Winter sonna. Il ne s'en soucia pas.

— Tu devrais prendre la communication, lui conseilla Angela.

Il répondit. C'était Ringmar.

— Comment va Steve ? demanda celui-ci.

— Il s'en tirera.

Ils s'étaient parlé la veille au cours du dîner. De son côté, Ringmar avait des nouvelles sensationnelles. C'était donc une soirée unique à bien des égards.

— As-tu pu parler à Aneta ? demanda Winter.

— Non, elle est toujours là-bas, à poursuivre ses recherches.

— Toujours aucune piste ?

— Non, pas jusqu'à présent. On a retrouvé le canot en plastique, mais pas Anette.

— Et Forsblad ? Toujours muet ?

— Oui. Halders espérait presque qu'il allait se noyer, mais il est revenu à la nage et, depuis, il ne desserre pas les dents.

— C'est complètement absurde, bon sang !

— Pas plus que d'habitude, laissa tomber Ringmar. Aneta est persuadée qu'il l'a tuée et qu'il ne s'agit plus que de retrouver le corps.

— Continuez à chercher et poursuivez les auditions.

— La sœur de Forsblad nous a raconté qu'elle vivait à présent en couple avec Anette Lindsten et que c'est ce qui a rendu Forsblad furieux. Sigge, le père, dit que c'est faux et que c'est seulement une façon pour elle d'atténuer la gravité de l'affaire.

— Ça lui va bien de prétendre distinguer le vrai du faux.

— J'ai pourtant tendance à le croire.

— C'est un farceur, mais peut-être pas seulement.

— Il dit qu'il a fait transporter les meubles de sa fille

dans l'entrepôt de Hisingen en attendant qu'elle ait un endroit où les mettre.

— Mon Dieu, soupira Winter.

— De toute façon, il ne s'en tirera pas comme ça. C'est un délinquant professionnel.

— Où était-il quand Anette a disparu ?

— On n'a pas encore tiré ça au clair. Il est probable, cependant, qu'il était avec ses copains dans leur petit IKEA personnel de Hisingen. En tout cas, ils y étaient quand Meijer et ses gars y sont allés.

— Salue Aneta de ma part, conclut Winter.

Il tenait encore à la main l'appareil maintenant muet. La nuit était presque tombée sur Elgin et la cathédrale se dessinait encore plus nettement. Elle avait trois tours, ce qui faisait penser à Cullen, ses trois rochers et ses trois rois – sur la plage et dans la ville.

Anna Johnson avait descendu les marches en courant, avait traversé Seatown et était arrivée sur la plage.

C'était notre secret, avait-elle dit ensuite. Non, c'était le mien, en réalité.

— Est-ce qu'on pourrait bouger un peu ? demanda Angela en se levant du banc.

Winter obtempéra. Stuart et Eilidh Macdonald sortirent alors de l'hôpital, de l'autre côté de la rue pavée. Ils les virent, Angela et lui, et se dirigèrent vers eux. En effet, ils n'avaient eu le temps que de les saluer quelques heures plus tôt. Dallas ne se trouvait qu'à moins de dix kilomètres de là.

Ils avaient eu très peur.

— C'est sûrement le pansement que vous lui avez fait qui lui a sauvé la vie, dit Stuart.

Il regarda la cage thoracique de Winter, sous sa veste de daim. Le Suédois avait dû emprunter une chemise, à l'hôpital, car ses vêtements étaient toujours dans la voiture, depuis qu'ils avaient quitté le *Seafield Hotel*.

— C'était provisoire.

— Bien serré malgré tout. Même si ça n'a pas endigué totalement l'hémorragie, comme ils disent là-bas, cela lui a au moins permis de conserver un peu de sang. Suffisamment.

— Au risque de l'étrangler, tempéra Winter.

— Il s'agit toujours de trouver un juste milieu et vous y êtes arrivé, répondit Stuart avec l'esquisse d'un sourire.

— C'est moi qui l'ai amené ici.

— Pardon ? dit Eilidh Macdonald.

— C'est moi qui... l'ai entraîné dans cette affaire. Sans moi, rien de cela ne se serait passé.

— Vous vous sentez responsable, c'est ça ?

— Oui.

— Alors, laissez-moi vous dire que Steve est assez adulte pour ne pas se laisser entraîner là où il ne veut pas.

— Je suis parfaitement d'accord avec cette idée, renchérit son frère. Et puis, il est toujours vivant, non ?

Winter et Angela longèrent les rues pavées pour gagner le *Mansion House Hotel*, qui, de loin, ressemblait à un château. Winter trébucha, Angela le retint.

— J'ai besoin d'un whisky, dit-il.

— Tu as besoin de te reposer, oui.

Une fois dans la chambre, il fit les deux : il prit un whisky et s'allongea. Angela, elle, s'assit sur un fauteuil et posa les pieds sur ses cuisses. Ils avaient ouvert la fenêtre et le vent tiède apportait un peu d'air frais. Ils n'avaient pas allumé la lumière.

— Qu'est-ce qui s'est passé, jadis, en mer ? demanda Angela, dont le visage était à moitié éclairé par le réverbère et qu'il voyait légèrement de profil. Pendant la guerre.

— Je n'en ai encore qu'une idée assez vague.

— Laquelle ?

— Celle d'un règlement de comptes.

— À quel propos ?

— Il semblerait que John Osvald et son équipage aient trempé dans la contrebande. À en croire Erik, son petit-fils. Mais il n'a pas voulu nous dire ce qui s'est passé véritablement.

Winter ôta délicatement les pieds d'Angela du lit, se mit sur le côté, prit son verre et sirota un peu de whisky.
— Ce n'était pas un accident, le naufrage du bateau ?
— Je ne crois pas.
— Le saura-t-on jamais ?
— Je ne crois pas non plus.
— Ce qui s'est passé était pourtant assez affreux pour obliger John Osvald à changer d'identité, à devenir un autre et laisser son passé derrière lui.

Winter opina du bonnet.
— Mon Dieu ! s'exclama-t-elle.
— Il a tenté de le faire, précisa Winter en prenant une nouvelle gorgée de ce whisky qui avait le même goût que le vent qui entrait par la fenêtre. Il a sûrement dû lutter avec son Dieu.
— Et avec son fils ? s'interrogea Angela, qui replia sous elle ses pieds nus et se recroquevilla sur son fauteuil, comme si elle avait froid.
— John Osvald ? demanda Winter en changeant à nouveau de position. C'est la question suivante.
— Je ne veux pas dire : physiquement.
— Non, non, je comprends.
— Que s'est-il passé là-haut, à Fort Augustus ?
— Je me suis souvent posé la question au cours des derniers jours.
— Moi, je ne fais que commencer, mais il est difficile de l'éviter. Et c'est dur, poursuivit-elle avec un frisson, en le regardant. Tu comprends ?
— Bien sûr.
— En même temps, on ne peut s'empêcher de penser à Osvald et à sa fille inconnue.
— Inconnue pour nous, pas pour tout le monde, rectifia Winter.
— Des gens étaient-ils au courant dans la ville ? Et qui était la mère ?
— Elle est morte d'après la fille, qui affirme n'avoir fait sa connaissance que récemment.
— Mais elle l'a cru ? Elle a cru qu'il était son père ?

— Apparemment, il a pu le prouver ou la convaincre. Je n'en sais pas plus long.

Angela frissonna à nouveau.

— Tu as froid ? demanda Winter. Tu veux que je ferme la fenêtre.

— Non. Un peu de vent fait du bien.

— Tu veux un whisky ?

— Non ?

— Un tout petit ?

Elle ne répondit pas.

— Angela ?

— Je crois que je ne devrais pas.

— Pardon ?

— Je ne devrais pas boire d'alcool, précisa-t-elle en se penchant vers lui pour qu'il puisse voir son visage.

— Tu ne devrais pas boire…, répéta-t-il.

— Je n'en dirai pas plus.

— Ce n'est pas la peine, s'écria-t-il en sautant en bas du lit, ce qui eut pour effet de renverser quelques gouttes du précieux liquide.

— Depuis quand le sais-tu ? demanda-t-il, une fois qu'ils furent couchés. C'est sûrement très récent.

La fenêtre était encore ouverte. C'était toujours l'été indien, à Elgin, puisqu'on ne peut guère parler d'été de la Saint-Martin au mois d'octobre.

— Ça date d'à peu près une demi-heure.

— Bon, dit-il.

Angela tenait un verre d'eau minérale à la main. Elle le but puis le posa sur la table de chevet et se mordit la lèvre inférieure en regardant par la fenêtre.

— À quoi penses-tu ?

— Toujours à ce qui s'est passé à Fort Augustus, entre le père et le fils.

— Mhm.

— As-tu une théorie quelconque ?

Winter se mit sur son séant. Il sentait l'odeur de la rivière qui coulait en dessous de leur chambre. L'été était en train de se retirer pour la nuit.

— Je crois qu'Axel Osvald a rêvé de son père toute sa vie. Ce qui n'aurait rien que de très naturel d'autant que les circonstances étaient très dramatiques. Ce manque n'a fait que croître avec les années. Je pense que nous en saurons beaucoup plus de la bouche d'Erik et de Johanna, maintenant que nous savons quoi leur demander et pourquoi.

— Mais John, le père, a donné de ses nouvelles ?

— Il a dû le faire, au moins une fois Axel arrivé ici. Et puis il l'a fait indirectement par Erik.

— Il a fait téléphoner par sa fille ?

— Oui.

— Savait-il ce qui allait... se passer ?

— Tu veux dire, quand ils se rencontreraient ?

— Oui.

— Il ne connaissait pas son fils.

— Qu'est-ce que tu veux dire ?

— Il ne le connaissait pas. Il ne savait pas qui était Axel. Il ne pouvait pas se douter que celui-ci nourrissait une telle passion... qu'il était presque possédé.

Winter changea à nouveau de position, sur le bord de son lit.

— Tu comprends ? Quelque chose pouvait se briser très facilement. Le fait qu'il se soit dénudé est à rapprocher de sa foi chrétienne très forte. Il s'agissait de... se laver, de se purifier. Il est parti dans les montagnes en priant et en ôtant ses vêtements les uns après les autres, en une sorte de bain purificateur. Sur la plage, Osvald a dit qu'il avait expié ses péchés, à lui, John, parce qu'il ne pouvait pas le faire lui-même.

— Tu crois que le père a avoué à Axel ?

— Quoi ?

— Ce... qu'il avait fait. Ce qui s'était passé en mer autrefois, précisa-t-elle en écartant une mèche de cheveux d'une de ses tempes. De quoi il était coupable. L'ampleur de sa faute.

— Oui, je le pense. Et je crois que c'est ce qui a déclenché la catastrophe.

— Axel Osvald se serait donc suicidé ?

— Je n'en suis pas certain, mais il me semble. Passer la nuit tout nu, là-haut, c'est une forme de suicide. D'une certaine façon, c'était peut-être aussi... un meurtre, déclara-t-il en passant sa main dans ses cheveux puis la baissant. Je ne sais pas.

— Le saurez-vous jamais ?
— Comment pourrions-nous le savoir ?
— Par John Osvald.
— Peut-être.

À vrai dire, il en doutait. Mais un « peut-être » laisse un peu plus d'espoir qu'un « non ». Pour l'instant, il n'était pas très sûr de désirer connaître la réponse.

Par la suite, il pensa de nouveau à la mer, Une autre mer, un autre rivage. Celui-ci était situé de l'autre côté de la mer du Nord, mais à la même latitude que cette ville et ce pays de culture ancestrale.

Il écarta doucement le bras d'Angela de sa poitrine et se glissa hors du lit. Elle ronflait doucement, séquelle de sa lointaine période de polypes.

Il versa un centimètre de whisky dans son verre, alla se poster à la fenêtre, maintenant fermée, et l'entrouvrit. L'air déjà vif s'était refroidi. Une odeur d'eau régnait. L'image de la mer et du rivage, où il se trouvait avec Angela et Elsa, ainsi qu'avec un autre petit être qu'il ne connaissait pas encore, s'imposa à lui. Ils creusaient le sable, tous ensemble, et ensuite la terre molle du terrain situé au-dessus. Il avait de la terre sur sa pelle. Il poussait une brouette qui en était remplie. Il posait des dalles et enfonçait des clous dans un mur à l'aide d'un marteau.

Une nouvelle vie.

Cet ouvrage a été réalisé par

BUSSIÈRE

GROUPE CPI

*à Saint-Amand-Montrond (Cher)
pour le compte des Éditions 10/18
en septembre 2007*

Imprimé en France
Dépôt légal : octobre 2007
N° d'édition : 3987 – N° d'impression : 073083/1